Jens Henrik Jensen

OXEN. Das erste Opfer

Niels Oxen, ein hochdekorierter, aber schwer traumatisierter Elitesoldat, zieht sich in einen Wald auf dem dänischen Festland zurück. In der Einsamkeit Jütlands hofft er, seinen inneren Dämonen zu entkommen. Das Gegenteil passiert, als er nach einem nächtlichen Besuch des nahegelegenen Schlosses Nørlund zum Hauptverdächtigen in einem Mordfall wird: Hans-Otto Corfitzen, ehemaliger Botschafter und Gründer eines einflussreichen Thinktanks, wurde auf dem Schloss zu Tode gefoltert. Oxen fängt an, selbst in der Sache zu ermitteln, gemeinsam mit der klugen, unangepassten Geheimdienstmitarbeiterin Margrethe Franck. Die beiden teilen ein ähnliches Schicksal und fassen nach und nach Vertrauen zueinander ... Ein Kampf David gegen Goliath beginnt, denn bei ihren Ermittlungen bekommen es Oxen und Franck mit dem übermächtigen »Danehof« zu tun, einem Geheimbund, zu dem Corfitzen Verbindungen hatte und der sich als Brutstätte dunkler Machenschaften entpuppt.

Jens Henrik Jensen wurde 1963 in Søvind, Dänemark, geboren und hat viele Jahre als Redakteur und Ressortleiter für die Tageszeitung ›JydskeVestkysten‹ gearbeitet. Mit seinen Thrillern um den Ex-Elitesoldaten Niels Oxen, der SØG- sowie der EAST-Trilogie wurde er zum Shootingstar der skandinavischen Krimiszene und eroberte auch in Deutschland sofort die Bestsellerlisten. Er lebt mit seiner Frau und zwei Söhnen in seiner Heimatstadt.

JENS HENRIK JENSEN

OXEN

DAS ERSTE OPFER

Thriller

Aus dem Dänischen von
Friederike Buchinger

dtv

Von Jens Henrik Jensen
sind bei dtv außerdem erschienen:
OXEN – Der dunkle Mann
OXEN – Gefrorene Flammen
OXEN – Lupus
OXEN – Noctis
OXEN – Pilgrim
SØG – Dunkel liegt die See
SØG – Schwarzer Himmel
SØG – Land ohne Licht
EAST – Welt ohne Seele
EAST – Auf tiefem Grund

Ungekürzte Ausgabe 2018
5. Auflage 2024
dtv Verlagsgesellschaft mbH & Co. KG, München

Titel der dänischen Originalausgabe:
›De hængte hunde‹ (JP/Politikens Hus A/S, Kopenhagen 2012)

Umschlaggestaltung: dtv nach einem Entwurf von Stoltzedesign
unter Verwendung eines Fotos von gettyimages/danm
Gesetzt aus der Minion 9,8/13,2˙
Satz: Fotosatz Amann, Memmingen
Druck und Bindung: Druckerei C.H.Beck, Nördlingen
Printed in Germany · ISBN 978-3-423-21765-1

1.

Es sah aus, als hätte der Hund den Hals gereckt, in einem verzweifelten Versuch, den Duft des Lebens ein letztes Mal einzuatmen. Doch vergeblich, seine Schnauze konnte die Mandelblüten nicht erreichen.

Die Erkenntnis spiegelte sich im schwachen Licht der Morgendämmerung in seinen matten Augen. Es war schon lange vorbei, sein Gewicht hatte die Schlinge um seinen Hals schon vor Stunden zugezogen.

Der scharfe andalusische Februarwind fuhr über den Stausee Guadalhorce-Guadalteba und wiegte den schweren Körper des Hundes hin und her. Eine Wolke aus Blüten wirbelte auf, wie rosa schimmernde Schneeflocken.

Ein Blütenblatt legte sich sanft wie ein Gnadenkuss auf die heraushängende Zunge des Hundes – viel zu spät.

Allmählich drang das Sonnenlicht durch die wogende Blütendecke und die braune Silhouette war immer deutlicher zu erkennen. Es war ein großer Hund. Ein Rottweiler, ein Rüde.

Ein Stück den Hang hinauf, hinter dem Wäldchen aus Mandelbäumen und einigen hohen Pinien, lag eine Ansammlung weißer Gebäude. Zu dem Grundstück führte eine Zufahrt, die von einem eisernen Tor versperrt wurde. Auf einem Schild stand »Finca Frederiksen«.

Die Einheimischen – und von denen gab es trotz der Invasion finanzstarker Ausländer einige – erinnerten sich noch daran, dass die Finca mit dem märchenhaften Ausblick früher »Finca Fernandez« geheißen hatte. Der neue Name war wohl schwedisch, norwegisch, deutsch – oder dänisch. Auf jeden Fall kamen die Bewohner, die inzwischen schon seit vier oder fünf Jahren am See residierten, irgendwo aus dem Norden. In Wirklichkeit war es den Leuten hier ziemlich egal, woher sie stammten. Die Änderung des Namens war in ihren Augen respektlos, und niemand hatte etwas mit den Fremden zu tun. Diese Reichen waren einfach da, umgeben von ihren hohen Zäunen, und trugen nichts zur Gemeinschaft bei.

Kurz nach Mitternacht war Hannibal Frederiksen, der Besitzer der Finca, nach draußen gegangen, um seinen Hund zu rufen. Doch vergeblich. Señor war zum allerersten Mal nach seiner üblichen Abendrunde nicht ins Haus zurückgekommen. Das hatte Hannibal Frederiksen Angst gemacht.

Nachdem er am nächsten Morgen gegen sieben Uhr nach einer unruhigen Nacht aufgewacht war, zog er sich leise an, um seine Frau nicht zu wecken, und ging wieder nach draußen. Er wollte nach seinem Hund suchen.

Doch als er nach einer halben Stunde die letzte Reihe der Mandelbäume am Seeufer erreichte, wusste er, warum Señor nicht nach Hause gekommen war.

Der Anblick des Hundes ließ ihn wie gelähmt zurück.

2.

Die reflexartigen Bewegungen, mit denen er seine Umgebung wie ein Radar erkundete, erinnerten an die eines gewöhnlichen Einbrechers. Er zog sich die Kapuze über sein Barett und sah sich um. Nach rechts, nach links, nach hinten. Und noch einmal. Dann überwand er spielend leicht den hohen Drahtzaun, während sein weißer Samojedenhund brav im Schatten der Mauer lag und sich nahezu unsichtbar machte.

Er sprang und landete geschmeidig auf beiden Füßen. Gut, vielleicht nicht ganz so geschmeidig wie früher – doch zumindest fast ohne zu wackeln. Er wusste, wo er hinwollte, und huschte zum nächstgelegenen Container, um seine selbst gebaute Zange an die kurze, dreikantige Eisenstange anzusetzen, das Ganze nach links zu drehen und so den schweren Deckel zu öffnen.

Beim ersten Mal war es die reinste Folter gewesen. Eine buchstäblich grenzüberschreitende Erfahrung. Mental gesehen ein Trip der Erniedrigung, der ihn innerhalb weniger Sekunden handlungsunfähig gemacht hatte. Die Demütigung war wie ein Parasit unter seine Haut gekrochen, wo sie wochenlang verharrte und an ihm nagte.

Irgendwann war sie verschwunden und seither nicht wiedergekommen. Zurück blieb nur ein rationales »Wenn du Hunger hast, iss!«.

Er kletterte über die beschämende Schwelle der Wohlstandsgesellschaft, dorthin, wo der Überfluss sich ihm wie ein Goldschatz entgegenreckte. Im ersten Container war das Gemüse.

Er knipste seine Taschenlampe an und fing an zu suchen. Die tastenden Hände weckten eine alte Erinnerung, er dachte daran, wie es gewesen war, im Supermarkt einzukaufen, an einem vollen Samstagvormittag zwischen lärmenden Familien. Genau wie jetzt. Nur der Einkaufswagen fehlte und sein Kind im Klappsitz. Seine Wahl war jedes Mal eine reine Impulsentscheidung.

Gurken? Wieso nicht. Tomaten? Tja … Kopfsalat? Super Idee. Zwiebeln? Okay. Und natürlich Kartoffeln.

Alles wanderte in die Tiefe seines Rucksacks. Als Letztes folgte eine Schale Freilandchampignons, die drei Tage drüber waren.

Er kletterte wieder hinaus, öffnete den nächsten Container und sprang rein. Fleischwaren. Das Verfallsdatum verbreitete die Pest hier im Dunkeln, aber das kümmerte ihn nicht. Bei Fleisch musste man bloß ein bisschen vorsichtiger sein, das war alles. Er nahm die Packungen in die Hand, drehte und wendete sie im Schein der Taschenlampe, hob den Daumen – oder senkte ihn. Es sah danach aus, als würde es morgen Abend Frikadellen geben. Vermutlich mit geschmorten Zwiebeln.

Er stahl und aß mit Freude das, was kaum ein anderer Däne auch nur im Traum in den Mund genommen hätte. Alles, was ein oder zwei Tage zu alt geworden war, auch weil seine Landsleute es sich zur Gewohnheit gemacht hatten, tief in den Regalen zu graben und die hintersten – und frischesten – Produkte herauszuziehen, statt das zu nehmen, was ganz vorn stand und das kürzeste Haltbarkeitsdatum hatte. Auf diese Weise trug jeder von ihnen zum Müllberg eigentlich noch essbarer Sachen bei. So gesehen war sein eigenes Handeln alles andere als kriminell.

Er ließ ein halbes Kilo Hackfleisch in den Rucksack gleiten. Aus ihm war ein professioneller Mülltaucher geworden.

So nannten die jungen Leute jemanden wie ihn – Mülltaucher. Er war auf die Idee gekommen, als er an der Bushaltestelle ein Gespräch zwischen zwei Jungs mit angehört hatte. Der Begriff hatte ihn zu einer Internetseite geführt und von dort zu einer Facebook-Gruppe, wo man sich gegenseitig Tipps gab und geeignete Plätze zum »Mülltauchen« empfahl. Und so war er hier gelandet, in einem Hinterhof eines Discounters im Kopenhagener Nordwesten.

Es blieb ihm aber auch nichts anderes übrig. Sein letztes Geld war längst verbraucht. Seine Miete hatte er in den letzten Monaten bezahlt, indem er Flaschen gesammelt und seinem dämlichen Vermieter bei diversen Reparaturen in dem baufälligen Haus geholfen hatte.

Es war immer dasselbe. Jeden Tag nach Einbruch der Dämmerung ein ewiges Suchen entlang der bekannten Routen. Der heutige Tag, der jetzt bald vorbei war, hatte ihm fast hundert Kronen an Flaschenpfand eingebracht. Vom Treffpunkt der Säufernasen in Utterslev Mose zum Bispebjerg Friedhof, hinunter zum Fælledpark und dann wieder hoch zum Nordhavn. Er wusste, wo er suchen musste. An den Parkbänken, in den Tiefgaragen und bei den Unterständen an den Bushaltestellen. Im Schutz der Dunkelheit. Flasche für Flasche. Krone für Krone.

Er sprang aus dem Container und wollte gerade zum dritten

weiter, um sich noch ein paar Eier oder etwas Käse zu holen, als ihn jemand anbrüllte: »He, du! Was soll das hier deiner Meinung nach werden?«

Zwei Gestalten tauchten am letzten Container auf. Einer klein und so breit wie hoch, der andere groß und schlaksig. Er hatte nicht gehört, wie die beiden über den Zaun geklettert waren.

»Hallo? Bist du stumm? Oder dämlich? Das hier ist unser Revier. Verpiss dich oder es setzt was, du elender kleiner Penner …«

Der Breite hob drohend die Faust.

Seine Kapuze musste heruntergerutscht sein, als er aus dem Container gesprungen war, denn jetzt flötete der Typ übertrieben süßlich: »Was sehe ich denn da …? Hast du etwa einen Pferdeschwanz? Du bist ja ein richtiges kleines Ponymädchen. Ich wollte es schon immer mal mit einem Ponymädchen treiben.«

Einen Moment lang stand er unentschlossen da. Eine Stimme in seinem Kopf schrie mit einer zweiten schrill um die Wette, und er merkte, wie sich seine Muskeln spannten.

»Na komm schon, kleines Pony«, säuselte der Breite.

»Lass ihn«, murmelte der Schlaksige leise, dann drehte er die Lautstärke hoch: »He, du Arsch! Zum letzten Mal – hier bestimmen wir. Also verpiss dich, *fuckin' motherfucker!*«

Der Entschluss war gefallen. Er zog seine Kapuze hoch, warf sich den Rucksack über die Schulter und duckte sich unterwürfig.

»Okay, sorry … Bin schon weg.«

Der kleine Breite pöbelte trotzdem weiter. »Sollte das etwa eine Entschuldigung sein, Pony?«

»Tut mir leid. Echt, Entschuldigung.«

Wie ein räudiger Köter kroch er in großem Bogen um die beiden bedrohlichen Gestalten herum, kletterte den Zaun hoch und ließ sich auf der anderen Seite auf die Straße fallen.

Mit einem kurzen Pfiff erweckte er seinen Hund zum Leben und verschwand in der Dunkelheit.

Leise vor sich hin murmelnd lobte er sich selbst, während er mit dem Hund an seiner Seite den Heimweg antrat. Allein die Tatsache, dass er in der Lage gewesen war, durch kühles Abwägen eine Entscheidung zu treffen, kam ihm wie ein Triumph vor.

»Was sagst du, Whitey? Das war ziemlich gut, was? Dabei haben die total provoziert, oder? Du hättest sie hören sollen. Was für Rotzblagen!«

Der Hund hörte ihm zu und nickte.

Er bog durch das Hoftor und nahm den Hintereingang.

Die Vordertür lag im Dunkel eines Kellerabgangs und war mit mehreren Brettern am Türstock festgenagelt. Das war schon so gewesen, als er sein herrschaftliches Domizil vor einer gefühlten Ewigkeit bezogen hatte.

Die Hintertür schleifte über den rauen Betonboden, und es erforderte einige Kraft, sie ganz zu öffnen. Er betrat den Flur und konnte den ständig wachsenden Stapel aus Werbeblättern und Wochenzeitungen, der sich hier auftürmte, nur undeutlich erkennen.

Vor langer Zeit, in einer anderen Welt, in einem anderen Flur hatte er seine Post sortiert. Ja, anfangs hatte er sie sogar wirklich noch geöffnet …

Wann er damit aufgehört hatte, die Post zu lesen, wusste er nicht mehr, aber er konnte keinen Unterschied feststellen. Bisher hatte er noch nie einen Brief vermisst, und an seine jetzige Adresse hatte er noch keinen einzigen bekommen. Allerdings hatte er den Behörden auch nie mitgeteilt, dass er umgezogen war.

»Rein mit dir, Whitey!«

Der Hund gehorchte bereitwillig, trabte durch die offene Tür, sprang aufs Sofa und legte sich mit einem müden Seufzen hin.

In der engen Teeküche leerte er seinen Rucksack und zog auf dem Weg ins Zimmer seine Sachen aus, erst die Jacke, dann den Pulli. Am Ende kickte er die Stiefel in eine Ecke und ließ sich neben Mr White aufs Sofa fallen. »Mr White«, so lautete der korrekte Name seines Begleiters, wenn man es ganz genau nehmen wollte.

Das kleine »Mr« verlieh seiner Anrede einen Hauch von altmodischer Höflichkeit und Respekt. »Whitey« war das informelle Gegenstück, und manchmal blieb es auch beim prosaischen »White«.

Es war ein einträglicher Abend gewesen, nur leicht getrübt durch die beiden aggressiven Idioten, die ihn daran gehindert hatten, sich Eier und Käse zu besorgen.

Er schaltete den Fernseher an, zappte herum und blieb an einer Sendung auf Animal Planet hängen, wo ein paar Geier in der Serengeti gerade ein Stück Aas eroberten.

Bald würde er in die Küche gehen und für sie beide eine Klappstulle mit Leberwurst herrichten.

Er starrte für ein paar Minuten auf das afrikanische Drama, bis seine Konzentration erlahmte und sein Blick zu dem Zufluchtsort an der schmutzig weißen Wand wanderte, wo er mit zwei Reißzwecken einen Zeitungsausschnitt aufgehängt hatte. Überschrift und Einleitung konnte er auswendig.

Der Ausschnitt hing schon sehr lange dort, aber er dachte immer noch darüber nach. Könnte das seine Rettung sein?

Wäre es sein Tod – oder seine Erlösung? Oder würde er an einem gnädigen Ort irgendwo dazwischen landen?

3.

Das eiserne Tor zur »Finca Frederiksen« glitt automatisch auf, als Hannibal Frederiksen auf die Fernbedienung drückte. Er bog nach links auf die Gebirgsstraße ein und beschleunigte den Wagen.

Unter normalen Umständen hätte er das Gefühl puren Fahrvergnügens genossen. Der kräftige Motor des anthrazitgrauen Mercedes CLS 350 gehorchte bereitwillig, und das Automatikgetriebe katapultierte ihn stufenlos den langen, geraden Abschnitt vor der ersten Kurve hinunter.

Er registrierte das Blütenmeer, das sich links von ihm bis zum See erstreckte. Einer plötzlichen Eingebung folgend bremste er ab und hielt am Straßenrand an.

Es blieben nur noch wenige Tage, um die Mandelbäume zu bewundern. Ein Anblick, der ihm nun schon seit fünf Jahren vergönnt war. Die Leute reisten aus aller Welt in die verschiedenen Landesteile Spaniens, nur um die überirdische Schönheit dieser Bäume zu sehen. Es war sein eigener Mandelwald am Ufer des Embalse del Guadalhorce-Guadalteba, der förmlich mit der schimmernden Wasseroberfläche verschmolz, die heute fast reglos vor ihm lag.

Es lief ihm kalt den Rücken hinunter.

Der Blütenteppich barg ein Geheimnis. Zwei Wochen waren vergangen. Er hatte seiner Frau nicht erzählt, was er an jenem Morgen im Mandelhain entdeckt hatte. Für solche Dinge war sie nicht robust genug.

Die Frage war nur, wie es um seine eigene Robustheit bestellt war. Alles, was dieser Sache vorausgegangen war … Und dann Señor, der im Wind geschaukelt hatte … Er konnte an nichts anderes mehr denken. Wäre er doch nur wie früher, als er noch jung war. Tatkräftig, streng und gnadenlos. Jetzt quälte ihn die Erinnerung so sehr, dass er kaum einen klaren Gedanken fassen konnte.

Er fuhr wieder los und gab bergab ordentlich Gas. Nur wegen dieser verfluchten Angst und Unentschlossenheit war er an diesem Morgen auf dem Weg zum Flughafen von Málaga, um Gäste abzuholen. Sie sollten das, was ihn jede Nacht wach hielt, gründlich untersuchen.

Als er den Felsvorsprung und die scharfe Rechtskurve erreichte, bremste er hart ab. Vor ihm lag ein langes Stück mit vielen engen Haarnadelkurven, die ihm keinen Spaß machten, und er ließ den Wagen langsamer weiterfahren. Er war mehr für die geraden Streckenabschnitte mit gutem Überblick zu haben. Und wieder – lag es daran, dass er alt und unsicher geworden war?

Er war für einen Moment in Gedanken über seine verlorene

Jugend versunken und näherte sich gerade der ersten Kurve, als der Schock ihn traf. Das Krachen und Knirschen hinter ihm, der Aufprall, bei dem sich der Gurt über seiner Brust straffte.

Erschrocken blickte er in den Rückspiegel und sah ein kleines rotes Auto. Der Fahrer hatte offenbar die Kontrolle verloren und war ihm direkt hinten aufgefahren. Hoffentlich war der Mann gut versichert. Frederiksen bremste ab und war geistesgegenwärtig genug, zu blinken. Vor ihm lag eine mit Gras bewachsene Ausbuchtung, da konnten sie das regeln …

Ein erneutes Krachen, und wieder wurde er im Sitz nach vorn geworfen. Was zur Hölle war da los?

Er bemerkte, dass seine Knie unkontrolliert zitterten. Seine Hände krallten sich krampfhaft am Lenkrad fest, das Auto brach nach rechts aus, doch es gelang ihm, es wieder nach vorn auszurichten.

Das war Absicht. Das rote Auto rammte ihn absichtlich. Er musste hier weg.

Den Blick fest auf die Straße gerichtet, trat er auf der geraden Strecke vor der nächsten Kurve das Gaspedal durch. Er schielte in den Rückspiegel. Er hatte Abstand gewonnen. Aber jetzt – jetzt musste er abbremsen. Der Wagen schlingerte. Trotzdem bekam er die Kurve noch gut.

Sekunden später klebte ihm das kleine rote Auto schon wieder am Hintern. Und jetzt rammte es ihn zum dritten Mal. Felswand und Leitplanke flimmerten vor seinen Augen. Auf dem geraden Abschnitt gewann er wieder etwas Luft, aber er war viel zu schnell für die nächste Kurve. Der Vorderreifen erwischte den Randstreifen, noch ehe es ihm gelang, den schweren Wagen abzubremsen. Flüchtig bemerkte er etwas Rotes im Außenspiegel. Dann krachte es wieder, und der Gurt straffte sich. Seine Fingerknöchel waren kreideweiß.

Dann war das rote Auto wieder da. Diesmal erwischte es ihn seitlich und drängte seinen großen Mercedes vom Kurs ab.

Er schmeckte Blut. Hatte er sich die Lippe aufgebissen? Verzweifelt versuchte er gegenzusteuern, als er erneut gerammt wurde. Der Mittelstreifen verschwand aus seinem Blickfeld. Er riss das Lenkrad herum, nach links, dann nach rechts. Er konnte den Mercedes nicht mehr kontrollieren, er brach nach links aus. Immer weiter, auf die weiße Leitplanke zu.

Das nächste Krachen erreichte sein Bewusstsein nur noch peripher. Er schwebte ins Nichts, war schwerelos, ohne Verbindung zum Erdboden. Das Lenkrad fühlte sich leicht wie eine Schneeflocke an. Der blaue Himmel erfüllte die ganze Windschutzscheibe. Und so schwebte er immer weiter, während sein Körper zu Eis gefror.

Der Fahrer des kleinen roten Wagens bremste abrupt und stieg hastig aus. Er sah gerade noch, wie der Mercedes gegen die Felsen prallte, gewaltige Saltos schlug und einen kleinen Wald durchpflügte, bevor er seitlich zum Liegen kam, auf einem Felsvorsprung oberhalb der Talsohle.

Es gab keine Explosion und auch keinen Feuerball wie im Film. Als die Staubwolke sich gesenkt hatte, lag das Autowrack totenstill da, nur ein dunkler, verbeulter Blechhaufen.

Der Fahrer des roten Wagens stieg wieder ein und verschwand in aller Ruhe hinter der nächsten Kurve.

Zu diesem Zeitpunkt war Hannibal Frederiksen schon lange tot. Sein Genick war mit einem Knacken gebrochen, als der anthrazitfarbene Mercedes auf der ersten Klippe aufprallte.

4.

Das war kein richtiges Frühjahr. Er fühlte sich betrogen. Die Landschaft jenseits der schmutzigen Zugfenster war immer noch braun und kahl.

Er saß angespannt auf seinem Platz, sein altes armeegrünes

Barett tief in die Stirn gezogen. Mr White lag wachsam zwischen seinen Füßen. Sie fühlten sich beide bedrängt von den vielen Fahrgästen, die so unerschütterlich gut gelaunt wirkten, als würde der Zug sie in eine neue, bessere Zukunft bringen.

Die Leute, die in Hadsten und Langå in Feierlaune zugestiegen waren, hatten den Zug in Randers wieder verlassen. Neue kamen in Hobro dazu, und in Arden gleich ein ganzer Trupp, der das Abteil lärmend in Beschlag nahm, mit roten Fahnen und klirrenden Plastiktüten. Es war der erste Mai. Also war tatsächlich Frühling. Und der internationale Kampftag der Arbeiter.

Sie stimmten ihre Gesänge an und schlossen mit »Prooost – und scheiß drauf!«.

Es hätte ihn schon interessiert, wofür die eigentlich kämpften. Abgesehen davon, dass sie wohl erst mal dafür kämpfen sollten, überhaupt eine Arbeit zu finden. Gab es denn noch so was wie ehrliche Arbeiter in Dänemark? War der ganze Kram nicht längst in billigere Hände nach Asien outgesourct worden?

»… zur Arbeit, lebend oder tot!«

Er sah keine wettergegerbten Gesichter oder schrundigen Hände, als er unauffällig den Blick schweifen ließ. Keine Helden der Arbeiterklasse, stattdessen lauwarmes Dosenbier in speckigen Fingern, feiste Wangen und breite Ärsche in Jeans.

Er hätte gern gewusst, wohin sie fuhren. Vermutlich nach Aalborg …

Mr White schreckte hoch, nachdem ihm ein angetrunkener Mittvierziger auf den Schwanz getreten war. Aber als er merkte, was Sache war, legte er sich wieder hin. Sein Hund fühlte sich anscheinend trotz allem sicher. Ihm dagegen war es unbehaglich. Hier waren entschieden zu viele Menschen.

Er warf einen Blick auf den klebrigen Fahrplan in seiner Hand. An der nächsten Station musste er raus. Die Stimme aus dem Lautsprecher würde ihn erlösen und den nächsten Halt ankündigen, und er würde wissen, dass er gleich aussteigen konnte.

Dann würde die Zukunft beginnen. Schlechtes Frühjahr hin oder her.

Er lehnte sich in seinem Sitz zurück und versuchte so zu tun, als existierten die vielen anderen Fahrgäste überhaupt nicht. Er wollte in sich selbst versinken, immer tiefer und tiefer – und unsichtbar werden …

Da spürte er eine nasse Zunge an seiner Handfläche. Mr White brauchte eine kleine Aufmunterung. Sein Buddy, der ihn treu begleitete und nicht mehr dafür haben wollte als ein wenig Anerkennung.

Sein Hund war weiß. Deshalb hieß er White. Er war ein Rüde. Und deshalb lautete sein voller Name Mr White. Das war ganz einfach. Auch wenn es etwas ähnlich Überschaubares in seinem Leben sonst nicht gab, folgte zumindest seine Freundschaft zu dem Samojeden einer klaren Logik.

Seine Gedanken wurden vom Klirren einiger Flaschenhälse unterbrochen und dem Grölen eines Arbeiterhelden, der hinter seiner Rückenlehne den »Musketier-Eid« in den Raum brüllte: »Proooost …!«

Endlich ertönte die befreiende Nachricht: »Nächster Halt Skørping. In wenigen Minuten erreichen wir Skørping. Ausstieg in Fahrtrichtung rechts.«

Es kam ihm vor wie eine Ewigkeit, bis der Zug endlich stillstand und die Türen sich öffneten. Mr White war mit einem Satz auf dem Bahnsteig und zog ihn mit. Er schulterte seinen Rucksack und die lange Plastikbox und stellte sich an die Backsteinmauer des Bahnhofsgebäudes.

Erst als das Zugende immer kleiner wurde und der letzte Fahrgast den Bahnsteig verlassen hatte, zog er Mr White auf die andere Seite des Bahnhofs.

Dort gab es ein großes pastellgelbes Gebäude mit einem Schild, auf dem »Kulturbahnhof« stand. Hatten die so viel Kultur hier oben in Skørping, dass sie ein ganzes Haus damit füllen konnten?

Aber was wusste er schon. Er war in seinem Leben nur wenige Male durch diesen kleinen Ort gefahren.

Es fing an zu regnen, gerade als er die Gleise überquert hatte und sich auf den Weg durch die Stadt machte.

Der Regen wurde stärker. Er blieb stehen, nahm seine alten Regensachen aus dem Rucksack und zog sie über. Er hatte sie beim Flascheneinsammeln oft gebraucht, und an ein paar Stellen waren sie schon löchrig. Dann setzte er seine Wanderung auf dem Radweg fort, der nach Rebild führte, einem kleinen Ort ein paar Kilometer weiter.

Sein Kopf war leer, nicht mal der Regen störte ihn. Er war nur damit beschäftigt, vorwärtszukommen. Genau wie der eifrige Mr White. Irgendwo in seinem Hinterkopf streifte ihn der Gedanke an den Zeitungsartikel, der sicher noch einige Zeit an der Wand in dem feuchten Kellerzimmer hängen würde. Bis zu dem Tag, an dem ein anderer die schwergängige Tür aufdrücken und sich mit der Situation dort abfinden würde.

Er dagegen hatte den Rentemestervej für immer hinter sich gelassen.

Und der Zeitungsartikel hatte ihn auf die entsprechende Idee gebracht. Dass es ausgerechnet Skørping geworden war, lag vermutlich daran, dass man es mit dem Zug erreichen konnte. Kopenhagen-Skørping, nicht gerade ein Katzensprung. Doch entscheidend waren die Vorteile dieser Gegend, mit denen er in seiner Vergangenheit die eine oder andere Erfahrung gemacht hatte.

Keine Menschenseele ahnte, dass er die alte Umgebung verlassen hatte. Wem hätte er auch davon erzählen sollen? Außer L. T. Fritsen fiel ihm niemand ein. Ihm gegenüber hatte er die Idee irgendwann einmal erwähnt, als sie nach Feierabend zusammen in Fritsens kleiner Autowerkstatt saßen und sich unterhielten. Die Idee, auszusteigen … Doch das war mindestens ein Jahr her. Fritsen und er waren Freunde, aber sie hockten sich nicht ständig auf der Pelle.

Er blinzelte nach oben. Die Regendecke war schwer und blauschwarz, ohne eine einzige Wolkenlücke. Es würde noch lange weiterschütten. Vielleicht den ganzen restlichen Tag.

Bald hatten sie Rebild erreicht. Sie marschierten aber auch im Stechschritt voran, und jetzt hasteten sie an dem großen von Heidekraut überwucherten Parkplatz des Nationalparks vorbei, wo man sich jedes Jahr am Unabhängigkeitstag der Amerikaner zum dänisch-amerikanischen Freundschaftsfest traf.

Im Regen waren kein Auto und kein Mensch zu sehen. Perfekt. Mit dem Ortsschild im Rücken begannen sie jetzt die letzte, lange Etappe ihrer Reise. Sie hatten die Richtung eingeschlagen, die sie in das riesige Waldgebiet führen würde, wo im Laufe der Geschichte schon immer Wilderer, Räuber und anderes Gesindel Unterschlupf gefunden hatten. Es gab etwa dreißig Wälder hier, jeder mit einem eigenen Namen, und zusammen bildeten sie den größten zusammenhängenden Wald Dänemarks – den mächtigen Rold Skov.

5.

Mit bedrohlich gefletschten Zähnen knurrte der Schäferhund die schwarz gekleidete Gestalt an, die ihn im Hundezwinger überrascht hatte. Er sträubte vor Angst die Nackenhaare, was ihn aber nicht weniger gefährlich machte. Dann fing er an zu bellen.

Die bullige Gestalt machte ein paar schnelle Schritte vorwärts, kehrte plötzlich um und rannte dann in die andere Richtung los. Genau das reizte den Hund. Der Mann drehte sich zu ihm um und machte sich bereit. Gleich hatte das Tier ihn erreicht.

Der Schäferhund sprang mit einem großen Satz nach vorn, auf seinen linken Arm zu, den er schützend vor den Körper hielt. Die Kiefer des Hundes schlossen sich um den gut gepolsterten Unterarm.

Ein kurzes Knacken war zu hören, als der Nacken des Hundes brach. Sofort löste sich die Klammer um seinen Arm, und der Hund fiel leblos zu Boden.

Der Mann blieb eine Weile stehen. Er verspürte den Drang, sich die Sturmhaube vom Kopf zu ziehen, um sich etwas abzukühlen, aber er wollte kein Risiko eingehen. In dieser Montur war er eins mit der Dunkelheit, bis auf den schmalen Schlitz vor den Augen und das Loch für den Mund. Er spürte seinen Puls, obwohl er keine Angst gehabt hatte. Zufrieden betrachtete er den toten Hund in der Gewissheit, dass man, was einem einmal in Fleisch und Blut übergegangen war, niemals verlernte.

Am Ende des riesigen Gartens brannte eine Reihe von Lampen, und dahinter stand ein Gebäude, das wohl das Badehaus sein musste. Der Garten war ringsum von hohen Bäumen und Büschen umgeben. Die nächsten Nachbarn waren zum Glück weit weg, auch wenn es sich nicht ganz ausschließen ließ, dass der eine oder andere das Bellen gehört hatte. Er sah sich um. Die Lichter dieses offenbar sehr exklusiven Stadtteils, der Sejs-Svejbæk hieß, leuchteten in der Dunkelheit wie Juwelen, am Hügel und die Straße entlang, die parallel zum Seeufer des Borre Sø verlief.

Er hatte seine Basis in Silkeborg eingerichtet, nur fünf Kilometer entfernt, und war einige Tage in der Gegend geblieben, um sich gründlich auf seine Aktion vorzubereiten.

Er packte den Hund an den Hinterbeinen und zog ihn über die Wiese zu der luxuriösen Villa, die dunkel vor ihm lag. Auf der Terrasse legte er den Hund ab. Schon gestern hatte er die ideale Stelle dafür entdeckt, als er in einem gemieteten Kanu das Ufer mit einem Fernglas ausgekundschaftet hatte. Vor der großen Fensterfront des Hauses stand eine Buche. Wie geschaffen für seine Zwecke.

Er richtete die Taschenlampe auf das Fenster. Dahinter war die Küche zu erkennen. Es war keine gewöhnliche Küche, wie man sie sonst sah, sondern ein weitläufiger Raum, in dem blank polierter Stahl und dunkles Holz dominierten. Sogar das Weinregal war von stattlicher Größe.

Der Besitzer der Villa hieß Mogens Bergsøe, er war Anwalt und lebte allein – so viel wusste er. Und offenbar war er ein äußerst wohlhabender Mann. Sogar in der Küche hing Kunst an der Wand.

Er zog den Hund bis zu dem Baum, legte ihm die Schlinge um den Hals und warf das lose Seilende über den untersten Ast. Dann hievte er den Hund mit ein paar langen, kräftigen Zügen hoch und knotete das Seil um den Stamm.

Wenn der Herr Anwalt nach Hause kam, den Porsche in den Carport rollen ließ und die Haustür aufschloss, würde es nicht allzu lange dauern, bis er in die Küche ging. Vielleicht würde er sich ein Glas Milch einschenken, sich ein Gute-Nacht-Bier genehmigen oder einfach nur ein Butterbrot schmieren.

Und sobald er das Licht einschaltete, würde er sehen, was direkt vor seinem Fenster hing.

6.

Mit angehaltenem Atem beobachtete er, wie das Reh auf dem matschigen Wildwechsel näher trippelte, zu der Stelle an der kleinen Quelle, wo es bereits zahlreiche Spuren gab.

Es war ein Bock, wenn auch kein besonders großer. Nach dem Gesetz durfte man ihn erst in einer Woche jagen, aber mit solchen Details konnte er sich jetzt nicht aufhalten. Er hatte wirklich Hunger.

Vollkommen still saß er in seinem Versteck aus Zweigen, Wurzeln und allem, was er sonst noch gefunden hatte. Er war ungefähr zwanzig Meter von der Wasserstelle entfernt. Vorn in seinem Versteck war ein Loch, gerade groß genug, dass er hindurchschießen konnte, wenn der Winkel stimmte. Und es würde gleich so weit sein, sobald der Bock noch einen Meter nach vorn kam.

Das Tier zögerte, doch dann machte es endlich einen weiteren Schritt. Oxen legte den Pfeil ein, platzierte die Nocke sorgfältig auf der Bogensehne – und wartete. Noch einen Schritt, und der Winkel wäre perfekt.

Mit einem Anflug von Nervosität trippelte der Bock ein kleines Stück weiter und stand einen Moment reglos da, bevor er anfing zu trinken. Oxen spannte den Bogen. Das Tier hob den Kopf und drehte seine Ohren. Aber ausgerechnet in dem Augenblick, als Oxen die Sehne freigab, zuckte sein ausgestreckter Arm kaum merklich. Der Pfeil rauschte über sein Ziel hinweg und verschwand im Gestrüpp. Der Bock ebenso.

Er war eingerostet. Es war viel zu lange her. Wie hatte er so naiv sein können, zu denken, er könne die schwierige Jagd mit Pfeil und Bogen nach so vielen Jahren einfach wieder aufnehmen? Hatte er wirklich geglaubt, dass seine Sinne für diese Art der Jagd ausreichend geschärft und seine Motorik fein genug wären?

Wie idiotisch von ihm, sich in einen Zug zu setzen und Kopenhagen zu verlassen mit der geradezu kindlichen Vorstellung, dass alles wie früher werden würde, wenn er nur draußen in der Natur wäre. Wenn er seine Ruhe hätte, dort, wo Fuchs und Hase sich Gute Nacht sagten.

Es dämmerte bereits, und es begann zu nieseln. In den acht Tagen seit seiner Ankunft hatte es beinahe durchgehend geregnet. Der Wald und das ganze Tal trieften vor Nässe, und wenn er durch die sumpfige Landschaft streifte und von Grasbüschel zu Grasbüschel sprang, stieg ihm der Gestank von Fäulnis in die Nase.

Er blieb in seinem Versteck sitzen und überprüfte seufzend seinen Bogen. Das Gerät war völlig in Ordnung. An dem Fehlschuss war nur er selbst schuld. Sein Bogen war ein Compoundbogen der High Country Archery. Die Pfeile waren speziell für die Jagd konstruiert und mit einer mechanischen Innerloc-Spitze versehen. Bogen und Pfeile hatten einige Tausend Kronen gekostet. Sie waren die letzten wertvollen Dinge, die er aus seinem alten Leben besaß. Wieso er die Ausrüstung nicht schon längst gegen Whisky und Gras eingetauscht hatte, war ihm selbst ein Rätsel.

Er zog sich die Kapuze über die Strickmütze und kroch aus seinem Versteck. Dann hängte er sich Bogen und Köcher über die Schulter und machte sich auf den Heimweg. Er hatte seine alten Gummistiefel an, die er sich im Wertstoffhof besorgt hatte, und watete in der Mitte eines kleinen Wasserlaufs. Der Bach war nur wenige Zentimeter tief, und sein Grund war einigermaßen fest, sodass er einen gangbaren Weg darstellte, in diesem Sumpf und dem Dschungel aus Weiden, die ein nahezu undurchdringliches Dickicht bildeten.

Er folgte dem Bach bis zu seiner Mündung in den Lindenborg Å. Er befand sich weit oben im Tal, das hier zwischen hohen bewaldeten Hängen lag. Der Fluss war noch nicht sehr breit und kräftig, er ähnelte eher einem hübsch gewundenen und schnell fließenden Wildbach. Zurzeit war er so braun wie Trinkschokolade, aber falls der Regen doch irgendwann aufhörte, würde das Wasser schnell wieder klar werden.

Er erinnerte sich daran, dass der Lindenborg Å das beste und sauberste Wasser führte, es wurde von einer Vielzahl schmaler Wasserläufe herangetragen. Im Rold Skov konnte man aus jeder Quelle trinken, denn das Wasser kam aus gewaltigem unterirdischem Kalkgestein. Rold Skov war der Wald der Quellen.

Auf dem Rückweg blieb er mehrmals an der Uferböschung stehen. Er hatte gestern zehn Haken ins Wasser geworfen, jeden mit einer Schnur an einem Stock befestigt, den er in den weichen Erdboden gesteckt hatte. Bei den ersten neun Stellen konnte er die schlaffe Schnur einfach aus dem schlammigen Wasser ziehen, zusammenrollen und in seine Tasche stecken. Das mit dem Fischen war denkbar schlecht gelaufen. Nur zwei kleine Bachforellen hatte er bislang aus dem Wasser angeln können. Als er zu Hause in seinem Keller im Vorfeld alles kalkulierte, hatte er mit einem erheblich größeren Fang pro Tag gerechnet. Dieser verfluchte Regen musste jetzt wirklich langsam ein Ende haben.

Er blieb stehen, um die letzte Leine einzuholen. Am Haken zappelte eine weitere kleine Bachforelle. Viel zu klein. Aber essen würde er sie trotzdem. Er tötete den Fisch mit einem gezielten Stich in den Nacken und setzte seinen Heimweg fort.

Mr White leckte ihm über die Nase. Erst merkte er es gar nicht, so tief war er noch im Schlaf, aber während er langsam zu sich kam, dämmerte ihm, dass sein treuer Gefährte ihn wieder einmal freundlich darauf hinwies, dass es langsam Zeit war, aufzuwachen.

Als er die Augen öffnete, schleckte Mr White ihm ein letztes Mal übers Gesicht, dann drehte der Hund sich um und lugte unter der Plane nach draußen. Oxen machte die Augen wieder zu und zog sich die Decke über den Kopf. Unbarmherzig trommelte der Regen auf das Dach ihres Lagers. Es war nicht auszuhalten. Heute war der neunte Mai, es sollte Frühling sein – und stattdessen pisste es nonstop.

Er war die ganze Nacht wach gewesen. Es gab keinen konkreten Grund dafür. Jeder Versuch, Schlaf zu finden, war gescheitert. In dieser Hinsicht spürte er keine Veränderung. Nordwestquartier oder Rold Skov – das Muster war dasselbe. Deshalb schlief er wie gewöhnlich ab dem späten Vormittag.

Vor dem Schlafen hatte er sich eine halbe Dose Hackbällchen in Curry mit Mr White geteilt. Das Frühstück hatte aus einer Handvoll Reis und einer halben gebratenen Bachforelle für jeden von ihnen bestanden. Er bemühte sich um strenge Disziplin, was seine letzten Lebensmittel betraf. Sie mussten reichen, bis Sonne und Wärme kamen.

Wieder verspürte er das bohrende Hungergefühl im Magen, vor dem er sich in den Schlaf geflüchtet hatte. Das Leben als Mülltaucher war geradezu luxuriös gewesen im Vergleich zu dem hier.

Es überraschte ihn nicht, dass die Natur so gnadenlos sein konnte. Das hatte er schon vor einigen Jahren in Alaska erlebt. Es war ebenfalls im frühen Frühjahr gewesen, während einer Periode heftiger Niederschläge in Form von Schnee, Hagel und Regen. Die Wildnis hatte alles zu bieten, was das Herz begehrte – Fisch, Wild und Beeren, solange man nur wusste, wie man es anstellen musste. Und wenn er etwas wusste, dann das. Trotzdem hungerte er jetzt schon über eine Woche lang, weil alles schiefging.

Er drehte sich wieder um. Mr White saß absolut reglos da und blickte über das Tal. Oxen lag auf einer einfachen Pritsche aus Fichtenholz, etwas erhöht, um die Kälte abzuhalten. Er hatte sie mit einer dicken Schicht aus Fichtenzweigen gepolstert und seine alte Isomatte darübergelegt.

Vor fünf Tagen hatte er dieses Lager eingerichtet. Nachdem er eine Weile die Hänge im oberen Teil des Tals abgesucht hatte, hatte er hier, wo der Ersted Skov an den Vesterskov grenzte, eine geeignete Stelle gefunden. Ein trockener, fester Hügel im Westen, auf der Ersted-Seite des Tals.

Von Skørping und Rebild waren sie zunächst in südwestlicher Richtung gewandert und hatten dann den Hobrovej überquert, der mitten durch das riesige Waldgebiet führte.

Rold Skov erstreckte sich über ungefähr achttausend Hektar. Er wusste aus seiner Zeit in Aalborg noch einiges über den Wald, den Rest hatte er sich angelesen, als er noch in seinem Kellerloch im Nordwestquartier Pläne schmiedete.

Fünfundsiebzig Prozent des Waldes waren in Privatbesitz. Der größte Teil davon gehörte zu den drei Gütern Lindenborg, Nørlund und Willestrup – auf dem Rest hockte der Staat. Oxen befand sich im Augenblick auf dem Grund, der zu Nørlund Slot gehörte. Die ersten Tage, während sie nach einer dauerhaften Bleibe suchten, hatten er und Mr White sich mit einem provisorischen Unterschlupf begnügt.

Dann hatten sie ihr Lager an einem riesigen vom Wind gefällten

Baum aufgeschlagen. Die gewaltige Wurzel der Eiche war in der obersten Schicht des sandigen Moränenbodens verankert gewesen, und als die Eiche umgestürzt war, hatte sie ein großes kesselförmiges Loch zurückgelassen. Dennoch hielt ihre Wurzel an der Erde fest und erhob sich wie eine Wand von ungefähr zweieinhalb Metern Durchmesser über der Grube.

Auf der einen Seite bildete die Wurzel einen Giebel, an dem man die große Tarnplane vernünftig verankern konnte. Es war eine dieser billigen Nylonplanen, die man für ein paar Kröten in jedem Baumarkt bekam. Er hatte sie quer über einen langen Fichtenstamm gehängt. Fast drei Meter breit und ungefähr vier Meter lang war ihr überdachtes Lager. Die Pritsche hatte er an der Wurzelwand aufgebaut, um sich bestmöglich vor dem Wind zu schützen. Am gegenüberliegenden Ende des Sandkessels hatten sie ihre Feuerstelle. Mr White schlief neben ihm, in einem eigenen kleinen Bett aus Fichtenzweigen.

Er hatte den Unterschlupf mit allem getarnt, was charakteristisch für dieses sumpfige Tal war: Zweige und Triebe junger Laubbäume und von ein paar Birken, die mit ihrer gefleckten Rinde die Tarnung vollendeten.

Ein ungeübtes Auge konnte von der Böschung aus ihr Lager nicht ausmachen, und das ganze Gebiet bis zum Lindenborg Å war ohnehin so undurchdringlich, dass es als das unwegsamste Gelände des ganzen Königreichs bezeichnet wurde.

Wenn es nur endlich aufhören würde zu regnen.

Er schlug die Decke zurück und setzte sich in seinem Schlafsack auf. Er hatte den Großteil seiner Klamotten an. Regen und Wind hielten die milde Mailuft auf Abstand.

Sein Magen knurrte lautstark. Unter seinem Bett lag eine leere Whiskyflasche, ein Dreiviertelliter Burke & Barrys Slave-Scotch, der eine ganze Woche gehalten hatte. Selbst der war rationiert. Und jetzt war nur noch eine Flasche übrig. Zusammen mit der kleinen Tüte, in der er Zigarettenpapier und etwas Gras aufbewahrte, bildete sie seinen selbstverordneten Medizinvorrat. Er hatte keine Ahnung, was er machen sollte, wenn der irgendwann aufgebraucht sein würde. Vielleicht war das in Wahrheit die größte Herausforderung – die einzige Frage, die sein Rückzug in den Wald ernsthaft aufwarf. Würde er leben? Oder würde er zugrunde gehen?

Wieder rumorte sein Magen. Er fröstelte. Früher war er nie krank gewesen, aber im Nordwestquartier hatte es ihn ein paarmal erwischt.

Allmählich nahm ein neuer Plan in seinem Kopf Form an. Er würde bei Einbruch der Dämmerung einen längeren Ausflug machen.

7.

Die Konferenzen in Kopenhagen zogen sich in die Länge. Vor allem was die Wamberg-Kommission anging, hatte er sich verschätzt. Sie hatte fast eine Stunde länger gedauert, was wirklich ein starkes Stück war. Daher war es schon spät am Abend, als Mogens Bergsøe in seine Villa im idyllischen Sejs-Svejbæk zurückkehrte.

Der Anwalt hatte nur eine Nacht in der Hauptstadt verbracht, wie gewöhnlich im Copenhagen Admiral in der Toldbogade. Er liebte diesen alten Hafenspeicher, der so behutsam umgestaltet worden war.

Sein Schäferhund Hermann konnte so lange gut auf sich selbst aufpassen. Er hatte reichlich Futter und Wasser und einen gemütlichen Platz im Hundezwinger, den er ihm eingerichtet hatte, nachdem Jytte ausgezogen war.

Er lenkte den Cayenne in die Auffahrt und registrierte mit einem Blick in den Rückspiegel, dass das zweite Paar Scheinwerfer direkt hinter ihm war. Sein Leibwächter.

Der Mann, der offiziell keinen Namen trug, aber mit dem Spitznamen »Madsen« einverstanden gewesen war, folgte ihm mittlerweile schon ziemlich lange wie ein Schatten.

Das Haus war dunkel. Nur die Lampen in der Auffahrt, die mit einer Zeitschaltung verbunden waren, brannten, und er konnte den Hundezwinger hinter dem Haus erahnen. Alles war, wie es sein sollte. Und doch … er vermisste Jytte. Das Haus war ohne sie so leer. Es war ihm schleierhaft, warum ältere Frauen, die eine gewisse »künstlerische Ader« besaßen, sich unbedingt »befreien« mussten, sobald sie die sechzig hinter sich gelassen hatten. Herrgott noch mal, für solche Albernheiten war es doch ohnehin zu spät.

Jetzt wohnte Jytte in einer kleinen Wohnung in Silkeborg und verbrachte ihre Tage im Hinterhofatelier einiger äußerst reifer und befreiter Künstlerinnen. Jytte fertigte Glasmosaike, ohne auch nur den Hauch eines erkennbaren Talents.

Sie waren immer noch die besten Freunde. Gingen gemeinsam ins Theater, in die Oper oder zu Jazzkonzerten. Er hatte gehofft, dass sie ihre fixe Idee bald wieder verwerfen würde, aber jetzt wohnte sie schon über ein Jahr allein. Verrücktes Frauenzimmer.

Er parkte den Wagen, stieg aus und verriegelte ihn mit einem Druck auf den Autoschlüssel. »Komm mit«, sagte er zu seinem Leibwächter, ging über den Gartenweg zum Hintereingang und schloss die Tür auf. »Ich habe die weltbeste Salami zu Hause, und dazu genehmigen wir uns noch ein Gute-Nacht-Bier, was meinst du?«

Er knipste das Licht im Flur an und ging in die Küche, wo er als Erstes die Lampe über dem großen Esstisch anmachte.

»Setz dich, Madsen«, murmelte er. »Ich geh nur schnell raus und sehe nach Hermann. Ich bin gleich wieder da.«

Bergsøe drehte sich um und erstarrte im selben Moment. Er blieb mitten in der Küche stehen, den Blick auf das große Fenster gerichtet.

Mit einem Satz war sein Leibwächter bei ihm, drückte ihn auf den Küchenboden und befahl ihm mit gezogener Waffe, in Deckung zu bleiben.

Aber es passierte nichts. Es war kein Laut zu hören. Da war nur die große Silhouette, die reglos in der Buche vor dem Küchenfenster hing. Gerade so gut beleuchtet, dass man sie nicht übersehen konnte.

Sie blieben auf dem Boden sitzen und drückten sich an die Küchenschränke. Dann klingelte Bergsøes Handy. Eine Männerstimme meldete sich, sie sprach Englisch mit einem ziemlich ausgeprägten Akzent. Der Anwalt hörte konzentriert zu.

»*Go to hell!*«, brüllte er voller Wut, und die Hand, in der er sein Telefon hielt, zitterte.

»*That is a stupid answer, Mr Bergsøe. I will ...*«

»*I said: Go to hell!*«

Er beendete das Gespräch und schleuderte das Handy von sich.

8.

Der Mond war groß und rund und zeigte ihnen bereitwillig den Weg. Er schätzte, dass sie ungefähr sechs oder sieben Kilometer zurückgelegt hatten. Jetzt waren sie bald am Ziel.

Sie gingen auf dem Hobrovej nach Norden. Jedes Mal, wenn er Autoscheinwerfer kommen sah, zog er Mr White sofort mit sich in den Schatten des Waldes, ging in die Hocke und nahm den Hund in den Arm, um sein weißes Fell zu verdecken, das im Dunkeln wie ein Reflektor wirkte. Oxen wollte unsichtbar bleiben.

Am Vælderskoven bogen sie rechts ab. Er zog den Hund näher zu sich, während sie die Einfahrt zum Hotelrestaurant Rold Storkro hinaufgingen.

»Jetzt müssen wir vorsichtig sein, Whitey. Bleib schön dicht bei mir.«

Als er eine Autotür hörte, versteckte er sich blitzschnell hinter einem Bretterzaun. Er ließ den Wagen vorbeifahren und ging dann weiter zum Hotel. Davor befand sich eine Minigolfbahn, dann kam der Eingang und dann eine überdachte Terrasse mit kleinen Bistro-Tischen. Drinnen saßen einige Gäste.

Er stand hinter einem Baum, und sein Verhalten war dem seines geschätzten Begleiters nicht unähnlich: Er streckte die Nase in die kühle Abendluft und witterte, in der Hoffnung, eine Duftspur aufzunehmen, die sie ihrem Ziel näher bringen würde: der Hotelküche. Doch es gab keine Duftspur, also umrundeten sie in einem großen Bogen das Hotelgebäude.

Als sein Blick auf eine Reihe von Abfallcontainern auf der Hinterseite des Hotels fiel, hatte er keinen Zweifel mehr. Jetzt galt es nur noch, sich nicht erwischen zu lassen und die Augen offen zu halten.

Allerdings wurde ihm plötzlich bewusst, dass er sich möglicherweise verrechnet hatte – bei dem Gedanken an kalte, klebrige Soße in Plastiktüten mit rohen Kartoffel- und Fleischresten lief ihm nicht gerade das Wasser im Mund zusammen. Aber irgendwo musste das Küchenpersonal das Essen doch loswerden, das auf den Tellern übrig blieb, oder die sonstigen Reste, die man den Leuten nicht servieren konnte. Es war nur eine Frage der Geduld.

Nach einer Weile tauchte ein junger Mann auf, der zwei Mülltüten in den hintersten Container warf. Oxen stürzte sich sofort darauf. Im Schein der Taschenlampe untersuchte er den Inhalt. In der ersten Tüte waren Kartoffelschalen. In der zweiten nur leere Dosen, in denen geschälte Tomaten gewesen waren. Er leuchtete in den Abfallcontainer. Es gab nichts, was ihm ins Auge sprang – oder in den Mund.

Ihre Expedition zu dem Landgasthof war eine absolut dämliche Idee gewesen. Exakt genauso dämlich wie dieser ganze Trip in den ewigen Regen.

Plötzlich ging hinter ihm eine Tür auf, und er knallte erschrocken den Containerdeckel zu. Im Licht, das durch die Tür nach draußen fiel, stand eine schlanke Gestalt. Eine Frau.

»He!«

Ihr Ausruf hing in der Luft. Vermutlich war sie genauso überrascht wie er.

»Was in aller Welt machst du da?«, sagte sie schließlich und kam ein paar Schritte auf ihn zu, was ihn ihre Gesichtszüge erkennen ließ. Sie war jung, Anfang zwanzig.

Er suchte immer noch nach einigermaßen passenden Worten. Er war nicht mehr daran gewöhnt, mit jemandem zu reden. Der letzte Mensch, mit dem er sich unterhalten hatte, war ein alter Mann gewesen, dem er aufgeholfen hatte, als er mit seinem Fahrrad gestürzt war. Sie hatten ein paar belanglose Sätze gewechselt, aber das war Monate her. Genau genommen war es kurz nach Neujahr gewesen.

Nein, er war wirklich nicht mehr daran gewöhnt, mit jemandem zu reden. Und schon gar nicht mit einer Frau. Er unterhielt sich ja noch nicht mal mit Mr White.

»Nichts …«

Er merkte selbst, wie lächerlich das klang. Er zog sein Barett tiefer in die Stirn.

»Wühlst du in unserem Müll? Gräbst du tatsächlich in den Küchenabfällen?« Die Frau klang ernsthaft verblüfft.

»Äh …«

»Das ist doch nicht zu fassen.«

Er zuckte mit den Schultern.

»Ist das dein Hund?«

Er nickte.

»Wie heißt er?«

»Mr White.«

Sie kam näher und musterte Oxen im Licht der offenen Tür – ohne erkennbare Scheu.

»Hast du Hunger?«

»Etwas«, murmelte er.

»Na ja, ganz offensichtlich mehr als das. Und der Hund auch?«

Er nickte.

Sie blieb einen Moment stehen und musterte ihn von Neuem. Dann sagte sie energisch: »Na gut. Hier draußen wirst du nichts Essbares finden. Warte, dann bring ich dir was. Zum hier Essen oder zum Mitnehmen?« Sie grinste.

Er war sich nicht sicher, ob das ein Witz gewesen war.

»Zum Mitnehmen. Danke. Das ist nett von …«

Sie war schon verschwunden. Sie klang fröhlich. Und sie hatte ein schönes Lächeln. Würde sie ihn verraten? Nein, sie nicht. Sie würde bestimmt wieder rauskommen.

Es vergingen ein paar Minuten, vielleicht zehn. Sie hatte die Tür nur angelehnt. Er redete sich ein, dass in der Küche wahrscheinlich viel los war und sie sich nicht so schnell wieder loseisen konnte. Dann hörte er hastige Schritte auf den Fliesen im Haus. Und dann war sie wieder da. Lächelnd. Sie hielt ihm eine große Plastiktüte hin.

»Hier, Wildgulasch … Eine Spezialität des Hauses, Reste von heute Abend. Das sollte für euch beide reichen. Ich habe es in ein paar Aluschälchen getan.«

Er nahm die schwere Tüte entgegen und erwiderte ihr Lächeln.

»Tausend Dank, das ist nett von dir.«

»Ist schon okay. Ich habe auch Besteck dazugepackt. Altes Zeug, also behalt es einfach.«

»Danke.«

»Was machst du eigentlich hier draußen am Ende der Welt?« Sie breitete fragend die Arme aus.

»Ich … wir … sind auf der Reise – ins Frühjahr. Um ein bisschen rauszukommen.«

»Bist du ein Landstreicher?«

»Nein, eher nicht.«

»Obdachlos?«

Er zuckte mit den Schultern und räusperte sich. »Auch nicht so richtig. Auf der Reise, wie gesagt. Nach Aalborg.«

»Aalborg? Okay … Darf ich ihn streicheln?« Sie ging in die Hocke.

»Sag Guten Tag, Whitey.«

Der Hund kam vorsichtig näher und ließ sich streicheln und kraulen.

»Was für ein hübscher Kerl. Also … Wir haben viel zu tun, aufräumen und so. Ich muss wieder rein.«

»Natürlich.« Er streckte die Hand aus, und sie nahm sie, ohne zu zögern. »Vielen Dank.«

»Ach, ist schon in Ordnung. Gute Reise – und guten Appetit.«

Sie winkte, dann zog sie schwungvoll die Tür hinter sich zu. Er winkte auch. Es sah nur niemand.

9.

Das gelbe Seekajak war ein edles, renntaugliches Sportgerät. Er hatte es erst seit ein paar Wochen, fühlte sich aber bereits vertraut mit dem schlanken Rumpf und dem ungewohnten Kipppunkt. Hätte er geahnt, welchen Unterschied es machte, hätte er das alte, schwerfällige Anfängermodell, mit dem er sich seit ein paar Jahren zufriedengegeben hatte, schon lange abgeschafft.

Jetzt durfte stattdessen sein Leibwächter Madsen sich mit dem alten Ding herumschlagen.

Es regnete. Schätzungsweise seit hundert Tagen ohne Unterbrechung. Wo zur Hölle blieb eigentlich der Frühling? Er wischte sich das Gesicht mit dem Handschuh ab.

Aber eigentlich war ihm der Regen egal. Es zog ihn aufs Wasser, mit oder ohne Regen. Er musste raus. Die letzten Tage waren eine einzige nervenaufreibende Angelegenheit gewesen. Er war nicht sentimental, was Tiere betraf. Anders als Jytte betrachtete er sie nicht als vierbeinige Menschen. Deshalb war der erhängte Hermann vor seinem Küchenfenster aus seinen Gedanken verschwunden, sobald er ihn zwischen den Birken beerdigt hatte. Was ihn viel mehr quälte, war das, was Hermanns spektakulärer Tod ausgelöst hatte.

Fünf Tage waren seither vergangen. Fünf Tage wie im Gefängnis. Er hatte die Rückendeckung darüber informiert, dass er sein Grundstück vorläufig nicht verlassen würde, und man hatte ihn mit zwei weiteren Wachmännern ausgestattet. Jetzt standen die beiden auf der Badebrücke, jeder mit einem Fernglas in der Hand. Und sie ließen sich verdammt viel Zeit, obwohl sie wussten, wie sehr er darauf brannte, sich zu bewegen.

Endlich ließ der Ältere sein Fernglas sinken und nickte.

»Na dann – gute Fahrt, Bergsøe! Und bleiben Sie in diesem Teil des Sees«, ermahnte ihn der Mann ernst.

Er legte mit einigen langsamen, sanften Paddelschlägen ab. Es war wichtig, sich aufzuwärmen und den Körper gut vorzubereiten, bevor man Tempo aufnahm. Besonders in seinem Alter.

Sie waren erst ein paar Bootslängen draußen, als ein rotes Kajak hinter dem Schilf auftauchte. Es hatte ordentlich Fahrt drauf. Eine Frau saß darin, eine jüngere Frau. Er drosselte das Tempo und wartete höflich, bis sie an ihnen vorbei war.

Er schaute ihr nach. Diese Frau war nicht nur jung, sondern vor allem ausgesprochen hübsch. Ihre glänzenden schwarzen Haare waren im Nacken straff zu einem Pferdeschwanz zusammengebunden, nur eine kleine Strähne stand widerspenstig ab. Sie trug eine dieser neumodischen Sportbrillen, deren Gläser dunkle Spiegel waren. Ihr Gesicht war fein geschnitten und ebenmäßig, die Lippen glänzten rot. Mehr konnte er – bedauerlicherweise – nicht erkennen.

Er grinste breit und winkte. Und sie nahm sich die Zeit, das auch zu tun. Dann legte sie wieder an Tempo zu und glitt an ihnen vorüber.

Frauen, Frauen, Frauen … Er meinte es ehrlich, wenn er sagte, dass er Jytte vermisste und sich wünschte, sie käme wieder nach Hause. Aber es hatte auch seine Vorteile, getrennt zu leben. Seit sie ausgezogen war, hatte er dreimal die Gelegenheit ergriffen, den Rausch vergangener Zeiten neu zu erleben. Das hatte seiner schwindenden Männlichkeit einen gewaltigen … *Kick* verpasst. Sagte man das nicht neuerdings so?

Normalerweise gab es drei Möglichkeiten: nördlich durch die Sejs-Engstelle raus auf den Brassø, nach Südosten durch die schmale Stelle bei Svejbæk in den Julsø oder nach Westen in den Teil des Borre Sø, der auch Paradies genannt wurde, weil vier hübsche kleine Inseln darin lagen, wie eine Perlenkette in Richtung Østerskov und Virklund aneinandergereiht. Seiner Meinung nach war diese letzte auch die schönste Route, und außerdem war sie gut zu schaffen.

Sie hielten ein moderates Tempo und steuerten direkt auf die große, bewaldete Landspitze auf der gegenüberliegenden Seite zu; von hier aus konnten sie dem Ufer folgen und die vier Inseln der Reihe nach abklappern. Er folgte, wann immer es ging, dem Ufer.

Der Regen lag wie ein Schleier über dem Land und verschlechterte die Sicht, aber vermutlich war auf dem Wasser ohnehin nicht viel los. Sie glitten an der größten der Inseln vorbei, Borre Ø, die ein Stück links von ihnen lag. Er fühlte sich inzwischen gut aufgewärmt und erhöhte den Takt. Er blickte über seine Schulter. Ohne jegliche Anzeichen von Anstrengung folgte ihm sein Schatten, Madsen. Er hatte am Badesteg gesehen, wie der Mann das Pistolenholster unter seiner Jacke zurechtgerückt hatte. Das war bestimmt unbequem.

Er hatte in seinem Leben schon viel durchgemacht und über die Jahre nicht selten mit besonders heiklen Informationen zu tun gehabt, vor allem was die nationale Sicherheit betraf. Gerade in den letzten Jahren seiner Mitgliedschaft in der Wamberg-Kommission war das noch viel heftiger geworden als jemals zuvor. Aber nichts hatte je dazu geführt, dass er mit bewaffneten Wachleuten ausgestattet werden musste, niemals.

Er wollte die düstere Perspektive dieser prekären Angelegenheit, in die sie geraten waren, nicht in Abrede stellen. Es war ein beunruhigender Anschlag auf sie alle, eine offenkundig ernst zu nehmende Bedrohung ihrer Sicherheit, doch es gab einen Grund, weshalb er sich trotzdem sicher fühlte: Der Rückhalt, das gesamte Netzwerk einflussreicher Kräfte, das niemand sehen oder hören konnte, diese große, lautlose Maschinerie arbeitete bereits unter Hochdruck daran, die Gefahr zu lokalisieren und zu eliminieren.

Deshalb war sein Optimismus ungebrochen. Es brauchte schon mehr als einen toten Hund, um ihn zu erschüttern.

Sie fuhren rechts an Langø vorbei und weiter auf die dritte der Inseln zu, Bredø, die nur ungefähr zweihundertfünfzig Meter entfernt ganz dicht an einer schmalen Landzunge am Südufer des Sees lag. Die letzte und kleinste Perle in der Inselreihe war Annekens Ø, und die wollte er gern umrunden.

Er korrigierte den Kurs ein wenig, um links an Bredø vorbeizukommen und die schmale Durchfahrt zwischen der Südspitze der Insel und der Landzunge zu nehmen. An dieser Stelle war das Wasser tief. Im Sommer sah man hier oft Segler, die vor der Insel ankerten, um zu baden. Er ließ das Paddel einen Augenblick ruhen. Ein Haubentaucher verschwand im Schilf, als sie näher kamen, und er glaubte, über der Landzunge einen Mäusebussard kreisen zu sehen. Er schaute zurück. Madsen war nur ein paar Längen hinter ihm. Auch er machte Pause.

Lautlos glitten sie weiter durchs Wasser. Er spähte zu der Insel und glaubte fast, das Lachen des Sommers zu hören, das Quietschen und Planschen der Kinder. Es war ein wunderbares …

Da wurde die Wasseroberfläche vor der Spitze des Kajaks jäh durchbrochen. Eine schwarze Gestalt schoss in einer Wasserfontäne senkrecht aus der Tiefe wie ein Monster.

Ein Taucher. Mit Maske, Schläuchen und Flasche auf dem Rücken. Bergsøe blieb das Herz stehen. Oder es zerriss vor Schreck. Dann ging alles blitzschnell.

Er sah, wie ein schwarzer Arm den gelben Rumpf des Kajaks umklammerte, während sich der zweite Arm nach oben streckte. Er bemerkte irgendetwas in der Hand des Tauchers, hörte ein Rauschen – und konnte sich gerade noch so weit umdrehen, dass er mitbekam, wie die Spitze der Harpune in Madsens bloßem Hals stecken blieb.

Dann verlor er das Gleichgewicht und fiel ins Wasser.

In seinem Kopf herrschte das blanke Chaos. Er hatte Wasser im Mund, vor seinen Augen stiegen Luftbläschen auf. Schließlich spürte er einen harten Griff um den Hals, und als er wieder auftauchte, sah er eine glänzende Messerklinge vor seinem Gesicht.

Das war's.

Der Mann hielt ihn von hinten eisern fest. Er erkannte seine Stimme, es war dieselbe wie neulich am Telefon, derselbe Akzent. Sie hatten ihre geheimnisvollen Gegner unterschätzt.

Gleich war es vorbei.

Die Fragen zischten scharf in sein Ohr. Schon beim ersten Zögern bekam er die Klinge zu spüren. Also versuchte er prustend, seine Antworten herauszupressen.

Er war erledigt. Er antwortete, so gut er konnte. Ganz ohne abzuwägen, ob der Mann ihn im Gegenzug verschonen würde oder nicht. Auf Befehl des Tauchers stöhnte er eine Reihe neuer Antworten hervor.

Aber … er konnte nicht alles beantworten. Er kannte die Antwort auf die Frage nicht, die der Taucher ihm wieder und wieder stellte. Er konnte es ihm ganz einfach nicht sagen.

Und dann war da nur noch Chaos. Chaos und Luftblasen.

Der Taucher drückte Anwalt Bergsøes Kopf unter Wasser und sorgte dafür, dass er dort auch blieb. Erst fing Bergsøe wild zu zappeln an. Dann ließ der Widerstand nach. Und schließlich lag der Körper leblos im Wasser.

Der Taucher schob die Leiche von sich weg und schwamm zu der Stelle im Schilf, wo er seine Jolle versteckt hatte.

Die Antwort hatte er nicht bekommen – aber er wusste jetzt genug, um weitermachen zu können. Damit musste er sich zufriedengeben. Er nahm seine Ausrüstung aus dem Wasser, legte sie ins Boot und kletterte an Bord. Dann ließ er den Motor an.

Der nächste Schritt musste gut überlegt sein. Es wurde immer gefährlicher, je näher sie ihrem Ziel kamen.

Aus dem Augenwinkel sah er die Leiche des Anwalts, die dicht am Rand des Schilfgürtels der kleinen Insel trieb. Die gelbe Schwimmweste leuchtete förmlich. Das Gesicht war unter Wasser, die Arme waren zur Seite gestreckt.

10.

Er robbte durch das nasse Gras, das Kampfmesser zwischen den Zähnen. Dann lag er still und lauschte intensiv, bis er sich langsam weiter vorwärtsbewegte, auf die Ellenbogen gestützt. In dieser Nacht war die Dunkelheit undurchdringlich.

Das Einzige, was er gerade noch erkennen konnte, waren die Umrisse der kleinen Baumgruppe, auf die er zusteuerte. Von dort war das Geräusch gekommen. Oder nicht? Ein Geräusch, das nicht in den Wald gehörte, ein metallischer Laut. Ja, das Klicken zweier Metallteile. Ein Magazin, das einrastete? Ein Maschinengewehrständer, der ausgeklappt wurde?

Er blieb lange reglos liegen. Rollte sich auf den Rücken und starrte in den pechschwarzen Nachthimmel, aus dem es vermutlich am Morgen wieder regnen würde.

Hier war nichts zu hören. Nicht mal das Schmatzen einer Haselmaus, das Rülpsen einer Eule oder das ferne Furzen eines Damhirschs.

Es war – wie immer – falscher Alarm.

So war das auch gewesen, wenn er sich mitten in der Nacht geduckt in einem Hinterhof des Nordwestquartiers wiedergefunden hatte, bewaffnet mit seinem Kampfmesser, das immer griffbereit unter seinem Kopfkissen lag.

Er stand auf und schlich zurück in sein Lager, zog die Regensachen aus und kroch in seinen Schlafsack. Mr White schnarchte ungerührt weiter in seinem Bett aus Fichtengrün. Oxen konnte spüren, dass eine seiner unruhigen Phasen heranrollte. Sie kamen in Wellen.

Es war fast fünf Uhr. Die Nacht war die Hölle gewesen. Er hatte wieder Besuch von einem der Sieben bekommen. Vielleicht von dem Grauenhaftesten von allen: dem Kuhmann.

Der faltige Alte trat immer aus dem Nebel unten am Fluss. Erst konnte man nur erahnen, dass sich dort etwas bewegte. Dann war er immer deutlicher zu erkennen, je näher er kam. Er zog seine Kuh hinter sich her über die kleine Hauptstraße des Dorfes. Links und rechts der Straße standen Ruinen. Mauerreste und Brandstätten, wohin man auch sah.

Nur ein einziges Haus im ganzen Dorf war unversehrt, als würde es von einer hohen, unsichtbaren Mauer geschützt, die kein Krieg zerstören konnte.

Das kleine Anwesen lag auf der anderen Straßenseite, schräg gegenüber. Es war hellgelb gestrichen. An den Fenstern blühten sogar ein paar Blumen. Ein grünes Tor führte in den Innenhof.

Oxen saß oben auf dem gepanzerten Mannschaftswagen und beobachtete, wie der Alte aus dem Nebel auftauchte und auf das gelbe Haus zuging.

Einer der anderen kam zu ihm und zündete sich eine Zigarette an.

»Oxe, schau mal der alte Opi … Und wie zur Hölle ist das da eigentlich möglich?«

Verwundert zeigte sein Kamerad zu der unversehrten gelben

Hausmauer. Neben der Haustür hatte jemand mit roter Farbe ein paar Zeichen an die Wand gemalt. Ein Kreuz mit vier C rundherum, die beiden linken spiegelverkehrt.

Nur dass die vier kyrillischen Buchstaben keine C waren, sondern S. Sie standen für *Samo sloga Srbina spasava.*

»Deshalb ist das möglich«, hörte er sich selbst wieder und wieder und wieder antworten. Deshalb war das gelbe Haus unversehrt.

Der Alte war jetzt ganz nah.

»*Samo sloga Srbina spasava* – das heißt übersetzt: ›Nur Eintracht rettet den Serben.‹ Das ist ein Schutzmantra.«

Als der Kuhmann direkt vor ihnen stand, verzog er den Mund zu einem boshaften Grinsen voller verrotteter Zahnstummel.

Das war der Moment, in dem Oxen aufwachte. Diesmal mit dem Gefühl, laut und durchdringend geschrien zu haben, doch ohne jede Erlösung. So war es oft. Schreie und Warnungen, die nicht aus seinem Hals wollten, sondern ihn am Rand des Fegefeuers weckten.

Macht war gut. Macht war notwendig. Ohnmacht war die Hölle. Obwohl sie Zeugen ethnischer Säuberungen geworden waren, hatten sie nichts anderes getan, als harmlose Papierberichte nach Hause zu schicken.

Sie waren so etwas wie sieben Familienmitglieder geworden, der Kuhmann und die anderen, die ihn heimsuchten. Er kannte jeden von ihnen in- und auswendig. Sie hatten alle ihre Eigenheiten. Sie taten nie etwas Unerwartetes – und dennoch konnte er sie nicht überlisten oder bezwingen.

Es war eine höllische Nacht gewesen, gefolgt von höllischen Morgenstunden mit einem falschen Alarm in der Dunkelheit.

Er setzte sich auf, knipste die Taschenlampe an und griff nach der Tüte mit dem Zigarettenpapier und dem Gras. Er drehte sich hastig einen Joint, zündete ihn an, inhalierte tief und hielt die Luft an, solange er konnte.

Licht … ein gleißendes Licht. Und ein vages Gefühl von Wärme. Ganz langsam erwachten seine Sinne, wie kleine Blasen, die den langen Weg aus dem schlammigen Meeresboden emporstiegen.

Er zwang sich, die Augen einen Spaltbreit zu öffnen. Von oben, durch ein Loch zwischen der Wurzelmauer und der Plane, fiel ein lebenspendender Streifen Sonne auf sein Gesicht. Er drehte sich um, hob die Plane an und warf einen Blick nach draußen. Die strahlende Landschaft blendete ihn. Er schielte auf seine Armbanduhr und stellte fest, dass es elf Uhr war. Er hatte sehr lange und ruhig geschlafen – einen leeren Schlaf. Sein Körper fühlte sich schwer und schlaff an. Das kam manchmal vor. Wenn extremer Schlafmangel dadurch ausgeglichen wurde, dass eine unsichtbare Kraft, oft unterstützt von Whisky oder richtig gutem Gras, ein Gewicht auf die Seite der Waagschale fallen ließ, die bei ihm viel zu lange leicht gewesen war.

Er rollte sich auf den Rücken, bis er den Sonnenstrahl wiedergefunden hatte. Blieb einfach liegen, ohne sich zu rühren, und nahm Licht und Wärme mit seinem Gesicht auf.

Endlich. Die Sonne war gekommen. Jetzt würde es wirklich Frühling werden.

11.

Die vierundzwanzig Stunden des Tages hatten Hans-Otto Corfitzen noch nie gereicht. Das war schon seit seiner frühesten Kindheit so gewesen und hatte sich in all den Jahren seiner beispiellosen Diplomatenkarriere auch nicht geändert – bis heute, da er seinen Titel schon lange mit den beiden Buchstaben »Ex« ergänzt hatte.

Exbotschafter Corfitzen fuhr sich mit der Hand durch das weiße Haar, legte die Lesebrille auf die Zeitung und blickte aus dem Fenster. Endlich, die Sonne war gekommen. Jetzt würde es wirklich Frühling werden.

Sein Schreibtisch stand so, dass er in den Park hinaussehen konnte. Die Sonne schimmerte im schwarzen Wasser des Burggrabens. Schon bald würde der Schlosspark in Grüntönen erblühen, und etwas später würden die Farben folgen. Die schönste Zeit des Jahres stand unmittelbar bevor.

Sein Tag hatte wie gewöhnlich um sechs Uhr angefangen. Wenn man sich mit vierundzwanzig Stunden begnügen musste, dann musste man sein Tagewerk eben zeitig beginnen. Um sechs aus den Federn, zwischen dreiundzwanzig Uhr und Mitternacht ins Bett, das bedeutete sechs bis sieben Stunden Schlaf, was in seinem Alter mehr als genug war.

Der Exbotschafter residierte auf Nørlund Slot, am südwestlichen Rand des großen Waldgebiets Rold Skov. Wenn man es ganz genau nahm, trennten eine große Wiese und eine Straße das Schloss vom eigentlichen Waldrand. Das Schloss lag, umgeben von Bäumen und Büschen, wie eine geschützte kleine Enklave direkt an der Landstraße zwischen Arden und Aars.

Das Geschlecht der Corfitzens lebte erst in der dritten Generation auf dem Anwesen. Der Großvater hatte es seinerzeit für ein Butterbrot erworben, als die vorigen Besitzer knapp bei Kasse gewesen waren.

Heute war der Besitz ein 2281 Hektar großes, rentables Unternehmen, was in erster Linie einem Sägewerk und der dazugehörigen Landwirtschaft zu verdanken war. Das Sägewerk bezog sein Rohmaterial aus den großen Waldbesitztümern, die unter anderem Ersted Skov, Torstedlund Skov und Nørlund Skov umfassten.

Hans-Otto Corfitzen nannte ein kleines Stück der dramatischen Geschichte Dänemarks sein Eigen, das eng verflochten war mit den alten Legenden um den Rold Skov, zu dem auch die Wälder des Schlosses gehörten. Wenn er so dasaß und den Blick über Burggraben und Park schweifen ließ, die in der zarten Maisonne glänzten, dann war es ein schöner Gedanke, genau hier zu sterben –

und an dem Ort im Park zur Ruhe gebettet zu werden, den er schon vor langer Zeit dafür ausgewählt hatte. Wer das Recht hatte, hier zwischen Rhododendren und Flieder zu ruhen, der hatte wirklich etwas erreicht im Leben.

Aber der alternde Diplomat fühlte sich in dieser etwas düsteren Burg noch wohl, zwischen den Geistern von Adelsherren und Räubern, und er hatte nicht die Absicht, in nächster Zeit abzutreten. Dafür hatte er viel zu viel zu tun.

Unten im Park sah er einen seiner Leibwächter seine Runde drehen. Es ärgerte ihn, dass es so weit gekommen war. Aber er hatte es selbst zu verantworten.

Nun, ganz gleich, was geschah, Nørlund Slot würde es überstehen. Es war ein robustes Gemäuer, das sein Großvater sich damals zugelegt hatte. Außer Sæbygaard war es wohl der einzige Herrensitz in Nordjütland, der an eine anständige Burg erinnerte.

Im 14. Jahrhundert war das Schloss nicht mehr als ein Turm gewesen, der weit und breit als »Räubernest« verschrien war und den Waldemar IV. deshalb abreißen ließ. Aber Nørlund erhob sich von Neuem und wurde wieder zum beliebten Ausgangspunkt für Plünderungen, die sich gegen Reisende zwischen Randers und Aalborg richteten. Margrethe I. wurde es dann irgendwann zu viel, und sie ließ Nørlund erneut niederreißen.

In den Zeiten der Grafenfehde saß der Reichsrat Peder Lykke in Nørlund. Als Lehnsherr lebte er außerdem auf Schloss Aalborghus, aber als der Freibeuter Skipper Clement das Schloss Aalborghus stürmte, flüchtete der Reichsrat sich angeblich in sein Haus im Rold Skov. Später brannte Clement Nørlund nieder, sodass der Reichsrat zum zweiten Mal fliehen musste.

Ludvig Munk, der zuvor die norwegische Bevölkerung als Statthalter ausgenommen hatte, war schließlich der Mann, der 1581 mit dem Bau des neuen Nørlund Slot begann.

Und jetzt folgte also er, ein Corfitzen, in dieser langen Reihe. Er hatte den größten Teil des Weges auf Erden, den Gott ihm zugedacht hatte, schon zurückgelegt und konnte nur hoffen, dass seine Tochter ihn beerben und ihrem Namen Ehre erweisen würde. Ein Sohn war ihm nie geschenkt worden.

Der Leibwächter verschwand aus seinem Blickfeld. Er war einer von fünf Männern, neben Chauffeur Arvidsen, der gleichzeitig sein treues »Mädchen für alles« war. Drei der Wachmänner würden ihn begleiten, wenn er am späten Nachmittag zu dem Treffen fuhr.

Er setzte seine Lesebrille wieder auf, faltete die Zeitung zusammen und legte sie beiseite. Der Grund für die Anwesenheit der Wachleute war in der heutigen Ausgabe nachzulesen. Er wusste von allen am besten, worum es ging. Den Artikel hatte er natürlich trotzdem gelesen.

»Oberster Geheimdienstkontrolleur bei mysteriösem Unfall ums Leben gekommen«, lautete die Überschrift. Die Presse kam mit einer Neuigkeit heraus, die bereits mehrere Tage alt war. Die Polizei hatte sich in Anbetracht der Brisanz dieser Angelegenheit wohl zunächst bedeckt gehalten.

Der Artikel handelte vom Tod des Anwalts Mogens Bergsøe auf dem Borre Sø bei Silkeborg. Er war Vorsitzender der sogenannten Wamberg-Kommission gewesen, einer speziellen Kontrollkommission der Regierung, die sämtliche Nachrichtendienste des Landes und deren Umgang mit personenbezogenen Daten überwachte. Deshalb die eigenwillige Bezeichnung »Geheimdienstkontrolleur« in der Überschrift. Und was die Wortwahl des »mysteriösen Unfalls« betraf – sie bezog sich auf den Umstand, dass der Anwalt offenkundig ertrunken war, als er mit dem Kajak auf dem See unterwegs war – obwohl er eine Schwimmweste getragen hatte. Ein Augenzeuge meinte gesehen zu haben, dass Bergsøe von einem zweiten Kajak begleitet worden war, aber das war spurlos verschwunden.

Außerdem stand in dem Artikel, die Polizei habe »routinemäßige Nachforschungen eingeleitet«, aber man gehe davon aus, dass es sich um einen Unfall gehandelt habe. Die Obduktion hatte bestätigt, dass der Anwalt ertrunken war.

Möglicherweise war ihm schlecht geworden, und er war ins Wasser gefallen. So etwas kam vor. Tatsächlich mindestens einmal pro Jahr. Vor allem Männer mittleren Alters waren gefährdet. Der Polizeichef betrachtete die Untersuchungen – zumindest offiziell – als abgeschlossen und den tragischen Fall damit als geklärt.

Es klopfte an die Tür. War es wirklich schon halb elf? Pünktlich auf die Minute erschien seine langjährige Sekretärin Frau Larsen wie jeden Tag für eine kurze Besprechung in seinem Büro.

»Kommen Sie rein und setzen Sie sich.«

Sie nickte nur. Sie hatten sich schon heute Morgen begrüßt, als die kleine, knochige Frau mit dem Fahrrad aus Haverslev gekommen war.

»Was haben Sie mir denn da für einen Berg Papiere mitgebracht?«, fragte er.

»Ja, das ist heute ein ordentlicher Stapel. Ich habe alles vorbereitet. Es sind ein paar Unterlagen zum Kinderfonds, ein paar zum Consilium und zwei, die das Sägewerk betreffen. Wollen wir anfangen?«

Frau Larsen setzte sich auf den Stuhl gegenüber. Sie war eine zierliche, effiziente Frau Anfang sechzig, die ebenso gut zehn Jahre jünger hätte sein können.

Der Kinderfonds lag ihm sehr am Herzen. Er hatte die *H. O. Corfitzen Foundation for Children in Need* vor fünf Jahren gegründet. Ausgangspunkt der Stiftung war seine langjährige Tätigkeit im Ostblock gewesen. Dort hatten er und seine verstorbene Ehefrau zu viel von dem gesehen, was Kindern widerfahren konnte.

Das Consilium hingegen war die Achse, um die sich sein Leben und sein gesamtes Wirken drehten. Es war ein »liberal-humanistischer« Thinktank, und Corfitzen war bei seiner Gründung die treibende Kraft gewesen. Es war ein praktischer und mentaler Rückzugsort, ein schattiger geistiger Garten, in dem sich die klügsten Köpfe gern stimulieren ließen.

Im Gegensatz zum bürgerlich-liberalen CEPOS und anderen Thinktanks führte das Consilium – genau wie er selbst – ein zurückgezogenes Dasein. Wer im Stillen lebte, der lebte gut.

Und schließlich das Sägewerk. Es war – zusammen mit den diversen Wertpapieren, in die er kräftig investierte – die Quelle, die ihm und seinen Mitarbeitern reichlich Butter auf dem Brot bescherte.

Es war kurz nach Mittag, als Hans-Otto Corfitzen auf den Schlosshof zwischen den drei roten Backsteinflügeln des Gebäudes trat.

Nachdem er über eine Stunde mit Frau Larsen und den Unterlagen verbracht hatte, wollte er noch ein wenig Luft schnappen, bevor er sich zu seinem obligatorischen Powernap von 13:15 Uhr bis 13:30 Uhr zurückzog. Er drehte sich um und stieß einen Pfiff aus.

Einen Augenblick später stürmte der große Deutsch Drahthaar durch die Tür und sprang wedelnd um seine Beine.

12.

Die Kiefern standen ordentlich aufgereiht wie Soldaten links und rechts des breiten, geschotterten Wirtschaftsweges, der sich durch den Wald schlängelte.

Kiefern waren seltsam. Sie konnten alles sein, von glühenden Kupferstangen im letzten Sonnenlicht des Tages bis hin zu versilberten Säulen im Mondlicht, als die sie jetzt die Unterwelt des Waldes zu stützen schienen.

Sie waren zu einem langen Abendspaziergang aufgebrochen, der zu einer Nachtwanderung werden würde, bis sie ihr Lager am Lindeborg Å wieder erreicht hätten. Er hoffte, bis dahin so erschöpft zu sein, dass er für den Rest der Nacht ungestört schlafen konnte. Ohne Whisky und ohne Gras.

Er versuchte, eine kurze Melodie eines Liedes zu summen, in dem die Champs-Élysées vorkamen, weil der Waldweg so breit und bequem wie eine *Avenue* war und weil ihm ganz einfach seit ewigen Zeiten mal wieder leicht zumute war. Das hier war sein Paris, hier war sein Glück: Kiefern, Fichten, Eichen, Buchen, Weiden, Birken, Moos, Farne, Brombeeren und Brennnesseln.

Ziel ihrer Wanderung war das südwestliche Gebiet des Waldes, das Torstedlund Skov hieß. Dort lag Nørlund Slot, auf dessen weitläufigem Grund er und Mr White, ohne lange zu fragen, ihr Lager aufgeschlagen hatten. Er hatte das Schloss noch nie gesehen und war neugierig. Er wollte es gern im Mondlicht aus der Nähe betrachten.

In den letzten Tagen voller Sonne und milder Luft war die Natur explodiert. Genau wie sein Lebenswille. Alles um ihn herum wurde neugeboren. Und alles wurde einfacher.

Vielleicht sollte er dem Schlossherrn einen Gruß hinterlegen. »Danke für das Essen.« Die Hauptmahlzeit des Tages waren zwei schöne Forellen aus dem Bach gewesen, der inzwischen wieder glasklar war. Jetzt konnte er ihn lesen und wusste, wo er seine Haken platzieren musste – und jetzt fanden die Fische den Köder auch.

Es war ein herrlicher, langer Tag gewesen, und sie waren viele Kilometer gewandert. Noch ehe sich das erste fahle Tageslicht gezeigt hatte, waren sie in Richtung Gravlev aufgebrochen, einer Handvoll Häuser direkt am See. Vorsichtig hatten sie sich zu der Quelle geschlichen, die sich über der Siedlung befand und sprudelnd den See füllte. Er war vor Ewigkeiten schon einmal hier gewesen. Neben der Quelle standen zwei Häuser, und er wollte wieder verschwunden sein, bevor die Leute aus den Betten krochen.

Mr White hatte sich brav hingelegt, während er sich auszog und lautlos in das eiskalte, klare Wasser glitt, obwohl er wusste, dass

Baden hier streng verboten war. Es wurde ein kurzes, unerlaubtes Morgenbad – aber das beste seines Lebens. Vielleicht fühlte er sich daher wie neugeboren.

Den restlichen Tag hatte er Brennholz gesammelt, ein paar Fallen aufgestellt, Würmer ausgegraben, den Umgang mit dem Jagdbogen trainiert – und geschlafen.

Er warf einen prüfenden Blick auf den Kompass und seine kleine Landkarte. Sie waren auf Kurs.

Eine Viertelstunde später standen sie am Waldrand, wo der Weg zu einer Fahrspur wurde. Es ging auf halb zwölf zu. In der offenen, mondbeschienenen Landschaft sah er ein dicht bewachsenes Gelände und zwei Laternen. Das musste das Schloss sein. Er blieb stehen und dachte gründlich nach, als wenige Hundert Meter entfernt ein Auto die Landstraße entlangfuhr, die auch nach Nørlund Slot führte. Seine Neugier siegte.

»Na dann, Mr White, wenn Sie so freundlich wären, mich zu begleiten! Wir machen eine Schlossführung, nur eine kleine Runde. Nur mal gucken, wie so ein Schloss wohl aussieht. Das wird ein Spaß, was? Und danach gehen wir nach Hause und legen uns schlafen. Also los, altes Haus!«

Gerade als sie die Straße überquerten, raste ein Auto mit Affenzahn an ihnen vorbei. Er fluchte. Obwohl er sich in den Straßengraben geworfen hatte, war er überzeugt, dass der Fahrer die schwarze Gestalt mit dem weißen Hund im Licht der Scheinwerfer bemerkt haben musste. Und für einen Mann, der am liebsten unsichtbar gewesen wäre, war das ziemlich ärgerlich.

Eine kurze Allee führte zu dem Schloss, das gänzlich hinter hohen Bäumen und Büschen verborgen lag. Zwei helle Laternen beleuchteten die Einfahrt. An einem Pfosten hingen drei Schilder. »Privat – Unbefugten ist der Zutritt verboten«, stand auf dem größten. Darunter hing ein kleineres Schild mit der Aufschrift: »Das Schloss ist für die Öffentlichkeit nicht zugänglich.« Und schließlich ganz unten ein kleines gelbes Schild mit der Aufschrift: »Videoüberwachung.«

Am Ende der Allee entdeckte er einen Pfosten, an dem eine kleine schwarze Box befestigt war. Ein roter Punkt leuchtete im Dunkeln. Vermutlich der Bewegungsmelder, der die Videokamera steuerte, aber er war sich ziemlich sicher, ihn nicht ausgelöst zu haben, dafür waren sie zu weit weg. Sie zogen sich aus dem Lichtschein zurück und verschwanden ein Stück weiter im dichten Gebüsch.

Ein paar Minuten später ging er hinter den Bäumen in die Hocke und zog Mr White zu sich heran. Von hier aus konnten sie den Vorplatz des Schlosses einsehen. Es war eine offene, gekieste Fläche. Rechts davon stand ein weißes Nebengebäude.

Nørlund Slot lag hell erleuchtet im Licht der Scheinwerfer, die auf dem schmalen Grasstreifen zwischen Burggraben und Mauern installiert waren. Es war überraschend klein und kompakt, roter Backstein auf einem hohen Natursteinsockel, mit vielen Sprossenfenstern.

Die drei Flügel des Schlosses umgaben einen Platz, von dem aus man über eine gemauerte Brücke den Burggraben überqueren konnte. An jedem der Seitenflügel befand sich ein Treppenaufgang und im mittleren Flügel ein hoher Turm mit einer Kuppel. Alles war absolut symmetrisch. Im mittleren Flügel befand sich der Haupteingang, der nun langsam geöffnet wurde.

Er drückte Mr White auf den Boden und ging mit ihm hinter einem Baumstamm in Deckung. Ein Mann trat auf den kleinen Innenhof. Er trug einen dunklen Anzug und ein helles Hemd. Er zündete sich eine Zigarette an, stand rauchend da und starrte in die Dunkelheit. War das der Schlossherr, der sich noch einen tiefen Zug genehmigte, bevor er sich in seine Gemächer zurückzog? Über der Tür entdeckte Oxen die Umrisse einer weiteren schwarzen Apparatur. Vermutlich gab es noch einige andere Videokameras rund um das Schloss.

Wenig später erschien ein zweiter Mann auf der Treppe des linken Flügels. Auch er trug einen dunklen Anzug. Er schlenderte hinüber zu dem ersten, und die beiden wechselten ein paar Worte miteinander. Sie erinnerten ihn an einen bestimmten Typ Mann, wie er ihn schon oft gesehen hatte. Und als der eine sich zur Seite drehte, war er sich sicher. Für einen kurzen Moment war das kleine weiße Spiralkabel am Ohr des Mannes zu sehen gewesen. Es waren Personenschützer.

Dass mitten in der Nacht Bodyguards vor Nørlund Slot standen, war eine Erkenntnis, die zwei gegensätzliche Reaktionen in Oxen auslöste. Nichts wie weg hier! Und: Das ist seltsam ... Finde heraus, was dahintersteckt!

Der erste Mann trat seine Kippe aus, und sie verschwanden beide im Haupteingang. Oxen überdachte kurz die Lage, dann zog er sich durch das Dickicht aus Bäumen und Gestrüpp zurück, bis er wieder an der Landstraße war. Ein Stück weiter verlief ein schmaler, asphaltierter Weg rechts am Schloss vorbei. Dort folgten er und Mr White der niedrigen Mauer, die die Grundstücksgrenze des Schlosses markierte.

Zwischen den Bäumen konnte er noch immer das Licht der Seitenflügel schimmern sehen, aber keines der Fenster war beleuchtet. Erst ganz am Ende des Parks sprangen sie über die Mauer und schlugen sich durch das Gebüsch, bis sie auf der offenen Rasenfläche hinter dem Schloss standen.

Im Mondschein einen weißen Hund dabeizuhaben war eine ziemlich riskante Angelegenheit. Spätestens in diesem Moment, als sie in einem der Blumenbeete standen und über den Rasen blickten, wurde ihm das bewusst. In einem einzelnen Zimmer ganz oben im Hauptflügel brannte doch noch Licht. Ein Pfahl mit einer Videokamera stand in einem Beet ganz in der Nähe. Sie zeigte zum Glück in die andere Richtung, aber ... Das brachte hier alles nichts.

Mit dem selbstleuchtenden Mr White kam er nicht näher an das Schloss heran. Außerdem wollte er sich nur ungern auf Video verewigen lassen. Und machte es irgendeinen Sinn, den Hund hinter der Mauer abzulegen, um selbst wie ein Dieb durch den Schlosspark zu schleichen? Was glaubte er, hier zu entdecken? Was gab ihm das Recht, diese Grenze zu überschreiten? Der Anblick von zwei Wachleuten? Nein. Mr White und er würden jetzt wieder nach Hause gehen. Und zwar sofort.

Er wollte den direkten Weg durch den Park nehmen, zu den Wiesen auf der gegenüberliegenden Seite. Dort konnten sie ein Stück parallel zur Landstraße laufen, um sie erst dann zu überqueren, wenn sie das Schloss hinter sich gelassen hatten. Er gab seinem Hund ein Zeichen, und gemeinsam verschwanden sie durch die Beete in die schützende Dunkelheit zwischen den Bäumen.

Doch da streifte irgendetwas seine Wange. Etwas … Merkwürdiges, Fremdes … Er blieb wie angewurzelt stehen und sah nach oben. Über seinem Kopf hing etwas Großes, Undefinierbares. Er streckte die Hand danach aus.

Er fühlte es, noch bevor sein Gehirn es registrieren konnte. Er hielt eine Hundepfote zwischen den Fingern. Er glitt mit der Hand so weit wie möglich an dem Tier nach oben. Der Hundekörper war noch warm und weich.

Oxen wich ein paar Schritte zurück. Er stolperte und stürzte. In der Sekunde, als er den Waldboden berührte, sah er das bleiche Gesicht und den weißen Hemdkragen im Mondlicht leuchten. Er war über einen leblosen Körper gestolpert. Über einen Mann im dunklen Anzug, mit einem kleinen weißen Spiralkabel am Ohr. Noch ein Aufpasser.

Sofort war er auf den Knien. Reflexhaft legte er zwei Finger an den Hals des Mannes. Er hatte noch Puls, und der Puls war kräftig.

Oxen sprang auf und rannte, so schnell er konnte.

13.

Die Leiche des ehemaligen Botschafters Hans-Otto Corfitzen saß leicht schräg auf dem antiken Stuhl, den er als Schreibtischstuhl genutzt hatte. Die wenigen Menschen, die den verstorbenen Schlossherrn von Nørlund so gesehen hatten, konnten von verschiedenen verdächtigen Beobachtungen berichten.

Der Leiter des Morddezernats von Nordjütland, Kriminalhauptkommissar Rasmus Grube, saß auf einer Treppenstufe, ein paar Meter vom mutmaßlichen Tatort entfernt.

Er war selbst noch nicht drinnen gewesen, sondern nur wie ein Irrer im Schloss hin und her gerannt. Ihm war bewusst, dass er etwas zu nachdrücklich gewesen war, als er die riesige Mitarbeiterschar, die sich auf dem Schloss umsehen sollte, einwies. Aber ihm war eben genauso bewusst, dass sich über ihnen ein gewaltiger Sturm zusammenbraute.

Jetzt saß der Kommissar da, wartete und ging in Gedanken immer wieder die bisherigen Erkenntnisse durch. Seine Informationen stammten von dem Ortspolizisten aus Arden, der als erster Beamter vor Ort gewesen war, und von den beiden bisher Befragten: von Corfitzens Sekretärin, einer älteren Dame aus Haverslev, und von dem »Mädchen für alles« im Schloss, dem Mann, der Corfitzen gefunden hatte.

Dem Ortspolizisten zufolge saß der »Nestor der dänischen Diplomatie« mit einem überraschten Ausdruck in den matten, weit geöffneten Augen auf seinem Stuhl. Sein weißes Haar war zerzaust, eine Wange war geschwollen, und über einer Augenbraue klaffte eine kleine Platzwunde, die von einer dünnen Schicht getrockneten Bluts überzogen war. Auf den ersten Blick leicht zu deutende Spuren grober Gewalt.

Mysteriöser waren da schon die Beobachtungen, die der Ortspolizist an den Handgelenken des Toten gemacht hatte: Sie zeigten Hämatome, als seien Corfitzens Hände mit einem Seil straff an die Armlehnen seines Stuhls gefesselt gewesen.

Der erste Gedanke des Kommissars kreiste unweigerlich um das offensichtlichste Szenario: Der ehemalige Botschafter ist an den Stuhl gefesselt und wird misshandelt. Zu Tode? Das konnten nur die Experten herausfinden, und ihre vorläufige Einschätzung war exakt das, worauf er hier auf der Treppe mit Spannung wartete. Die beiden Mitarbeiter des Rechtsmedizinischen Instituts des Skejby-Krankenhauses in Aarhus waren schon eine ganze Weile dran. Er rechnete fest mit einem vorläufigen Ergebnis, bevor sie den Exbotschafter von seinem Stuhl heben und wegbringen würden.

Der Ortspolizist aus Arden hatte rasch Unterstützung von seinem Kollegen aus Skørping bekommen, und die beiden hatten konsequent und korrekt gehandelt, auch wenn Tötungsdelikte in ihren kleinen Gemeinden eindeutig nicht zum Tagesgeschäft gehörten.

Die ganze Armada des Morddezernats in Aalborg war umgehend alarmiert worden. Dann waren die beiden Beamten nach Lehrbuch vorgegangen: Sie hatten den Tatort versiegelt, indem sie das Zimmer abgeschlossen hatten, um gleich danach die Zufahrt zur Schlossallee mit einem Plastikband abzusperren.

Hans-Otto Corfitzen war dreiundsiebzig Jahre alt geworden. Seine Frau war vor ein paar Jahren an Krebs gestorben, als sie noch im Ausland lebten. Sie hatten nur ein Kind, eine Tochter, die in London für eine große Bank arbeitete.

Corfitzens Sekretärin, Hanne Larsen, hatte berichtet, dass er seit Februar eine Art Bodyguard beschäftige. Der alte Botschafter habe Drohungen eines ehemaligen Geschäftspartners als Grund dafür genannt. Nicht dass er diese Geschichte besonders ernst genommen hätte, es sei nur »für alle Fälle« gewesen.

Vor Kurzem waren dann noch vier weitere »von der Sorte« aufgetaucht, wie die ältere Dame sich ausgedrückt hatte. Vier genauso wortkarge und korrekte junge Männer. Corfitzen hatte sie seine »Finanzleute« genannt. Angeblich waren sie Wirtschaftsprüfer, die seine Gesellschaften und Finanzen durchleuchten sollten. Zwar wusste die Sekretärin nicht das Geringste über die privaten Investitionen des Gutsherren, aber sie fand es trotzdem merkwürdig. Da sie jeden Tag ab vierzehn Uhr freihabe, habe sie die geheimnisvollen Männer allerdings kaum zu Gesicht bekommen.

Niemand hatte auch nur die geringste Spur von diesen »Leibwächtern« gesehen, seit Corfitzen tot aufgefunden worden war. Natürlich hatte Grube seinen engsten Mitarbeitern umgehend klargemacht, dass die Jagd auf diese Männer oberste Priorität hatte. Trotzdem wurde er das unangenehme Gefühl nicht los, dass sie kaum zu finden sein würden.

Die zweite Befragung des Tages galt Corfitzens »Mädchen für alles«, Poul Arvidsen, einem verschlossenen, schweigsamen Mann, der erklärte, dass er hauptsächlich als Chauffeur gearbeitet habe – und die restliche Zeit als Gärtner. Als er seinen Arbeitgeber tot auffand, hatte er gerade eine Fahrt nach Kopenhagen am darauffolgenden Tag mit ihm besprechen wollen.

Dann wurde die Sekretärin noch gefragt, ob ihr sonst irgendetwas aufgefallen sei, was von dem gewöhnlichen Tagesablauf im Schloss abgewichen sei – von den geheimnisvollen Männern abgesehen. Und sie erwähnte, dass Corfitzens Hund, ein Deutsch Drahthaar namens Rufus, vor ein paar Tagen verschwunden war. Laut Corfitzen war er weggelaufen.

Aber der Köter war irrelevant. Jetzt kam es darauf an, einen kühlen Kopf zu bewahren und in dieser wichtigen ersten Phase der Ermittlungen keinen Fehler zu begehen. Denn ab hier wurde es richtig interessant.

Kommissar Grube dachte gerade darüber nach, dass der mysteriöse Mord an dem großzügigen Schlossherrn und früheren Topdiplomaten, der einen eigenen Wohltätigkeitsfonds für Kinder ins Leben gerufen hatte, in den Medien garantiert für mächtig Aufsehen sorgen würde, als er endlich gerufen wurde.

»Grube, du kannst jetzt kommen!«

Er zog sich den Overall an und stülpte die Plastiküberzieher über seine Schuhe. Wenn die Rechtsmedizin abrückte, tauchten die Kriminaltechniker auf. Sie würden jedes Haar in dem Büro unter die Lupe nehmen, jede Faser, jeden Fingerabdruck, jeden Tropfen Körperflüssigkeit. Sie würden den Raum in seine Atome zerlegen.

Er trat in die Tür. Auf einen Wink aus dem Zimmer ging er vorsichtig näher und musterte Corfitzens Leiche. Es war genau, wie der Ortspolizist aus Arden es beschrieben hatte: Ein Ausdruck von Überraschung lag im starren Blick des Schlossherrn.

»Und? Was sagt ihr?«

Er sah die Rechtsmedizinerin an, eine Frau in den Vierzigern namens Dalby, der er schon ein paarmal begegnet war. Er hatte sie von Anfang an gemocht. Ihren jungen Assistenten kannte er nicht.

»Du weißt ja, dass wir vor der abschließenden Obduktion nicht viel sagen können, aber nachdem Corfitzen ja nicht irgendjemand ist, willst du bestimmt …«

Sein Telefon klingelte. »Einen Moment, bitte.«

Dalby nickte.

Der Mann am anderen Ende brauchte sich nicht vorzustellen und verschwendete auch keine Zeit damit.

»Ich komme persönlich zu euch runter, Grube«, sagte er nur.

»Ich persönlich« war Polizeidirektor Torsten Vester. Einen Moment lang herrschte Stille. Dann ging die Bombe hoch.

»Und ich bringe Bøjlesen mit, Grube. In zwanzig Minuten sind wir da.«

Er legte auf und stöhnte bei dem Gedanken an den bevorstehenden Besuch. Noch nie hatte er den Polizeipräsidenten Max Bøjlesen auch nur in der Nähe eines Tatorts gesehen. Aber jetzt war der oberste Chef der nordjütischen Polizei auf dem Weg zur Schlossbesichtigung – wenn auch ein wenig zu spät, um dem ehrwürdigen Exdiplomaten die Hand zu schütteln und ein paar Freundlichkeiten auszutauschen.

»Entschuldigung, wo waren wir stehen geblieben?«

»Ich habe nur gesagt, dass Corfitzen ja nicht irgendjemand war, also …«

»Das kannst du laut sagen.«

»Also gebe ich dir mal eine Einschätzung, Grube. Inoffiziell, natürlich.«

»Oh, bitte. Sehr, sehr gerne«, sagte er schnell.

Die Rechtsmedizinerin kniff konzentriert die Augen zusammen, als sie zu ihrem Vortrag anhob.

»Gewalt: zwei sichtbare Läsionen im Gesicht, jede für sich genommen harmlos, eindeutig durch einen Schlag verursacht. Eine Läsion am Hinterkopf, scharf begrenzt. Keine Abwehrläsionen an den Unterarmen, aber kleine Hämatome und Quetschmarken durch eine grobe Behandlung. Hämatome an beiden Handgelenken. Größe und Anordnung erregen mehr als nur den Verdacht, dass Corfitzen gefesselt war – ich würde sagen, das ist eine Tatsache. Todeszeitpunkt: zwischen neun Uhr gestern Abend und drei Uhr heute Nacht. Todesursache: nichts von allem Genannten. Und da wir zu diesem Zeitpunkt noch nicht über Corfitzens Gesundheit und medizinische Hintergründe Bescheid wissen, ist es vollkommen sinnlos, weiter zu spekulieren. Das heißt, du wirst leider warten müssen …«

»Aber Angst, Schock, so was in der Art … Das kann einen doch umbringen, oder?«

Die Rechtsmedizinerin nickte und beendete ihren Vortrag.

»Tatort: Wir müssen ihn ausziehen, um die Totenflecken zu lokalisieren. Aber nichts deutet darauf hin, dass der Fundort nicht auch der Tatort ist, respektive der Ort, an dem er eines natürlichen Todes gestorben ist.«

»Theoretisch könnte er also einer etwas raueren Behandlung ausgesetzt worden sein und später, nachdem der Täter verschwunden war, still und leise auf seinem Stuhl gestorben sein. Möglicherweise auf natürlichem Wege, Schlaganfall oder so.«

»Theoretisch ja, Grube.«

»Ich muss nur irgendwas antworten können. Mein Chef kommt, und er hat den Polizeipräsidenten im Schlepptau, Gott steh mir bei. Das wird ein Bombardement.«

Dalby lächelte verständnisvoll. »Bøjlesen? Du Ärmster … Also gut, weil ich Mitleid mit dir habe, hier meine erweiterte Vermutung: Corfitzen bekommt einen Schlag ins Gesicht. Er stürzt und zieht sich die Verletzung am Hinterkopf zu. Gesichtsläsion Nummer zwei ist zielgerichtete Gewalt, um zu drohen oder einer Sache Nachdruck zu verleihen. Corfitzen war an seinen Stuhl gefesselt. Dessen Platzierung, ungefähr in der Mitte des Zimmers, ergibt sonst keinen Sinn und ist ein klares Indiz dafür, dass er sich, nachdem er verprügelt worden war, bestimmt nicht in Seelenruhe an seinen Schreibtisch gesetzt hat. Ich denke, er ist an einem Schlaganfall gestorben.«

Kommissar Grube schaffte gerade noch einen kurzen Rundgang um das Schloss. Seine Leute arbeiteten allesamt auf Hochtouren. Offensichtlich machte jeder das, was man ihm aufgetragen hatte.

Er kam gerade noch rechtzeitig an der Brücke über den Burggraben an, um zu sehen, wie der ehemalige Botschafter Hans-Otto Corfitzen unter einem weißen Laken seine irdischen Besitztümer verließ und auf einer Trage in den Krankenwagen geschoben wurde.

Keine schöne Art, sich zu verabschieden. Ein langes Leben im Dienste der Nation an fremden Gestaden, die meiste Zeit wohl in Osteuropa, hatte nun also ausgerechnet auf Nørlund ein gewaltsames Ende gefunden und der jahrhundertealten Geschichte des Schlosses eine weitere Tragödie hinzugefügt.

Er hob die Hand zum Gruß, als die Sanitäter an ihm vorbei die

Allee hinunterfuhren. Kaum waren sie verschwunden, raste ein schwarzer Passat die Zufahrt hoch, dass der Schotter nur so spritzte. Da kam sie schon, die Führungsspitze. Im Privatwagen des Polizeidirektors.

Der Polizeipräsident sprang vom Beifahrersitz, als würden eine schnelle Reaktion und sein Eifer die Zeit zurückdrehen, sodass er eingreifen und das Verbrechen gegen den Schlossherrn doch noch verhindern konnte.

Sie begrüßten sich. Die Chefs drehten sich einmal auf dem Absatz im Kreis, um sich einen Überblick über das Gelände zu verschaffen, und als ihre Augen wieder auf Grube gerichtet waren, ging es los.

»Wie ist er ermordet worden?«

Polizeipräsident Bøjlesen fragte völlig aus dem Kontext gerissen, als stünde längst fest, dass es sich um Mord handelte.

Grube bemühte sich, die Situation ein wenig nuancierter darzustellen, aber er war noch nicht fertig damit, die Dinge zu verkomplizieren, als Bøjlesen ihm schon ins Wort fiel.

»Verdächtige?«

Grube holte tief Luft. Über Bøjlesen wusste er nur, dass der Mann eine Chefposition in Kopenhagen gehabt hatte, dass er ursprünglich aus Nordjütland stammte und somit *nach Hause* gekommen war und ein gewisses Maß an Schlagfertigkeit und Hauptstadtgerissenheit besaß. Aber was ihm richtig gegen den Strich ging, war, dass der Kerl hier plötzlich auf der Bildfläche erschien, nur weil sich ein adeliger Promi-Mord am Horizont abzeichnete. Wenn sie vor einem toten Junkie mit Brotmesser im Hals standen, kam keiner der Herren angaloppiert.

»Wie ich eben schon versucht habe zu erklären: Wir wissen noch nicht, ob es sich um Mord handelt. Infolgedessen kommt auch die Frage nach Verdächtigen etwas zu früh.«

Das Brummen des Polizeipräsidenten klang alles andere als zufrieden. Der Polizeidirektor setzte gerade an, etwas Versöhnliches hinzuzufügen, als einer der Kollegen hastig angelaufen kam.

»Grube, wir haben im Park ein paar interessante Sachen gefunden«, verkündete der Mann, der zu den Hartgesottenen in seiner Abteilung gehörte. »Ein Grab …«

»Ein Grab?«

»Ja, da liegt ein Hund begraben, deshalb …«

»Ha! Irgendwo liegt doch immer der Hund begraben«, unterbrach ihn der Polizeipräsident mit einem eigenartigen Grunzen.

»Könnte es sich um Corfitzens verschwundenen Hund handeln?«, fragte Grube.

»Ja. Der Gärtner hat es bereits bestätigt. Außerdem haben wir in den Beeten ein paar deutliche Spuren entdeckt. Stiefelspuren in Männergröße – und Hundepfoten. Nicht die des toten Hundes, sondern von einem anderen.«

»Abdrücke?«

»Sind in Arbeit.«

»Gut. Ich komme mit. Zeig mir, was ihr gefunden habt.«

Grube nutzte die Gelegenheit, von hier wegzukommen, aber im Gehen drehte er sich schnell noch einmal um.

»Sie können ja schon mal nach oben gehen und sich den mutmaßlichen Tatort anschauen. Im Büro, erster Stock, Hauptflügel, Mitte. Die Techniker sind schon da.«

Das Ausweichmanöver war gelungen. Er war überzeugt davon, dass keiner der beiden der Versuchung widerstehen konnte, sich in den Tiefen der herrschaftlichen Gemächer umzusehen.

»Was sind das für Spuren?«, fragte Grube auf dem Weg in den Schlossgarten.

»Abdrücke kräftiger Schuhsohlen, Wanderstiefel oder etwas in der Art. Sie fangen an der Mauer zur Nebenstraße an und tauchen auf der gegenüberliegenden Seite des Rasens wieder auf. Und über die ganze Strecke sind daneben oder nur wenige Schritte entfernt Hundespuren zu erkennen. Vermutlich ein weißer Hund. Wir haben in einer Brombeerhecke ein Fellbüschel gefunden … An einer bestimmten Stelle zwischen den Bäumen muss der Mann plötzlich losgestürmt sein, in Richtung der Felder, als wäre der Teufel hinter ihm her. Das sieht man an den Abständen zwischen den Fußabdrücken.«

»Und das Hundegrab?«

»Das haben wir am Ende des Parks entdeckt, zwischen ein paar Büschen.«

14.

Die Sonne war gerade aufgegangen. Er war schon seit Stunden wach. Jetzt saß er auf dem Baumstumpf in seinem Versteck und beobachtete den Wildwechsel zwischen den Weiden. Mit einer Hand stützte er den Bogen, ein Fünfunddreißig-Gramm-Jagdpfeil lag auf seinem Oberschenkel.

Er war gerade in einen unruhigen Schlaf gefallen, als es auftauchte: das Mädchen mit der Puppe. Wie gewöhnlich stand sie mitten in den Ruinen. Stumm, verdreckt, die Hand fest um die Barbie geschlossen. Die Puppe hatte keine Beine und nur noch einen Arm, ihre Haare und der Kopf waren eine schwarze, geschmolzene Masse. Sie trug ein rotes Kleid. Das Mädchen mit der Puppe hatte den Blick einer Neunzigjährigen, und er bewegte sich keinen Millimeter.

Als Oxen endlich aufwachte und sich wieder im Griff hatte, war die Sache mit dem Schlaf in dieser Nacht gelaufen.

Das letzte Mal war es der Kuhmann gewesen. Es gab kein bestimmtes Muster. Nur eines war sicher: Wenn er einem der Sieben begegnete, steckte ihm die Anspannung für Stunden im Körper.

Das Mädchen mit der Puppe hatte ihn zu einem Zeitpunkt heimgesucht, als er ohnehin schon quälende Unruhe verspürte. Es war eine Woche vergangen, seit er um Mitternacht vor Nørlund

Slot gestanden hatte. Eine Woche seit den schwarz gekleideten Wachen, dem Hund am Galgen, dem bewusstlosen Mann – und der überstürzten Flucht über Stock und Stein.

Seitdem schwirrte das Ganze in seinem Kopf. Mittlerweile hatte er so viel darüber nachgegrübelt, dass er bereits anfing, alles nur für ein Hirngespinst seines gestörten Kopfes zu halten. Das Märchen vom kleinen Mann und seinem Hund, der ein Schloss im Wald besuchen wollte. Eine beschissene, melodramatische Geschichte, zurechtgesponnen zwischen geheimnisumwitterten silbrigen Kiefernstämmen, und deshalb …

Da kam er, der Bock. Stakste vorsichtig durch den Matsch.

Seit seinem ersten, missglückten Versuch hatte er ihn in Ruhe gelassen und stattdessen täglich im Lager trainiert. Er war noch weit entfernt von seinen alten Fähigkeiten, doch er fühlte sich sicher genug, um einen qualifizierten Schuss aus zwanzig Metern Entfernung abzugeben.

Der kleine Bock blieb misstrauisch stehen und witterte. Er konnte keine Gefahr erkennen und sprang in wenigen Sätzen an seine übliche Stelle am Wasser heran, um zu trinken.

Oxen legte den Pfeil an, spannte den Bogen und wartete darauf, dass der Bock den Kopf hob, damit er den Schuss platzieren konnte. So ein Pfeil beschleunigte von null auf dreihundertfünfzig Stundenkilometer in einer Hundertstelsekunde. Die mechanische Pfeilspitze mit den drei rasiermesserscharfen Kanten klappte beim Aufprall auf und drang in das Tier wie ein Messer durch weiche Butter. Blieb nur die Frage, wo er das Reh traf – und ob überhaupt.

Der Bock hielt inne und hob wachsam den Kopf. Oxen justierte den Bogen nach und schoss. Der Bock drehte den Kopf und machte ein paar leichte, ruhige Sprünge vorwärts, als wollte er nur seine Wanderung fortsetzen. Dann, zehn, fünfzehn Meter weiter bachaufwärts, drehte er sich um sich selbst, als wollte er sich hinlegen, um ein Schläfchen zu halten. Der Bock starb friedlich.

Bei der Jagd mit Pfeil und Bogen gab es keinen gewaltigen Aufprall, keinen Schockeffekt oder alles zerfetzende Zerstörung wie bei der Hatz mit dem Gewehr. Bei einem richtigen Treffer blieb nur ein chirurgischer Schnitt mit einem Schusskanal von achtundzwanzig bis dreißig Millimeter Durchmesser – einmal quer durch den Körper des Tieres.

Oxen verließ sein Versteck und ging zum Bach.

Er hatte die Lunge perfekt getroffen, der Bock war innerhalb von Sekunden erstickt. Heute Abend würde ihnen ein Stück Keule eine himmlische Mahlzeit bescheren.

Ein Gefühl von Wärme durchströmte seinen Körper. Es war viele Jahre her, dass er neben einer so schönen Beute gekniet hatte.

Das charakteristische peitschende Geräusch war noch sehr weit entfernt, als es seine Ohren erreichte. Allmählich nahm es zu, während der Helikopter sich das Tal hocharbeitete.

Oxen kämpfte sich gerade durch die Wildnis am Lindenborg Å, als er es hörte. Instinktiv versetzte es ihn in Alarmbereitschaft. Er legte den Bock ins Gras und ging in die Hocke. Der Helikopter war nicht mehr weit weg, aber hier am Bach war er bestens geschützt, da die Vegetation so dicht war.

Oxen konnte den Helikopter nicht sehen, aber er spürte, dass er für einen kurzen Augenblick irgendwo über ihm in der Luft stand, als wollte die Besatzung irgendetwas genauer betrachten. Er wusste, dass sein Lager gut getarnt war, aber er wusste nicht, ob Mr White auf die Barrikaden gehen und unter der Plane herausspringen würde, um die fliegenden Eindringlinge abzuwehren.

Dann setzte sich der Helikopter wieder in Bewegung. Die Rotorblätter durchschnitten die Luft. Es wurde immer lauter und lauter. Oxen warf sich auf den Bauch.

> »Tango 21, hier Tango 24. Taxi nach Hause. Sichtkontakt in Kürze zu erwarten. Neuen Befehl abwarten.«
»Tango 21. Verstanden. Ende.« <

In wenigen Sekunden würde die Chinook über den Bergpass dröhnen und in niedriger Höhe ins Shahi-Kot-Tal auf die Landezone zufliegen. Sie mussten nichts anderes tun als warten. Bald würde ihr Taxi inmitten einer riesigen Staubwolke bereitstehen. Nur noch ein paar Minuten.

> »Tango 24, hier Tango 26. Taliban hinter Felsvorsprung, nordwestlich, 100 m. Panzerfäuste gesichtet. Verdammt, die haben es auf die Chinook abgesehen. Befehl abwarten. Kommen.«
»Tango 24. Wir müssen sie eliminieren. Schnell! Signal abwarten. Bestätigen, kommen.« <

Kra-kra ... irgendwo hinter ihm flog eine Krähe auf. Er blinzelte in den Streifen Sonne, der auf den Bach fiel. Drei kleine Bachforellen flitzten über den sandigen Grund.

Er schaute wieder hoch. Durch eine Lücke in den Baumkronen erhaschte er einen kurzen Blick auf den Helikopter. Wie eine riesige Wespe schwirrte er über der Talsenke, suchte die Böschungen ab, um dann ein Stück weiter oben erneut auf Kurs zu gehen. Auf diese Weise durchkämmte er im Zickzack das gesamte Tal. So etwas machte man nur, wenn man eine ganz spezielle Aufgabe zu erledigen hatte: Die waren auf der Jagd.

Schließlich war es wieder still. Oxen blieb noch eine Weile sitzen, stand dann auf und griff das Reh am Nacken. Hatte ihn nach dem Besuch auf Nørlund die Unruhe gepackt, dann war er jetzt in hellem Aufruhr.

15.

Der Streit war einer von der aufreibenden Sorte, wie er tagelang vor sich hin schwelen konnte. Das Umfeld machte eine lautstarke Auseinandersetzung unmöglich, und nur eine solche hätte die Luft ein für allemal reinigen können.

Sie befanden sich jetzt schon den fünfzehnten Tag in einem Hotel, das die Dänen als »Schlossgut« bezeichneten. Es lag ein Stück außerhalb von Hobro in den Hügeln auf der Nordseite des Mariager Fjords, dessen glitzerndes blaues Wasser nur ein paar Hundert Meter entfernt war. Eigentlich ein wunderschöner Ort.

Sie hatten in Übereinstimmung mit ihren Pässen als Helena und Konrad Sikorski aus Barsinghausen, südwestlich von Hannover, eingecheckt. Die Sprache, in der sie sich flüsternd und zischend stritten, stimmte mit ihren Papieren allerdings kein bisschen überein. Es war Russisch mit ein paar litauischen Brocken. Und ein Streit in einer exotischen Sprache auf einem dänischen Schlossgut war ungefähr so auffällig, wie die Leute gleich um ihre Aufmerksamkeit zu bitten.

»Wärst du nicht so extrem brutal gewesen, wären wir jetzt nicht in dieser Situation«, sagte Helena, eine Frau Anfang dreißig, mit fein geschnittenem, zartem Gesicht, braunen Augen und pechschwarzen Haaren, die im Nacken straff zu einem kurzen Pferdeschwanz zusammengebunden waren.

»Das sagst du jetzt zum zehnten Mal. Wie oft muss ich dir das noch erklären, bis du es endlich kapierst? Woher sollte ich wissen, dass der alte Sack so störrisch ist? Und woher sollte ich wissen, dass er in so mieser körperlicher Verfassung ist?«

Wütend schlug Konrad mit den Armen aus. Am liebsten hätte er geschrien, dass die Wände wackelten. Sein hochroter Kopf brannte vor unterdrückter Wut. Er hatte Falten um die Augen und den Mund, und auch wenn seine hohen Geheimratsecken nicht besonders auffielen, da sein rotblondes Haar raspelkurz geschnitten war, sah man ihm deutlich an, dass er ein ganzes Stück älter war als sie, vermutlich Anfang vierzig.

Jeder, der das Paar zusammen sah, hätte gesagt, dass er sich glücklich schätzen konnte, die schöne Frau Sikorski an seiner Seite zu haben.

»Es ist doch wohl selbstverständlich, dass man mit älteren Menschen ein bisschen vorsichtiger umgeht. Das ist nur logisch! Hat dein Vater etwa keine Gebrechen? Was machen wir denn jetzt? Was zur Hölle sollen wir jetzt tun?«

Sie hatten den ganzen Tag darüber nachgedacht, wie sie die Aufgabe bewältigen könnten, aber sie hatten keine Lösung gefunden.

Er antwortete ihr nicht, sondern lief nur weiter rastlos im Zimmer auf und ab wie ein Raubtier im Käfig. Am Fenster blieb er stehen. Er hatte das Gefühl, sich im Kreis zu drehen. Jede Menge Vorwürfe und Gründe, warum ihr Plan schiefgegangen war – aber nichts Konstruktives.

»Ich brauche frische Luft, dann kann ich klarer denken. Und vielleicht habe ich einen Vorschlag … Aber erst muss ich über ein paar Sachen nachdenken. Wollen wir nicht eine Runde spazieren gehen? Dann können wir uns in Ruhe darüber unterhalten«, sagte er.

Sie setzten sich auf die Bank in den Hügeln. Vor ihnen ging es ziemlich steil bergab, dort unten lag der Fjord, umgeben von kräftigem Grün.

»Schön hier, findest du nicht? Die Dänen haben Glück, sie haben so ein schönes Land, überall ist es sauber und hübsch, keine Armut, keine Probleme. Eigentlich müssten sie das glücklichste Volk der Welt sein, nicht wahr?«

Er brummte irgendetwas Unverständliches zu ihrer naiven Vorstellung, aber recht hatte sie trotzdem: Es war schön hier.

»Wäre aus dem Kalten Krieg ein richtiger Krieg geworden, dann würden wir jetzt auf russischem Boden sitzen«, sagte er.

»Spinner. Dann wäre nichts hiervon übrig geblieben. Aber du bist sicher so erzogen worden, dass du was anderes glaubst.«

»Ich bin überhaupt nicht dazu erzogen worden, irgendwas zu glauben. Ich bin dazu erzogen worden, mich durchzusetzen. Hör zu … Letztlich entscheidest das du, aber ich habe einen Vorschlag, und ich denke, dass mein Plan funktioniert«, brummte er.

»Dann raus damit, Mann.«

»Bisher haben wir im großen Wald eine Spur im Schnee verfolgt, aber jetzt hat es getaut – und die Spur ist weg.«

»Wie poetisch.«

»Und was machen wir da? Wir warten darauf, dass jemand vorbeikommt, der den Weg kennt.«

»Das musst du mir genauer erklären.«

»Wenn dieser jemand kommt, dann schleichen wir ihm hinterher.«

»Und wenn niemand kommt?«

»Doch, sie werden kommen. Da kannst du ganz sicher sein. Die Nerven liegen blank, und Leute wie die können solche Situationen gar nicht leiden. Daran sind sie nicht gewöhnt. Sie sind es gewöhnt, die Kontrolle zu haben, und Angst bringt alle Masken zum Fallen. Dabei ist es völlig egal, wer uns den Weg zeigt, wir werden vorbereitet sein und der neuen Spur folgen.«

Sie saß da und nickte, während ihr Blick über den Fjord und die Landschaft dahinter schweifte. Bei ihm klang alles so einfach. Er hatte nie Angst. Und wenn doch, dann hatte er sich so sehr im Griff, dass nichts in seinem Gesicht diese Angst verriet. Er war ein Profi.

»Aber …«, setzte sie langsam an. »Die Wartezeit, das könnte ein Risiko sein. Es ist gefährlich, wenn wir uns in ihrer Nähe aufhalten.«

»Lass das meine Sorge sein.«

Sein Blick fiel auf ein weißes Segelboot. Es war ein schöner Tag für einen Segeltörn. Sonne und eine milde Brise.

»Wir könnten noch immer umkehren, einfach aufhören«, fuhr er fort.

Es dauerte lange, bis sie darauf antwortete. Das Segelboot war inzwischen hinter ein paar Bäumen verschwunden.

»Dafür sind wir schon viel zu weit gekommen. Wir machen es, wie du vorgeschlagen hast.«

16.

Der kleine Trupp aus fünf schwer bewaffneten Männern arbeitete sich zügig durch das dichte Unterholz.

Sie befanden sich jetzt fast am Ziel, und der Leiter der Gruppe, Kriminalhauptkommissar Rasmus Grube, hatte ihnen kurz zuvor via Intercom durchgegeben, dass sie von jetzt an mit äußerster Vorsicht vorgehen sollten.

Hier unter den Nadelbäumen war es stockfinster, aber Grube konnte einen Schatten an seiner rechten Seite erahnen. Und er konnte hören, wie in der Nähe ein Zweig knackte. Sie waren keine gut geölte Maschine, keine Eliteeinheit – aber gute, erfahrene Männer des Polizeipräsidiums. Das genügte. Das musste genügen. Er hatte es rundheraus abgelehnt, das Sondereinsatzkommando AKS heranzuziehen. Herrgott, das waren Antiterrorleute! Und der Einsatz an diesem Morgen hatte nun wirklich nichts mit Terror zu tun.

Ein Stück weiter hangabwärts traten sie aus dem Nadelwald. Was vor ihnen lag, konnten sie trotzdem nicht sehen. Dafür war es immer noch zu dunkel.

»Wir warten hier am Waldrand, bis es heller wird«, flüsterte der Kommissar in sein Mikrofon.

Natürlich hatten die Männer ihre übliche Dienstwaffe bei sich, und darüber hinaus waren alle außer Grube mit einer Heckler & Koch MP5 bewaffnet, zur Feier des Tages mit Zielfernrohr und Laserpunktgerät.

Der Kommissar war nicht scharf darauf gewesen, eine Waffe zu tragen, und hatte die angebotene Maschinenpistole abgelehnt.

Die schwere Bewaffnung war auch nicht auf seinem Mist gewachsen, sondern die Idee seines Chefs gewesen.

Die letzten Tage hatten bestätigt, was er in den nachdenklichen Minuten auf der Treppe vor dem Büro des Schlossherrn schon vorhergesehen hatte: Corfitzens Tod hatte eine echte Lawine ins Rollen gebracht. Die obere Etage mischte sich überall ein. Und es gab ein Aufgebot an zusätzlicher Feuerkraft, wenn schon die AKS fehlte. Davon abgesehen war der Polizeipräsident höchstpersönlich jeden Tag auf der Bildfläche erschienen, um sich über den aktuellen Stand zu informieren. Dabei hatte er ganz unverblümt das gesamte Dezernat unter Druck gesetzt.

Tatsache war, dass sie noch nicht viel weitergekommen waren. Und Tatsache war auch, dass sich daran bald etwas ändern musste, sonst würde Grube als Leiter der Ermittlung ausgetauscht. Trotz der fehlenden Fortschritte war die heutige Aktion so unverhältnismäßig wie einfallslos. Die Sache war leicht auf den Punkt zu bringen: Sie suchten nach einem Mann mit einem weißen Hund. Dieser Mann hatte sich zu dem Zeitpunkt, als der Mairegen aufhörte, im Schlosspark befunden. Das war alles. Es gab nicht den geringsten Anlass für Drama und Maschinenpistolen.

Und es gab auch kein Fünkchen Wahrheit in den vielen abenteuerlichen Schlagzeilen der Zeitungen und den seltsamen Fernsehbeiträgen, die in den letzten Tagen über die Bildschirme geflimmert waren. Seit sie sich an die Öffentlichkeit gewandt hatten, um einen Mann mit weißem Hund zu suchen, war das Ganze aus dem Ruder gelaufen.

Er hatte sich persönlich darum bemüht, immer wieder zu betonen, dass die Polizei nur mit dem Mann *reden* wollte. Aber diese langweilige Tatsache war auf dem Weg in diverse Medien irgendwie verlorengegangen.

»Geisteskranker Aussteiger verantwortlich für Botschafter-Mord?« Diese Schlagzeile war ihm besonders im Gedächtnis geblieben. Die Presse hatte einigen Passanten in Rebild eine Reihe von Fragen gestellt. Und nachdem die Journalisten die Richtung mit Sätzen wie »Menschen, die im Wald leben, sind ja häufig irgendwie gestört, nicht wahr …?« erst einmal vorgegeben hatten, nickte die Landbevölkerung diese Version des Dramas bereitwillig ab.

So war aus dem Mann mit dem Hund jetzt also ein Geisteskranker, ein Wahnsinniger, ein Psychopath geworden. Die Letztgenannten waren bekanntlich die Schlimmsten. So einer konnte natürlich bewaffnet sein … Außerdem musste der Mann auch irgendetwas essen. War er womöglich auch noch ein Wilderer?

Und so fanden sich Kommissar Rasmus Grube und seine Leute am Rande des Lindenborg-Tals wieder, in schusssicheren Westen und mit Maschinenpistolen ausgerüstet. Dabei sollten sie nicht einmal jemanden verhaften, sondern nur jemanden *finden.*

Er spähte in die Dunkelheit und warf dann einen Blick auf seine Armbanduhr. Bald würde es heller werden.

Die Nachforschungen der Medien hatten immerhin ergeben, dass der Mann mit dem weißen Hund kein Hirngespinst war. Er existierte tatsächlich. Ein junger Mann aus Haverslev hatte ihn an besagtem Abend am Schloss Nørlund gesehen, als er gerade über die Straße rannte. Außerdem hatte eine junge Frau, die im Rold Storkro als Küchenhilfe arbeitete, die Polizei kontaktiert. Sie hatte den Mann dabei überrascht, wie er gerade in ihren Küchenabfällen wühlte. Sie hatte Mitleid mit ihm gehabt und ihm und seinem Hund eine ordentliche Portion Essen mitgegeben. Die Frau beschrieb ihn als »etwas seltsam«.

Der Kommissar hatte keine Vorstellung davon, wer sie hier draußen im Dunkeln erwartete. Er wusste nur, dass der Suchhelikopter einen weißen Hund und eine Art Lager im Tal entdeckt hatte. Jetzt hatten sie seine Koordinaten und ließen sich vom GPS leiten. Fehlte nur noch ein wenig Tageslicht.

Er war gespannt, das musste er zugeben. Da sie mit den mysteriösen Männern nicht weiterkamen, die angeblich Corfitzens »Leibwächter« gewesen waren und sich inzwischen offenbar in Luft aufgelöst hatten, war der Mann mit dem Hund im Augenblick die einzige konkrete Spur.

Die psychiatrischen Anstalten im Land hatten oft dafür herhalten müssen, wenn die Politiker zum hundertsten Mal neue Sparmaßnahmen beschlossen. Die Bettenanzahl war gekürzt worden, und die Patienten wurden so schnell wie möglich wieder nach draußen verfrachtet – auf die Straße oder nach Hause, wo außer vier jämmerlichen Wänden, die sie anstarren konnten, oft nichts auf sie wartete.

Es war grundsätzlich korrekt, von einem psychisch Kranken auszugehen, das bestätigten auch ihre eigenen Polizeistatistiken: Immer wieder zogen Ex-Insassen sich in die Einsamkeit der Wälder zurück.

Also ... vielleicht erwartete sie irgendein verschrobener Kerl mit einem weißen Hund. Ein armer Spinner, der eher die helfende Hand der Gesellschaft brauchte, als in aller Herrgottsfrühe von einem Trupp schwer bewaffneter Männer überrollt zu werden.

»Kommt, wir gehen langsam runter.«

Auf Anweisung des Kommissars setzte sich die kleine Gruppe in Bewegung, kämpfte sich den Hang hinunter und weiter durch den Gürtel aus Weiden. Sie wateten durch das eiskalte Wasser des schmalen Baches, das ihnen den stinkenden Schlamm ein wenig von Stiefeln und Hosen spülte, aber auf der anderen Seite ging der verfluchte Sumpf weiter, und dann waren sie fast da. Erst fünfzig Meter vor ihrem Ziel hatten sie endlich festen Boden unter den Füßen.

Grube war sich sicher, das Lager jeden Moment lokalisieren zu können, und gab seinen Leuten das Kommando, das letzte Stück durch das hohe Gras zu robben.

Als sie nur noch etwa zwanzig Meter von dem umgestürzten

Baum entfernt waren, verteilten sie sich ringförmig um das Ziel. Kaum hatten die Kollegen gemeldet, dass sie auf Position seien, fing ein Hund unter einer grünen Plane an, wie wild zu bellen. Verdammt, der Köter war wirklich sofort zur Stelle. Was auch sonst. Er kläffte wie verrückt.

Gegen Ende der Nacht hatte Oxen noch immer kein Auge zugemacht. Die Zahnstummel des Kuhmanns nagten an seinem Inneren. Eines Tages würde das serbische Gespenst ihn Stück für Stück aufgefressen haben. Und wenn nicht, dann gab es immer noch sechs andere, die ihm dabei helfen konnten. Es würde nie ein Ende nehmen. Vielleicht war das der Gedanke, der ihn kapitulieren ließ. Er hatte ein paar große Schlucke getrunken und eine Portion Gras geraucht.

Deshalb schlief er tief und fest, als Mr White anschlug. Er brauchte lange, um aus der Tiefe aufzutauchen. Es dauerte mehrere Sekunden, bis er wusste, wo er war – und dass das Signal des Hundes äußerst ernst zu nehmen war.

Energisch schloss sich seine Hand um den Schaft des Bowie-Messers unter seinem Kopfkissen. Er drehte sich auf den Bauch und kroch unter der Plane hervor. Auf den ersten Blick war nichts zu sehen. Dann entdeckte er eine menschliche Gestalt, die sich ungefähr zwanzig Meter entfernt aus dem hohen Gras auf die Knie erhob.

»Hallo. Hier ist die Polizei. Wir würden gern mit Ihnen reden. Bitte, stehen Sie auf!«

Polizei? Er war immer noch nicht richtig wach, und klar denken funktionierte auch noch nicht. Polizei? Was wollte die Polizei hier? In seinem Lager?

Dann dämmerte es ihm. Erst jetzt fand seine nagende Unruhe die erlösende Antwort. Es ging um Nørlund Slot, den erhängten Hund, den bewusstlosen Mann und die Anzugtypen. Deshalb hatte der Helikopter sein Lager ausgekundschaftet.

Langsam stand er auf. Jetzt sah er auch die restlichen dunklen Gestalten im hohen Gras um sich herum. Als er aufrecht dastand, breitete er die Arme aus und ließ das Messer fallen.

Da erhoben sich auch die Gestalten. Alles in allem fünf, davon vier mit Maschinenpistolen und schusssicherer Weste. Was um Himmels willen ging hier vor?

Mr White fing wieder an zu bellen, laut und völlig außer sich. Ein einziger Gedanke schoss ihm durch den Kopf: White durfte nicht angreifen. Er durfte nicht die geringste verdächtige Bewegung machen, sonst könnte sich ein nervöser Finger am Abzug straffen.

Er rief seinen Hund zu sich, streichelte und beruhigte ihn – und brachte ihn dazu, sich gehorsam neben ihm hinzulegen.

Als Kommissar Rasmus Grube sah, wie die schwer bewaffneten Männer konzentriert vorrückten und das Manöver zu Ende brachten, ertappte er sich selbst bei dem Gedanken, dass der groß gewachsene, schlanke Mann, der so effektiv umzingelt worden war, sich gewaltig wundern musste.

Der Anblick konnte einen ja nur schockieren, und auch, auf diese Weise überrumpelt und geweckt zu werden – psychisch krank oder nicht. Aber zumindest hatten sie ihn jetzt, und das war genau das, was alle erwarteten.

»Bleiben Sie einfach stehen, ganz ruhig … Und sorgen Sie bitte dafür, dass der Hund friedlich bleibt. Wir wollen Ihnen nichts tun. Wir wollen uns nur mit Ihnen unterhalten, ganz entspannt. Okay?«

Jetzt standen sie dicht vor dem Mann mit dem weißen Hund. Er war eine ziemlich ungepflegte Erscheinung. Sein Vollbart war dünn, aber struppig, seine fettigen dunklen Haare waren im Nacken zu einem Zopf zusammengebunden.

Der Mann stand nur da und murmelte seinem Hund ein paar beruhigende Worte zu. Dann nickte er langsam. Das war das erste

Anzeichen dafür, dass diese reglose Gestalt irgendeine Form von Kommunikationsfähigkeit besaß.

»Mein Name ist Rasmus Grube. Ich bin Kriminalhauptkommissar. Ich bedauere die Umstände, aber bei der Polizei stoßen wir immer wieder auf Situationen, die uns zwingen, eine gewisse Vorsicht walten zu lassen«, erklärte er und nickte in Richtung seiner Kollegen, die sich jetzt sichtlich entspannten. In freundlichem, gedämpftem Ton fuhr er fort: »Wir würden Sie bitten, uns aufs Präsidium nach Aalborg zu begleiten. Für ein klärendes … Gespräch. Sind Sie einverstanden?«

Der Mann lächelte kaum wahrnehmbar. Gab es hier etwas zu lächeln? Vielleicht war ihm der Ernst der Lage nicht bewusst? War ihm womöglich nicht klar, dass man bewaffnete Polizisten bestimmt nicht zum Spaß bei ihm anrücken ließ?

»Also … Wir möchten uns ein bisschen eingehender mit Ihnen über ein paar Dinge unterhalten. Und wir würden Sie dafür gern nach Aalborg mitnehmen, aufs Präsidium. Ist das in Ordnung?«

»Warum? Was wirft man mir vor?« Der Mann verstand sie also mehr als gut. Und die Situation offenbar auch.

»Sie werden nicht beschuldigt, wenn Sie das meinen.«

»Dann können wir auch hier reden.«

Grube schüttelte abwehrend den Kopf. »Es wäre uns lieber, wenn Sie mit aufs Präsidium kämen.«

»Worüber wollen Sie sich mit mir unterhalten?«

»Über … gewisse Ereignisse auf Nørlund Slot vor einigen Tagen. Waren Sie dort?«

Der Mann nickte.

»Okay. Sagen Sie mir, wie Sie heißen.«

»Niels.«

»Niels … und weiter?«

»Oxen … Niels Oxen.«

Grube lag ein überraschter Ausruf auf der Zunge, aber er riss sich zusammen und musterte den Mann für einen Moment schweigend. Dann konnte er sein Erstaunen doch nicht für sich behalten: »Niels Oxen ... Das ist ja nicht zu fassen ... Was machen Sie hier?«

»Kennst du ihn, Grube?«, rief einer seiner Kollegen.

»Was heißt schon kennen. Ich weiß, wer er ist. Er ist ...«

Grube zögerte. Jetzt hieß es, die Worte mit Bedacht zu wählen. Bestimmt, aber verbindlich – ohne zu freundlich oder befangen zu klingen. Langsam fuhr er fort: »Niels Oxen war auf der Polizeischule eine Weile im selben Jahrgang wie ich. Er ist Kriegsveteran und ehemaliger Elitesoldat der Jäger. Und er ist der höchstdekorierte Soldat, den es in Dänemark je gegeben hat.«

17.

Zuerst lächelte Polizeipräsident Bøjlesen hochzufrieden, als er die Nachricht erhielt, der Mann mit dem Hund, den sie in der Corfitzen-Sache suchten, sei aufs Präsidium gebracht worden. Aber als er dann den Namen des Mannes hörte, zog ein Schatten über sein Gesicht. Kommissar Rasmus Grube bemerkte davon nichts.

»Niels Oxen ...« Der Polizeipräsident rieb sich das Kinn.

»Kriegsveteran und ehemaliger Jäger.«

»Hmm.«

»Der höchstdekorierte Soldat aller Zeiten.«

»Vielleicht kommt mir der Name deshalb bekannt vor ... aus der Presse.«

»Bekam den Tapferkeitsorden des Heeres verliehen – drei Mal. Mit goldenem Eichenlaub, so wird das genannt, wenn man den zum dritten Mal bekommt.«

»Drei Mal? Das ist wirklich nicht wenig«, murmelte Bøjlesen.

»Und es kommt noch besser: Niels Oxen war der Erste, dem das Tapferkeitskreuz verliehen wurde, eine neue Auszeichnung und die höchste, die wir haben. Er ist der Einzige, dem diese Ehre bisher zuteilgeworden ist. Um so weit zu kommen, muss man schon etwas absolut Herausragendes geleistet haben.«

»Dann ist der Mann mit dem weißen Köter also der größte Kriegsheld, den die Nation zu bieten hat? Wollen Sie mir das damit sagen?« Der Polizeipräsident legte nachdenklich das Gesicht in Falten.

»Ja, tatsächlich kann diesem Mann keiner das Wasser reichen. Ich habe ihn sofort gegoogelt, als wir zurückgekommen sind. Selbst die höchsten Militärs behaupten, dass wohl kaum jemand Niels Oxens Leistungen und Auszeichnungen jemals übertreffen wird. Oxen *kann* gar nicht übertroffen werden, hat unser oberster Heeresführer in einem Zeitungsartikel gesagt.«

»Wissen wir, was dieser Oxen so Heldenhaftes getan hat, um derart verehrt zu werden?«

»Ich hatte noch keine Zeit, mich in die Thematik einzuarbeiten.«

»Dann haben wir es also mit einem unfassbar verdreckten, mittellosen Freak zu tun, der in Wirklichkeit so tapfer und heldenhaft ist, dass er sich sicher sein kann, in die dänische Geschichte einzugehen. Wenn das kein delikater Stoff ist, Grube. Die Medien werden durchdrehen vor Freude. Die lieben solchen … Mist. Aber egal wie vortrefflich unser Mann auch zu sein scheint, er könnte trotzdem schuldig sein. Er wäre nicht der erste Kriegsveteran, der psychisch aus dem Tritt geraten ist. Er kann Hans-Otto Corfitzen sehr wohl ermordet haben, selbst wenn er von hier bis zum Südpol verehrt wird.«

Der Polizeipräsident ging nicht zum ersten Mal großzügig mit den Fakten um. Corfitzen war nicht ermordet worden. Jedenfalls nicht im herkömmlichen Sinn. Die Rechtsmedizin hatte schnell gearbeitet. Noch am selben Tag, an dem der alte Botschafter gefunden worden war, hatten sie Ergebnisse.

Hans-Otto Corfitzen war an einem Blutgerinnsel im Herz gestorben. AMI stand in den Unterlagen, *acute myocardial infarction* – Herzinfarkt. Vermutlich ausgelöst durch die Stresssituation und die Gewalt, der er auf seinem Stuhl hilflos ausgesetzt gewesen war.

»Wann beginnen wir mit dem Verhör?«, fragte der Polizeipräsident.

»Es ist offiziell kein Verhör, sondern nur ein *Gespräch*. Und er ist freiwillig mitgekommen.«

»Wo befindet er sich jetzt?«

»In meinem Büro.«

»Ich gehe mit und sehe ihn mir im Vorbeigehen mal an. Ein bisschen Neugier muss ja wohl erlaubt sein. Bei so viel gottverdammter Tapferkeit …«

Polizeipräsident Max Bøjlesen hatte einen langen Blick durch die offene Tür geworfen, als er auf dem Flur vorbeischlenderte. »Nagel ihn an die Wand«, hatte er Grube vor dem Büro zugezischt.

Jetzt saß Niels Oxen mit seinem weißen Hund Grube gegenüber, der zu Ehren des heldenhaften Besuchers seinen Chef, Torsten Vester, als Beisitzer dabeihatte. Kommissar Grube notierte sich als Erstes, dass Oxen stank wie ein Gnu.

»Ein bisschen frische Frühlingsluft kann nicht schaden«, murmelte er und riss das Fenster auf.

Er konnte nicht anders, als Oxens Gesicht zu mustern und darüber zu spekulieren, was dieser Mann wohl für Taten vollbracht hatte, die sich von der Mittelmäßigkeit normaler Menschen wie ihm selbst derart abhoben. Auf jeden Fall hatte Oxen sich sehr verändert. Sein Gesicht war markanter geworden, und er sah bedeutend älter aus. Aber es war ja auch viele Jahre her.

An der Polizeischule war Niels Oxen allen ein Begriff gewesen, weil er schon damals mit zwei Orden für seine Tapferkeit ausgezeichnet worden war. So tapfer war kein Polizeischüler jemals gewesen. Tapfer? Wie wurde man tapfer? War das bei den wenigen

Auserwählten etwa angeboren? Oder hatten alle eine Tapferkeitsfunktion, die in extremen Fällen auf Knopfdruck ausgelöst werden konnte?

»Wieso haben Sie Ihre Polizeiausbildung abgebrochen, Oxen?«

Offenbar fragte der Kommissar, weil er hoffte, durch ihre gemeinsame Vergangenheit eine positive Grundstimmung zu erzeugen – und aus schierer Neugier.

Oxen zuckte zur Antwort mit den Schultern. Er hatte schon viel geredet, seit er an diesem idiotischen 1. Mai in Skørping aus dem Zug gestiegen war. Erst mit dem Mädchen, von dem er das Hirschgulasch bekommen hatte, und jetzt mit der Polizei. Er war es nicht gewohnt, so viel zu reden. Es strengte ihn an. Er zuckte wieder mit den Schultern.

»Manchmal ist es einfach an der Zeit, etwas anderes zu tun.«

»Und da sind Sie zu den Jägern gegangen?«

Er nickte.

»Ich habe gelesen, dass die Jäger in den letzten Jahren bei einigen internationalen Missionen eingesetzt wurden – im Irak, in Afghanistan. Und ich habe mich gefragt … waren Sie im Ausland an … Operationen beteiligt?«

Die Frage war dumm. Auf so etwas würde niemand Auskunft geben. Er antwortete auf die einzige angemessene Weise, die ihm auf die Schnelle einfiel: »Vielleicht.«

Kommissar Grube seufzte, Polizeidirektor Vester saß schweigend und mit übereinandergeschlagenen Beinen daneben. Er selbst kraulte in aller Ruhe Mr White hinter dem Ohr.

»Gut, fangen wir an. Ich zeichne unsere Unterhaltung auf, sind Sie damit einverstanden?«

Er nickte in Grubes Richtung.

»Gut. Als Erstes ein paar praktische Dinge. Viele Soldaten haben Therapien gemacht. Sie auch?«

»Wieso fragen Sie?«

»Nur der Vollständigkeit halber.«

»Ja, die Antwort lautet: Ja.«

»Gibt es Unterlagen? Und würden Sie uns die Erlaubnis erteilen, diese Unterlagen einzusehen?«

»Ich wüsste nicht, wozu das gut sein sollte. Die Antwort lautet: Nein. Kommen Sie zur Sache.«

»Okay. Wie ich Ihnen heute Morgen schon kurz erläutert habe, geht es um den Tod des ehemaligen Botschafters und Gutsherren Hans-Otto Corfitzen und die … verdächtigen Umstände, die dazu geführt haben. Wir haben Fußabdrücke im Garten von Nørlund Slot mit Ihren Stiefeln abgeglichen und können also festhalten, dass Sie dort gewesen sind.«

»Ja.«

»Wann?«

»Vor acht Tagen.«

Grube verglich Oxens Antwort mit der Abschrift der Zeugenaussage, die der junge Autofahrer über den Mann und den weißen Hund gemacht hatte. Der Tag stimmte überein.

»Waren Sie davor schon am Schloss? Ich weiß, dass die Jäger Rold Skov öfter für Manöver nutzen.«

»Nie.«

»Kannten Sie Hans-Otto Corfitzen?«

»Nein.«

»Nie von ihm gehört?«

»Nein.«

»Was wollten Sie dort?«

»Nur schauen.«

»Wollten Sie …?«

Torsten Vesters Handy klingelte. Er entschuldigte sich und bat um eine kurze Unterbrechung, während er schon aus dem Büro hastete. Kurz darauf streckte er den Kopf durch die Tür. »Grube, kommen Sie mal? Wir müssen uns unterhalten.«

Grube und Vester sprachen draußen auf dem Gang. Bøjlesen hatte angerufen, er war ziemlich mürrisch. Der Inlandsnachrichtendienst PET hatte seine Ankunft in Aalborg im Laufe der nächsten anderthalb Stunden angekündigt.

Und dabei ging es offenbar nicht um irgendeinen Mitarbeiter aus Århus oder aus der Zentrale in Søborg. Die zu erwartenden Gäste waren der oberste Chef des Geheimdienstes samt seiner rechten Hand, dem Operativen Leiter. Und der Polizeipräsident war offensichtlich wenig erfreut darüber, denn die Anwesenheit des PET verhieß meistens nichts als Probleme: zusätzliche Arbeit – und Druck, intern und auf die Position, die im Organigramm der Behörde ganz oben stand. Seine eigene.

»Sie fliegen her. Man könnte fast meinen, sie hätten sich noch in derselben Sekunde, als sie von der Identität unseres Mannes hier erfuhren, in den Wagen Richtung Flughafen geworfen. Sie erwarten von uns, dass wir freundlicherweise mit unserer Befragung noch etwas warten. Sie möchten gern dabei sein«, erklärte Vester.

»Das kapiere ich nicht.« Grube schüttelte den Kopf. »Die beiden haben doch keinerlei praktische Erfahrung mit solchen Sachen. Dafür haben die doch ihre Leute. Was wissen wir noch?«

»Sie haben Bøjlesen gebeten, das Gespräch auf Standby zu setzen, bis sie hier sind. Das ist alles … Haben Sie ihnen was geschickt, das ihre Neugier geweckt haben könnte?«

»Nicht, dass ich wüsste. Reine Routine. Nur den Papierkram, den Sie selbst auch gesehen haben«, antwortete Grube.

Der Kommissar hatte den PET lediglich in Kenntnis gesetzt – wie von ihren Kollegen in Søborg gewünscht. Der Nachrichtendienst interessierte sich natürlich routinemäßig für Hans-Otto Corfitzens Tod, da er zu den größten dänischen Diplomaten gehört und ein Netzwerk besessen hatte, das sich weit über das internationale Parkett erstreckte. Darüber hinaus war er vereinzelt als externer Berater des PET in Erscheinung getreten, wenn es Probleme gab, in die irgendeine Botschaft involviert war.

Oder wie der Kollege in Søborg es für Kommissar Grube zusammengefasst hatte: Corfitzen hatte sein ganzes Leben lang Erfahrungen mit der Diplomatie und ihrem unsichtbaren Begleiter, der Spionage, gesammelt. Und genau dieses Wissen hatte auf den PET so anziehend gewirkt.

»Ich gehe jede Wette ein, dass Corfitzens Tod sich als echtes Wespennest herausstellen wird«, seufzte der Polizeidirektor.

»Denken Sie da an etwas Spezielles?«, fragte Grube.

»Wir haben auf der einen Seite einen toten Adligen, Spitzendiplomaten, Mäzen, Thinktank-Gründer, Weltbürger – und Sägewerksbesitzer. Und auf der anderen den tapfersten Mann des Königreichs, der mit Sicherheit ein bedauernswerter, psychisch kranker Teufel ist. Und von der Seitenlinie prescht das oberste Personal des PET heran, Mossman und Rytter. Also, wenn das kein Wespennest ist …«

»Schon als ich ihn tot auf seinem Stuhl sitzen sah, wusste ich, dass das ein Scheißfall werden wird«, knurrte Grube.

»Und zu allem Überfluss haben wir auch noch Bøjlesen, der die Sache am liebsten gestern schon aufgeklärt hätte. Er hat mich gefragt, ob wir genug in der Hand haben, um Oxen unter Verdacht zu stellen und vor den Richter zu bringen.«

»Ist der wahnsinnig geworden?«

Torsten Vester lächelte verkrampft und steuerte sein Büro an. Grube ging zurück in seines und nahm den Platz gegenüber von Niels Oxen wieder ein, der reglos dasaß, eine Hand auf dem Kopf seines Hundes.

»Können wir unser Gespräch eine Weile unterbrechen, Oxen?«

»Man hat mir gesagt, dass die ganze Angelegenheit schnell überstanden wäre, wenn ich mit aufs Präsidium kommen würde. Meinem Hund gefällt es hier nicht.«

»Es ist der PET … Sein oberster Chef ist auf dem Weg hierher. Deshalb wurden wir gebeten, mit unserem Gespräch hier so lange zu warten. Die Herren möchten gern dabei sein. Also …«

»PET? Was wollen die denn?«

Der Kommissar breitete bedauernd die Arme aus. »Keine Ahnung.«

»Der PET ist mir egal. Sie können denen ja das Tonband geben. Los, machen wir weiter«, sagte Oxen beharrlich.

»Dann sagen Sie Nein?«

Oxen nickte.

»Wenn Sie nicht mit uns kooperieren, bin ich leider gezwungen, Sie vorläufig in Gewahrsam zu nehmen.«

»Und mit welcher Begründung? Stehe ich unter Verdacht?«

»Der Rehbock, den Sie da liegen hatten … Sie werden der Wilderei auf den Ländereien von Nørlund Slot verdächtigt. Es sei denn natürlich, Sie haben den Bock *au naturel* in Skørping im Brugsen gekauft – mit Geweih und allem Drum und Dran.«

18.

Kommissar Grubes Büro war zu klein für den Publikumsmagneten, zu dem sich dieses sogenannte »Gespräch« mit dem historisch-heroischen Niels Oxen allmählich entwickelt hatte. Also nahmen die Teilnehmer ihre Stühle mit und setzten sich um den großen Tisch im Konferenzraum.

Bei dem Gedanken daran, dass sowohl Bøjlesen als auch die PET-Spitze anwesend sein würden, verspürte Rasmus Grube nun doch eine leichte Anspannung. Gut möglich, dass er ziemlich schnell ziemlich alt aussehen würde, weil es so gut wie keine konkreten Anhaltspunkte gab.

Max Bøjlesen, Polizeipräsident des Bezirks Nordjütland, thronte wie selbstverständlich am Kopfende des Tisches und suchte offenbar noch nach der passenden Mimik. So hohen Besuch behandelte man besser gut, aber wenn man ihn lieber von hinten als von vorn sah, dann war es nicht immer leicht, die richtige Haltung zu finden.

Grube nahm an der Längsseite Platz, genau in der Mitte, gegenüber von Oxen. Torsten Vester setzte sich neben ihn, und Martin Rytter, der Operative Leiter des PET, saß auf der anderen Seite. Sie waren ungefähr gleich alt, Mitte vierzig, genau wie Oxen.

Rytter hatte in verhältnismäßig kurzer Zeit Karriere gemacht. In Polizeikreisen hieß es, dass man besser vorsichtig sei, wenn man sich nicht am scharfen Verstand dieses Mannes schneiden wolle. Grube bemerkte ein Lächeln auf Rytters braun gebranntem Gesicht, als er Oxen zunickte.

Neben Rytter saß eine Frau. Ihre Anwesenheit kam überraschend und außer »Guten Tag« hatte sie seit der Ankunft des PET-Trios noch kein Wort gesagt. Sie hieß Margrethe Franck und war ihnen als »Assistentin« vorgestellt worden. Am linken Ohr trug sie einen auffälligen Silberschmuck, ihre blonden Haare waren ziemlich kurz, und dass sie irgendwie mürrisch wirkte, konnte daran liegen, dass sie Schmerzen hatte. Grube war aufgefallen, dass sie ein Bein nachzog.

Der letzte Mann, der durch die Tür trat, war der Chef des Inlandsnachrichtendienstes, der berühmte Axel Mossman. Er war so riesig, dass man keine Tür mehr brauchte, wenn er im Durchgang stehen blieb.

Mossman hatte die sechzig in Bestform überschritten. Er hatte beinah sein ganzes Leben im PET verbracht, hatte ihn gestärkt aus den schwierigen Jahren des Umbruchs nach 9/11 herausgeführt und in einen modernen Nachrichtendienst verwandelt, der den neuen Anforderungen der Zeit gerecht wurde.

Axel Mossman nahm seine Tweedmütze ab, doch er setzte sich nicht. Stattdessen ging er um den Tisch zu Oxen und streckte ihm seine riesige rechte Hand entgegen.

»Oxen. Guten Tag ... Axel Mossman, es ist mir eine Ehre, Sie kennenzulernen. Was Sie geleistet haben, ist beeindruckend. Wirklich, sehr beeindruckend. Wie bedauerlich, dass wir uns unter diesen Umständen begegnen. Aber vielleicht haben wir ja später noch Gelegenheit, uns zu unterhalten.«

Oxen registrierte die Herzlichkeit des PET-Chefs mit Skepsis. Er wusste nicht, was er erwidern sollte, und quittierte Mossmans Händedruck mit einem kurzen Nicken.

Dann kehrte seine Hand zurück zu Mr Whites Kopf, auf dem sie liegen blieb. Er hatte dafür gesorgt, dass sein treuer Begleiter etwas Wasser und Futter bekam, aber er sah dem Samojedenspitz an, wie sehr er sich danach sehnte, endlich hier rauszukommen. Genau wie er selbst.

Oxen lehnte sich zurück und beobachtete Mossman, der sich wie ein zweiter Goliath an den leeren Stühlen vorbeischob, um seinen Platz ganz rechts von ihm einzunehmen. Er wusste haargenau, wer dieser Axel Mossman war, mit seinem vergoldeten Renommee und den englischen Vorfahren väterlicherseits. Mossman war schon Chef des PET gewesen, als Oxen damals seine Polizeiausbildung begann.

Ein Titel wie *Sir* Axel oder *Lord* Mossman hätte hervorragend zu ihm gepasst. Die ganze Erscheinung dieses Riesen war durch und durch britisch. Er trug eine karierte moosgrüne Tweedjacke, eine farblich passende Leinenhose, und die Mütze in seiner Hand war natürlich ebenfalls aus moosgrünem Tweed. Alles in allem erinnerte er am ehesten an einen Gentleman auf dem Weg zur Schneehuhnjagd in den schottischen Highlands oder zum Fliegenfischen am River Tay.

Mossman setzte sich und strich mit der flachen Hand sein dünnes silbergraues Haar glatt. Es gab Stimmen, die behaupteten, er stehe mit den Spitzen des MI5 und des MI6 auf ganz besonders gutem Fuß. Das hätte ihn nicht gewundert. Mossman war eine Institution.

Oxen ließ den Blick von der einen Seite des Tisches zur anderen wandern. Ihm gegenüber saß jetzt eine ganze Batterie von höchst wichtigen Männern des Staatsapparats – dazu eine Frau, die ihm eben noch in die Augen gesehen hatte, ohne zu lächeln oder auch nur zu blinzeln. Sie trug ein auffälliges silbernes Schmuckstück, eine Schlange, die sich am Rand ihres Ohrs emporwand. Vor ihr lag ein I-Pad.

Am Tischende saß Max Bøjlesen. Er hatte ihn jetzt schon eine ganze Weile insgeheim beobachtet. Bøjlesen war immer noch der Alte, wenn auch ein paar Kilo schwerer, wodurch sein Gesicht entsprechend runder wirkte – und irgendwie freundlicher als in seiner Erinnerung. Aber davon durfte man sich nicht täuschen lassen. Bøjlesen war ein Wolf mit Apfelbäckchen.

Auch wenn der Polizeipräsident eine Miene machte, als wären sie sich noch nie zuvor begegnet, konnte er Oxen nicht täuschen. Aus dem Augenwinkel hatte er längst bemerkt, dass Bøjlesen ihn fest im Blick hatte.

Kommissar Grube blätterte hektisch in seinen Unterlagen. Gleich würde der Mann von vorn anfangen.

Oxen musste sich mit Geduld wappnen. Der Gedanke, viel und lange sprechen zu müssen, überforderte ihn. Sosehr er es sich auch gewünscht hätte: In diesem Moment war er alles andere als unsichtbar.

Der Kommissar räusperte sich und begann mit denselben Fragen, die Oxen auf genau dieselbe Weise beantwortete wie schon vor ein paar Stunden. Der Staatsapparat ihm gegenüber verzog währenddessen keine Miene.

Jetzt näherten sie sich der Stelle, an der die erste Sitzung geendet hatte.

»Kannten Sie Hans-Otto Corfitzen?«, fragte Grube zum zweiten Mal.

»Nein«, antwortete er erneut.

»Nie von ihm gehört?«

»Nein.«

Im selben Moment nahm er eine flüchtige Bewegung in dem

sonst ruhigen Blick der Assistentin wahr. Und er sah auch, wie Axel Mossmans Mund sich ein wenig spannte.

Aber da er wirklich noch nie von dem toten Gutsherren gehört hatte, konnte er keine andere Antwort geben. Grube fuhr fort: »Was wollten Sie beim Schloss?«

»Nur schauen.«

Und damit waren sie wieder dort, wo sie unterbrochen hatten.

Im Vergleich zum ersten Durchgang wirkte der Kommissar etwas nervöser.

»Nur schauen, sagen Sie. Wäre es vielleicht möglich, diese doch recht … komprimierte … Antwort ein wenig zu vertiefen? Schauen wonach? Dem Baustil, dem Wassergraben, der Dachkonstruktion, der Flora des Gartens, *schauen wonach*, Oxen?«

»Ich war schon oft im Rold Skov. Die Jägertruppe nutzt den Wald als Übungsgelände, aber das Schloss hatte ich noch nie gesehen, nur davon gehört. Ich war … neugierig.«

»Sie sind also gegen 23:30 Uhr mit Ihrem Hund dort aufgekreuzt, korrekt?«

Er nickte.

»Wenn Sie dann jetzt so freundlich wären, uns am weiteren Geschehen teilhaben zu lassen, und zwar gern ein bisschen detaillierter, danke.«

Das Ganze erinnerte ihn an ein Tribunal. Mit dem einzigen Unterschied, dass er freiwillig hier erschienen war. Er saß fest wie ein Hase in der Schlinge, die er selbst ausgelegt hatte. Am liebsten wäre er auf der Stelle wieder verschwunden, aber dafür war es zu spät. Also mobilisierte er seinen gesamten schlummernden Wortschatz und berichtete, wie er von seinem Versteck aus zwei Männer vor dem Schloss beobachtet habe. Und er erklärte, dass ihre Anwesenheit und ihre ganze Erscheinung ihn nur noch neugieriger gemacht hätten.

»Sie sind also davon überzeugt, dass wir hier von Security-Leuten sprechen, von irgendeiner Art Wachpersonal?«

»Ja.«

»Und Corfitzen haben Sie zu keinem Zeitpunkt zu Gesicht bekommen … oder doch?«

»Nein.«

»Gut, bitte fahren Sie fort.«

»Ich wollte in den Park, deshalb bin ich mit meinem Hund die schmale Straße rechts neben dem Schloss hinuntergegangen. Auf der Rückseite des Grundstücks sind wir dann über die Mauer gesprungen und haben uns zwischen den Büschen und Bäumen einen Weg zu der großen Rasenfläche gesucht.«

»Was wollten Sie im Schlossgarten?«

»Ich wollte nachsehen, ob dort auch Wachen waren. Ob dort irgendwas Verdächtiges vor sich ging. Aber das Gelände war zu ungeschützt – mit einem weißen Hund … Also wollten wir auf dem kürzesten Weg über den Rasen und durch die Büsche zurück auf die Felder … und nach Hause.«

Er hielt inne.

Ihm wurde schon schwindelig vom vielen Reden. Aber jetzt war er an einem Punkt, an dem er aufpassen musste. Eine wichtige Information hatte er schon ausgelassen. Jetzt musste er eine weitere überspringen. Irgendwo in seinem Hinterkopf flüsterte eine Stimme, dass es ein geschickter, durchdachter Schachzug wäre, dem Tribunal nicht alles auf einmal preiszugeben.

»Wir sind also gerade dabei, den Garten hinter uns zu lassen, da streife ich etwas. Etwas Merkwürdiges. Ich strecke die Hand danach aus – und halte eine Pfote in der Hand, eine Hundepfote. Und dann sehe ich den Hund, der an einem Seil über meinem Kopf baumelt. Da bin ich losgerannt, so schnell ich konnte, durch das Gebüsch und weiter übers Feld.«

»Wollen Sie damit sagen, Sie hätten Panik bekommen?«

Oxen zuckte mit den Schultern und nickte langsam.

»Ausgerechnet *Sie*? Panik?« Kommissar Grube rümpfte die Nase.

»Es ist schon ziemlich lange her, dass ich … Jetzt kümmere ich mich lieber um meine eigenen Angelegenheiten.«

»Und Sie haben keine anderen Personen im Garten gesehen, keine Wachen, nichts Ungewöhnliches?«

»Nein.«

»Und das ist alles, Oxen?«

»Ja.«

Die Tischseite gegenüber rutschte unruhig auf den Stühlen hin und her. Kam er jetzt endlich hier weg? Er kraulte Mr White am Ohr, um ihn ein bisschen aufzumuntern.

Grube blickte fragend nach links und rechts. Mossman nickte.

»Sagen Sie mal«, setzte der PET-Chef an, »Wenn man in Kopenhagen lebt, liegt Rold Skov nicht gerade um die Ecke. Wieso sind Sie hierhergekommen?«

»Ich wollte weg. Ich wollte meine Ruhe haben.«

»Einfach so?«

»Ich habe vor einiger Zeit einen Artikel in einer Zeitung entdeckt. Darin ging es um einen Veteranen, der dasselbe gemacht hat. Es war angeblich die beste Entscheidung, die er je getroffen hatte. Also dachte ich mir, das könnte vielleicht auch was für mich sein. Nur habe ich mir einen anderen Wald ausgesucht.«

»Ein Zeitungsartikel, aha.« Mossman nickte wieder.

Rytter meldete sich zu Wort. Die schweigsame Assistentin mit der Schlange am Ohr reichte ihm ein Papier.

»1993, 1995 und 1996 Bosnien. Dann bei den Jägern: 1999 Kosovo, 2002 Afghanistan, 2005 Kosovo, 2007 Irak und 2009 wieder Afghanistan. Imponierend lange Liste, Oxen. Warum so viele Auslandseinsätze?«

»Das war mein Job. Soldat sein.«

»Aber so viele internationale Missionen?«

Er zuckte die Schultern. Nahm das hier denn gar kein Ende mehr?

»Andere waren genauso oft weg.«

Rytter schien seine Frage eigentlich weiterverfolgen zu wollen, doch dann nickte er resigniert Grube zu.

»Wenn sonst niemand mehr Fragen hat, bedanken wir uns fürs Erste für Ihre Kooperationsbereitschaft, Oxen«, sagte der Kommissar.

Dass Nørlund Slot unter Videoüberwachung stand, genau wie jede von Vandalismus geplagte Volksschule mit einem Rest an Selbstachtung, war zunächst nicht weiter bemerkenswert. Trotzdem hatte er diese Beobachtung nicht erwähnt.

Genauso wenig wie den bewusstlosen Mann, über den er gestolpert war, nachdem er den gehängten Hund bemerkt hatte. Beides waren wichtige Puzzleteile in der polizeilichen Untersuchung. Er ging davon aus, dass die Festplatte der Überwachungsanlage sicher längst beschlagnahmt worden war. Und dass er und Mr White auf den Aufnahmen nicht zu sehen waren, sonst wäre diese ganze Parade hier witzlos gewesen.

Während die anderen der Reihe nach den Raum verließen, blieb der PET-Chef noch kurz bei Grube stehen. Dann verschwand auch der Kommissar. Irgendetwas braute sich da zusammen, und das gefiel Oxen gar nicht.

»Können wir einen Augenblick reden, Oxen?«, fragte Axel Mossman. Goliath zog die Tür hinter sich zu, als käme ihm gar nicht erst in den Sinn, dass Oxen Nein sagen könnte.

Oxen nickte.

»Gut.« Mossman drückte sich um den Tisch herum und setzte sich auf den Stuhl, der Oxen am nächsten stand. »Samojedenspitz?«

Oxen nickte.

»Schöner Hund, Ihr Samojede.« Mossman streichelte Mr White über den Rücken. »Ich habe selbst einen Hund … einen Golden Retriever. Sie heißt Bonnie.«

Offenbar hatte Oxen das Gespür dafür verloren, wie man sich über Nichtigkeiten unterhielt. Er konnte nichts dazu sagen, und es war ihm auch reichlich egal, ob der PET-Chef einen Hund besaß oder nicht, und erst recht, ob dieser Hund Bonnie oder Clyde hieß.

Also wartete er darauf, dass Mossman nach dem Hundefreundemanöver endlich zum Kern der Sache kam. Sekunden später war es so weit. Ganz unvermittelt.

»Sie lügen«, flüsterte Axel Mossman und streichelte dabei weiter Mr Whites Fell. »Sie lügen, Oxen.«

Ob der PET-Chef nach einem Ausdruck von Schock in seinen Augen suchte oder darauf lauerte, dass er verräterisch auf seinem Stuhl hin und her rutschte, wusste er nicht. Goliath sah ihn durchdringend an, dann wiederholte er: »Ich *weiß*, dass Sie lügen, Oxen … Und wenn Sie an einer entscheidenden Stelle gelogen haben, dann sagt mir meine Nase, dass das nicht Ihre einzige Lüge war. Oder dass Sie etwas verschweigen. Habe ich recht?«

»Ich lüge nicht.«

Er hielt Mossmans Blick stand.

»Mir sind Fakten bekannt, die meine Vermutung belegen«, sagte Mossman.

Dann stellte der oberste Chef des Nachrichtendienstes seinen Frontalangriff ein und lehnte sich auf dem Stuhl zurück. Er wirkte nachdenklich, die riesigen Hände vor der Nase gefaltet.

Oxen schwieg. Gleich würde mehr kommen. Leute wie Mossman schossen nur scharf, wenn sie noch Munition im Gürtel hatten.

»*Well*, ich habe mich gefragt, ob Sie sich vorstellen könnten, im Zusammenhang mit dieser sogenannten Corfitzen-Affäre für mich zu arbeiten? Sie verfügen über ein paar besondere Fähigkeiten. Und außerdem über polizeiliche Erfahrung. Die Sache wäre natürlich ganz und gar inoffiziell. Aber Sie würden gut dafür bezahlt werden. Richtig gut.«

Das war das Letzte, womit er gerechnet hätte. Ein Job? Ein

Undercover-Luxus-Schnüffler-Job für Mossman? Der anglophile Goliath hatte einen Stein geworfen und ihn mitten auf die Stirn getroffen.

»Nein, danke«, antwortete er.

»Wollen Sie nicht erst mehr über mein Angebot hören?«

»Nicht nötig.«

»Was ist der Grund für diese schnelle Absage, wenn ich fragen darf?«

»Ich will nicht in irgendwas reingezogen werden. Ich bin … mit anderen Dingen beschäftigt.«

»*Well*, Oxen. Es war einen Versuch wert. Und falls Sie Ihre Meinung ändern sollten – hier ist meine Karte.«

Er nahm die weiße Visitenkarte, obwohl er wusste, dass er sie im erstbesten Abfalleimer versenken würde.

»Übrigens, Ihr Name, Oxen – *an ox*, haben Sie britische Vorfahren?«

»*Oxen* ist die alte dänische Schreibweise für Ochse.«

»Genau wie im Englischen. Interessant … Na ja, ich muss los, und Sie wollen sicher zurück in den Wald, nicht wahr? Dann danke ich Ihnen.«

Er drückte die Hand des PET-Chefs. Er hatte nicht vor, ihn nach dieser angeblichen Lüge zu fragen, den Gefallen würde er dem Mann nicht tun. Gut möglich, dass Axel Mossman einen falschen Köder ausgeworfen hatte, nur um zu sehen, was passiert. Einen gewiefteren Angler als ihn konnte man sich kaum vorstellen.

In der Tür drehte sich der Geheimdienstchef noch einmal um, als hätte er eine plötzliche Eingebung.

»Was meine Annahme anbelangt, Sie hätten gelogen, Oxen mit ›x‹ … dass sie zutrifft, wird die örtliche Polizei bestimmt bald herausfinden, denken Sie nicht? Auf Wiedersehen.«

19.

Nach einem schnellen Mittagsimbiss mit dem Polizeipräsidenten Bøjlesen und ein paar anderen Mitgliedern der obersten Führungsriege der nordjütischen Polizei hastete der Chef des Inlandsnachrichtendienstes Axel Mossman zusammen mit seiner Assistentin Margrethe Franck und seinem Operativen Leiter Martin Rytter durch die Gänge des Polizeipräsidiums. Sie waren auf dem Weg zu Grubes Büro, um sich im Fall Corfitzen auf den aktuellen Stand zu bringen.

Der Kommissar wartete mit einer Kaffeekanne und vier Bechern, bereit, sie durch die dürftigen Ermittlungsergebnisse zu führen, die ihre Untersuchung der dramatischen Umstände von Corfitzens Tod bisher hervorgebracht hatte. Auf seinem Schreibtisch wuchsen die Aktenstapel.

Grube folgte strikt den Notizen auf seinem Block. Er ging chronologisch vor, damit seine Gäste den besten Überblick über die zeitlichen Abläufe bekamen. Es fehlte immer noch eine ganze Menge. Das gesamte Material, das sich auf Corfitzens Computer und auf seinem Laptop befand, musste noch untersucht werden. Und es gab stapelweise Dokumente über seine Arbeit als Stifter und Vorsitzender des Thinktanks Consilium und Unmengen von Unterlagen im Zusammenhang mit den Wirtschaftsbetrieben, die zum Schloss gehörten. Aber zu einer sauberen Ermittlung gehörten eben auch solche mitunter langwierigen Routinearbeiten.

Der Operative Leiter des PET, Martin Rytter, legte gnadenlos den Finger in die Wunde, dorthin, wo es am meisten wehtat: »Wollen Sie mir ernsthaft sagen, dass Sie die Anwesenheit von fünf Security-Leuten bestätigt haben, aber keinen einzigen von ihnen bisher auftreiben konnten?«

»Was das betrifft, haben wir alles durch: Lohnbuchhaltung, Kontoauszüge, Telefondaten der Sendemasten, Fußarbeit in den umliegenden Geschäften, Kiosken, Tankstellen und deren Videos. Nichts.«

»Was ist mit den Videokameras im Schloss? Solche Gebäude werden doch normalerweise überwacht, oder nicht?« Rytter hielt die Leine straff, während Franck Notizen in ihr I-Pad tippte.

»Nichts. Nicht die leiseste Spur einer Überwachungskamera. Es gab mal welche, aber die sind letztes Jahr abmontiert worden, weil sie nicht funktioniert haben. Das hat uns ein gewisser Arvidsen mitgeteilt, ›das Mädchen für alles‹ im Schloss.«

»Und Oxen? Was halten Sie von dem?«, schob Mossman ein.

»Er wirkt irgendwie … bedauernswert, oder? Aber er ist nicht der erste Kriegsveteran, der sich tief im Wald versteckt. Ich glaube ihm. Ich glaube ihm, dass er nur neugierig war. Schließlich war er ja einige Tage vor Corfitzens Tod beim Schloss.«

»Er hätte zurückkommen können. Vielleicht diente der erste Abend nur dem Auskundschaften«, sagte Rytter.

»Für diese Annahme gibt es ebenso wenig Beweise wie für meine«, antwortete Grube. Es gefiel ihm überhaupt nicht, dass das Briefing immer mehr den Charakter einer Søborg-Inquisition annahm. Das PET-Trio machte sich die Finger bestimmt nicht schmutzig. Das machten sie nie.

»Was halten Sie von der Sache mit Corfitzens erhängtem Hund? Ist das Teil der Ermittlungsarbeit – oder nicht?« Der Operative Leiter biss sich beständig fest, mit offenen und geschlossenen Fragen, immer schön abwechselnd.

Grube zuckte mit den Schultern. Noch so ein verfluchtes Puzzlestück, das er nirgends unterbringen konnte.

»Ehrlich gesagt habe ich keine Ahnung, was ich von diesem Hund halten soll. Er hat ihn über alles geliebt. Der Hund ist ihm fast überallhin gefolgt. Ich habe es in einen der Berichte geschrieben … Wenn jemand Corfitzens Hund erhängt hat, dann nur, um ihn zu treffen. Rache oder Drohung, eine Warnung. Irgendetwas in der Art wird es wohl gewesen sein. Nicht wahr? Aber egal, was es war: Ein paar Tage später war Corfitzen tot.«

Martin Rytter gab sich damit zufrieden. Ein erhängter Hund?

Was er aus Grubes Mund hörte, war genau das, was er auch selbst dachte.

Sie unterhielten sich weiter und gingen andere Aspekte des Falls durch. Es schien aber fast unmöglich, Corfitzens großes Netzwerk und seinen enormen Einsatz in so vielen unterschiedlichen Bereichen zu überblicken.

»Hans-Otto Corfitzen hat als Berater in diplomatischen Angelegenheiten für den PET gearbeitet. Falls Sie daher eine konkrete Theorie verfolgen, gehe ich als leitender Ermittler davon aus, dass Sie mich mit einbeziehen.«

»Selbstverständlich«, antwortete Rytter schnell.

»Ich könnte zum Beispiel ganz direkt fragen: Wieso um alles in der Welt fliegen Sie Hals über Kopf hierher, nur weil wir einen Mann wie Niels Oxen zu einem klärenden Gespräch gebeten haben? Ich hätte Ihnen das Protokoll schicken können.«

Keiner seiner drei Gäste machte Anstalten, ihm zu antworten, bis Mossman doch noch mit einem Seufzen erwiderte: »Wir dachten, es wäre vielleicht mehr zu holen. Ich kann mir vorstellen, dass Corfitzens Position zu einem gewissen Ermittlungsdruck führt, meinen Sie nicht auch?«

Der Kommissar konnte nur zustimmend nicken.

»*Well*, sehen Sie, das geht uns nicht anders. Corfitzens langjährige Arbeit … Sein Name hallt durch die Gänge, selbst in Christiansborg. Der Respekt, der ihm galt, sorgt auch bei uns in Søborg für spürbaren Druck. Die Leute haben schließlich Fragen …«

Nachdem er einen Blick auf seine Armbanduhr geworfen hatte, erhob sich der PET-Chef in seiner ganzen Pracht.

»Wir sollten langsam los. Wir haben noch ein paar andere Dinge zu erledigen, solange wir in der Gegend sind«, sagte er und nahm seine Tweedjacke von der Stuhllehne. Das war das Signal für sein kleines Gefolge. Margrethe Franck, die die ganze Zeit über kein einziges Wort gesagt hatte, zog sich ihre Lederjacke an, während sie an Grubes Schreibtisch trat.

»Oha!«, sagte sie laut und nahm eine Plastikmappe von Grubes Aktenstapel. »*Sie* interessieren sich für den Bergsøe-Fall?«

Sie hielt die Akte hoch, damit alle den Zeitungsartikel und die große Überschrift sehen konnten: »Oberster Geheimdienstkontrolleur bei mysteriösem Unfall ums Leben gekommen.«

Es war der Artikel über Mogens Bergsøe, den Vorsitzenden der Wamberg-Kommission, die die beiden dänischen Nachrichtendienste überwachte, den nationalen sowie den militärischen Geheimdienst.

Dass Margrethe Franck über den Zeitungsausschnitt gestolpert war, lag an zweierlei: Entgegen den Meldungen der lokalen Polizeidienststellen war der PET noch lange nicht fertig mit dem Todesfall, der wegen Bergsøes Posten selbstverständlich bis ins letzte Detail untersucht werden musste. Und außerdem hatte der Ausschnitt gar nichts auf Grubes Tisch verloren, der Fall gehörte nämlich zum Bezirk der Kollegen in Holstebro, die auch für Silkeborg zuständig waren.

»Damit habe ich nichts zu tun«, sagte Grube. »Der Artikel gehört zu den unzähligen Unterlagen aus Corfitzens Büro.«

»Wie bitte?« Axel Mossman kniff die Augen zusammen.

»Er lag zusammen mit einigen anderen Artikeln aus verschiedenen Zeitungen in Corfitzens Schreibtischschublade. Laut seiner Sekretärin hatte er vier Zeitungen abonniert. Er hat unter anderem Porträts gesammelt, zum Beispiel von hochrangigen Mitgliedern der Arbeitgebervereinigung. Aber es sind auch Artikel über wirtschaftliche, gesellschaftliche und außenpolitische Fragen dabei, und über Angelegenheiten, die Kinder und deren Rechte betreffen. Und dann gab es auch noch ein paar Geschichten über die Region. Alles hübsch bunt durcheinander.«

»Aha, soso«, brummte Mossman und schob endlich auch seinen zweiten Arm in den Jackenärmel. »*Well*, Grube, wenn Sie uns weiterhin so freundlich auf dem Laufenden halten würden wie bisher, wären wir sehr froh. Fürs Erste vielen Dank.«

Sie verließen das glänzende Hauptquartier der nordjütischen Polizei, das aus Fliesen, Beton und Glas gebaut war, und waren kaum ein paar Stufen der breiten Treppe hinuntergegangen, als Rytter plötzlich stehen blieb.

»Können wir das jetzt bitte klären? Gern auf der Stelle, Margrethe«, sagte er.

»Natürlich können wir das«, antwortete Mossman. »Lass uns rüber zum Wagen gehen.«

Margrethe Franck ließ sich weder von den Treppenstufen noch vom Bordstein ablenken. Sie arbeitete schon wieder auf ihrem I-Pad.

»Ich öffne gerade die Bergsøe-Datei mit dem schriftlichen Material. Wenn ich so weit bin, starte ich eine Suche nach Corfitzen.«

Als sie kurz darauf in dem Mietwagen auf dem Parkplatz saßen, warteten sie immer noch schweigend. Dann verkündete Margrethe Franck plötzlich: »Nichts … Corfitzen wird an keiner Stelle in den Bergsøe-Unterlagen erwähnt.«

»Dann … hat Grube vielleicht recht. Es war nur ein Zufall, dass Corfitzen den Artikel aus der Zeitung herausgerissen hat«, sagte Rytter.

»Ich rufe unsere Kollegen zu Hause an und frage nach, ob sie irgendwo über seinen Namen gestolpert sind«, sagte sie.

Es vergingen nur wenige Minuten, bis ihre Anfrage beantwortet war – mit negativem Ergebnis.

Sie saßen schweigend im Auto und ärgerten sich. Sie hatten alle denselben Gedanken gehabt, so absurd er auch schien. Aber offenbar hatte Corfitzen seine Zeitungen immer in Einzelteile zerlegt und alle möglichen Ausschnitte daraus gesammelt, als wäre er ein Archivar.

Axel Mossman drehte seinen mächtigen Körper auf dem Beifahrersitz, sodass die beiden anderen sein Gesicht sehen konnten.

»*Well*, gute Vorschläge sind jederzeit willkommen«, sagte er seufzend.

Margrethe Franck hielt ihr I-Pad auf dem Schoß und starrte an die Decke. Dann sagte sie mit energischem Tonfall:

»Ich habe das Gefühl, dass wir viel zu kompliziert denken und gar nicht mehr sehen, was direkt vor unserer Nase *baumelt*. Vielleicht sollten wir einfach mal ganz woanders anfangen: Hatte Mogens Bergsøe auch einen Hund?«

20.

Jytte Bergsøe trat ein paar Schritte zurück, um die Arbeit der letzten Stunden besser beurteilen zu können. Das Mosaik stellte Jesus Christus am Kreuz dar, es war eine Auftragsarbeit der Kirche in Funder, einem Stadtteil von Silkeborg.

Die Arbeit an dem religiösen Motiv hatte tief in ihrem Inneren etwas berührt und allem einen neuen Sinn verliehen. Seit seinem Tod hatte sie in dem Künstlerkollektiv in Silkeborg vierundzwanzig Stunden am Tag gearbeitet. Ihre Freunde machten schon ganz besorgte Gesichter.

Sie vermisste ihren Mann aus tiefster Seele. Ihren kleinen Mogens. Es war genau das passiert, was sie immer befürchtet hatte, seit er auf die Schnapsidee gekommen war, sich ein Kajak anzuschaffen: dass er auf dem See von Unwohlsein befallen ins Wasser stürzen und ertrinken würde. Und weit und breit niemand, der helfen konnte. Ein Mann mittleren Alters, ja, Männer im Allgemeinen, neigten dazu, sich zu überschätzen. Auch Mogens Bergsøe.

Aber was sie am meisten schmerzte, war der Umstand, dass es jetzt passiert war, während sie getrennt waren. Er war gestorben – ohne sie –, nur weil sie es zufällig gerade angebracht fand, sich selbst zu verwirklichen. Und trotzdem wollte sie ihn in ihrer Nähe haben. Er war doch ihr Ehemann und bester Freund. Und früher oder später wäre sie in das Haus am See zurückgekehrt. Das hatte sie gewusst. Und er auch.

Jetzt war es zu spät.

Sie trat noch einen Schritt zurück. Das Gesicht Jesu war voller Leid. Vielleicht sollte der Heiligenschein ein bisschen mehr nach … Ihr Handy klingelte.

»Jytte Bergsøe.«

»Hallo. Hier spricht Margrethe Franck, Inlandsnachrichtendienst.«

Der Anruf überraschte sie nicht. Der PET hatte ihr ganzes Leben auf den Kopf gestellt, was natürlich angemessen war, nachdem Mogens über sieben Jahre lang den Posten als Wamberg-Vorsitzender bekleidet hatte. Die Kommission, die nur aus vier Personen bestand, überwachte alle Personenregistrierungen des Inlands- wie auch des Auslandsnachrichtendienstes und die Weitergabe von Informationen. Das wusste sie, mehr aber auch nicht. Ihr Mann hatte nie über seine Wamberg-Aufgaben gesprochen.

Der PET hatte schon gefühlte tausend Mal angerufen. Aber ein paar Wochen nach der Beerdigung waren die Anrufe weniger geworden.

Die Frau vom PET fuhr fort: »Ich würde Ihnen gern eine Frage stellen, die Ihnen in Anbetracht Ihres großen Verlustes und dieser ernsten Angelegenheit womöglich etwas seltsam oder unpassend erscheinen mag, aber …«

»Fragen Sie nur. Ich bin nicht besonders zart besaitet.«

»Okay. Hatte Ihr Mann einen Hund?«

»Hund?«

»Ja, wir haben …«

»Natürlich hatte er einen Hund«, fiel Jytte Bergsøe ihr leicht gereizt ins Wort. »Das heißt, *wir* hatten einen Hund. Er lebte bei Mogens. Darauf habe ich ausdrücklich aufmerksam gemacht. Er hieß Hermann, es war ein Schäferhund. Und ich habe sie mehrfach nach Hermann gefragt, aber nie eine vernünftige Antwort bekommen. Es hieß immer nur: ›Wir kümmern uns darum.‹«

»Entschuldigung, ich kann Ihnen nicht ganz folgen. Mit ›sie‹ ist die örtliche Polizei gemeint, oder?«

»Selbstverständlich.«

»Und was ist mit Ihrem Hund?«

»Ich dachte, Sie würden sich untereinander austauschen ...? Hermann ist weg. Er muss an dem Tag verschwunden sein, als mein Mann gefunden wurde. Ich war nicht sofort da, aber ... Es war ein schreckliches Durcheinander, viele Menschen, die kamen und gingen. Jemand muss die Tür offen gelassen haben. Er ist schon mal abgehauen, aber damals war er noch ganz jung. Ich verstehe das nicht.«

»Und dann haben Sie den Verlust der Polizei gemeldet?«

»Ja, aber in der ganzen Geschichte ist Hermann vergessen worden. Mein Mann war schließlich nicht irgendjemand, da kümmert sich natürlich niemand um einen entlaufenen Hund. Das verstehe ich ja auch. Natürlich muss die Polizei Prioritäten setzen. Aber ich habe seitdem mehrmals nachgefragt.«

Für einen Moment war es still in der Leitung. Dann fragte Jytte Bergsøe verwundert: »Aber sagen Sie, wieso interessiert sich der PET für unseren Hund?«

Margrethe Franck teilte ihren Chefs nicht triumphierend, doch zumindest mit einem leisen Lächeln mit, was das Gespräch mit Mogens Bergsøes Witwe ergeben hatte.

»Ich verwette einen Monatslohn darauf, dass Bergsøes Schäferhund irgendwo im Garten vergraben liegt. Hier, sie stellen gerade durch«, sagte sie und reichte das Telefon an Mossman weiter. Sie hatte seine Anweisung schon befolgt und die Polizei in Holstebro angerufen, um sich mit dem leitenden Ermittler verbinden zu lassen.

»Gute Arbeit, wirklich verdammt gute Arbeit, Franckie«, kam es anerkennend von Martin Rytter.

»Axel Mossman, PET. Es geht um den Bergsøe-Fall … Ich möchte, dass Sie jeden Quadratzentimeter von Bergsøes Garten umgraben. Wir suchen nach seinem Schäferhund.«

Der PET-Chef nickte ein paarmal und gab freundlich und entgegenkommend zusätzliche Details weiter. Dann bedankte er sich, legte auf und gab seiner Assistentin das Handy zurück.

»*Well*, es erscheint mir vernünftig, dass wir uns hier in der Gegend ein Hotel suchen, solange wir auf Neuigkeiten aus Silkeborg warten, oder? Sie werden sich so schnell wie möglich darum kümmern, und sie hören erst auf, wenn es dunkel wird. Ich schlage das Hotel Hvide Hus vor.«

Es genügte Margrethe Franck, ein paarmal mit dem Handtuch durch die kurzen blonden Haare zu rubbeln, dann waren sie trocken. »Zweiundzwanzig Millimeter, *exactement*, Schätzchen«, hatte ihr Friseur Alain gesagt, als er mit ausladender Geste das Ergebnis seiner Bemühungen begutachtete. In Wirklichkeit hieß er schlicht Allan und war ein mütterlicher Typ aus Jyderup, der in seiner wilden Jugend eine Weile in Paris gelebt hatte.

Sie trocknete den Spiegel ab. Alain hatte ein paar lange Stirnfransen stehen lassen, was ihm zufolge eine »tolle Asymmetrie« ergab. Sie hatte die Haare auch früher schon ultrakurz getragen, aber noch nie mit langen Strähnen. »Wow, Margrethe, du siehst so *wild* aus«, hatte Alain jubelnd verkündet.

Sie legte rotes Lipgloss auf und zog eine dünne Linie mit dem Eyeliner. Dann wickelte sie sich in das Handtuch, hüpfte auf einem Bein ins Zimmer und setzte sich an den Schreibtisch, wobei ihr Beinstumpf unter dem Handtuch hervorragte.

Niemand hatte auf ihre E-Mails geantwortet, während sie im Bad gewesen war. Das ärgerte sie. Aber sie musste auch zugeben, dass ihr Geduldsfaden noch kürzer war als ihre Haare. Wenn sie etwas wollte, dann sofort. Ein Anspruch, dem die Welt nur selten gerecht wurde.

Sie war damit beschäftigt, tief in der Vergangenheit des Kriegsveteranen Niels Oxen zu graben – auf Wunsch von Mossman, der von der Wiege bis zum heutigen Tag einfach alles über diesen Mann wissen wollte.

Es würde eine ziemlich zeitraubende Angelegenheit werden, das Leben dieses Mannes zu durchleuchten. Warum ihr Chef so energisch darauf bestand, hatte sie nicht gefragt. Und selbst wenn sie gefragt hätte, hätte er ihr keine Antwort gegeben. Er regierte, und sie diente. Dennoch herrschte in dem inzwischen achtjährigen »Verhältnis«, das sie beide verband, ein angenehmer Ton und großer gegenseitiger Respekt.

Abgesehen von den allgemein bekannten Dingen über Oxens Leben hatte sie ihrem Chef zunächst wenig liefern können, aber was sie entdeckt hatte, war dafür ein echter Knaller gewesen. Sie hatte es schon in Kopenhagen herausgefunden, noch bevor ihr Flugzeug in der Luft gewesen war.

Da Oxen Exsoldat war, war es nur logisch gewesen, die Suche beim Militär zu beginnen. Sie hatte eine zuverlässige Quelle im Verteidigungsministerium, einen guten Freund, der einen schnellen Überkreuz-Check vorgenommen hatte.

Die Oxen/Corfitzen-Kombination war genau ein Mal aufgetaucht: 1993, als Oxen laut der Heeresführung den damaligen EU-Botschafter Hans-Otto Corfitzen bei dessen zweitem offiziellem Besuch der dänischen Stabskompanie in Kiseljak in Bosnien um ein Haar körperlich angegriffen hätte. Dieses eine Mal hatten die beiden also tatsächlich die Klingen gekreuzt. Folglich hatte Niels Oxen ihnen ins Gesicht gelogen.

Den detaillierten Bericht über Oxens militärische Laufbahn würde sie allerdings liegen lassen, bis sie ein paar Möglichkeiten überprüft hatte, doch noch die eine oder andere Tür zu öffnen.

Ihr Freund beim Militär schwieg. Es war eine automatische Antwortmail gekommen, dass er den restlichen Tag abwesend sein werde.

Also musste sie ganz von vorn anfangen, in ihren eigenen Archiven. Sie loggte sich im internen Polizeiregister POLMAPE ein, mit dem man – ganz im Gegensatz zu POLSAS – alle Polizeibezirke gleichzeitig durchsuchen konnte.

Als sie endlich im System war, gab sie »Oxen« ins Suchfeld ein. Zum Glück hieß der Mann nicht »Jensen«. Oxen war nichts anderes als eine alte Schreibweise, wie Mossman ihnen auf dem Weg in die Hotellobby ausführlich erklärt hatte. Schlicht und ergreifend ein Ochse mit »x«.

Sie hatte die breite Suche gerade gestartet, als ihr Handy klingelte. Es war der Polizeidirektor des Bezirks Mittel- und Westjütland, ein Mann namens Nielsen.

»Ich rufe eigentlich nur zurück«, begann er entschuldigend. »Ich würde gern mit Axel Mossman sprechen.«

»Er ist im Augenblick nicht hier, aber ich kann ihm etwas ausrichten. Ich nehme an, es geht um Bergsøes Schäferhund?«

»Korrekt. Er war nicht schwer zu finden. Jemand hat ihn zwischen ein paar Birken vergraben. Die Stelle war nicht mal besonders versteckt, nur von ein bisschen Gras und Blättern verdeckt. Uns war nicht bewusst, dass im Garten etwas sein könnte. Und die Suche der Ehefrau nach dem Hund … Der haben wir wohl nicht genug Beachtung geschenkt. Ich wusste bedauerlicherweise gar nichts davon. Tut mir leid …«

Nielsen klang unnötig betroffen. Unter normalen Umständen hätte kein Polizist auch nur eine Sekunde auf einen entlaufenen Hund verschwenden müssen.

»Ist schon in Ordnung. Wir hatten auch keine Ahnung, dass wir nach seinem Hund suchen sollten. Ich gebe Mossman Bescheid.«

»Da ist noch etwas. Nur ein Detail. Wer auch immer den Hund begraben hat, er hat auch einen Strick mit in die Grube geworfen. Das Seil ist mehrere Meter lang, mit einer Schlinge an einem Ende. Wir lassen es natürlich untersuchen.«

»Vielen Dank, ich leite das sofort weiter. Dann kann Mossman

Sie persönlich zurückrufen, falls er noch Fragen hat. Auf Wiederhören.«

Nicht zu glauben … Also gab es doch eine Verbindung zwischen den beiden Honoratioren, dem Staranwalt und dem Spitzendiplomaten, zwischen Mogens Bergsøe und Hans-Otto Corfitzen: ihre Hunde. Genauer gesagt: ihre erhängten Hunde.

Sie drückte Mossmans Nummer und setzte ihn in Kenntnis. Sie stand auf und wollte gerade zum Bett humpeln, wo sie ihre Klamotten und die Beinprothese abgelegt hatte, als ihr POLMAPE wieder einfiel. Das System hatte ein Ergebnis ausgespuckt.

Wow …

Sie ließ sich auf der Stelle wieder auf den Stuhl fallen, um weiterzulesen. Niels Oxen war ein alter Bekannter der Polizei. Und nicht nur in einer Hinsicht. Das Sündenregister des ehemaligen Polizeischülers war überraschend lang – und abwechslungsreich.

Sie blätterte vor und zurück und begnügte sich damit, die Texte fürs Erste nur zu überfliegen, bis ihr Blick unweigerlich an einem Wort hängen blieb.

Dem höchstdekorierten Soldaten, den Dänemark je gesehen hatte, waren Tätlichkeiten, Ruhestörung, Drohung, versuchter Versicherungsbetrug und … häusliche Gewalt vorgeworfen worden.

21.

Der Kleiderhaufen am Steilufer wurde von Mr White bewacht, der ganz entspannt auf seinem Schwanz saß und sein Herrchen nicht aus den Augen ließ. Nicht dass es nötig gewesen wäre, die Kleider zu bewachen. Der Haufen lag vermutlich am einsamsten Ort im ganzen Königreich, weit und breit war keine Menschenseele zu sehen.

Der Urwald schloss sich dicht um den Lindenborg Å, aber Oxen hatte seine Methoden, sich fortzubewegen. Entweder folgte er den Wildwechseln oder einem der wenigen Pfade, die er selbst in dem knappen Monat getrampelt hatte, seit er sich im Ersted Skov aufhielt.

Er kniete nackt mitten im Bachlauf und wusch sich. Die Knie versanken in dem feinen Sand dieses flachen und breiten Abschnitts, wo das klare, wirbelnde Wasser kaum tiefer war als zwanzig Zentimeter.

Es war ein herrlich eisiges Gefühl, den Kopf unter Wasser zu halten oder sich mit den Händen Wasser über den Körper zu gießen. Hier zu baden fühlte sich so fern von allem und archaisch an – und doch … Vor nur wenigen Stunden hatte er unter zivilisierten Verhältnissen auf dem Polizeipräsidium in Aalborg gesessen – und war von einer ganzen Tischseite begafft worden.

Und er wusste genau, was sie begafften. Sie versuchten, die vielen Orden zu durchschauen, die sie nicht sehen konnten. Nichts hätte ihm gleichgültiger sein können. Nur eine Sache beschäftigte ihn nach dem stundenlangen »Gespräch« – und deshalb tat es besonders gut, in dem kalten Wasserlauf zu knien und für einen Augenblick alles wegzuspülen. Noch immer saß dieses nagende Gefühl in seinem Bauch, und jetzt gab es ihm deutlicher denn je zu verstehen, dass das alles erst der Anfang war. Er würde keinen Frieden finden. Im Gegenteil. Ganz gleich, wie tief er sich in das Herz des Rold Skov zurückgezogen hatte.

»Sie lügen, Oxen …«

Er konnte die angenehme Stimme des PET-Chefs immer noch hören. Und obwohl er in seinem Gedächtnis grub, seit er das Präsidium verlassen hatte, begriff er einfach nicht, wieso Mossman ihn der Lüge beschuldigte. Ganz zu schweigen von der Frage, warum der Oberkommandant des Inlandsnachrichtendienstes sich in die Niederungen der schlichten Ermittlungsarbeit und des praktischen Umgangs mit einem Fall begeben hatte. So etwas kam normalerweise nicht vor.

Das Einzige, wobei Oxen gelogen beziehungsweise geschwiegen hatte, war die Sache mit der Videoüberwachung und dem bewusstlosen Wachmann gewesen. Aber das war ganz sicher nicht die tief greifende Lüge, auf die Mossman sich bezog.

Und dann war da noch Mossmans Jobangebot. Es war bizarr. Schon allein die Tatsache, dass der PET-Chef ihm ein Angebot gemacht hatte, verhieß nichts Gutes.

Gerade als er seinen überhitzten Kopf ein letztes Mal untertauchen wollte, glaubte er, etwas zu hören. Fern und leise, Stimmen vielleicht.

Er saß ganz still mitten im Bach und lauschte konzentriert. Das Geräusch war weit weg. Es klang wie Rufe oder eine laute Unterhaltung. Mit einem Satz war er am Ufer und trocknete sich hastig mit einem zerschlissenen Handtuch ab. Dann zog er sich an, schnürte seine Stiefel, nahm sein Fernglas und das Messer und lief eilig flussabwärts davon. Kaum hundert Meter weiter erhoben sich die Hänge des Vesterskovs wie ein felsiger Wall. Auf dem festen Boden standen ein paar riesige Kiefern wie eine vorgelagerte Bastion, bestens für seine Zwecke geeignet.

Er kletterte auf den ersten Baum, so hoch, dass die Weiden ihm nicht mehr die Sicht versperrten. Weit oben zwischen pikenden Nadeln und Zweigen fand er eine Stelle, wo er sitzen konnte. Er nahm sein Fernglas und begann, systematisch den nördlichen Teil des Tals abzusuchen.

Es dauerte nicht lange, bis er zwei Gestalten entdeckte, die sich in einer Schneise auf der Ersted-Seite den Hang hinunterkämpften. Es waren ein Mann und eine Frau. Wenn sie ihren Kurs auch nur annähernd beibehielten und den Weg zwischen Weiden, Grasbüscheln und Sumpf fanden, würden sie unweigerlich an seinem Lager herauskommen.

Abgesehen von dem dramatischen Auftritt der nordjütischen Beamten waren das die ersten Menschen, die sich seit seiner Ankunft in dieser Gegend blicken ließen.

Er brauchte ungefähr zwanzig Minuten, bis er zurück im Lager war. Er näherte sich vorsichtig und hielt nach Spuren Ausschau. Alles war unberührt. Er beschloss, sich in der Nähe des umgestürzten Baums im Gras zu verstecken und dort abzuwarten, Mr White dicht neben sich.

Ein paar Minuten später hörte er die Stimmen wieder. Es klang, als würde jemand seinen Namen rufen. Die Stimmen kamen näher. Schließlich sah er, wie der Mann und die Frau den Sumpf hinter sich ließen und bald wieder festen Boden unter den Füßen hatten. Sie steuerten direkt auf sein Lager zu. Er blieb so lange liegen, bis er ihre fremden Gesichter deutlich erkennen konnte. Dann ließ er den Hund los, stand auf und ging ihnen entgegen.

»Oxen? Niels Oxen?«

Die Frau trug einen dunkelbraunen, breitkrempigen Stetson. Sie sah ihn an, als wäre er Livingstone persönlich und der schwarze Matsch an ihren Gummistiefeln und Hosenbeinen der Schlamm vom Ufer des Tanganjikasees.

Er zog sein Barett tief in die Stirn und nickte. Sie streckte ihm die Hand entgegen.

»Karin Corfitzen. Und das hier ist mein Mitarbeiter Poul Arvidsen.«

Ihr Händedruck war auffallend fest. Das also war die Tochter des alten Botschafters, über die sich die Beamten im Präsidium unterhalten hatten. Sie arbeitete in der Finanzwelt, lebte in London und war die Alleinerbin von Nørlund Slot. Der Mann hinter ihr war Arvidsen, der Chauffeur und Gärtner des Botschafters, der ihm gegenüber bereits mehrfach erwähnt worden war.

Arvidsen nickte. Sein Blick hatte etwas Wachsames, das so gar nicht zu Rosenbeeten und Stauden passen wollte.

»Ich bin … beeindruckt.«

Die Frau sah ihm in die Augen, aber er konnte nicht genau herausfiltern, ob sie nach Worten suchte oder nur dem Gesagten Nachdruck verleihen wollte.

»Wovon?«, fragte er.

»Von den Dingen, die Sie geleistet haben. Ihren … *Taten* wäre vermutlich das richtige Wort.«

»Hmm …«

»Ich habe mit dem leitenden Ermittler gesprochen, Grube. Von ihm weiß ich auch von Ihrem Lager. Sie befinden sich auf den Ländereien meines Vaters, das heißt auf *meinen* Ländereien. Und ich habe gehört, dass Sie hier jagen und fischen?«

Er nickte.

»Früher Elitesoldat – heute Wilderer. *A hero and a trespasser.*«

Sie lächelte, der Gedanke gefiel ihr offenbar.

Zwischendurch schien sie immer wieder nach den richtigen Worten zu suchen. Ihrer Karriere nach zu schließen, hatte sie sich wohl etliche Jahre in England aufgehalten.

Karin Corfitzen war eine schlanke, durchschnittlich große Frau. Sie nahm den Hut ab, um sich den Schweiß von der Stirn zu wischen. Ihre dunkelbraunen Haare waren straff zurückgekämmt und im Nacken zusammengebunden. Sie hatte ein leichtes Doppelkinn und rundliche Wangen. Im Moment fanden sich weder Wimperntusche noch Lippenstift in ihrem gepflegten Gesicht, aber ihre ganze Erscheinung ließ erahnen, dass sie sich genau wie ihr Vater perfekt auf dem internationalen Parkett zu bewegen wusste, wenn es darauf ankam.

Sie musterte ihn. Wollte auch sie einen kurzen Blick auf die Orden erhaschen?

Er wusste nicht, was er zu der Zusammenfassung sagen sollte, die sie so amüsierte: *A hero and a trespasser* – ein Held und Gesetzesbrecher. Das eine schloss das andere keineswegs aus.

Ihre Augen waren grün. Es war ewig her, dass er einer so schönen Frau gegenübergestanden hatte. Und dann hier, mitten im Wald. Er stellte wieder einmal fest, dass ihm die Worte fehlten und dass seine Fähigkeiten, ein normales Gespräch zu führen, äußerst begrenzt waren.

»Was wollen Sie von mir?« Etwas Besseres fiel ihm nicht ein.

»*Sorry,* ein Mann wie Sie hält natürlich nichts von *small talk.* Ich wollte Sie einfach bitten, der Polizei alles zu sagen, was Sie wissen. Der Kommissar meinte, er habe den Eindruck, Sie wüssten mehr, als Sie zugeben wollten. Ist das korrekt?«

»Nein.«

»Was meint er denn dann?«

»Das weiß ich nicht, fragen Sie ihn selbst.«

»Es geht mir nur darum, dass, wer auch immer für den Tod meines Vaters verantwortlich ist, zur Rechenschaft gezogen wird. Verstehen Sie? Das ist mir wichtig. *Justice* … Das hat er verdient. Deshalb meine Bitte an Sie. Denken Sie darüber nach. Erzählen Sie der Polizei, was Sie wissen. Auch wenn Sie vielleicht der Meinung sind, dass Ihr Wissen nicht von Bedeutung ist. *Please.*«

Sie streckte ihm wieder die Hand entgegen. Unaufdringlich, aber selbstsicher – und diesmal ohne die Andeutung eines Lächelns.

»Auf Wiedersehen. Sie können mit Ihrem Hund so lange bleiben, wie Sie möchten.«

Dann machte sie auf dem Absatz ihrer Gummistiefel kehrt und marschierte in dieselbe Richtung zurück, aus der sie gekommen waren. Arvidsen nickte und folgte seiner neuen Arbeitgeberin eilig.

Der Mond leuchtete über dem Tal wie ein Nachtlicht. Er war beinahe kreisrund und schien so hell, dass die Umgebung gut zu erkennen war. Oxen robbte mit dem Messer zwischen den Zähnen durch das Gras.

Diesmal war es keine Einbildung. Diesmal war es die nackte Wahrheit. Diesmal war irgendjemand hier draußen unterwegs. Jemand, der sich an sein Lager heranpirschte. Jemand, der dabei nicht lautlos gewesen war.

Aber niemand würde ihn im Schlaf überraschen.

Er kroch weiter und suchte Deckung hinter einem umgestürzten Baum. Dann ging er in die Hocke und spähte über das Gebiet, wo hohes Gras auf festem Untergrund wuchs. Von dort würde der Feind kommen.

Ruhig glitt sein Blick vor und zurück, nach rechts und links, wo Schilf und Grasbüschel emporragten, über die Weiden, das dornige Gestrüpp und wieder zurück zum hohen Gras. Immer wieder drehte er den Kopf, um sicherzugehen, dass der Feind nicht plötzlich hinter ihm auftauchte.

Lange kauerte er reglos in seinem Versteck. Fünf Minuten, zehn Minuten, eine Viertelstunde. Da draußen bewegte sich absolut nichts. Eulen, Fledermäuse, Wild – in dieser Nacht verhielten sich alle ruhig.

Während die Minuten verstrichen, stellte sich nach und nach ein tieferes Bewusstsein bei ihm ein, das ihm verriet, dass er nicht nur wach und in Alarmbereitschaft war, sondern auch imstande, Schlussfolgerungen zu ziehen.

Er legte sich auf den Rücken und blickte zum Mond.

Er war gerade kurz davor gewesen, einzuschlafen, als er irgendwo einen Zweig knacken hörte. Vielleicht waren ihm die Augen auch schon zugefallen. Es war ein ungewöhnlicher Tag gewesen. In den sicheren Stunden des Vormittags hatte er nicht schlafen können, weil die Polizei plötzlich in seinem Lager gestanden hatte.

Er hatte viel nachgedacht. Er war unzähligen fremden Menschen begegnet, und es kam ihm vor, als ob er stundenlang geredet hätte. Deshalb war er müde. Deshalb war er mit dem guten Gefühl in den Schlafsack gekrochen, dass er gerade in dieser Nacht Schlaf und Erholung finden würde. Wäre dieser verflixte knackende Zweig nicht gewesen …

Würde irgendwann eine Nacht kommen, in der kein Zweig knackte? In der kein Schotter knirschte? Kein Holzboden knarrte?

Der abrupte Wechsel von Kopenhagens Nordwestquartier in den Rold Skov hatte kein neues Zeitalter eingeläutet, wie er es sich erhofft hatte. Sein Aufbruch hatte ihm etwas anderes gebracht – vielleicht sogar etwas Besseres, aber es hatte sich im Grunde nicht viel geändert, seit er am 1. Mai in Skørping aus dem Zug gestiegen und in den endlosen Regen aufgebrochen war.

Früher hatte er sich aus dem Kellerzimmer in den Hinterhof oder in eine der Garagen geschlichen, um dem Feind zuvorzukommen. Jetzt robbte er durch das hohe Gras.

Wünschte er sich wirklich so dringend, dass eine neue Zeit anbrach? Oder wollte er doch lieber im Vertrauten seinen Frieden finden? Und was würde passieren, wenn dieser Tag irgendwann wirklich da wäre – und kein Zweig mehr knackte? Wäre das seine Erlösung? Oder sein Tod? Wäre das die eine Nacht, in der sie ihn nach so langer Zeit tatsächlich erwischten?

Er pfiff leise und konnte kurz darauf hören, wie Mr White durchs Gras raschelte. Dann spürte er den Atem seines Hundes und dessen nasse Zunge im Gesicht.

22.

Die E-Mail leuchtete auf dem Bildschirm des I-Pads auf, das sie fast schon manisch sauber zu halten versuchte. Sie hatte es gerade mit dem Kopfkissenbezug des Hotels abgerieben, als ihr guter Freund aus dem Verteidigungsministerium sich zurückmeldete.

»Geduld, Franckie, ich bin da über etwas gestolpert, das dich wirklich interessieren könnte. Gib mir noch eine halbe Stunde.«

Margrethe Franck machte es sich auf dem großen weichen Kissen bequem, das sie sich in den Rücken gestopft hatte. Inzwischen war es 22:30 Uhr. Wenn man schon ungeplant länger in Aalborg bleiben musste, war ein Hotelbett nicht der schlechteste Arbeitsplatz.

Ihr Freund Andreas stand ihr nahe genug, um sie »Franckie« zu nennen. Außer ihm gab es nur wenige, denen sie das erlaubte, darunter Martin Rytter, dem »Franckie« – da »Franckie-Boy« ja leider nicht möglich war – offenbar gefiel.

Andreas hatte sich zu Hause eingeloggt und arbeitete im Augenblick fieberhaft.

Sie hatte ihn ziemlich unter Druck gesetzt. Sie wollte *alles* über Oxen wissen. Alles … Sie verlangte keine vertraulichen Informationen von ihm. Es ging nur um Dinge, die früher oder später sowieso herausgegeben worden wären.

Ihre Prothese lag mitten im Zimmer, dort, wo sie sie hingeworfen hatte. Das steife, frisch gewaschene Bettzeug fühlte sich angenehm kühl an, sowohl an ihrem intakten Bein – als auch an dem, von dem ihr die Hälfte fehlte.

Andreas' Unterschenkel war an irgendeinem gottverlassenen Ort in der afghanischen Provinz Helmand in Fetzen gerissen worden. Sie hatten sich in der Reha im Rigs-Krankenhaus kennengelernt. Später hatten sie sich beide in Sport versucht. Eine kurze Zeit lang hatten sie probiert, ein Liebespaar zu werden, aber Freundschaft hatte bei ihnen einfach besser funktioniert. Mittlerweile war der Mann seit fünf oder sechs Jahren glücklich verheiratet – das volle Programm: zwei Kinder, Eigenheim, Miniköter und Schuldenberg.

Andreas hatte ihr inzwischen Verschiedenes über Oxen geschickt, was sie aber nur kurz überflog. Sie hatte damit begonnen, etwas tiefer in der Polizeiakte des Soldaten zu graben.

Sein Sündenregister war geradezu klassisch für einen Kriegsveteranen, der mit großer Wahrscheinlichkeit unter einer posttraumatischen Belastungsstörung litt. Ein gesunder Mann wäre vermutlich auch nicht mit seinem Hund in den Wald gezogen.

Ruhestörung und Gewalt, in mehreren Fällen. Sie kannte sich mit PTBS ziemlich gut aus. Eines der banaleren Symptome war die charakteristische kurze Lunte. Und eine kurze Lunte führte zu Gewalt. Dafür genügte ein Blick in die Statistiken der Polizeiberichte. Und ein bisschen Logik.

Trotzdem fiel Niels Oxen alles in allem aus der Reihe. Schon bevor sie ihm von Angesicht zu Angesicht im Präsidium gegenübersaß, hatte sie herausgefunden, dass es diesen Mann eigentlich gar nicht gab. Dass er sich vollkommen aus der Gesellschaft zurückgezogen hatte. Seit seiner letzten registrierten Wohnung vor circa zweieinhalb Jahren, einem gemieteten Zimmer auf Amager, hatte er eine Sintflut unbeantworteter Anfragen an allen Ecken und Enden des Systems hinterlassen.

Keine öffentliche Behörde, keine berufliche Organisation oder militärische Interessengruppe hatte eine Ahnung, wo sich Niels Oxen befand. Oder ob er sich überhaupt noch irgendwo befand.

Deshalb erhielt Oxen auch keinen einzigen Cent von irgendjemandem. Kein Arbeitslosengeld und auch keine sonstigen Sozialleistungen: keine Rehabilitierung, keine Sozialhilfe, keine Invalidenrente, keine Ausbildungsförderung. Hätte ihm irgendwer einen barmherzigen Groschen zustecken wollen, er hätte nicht gewusst, wohin zum Kuckuck er ihn schicken sollte.

Darüber hinaus hatten Oxen nicht nur das Soldatenschicksal PTBS und diverse feindliche Kugeln und Granatsplitter getroffen, sondern auch eine Scheidung. Wie ungefähr vierzig Prozent aller Dänen, die sich mit den besten Absichten trauen ließen. Diese Tatsache ließ den ungepflegten, wortkargen Mann mit dem wachsamen Blick dann doch ziemlich durchschnittlich erscheinen.

Die Frucht dieser gescheiterten Ehe war ein inzwischen zwölfjähriger Sohn. Über die Ex hatte Margrethe vorläufig noch keine Informationen.

Insgesamt war fünfzehnmal Anzeige gegen ihn erstattet worden. Sechsmal wegen Gewalt, zweimal wegen häuslicher Gewalt, einmal wegen Ruhestörung, ein Fall von Sachbeschädigung, dreimal Drohung und zweimal Versicherungsbetrug. Das Ergebnis dieser unschönen Sammlung waren allerdings nur fünf Gerichtsurteile: dreißig Tage Gefängnis auf Bewährung für eine körperliche Attacke gegen einen Kameraden. Eine Bewährungsstrafe wegen Bedrohung eines Beamten. Das Urteil bezog sich auf einen Vorfall, bei dem Oxen im Vollrausch den Fahrer eines Polizeiwagens bedroht hatte. Außerdem gab es zwei Geldstrafen, einmal für Ruhestörung und einmal für Sachbeschädigung. Die Ruhestörung hatte darin bestanden, dass Oxen – betrunken und mit nacktem Oberkörper – am Storchenbrunnen in Kopenhagen lautstark unbeteiligte Passanten beschimpft hatte, und bei der Sachbeschädigung hatte Oxen – ebenfalls betrunken – einen kleinen Blumenkasten in die Fensterscheibe eines Pelzgeschäfts geworfen.

In den übrigen Fällen war zwar vereinzelt Anklage erhoben, aber Oxen jedes Mal freigesprochen worden. Der Rest der Anschuldigungen war verjährt, oder die Anzeigen waren seltsamerweise zurückgezogen worden. Letzteres galt auch für die häusliche Gewalt, doch das war nichts Ungewöhnliches. Heulende Männer, vom schlechten Gewissen geplagt und mit goldenen Versprechungen von Buße und Besserung, konnten leider selbst in den geschundensten Körpern häufig noch Mitleid erwecken.

Trotzdem war das eine wirklich ungewöhnliche Bilanz. So viele Rückzieher ließen auf eine etwas übereilte Polizeiarbeit schließen.

Margrethe streckte sich nach dem Weißbier aus der Minibar und schenkte sich den letzten Schluck ein. Die Aussicht auf einen komplizierten Fall gefiel ihr. Und eins hatte sie in ihrem Job schon lange gelernt: Der Schein konnte immer trügen. Selbst die achtbarsten Männer in gehobener Stellung verprügelten ihre Frauen. Selbst die heiligsten hurten herum oder vergriffen sich an Kindern, und jetzt … Selbst der glänzendste Orden hatte eine stumpfe Rückseite. Den Akten nach zu urteilen, war Niels Oxen ein richtig mieses Schwein.

Ihr Telefon klingelte. Es war Andreas.

»Hallo, Franckie – ich schicke dir gleich einen ganzen Haufen Zeug. Aber bevor ich endlos Zeit verbrate, um dir alles per Mail zu erklären, gebe ich dir das Wichtigste jetzt schnell telefonisch durch.«

»Okay, schieß los.«

»Niels Oxens erste internationale Mission war schon 1993 der Bürgerkrieg auf dem Balkan. 1995 war er zum zweiten Mal dort. Zusammen mit fünf Kameraden befand Oxen sich plötzlich in einer absolut lebensgefährlichen Situation, als sie einen Checkpoint in der Krajina bemannten. Der Posten lag mitten in einem Gebiet, in dem kroatische Serben bei einem großen Gegenangriff, der *Operation Oluja*, vorrückten. Serbische Milizen nahmen Oxens Gruppe gefangen und missbrauchten die Dänen als Schutzschilde auf ihrem Rückzug. Deshalb ist ...«

»Feige Schweine.«

»Ja, das ist damals nicht zum ersten Mal passiert. Danach ließ man die Dänen in völligem Chaos in einem serbischen Bunker zurück, wo sie von Kroaten beschossen wurden, die sie für Serben hielten. Zu der Gruppe gehörte auch Oxens enger Freund und Kamerad Bo ›Bosse‹ Hansen, den er von seinem ersten Auslandseinsatz kannte. Bosse rannte in die Schusslinie und winkte mit seinem blauen UN-Helm, um die Kroaten zum Aufhören zu bringen. Trotzdem feuerte einer der Panzer eine Granate ab und tötete ihn. Niels Oxen beschwerte sich intern über die Entscheidung seines Vorgesetzten, die kleine Gruppe nicht sofort evakuiert zu haben. Oxen machte den Oberkommandanten also verantwortlich für Bosses Tod.«

»Ein ungewöhnlicher Schritt.«

»Das kannst du laut sagen. Es hat nur nichts gebracht. Über ein Jahr später wandte sich Oxen an die Öffentlichkeit und forderte einen Untersuchungsausschuss. Er schrieb persönliche Briefe an den Verteidigungsminister und das Einsatzführungskommando, außerdem an sämtliche verteidigungspolitischen Sprecher aller Parteien im Parlament.«

»Ganz schön viel Aufwand, um jemanden zur Verantwortung zu ziehen.«

»Ja. Und er konnte tatsächlich durchsetzen, dass ein Ausschuss eingerichtet wurde, vermutlich vor allem wegen des politischen Drucks. Der Ausschuss brauchte zwei Jahre für seine Untersuchung und kam zu dem Schluss, dass nichts – rein gar nichts – an der Vorgehensweise des Oberbefehlshabers zu bemängeln gewesen sei. Die Untersuchung füllte knapp dreihundert Seiten und endete mit einem äußerst klaren und deutlichen Freispruch für den Oberbefehlshaber.«

»Und worauf willst du jetzt hinaus?«

»Geduld, Franckie, Geduld ... Das erfährst du gleich. Denn was denkst du, wer den Untersuchungsausschuss geleitet hat?«

»Keine Ahnung. Woher in aller Welt soll ich ...?«

»Mogens Bergsøe.«

Sie zuckte zusammen. »Bergsøe? Du lügst!«

»Nein, der Mann, der den Wamberg-Ausschuss geleitet hat und der neulich ertrunken ist, als er auf den Silkeborg-Seen Kajak gefahren ist. Also, zuerst habe ich für dich herausgefunden, dass Oxen im Begriff war, dem Botschafter Corfitzen an den Hals zu gehen – auch auf dem Balkan, vor vielen Jahren. Und jetzt – jetzt diese Verbindung zu Bergsøe. Franckie, denkst du, dass Oxen ...?«

Margrethe Franck setzte sich auf die Bettkante, legte ihre Prothese an und zog sich etwas über. Sie wollte bei Mossman klopfen und ihm die neuen Informationen mitteilen. Selbst wenn sie ihn dafür wecken musste.

Es war schon ein paar Minuten her, dass sie das Gespräch mit Andreas beendet hatte, aber ihr schwirrte immer noch der Kopf. 1993 ging Niels Oxen auf den dänischen EU-Botschafter los und warf ihm und der EU vor, sie würden die Augen vor dem Gemetzel auf dem Balkan verschließen und die Mörder einfach machen lassen. Später, 1995, verlor Oxen seinen besten Freund wegen einer Sache, die er einer äußerst fragwürdigen Führung anlastete.

Nach seinen jahrelangen Bemühungen musste es Oxen wie eine echte Energieverschwendung vorgekommen sein, dass ein Ausschuss eingesetzt worden war, der zu dem Schluss kam, dass *niemand* für den Tod seines Kameraden verantwortlich gemacht werden könne.

Corfitzen. Bergsøe. Zwei gehängte Hunde. Zwei tote Männer.

Bislang gab es keinerlei Verbindung zwischen Niels Oxen und den beiden Tatorten, aber eines war sicher: Der hochdekorierte Kriegsveteran hatte ein Motiv, und es leuchtete in Neonbuchstaben.

23.

Der Hubschrauber war im Morgengrauen in der Nähe seines Lagers gelandet. Wenige Minuten zuvor war er vom Bach zurückgekommen, wo er sich um seine Angelhaken gekümmert hatte. Mehrere Stunden friedlichen Schlafs lagen hinter ihm, nachdem er die halbe Nacht unter dem Mond im Gras gelegen hatte. Wenigstens dieses eine Mal fühlte er sich ausgeruht. Außerdem verhießen drei prächtige Bachforellen einen guten Tag. Eine Vorstellung, die von den Rotorblättern des Hubschraubers zerfetzt wurde.

Abgesehen von dem Piloten war nur ein weiterer Passagier an Bord des kleinen Robinson Helicopters. Es war Kriminalhauptkommissar Rasmus Grube, der ihm in dem Versuch, den Lärm zu übertönen, ins Gesicht schrie: »Oxen, die Dinge haben sich geändert. Sie stehen unter Mordverdacht! Würden Sie mich bitte zum Verhör begleiten?«

»Bin ich verhaftet?«, brüllte er zurück.

Grube schüttelte den Kopf und rief, dass er ihn nicht zwingen könne, eine Aussage zu machen, dass er ihm aber dringend nahelege, mitzukommen. Und das tat er dann auch, zum zweiten Mal innerhalb von zwei Tagen. Um dem Ganzen ein Ende zu setzen. Damit sie ihn in Ruhe ließen.

Im Hubschrauber war allerdings zu wenig Platz gewesen, deshalb hatte er Mr White angeleint zurückgelassen, mit ausreichend Wasser und Futter versorgt, damit er den Tag über zurechtkäme.

Jetzt saß er im Verhörzimmer und wartete. In seinem Bauch brodelte die Wut. Diesmal ahnte er noch weniger als beim letzten Mal, was sie von ihm wollten. Grube hatte ihn nicht eingeweiht. Er vermutete, dass sie ihn des Mordes an Corfitzen verdächtigten, die Beweislage aber so dürftig war, dass sich eine Festnahme nicht rechtfertigen ließ. Seinen Fußabdruck im Schlosspark hatten sie schon beim letzten Gespräch abgehakt, es musste also etwas Neues geben.

Diesmal sollte er nicht im Konferenzraum befragt werden. Das betonte den Ernst der Lage. Genau wie die Videokamera, die auf seinen Platz gerichtet war.

Rasmus Grube kam in den Raum und setzte sich ihm gegenüber an den Tisch. Als Nächstes folgte sein Vorgesetzter, Polizeidirektor Torsten Vester.

»Wir zeichnen die Befragung auf«, erklärte Grube lapidar, dann leierte er die Formalien wie Datum, Uhrzeit und anwesende Personen herunter. Die Freundlichkeit – sofern überhaupt zu irgend einem Zeitpunkt so etwas wie Freundlichkeit existiert hatte – löste sich gerade in Luft auf.

Der Kommissar knallte einen Berg Papiere vor sich auf den Tisch und legte los: »Ihre erste internationale Mission fand 1993 mit der dänischen Stabskompanie statt, in Kiseljak, Bosnien. Welchen Eindruck machte das Ganze auf Sie, würden Sie uns das bitte sagen?«

»Eindruck?«

»Ja, was haben Sie dort erlebt, was passierte in dem Gebiet – welche Gedanken löste das aus?«

»Waren Sie schon mal im Krieg? Nein, waren Sie nicht. Sonst würden Sie nicht so schwachsinnige Fragen stellen.«

Er beugte sich vor und sah Grube in die Augen. Sofort ärgerte er sich, dass er die Kontrolle verloren hatte. Aber … da war etwas in Grubes Ton, seinem ganzen Auftreten – etwas Bedrohliches. Und dann setzten sie so breit an, ihn zu fragen, ob der Krieg »Eindrücke« hinterlassen habe? Was für Vollidioten.

»Würden Sie mir freundlicherweise meine mangelnde Kriegserfahrung nachsehen und meine Frage beantworten?«

Grubes Sarkasmus zeigte an, dass der Kampf eröffnet war, aber es war unmöglich, eine derartige Frage kurz und knapp zu beantworten. Er war sich nicht einmal sicher, ob in seinem Wortschatz, der seit ungefähr drei Jahren ungenutzt vor sich hin dümpelte, ausreichend nuancierte Formulierungen vorhanden waren. Hinterließ Krieg Eindrücke? Die Frage war total unangemessen.

»Okay, hören Sie zu … Gedanken? Ob das Gedanken in Gang setzt? Ja, verdammt, natürlich. Nämlich die, dass Krieg eine gigantische Scheiße ist. Dass verkohltes Menschenfleisch stinkt. Das habe ich am dritten Tag gelernt. Als junger Kerl. Es stinkt übrigens auch, wenn es nur rumliegt und verwest und sich die Körper in der Sommerhitze aufblähen. Es stinkt unglaublich schlimm. Das ist doch ein Gedanke … Ich war kaum vierzehn Tage da, als wir durch einen kleinen Ort gefahren sind. Am Straßenrand stand eine Reihe von Pfählen, auf denen abgeschlagene Köpfe steckten. Kann so etwas *keinen* Eindruck machen?«

»Die grausamen Erlebnisse, die Brutalität, die Opfer … Hat Sie das nicht irgendwann abgestoßen? Das Gefühl von Machtlosigkeit ist sicher sehr groß, könnte ich mir vorstellen.«

Oxen sah fragend zu Grubes Chef hinüber, als hoffte er auf die Bestätigung, dass einem bei diesem Ausmaß an Ignoranz gar nichts anderes übrig blieb, als an die Decke zu gehen. Vester ließ sich nichts anmerken.

Oxen holte tief Luft. »Hören Sie, ich kenne keinen Soldaten, der den Krieg nicht ›abstoßend‹ findet. Was erwarten Sie? Jubel?«

»Möglicherweise gibt es da graduelle Unterschiede«, sagte Grube.

»Die Aufgabe eines Bäckers ist, Brot zu backen. Die Aufgabe eines Polizisten ist es, Kriminalität zu bekämpfen. Die Aufgabe eines Soldaten ist es, in den Krieg zu ziehen. Grundsätzlich ist es erst mal ein Handwerk. Befinden sich Soldaten im Einsatz, dann erledigen sie klar definierte Aufgaben. Große oder kleine. Finden Sie Kriminalität ›abstoßend‹? Fühlen Sie sich ›machtlos‹? Oder erledigen Sie professionell Ihren Job? Worauf wollen Sie verdammt noch mal hinaus, Grube?«

So viel hatte er schon sehr, sehr lange nicht mehr auf einmal gesagt. Aber die Worte fanden ihren Weg, mehr oder weniger gut gelungen.

»Ich fasse das als Bestätigung auf, dass Ihr erster Einsatz Sie berührt und Gedanken bei Ihnen in Gang gesetzt hat. Aber eine Aufgabe ist eine Aufgabe. Unter Profis.«

»Korrekt. Sie haben wirklich Talent.«

»Aber wenn es nicht Ohnmacht oder Abscheu gegen den Krieg war, Oxen, was hat Sie dann dazu gebracht, so auszurasten, als der EU-Botschafter Hans-Otto Corfitzen mit anderen EU-Repräsentanten das Lager in Kiseljak besucht hat? Nur Ihren Kameraden ist es zu verdanken, dass Sie sich nicht auf ihn gestürzt haben.«

Grubes und Vesters forschende Blicke ruhten auf ihm. Der Groschen fiel mit einem lauten Klirren. Daran hatte er sich also festgebissen, der ganze Schwarm von Polizisten. Und deshalb hatte der PET-Chef ihm unterstellt, gelogen zu haben.

Für einen Moment saß er grübelnd da und versuchte, sich an die ganze Sache zu erinnern. Es war so wahnsinnig lange her. Damals war er noch ein junger Mann gewesen. Er hatte sich nicht besonders für den Namen des Mannes interessiert, nur für seine Funktion: EU-Botschafter.

Es hatte ihn wahnsinnig gemacht, dass noch einer dieser verfluchten Politik-Clowns bei ihnen aufkreuzte, die von der EU geschickt wurden, um sich das wirkliche Leben anzusehen – den wirklichen Krieg auf dem Balkan, für den die EU sich faktisch aber nicht im Geringsten interessierte. Dummerweise war er selbst ziemlich betrunken gewesen. Nicht im Dienst, natürlich nicht, aber als neugieriger Bürger, der in seiner Freizeit gekommen war, um sich die Horde von Diplomaten und anderen vornehmen Leuten anzusehen, die sich ihren Weg zu irgendeinem Treffen bahnten. Dabei wusste er nicht einmal, dass der Diplomat, den er da anpöbelte, ein *Däne* war. Er hatte einfach den Erstbesten in der Wagenkolonne angeschnauzt und versucht, sich ganz vorzudrängeln, um diesem EU-Idioten unmissverständlich seinen Säufer-Standpunkt klarzumachen.

Das Ganze war schließlich in ein Handgemenge ausgeartet, an das er sich allerdings nur noch sehr vage erinnerte. Die Affäre wurde hinterher vertuscht, und er kam mit einer milden Disziplinarstrafe davon.

Es war exakt das Erlebnis mit den aufgespießten Köpfen gewesen, weshalb er an diesem Tag mehr als nur ein Bier zu viel getrunken hatte. Als ihr Konvoi auf dem Heimweg durch das Dorf fuhr, beobachtete er, wie ein altes Mütterchen einen der Köpfe vom Pfahl nahm.

Genau in dem Moment, als sie langsam vorbeifuhren, starrte die Frau ihn an, und ihr faltiges Gesicht war ohne jede Hoffnung. Sie stand da, den Kopf in den Händen. Es war der Kopf eines mittelalten Mannes, mit weit aufgerissenen Augen. Oxen war sich fast sicher, dass es ihr Sohn war.

Die alte Frau blickte auf den blutverkrusteten Kopf hinunter – und dann sah sie zu ihm hoch, dem fremden Soldaten, der in einer Kolonne von Militärfahrzeugen an ihr vorbeirollte. Er drehte sich um und schaute zu dem Mütterchen zurück, solange es ging. Das Letzte, was er sah, war, wie sie den Kopf behutsam in ihr Einkaufsnetz legte. Und zwei Tage später war der Diplomatenklüngel zum Truppenbesuch gekommen.

Corfitzen? Hans-Otto Corfitzen, EU-Botschafter. Doch, jetzt, da er das Ganze in Zusammenhang brachte, konnte er sich dunkel an den Namen erinnern.

Das Mütterchen mit dem Kopf war eine der Sieben geworden, Corfitzen hingegen längst vergessen.

Vielleicht hatte er für einen Augenblick geistesabwesend gewirkt, jedenfalls meldete sich Grube wieder: »Ich habe es hier, schwarz auf weiß. Sie haben Corfitzen unter anderem als ›Mörder‹ beschimpft. Und Sie haben ›Die EU ist schuld am Völkermord, ihr Schweine!‹ gebrüllt. Gestern haben Sie mehrfach geleugnet, dass Sie jemanden namens Corfitzen kennen. Wie passt das zusammen, Oxen?«

Das Mütterchen war – chronologisch betrachtet – die Erste der Sieben und der Kuhmann die Nummer zwei in dieser kleinen, exklusiven Gesellschaft. Um sie zusammenzustellen, hatte es eine lange militärische Laufbahn gebraucht, und so, wie es jetzt aussah, würde er sie auch nie wieder loswerden.

»Was zur Hölle soll das? Glauben Sie etwa ernsthaft, ich hätte wegen Corfitzen gelogen? Bewusst gelogen? Das habe ich nicht. Bis eben konnte ich mich überhaupt nicht an den Namen erinnern, der spielte damals ja gar keine Rolle. Noch dazu war ich besoffen. Steht da nicht irgendwo, dass ich getrunken hatte? Für mich war das einfach irgendein EU-Diplomat. Ich kann mich kaum mehr an den ganzen Ablauf erinnern, geschweige denn an den Namen Corfitzen.«

»Ist es nicht seltsam, dass Sie sich dermaßen blamieren und noch dazu eine Disziplinarstrafe bekommen – und uns trotzdem weismachen wollen, dass der Name Corfitzen Ihnen auch nicht im Geringsten bekannt vorkommt?« Zum ersten Mal mischte sich Polizeidirektor Torsten Vester ein.

»Ich habe eben erklärt, warum. Glauben Sie's, oder lassen Sie's bleiben.«

»Einen EU-Gesandten zu beleidigen und ihm die Schuld an dem Kriegsgemetzel zu geben war immerhin Ausdruck Ihrer Abscheu und Ohnmacht. Nur damit Sie wissen, worauf ich hinauswill«, sagte Grube.

»Die aufgespießten Köpfe haben einen Eindruck bei mir hinterlassen. Und das war zwei Tage davor. Deshalb. Ihre Frage hätte gern etwas präziser sein dürfen.«

Der Kommissar entschied sich, diesen Kommentar zu überhören, und blätterte stattdessen in seinen Unterlagen. Mit einem Mal wurde Oxen bewusst, was für eine alberne Zeitverschwendung das alles hier war. Und wie falsch der Fokus war, den die Ermittler auf der Jagd nach ihrem Täter gewählt hatten.

»Jetzt sind Sie mit sich zufrieden, weil Sie glauben, mich bei einer Lüge ertappt zu haben. Aber selbst wenn es so wäre, ist es ja wohl kaum ein Mordmotiv, dass ich 1993 wütend und besoffen Corfitzen angegriffen habe – irgendwo auf dem Balkan. Sind Sie eigentlich total bescheuert?«

Vester nickte Grube zu, der unbeeindruckt fortfuhr: »Jetzt beruhigen wir uns alle wieder, und dann würde ich gern einen Zeitsprung machen und zu Ihrer zweiten internationalen Mission weitergehen, Oxen. 1995, ebenfalls auf dem Balkan. Lassen Sie uns über den 4. August sprechen. Was ist an diesem Tag passiert?«

»Das wissen Sie doch offenbar schon. Also, was soll die Frage?«

»Wir würden gern Ihre Version hören«, antwortete Grube.

»Das ist Zeitverschwendung.«

»Das entscheide ich.«

»Ich wiederhole: Sie verschwenden hier Ihre Zeit.«

»Der 4. August ist der Tag vor dem großen Gegenangriff der Kroaten gegen die Serben auf der Krajina, *Operation Sturm* – oder *Operacija Oluja*, wie es auf Kroatisch heißt. Wo befanden Sie sich an diesem Tag?«

»Das ist total irrelevant! Und ich spiele hier nicht mehr länger mit. Entweder verhaften Sie mich und führen mich dem Haftrichter vor, oder Sie bringen mich jetzt freundlicherweise zurück in den Wald.«

Torsten Vester rieb sich über das Gesicht und seufzte.

»Es wäre alles viel einfacher, wenn Sie ein bisschen kooperieren würden, Oxen«, sagte er.

»Ich bin zum zweiten Mal hier. Ganz und gar freiwillig. Wie würden Sie das nennen?«

»Aber Sie wollen unsere Fragen nicht beantworten.«

»*Come on.* Es ist doch Blödsinn, mich zu fragen, ob mich der Krieg beeindruckt hat. Sie haben sich doch garantiert längst die Unterlagen meiner Psychologin besorgt. Und jetzt soll ich Ihnen von der *Operation Oluja* berichten? Sind Sie verrückt? Das ist eine lange Geschichte. Und an keiner einzigen Stelle gibt es einen Zusammenhang zwischen dem 4. August 1995, Corfitzen und Nørlund Slot. Meine Geduld ist am Ende. Corfitzen ist mir scheißegal. Und dasselbe gilt für Sie beide. Basta.«

Kommissar Grube nickte nachdenklich und blickte verstohlen zu seinem Chef. Dann stand er langsam auf.

»Würden Sie uns einen Augenblick entschuldigen?«

Oxen lehnte sich zurück. Er war stinksauer. Er konnte sich nicht daran erinnern, wann er das letzte Mal so wütend gewesen war, weil er immer alles darangesetzt hatte, die Wut zu unterdrücken. Aber diese Idioten hatten die ganze Sache an die Oberfläche gezerrt – und den schlimmsten Knopf von allen gedrückt.

Falls sie wirklich wussten, wie viel der 4. August 1995 für ihn bedeutete.

Tausende und Abertausende Male hatte er auf dieses Datum zurückgeblickt. Sich an die Morgenstunden am Grenzposten in der Nähe von Karlovac erinnert. Wann immer er sich in den vergangenen Jahren gefragt hatte, wieso in seinem Leben alles so schrecklich schiefgegangen war, zeigte alles zurück auf diesen Morgen des 4. August.

Die Tür ging auf, und die beiden Kriminalbeamten setzten sich wieder an den Tisch.

»Wenn Sie einverstanden sind, würden wir gerne fortfahren.

Wir wollen versuchen, Ihnen kurz zu veranschaulichen, wieso wir ausgerechnet am 4. August 1995 einhaken. Sind Sie damit einverstanden?«

Rasmus Grube sah ihn fragend an. Oxen zögerte – und nickte dann.

Der Kommissar fuhr fort. »Danke. Hier ist die Erklärung: Ich wüsste gern von Ihnen, wo sie am 12. Mai waren. Also, diesen Monat.«

Mit dieser Frage hatte er nicht gerechnet. Innerhalb weniger Minuten hatten sie 1995 verlassen und waren zurück in die Gegenwart gesprungen. Das erschien ihm mindestens genauso mysteriös wie die Frage selbst, die er im Übrigen nicht präzise beantworten konnte.

»Ich bin am 1. Mai mit meinem Hund in Skørping angekommen. Seither waren mehr oder weniger alle Tage gleich. Ich war angeln und habe gejagt. Also … am 12. Mai, sagen Sie? Ich kann darauf nur antworten, dass ich im Tal war. Wo sonst? Wieso fragen Sie?«

»Sie haben auffallend lang gebraucht, um sich an den Namen Corfitzen zu erinnern. Wie sieht es mit dem Namen Bergsøe aus? Sagt Ihnen der etwas? Mogens Bergsøe, Anwalt.«

»Natürlich weiß ich, wer das ist.«

»Würden Sie das bitte konkretisieren?«

Dieses ewige Hin und Her machte ihn schon wieder verrückt. Gerade hatten sie das zentrale Kapitel seines Lebens verlassen – und jetzt waren sie schon wieder dort. Er wurde nach wie vor nicht schlau aus der Sache.

»Wofür soll das wichtig sein?«

»Das erfahren Sie gleich, antworten Sie einfach.«

»Okay. Mogens Bergsøe war der Leiter des Untersuchungsausschusses, der eingesetzt wurde, um die Umstände zu durchleuchten, die zum Tod meines Kameraden Bo Hansen am 4. August 1995 geführt haben. Aber das wissen Sie verdammt noch mal ganz genau.

Außerdem ist er, soweit ich weiß, auch Vorsitzender des Wamberg-Ausschusses.«

»Kamerad? Ist das nicht ein bisschen untertrieben? Bosse war Ihr bester Freund, oder etwa nicht?«

Oxen sparte sich die Antwort. Er schluckte einen Kommentar hinunter und begnügte sich damit, zu nicken.

»Wir wissen ja, zu welchem Ergebnis der Ausschuss gekommen ist. Ich denke, ich weiß, was Sie von Mogens Bergsøe halten, aber ich würde es gern aus Ihrem eigenen Mund hören, Oxen.«

»Nicht nötig. Sie sind ja Hellseher.«

Der Kommissar schüttelte den Kopf. »Okay. Ich habe geschummelt. Hier sind Kopien der persönlichen Briefe, die Sie an Mogens Bergsøe geschrieben haben – und an den Verteidigungsminister, ein paar andere Mitglieder der Heeresleitung sowie weitere Politiker. Nicht nur, um einen Ausschuss einzufordern oder seine Arbeit zu kommentieren – sondern auch, um sich über das Ergebnis zu beschweren. Ein steter Strom von Briefen aus Ihrer Hand, Oxen. Bergsøe hat Ihre Briefe an das Einsatzführungskommando weitergeleitet.«

Kommissar Grube hielt inzwischen ein paar Blätter in der Hand. Er fuhr fort: »Hier werfen Sie ihm vor, gekauft und bestochen zu sein, und drohen ihm indirekt. Ist das korrekt?«

»Es könnte so aufgefasst werden. Ich war verärgert und wütend. Die Arbeit so vieler Jahre – umsonst. Aber jetzt müssen Sie mir endlich …«

Grube hob eine Hand und unterbrach ihn: »Am 12. Mai ist Mogens Bergsøe gestorben. Er ist in den Silkeborg-Seen ertrunken. Der PET vermutet, dass Bergsøe ermordet wurde.«

»Das wusste ich nicht. Ich hatte keine Ahnung, dass der Idiot tot ist. Worauf wollen Sie hinaus, Grube? Sind Sie verrückt? Wollen Sie etwa andeuten, ich hätte Bergsøe umgebracht? Genau wie Corfitzen? Weil ich die beiden nicht ausstehen konnte? Ist es das, was Sie mir sagen wollen? Verdammt, Mann, nutzen Sie Ihre Zeit doch besser für andere Dinge, dann kann ich …«

»Bergsøes Hund wurde erhängt, Oxen. An einem Baum im Garten seines Besitzers. Verstehen Sie mich?«

Den letzten Satz brüllte der Kommissar fast. Sein Gesicht glühte.

Erhängt? Plötzlich sah er den Zusammenhang. Vom Krieg auf dem Balkan bis zu dieser Sekunde. Eine seltsame Ruhe breitete sich in ihm aus. Er beugte sich vor und blickte abwechselnd Grube und dessen Chef in die Augen.

»Aha. Zwei Opfer, mit denen ich Berührungspunkte hatte – und gegen die ich eine gewisse Form von Abneigung geäußert habe. Plus zwei erhängte Hunde … Ich sehe jetzt, was Sie meinen. Endlich. Aber Sie haben nicht genug in der Hand. Sonst hätten Sie mich direkt vor einen Richter gestellt. Ich weiß, dass Sie nicht genug haben. Sie haben meine DNA, und Sie haben meine Fingerabdrücke. Aber in Corfitzens Büro tauche ich genauso wenig auf wie in Bergsøes Haus oder anderswo. Ich war am 12. Mai im Rold Skov. Kapieren Sie es endlich!«

Er schüttelte müde den Kopf und fuhr fort: »Corfitzen kannte ich gar nicht. Bergsøe, ja, den schon, aber – Mord? Nein. Und egal, wie sehr Sie mich für einen durchgeknallten Kriegsveteran halten, der bis über beide Ohren an einer posttraumatischen Belastungsstörung oder sonstigem Psychokram leidet – es gibt nur eine Antwort: Das ist reines Wunschdenken. Und jetzt möchte ich gern zurück in den Wald gebracht werden.«

Oxen war völlig erschöpft von dem vielen Reden und von seiner Wut. Er hatte ein paar Minuten allein in dem Verhörzimmer gesessen, als PET-Chef Axel Mossman den Kopf durch die Tür schob. Der riesige Mann nickte diskret in Richtung der Videokamera, die unter der Decke hing, und winkte ihn zu sich auf den Gang.

Nachdem er darum gebeten hatte, entweder verhaftet oder zurück in den Wald gebracht zu werden, war die Sitzung zu Ende gewesen. Grube und Vester hatten ihm versprochen, sich um seine Rückfahrt zu kümmern, und dann ohne weiteren Kommentar den Raum verlassen. Diesmal würde er nicht mit dem Hubschrauber geflogen, sondern mit dem Auto so weit in den Wald gebracht werden, wie es auf den schmalen Wegen möglich war.

Mossman sah sich in beide Richtungen um. Offensichtlich passte ihm die Betriebsamkeit auf den Fluren nicht, denn er zeigte zum großen Konferenzraum. Sie setzten sich. Mossman kam direkt zur Sache.

»Haben Sie über mein Angebot nachgedacht, Oxen?«

»Es hat sich nichts geändert. Ich will nur meine Ruhe.«

»Sie irren sich. Es hat sich etwas geändert. Inzwischen sitzen Sie in der Klemme.«

»Wenn ich in der Klemme sitzen würde, könnten die mich einfach festnehmen. Sie haben die Befragung doch sicher gehört. Die haben nichts außer altem Groll und zwei erhängten Hunden.«

»Sobald sie mehr finden, werden sie Sie an die Wand nageln.«

»Sie werden nicht mehr finden, weil es nicht mehr gibt. Und jetzt möchte ich gern zurück.«

»Jetzt hören Sie mir mal gut zu, Oxen. Natürlich haben Sie das nicht getan, davon bin ich überzeugt. Ein Mann von Ihren Qualitäten? Ganz sicher nicht. Kommissar Grube konnte dennoch demonstrieren, dass Sie die Kontrolle verlieren, wenn es um die Ereignisse während der kroatischen Offensive geht. Und wir wissen doch beide, dass so eine *Mission* zur fixen Idee werden kann, nicht wahr? Ein Mann und seine Mission …«

»Das Bataillonskommando wusste, dass die Kroaten anrücken. Was ich getan habe, hatte seine Berechtigung. Das ist alles. Glaubt man an etwas, dann muss man dafür kämpfen.«

»Ja, ja, natürlich. In einer idealen Welt, Oxen. Aber in so einer leben wir nicht. Die Polizei hier oben steht mächtig unter Druck, und Sie können jederzeit in die Mühlen geraten. Überdenken Sie mein Angebot. Wenn Sie Fragen haben, finden Sie mich noch bis morgen im Hotel Hvide Hus. Einen Mann wie Sie könnte ich gut gebrauchen.«

Die Brombeerhecke erhob sich vor ihm wie eine Mauer, und er musste sich ein ganzes Stück nach Norden durchschlagen, um eine natürliche Öffnung in dem stacheligen Wall zu finden.

Auf einer kleinen Anhöhe blieb er stehen, bevor es dann wieder bergab ging. Von hier aus hatte er einen guten Blick über einen großen Teil des Tals und über die grüne Wand aus Weiden entlang des Lindenborg Å.

Er war nicht zu Hause. Er wusste nicht mehr, wo sein Zuhause war. Aber es bereitete ihm trotzdem Freude, Vertrautes zu sehen. Und er freute sich auf Mr Whites fröhliche Begrüßung.

Ein Polizeibeamter hatte den Auftrag bekommen, ihn in den Wald zu bringen. Es war eine schweigsame Fahrt gewesen. Über die schmalen, geschotterten Wirtschaftswege des Vesterskovs war er so nah an das Tal herangefahren worden wie möglich. Den Rest des Weges musste er zu Fuß zurücklegen.

Als er wenig später den Bach überquerte und die Uferböschung auf der anderen Seite hochkletterte, ertappte er sich bei dem Gedanken, dass er, falls das Wetter mitspielte, vielleicht sogar bis Oktober hierbleiben würde.

Noch war sein gut getarntes Lager nicht in Sicht, aber gleich, wenn die alte, gekrümmte Eiche auf der rechten Seite auftauchte, war er »zu Hause«. Er folgte dem schmalen Pfad, den er selbst getrampelt hatte. Zehn Meter, neun, acht, sieben, sechs … jetzt konnte er die Spitze der Eiche sehen – fünf Meter, vier Meter und dann den letzten Schritt auf die Anhöhe. Gleich war er …

Er blieb wie angewurzelt stehen, erstarrte mitten in einem großen Schritt.

Wie gelähmt stand er da und schüttelte den Kopf, als könnte er so den Anblick wieder loswerden. An einem der unteren, kräftigen Äste der Eiche hing etwas Weißes. Etwas großes Weißes …

Dann stürmte er los. Er rannte durch das hohe Gras und ließ sich auf die Knie fallen. Schlug die Hände vors Gesicht und starrte verzweifelt hoch. Immer wieder. Schließlich ließ er sich nach vorn fallen und blieb auf dem Bauch liegen, das Gesicht im Waldboden vergraben.

Dort oben, drei, vier Meter über ihm, baumelte Mr White leblos am Ende eines Seils.

24.

Die Eule rief, kurz bevor er schrie. Danach schwieg sie. Alles schwieg in der dichten Dunkelheit, die sich über das Tal gelegt hatte. Er schrie nur ein einziges Mal. Lang gezogen und schmerzerfüllt, wie ein verwundetes Tier, das seine Herde verloren hatte. Dann taumelte er und sackte neben dem umgestürzten Baumstamm zu Boden.

Er lehnte sich mit dem Rücken gegen den Stamm und blickte nach oben in den schwarzen Himmel. In wenigen Zügen trank er den letzten Rest aus der Whiskyflasche. Er hielt sie immer noch fest umklammert, während er auf allen vieren und mit nacktem Oberkörper durch das Gras und unter die Plane robbte, obwohl auch hier kein Trost zu finden sein würde.

Er versuchte, aufzustehen und zu der kleinen Feuerstelle seines Lagers zu gelangen, aber er verlor das Gleichgewicht und schlug hart auf dem Boden neben seinem Bett auf.

Auf dem Schlafsack lagen noch ein paar fertig gerollte Joints. Die Reste seines mittlerweile stark geschrumpften Grasvorrats. Er streckte die Hand nach einem davon aus. Alle Bewegungen und Wahrnehmungen schienen irgendwo am Ende eines langen Rohres stattzufinden, durch das er versuchte hindurchzusehen. Er fühlte sich, als hätte er seinen Körper verlassen und würde benebelt versuchen, dessen Aktivität zu dekodieren und zu verstehen, warum er sich überhaupt bewegte.

Mit Mühe gelang es ihm, den Joint anzuzünden. Mit dem brennenden Teil im Mundwinkel kroch er zur Feuerstelle und legte sich hin. Er sog den Rauch tief in die Lunge und hielt die Luft an, um die beste Wirkung zu erzielen. Die Umgebung wirbelte um ihn herum und nur für kurze Momente wurde das Tempo wie von Zauberhand gedrosselt, sodass er ahnen konnte, wo er war.

Die Flammen starrten in sein Inneres. Oder andersherum. Oder vielleicht beruhte es auf Gegenseitigkeit. Durch das Feuer sah er seine Ahnen. Und deren Ahnen. Und deren Ahnen, und … Er sah ihre langen Schatten an den Wänden der Grotte, sah Gestalten, in Leder und Fell gekleidet. Er sah lehmverputzte Wände und Böden aus nackter Erde, er sah Leute, die bauten, höher und immer höher, immer feiner, er hörte das Donnern von Pferdehufen, sah die wogenden Mähnen, und er sah wieder dieselben Leute, die alles niederrissen und abfackelten.

Dann traten die Sieben langsam aus den Flammen des Feuers.

Er schnipste den letzten Rest des Joints weg und blickte ihnen in die Augen, einem nach dem anderen.

Als Erste kam das Mütterchen mit dem Kopf. Dann trat der Kuhmann aus dem Nebel. Seine Zahnstummel leuchteten im Feuerschein. Nach ihm zogen die anderen fünf der Reihe nach vorbei. Von links nach rechts. Dann waren sie weg.

Sie verschwanden so lautlos, wie sie aus den Flammen aufgetaucht waren. Und sie taten ihm nichts. Er nahm nur ihre Anwesenheit zur Kenntnis, am Ende des langen Rohrs. Dem Rohr, durch das er sich selbst beobachtete. Aus weiter Ferne. Schließlich sah er nur noch Flammen.

Mechanisch streckte er die rechte Hand aus und fuhr durch Mr Whites weiches Fell. Er hatte es gebürstet, so gut er konnte. Sein treuer Kamerad lag neben ihm und wärmte sich am Feuer. Er sammelte Kraft für die letzte Reise.

Mr White mochte es gern, hinter den Ohren gekrault zu werden. Besonders hinter dem rechten. Also kraulte er ihn vorsichtig. Und Mr White mochte es gern, wenn man ihm den Rücken streichelte, und er streichelte und streichelte.

So saß er lange da. Dann nahm er sein Messer und hielt es über das Feuer. Er presste die scharfe Klinge gegen seinen linken Oberarm. Direkt unter die Narben.

Langsam zog er das Messer zu sich. Es hinterließ eine lange, gleichmäßige Linie in der Haut. Nach und nach drang das Blut an die Oberfläche. Die ersten Blutstropfen quollen hervor. Sie hinterließen verschlungene Spuren auf seinem Arm, als sie zu groß wurden, um hängen zu bleiben.

Zum Glück spürte er den Schmerz, den die Klinge im Fleisch hinterließ, denn im Schmerz fand er Frieden. Trotz des Joints und trotz des Alkohols hob sich der Schmerz seltsam klar vor dem Hintergrund aus Flammen ab. Vielleicht weil der Schmerz sein Vertrauter war.

Er blieb reglos sitzen. Starrte die Tropfen an, die seinen Arm hinunterrannen, und mit jedem Tröpfchen, das aus dem Schmerz geboren wurde, nahm der Druck in seinem Kopf ein wenig ab.

Wieder hob er das Messer und presste es auf seine Haut. Der zweite Schnitt verlief parallel zum ersten.

Als er eine Weile mit entfernter Neugier seinen Arm betrachtet hatte und Linderung verspürte, wiederholte er das Ritual ein drittes und letztes Mal.

Das Blut tropfte auf den Boden. Es quoll aus den drei Schnitten und war schon lange zu einem großen Rinnsal zusammengeflossen. Es tropfte von seinem Ellenbogen, sein Unterarm war blutverschmiert.

Der äußere Schmerz bereitete dem inneren den Weg, um aus seinem Gefängnis zu entweichen und sich in der Nacht aufzulösen.

Er schloss die Augen.

Er fühlte sich leicht. Und er spürte die Ruhe.

Er rutschte dichter an seinen Freund, ließ sich nach vorn fallen, legte seinen blutigen Arm um ihn und vergrub sein Gesicht in dem schönen weißen Fell.

Dann fiel er in einen tiefen Schlaf.

25.

Die Autofahrer, die Richtung Støvring und Aalborg unterwegs waren, schenkten der Gestalt, die am Straßenrand lief und den Daumen in die Luft streckte, keine Beachtung.

Tramper hatten es nicht leicht an dänischen Straßen und erst recht nicht so schäbige Kerle wie der, der an diesem Vormittag der Landstraße 180 durch den Rold Skov folgte.

Nachdem er zwanzig Minuten gewandert war, begegnete er dem barmherzigen Samariter in Gestalt einer Büroassistentin aus Ravnkilde.

Der Mann mit dem Pferdeschwanz lächelte, als sie neben ihm anhielt und ihn fragte, wohin er denn wolle.

»Aalborg«, antwortete er leise.

Man soll die Menschen nicht nach ihrem Aussehen und ihren Kleidern beurteilen. Selbst die Besten konnten im Leben unter die Räder kommen. Selbst die Stärksten konnten aus der Bahn geworfen werden. So dachte sie nun mal. Und trotz des strengen Geruchs im Wagen auf den letzten dreißig Kilometern bis Aalborg sah die junge Frau keine Veranlassung, diesen Standpunkt zu ändern.

Der schweigsame Mann, der sicherlich gute Gründe für seine Schweigsamkeit hatte, saß höflich neben ihr und lächelte freundlich, als sie ihn im Zentrum in Bahnhofsnähe absetzte.

Nach den vielen Jahren auf dem Militärflugplatz kannte er die Stadt wie seine Hosentasche. Er musste nur durch den Tunnel und durch den Kildepark, dann war er schon am Hotel.

Die Entscheidung war ihm leichtgefallen. Sie hatte sich gewissermaßen von selbst getroffen, nachdem er zu sich gekommen war, einen halben Liter Wasser heruntergestürzt, einen Teelöffel Salz geschluckt und drei Becher Kaffee getrunken hatte und schließlich wieder einigermaßen auf dem Damm war.

Das Erste, was er tat, als er wieder zusammenhängend denken konnte, war, Mr White zu beerdigen. Er suchte ihm einen Platz in der Nähe des Lagers am Fuß einer Böschung. Sie zeigte nach Süden, eine schöne, sonnige Stelle, ein idealer Liegeplatz.

Auf das Grab stapelte er einen kleinen Steinhaufen. Sollte jemand dort vorbeikommen, durfte er sich gerne wundern. Und wenn er selbst eines schönen Tages zurückkam, um Mr White zu besuchen, würde er die richtige Stelle finden.

Im Augenblick wusste er nicht, was die nächste Zeit bringen würde. Er hatte das Lager nicht abgebaut, sondern seine Sachen einfach liegen lassen.

Er betrat die Lobby des Hotels Hvide Hus und fragte an der marmorverkleideten Rezeption nach der Zimmernummer von Axel Mossman. Die Frau hinter der Theke musterte ihn skeptisch und griff zum Telefon. Erst dann bekam er ihr »Bitte sehr«.

Er hatte kaum an der Tür mit der Nummer 418 geklopft, als der PET-Chef, der gerade dabei war, alles für seine Abreise vorzubereiten, auch schon öffnete. Er lächelte breit.

»*Well,* Oxen, haben Sie es sich also doch anders überlegt? Kommen Sie rein.«

Im selben Moment trat Martin Rytter aus dem Zimmer nebenan. Vermutlich hatte Mossman ihn darüber informiert, dass sie einen Gast erwarteten.

»Tag, Oxen«, sagte Rytter und gab ihm die Hand.

Axel Mossman bat sie, an dem kleinen Tisch Platz zu nehmen. Oxen blieb trotzdem mitten im Zimmer stehen.

»Jemand hat meinen Hund erhängt«, sagte er. Mossman sah ihn fragend an, und er wiederholte: »Jemand hat meinen Hund erhängt. An einem Baum neben meinem Lager. Er hing da, als ich gestern aus dem Präsidium zurückkam.«

Mossman hatte es noch nicht einmal geschafft, sich zu setzen.

»Jetzt erzählen Sie mir nicht, dass Sie Ihren Samojeden erhängt haben, nur um die Aufmerksamkeit von sich abzulenken, Oxen«, polterte er. »Das kann nicht Ihr Ernst sein.«

Es war wie ein Reflex, als er ausholte und seine Faust mit brutaler Kraft gegen Mossmans Kiefer donnerte. Der Schlag schickte den Hünen rückwärts, sodass er über eine Stehlampe stolperte und krachend auf dem Boden landete.

In der nächsten Sekunde war Rytter schon da, flink und entschlossen. Oxen parierte Rytters Hieb hart und präzise mit dem linken Unterarm und drehte sich um die eigene Achse. Die Bewegung kam instinktiv. Unendlich oft hatte er sie wiederholt, in den Kata vieler Jahre durch sämtliche Shotokan-Grade bis hin zum roten Gürtel des 10. Dan. In der Drehung rammte er Rytter, der das Gleichgewicht verlor, seinen Ellenbogen in die Nieren.

Gerade als der Operative Leiter im Begriff war, zusammenzusacken, griff Oxen mit zwei Fingern beherzt nach seinen Nackenmuskeln. Auf diese Weise hielt er den schreienden Rytter am ausgestreckten Arm.

»Es reicht, Oxen. Lassen Sie ihn los. Und bleiben Sie stehen. Wehe, Sie rühren sich!«

Er drehte sich langsam um und blickte in einen Pistolenlauf. Margrethe Franck war ihren Chefs zu Hilfe geeilt. Sie schien eine entschlossene Frau zu sein. Die Silberschlange am linken Ohr konnte beißen, und zwar jederzeit, wenn es sein musste.

Er ließ Rytter los, der stöhnend auf die Knie sank und sich den Hals rieb.

Inzwischen hievte sich auch der Hüne wieder in die Senkrechte, nachdem er wutentbrannt die Stehlampe durchs Zimmer geschleudert hatte.

»Oxen! Das werden Sie noch bereuen, das schwöre ich Ihnen!« Mossman hob drohend seine riesige Faust.

»Jetzt atmen wir erst mal alle tief durch«, befahl Margrethe Franck und ließ ihre Waffe sinken.

»Ich hau ab.« Oxen machte auf dem Absatz kehrt und schubste Franck aus dem Weg, um in den Flur hinauszukommen.

»Halt! Stopp, Oxen! Jetzt warten Sie doch, Mann.«

Verblüffend schnell war Mossman hinter ihm und hielt ihn an der Schulter fest. Oxen wollte dem Alten gerade den Arm auskugeln, als Mossman anfing, sich zu entschuldigen.

»Es tut mir ja leid!«, sagte er. »Das war eine völlig unpassende Bemerkung. Nehmen Sie meine Entschuldigung an.«

Mossman streckte die Hand aus. Oxen nahm sie, blieb aber stehen, wo er war. Mossman breitete resigniert die Arme aus und seufzte: »Vielleicht fangen wir einfach noch mal von vorne an? Setzen wir uns doch.«

Martin Rytter kam auf die Füße, rieb sich jedoch immer noch den Hals. Er zog sich einen Stuhl heran und setzte sich, aber es fiel ihm ganz offensichtlich schwer, den passenden Gesichtsausdruck zu finden. Margrethe Franck legte ihre Pistole auf den Schreibtisch und setzte sich neben Mossman auf das kleine Sofa.

Oxen überdachte seine Situation – und beschloss dann, auf dem Sessel neben Rytter Platz zu nehmen.

»*Well*«, schnaufte Mossman. »Nach diesem kleinen … Intermezzo … sind wir sicher alle bereit zu einem ruhigen Gespräch. Oxen, da Sie hier sind, gehe ich davon aus, dass Sie ernsthaft erwägen, mein Angebot anzunehmen.«

Er nickte.

»Wegen der Sache mit dem Hund?«, fragte Mossman.

Oxen zuckte mit den Schultern. »Ich bin unschlüssig, wie ich weitermachen soll. Oder wo ich sonst hingehen könnte.«

»Haben Sie keinen festen Wohnsitz?«, fragte Rytter.

Er schüttelte den Kopf. Margrethe Franck sah ihn an.

»Ihre letzte bekannte Adresse war ein Zimmer auf Amager«, sagte sie. »Wo haben Sie eigentlich danach gewohnt?«

»In einem Keller im Nordwestquartier. Rentemestervej.«

»Sie beziehen keine Sozialleistungen. Sie sind nicht mal registriert. Warum?«

»Ich will nichts haben. Ich will nur meine Ruhe.«

Mossman brummte irgendetwas Unverständliches und klinkte sich dann ein: »*Down to business* … Der PET braucht jemanden wie Sie. Lassen Sie mich die Situation kurz skizzieren. Danach können Sie sich endgültig entscheiden.«

Oxen nickte. Mossman sah ihm in die Augen.

»Bevor Sie hier im Hotel aufgetaucht sind, hatte ich die Hoffnung, Sie könnten eine Art Joker in unseren Ermittlungen sein. Jetzt bin ich mir sicher. Ist Ihnen der Gedanke gekommen, dass ein erhängter Hund auch eine Warnung sein könnte? Und dass die Hundebesitzer in den vorangegangenen Fällen inzwischen beide tot sind?«

»Natürlich. Aber es ergibt keinen Sinn. Ich hab nichts mit den beiden Fällen zu tun. Ich bin bloß mit dem Zug nach Skørping gekommen und in den Wald gegangen.«

Mossman nickte nachdenklich, dann fuhr er fort: »Vergessen wir mal die Theorie. Tatsache ist doch, dass Sie in den Corfitzen-Fall verwickelt wurden – ohne zu wissen, warum. Und wenn Sie ein Teil des Corfitzen-Falls sind, dann sind Sie – ebenso unwissend – auch ein Teil des Bergsøe-Falls. Deshalb kann ich Sie heute sogar noch besser brauchen als gestern.«

Oxen registrierte, dass im Gesicht des Operativen Leiters alles andere als Zustimmung zu erkennen war. Und auch Franck sah skeptisch aus.

»Ich möchte, dass Sie da draußen unsere Augen und Ohren sind, Oxen«, erklärte Mossman. »Sie sollen erledigen, was der Nachrichtendienst offiziell nicht erledigen kann. Sie sollen jedes Mittel nutzen, das der Zweck heiligt, um den oder die Täter zu finden. Und ich möchte betonen, dass nicht nur die lokale Polizei hier unter Druck steht. Allein deshalb greife ich neben unseren regulären Ermittlungsmethoden zu dieser … unorthodoxen … Maßnahme.«

Ihm war vollkommen klar, worum ihn der PET-Chef gerade bat. Er sollte sämtliche Gesetze ignorieren und alles beiseiteräumen, was einer Aufklärung im Weg stand.

»Und wenn ich dabei ernsthaft in Schwierigkeiten gerate?«

»Der PET wird zu jedem Zeitpunkt leugnen, dass Sie für uns arbeiten. Inoffiziell werde ich aber selbstverständlich alles in meiner Macht Stehende für Sie tun, wenn die Hütte brennt«, antwortete Mossman, ohne zu zögern.

Es war genau dasselbe, wie getarnt in feindliches Gebiet zu gehen, um etwas auszukundschaften. Es war der gefährlichste Scheißjob von allen. Die Kavallerie kam nämlich nie, um einen nach Hause zu holen, falls man aufflog. Und genauso wenig würden Mossman und Rytter kommen.

»Wem würde ich gegebenenfalls Bericht erstatten?«

Mossman sah zu Rytter, dann zu Franck. Sie nickte langsam.

»Sie halten Margrethe Franck auf dem Laufenden. Sie wird Ihr Back-up sein. Und sie wird Ihnen alle Informationen beschaffen, die Sie brauchen. Sie wird alles Praktische regeln. Aber draußen wird sie Ihnen *nicht* helfen, da sind Sie ganz auf sich gestellt.«

Der PET wollte ihn mit der Kneifzange auf Abstand halten. Und diese Kneifzange sollte nun also Margrethe Franck in die Hand nehmen.

»Okay.« Er nickte ihr zu. »Und wenn Franck nicht erreichbar ist, wer dann?«

»Rytter oder meine Wenigkeit«, antwortete Mossman. »Ich schlage vor, dass Sie sich Ihre Basis so nah wie möglich an Nørlund Slot einrichten. Das wäre dann der Rold Storkro. Franck wird sich dort ein Zimmer nehmen, und zwar ab heute Nachmittag. *All right,* Margrethe?«

Sie nickte, sah aber aus, als würde sie einen tiefen Seufzer unterdrücken.

»Und die Bezahlung?«

»Ich habe mir überlegt, Ihnen ein Beraterhonorar zu bezahlen. Großzügig bemessen, natürlich«, lautete Mossmans Antwort.

»Wie viel?«

»Hunderttausend Kronen für einen Monat. Die Abmachung kann verlängert werden.«

Aus dem Augenwinkel registrierte er die hochgezogenen Brauen des Operativen Leiters. Vielleicht fand Rytter diesen Betrag überzogen?

Schon als er sich entschied, den PET-Chef im Hotel aufzusuchen, hatte er seine Bedingungen festgelegt. Er wollte eine Bezahlung, die den Risiken entsprach. Er hatte keine Krone mehr in der Tasche.

Bergsøe war Vorsitzender des Wamberg-Ausschusses gewesen, Corfitzen der Nestor der dänischen Diplomatie. Er würde sich direkt in ein Minenfeld begeben, so viel war sicher. Und das machte den Job besonders riskant.

»250 000 Kronen, in bar«, sagte er.

Rytter rutschte unruhig hin und her. Franck verschränkte die Arme, Mossman räusperte sich.

»Ein stattliches Honorar«, stellte der PET-Chef fest.

»Die Risiken sind groß, meine ich. Das Honorar spiegelt das Risiko wider. Und keine registrierten Scheine, keine Papiere, keine Quittungen.«

»Ihre Forderungen spiegeln vor allem Ihr Selbstbewusstsein. Das gefällt mir, und vermutlich ist es auch das, was man von einem Mann Ihres Kalibers erwarten darf, Oxen. *Well,* abgemacht. Fünfzig jetzt – und der Rest in einem Monat«, sagte Mossman.

Oxen schüttelte den Kopf. »*Up front.*«

»Das erscheint mir nicht ganz angemessen. Ich weiß ja noch nicht, was ich für diese Summe bekomme«, antwortete Mossman.

»Es war nicht meine Idee. Dann vergessen wir es einfach wieder.«

Oxen machte Anstalten, aufzustehen. Mossman hob abwehrend seine Pranke.

»Bleiben Sie sitzen. *Alright,* 250 000 in zwei Tagen. Solche Summen organisiert man nicht mit einem Fingerschnipsen. Fünftausend Dänische Kronen jetzt sofort, bar auf die Hand, für Friseur, Kleidung und Diverses. In diesem Aufzug können Sie sich ja nirgends blicken lassen. Und die 250 000 gibt es nur unter der Bedingung, dass ich unser kleines Arrangement ohne Extrabezahlung um zwei Wochen verlängern kann. Abgemacht?«

Oxen nickte.

»*Well,* dann gehen Sie unten was essen, und trinken Sie einen Kaffee. Lassen Sie es auf meine Rechnung setzen, und warten Sie in der Lobby. Ich komme dann runter und informiere Sie noch über ein paar praktische Dinge.«

Axel Mossman wuchtete sich aus dem weichen Sofa und signalisierte damit, dass die Sitzung beendet war.

»Na, dann bis später, Oxen«, sagte Margrethe Franck ohne Begeisterung in der Stimme.

»Du findest seine Bezahlung zu hoch«, sagte Mossman zu Rytter, einige wortlose Minuten nachdem Oxen die Tür hinter sich zugezogen hatte.

Sie standen alle drei an dem großen Fenster und blickten auf den darunter liegenden Park. Der Operative Leiter war der Erste, der die Vereinbarung mit dem Kriegsveteran kommentierte.

»Ich finde …«, hob Rytter an. »Eine Viertelmillion ist ziemlich viel für etwas, das wir nicht einschätzen können. Noch dazu unter der Hand. Ich halte es, wie schon gesagt, für höchst zweifelhaft, Geschäfte mit einer *loose canon*, wie unserem traumatisierten Kriegshelden hier, zu machen.«

»Er hatte deinen Hals ganz schön fest im Griff, was, Martin?«, brummte Mossman. »Stört es dich deshalb?«

Rytter schüttelte gereizt den Kopf.

»Und Sie hätten ihm glatt eine Kugel verpasst, wie ich Sie kenne, Margrethe«, sagte Mossman.

»Aber nur ins Bein«, antwortete sie und ließ den Blick über die Baumwipfel schweifen.

»Kümmern Sie sich weiter um Oxens Geschichte. Ich will alles haben, was über den Mann zu finden ist. Alles. Außerdem sollten wir uns schleunigst sämtliche psychologischen Gutachten über ihn beschaffen.«

»Das geht nicht.«

»Was meinen Sie?«

»Oxen hat schon Kommissar Grube abgewiesen. Er will nicht, dass wir Einblick in seine Krankenakte nehmen. Und mit dem, was wir haben, bekommen wir auch keinen richterlichen Beschluss. Herrgott noch mal, wir haben ja nicht mal genug für einen Anfangsverdacht.«

Mossman zögerte einen Moment. »Dann müssen Sie es auf Ihre Weise erledigen, Margrethe.«

»Ich schau mal, was sich machen lässt. Aber da ist noch was, was ich wirklich nicht verstehe.«

»Raus damit.«

»Niels Oxen hat nicht die geringste Kompetenz, was Ermittlungsarbeit angeht. Er war vor ewigen Zeiten mal zwei mickrige Jahre lang Polizeischüler. Er hat sich zwar seine Orden verdient, aber eine komplizierte Ermittlung durchzuführen ist etwas ganz, ganz anderes. Und dann 250 000 Kronen …«

Axel Mossman schwieg einen Moment. Seine Assistentin war also auf einer Linie mit Rytter, den er allerdings bereits im Vorfeld in seine Überlegungen mit einbezogen hatte. Sie waren beide noch relativ jung. In ihrem Alter war er selbst viel weniger obrigkeitshörig gewesen. In Wahrheit war das ein echtes gesellschaftliches Übel. Junge Menschen sollten nicht so angepasst sein. Sie sollten rebellieren. Alter und Regelkonformität sollten gewissermaßen in einem proportionalen Verhältnis zueinander stehen.

»Schauen Sie …« Ausnahmsweise musste er lange nach den richtigen Worten suchen. »Mein Instinkt sagt mir, dass Niels Oxen uns sehr nützlich sein wird, sobald unsere Nachforschungen weiter fortgeschritten sind und wir die beiden Fälle miteinander verknüpft haben.«

Mehr Erklärung lieferte er nicht. Margrethe Franck dachte einen Augenblick nach. Dann sagte sie leise: »Sie meinen nützlich wie in *nützlicher Idiot*, richtig? Was soll er für uns machen?«

»Das wird sich zeigen.« Axel Mossman zuckte mit den Schultern und fing an, seine Sachen zusammenzusuchen. Bald würden sie ihre Zimmer räumen. Mossman und Rytter flogen mit der nächsten Maschine nach Kopenhagen zurück, während Margrethe Franck noch bleiben würde.

Zwei große Clubsandwichs, zwei Cola und vier Tassen Kaffee waren das Ergebnis der uneingeschränkten Frühstückseinladung des PET-Chefs. Das Hotelpersonal hatte ihn kritisch beäugt und Mossman angerufen, um sicherzugehen, dass alles mit rechten Dingen zuging. Jetzt saß er auf einer Bank im Kildepark und wartete auf seinen großzügigen Gastgeber.

Ursprünglich hatte Oxen wie verabredet seinen Platz in der Hotellobby eingenommen, und der PET-Chef hatte sich neben ihn fallen lassen und angefangen, Zeitung zu lesen.

»Drüben im Park, Oxen. Sie gehen jetzt. Ich komme in fünf Minuten«, hatte er hinter seiner Zeitung gemurmelt, woraufhin Oxen aufstand und ging.

Es waren kaum mehr als ein paar Hundert Meter von der Lobbycouch zur Parkbank. Kurz darauf kam Mossman in seiner Tweedjacke und setzte sich.

»Hier ist es besser … Ich muss gleich zum Flieger, also lassen Sie es uns kurz machen.«

Oxen nickte. Er verspürte keinerlei Bedürfnis, mehr Zeit als absolut nötig mit dem PET zu verbringen.

Mossman sah sich wachsam um. Alles schien frisch und lebendig. Ein warmer Nachmittag im Park, in einem Land, das den Frühling herbeigesehnt hatte.

»Franck gibt Ihnen das Geld innerhalb der nächsten zwei Tage.«

»Danke.«

»Und hier sind die fünftausend Kronen.« Mossman übergab ihm einen Umschlag mit einem Bündel Geldscheine. »Außerdem wäre da noch eine kleine Änderung im Ablauf. Aber die ist vertraulich.«

Oxen kniff die Augen zusammen und wartete.

»Und mit vertraulich meine ich, das bleibt unter uns – *Ihnen* und *mir*.«

Oxen nickte wieder.

»Alles, was *groß* ist, was vermutlich von *erheblichem* Interesse ist, geben Sie direkt an mich weiter. Nicht an Rytter, nicht an Franck, nicht an irgendjemand sonst beim PET. Nur an mich. Verstanden?«

»Ja.«

»Besorgen Sie sich ein Handy, Oxen, und kontaktieren Sie mich unter dieser Nummer.«

Mossman kritzelte eine Nummer auf die Rückseite seiner Visitenkarte.

»Hier. Lernen Sie die Nummer auswendig und vernichten Sie die Karte sorgfältig. Und denken Sie nicht mal im Traum daran, eine andere Nummer zu wählen.«

Er nickte. Mossman verfolgte also seine eigene Agenda. Das war Chefs – und Generälen – vorbehalten.

»Einigen wir uns darauf, dass wir zweimal am Tag das Fenster offen lassen. Von fünf bis sechs Uhr und von zweiundzwanzig bis dreiundzwanzig Uhr.«

»Und im Notfall?«

»Notfälle gibt es nicht.«

»Okay.«

»Und keine Namen. Sie identifizieren sich als ›Jäger‹.«

»Okay.«

»Normale, routinemäßige Berichte laufen über Franck weiter ins System. Noch Fragen?«

»Nein.«

»Hervorragend. Meine Nase sagt mir, dass Sie irgendetwas für sich behalten. Den Grund dafür kenne ich nicht. Aber nutzen Sie Ihr Wissen. Brechen Sie alle Gesetze, wenn nötig. Nehmen Sie alles auseinander. Sie werden verdammt gut dafür bezahlt, Oxen.«

26.

Es war spät am Abend, als er an Margrethe Francks Tür klopfte. Ihre Zimmer lagen nebeneinander. Sie hatte ihn gebeten, sich kurz mit ihr zu treffen, um »alles zusammenzufassen und ein bisschen zu planen«.

Er hatte nichts, was sich zusammenfassen ließ, aber er hatte eine Art Plan. Wie groß seine Lust sein würde, sie in diesen Plan einzuweihen, wusste er allerdings noch nicht.

Einen Teil des Tages hatte er auf einen Besuch in Anjas Haarcafé in Skørping verwendet. Damit folgte er der Anweisung Mossmans, deren Ausführung von Margrethe Franck streng überwacht wurde. Davor hatte er sich eine Stunde in der Badewanne seines Hotelzimmers auf eigene Initiative eingeweicht.

Militärische Disziplin in der persönlichen Hygiene war eine sinnvolle Regel, an die er sich viele Jahre gehalten hatte. Erst irgendwann in den letzten Jahren war sie ihm gleichgültig geworden.

Er trat ein. Margrethe Franck saß am Schreibtisch, in einen Berg von Unterlagen vertieft, und es dauerte lange, bis sie den Blick hob. Die Silberschlange an ihrem Ohr war verschwunden, stattdessen saß eine schmale Lesebrille auf ihrer Nasenspitze. Ein dickes schwarzes Gestell, das einen interessanten Kontrast zu ihrem blassen Gesicht und den blonden Haaren bildete. Das galt genauso für die schwarze Biker-Lederjacke, die über der Stuhllehne hing. *Ebony and ivory* … Die perfekte Harmonie war eine Illusion. Margrethe Franck sah gereizt aus, als wäre seine Anwesenheit ihr gerade mehr als lästig.

Sie musterte ihn von oben bis unten über den Rand der Brille hinweg.

»Ein neuer – und besserer – Mensch?«

Er hatte einen Teil der Sachen an, die er auf die Ladentheke des Herrenausstatters in Støvring geworfen hatte: Jeans, weißes T-Shirt und offenes Holzfällerhemd, rot-schwarz kariert. Und er war barfuß, obwohl er sich im Vorbeigehen auch noch ein paar Turnschuhe gekauft hatte. Seine Haare reichten ihm immer noch bis auf die Schultern, aber jetzt nach Anjas Vorstellungen. Kurze Haare bei Männern gehörten zu einer anderen Zeitrechnung.

»Besser? Wohl kaum … Sollen wir die Besprechung verschieben?«

»Warum?«

»Weil Sie aussehen, als wären Sie wahnsinnig beschäftigt.«

»Ich bin schon fertig«, sagte sie und legte die Unterlagen beiseite.

Er zog einen Hocker an die Wand und setzte sich.

»Also, was wollen Sie wissen?«, fragte er.

»Mossman hat mich gebeten, Ihnen zu helfen, deshalb brauche ich irgendetwas, wonach ich mich richten kann. Wie sieht Ihr Plan aus? Haben Sie überhaupt einen?«

»Darüber habe ich mir noch keine Gedanken gemacht.«

»Sie wissen also nicht, wie Sie vorgehen wollen?« Ihr Ton war kühl.

Erst jetzt fiel ihm auf, dass das eine Hosenbein ihrer verwaschenen Jeans unterhalb des Knies schlaff und leer über der Stuhlkante hing. Gerade eben hatte die Prothese neben dem Nachttisch seine Aufmerksamkeit geweckt.

»Sagen wir mal so – ich denke noch darüber nach. Das Bein … waren Sie auf einem Auslandseinsatz?«

Sie schüttelte den Kopf. »Ich habe nie einen Fuß in die Armee gesetzt, auch nicht, als ich noch zwei hatte.«

»USBV, also Sprengfallen … Ich habe eine ganze Reihe solcher Verletzungen zu Gesicht bekommen.«

»Das kann ich mir vorstellen. Aber heißt das, Sie haben keine Aufgabe für mich?«

»Es gibt eine Sache, über die ich nachgedacht habe«, setzte er an. In der Badewanne hatte er überlegt, ob Franck diese Sache für ihn überprüfen könnte.

Sie sah ihn fragend an.

»Modus Operandi«, fuhr er fort.

»Modus Operandi wie in …?« Ihr Brillenblick war durchdringend.

»Wie in gehängter Hund. Wir haben drei erhängte Hunde: Bergsøes, Corfitzens – und meinen. Plus zwei tote Hundebesitzer, Bergsøe und Corfitzen. Ich glaube …«

»Zwei tote Hundebesitzer, bis jetzt«, unterbrach sie ihn.

»Bis jetzt. Ich habe wirklich schon einiges überlebt … Ich denke, es geht darum, jemanden einzuschüchtern. Das ist der Modus Operandi: den Leuten Angst einjagen, ihnen drohen.«

»Und wieso?«

»Das ist die Millionenfrage.«

»Sie bekommen eine Viertelmillion für die Antwort, Oxen. Machen wir uns nichts vor. In meinen Augen ist es Irrsinn, dass Sie 250 000 Kronen bekommen. Nur weil Sie womöglich verdächtig oder das nächste Opfer sind.«

»Mir ist egal, was Sie denken, aber ich kann Sie verstehen.«

»Ich habe mein Handwerk bei der Polizei gelernt. Ich bin es gewohnt, zu ermitteln. Sie nicht.«

Endlich legte Margrethe Franck ihre Brille ab, und er fühlte sich deutlich wohler.

»Man muss keine Polizeiausbildung hinter sich haben, um zu sehen, dass da etwas im Busch ist. Und wenn man 250 000 Kröten *up front* bekommt, nur weil man so vertrauenswürdig aussieht, dann ist nicht nur irgendwas im Busch, sondern sogar was ziemlich Großes. Also, ich nehme, was ich kriegen kann, und gehe damit offenbar ein ziemliches Risiko ein«, sagte er.

Sie nickte mehrmals nachdenklich und legte energisch ihr gesundes Bein auf den Schreibtisch.

»Ich war mit meinen Kollegen draußen, um einen mutmaßlichen Mörder festzunehmen. Er hatte sich in einem Hinterhof im Südhafen in seinem Auto versteckt. Bei seiner Flucht gab er Gas, raste auf mich zu und quetschte mich gegen eine Wand. Das ist zehn Jahre her. Sie mussten es oberhalb der Kniescheibe abnehmen«, sagte sie mit einem Blick auf ihr Bein. »Aber eigentlich fehlt es mir nicht. Na ja. Wir waren gerade beim Modus Operandi, oder?«

Margrethe Franck pustete sich eine lange Ponysträhne aus dem Gesicht.

»Es geht ums Einschüchtern. Wenn es um eine Warnung ginge, bevor man eine Art Todesurteil vollstreckt, dann hätte Corfitzen nicht so brav auf seinem Stuhl gesessen und wäre an einem Schlaganfall gestorben. Dann wäre er auf eine Weise aus dem Leben getreten, die ein klares Signal gesendet hätte. Das ist meine Theorie. Was sagt denn eine *Ermittlerin* dazu?«

»Sie sagt ›okay‹ und fragt, warum *Sie* eingeschüchtert werden sollten, Niels Oxen.«

Er zuckte mit den Schultern. »Ich? Keine Ahnung, wirklich nicht. Aber es muss irgendeine Verbindung geben, oder es ist plötzlich eine entstanden. Ich war ja am Tatort, zwar nicht im Büro, aber im Schlosspark.«

»Es muss also eine Verbindung zwischen Bergsøe und Corfitzen geben, da ihre Köter ja auch dran glauben mussten. Nur welche?«

»Selbe Antwort: keine Ahnung«, sagte er.

»Aber wenn ein erhängter Hund Teil des Modus Operandi ist,

dann müssten alle kommenden ›Einschüchterungsopfer‹ im Besitz eines Hundes sein, nicht wahr? Und wir reden hier ganz sicher nicht über einen Machtkampf im dänischen Hundezüchterverband.«

Ihr Ton war immer noch kühl und distanziert. Sollte sich irgendwo auf Margrethe Francks Gesicht ein Lächeln befinden, dann hatte sie es gut versteckt. Allerdings tippte er darauf, dass da keines existierte.

»Ich gehe davon aus, dass es so viele Hundebesitzer in Dänemark gibt, dass auch ein statistischer Zufall denkbar wäre. Also, Nummer vier, der nach mir eingeschüchtert werden soll, muss vielleicht gar nicht zwingend einen Hund besitzen. Und vielleicht gibt es auch keine Nummer vier. Wir tauschen hier nur Nichtwissen aus«, sagte er.

»Nein, wir diskutieren den Modus, Oxen. Und das ist nicht uninteressant.«

»Sie haben mich gefragt, ob Sie etwas für mich herausfinden sollen. Und ja, das sollen Sie. Ich denke, der Modus Operandi ist so speziell, dass wir uns mal weiter umsehen sollten. Haben andere vielleicht dasselbe erlebt?«

»Sie haben recht, dass wir das auf jeden Fall überprüfen sollten«, sagte sie und nickte. »Ich kann mir zwar nicht vorstellen, dass Grube und seine Leute in diese Richtung gesucht haben, aber ich höre mich mal bei ihm um. Wir sind sowieso … verpflichtet … unsere Ermittlungen bis zu einem gewissen Grad nach Aalborg weiterzuleiten. Das ist Mossman wichtig.«

»Das geht mich nichts an. Sie regeln das.«

»Ich schicke eine Anfrage an Interpol. Zunächst beschränken wir uns auf Europa. Sonst nichts?« Ohne den Ebenholzrahmen wirkte ihr Blick weicher.

»Nein. Ich werde mir morgen ein paar Kleinigkeiten ansehen.«

»Kleinigkeiten?«

»Ich fahre zum Schloss. Nur ein bisschen herumschnüffeln.«

»Abgemacht.« Margrethe Franck hatte sich offenbar mit seinem mangelnden Mitteilungsbedürfnis abgefunden.

»Ich will früh ins Bett. Bis morgen.« Er stand auf und hob eine Hand zum Gruß. Als er gerade die Tür hinter sich zumachen wollte, rief Margrethe Franck: »Ihr Hund …«

»Was ist mit ihm?«

»Wie hieß er?«

»Mr White.«

»Wie lange hatten Sie ihn schon?«

»Hat das was mit dem Fall zu tun?«

»Nein.«

»Drei Jahre und vier Monate. Warum?«

»Ach nichts. Bis morgen.«

27.

Das Gefühl, nach über drei Jahren Pause wieder ein Auto zu fahren, hatte ihn wie in einer Zeitmaschine zurück in die Vergangenheit katapultiert, als er noch ein normales Leben mit Eigenheim und zwei Autos im Carport führte. Papas Auto und Mamas Auto.

Während er in die kurze Allee abbog, die zum Schloss führte, bog er in Gedanken in seine eigene Auffahrt ein.

Gleich würde er die Einkaufstüten ins Haus tragen, Magnus würde ihm fröhlich entgegenlaufen, und Birgitte würde ohne nennenswerte Anzeichen von Begeisterung Hallo sagen, was ihn umgehend dazu verleiten würde, nach Hinweisen zu suchen, auf welchem Niveau ihre Stimmung sich gerade befand. Gleichzeitig würde er sich für ihren ersten negativen Kommentar wappnen, der sich genauso gut auf ihren Job beziehen konnte wie auf die Kartoffeln, die er gekauft hatte, oder – viel wahrscheinlicher – auf irgendetwas, das er vergessen hatte oder anders machen sollte – oder am besten gar nicht getan hätte.

Es machte Spaß, wieder Auto zu fahren, aber vermisst hatte er es nicht. Genauso wenig wie das viele Reden. Es kam ihm vor, als wären die letzten Tage ein ununterbrochener Wortstrom gewesen, zäh fließend, wohlgemerkt.

Er fuhr langsam die Allee entlang und stellte fest, dass der Pfosten mit der Kamera entfernt worden war. Er parkte neben zwei anderen Autos auf dem frisch aufgeschütteten Kiesbett und stieg aus der Zeitmaschine.

Bei Tageslicht sah Nørlund ganz anders aus. Es wirkte tatsächlich noch kleiner und kompakter, als es ihm in jener Nacht vorgekommen war. Aber dabei auch freundlicher, ohne die Beleuchtung, die Schlagschatten und dunklen Männer.

Das weiße Gebäude, das dem Schloss rechts vorgelagert war, war größer, als er es unmittelbar in Erinnerung gehabt hatte. Es sah aus wie ein Verwalterhaus aus einer glanzvolleren Epoche.

Es war keine Menschenseele zu sehen, also ging er über die kleine Brücke und das Kopfsteinpflaster im Innenhof zum Hauptportal. Über der großen Flügeltür konnte er deutlich die Bohrlöcher erkennen, wo die Videokamera befestigt gewesen war. Er betätigte dreimal den schweren Türklopfer und wartete. Nichts passierte.

Er wollte sich gerade umdrehen und wieder gehen, als die Tür geöffnet wurde. Es war Corfitzens Tochter Karin, barfuß in Sandalen, mit zerrissenen Jeans und Hemdbluse. Sie sah überrascht aus.

»Sie? Hallo.«

Sie gaben sich die Hand, und er präsentierte ihr die beste der Erklärungen, die er sich auf dem Weg hierher zurechtgelegt hatte.

»Ich wollte fragen, ob ich mich ein wenig umsehen darf. Wie Sie ja wissen, stehe ich in dem Fall um den Tod Ihres Vaters unter Verdacht, und jetzt ist mein Hund ebenfalls erhängt worden, genau wie der Ihres Vaters. Also bin ich inzwischen auf mehreren Ebenen in die Sache verwickelt. Wieso das so ist und in welcher Hinsicht …« – er hob die Schultern. »Ich habe nicht die geringste

Ahnung. Vielleicht bin ich an dem Abend jemandem in die Quere gekommen … Vielleicht denkt dieser Jemand, ich hätte etwas gesehen. Ich weiß es nicht.«

»Kommissar Grube hat mir von Ihrem Hund erzählt. Wirklich traurig. Wie lange hatten Sie ihn?«

»Drei Jahre und vier Monate.«

Sie nickte verständnisvoll. »Sagen Sie mir, was ich für Sie tun kann.«

»Ich würde mich gerne ein wenig umsehen. Sowohl draußen als auch drinnen.«

»Das ist in Ordnung. Ich bin gerade noch beschäftigt, also fangen Sie doch einfach hier draußen an. Und nachher mache ich eine Schlossführung mit Ihnen.«

»Danke.«

»Sie sehen … verändert aus.« Karin Corfitzen lächelte breit. »Womöglich ein neuer und besserer Mensch?«

»Besser? Wohl kaum.«

Das war das zweite Mal in weniger als einem Tag, dass eine Frau ihn mit dieser gewagten Vermutung konfrontierte. Und das zweite Mal, dass er dieselbe Antwort gab.

»Aber zweifellos ein ›reinerer Mensch‹«, sagte sie lachend. »Steht Ihnen gut. Schauen Sie sich um, und kommen Sie in einer halben Stunde wieder her.«

»Gerne. Nur eine Sache noch, die mich wundert. Wird das Grundstück gar nicht videoüberwacht?«

»Das wurde es früher. Es ist fast ein Jahr her, dass ich zum letzten Mal hier war, und da hingen noch überall Kameras, unter anderem hier über der Tür«, sagte sie und zeigte nach oben. »Aber fragen sie lieber Arvidsen danach, falls Sie ihm begegnen. Darüber weiß er mehr als ich.«

Wirkte das Schloss im Sonnenlicht kleiner, so erschien ihm der Garten größer als in der Nacht, in der er mit Mr White hier herumgeschlichen war. Die rechteckige Rasenfläche war äußerst sorgfältig getrimmt und rundum gesäumt von gepflegten Beeten. Sie grenzten an das Dickicht aus Hecken und Bäumen, durch das er an dem Abend gerannt war, als er nur einen einzigen Gedanken gehabt hatte: Nichts wie weg.

Er folgte der ordentlich abgestochenen Graskante und schaute sich aufmerksam um, doch nirgends war auch nur eine einzige Videokamera zu sehen. Am Ende des Parks entdeckte er Arvidsen hinter einem der großen Rhododendren.

In der Hosentasche klingelte sein neues Handy. Es war Margrethe Franck, von der er am Frühstücksbuffet nicht die geringste Spur gesehen hatte.

»Ich habe mit der Polizei in Aalborg gesprochen. Grube sagt, dass dieser Arvidsen, der Gärtner oder was auch immer er sein mag, ein Vorleben bei der Polizei hat.«

»Interessant. Ich kann gerade seinen Hinterkopf sehen.«

»Sind Sie auf Nørlund?«

»Ja.«

»Was machen Sie?«

»Ich habe mit Corfitzens Tochter gesprochen. Jetzt schaue ich mich um. Er war also Polizist?«

»Mehr als das. Er war kein gewöhnlicher Indianer, sondern beim AKS, dem Sonderkommando der Polizei in Odense. Ziemlich imponierende Akte übrigens.«

»Im Moment harkt er Beete.«

»Die Sache stinkt, Oxen. Wollen wir heute Abend die Köpfe zusammenstecken?«

»Ja, ich unterhalte mich mal ein bisschen mit unserem Sonderbeauftragten. Wissen Sie, wie alt Arvidsen ist?«

»Zweiundfünfzig.«

»Wie lange war er bei Corfitzen angestellt?«

»Fünf Jahre. Und übrigens ... Er hat immer noch einen Waffenschein.«

»Aha. Bis heute Abend also.«

Er legte auf. Zweiundfünfzig, das war kein Alter. Arvidsen hatte die Polizei mit gerade mal siebenundvierzig Jahren verlassen. In ihm hatte Botschafter Corfitzen einen Gärtner gehabt, der eine Spezialausbildung beim AKS, der dänischen Antiterroreinheit, absolviert hatte. Zu den Routineaufgaben des AKS gehörte es, prominente Gäste zu beschützen, Arvidsen hatte also auch eine Spezialausbildung in Sachen Personenschutz durchlaufen. Was um alles in der Welt wollte ein in die Jahre gekommener Diplomaten-Opi mit einem derart überqualifizierten Gärtner?

»Hallo?«

Als er am Ende des Parks angekommen war, rief er nach Arvidsen. Der Gärtner nickte.

»Karin Corfitzen hat mir erlaubt, mich umzusehen«, erklärte er. »Schicker Park, alles so gepflegt.«

Arvidsen musterte ihn misstrauisch.

»Und dann diese riesigen Rhododendren – es muss fantastisch aussehen, wenn sie blühen. Verbringen Sie Ihre ganze Zeit im Park?«

»Einen Großteil.«

»Was haben Sie sonst noch für Corfitzen gemacht?«

»Soweit ich informiert bin, sind Sie Wilderer und kein Ermittler«, erwiderte Arvidsen scharf.

»Korrekt, aber Ihre neue Arbeitgeberin hat mir erlaubt, Ihnen ein paar Fragen zu stellen. Also warum so sauer?«

»Ich habe diesen endlosen Strom immer gleicher Fragen von unterschiedlichen Idioten wirklich satt. Ich war Chauffeur und Mädchen für alles. Kleine Reparaturen, Botengänge, Garten und so was. Außerdem wollte Corfitzen sich lieber auf der Rückbank um seine Geschäfte kümmern, als hinter dem Steuer zu sitzen, weshalb ich auch viele Kilometer im Jahr für ihn gefahren bin.«

»Für einen Mann, der Beete absticht und Unkraut zupft, sind Sie ziemlich … vielseitig. Ich vermute, dass die wenigsten AKS-Mitglieder irgendwann als Gärtner enden.«

»Sind wir nicht alle Gärtner im Garten Gottes?«

»Wieso haben Sie der Polizei nicht gleich von Ihrer Vergangenheit erzählt?«

Arvidsens Laune wurde durch die plötzliche Wendung, die das Gespräch nahm, nicht besser.

»Mich hat niemand danach gefragt. Aber die Kollegen aus Aalborg waren gestern hier, die wissen es inzwischen. Und Sie selbst waren ein wahnsinnig tapferer Soldat, nicht wahr? Sie wissen also, wie üppig staatliche Gehälter sind. Corfitzen wusste einen sicheren Chauffeur zu schätzen.«

»Und einen Beschützer.«

»Corfitzen benötigte keinen Beschützer. Er war ein großzügiger und beliebter Mann.«

»Darf ich fragen, was Sie verdient haben?«

»Das geht Sie nichts an.«

»Ich kann auch um Einblick in die Polizeiberichte bitten.«

»Dann machen Sie das.«

Oxen kam eine Idee. Er verzog sich in eine Ecke des Parks und rief Margrethe Franck an. Es dauerte ein paar Minuten, ehe er eine Antwort hatte. Arvidsen hatte inzwischen angefangen, ein Beet umzugraben.

»67 500 Kronen im Monat, insgesamt 810 000 pro Jahr. Das macht Sie zum bestbezahlten Gärtner des Landes, das toppt keiner.«

»Und wenn es so wäre, was dann?« Arvidsen schien verärgert.

Oxen blickte dem ehemaligen Antiterrorexperten in die Augen.

»Wovor hatte Corfitzen plötzlich so große Angst? Was hatten die fünf Security-Leute hier zu suchen?«

»Soweit ich informiert bin, waren das Finanzberater, die ihn in einigen Angelegenheiten unterstützt haben. Das ist zumindest, was der Botschafter mir gesagt hat.«

»Sie lügen, Gärtner. Sie haben einen Waffenschein. Brauchen Sie den, um Blattläuse zu erschießen?«

»Sie kennen doch meine Vergangenheit, ich bin den Umgang mit Waffen gewöhnt. Zu meiner eigenen Sicherheit.«

»Nein, es ging um Corfitzen. Sie waren fünf Jahre lang sein Gorilla. Was ist mit der Videoüberwachung passiert?«

Arvidsen sah aus, als würde er sich allmählich langweilen. Er stützte sich auf seinen Spaten.

»Mit welcher Videoüberwachung?«

»Steht auf dem Schild an der Zufahrt.«

»Ich habe die Anlage schon vor Ewigkeiten abmontiert. Letzten Sommer. Sie war kaputt. Mehrere Kameras waren hinüber und die Festplatte auch.«

Unmittelbar machte Oxen einen großen Schritt und packte Arvidsen am Kragen. Er zog den bulligen Gärtner zu sich.

»Sie lügen, Sie Scheißkerl! Sie wissen ganz genau, dass ich weiß, dass die Überwachungsanlage an dem Abend lief, als ich hier war. Sie haben eine halbe Stunde gewartet, bis Sie die Sekretärin informiert und die Polizei gerufen haben, nachdem Sie Corfitzen tot gefunden hatten. Genug Zeit, um die Kameras zu entfernen. Oder etwa nicht? Warum?«

»Solche irrsinnigen Behauptungen sollte man …«

»Sie spielen mit dem Feuer!«

Er ließ Arvidsen los und stieß ihn kräftig von sich. Der ehemalige Polizist stolperte über den Spaten und landete mit dem Hintern im Blumenbeet. Für Oxen war es ein echter Erfolg, dass er genug Selbstbeherrschung aufbrachte, um Corfitzens treuen Knappen so billig davonkommen zu lassen.

Er war noch immer aufgebracht, mahnte sich aber selbst zur Ruhe, als er kurz darauf an die schwere Eingangstür des Schlosses klopfte und sie öffnete. Er rief »Hallo?« und hörte eilige Schritte. Dann stand Karin Corfitzen plötzlich lächelnd in der Halle.

»Hallo, Oxen. Ja, Sie müssen entschuldigen, ich habe Ihren Vornamen vergessen.«

»Niels.«

»Niels. Wie dänisch … Meine Mutter war Schwedin, deshalb nennen meine Freunde mich Kajsa. Kajsa ist die schwedische

Koseform von Karin. Also, nennen Sie mich einfach Kajsa. Sind Sie Arvidsen begegnet?«

Er nickte.

»Komischer Vogel, oder?«

»Wussten Sie, dass er früher in der dänischen Antiterroreinheit war?«

»Antiterroreinheit? Um Gottes willen, nein, das wusste ich nicht.«

»Hat Ihr Vater je darüber gesprochen, warum er Arvidsen eingestellt hat?«

Sie dachte kurz nach. »Mein Vater hielt es für Zeitverschwendung, selbst Auto zu fahren. Er hat ihn immer als einen guten Chauffeur und verlässlichen Mann bezeichnet. Außerdem macht er seine Arbeit im Park sehr gut. Kommen Sie, wir beginnen im Hauptflügel.«

Sie führte ihn durch lange, verwinkelte Gänge, kommentierte dabei die verschiedenen Zimmer und erzählte vom Adelsgeschlecht der Corfitzens, die sich für wenig Geld auf Nørlund Slot niedergelassen hatten.

Er hörte unkonzentriert zu. Für ihn war sonnenklar, dass Arvidsen eine direkte Informationsquelle darstellte. Das ehemalige AKS-Mitglied wusste etwas.

Sie gingen eine Treppe hoch und folgten einem langen, mit Steinplatten gefliesten Gang. Kajsa Corfitzen blieb in der Mitte stehen und öffnete eine Flügeltür.

»Der Rittersaal«, sagte sie. »Gehen Sie ruhig rein.«

Abgesehen von der kleinen Anrichte vor einem der Fenster war das einzige Möbelstück hier ein riesengroßer runder Tisch mit sechs dazugehörigen Stühlen, der in der Mitte des Raums stand. Vor den Fenstern hingen schwere, bodenlange Vorhänge aus moosgrünem Brokat mit goldenen Stickereien.

»Massive Eiche. Echte Qualität, so was bekommt man heute gar nicht mehr«, sagte Kajsa und fuhr mit der Hand über die daumendicke Tischplatte.

»Und hier finden die festlichen Bankette statt?«

Sein Blick fiel auf den großen Gobelin an einer der Schmalseiten des Zimmers. Er war die einzige Dekoration im Raum und stellte eine gewaltige Schlachtszene dar, mit Blut, Schwertern und sich aufbäumenden Pferden.

»Die Corfitzens waren noch nie *party animals*, sondern eher von der sparsamen Sorte, deshalb gab es, seit wir auf Nørlund sind, hier kein ordentliches Fest mehr. Wir waren auch nie dabei, wenn mein Großvater eine seiner seltenen Abendeinladungen in diesem Saal hier hatte. Meine Eltern haben zunächst gar nicht hier gewohnt. Ihr Leben fand dort statt, wo der Beruf meines Vaters sie hinführte. Meine Mutter starb mit einundvierzig Jahren in Bukarest an Krebs. Sie hieß Anna Lisa. Mein Vater war ein junger Attaché, als sie sich in Stockholm kennenlernten. Er wohnte erst nach seiner Pensionierung dauerhaft auf Nørlund, das muss zehn, elf Jahre her sein. Ich glaube, er hat den Rittersaal für ein paar Abendessen im kleineren Kreis genutzt, im Zusammenhang mit seinem Thinktank, mit Jagdgesellschaften und alten Diplomatenfreunden.«

»Standen Sie sich nahe, Sie und Ihr Vater?«

Sie seufzte und schüttelte leicht den Kopf. »Nein, leider. Und jetzt ist es zu spät.«

Kajsa Corfitzen ging zu einem der großen Fenster, wo sie mit dem Rücken zu Oxen stehen blieb und in den Park hinaussah. Dann fuhr sie zögernd fort. »So etwas endet doch immer mit einem ›zu spät‹, nicht wahr? Wir haben uns geschätzt, aber er war sehr beschäftigt mit seinen ganzen Projekten, und ich hatte meine Verpflichtungen in London. Ich habe ja auch nie in einer klassischen Familie gelebt. Ich war im Internat, in Dänemark und auch in der Schweiz, während meine Eltern im Ausland lebten. Später habe ich dann in England studiert.«

Sie drehte sich um und blieb im Gegenlicht stehen, bevor sie nach einem kurzen Schweigen ihren Familienrückblick beendete.

»So richtig *close* waren wir nie. Wie hätten wir das mit diesem Leben auch sein können? Ich glaube aber auch nicht, dass man so etwas nachholen kann. Selbst wenn wir es wirklich gewollt hätten – es ist einfach unrealistisch. Mein Vater lebte ganz für sein Amt, wenn Sie verstehen, und später für alles andere … das Consilium, den Kinderfonds und das Unternehmen hier. Außerdem liebte er die Jagd und das Angeln. Na ja, was rede ich. Der Kommissar hat dieselben Informationen bekommen, also falls es hilft, dann …«

»Das hilft mir, danke. Ich versuche vor allem, mir ein Bild zu machen.«

»Wie kann man so handeln wie Sie, Niels? Und dann gleich mehrfach. Ich frage mich … Ist das Instinkt oder kühles Abwägen? Was passiert in diesen Sekunden? Wo ist die Angst?«

»Das weiß ich selbst nicht …« Er zuckte mit den Schultern.

»Was Sie geleistet haben, ist *outstanding*. Sind Sie nicht stolz?«

Seine Schultern zuckten wieder nach oben.

»Das mit den Kindern, der Hilfsfonds, wie passt das ins Bild?«, beeilte er sich zu fragen.

Sie lächelte nachsichtig. »Vielleicht erzählen Sie mir ein andermal mehr darüber? Nun, die Kinder … Ich denke, diese Saat hat vor vielen Jahren meine Mutter ausgebracht. Sie hat schon immer Wohltätigkeitsarbeit gemacht. Und sie waren ja auch in Osteuropa, da gab es genug zu tun. Das Wohlergehen von Kindern lag ihr besonders am Herzen. Später, lange nach ihrem Tod, entstand dann die *H. O. Corfitzen Foundation for Children in Need*, aber das Engagement meines Vaters nahm erst zu, als er im Ruhestand war – und damit auch die Fondsausgaben. Ja, vielleicht ist es naheliegend, darüber zu spekulieren, ob sein *commitment* nicht auch ein paar Schuldgefühle überdecken sollte, weil er es nie geschafft hatte, für sein einziges Kind ein richtiger Vater zu sein? *Who knows?* Aber verstehen Sie mich nicht falsch, ich hege keinen Groll. Man muss meinen Vater gekannt haben, um das Ganze wirklich zu verstehen. Er hat nie halbe Sachen gemacht. Er hat den diplomatischen Dienst geliebt und dafür alles geopfert. Wollen wir weitergehen?«

Oxen nickte. »Sein Büro – wo ist das?«

»Ein Stück den Gang hinunter.«

Kurz darauf blieb sie vor einer Tür stehen, um deren Klinke noch immer ein rot-weißes Absperrband geknotet war. Hinter einer Topfpflanze, die auf dem Boden stand, angelte sie einen großen, altmodischen Schlüssel hervor und steckte ihn ins Schloss.

»Ich glaube, dass die Polizei hier fertig ist, aber sie haben mich trotzdem gebeten, die Tür verschlossen zu halten«, sagte sie und sperrte auf. »Aber Sie können ja von hier aus schauen.«

Das Büro sah genauso aus, wie er es sich vorgestellt hatte. Schwere Möbel, Mahagonischreibtisch, Mahagoniregale, Chesterfieldsessel und ein Sofa in dunkelbraunem Leder. In den Regalen klafften große Lücken, die Polizei hatte Aktenordner und anderes Material zur gründlichen Sichtung mit aufs Präsidium genommen. Der Computerbildschirm stand noch auf dem Schreibtisch, aber das Kabel hing lose in der Luft, die Festplatte musste natürlich auch durchsucht werden.

Aus gutem Grund blieb Oxen in der Tür stehen. Es wäre geradezu ein Traum für die Polizei, wenn seine DNA doch noch am Tatort auftauchen würde.

»Danke, es ist sehr nett von Ihnen, dass Sie mich herumführen und mir das alles erzählen. Obwohl ich unter Verdacht stehe.«

»Täuschen Sie sich nicht! Ich bin nicht so naiv«, erwiderte Kajsa. »Unter uns gesagt: Kommissar Grube glaubt nicht daran, dass Sie irgendwas mit der Sache zu tun haben. Aber er ist überzeugt davon, dass Sie irgendetwas wissen, was Sie für sich behalten. Deshalb würde ich gerne meine Aufforderung von neulich wiederholen: Sollte das wirklich stimmen, dann sagen Sie ihm, was es ist.«

Er schüttelte den Kopf. »Das glauben alle. Ich weiß nichts. Sagt Ihnen der Name Bergsøe etwas? Mogens Bergsøe?«

»Nein. Sollte er?«

»Ich dachte, er wäre vielleicht ein Bekannter Ihres Vaters gewesen.«

»Das kann gut sein, auch wenn ich noch nie von ihm gehört habe. Wer ist das?«

»Nur ein Anwalt.«

»Wollen wir weiter? Viele Zimmer in den Seitenflügeln stehen leer. Das Heizen im Winter ist ziemlich teuer, und mein Vater brauchte natürlich auch nicht so viel Platz. Aber die Bibliothek und das Herrenzimmer sollten Sie sich vielleicht noch ansehen – die beiden Zimmer, die ihm am wichtigsten waren. Kommen Sie, wir müssen nach unten.«

Er schwieg, während sie die Treppe hinuntergingen, und fragte dann beiläufig: »Und was ist mit dem Namen Bøjlesen, Max Bøjlesen?«

»Der Polizeipräsident aus Aalborg?«

»Ja.«

»Grube hat ihn erwähnt. Aber nein, mein Vater hatte nie mit ihm zu tun, soweit ich weiß.«

»Und wie sieht es mit Axel Mossman aus?«

»Nein, auch nicht. Wer ist das?«

»Nur einer von vielen, die Ihr Vater vielleicht gekannt hat oder vielleicht auch nicht.«

Er ging in Kajsas Schlepptau den langen Gang hinunter. Erst jetzt fiel ihm der schwache Duft von Flieder auf, der Corfitzens Tochter umgab.

Sie erzählte mehr über die verschiedenen Räume und die große Liebe ihres Vaters zu Büchern, aber er hörte ihr schon nicht mehr zu. In Gedanken ging er seine Vorbereitungen durch. Der einfache Plan nahm schnell Form an.

Noch heute Abend würde er im Schutz der Dunkelheit zurückkommen und dem alten Schloss einen weiteren Besuch abstatten.

28.

Die faktische Überprüfung von Leben und Hintergrund des Exjägers Niels Oxen war fast abgeschlossen.

Sie hatte sich ihren Laptop aus dem Hauptquartier in Søborg von einem Boten in den Rold Storkro bringen lassen. Wenn sie viel schreiben musste, brauchte sie ihn. Nachdem sie den Vormittag am Telefon verbracht hatte, um Informationen einzuholen und Fäden zu ziehen, hatte sie den ganzen Nachmittag konzentriert gearbeitet.

Sie setzte die Lesebrille wieder auf und scrollte durch das Dokument auf dem Bildschirm, eine Zusammenstellung von Oxens Heldentaten.

»ORDEN

1993: Tapferkeitsmedaille der Armee

Mission: UNPROFOR, Bosnien

Begründung: N. O. bewies außergewöhnlichen Mut und brachte unter großem Risiko für das eigene Leben einen verletzten Kollegen (P. Jensen) in Sicherheit, nachdem die dänische Patrouille in ein Kreuzfeuer geraten war.

1995: Tapferkeitsmedaille der Armee m. silbernem Eichenlaub

Mission: UNPROFOR, Krajina, Kroatien

Begründung: N. O. bewies beispielhaften Mut und Tatkraft, als ein Kamerad aus der Bravo-Kompanie während einer Patrouille auf der Brücke über die Una bei Kostajnica von einem serbischen Heckenschützen getroffen wurde. N. O. sprang in den Fluss und brachte seinen Kameraden an Land. Der Kamerad (L. T. Fritsen) überlebte.

2002: Tapferkeitsmedaille der Armee m. goldenem Eichenlaub

Mission: Task Group Ferret, Beteiligung des Jägerkorps an der *Operation Enduring Freedom* unter amerikanischem Oberkommando, Afghanistan

Begründung: Gemeinsam mit einem Kameraden geriet N. O. während einer Operation im Shahi-Kot-Tal in ein massives Feuergefecht mit Talibankriegern und kam der Besatzung des notgelandeten Chinook-Helikopters zu Hilfe. Ohne den heldenhaften Einsatz der beiden Dänen wäre die Besatzung verloren gewesen.

(Der Einsatz wurde außerdem mit einer amerikanischen Auszeichnung belohnt.)

2010: Tapferkeitskreuz

(Niels Oxen ist der erste und bisher einzige Empfänger der neuen militärischen Ehrung, die für außergewöhnlichen Einsatz vergeben wird. Niels Oxen verließ die Armee am 01.01.2010.)

Mission: 2009, Jägerkorps, Helmand-Provinz, Afghanistan

Begründung: N. O. bewies äußersten Mut, als er und einige Kameraden während einer Patrouille nordöstlich von Gereshk in einen Hinterhalt gerieten, nachdem das Fahrzeug der Truppe von einer Sprengfalle beschädigt worden war. Der Feind war schwer bewaffnet, die Situation erforderte schnelles Handeln. N. O. meldete sich freiwillig und fiel dem Feind in den Rücken. N. O. bezwang den Feind eigenhändig, acht Talibankrieger. Zwei von ihnen fielen im Nahkampf.«

Oxen klopfte an und trat ein, ohne Margrethe Francks Antwort abzuwarten. Die PET-Assistentin saß an dem kleinen Schreibtisch und war wie am Vorabend in die Arbeit vertieft. Nur dass jetzt nicht mehr Aktenstapel und ein I-Pad vor ihr lagen, sondern ein Laptop. Er zog den Hocker an die Wand und setzte sich. Die Routinen entwickelten sich schnell.

»Tag, Oxen. Einen Moment noch …«

Sie warf ihm einen gehetzten Blick über den Ebenholzrand zu. Wenig später legte sie die Brille weg und schaute hoch.

»Ich musste nur noch schnell was rausschicken. Sind Sie im

Laufe des Tages klüger geworden? Was ist mit Arvidsen, unserem Freund vom AKS?«

Er hatte beschlossen, Margrethe Franck vorläufig noch keine Informationen zu liefern.

»Der Typ ist nicht koscher. Kann aber sein, dass das nur an seiner mürrischen Fresse liegt. Besonders gesprächig ist er übrigens auch nicht.«

»Von der Sorte kenne ich noch mehr«, bemerkte sie trocken.

»Arvidsen behauptet, er sei in erster Linie Corfitzens treuer Chauffeur gewesen. Und was das Gehalt betrifft, war er mit der Entscheidung, den Staatsdienst verlassen zu haben, wohl ziemlich zufrieden.«

»Und der Waffenschein? Was ist damit?«

»Ein Leben mit Waffen … persönlicher Schutz … nichts als Gewäsch. Er behauptet, dass er die fünf Wachmänner für Finanzberater gehalten hat. Man möchte dem Kerl wirklich am liebsten links und rechts eine runterhauen.«

»Grube knöpft ihn sich morgen vor, um ihm gründlich auf den Zahn zu fühlen, hat er gesagt.«

»Wird auch höchste Zeit.«

Sie lehnte sich auf ihrem Stuhl zurück, verschränkte die Hände hinter dem Nacken und legte das linke Bein auf den Schreibtisch.

»Ich hab dafür gesorgt, dass unsere Nachforschungen auch über Interpol vorangetrieben werden, aber das ist längst nicht alles. Ich habe mir auch die gehängten Hunde noch mal genauer angeschaut.«

»Ja?« Unwillkürlich richtete er sich auf dem Hocker auf.

»Spanien«, sagte sie und kratzte sich nachdenklich die blonden Stoppeln. »In Spanien werden Hunde erhängt, wenn …«

»Und in China werden sie gegessen. Was ist mit Spanien?«

»Das mit den erhängten Hunden ist eine spanische Unsitte und ein in Tierschutzkreisen heftig diskutiertes Phänomen. Dabei geht es um Greyhounds. Die WSPA, das steht für *World Society for the*

Protection of Animals, eine offenbar äußerst angesehene Organisation, schätzt, dass bis zu fünfzigtausend Greyhounds pro Jahr auf bestialische Weise von ihren Besitzern umgebracht werden, und der mit Abstand größte Teil wird erhängt. Fünfzigtausend Hunde – pro Jahr!«

»Das ist nicht wenig. Und warum?«

»Greyhounds werden aus zwei Gründen gehalten: Die meisten werden bei der Hasenjagd eingesetzt und einige bei Hunderennen. Das spielt sich alles in der spanischen Pampa ab, in den weitläufigen Gegenden, wo man anscheinend nicht besonders zimperlich ist. Die Hunde führen ein erbärmliches Leben und werden auf strenge Diät gesetzt. Und sie gelten ziemlich früh als ausgedient. Die meisten werden nicht älter als zwei Jahre, ehe die Jäger sie wieder loswerden wollen. Das Hängen ist die beliebteste Methode, weil es nichts kostet … Die Hunde, die ihren Job nicht gut genug gemacht und den Jäger mit ihrer peinlichen Darbietung bloßgestellt haben, werden am grausamsten behandelt. Sie werden so niedrig aufgehängt, dass ihre Hinterbeine gerade noch den Boden berühren. So kämpfen sie lange gegen das Ersticken an. Die Methode wird *the piano player* genannt, angeblich weil es eine gewisse Ähnlichkeit zwischen den verzweifelt trippelnden Hundepfoten am Boden und den Händen eines Pianisten auf den Tasten gibt.«

»Wie poetisch. Es ist bizarr, wie die Spanier mit ihren Tieren umgehen. Das mit den Stierkämpfen konnte ich auch noch nie begreifen.«

»Die Hunde, die ihre Sache gut gemacht haben, hängt man so hoch, dass sie einen schnellen Tod erleiden. Diese Jagdhunde werden auf Spanisch *galgos* genannt. Es gibt viele Organisationen, die sich dafür einsetzen, diese Praxis auszurotten, und auf Facebook existiert eine große Gruppe, die aus Protest gegen das Quälen und Töten von *galgos* gegründet wurde.«

Margrethe Franck hielt inne und sah ihn an. Er wollte gerade etwas sagen, als sie einen Finger hob: »Und jetzt wollen Sie wissen, was zur Hölle das alles mit uns zu tun hat.«

Er nickte.

»Es bedeutet, dass der ›Modus Operandi‹, wie Sie es gestern genannt haben, seinen Ursprung in Spanien hat. Bloß mit Greyhounds anstelle von Schäferhunden, Deutsch Drahthaar und Samojedenspitz. Ist das etwa Zufall? Oder gibt es in dieser ganzen undurchsichtigen Bergsøe-Corfitzen-Angelegenheit einen *spanischen* Faden, der die beiden Herren miteinander verbindet? Zugegeben, es ist eine ziemlich dürftige Spur, aber immerhin ist es eine.«

Er nickte anerkennend. Er sah deutlich die Umrisse einer selbstständigen, weitsichtigen und effektiven Ermittlerin, exakt das Kaliber, mit dem sich der hartgesottene Axel Mossman garantiert gern umgab.

»Ich habe eine gesonderte Anfrage nach Spanien geschickt, nicht nur an die *Policia Nacional* – die der dänischen Polizei entspricht –, sondern auch an die *Guardia Civil*. Das ist eher eine militärische Einheit, die bei Kapitalverbrechen ermittelt und als besonders kompetent gilt. Jetzt heißt es abwarten. Haben Sie irgendwelche Aufgaben für mich?«

Ihr Ton war immer noch scharf. Er entschied sich schnell. Sie konnten das genauso gut gleich klären.

»Ich muss alleine arbeiten. Etwas anderes funktioniert in dieser Situation nicht. Ich werde meiner eigenen Spur folgen und schauen, wohin sie mich führt. Und ich werde alles Wissen weitergeben, von dem ich denke, dass es zweckdienlich ist. Aber ich werde ganz bestimmt keinen auf Ermittlerteam machen. Also immer mit der Ruhe …«

»Schon okay«, sagte sie und beugte sich vor. »Ich werde natürlich tun, was Mossman mir aufgetragen hat: Ich werde Ihnen helfen, wenn Sie mich darum bitten. Sie können mich in Ihre Arbeit einweihen oder es bleiben lassen. Aber seien Sie sich darüber im Klaren, dass Sparring einen Großteil guter Ermittlungsarbeit ausmacht. Wenn Sie hören wollen, was ich hier tue oder was die anderen im Hauptquartier herausfinden, dann sagen Sie Bescheid.«

Er nickte.

Sie verzog keine Miene. Ihre blauen Augen hielten seinem Blick immer noch stand. Sie verrieten keinerlei Aufregung. Abgesehen davon, dass sie ihren Job offenbar so gut machte, dass sie die Auserwählte des PET-Chefs höchstpersönlich war, wirkte sie auf ihn wie eine unterkühlte Person, die ihn noch dazu für absolute Zeitverschwendung hielt.

»Sie nicken immer, Oxen. Sie nicken immer, aber Sie sagen nichts. Sind wir uns einig?«

»Ja.«

»Gut, *Oxen*, wenn ich Mossman richtig verstanden habe, hängt Ihr Name irgendwie mit einer alten Schreibweise zusammen?«

Sie lehnte sich erneut zurück. Wieder war er sich nicht ganz sicher, ob sich in ihren Mundwinkeln ein Lächeln versteckte.

»Das ist korrekt. ›Oxe‹ ist eine alte dänische Schreibweise für ›Ochse‹.«

»Haben Sie Geschwister?«

»Eine ältere Schwester.«

»Sehen Sie sich?«

Er schüttelte den Kopf.

»Ihre Eltern?«

»Mein Vater ist tot, meine Mutter lebt im Pflegeheim. Sie ist dement.«

»Aber Sie besuchen sie?«

»Ab und zu …«

»Haben Sie eigentlich Kinder?«

»Einen Sohn. Zwölf Jahre alt.«

»Und ihn sehen Sie? Also, ich weiß ja, dass Sie geschieden sind.«

»Natürlich sehe ich ihn.«

Er stand abrupt auf und wollte sich verabschieden. Margrethe Franck wechselte das Thema.

»Ich habe ein paar Unterlagen aus Aalborg, die Sie gerne mitnehmen und deren Lektüre Sie sich vor dem Schlafen widmen können, wenn Sie wollen. Das Spannendste ist eine unfertige Rede aus Corfitzens Computer. Er hat an dem Tag daran gearbeitet, an dem er gestorben ist. Er hätte die Rede beim nächsten Consilium-Treffen halten sollen. Nicht uninteressant. Für einen Diplomaten hatte der Mann ziemlich scharfe politische Ansichten. Es gibt eine Menge Material im Thinktank. Das Consilium organisiert Vorträge auf allerhöchstem Niveau, mit Präsentationen von Bill Clinton, Al Gore, Alan Greenspan, Richard Branson, Warren Buffett, Bono von U2 und solchen Leuten. Topmanager, Spitzenpolitiker und Promis lassen alles stehen und liegen, um daran teilzunehmen. Die Treffen finden immer im Hotel D'Angleterre in Kopenhagen statt.«

Sie reichte ihm einen Stapel Papiere.

»Hier, da sind auch ein paar Infos über Corfitzens Tochter, die Sie ja schon kennengelernt haben. Informieren Sie sich über Corfitzen und seinen Kinderfonds, wenn Sie Lust haben. Und wenn nicht: Schlafen Sie gut …«

Er wollte noch sagen, dass es ihm leidtue, immer so abweisend und so schrecklich misstrauisch zu sein. Sie müsse einfach verstehen, dass er nicht anders könne. Dass sie es nicht persönlich nehmen dürfe. Dass aber … irgendwas im Busch sei. Und dass es nicht ihre Schuld sei.

Nur leider nahmen die Worte in seinem Mund keine Gestalt an. Gerade als sie über die Lippen sollten, verklumpten sie und blieben ihm im Hals stecken.

Sie sah ihn noch immer an. Zum ersten Mal lächelte sie ganz deutlich.

»Sie schauen so – ist irgendwas?«, fragte sie.

Es schien, als hätte ihre klare Arbeitsteilung irgendwie für eine positive Stimmung gesorgt.

»Nein, es ist nichts. Das heißt, doch … Was ist aus dem Mordverdächtigen geworden, der Sie niedergefahren hat? Ist er entkommen?«

»Nein. Das konnte er nicht.«

»Dann ist ja gut.«

»Ich hab ihm direkt zwischen die Augen geschossen. Ich konnte nur nicht mehr rechtzeitig zur Seite springen.«

Nachdem Oxen das Zimmer verlassen hatte, saß Margrethe Franck einen Moment lang da und starrte an die Decke. Ihr fehlte immer noch das Wichtigste, die Unterlagen der Psychologin, um ein vollständiges Bild des ramponierten Kriegshelden zeichnen zu können.

Aber als Erstes würde sie jetzt die Fakten zusammenstellen und gleich rausschicken, um Mossman noch einen Tag auf Abstand zu halten. Sie scrollte nach unten zu »Familiäre Verhältnisse« und fügte unter der Passage über die Schwester »N. O. bestätigt, dass sie sich nicht treffen« hinzu.

Unter den Abschnitt zur demenzkranken Mutter schrieb sie: »Laut N. O. besucht er sie ›ab und zu‹, was nicht korrekt ist. Er war seit zweieinhalb Jahren nicht mehr bei ihr.«

Auch in dem Absatz über Niels Oxens Sohn Magnus korrigierte sie schnell den Text:

»Laut eigener Aussage sieht N. O. seinen Sohn. Das steht im Widerspruch zu unseren Informationen. N. O. hat seinen Sohn seit drei Jahren nicht mehr gesehen, genau genommen seit achtunddreißig Monaten, obwohl ihm ein Umgangsrecht für jedes zweite Wochenende eingeräumt wurde.«

29.

Es würde erst in gut einer Stunde dunkel werden. So lange musste er warten. Erst wenn es wirklich dunkel war, konnte er nach Nørlund Slot zurück. Er schob den Vorhang ein Stück beiseite und schaute nach draußen. Der Himmel war noch immer bewölkt, so wie schon den ganzen Tag. Der Mond würde ihm also nicht in die Quere kommen.

Es war erst wenige Tage her, seit er nachts mit dem Messer zwischen den Zähnen durch das hohe Gras gerobbt war, dort draußen am Lindeborg Å. Jetzt lag er hier, auf einer unerträglich weichen Matratze, satt und den Fernseher im Dauerbetrieb. Nur einmal kurz umgedreht, und schon änderte das Leben komplett die Richtung.

Er fing an, Francks Unterlagen durchzublättern. Es war interessant. Der erste Teil beschrieb den adeligen Spitzendiplomaten, den früheren Botschafter, Schlossherrn, Thinktank-Gründer, Geschäftsmann, Kinderfreund und Mäzen – Hans-Otto Corfitzen.

Bis jetzt hatte er nur Bruchstücke einsammeln können. Er blätterte vor und zurück. Corfitzens Leben und Wirken war beeindruckend, wenn man es so schwarz auf weiß vor sich hatte. Woher hatte der Mann die Energie für das alles genommen? Die nordjütische Polizei hatte sich wirklich Mühe gegeben. Auf mehreren Seiten fanden sich tiefer gehende Beschreibungen von Corfitzens Tätigkeiten, Stellungnahmen diverser Quellen aus dem Außenministerium zu seiner glänzenden Karriere und seiner feinfühligen Amtsführung, samt einer Übersicht über sein kleines Schlossimperium. An einer imponierenden chronologischen Darstellung von Corfitzens Werdegang im Dienste des Außenministeriums blieb er hängen: Von seiner ersten Stelle als Legationsrat 1965 in Stockholm ging es weiter zu entsprechenden Posten in London, Madrid und Warschau, bevor er *Chargé d'affaires* in Lissabon und 1976 Gesandter in Belgrad wurde. 1979 Gesandter in Bukarest, 1982 in Moskau, bis er schließlich 1985 den absoluten Spitzenposten als Botschafter in Moskau übernahm. Später folgten einige

Jahre in Bonn, und ab 1992 war er dänischer EU-Botschafter in Brüssel gewesen. 1995 wurde er Botschafter in Sofia, 1997 in Warschau und 2000 in Vilnius. Drei Jahre später wurde er pensioniert.

Über den Thinktank Consilium, den Corfitzen schon zu seiner Zeit als Botschafter in der Sowjetunion gegründet hatte, fand sich unter anderem ein Zitat aus dem offiziellen Wertekanon in den Unterlagen:

»Das Consilium ist ein freies, parteipolitisch unabhängiges bürgerlich-liberales Forum, das auch bestimmte sozialliberale Grundgedanken teilt.«

Der Verfasser des Textes nannte noch ein weiteres Zitat, das die Sache einfacher zusammenfasste: »Die Grundlage des Consiliums kann als klassisch liberal bezeichnet werden, vermischt mit einzelnen weicheren sozialen Standpunkten.«

Ebenfalls aus dem Wertekanon stammte ein weiteres Zitat: »Das Consilium arbeitet von einem zentralen Mutterforum aus mit damit verbundenen Unterforen mit Ad-hoc-Charakter.« Eine Notiz hielt fest, dass es gegenwärtig drei aktive Unterforen gab, die Folgendes diskutierten:

1) die Neuordnung des dänischen Steuersystems; 2) den dänisch-deutschen Grenzhandel – ein strukturelles Ungleichgewicht; 3) die Reform der staatlichen Kulturförderung.

Es waren eine Reihe Beispiele beigefügt zur Arbeit des Consiliums und zu seinem Anteil an der öffentlichen Debatte. Da ging es zum Beispiel um die dänische Vierundzwanzig-Jahre-Regel, die Zwangsehen verhindern sollte, oder um das spezielle »Messergesetz«, die Verschärfung der Regeln zur Ausweisung krimineller Ausländer, oder das Thema Grenzüberwachung. Der Thinktank hatte sich in den letzten Jahren im Grunde auf allen Gebieten zu Wort gemeldet, die öffentlich diskutiert worden waren.

Er unterhielt für seine einzigen drei fest angestellten Mitarbeiter ein kleines Büro am Gammel Strand in Kopenhagen und nutzte ansonsten wechselnde Hotels mit den dazugehörigen Tagungsräumen. Die hochkarätigen Veranstaltungen dagegen fanden immer im D'Angleterre statt, wie Margrethe Franck ihm erzählt hatte.

Der Vorstand setzte sich aus einer Reihe herausragender Geschäftsleute, ehemaligen Politikern, einem Kunstmaler, einem Schriftsteller und einigen Akademikern zusammen.

Die Namen zweier Geschäftsführer und die der ehemaligen Politiker waren ihm bekannt, die der übrigen Mitglieder nicht. Corfitzen selbst war Vorstandsvorsitzender gewesen.

Das Consilium war eine Institution innerhalb des Consilium Fonds. Das Geld für die Aktivitäten stammte – über diverse vollkommen legale Umwege – vom Stifter Corfitzen selbst, wobei der Thinktank außerdem einige beträchtliche Spenden erhielt sowie einen Teil der Mittel auch aus seiner aktiven Investitionspolitik generierte.

Über das Consilium wurde berichtet, dass es um einiges diskreter agiere als CEPOS, sein liberales dänisches Gegenstück, und dass man sich zwar als »proaktiv im politischen Prozess« verstehe, »aber nicht bewusst nach einer medialen Plattform für die eigene Arbeit suchte«.

Es lagen noch mehr Informationen über Corfitzens denkendes Lebenswerk vor, aber Oxen hatte keine Lust, weiterzulesen. Er stand auf und zog den Vorhang ein kleines Stück zurück. Es war immer noch zu hell. Er ließ sich auf sein Bett fallen und fing an, die Seite zu lesen, die das einzige Kind des Botschafters behandelte, seine Tochter Karin »Kajsa« Corfitzen.

Sie waren derselbe Jahrgang. Karin Corfitzen war dreiundvierzig Jahre alt, in London geboren und hatte über zwanzig Jahre dort gelebt. Sie war verheiratet – und geschieden. Zweimal. Erst mit dem konservativen Politiker und Mitglied des Unterhauses Alex Clayton und danach mit Duncan McGowan, dem Medienmogul und Direktor der Finanzgesellschaft *McGowan, Hasselbaink & Grady Finance.*

Kajsa war, nach eigener Aussage gegenüber der nordjütischen Polizei, seit vier Jahren Single und wohnte in Chelsea. Aus den beiden Ehen waren keine Kinder hervorgegangen.

Die Schulzeit hatte sie in der Schweiz und in Dänemark verbracht, genau wie sie Oxen erzählt hatte, und zwar in dem Mädcheninternat Le Châtelar in Montreux und auf Herlufsholm.

Die Liste ihrer eigentlichen Ausbildungsstationen war lang und begann mit einem Wirtschaftsstudium an der *Cambridge University.* Darauf folgten ein Lehrauftrag an der *Henley Business School* der Universität in Reading und eine Reihe von Anstellungen im privaten Finanzsektor. Gegenwärtig war Karin Corfitzen Chefanalytikerin bei *Morgan Stanley International Inc. London,* einer Abteilung der amerikanischen Investmentbank *Morgan Stanley,* die sich ausschließlich mit privater Vermögensverwaltung beschäftigte.

Mit anderen Worten: Hatte jemand viel Geld und wollte gern noch mehr davon haben, ohne sich dafür anstrengen zu müssen, dann konnte er sich an Kajsa wenden – es sei denn, sie gab vorher ihren Job auf, um Königin von Nørlund Slot zu werden.

In diesem Fall würde sie in Zukunft über den Hilfsfonds ihres verstorbenen Vaters für Kinder in Not regieren.

Auf den nächsten Seiten ging es um genau diese *H. O. Corfitzen Foundation for Children in Need.* Der polizeilichen Analyse zufolge bildeten die Gewinne dieser Stiftung das Betriebskapital für fünf Kinderheime in Osteuropa und ermöglichten es dem Fonds darüber hinaus, auch Kindern an anderen Fronten zu helfen.

Es waren zwei Kinderheime in Rumänien, eins in Bulgarien, eins in Albanien und eins in Bosnien. Angeblich waren es gut geführte Einrichtungen, und die Polizei hatte sie alle kontaktiert. Die Reaktion war in sämtlichen fünf Häusern dieselbe gewesen: Entsetzen über den Tod des Botschafters – und Angst vor der Zukunft.

Oxen schielte auf seine Armbanduhr. In einer halben Stunde

würde er losfahren. Dann sollte es langsam dunkel werden. Er nahm die letzten Blätter des Stapels – vielleicht die spannendsten, wenn Margrethe Franck recht hatte. Es war Corfitzens unvollendete Rede, die die Polizei auf seinem Computer ausgegraben hatte.

Aus dem ersten Abschnitt ging hervor, dass er sie beim nächsten offenen Seminar des Consiliums unter dem Thema »Politik und Moral« hatte halten wollen.

Der Titel von Corfitzens Eröffnungsrede lautete kurz und bündig: »Gauklermacht«. Oxen fing an zu lesen.

»Joseph de Maistre, ein außerordentlich intelligenter Rechtsanwalt, Diplomat, Autor und Philosoph aus Savoyen, schrieb bereits 1811 einen Satz, der noch immer weithin bekannt und im Laufe der Zeit unzählige Male zitiert worden ist. Man findet ihn in unterschiedlichen, leicht modernisierten Varianten, und er lautet wie folgt:

Jedes Land hat die Regierung, die es verdient. Man könnte auch sagen: *jedes Volk.*

Meine Damen und Herren, lassen Sie mich das Ganze aus der heutigen, dänischen Perspektive betrachten und als Frage formulieren: Haben die Dänen wirklich nichts Besseres verdient?

Mit diesen Worten möchte ich Sie nun zu einem Consilium begrüßen, bei dem wir unseren Fokus ganz auf das Thema ›Politik und Moral‹ richten wollen – oder das Fehlen derselben.

Nun war Politik schon immer ein blutiges Handwerk – darf man also überhaupt irgendeine Form von Moral auf diesem Schlachtfeld erwarten? Meine Antwort lautet: *Ja!* In der Politik – wie auch sonst im Leben – ist, um nur ein Beispiel zu nennen, Glaubwürdigkeit eine unverzichtbare Eigenschaft. Die Ausrichtungen der verschiedenen Parteien sind dabei völlig irrelevant. Darum lassen Sie mich einfach festhalten, dass die Moral hierzulande ein ziemlich trauriges Dasein fristet. Niemand, und ich wiederhole, niemand in Christiansborg ist in dieser Hinsicht besser oder schlechter als der andere, vom linken Rand bis nach rechts außen.

Die Dänen werden von *Gauklern* regiert. Und das in einer modernen, aufgeklärten Zeit … Was in den letzten Minuten, bevor das Wahllokal geschlossen wird, noch zählt, gilt, sobald das Kreuz gemacht und die Regierung vor ihre Wähler getreten ist, schon längst nicht mehr.

Die politischen Gaukler stellen sich zur Schau, sie treten auf dem Marktplatz der Medien für die Massen auf, versprechen dem Volk Unterhaltung und große Gewinne. Sie empfinden offenbar überhaupt keine Scham mehr, und ihre falschen Versprechungen kennen keine Grenzen. Und alles, was es dazu braucht, ist ein kleines Kreuz auf einem Stück Papier.

Aber es gibt hier keine Gewinner, liebe Freunde, und nichts zu lachen. Die gebrochenen Versprechen drücken eine bodenlose Respektlosigkeit gegenüber den dänischen Bürgern aus. Die Politiker werden mit ihrem Handeln zur treibenden Kraft der Tivolisierung der dänischen Demokratie, statt das Kostbarste zu schützen, was wir haben.«

Oxen machte eine Pause. Der alte Botschafter wollte deutliche Worte sprechen, doch nun war er tot – niemand würde seine Gedanken zu Politikern und ihrer Moral mehr hören. Auch die Arbeit im Consilium würde vermutlich gewaltig darunter leiden, dass sein energischer Gründer jetzt im Himmel war – oder in der Hölle. Nach den vielen lobenden Worten über seine Person und sein Wirken war es allerdings wahrscheinlicher, dass sein Ticket nach oben führte.

Oxen überflog die drei Bögen mit Corfitzens Eröffnungsrede für die Teilnehmer des Seminars. Es ging die ganze Zeit um Moral und Ethik, gewürzt mit Zitaten des dänischen Philosophen Søren Kirkegaard und des Franzosen Jean-Jacques Rousseau.

Ein Abschnitt handelte nicht nur von Moral, sondern von Doppelmoral. Corfitzen schrieb:

»Ich frage Sie: Wo bleibt der Anstand, wenn sich ein Politiker während seiner Karriere für die Abschaffung privater Krankenhäuser und die Stärkung des öffentlichen Krankenhauswesens einsetzt – um sich dann in einem Privatkrankenhaus operieren zu lassen, weil es dort keine Warteliste gibt?

Und ich frage Sie außerdem: Wo bleibt der Anstand, wenn ein Politiker vorgeblich für die dänische Volksschule kämpft und zusätzliche Mittel dafür einfordert – um seine eigenen Kinder dann an einer Privatschule anzumelden?

Und ich frage: Wo bleibt der Anstand, wenn ein Minister von einem Scheich aus dem Mittleren Osten ein Geschenk annimmt, eine Rolex im Wert von siebzigtausend Kronen, und sie erst zurückgibt, als ein Ombudsmann droht, den Fall zu untersuchen? Und das alles, während wir komplizierte Compliance-Richtlinien einhalten müssen, wenn wir unseren Kindern eine gewisse Summe zukommen lassen wollen oder wenn wir als Arbeitgeber unsere Mitarbeiter mit einem bescheidenen Geschenk belohnen wollen, ohne dass der Empfänger direkt mit einer hohen Besteuerung dafür bestraft wird.

Und so könnte ich immer weiterreden. Liegt es daran, dass die Politiker ein Spiegelbild der Gesellschaft sind? Dass wir alle dort springen, wo der Zaun am niedrigsten ist? Nein. Politiker sind Vorbilder, die auf den Schultern ihrer Wähler stehen. Es ist unser gutes Recht, von ihnen mehr zu erwarten.«

Er wollte den Stapel gerade beiseitelegen, als es an der Tür klopfte. Margrethe Franck kam ins Zimmer. Genau genommen hüpfte sie auf einem Bein herein und setzte sich dann auf einen Stuhl.

»Störe ich?«, fragte sie.

»Nein, ich war schon fast durch mit Corfitzens Rede.«

»Vielleicht hat sich die beißende Bitterkeit während seines langen Lebens als Beamter angestaut. Aber er hat ja recht.«

»Hat er?«

»Ja, natürlich. Wo bleibt denn die Moral?«

»Die Allerheiligsten sind meistens die schlimmsten Teufel. Das hat mein Großvater immer gesagt, und der war nicht dumm.«

»Keine Regel ohne Ausnahme. Hans-Otto Corfitzen scheint eins der seltenen unbefleckten Exemplare gewesen zu sein. Aber ich habe Neuigkeiten, spannende Neuigkeiten. Ich dachte, das sollten Sie hören. Damit Sie auf dem Laufenden sind. Dann habe ich meinen Teil erfüllt.«

»Legen Sie los.«

»Vielleicht haben Sie das Material über das Consilium ja schon gelesen«, setzte sie an.

»Das meiste davon.«

»Der Thinktank veranstaltet jedes Jahr eine Vortragsreihe mit drei, vier externen Referenten. Ich habe die Liste der Redner aus den letzten zehn Jahren bekommen, es waren insgesamt sechsundvierzig. Und was glauben Sie, wer auf der Liste steht?«

Er dachte einen Moment nach.

»Vielleicht Mogens Bergsøe?«, antwortete er dann.

»Korrekt. Es ist gut fünf Jahre her, er war damals schon Vorsitzender des Wamberg-Ausschusses. Und der war auch Thema seines Vortrags. Nur ganz allgemein natürlich. ›Personenregistrierung im Dienste der Gesellschaft‹ lautete der Titel seines Vortrags.«

»Klingt ja spannend.«

»Ich habe etwas, was noch spannender ist …« Margrethe Franck lehnte sich zurück und lächelte. »Aber vielleicht wollen Sie lieber alleine arbeiten?«

»Okay, die Botschaft ist angekommen. So hatte ich es nicht gemeint. Ich hätte auch … aber …«

Franck nickte und hob abwehrend die Hände.

»Ist schon gut«, sagte sie. »Auf der Liste stehen lauter bekannte Namen, viele Wirtschaftsleute und Politiker. Und dann ist da noch ein Name, den wir kennen. Ziemlich gut sogar … Axel Mossman.«

»Mossman?«

»Mein verehrter Chef, ja. Er hat 2003 über ›Fundamentalismus – die neue Herausforderung der Geheimdienste‹ gesprochen.«

Oxen schwieg und dachte nach. Sollte er überrascht sein? War das eine schockierende Neuigkeit oder nur interessant? Er wusste nicht viel über den Stand der polizeilichen Ermittlungen.

»Das mit Bergsøe«, fragte er also, »das beschleunigt die Ermittlungsarbeit, oder?«

»Es ist nicht unbedingt ein Durchbruch. Aber damit haben wir die Verbindung zwischen Corfitzen, Bergsøe und ihren erhängten Hunden, die uns bislang gefehlt hat. Mossman … gehört vermutlich eher in den Bereich der Kuriositäten.«

»Haben Sie mit ihm gesprochen?«

»Vor fünf Minuten. Er war selbst ziemlich überrascht. Er konnte sich nicht daran erinnern, für das Consilium einen Vortrag gehalten zu haben. Aber er hält mehrere Vorträge im Jahr, und in den Jahren nach 9/11 waren es sogar richtig viele. Er kümmert sich da nicht großartig drum. Das organisiert alles sein Büro.«

»Vermutlich liegt es in der Natur der Sache, dass uns da verschiedene prominente Namen begegnen. Politiker, Wirtschaftsbosse und andere große Nummern besuchen Vorträge und Seminare oder nehmen auf irgendeine andere Art und Weise an der Arbeit des Consiliums teil. Früher oder später laufen sie sich zwangsläufig über den Weg.«

Sie nickte. »Natürlich. Aber jetzt haben wir trotzdem eine handfeste Spur, die wir verfolgen können. Und was ist mit Ihnen, Oxen? Sie haben noch nie im Consilium von Ihren Verdiensten berichtet, oder?«

»Ich? Ist das Ihr Ernst?« Er lächelte schief. Oder versuchte zumindest zu lächeln.

»Ja, ›Mein Leben als Held‹.«

»Hmmm …«

»Keine Sorge, das sollte ein Witz sein. Und verstehen Sie mich nicht falsch. Sie sind cool. Gute Nacht. Schlafen Sie gut!«

Sie gluckste noch immer, als sie plötzlich aufstand, in beeindruckendem Tempo aus dem Zimmer hüpfte und die Tür hinter sich zuzog.

Er ließ sich wieder auf sein Bett sinken. »Cool?« Jetzt war er sich ganz sicher. Margrethe Franck taute auf.

Er warf einen Blick auf seine Uhr. Es war schon spät. Zeit, sich auf den Weg zu machen. Er stand auf und suchte seine Errungenschaften aus dem Supermarkt in Skørping zusammen – eine kleine Taschenlampe und eine Rolle Gaffa-Tape. Außerdem hatte er sich eine Flasche Whisky gekauft … zur medizinischen Verwendung. Dann zog er sein Kampfmesser aus dem Versteck unter der Matratze hervor. Es war ein SEAL 2000. Kleiner und praktischer als das große Bowie, das ebenfalls unter der Matratze lag. Er setzte sich auf die Bettkante, krempelte ein Hosenbein hoch und befestigte das Messer mitsamt der Scheide mit dem Gaffa-Tape an der Innenseite seiner rechten Wade. Er nahm seine neue Lederjacke und steckte Lampe und Tape in die Taschen. Er war bereit.

Die Tür durfte auf gar keinen Fall laut ins Schloss fallen und Franck alarmieren, deshalb zog er sie leise hinter sich zu und schlich den langen Gang hinunter.

Margrethe Franck hatte schon endlose Minuten am Fenster Wache gehalten, als sie ihn durch einen Spalt im Vorhang sah. Sein Gesicht war nicht zu erkennen, nur seine dunkle Silhouette, die vom Hoteleingang in Richtung Parkplatz lief. Sein Gang war charakteristisch – leicht und federnd.

Sie wählte die Nummer in ihrem Handy.

»Franck hier. Ich hatte recht. Oxen ist auf dem Weg nach draußen.«

»Danke, ich habe Sichtkontakt.«

»Und der Sender?«

»Ich habe den Wagen auf dem Schirm, also immer mit der Ruhe, Franck. Ich übernehme jetzt. Over«, antwortete die Männerstimme am Telefon.

30.

Das Gestrüpp schloss sich hinter ihm, und in völliger Dunkelheit schlich er sich von der Allee aus an das Schloss heran. Seine Armbanduhr zeigte 23:06. Es war so gut wie kein Mond zu sehen. Das war perfekt. Und über die Videokameras musste er sich auch keine Gedanken machen. Die existierten nicht mehr.

Nørlund lag unbewacht vor ihm. Vielleicht wanderte Kajsa Corfitzen gerade irgendwo durch die dunklen Flure und dachte an ihren verstorbenen Vater. Oder sie lag in einem der unzähligen Zimmer und schlief. Jedenfalls gab es nirgendwo Anzeichen von Aktivität. Nur der sanfte Schein der Außenbeleuchtung sorgte für etwas Licht.

Die Frau, die Londons finanzieller Elite angehörte, war weit weg vom mondänen Chelsea – und ohne jegliche Lichtquelle wäre es in ihrer alten Räuberfestung vermutlich so finster wie in den Tora-Bora-Höhlen.

Auch in dem weiß verputzten Verwalterhaus am Rande des offenen Schlossareals war alles dunkel. Das musste die Dienstwohnung des ehemaligen Eliteschnüfflers Arvidsen sein. Oxen erkannte die beiden Autos wieder, die vor dem Schloss parkten. Der schwarze VW Passat Coupé stand vor der Dienstwohnung. Ein ziemlich nobles Auto für einen Gärtner. Auf der linken Seite der Allee parkte ein dunkelgrüner Mercedes G 350, ein typischer Geländewagen in einer Preisklasse, die dem Rang eines Schlossherrn angemessen war. Das musste der Wagen des alten Corfitzen sein und damit jetzt vermutlich der von Kajsa.

Er schlich sich zur Rückseite des Verwalterhauses und blieb stehen. Er hörte ein Geräusch, und zwar ein sehr charakteristisches. Er kannte es aus seiner Kindheit, aus den Ferien bei seinem Lieblingsonkel Laurids, der Revierförster in Westjütland gewesen war. Es war das behagliche Gurren, das man nur an einem einzigen Ort auf der Welt zu hören bekam – in einem Taubenschlag. Oxen schlich weiter und ging an der Hausecke in die Hocke.

In Wahrheit waren die Ferien bei Onkel Laurids keine Ferien gewesen. Erst viele Jahre später war ihm klar geworden, dass das Ganze eher eine Verbannung gewesen war. Man hatte ihn nach Oksbøl verfrachtet und seine Schwester nach Vordingborg, zur Tante. Jeden Sommer, acht Jahre in Folge. Auf Anweisung des tyrannischen Familienoberhaupts – seines Vaters, der seine Ruhe haben wollte.

Ganz am Ende der Gebäuderückseite bemerkte er einen schwachen Lichtschein. Oxen schlich an der Mauer entlang und stellte fest, dass das Licht aus einem Schacht drang. Der Schacht war mit einem Rost abgedeckt und verschwand fast völlig unter einer Schicht aus trockenem Laub.

Das Auto war da, das ganze Haus war dunkel, aber im Keller brannte Licht? Arvidsen musste wohl vergessen haben, es auszumachen.

Oxen fegte die Blätter beiseite, hob vorsichtig das Gitter an, ging auf die Knie und steckte seinen Kopf in den Lichtschacht wie ein Vogel Strauß. Erst konnte er nicht viel erkennen. Am Fenster klebte der Dreck von Jahrzehnten, und die Spinnweben von Jahrzehnten klebten ihm in Gesicht und Haaren. Er wischte sie weg und rieb mit etwas Spucke ein kleines Sichtfenster frei, um in den Keller sehen zu können.

Sein Blick fiel in einen winzig kleinen Raum, der vollgestopft war mit gewöhnlichem Gerümpel. Durch einen Türspalt konnte er in einen zweiten Raum sehen, und von dort kam auch das Licht. Oxen sah die Konturen eines breiten Nackens und kurze Haare. Arvidsen.

Das Sichtfeld war durch den Türspalt stark eingeschränkt. Er konnte nur ein kleines Stück des Mannes erkennen, der auf einem Stuhl an einem Tisch saß. Vor ihm lagen etliche Papiere. Links von der Tür befanden sich offenbar die Ölheizung und ein Gewirr von Rohren.

Poul Arvidsen, vermutlich der einzige Gärtner des Landes, der pensionierter Profi in Sachen Terrorbekämpfung war, saß also in irgendwelche Unterlagen vertieft in seinem Heizungskeller.

Nach ein paar Minuten musste Oxen den Kopf zurückziehen und sich für einen Moment von der unbequemen Stellung erholen. Dann startete er einen neuen Anlauf. Arvidsen saß immer noch da.

Erst nach einer halben Stunde tat sich etwas. Oxen konnte sehen, wie Arvidsen langsam aufstand und einen Moment über den Tisch gebeugt stehen blieb. Dann ging er ein paar Schritte nach links und blieb mit dem Rücken zur Tür stehen. Die Papiere waren vom Tisch verschwunden. Schließlich drehte Arvidsen sich um, verließ den Raum und machte die Deckenbeleuchtung aus. Der letzte Rest Licht, der jetzt noch zu ihm drang, kam vermutlich aus irgendeinem Treppenhaus.

Die Belohnung für den Kopfstand in der Spinnengrube war eine kleine Beobachtung von großer Bedeutung: Arvidsen hatte den Keller ohne das kleinste Blatt Papier in der Hand verlassen.

Wenig später ging die Haustür auf und wieder zu. Der Passat wurde angelassen, der Kies knirschte, und das Motorengeräusch verschwand die Allee hoch. Arvidsen hatte sein Haus verlassen. Zu einer Zeit, zu der andere ins Bett gingen.

Oxen beugte sich nach vorn und nahm das Fenster im Schein seiner Taschenlampe genauer unter die Lupe. Er zog das Hosenbein hoch und griff nach seinem Kampfmesser. Er steckte die Messerspitze in den morschen Fensterrahmen und hatte schnell eine Lücke gebohrt, die breit genug war, um die Klinge durchzuschieben, die Haken hochzudrücken und das Fenster zu öffnen. Es war klein, aber es sollte reichen. Der Abstieg in den dunklen Keller war dennoch eine akrobatische Herausforderung.

Oxen steckte sich die Taschenlampe in den Mund, legte sich auf den Rücken und drückte sich mit den Füßen vorwärts. Es gelang ihm, den Oberkörper in den Lichtschacht zu schieben und sich langsam hinunterrutschen zu lassen.

Er schürfte sich den Rücken an der rauen Betonkante auf, aber dann war er mit dem Oberkörper im Keller, und seine Finger schlossen sich um ein Heizungsrohr an der Decke. Er machte eine Art Klimmzug, zog die angewinkelten Beine nach und hatte kurz darauf wieder Boden unter den Füßen. Nachdem er sich durch das Gerümpel gekämpft hatte, stand er endlich sicher im Kellergang.

In Gedanken ging er Arvidsens Bewegungen durch, unmittelbar nachdem dieser von seinem Stuhl aufgestanden war. Dann schlich er in den Heizungsraum, wo der klopfende, alte Heizkessel stand. In dem Raum gab es keine Fenster, er konnte also bedenkenlos alles ableuchten.

An der Wand stand ein Arbeitstisch, über dem eine Spanplatte mit jeder Menge Werkzeug hing. Auf der anderen Seite war eine alte Hobelbank. Oxen konzentrierte seine Aufmerksamkeit auf den kleinen Tisch, an dem Arvidsen auf einem Gartenstuhl gesessen und gelesen hatte. In dem schmalen Bereich zwischen diesem Tisch und dem Heizkessel musste er suchen.

Er ließ den Lichtkegel auf der Tischplatte ruhen. Es war alles leer geräumt, abgesehen von vier alten Gewichten, die am Rand aufgereiht standen. Er stellte sich gegenüber dem Heizkessel auf und drehte sich, um seinen Standort im Verhältnis zu dem offenen Fenster im Nebenraum zu überprüfen. Genau hier hatte Arvidsen für einen Augenblick mit dem Rücken zu ihm gestanden.

Außer dem Gewirr von Rohren war nichts in Reichweite. Heizungsrohre und Wasserrohre, einige mit der üblichen grauen Schaumstoffisolierung für Warmwasserleitungen, andere ohne. Er sah Arvidsens Bewegungen vor sich. Der Mann hatte sich nicht gebückt und auch die Arme nicht angehoben. Es war eher irgendwas dazwischen gewesen. Also musste er wohl auf Augenhöhe suchen.

Mit entschlossenem Griff wackelte er an verschiedenen Rohren und zog auch die Isolierung ab – erfolglos. Dann fing er noch mal von vorn an, ganz systematisch. Er streckte die Hand nach einem

Rohr aus, das mit einer Krümmung hinten im Heizkessel verschwand. Als er kräftig daran zog, stolperte er fast rückwärts, denn er hielt plötzlich nur noch ein Stück Rohrisolierung in den Händen. Es war etwa fünfzig Zentimeter lang und hatte auf zwei blinden Rohrenden gesteckt. In der Isolierung befanden sich verschiedene Papiere.

Als Erstes fiel ihm eine ziemlich lange Rolle ins Auge. Damit war auch klar, wofür die vier Gewichte gebraucht wurden: Oxen breitete den Bogen aus und stellte auf jede Ecke eins davon.

Es waren alles in allem neun Blätter, auf denen unzählige Linien, Messungen und Berechnungen eingetragen waren, alles uralte Grundrisszeichnungen von Nørlund Slot. Damit verbrachte der ehemalige Beamte also seine langen Abende: Er war ins Studium der Schlosspläne vertieft. Oxen sah sich die neun Zeichnungen genauer an. Sie stellten je eine Etage jedes Schlossflügels dar. Keller, Erdgeschoss, erster Stock.

Die zweite Rolle entpuppte sich als ein Stapel gewöhnlicher DIN-A4-Blätter, die mit ein paar Heftklammern zusammengetackert waren. Er überflog sie hastig. Offenbar eine chronologische Liste diverser Observationen. Datum, Zeitpunkt und eine endlose Reihe von Buchstabenkombinationen – aber kein einziger Name.

Die dritte und letzte Rolle hatte ein A3-Format. Es waren neun Seiten, die jeweils einem der Grundrisse zugeordnet waren. Ganz oben standen die entsprechenden Seitennummern, der jeweilige Flügel und die Etage. Einige der Blätter waren fast leer, andere mit Berechnungen und handschriftlichen Kommentaren gefüllt, vermutlich von Arvidsen.

Hans-Otto Corfitzens treuer Knappe hegte entweder ein überwältigendes Interesse für Baukonstruktionen – oder ein überwältigend zwielichtiges Interesse für irgendetwas anderes, das mit dem Schloss in Zusammenhang stand.

Oxen musste sich beeilen. Er legte Blatt für Blatt auf den Betonboden unter der Deckenlampe, fixierte sie mithilfe der Gewichte und fotografierte sie mit seiner Handykamera. Obwohl er konzentriert arbeitete, dauerte es länger als ihm lieb war.

Wollte Arvidsen um diese Uhrzeit einfach noch etwas essen und trinken, dann war er zweifellos zu dem Fast-Food-Laden oder zur Tankstelle an der Autobahn gefahren, die nur wenige Kilometer entfernt war. Und wenn nicht, wo konnte man gegen Mitternacht sonst noch hin? Oxen beeilte sich.

Endlich konnte er die letzte Zeichnung zusammenrollen und sich Arvidsens geheime Observationsliste vornehmen. Doch erst als er bei der allerletzten Seite angekommen war, fiel es ihm auf: An der oberen Ecke der Rückseite klebte ein Stück festes Papier. Er drehte das Blatt um. Es war eine Visitenkarte.

Er erkannte sie sofort wieder, denn er hatte die gleiche. Auf der weißen Karte mit dem unauffälligen Logo stand: »Axel Mossman, Polizeipräsident, PET – Inlandsnachrichtendienst«.

Handschriftlich war eine Telefonnummer hinzugefügt worden. Die Nummer, die auch er bekommen hatte.

Oxen war völlig überrumpelt. In diesem Moment wusste er wirklich nicht, was er noch glauben sollte. Oder wem.

Der renommierte Geheimdienstchef schwebte wie ein in Tweed gehülltes Gespenst durch unsichtbare Korridore. Offenbar war er nicht nur hier und dort, sondern überall. Und womöglich sogar … nirgends.

Oxen steckte die Visitenkarte ein. Wer weiß, wofür sie noch nützlich sein konnte. Dann fotografierte er eilig auch noch die letzte Seite, packte alles sorgfältig zurück und befestigte die Isolierung wieder so, wie er sie vorgefunden hatte. Es war höchste Zeit, zu verschwinden.

31. Jede Faser seines Körpers war gespannt wie eine Bogensehne. Nach einer unruhigen Dreiviertelstunde unter der Decke war er wieder aufgestanden. Jetzt saß er am Fenster und starrte in die Nacht.

Neben ihm lag die kleine Tüte mit Gras. Sie war bald leer. Außerdem stand da noch die Flasche Scotch aus dem Supermarkt in Skørping. Die war wenigstens noch voll.

Das Fenster stand weit offen, damit der würzige Rauch abziehen konnte. Die Nachtluft war angenehm und legte sich wie ein kühler Umschlag um seinen überhitzten Kopf.

Er nahm einen tiefen Zug und hielt den Rauch in der Lunge.

Er würde so schrecklich gern alles in einer Reihe ordnen. Sorgfältig wie ein taktisches Briefing, übersichtlich mit Koordinaten, Freund und Feind, Aufstellung, Ziel. Aber er konnte es nicht. Es gelang ihm nicht, den Vorhang zu lüften, hinter dem sich alle Motive versteckten.

Auf dem großen Papier, das auf seinem Schoß lag, waren Striche, Kreise und Pfeile aufgemalt. Er zeichnete auf die Rückseite eines Plakats, das er draußen im Gang vom Schwarzen Brett genommen hatte. Er bemühte sich, alles einigermaßen schematisch darzustellen, einigermaßen chronologisch:

Erst wurde der Hund von Anwalt Mogens Bergsøe erhängt. Danach wurde Bergsøe vermutlich ermordet, als er mit seinem Kajak auf dem Wasser war. Dann war der Hund des ehemaligen Botschafters Hans-Otto Corfitzen an der Reihe gewesen. Ein paar Tage später starb Corfitzen – an einem Schlaganfall, ausgelöst durch körperliche Misshandlung. Dann wurde Mr White umgebracht.

Mr White … er glaubte, seine Schnauze in der hohlen Hand zu spüren. Wie einen Phantomschmerz.

Außerdem waren da noch seine und Whiteys Fußspuren im Schlosspark. Sein »Überfall« auf den EU-Botschafter Corfitzen in Bosnien. Sein »Drohbrief« an Bergsøe als Vorsitzenden der Untersuchungskommission, die Bosses Tod überprüfen sollte. Und Axel Mossman, der ihn indirekt in die ganze Affäre hineingezwungen hatte, mit 250 000 Kronen.

Mossman … der PET-Chef, der seine Visitenkarte und seine geheime Telefonnummer willkürlich an ehemalige AKS-Mitglieder und Kriegsveteranen zu verteilen schien. Welche Vereinbarungen hatten Mossman und Arvidsen verdammt noch mal getroffen?

War Arvidsen eine Art Maulwurf auf Mossmans Gehaltsliste? Wenn ja, wieso interessierte sich Mossman dann dafür, wer auf Nørlund Slot ein und aus ging? Oder war Arvidsen nur … ein Gärtner, der über irgendetwas Wertvolles gestolpert war und es dem Chef des Inlandsgeheimdienstes angeboten hatte?

Und dann war da der Kriegsveteran, er selbst …

Er inhalierte noch einmal tief. Das Gras brannte schnell herunter, und nach wenigen Zügen war von dem Joint nur noch ein kleiner Stummel übrig, den er gerade so zwischen Daumen und Zeigefinger halten konnte.

Was war eigentlich seine eigene Rolle in dem Ganzen? Glaubte Mossman ernsthaft, dass er schuldig war? Dass das hier seine private Vendetta war, die auf Bosses Tod in Bosnien 1995 zurückging?

Und jetzt warteten Mossman, Rytter und im Zimmer nebenan seine ganz persönliche Soldaten-Nanny Margrethe Franck nur darauf, dass er sich selbst verriet? Damit sie ihn abschießen und sich das Geld zurückholen konnten?

Oder … sollte er ihnen ganz einfach als unzurechnungsfähiger Exsoldat dienen, ein Elefant, der rundum alles Porzellan zerschlug?

Und wie sollte es enden? Wenn erst einmal alles Porzellan im Borre Sø und im Rold Skov verteilt lag, sollten die Scherben dann einfach Scherben bleiben? Oder gab es einen geheimen Plan, sie wieder zu kitten?

Der Stummel war nur noch wenige Millimeter lang, als er ihn

aufgab und nach draußen in die Dunkelheit schnippte. Er schraubte die Whiskyflasche auf und nahm den ersten Zug. Nach dem Gras schmeckte das Zeug wirklich wie Rattenpisse. Aber gut möglich, dass das immer so war.

Jetzt wäre er gern woanders. Ohne all die Fragen, die wie Wespen in seinem Kopf herumschwirrten und ihn nicht in Ruhe ließen. Aber das ging nicht. Er konnte nicht einfach seinen Rucksack packen und verschwinden. Erst musste er der Sache auf den Grund gehen.

Das war er Mr White schuldig – und sich selbst. Wenn er nicht herausfand, was hinter dem Ganzen steckte, würden sie ihn zur Schlachtbank zerren.

Er trank noch einen Schluck aus der Flasche. Sein Körper entspannte sich. Die Zentrifuge im Kopf wurde langsamer. Er lehnte sich zurück und starrte nach oben. Inzwischen gab die Wolkendecke den Blick auf ein paar vereinzelte Sterne frei. Sein Gefühl sagte ihm, dass ihm eine höllische Nacht bevorstand.

Sein Blick glitt langsam über das Papier. Nirgends war eine Antwort zu erkennen, doch die Chronologie unterstrich, was ihm zuvor schon klar geworden war: Arvidsen war die zentrale Figur und die Antwort auf die drängendsten Fragen der Ermittlungen.

Wer waren die Wachmänner? Wer war eine Gefahr für Corfitzen gewesen? Wieso waren die Überwachungskameras entfernt worden? Und nach den neuesten Neuigkeiten: Wieso interessierte Arvidsen sich für die Grundrisspläne, und wen hatte er observiert und darüber Listen geführt?

Viele Fragen, aber der provozierende Mistkerl würde ihm garantiert keine Antworten liefern.

Es gab jedoch Mittel und Wege, das zu ändern. Er hatte die Spekulationen satt. Sein Plan A war fertig. Es war ein schlichter Plan, der aus brutaler Gewalt bestand. Und er würde ihn gleich morgen in die Tat umsetzen.

Er war erleichtert. Er hatte sich ein wenig Überblick verschafft und die richtigen Fragen gestellt. Und nicht zuletzt hatte er ein Ziel gefunden, einen Feind: Poul Arvidsen.

Er nahm einen dritten und letzten Schluck. Der Whisky schmeckte immer besser. Er war nie ein großer Kenner gewesen. Dass er ihn trank, hatte eher praktische Gründe. Er stellte die Flasche hinter den Vorhang und schloss das Fenster. Er musste ein wenig Schlaf bekommen.

Um dem Fluch des weichen Bettes zu entgehen, legte er das Bettzeug auf den Boden, zog sich aus und kroch dann unter die Decke. Er schloss die Augen und ging in Gedanken mehrere hervorragende Methoden durch, um Arvidsen zum Reden zu bringen. Und da Arvidsen angeblich ein echtes Arschloch war, beschäftigte er sich auch nur mit denen, die richtig wehtaten.

> »Oscar 21, hier Bravo 44. Serbische Militärfahrzeuge aus Nord. Roter Minibus und schwarzer BMW. Das ist Milorad, das Schwein … Sie sind gleich bei euch. Kommen.«
»Oscar 21. Verstanden. Kommen.«
»Bravo 44. Nein, sie halten vor der Schule. Warte … Verdammt … Der Bus ist voll Behinderter. Die Serben sind besoffen. Sie scheuchen sie in die Schule. Sie schlagen sie. Was machen wir? Kommen.«
»Oscar 21. Das klingt übel, richtig übel. Ich komme zu euch. Wartet. Bestätigen. Kommen.«
»An alle. Hier ist Kilo 05. Das ist zu gefährlich. Wir können nur observieren. Ich wiederhole: Bleibt, wo ihr seid. Bestätigen. Kommen.«
»Oscar 21, verstanden, Ende.«
»Bravo 44, verstanden, Ende.« <

»Oxe, verdammt, schau, was die gemacht haben. Überall …«

»Ruhig, Bosse, ruhig …«

»Oxe, die sind wahnsinnig, verfluchte Scheiße.«

»Ja.«

»Wir hätten doch …«

»Du hast Klaus gehört. Wir durften nicht rein. Die hätten uns niedergemäht, wenn wir sie dabei überrascht hätten.«

»Schau dir das an, die haben hier eine Startlinie aufgemalt und dahinten steht ›finish‹. Fuck, fuck, fuck, Mann. Die sind doch krank. Man sollte diese Schweine an die Wand stellen. Die haben da allen Ernstes ein Wettrennen veranstaltet, oder? Mir wird schlecht, Oxe. Ich muss …«

»Alles gut, Bosse, ganz ruhig, ganz ruhig. Geh raus an die Luft.«

»Oxe, komm mal her.«

»Was ist los, Sune?«

»Der hier bewegt sich noch. Fuck, das ist so abartig. Wettrennen mit Behinderten, in einer Turnhalle. Der hier hat … keine Beine …«

»Er blutet wie ein Schwein, mehrere Bauchschüsse. Und in den Kopf.«

»Er macht die Augen auf, Oxe. Er schaut dich an. Was sollen wir denn jetzt machen, Mann, was machen wir jetzt?«

»Er stirbt gleich. Schau nach, ob die anderen tot sind!«

»Siehst du das denn nicht? Er schaut dich an, Mann, er schaut dich an!«

»Geh zu den anderen, Sune.«

»Ja, ja … Der hier ist tot, der hier auch. Sie auch. Ein kleines Mädchen … im Rollstuhl. Ich glaube nicht, dass ich …«

»So … Er ist weg.«

»Ist er tot, Oxe? Ist er? Bist du sicher?«

»Ja.«

»Warst du das? Hast du das gemacht?«

»Er ist tot. Er hat seinen Frieden.«

Mit einem Ruck wachte er auf. Er war nass geschwitzt und bekam keine Luft. Es dauerte einen Augenblick, bis er wieder wusste, wo er war: auf dem Fußboden in seinem Hotelzimmer. Er setzte sich auf.

Da war ein Schrei gewesen. Er war mitten in einem Schrei wach geworden. Aber er hatte keine Ahnung, ob der Schrei echt gewesen war oder nicht. Hatte er schreien wollen? Hatte er geschrien? Oder konnte er das gar nicht? Verwirrt kam er auf die Knie. Er konnte …

Jemand hämmerte laut an seine Tür.

Er wusste nicht, was er sagen sollte. Er war noch immer ganz benommen. Trotzdem ging er zur Tür und öffnete, ohne einen Gedanken daran zu verschwenden, dass das vielleicht unklug war.

Im Hotelflur stand Margrethe Franck, auf einem Bein, in weißem Unterhemd und schwarzer Unterhose. Sie lehnte am Türrahmen und hielt eine Pistole mit beiden Händen.

»Was ist passiert, Oxen? Ist alles okay?«

»Was meinen Sie?«

»Sie haben geschrien.«

»Ich? Das glaube ich nicht. Ich habe geschlafen.«

»Sind Sie allein?«

»Ja. Was denn sonst?«

»Darf ich reinkommen?«

Er nickte, und sie hüpfte in sein Zimmer. War das hier eine Art Übung? War sie nach der Sache mit Mr White in Alarmbereitschaft? Wollte sie sicherstellen, dass er nicht bedroht wurde? So, wie er selbst darin ausgebildet war, ein Gebäude zu sichern?

»Sie schlafen auf dem Boden?«

»Nur heute Nacht. Ich habe Rückenschmerzen.«

Franck lächelte, aber sie sagte nichts. Dann bückte sie sich und warf einen Blick unter sein Bett. Danach öffnete sie den Schrank im Durchgang. Sie atmete ein paarmal tief ein.

»Gras?«

Er nickte.

Aufmerksam sah Franck sich um. Mit dem Pistolenlauf schob sie die Gardine zur Seite. Die Flasche stand noch auf der Fensterbank.

»Und Alkohol?«

Er nickte wieder. Er war inzwischen so wach, dass er in dem Gefühl, vor ihr strammstehen zu müssen, plötzlich explodierte.

»Für wen halten Sie sich eigentlich? Die einbeinige Lara Croft? Raus aus meinem Zimmer! Raus!«

»Okay. Tut mir leid. Ich wollte nur sichergehen, dass Sie …«

»Raus!«

Sie nickte und knallte die Tür hinter sich zu. Er ging ins Bad und hielt den Kopf unter Wasser. Dann trocknete er sich ab, legte sich auf den Boden und zog die Decke hoch.

Verdammt, warum hatte er die Fassung verloren? Sie hatte es noch nicht mal verdient. Sie hatte ja nur helfen wollen.

In Wirklichkeit war Margrethe Franck eine echte einbeinige Granate. Coole Frisur. Elfenbein und Ebenholz. Hübscher, knackiger Hintern im schwarzen Spitzenhöschen, feste Brüste, die im Unterhemd wippten, wenn sie hüpfte.

Er fluchte laut und herzhaft unter seiner Decke. Alles war wie immer. Nicht einmal die Vorstellung, wie sie stöhnend und sich windend auf ihm saß, rief auch nur die geringste Reaktion hervor.

Es war zum Kotzen. Er war tot. Ein toter Idiot.

32.

Die Psychologin Ella Munk nahm die Brille ab. Vielleicht wollte sie damit die Tragweite der Botschaft unterstreichen, die gleich kommen würde. Sie sah Margrethe Franck tief in die Augen.

»Ohne richterlichen Beschluss kann und werde ich Ihnen keine große Hilfe sein, das verstehen Sie doch?«, sagte sie sehr betont.

»Ich werde keine konkreten Fragen stellen. Und es ist gut möglich, dass ich zu einem späteren Zeitpunkt noch einmal mit dem Beschluss wiederkomme. Das werden wir sehen.«

»Selbst wenn …« Die Psychologin legte eine Kunstpause ein

und kratzte sich mit dem Brillenbügel an der Nase, bevor sie fortfuhr: »Sie können mir jede Menge Fragen stellen, aber die meisten werden unbeantwortet bleiben. Wissen Sie … Niels Oxen war im Grunde überhaupt nicht auf Zusammenarbeit eingestellt. In meinem Beruf geht es darum, gegenseitiges Vertrauen aufzubauen. Das ist die Voraussetzung. Aber so weit sind wir nie gekommen. Also, selbst wenn Sie mit einem richterlichen Beschluss kommen, kann ich Ihnen keine dicke Akte über Oxen vorlegen. Nur damit Sie und der PET eine Vorstellung davon haben, auf welchem Niveau wir uns hier unterhalten.«

»Okay. Die Diagnose, grundsätzlich. Konnten Sie überhaupt eine stellen?«

Ellen Munk, eine gepflegte Frau in den Vierzigern, mit silbergrauen Strähnen in den dunklen Haaren, drehte sich zu ihrem Computerbildschirm, setzte die Brille wieder auf und klickte ein paarmal mit der Maus.

»Ich hatte Oxen nur fünfmal zu Sitzungen hier. Aber ja … Hier steht eine Diagnose.«

»Und die wäre?«

Die Psychologin schüttelte sacht den Kopf, und ein nachsichtiges Lächeln breitete sich auf ihrem Gesicht aus.

»Na, die kann ich Ihnen natürlich nicht sagen. Das fällt unter die Schweigepflicht. Und das wissen Sie ganz genau.«

»Dann lassen Sie uns allgemein weiterreden. Haben Sie Erfahrung mit PTBS?«

»Ich habe früher für die Armee gearbeitet. Also, ja … die posttraumatische Belastungsstörung ist mein Spezialgebiet. Wieso fragen Sie?«

Sie konnte immer noch nicht genau sagen, ob Ella Munk freundlich oder eine Spur professionell-unterkühlt war.

»Wissen Sie denn selbst darüber Bescheid?«, fragte die Psychologin.

»Nein, nicht so richtig.«

Ihre Antwort war eine glatte Lüge, aber sie wollte das Gespräch auf diese Weise ein bisschen auflockern. Sie war selbst mehrmals beim Psychologen gewesen, ganz routinemäßig, den Polizeivorschriften entsprechend.

Ihr Psychologe war ein älterer Herr gewesen, eine Koryphäe auf seinem Gebiet. Vielleicht war sie ein einfacher Fall gewesen: Sie bereute nicht, dass sie geschossen und dieses Schwein getötet hatte, das selbst ein Killer gewesen war – und als letzte teuflische Tat ihr Bein genau in der Sekunde zerquetschte, als er zur Hölle fuhr.

Heute würde sie sich wünschen, ihren Schuss ein oder zwei Sekunden früher abgefeuert zu haben, aber das war ein Wunsch ohne echte Verbitterung. Natürlich gab es auch beschissene Tage. Aber davon mal abgesehen hätte sie ohne die Sache mit dem Bein niemals ihren Traumjob bei dem großen Mossman in Søborg bekommen.

»Ich habe ein paar Unterlagen, die Sie haben können. Sie sind eher populärwissenschaftlich, für Familie und Angehörige gedacht. Geben Sie mir doch einfach Ihre E-Mail-Adresse, dann schicke ich Ihnen alles zu.«

»Sehr gerne.« Margrethe Franck kramte eine Visitenkarte heraus und legte sie auf den Schreibtisch.

»Aber falls Sie vorhaben, die Symptome auf dieser Liste mit Niels Oxen abzugleichen, dann vergessen Sie nicht, dass es hier um Individuen geht. Nicht um exakte Formeln.«

»Ich werde daran denken. Ganz allgemein gefragt: Ist es vorstellbar, dass ein Jägersoldat unter einer PTBS leidet?«

»Natürlich. Aber in der Realität kommt das ausgesprochen selten vor. Wer Mitglied des Jägerkorps ist, wurde so gründlich ausgesucht und durchevaluiert, dass er am Ende nur durchs Nadelöhr ging, weil er perfekt für die Truppe geeignet ist. Also, wenn Sie Jäger sind, dann haben Sie generell keine Disposition für PTBS.«

»Jäger sind zu robust?«

»Sie sind körperlich wie psychisch gesunde Menschen, die über ein inneres Gleichgewicht verfügen und eigene Bedürfnisse zurückstellen können, um für das Wohl der Gemeinschaft zu agieren. Ich erwähne das nur, um mit dem Mythos des Supermenschen aufzuräumen.«

»Die Soldaten, die auf dem Balkan waren, hat es besonders hart erwischt, nicht wahr?«

Ella Munk nickte zustimmend.

»Das ist korrekt. PTBS ist unter den Dänen, die damals bei dem internationalen Einsatz dabei waren, ziemlich verbreitet. Sie leiden unter Minderwertigkeitsgefühlen gegenüber denen, die im Irak oder in Afghanistan waren, weil wir dort von echten Kampfhandlungen sprechen. Die gab es auf dem Balkan nicht. Dafür gab es kein Mandat. Die dänischen Soldaten mussten sich passiv verhalten. Es liegen schwere Traumata vor, die genau in dieser Machtlosigkeit begründet sind. Einen Angriff mitzuerleben, ohne eingreifen zu dürfen, kann die Seele verstümmeln.«

»Niels Oxen war zweimal auf dem Balkan, einmal während des Kriegs und einmal danach.«

»Das sind Informationen, die jedem zugänglich sind.«

Mehr schien die Psychologin dazu nicht sagen zu wollen. Im Rahmen dieses Gesprächs war es offenbar nicht möglich, eine vertrauliche Atmosphäre zwischen ihnen zu schaffen. Ella Munk hatte nicht die Absicht, auch nur eine Spur von Detailwissen über Niels Oxen durchsickern zu lassen.

Also musste Margrethe zu anderen Mitteln greifen. Mossman hatte sie ohnehin schon ganz unverblümt dazu aufgefordert. Sie stand auf und gab Munk die Hand.

»Danke, dass Sie sich die Zeit genommen haben. Und ich würde mich freuen, wenn Sie mir das Informationsmaterial mailen könnten.«

Die Psychologin nickte. »Gern geschehen. Ich schicke es Ihnen gleich rüber.«

Es war fast halb zwölf, als Margrethe Franck nach ihrem Ausflug zu der Psychologin in Aalborg wieder im Rold Storkro ankam. Unterwegs hatte sie bereits eine der alternativen Möglichkeiten aktivieren können, die ihre Ermittlungen unterstützen würde.

Diese Alternative war ein älterer grauhaariger Herr, der komplett mit seiner Umwelt verschmolz, aber exakt dieselben Fähigkeiten besaß wie seine jungen Kollegen, die sich dem Klischee entsprechend durch bunte Hip-Hop-Klamotten auszeichneten, durch umgedrehte Baseballkappen, übermäßigen Cola-Konsum und einen tendenziell anarchischen Zugang zu allem und jedem im Cyberspace.

Asger Hansen – selbst der Name war völlig unauffällig – war ein ehemaliger IT-Spezialist, der den Sparmaßnahmen einer internationalen Firma zum Opfer gefallen war, weil seine Taufurkunde schon zu vergilben begann. Er war ein außerordentlich vorsichtiger, alleinstehender Mann von einundsechzig Jahren, der im Herzen Kopenhagens in der Studiestræde nahe der Vor Frue Kirke wohnte. Dort hatte er auch ein kleines Büro, von wo aus er einem ausgewählten Kundenkreis seine besonderen Kenntnisse offerierte.

Asger Hansen war so vorsichtig, dass ihr Gespräch äußerst kurz gewesen war. Solche Dinge eigneten sich nicht fürs Telefon. Sie hatte ihn nur gefragt, ob er »Zeit für einen Eilauftrag« habe. Er hatte Ja gesagt. Die restliche Konversation sollte wie gewöhnlich verschlüsselt werden. Der erste Schritt war, die Mail der Psychologin Ella Munk an ihn weiterzuleiten.

»Hi, Franckie!«

Verblüfft schaute sie hoch. Martin Rytter saß auf der Terrasse vor dem Hoteleingang und genoss das milde Wetter, die Sonnenbrille in die Haare geschoben.

»Was zum …?«

Der Operative Leiter des PET war so ziemlich der letzte Mensch, den sie hier erwartet hätte. In ihren vielen Jahren beim PET hatte sie nie erlebt, dass der Präsident persönlich oder der Operative Leiter sich derart dynamisch in einzelne Fälle einmischte. Die obersten Chefs waren Verwaltungsmenschen, sie trafen Entscheidungen und beauftragten andere mit der Umsetzung. Dass Rytter hier war, unterstrich nur den Ernst der Angelegenheit. Aber wenn die Morde am Wamberg-Vorsitzenden und dem Übervater der Diplomatie die Chefetage nicht aufscheuchten, dann wusste sie nicht, was sonst. Der Bergsøe-Corfitzen-Fall musste ihnen schlaflose Nächte bescheren. Zu Recht.

»Was machst du hier, Martin?« Sie ließ sich neben ihm auf einen Stuhl fallen.

»Bin zufällig vorbeigekommen … und wollte dich zum Frühstück einladen.«

»Komm zur Sache.«

»Bist du gestresst, Franckie?«

»Ich komme gerade von der Psychologin. So was stresst einen eben.«

»Geht es um deinen Schuss und …« Rytter nickte zu ihrem rechten Bein hin. »Ich dachte, das wäre längst …«

»Mann, bist du bescheuert. Niels Oxens Psychologin!«

»Oh. Entschuldige. Willst du frühstücken?«

»Ja, unbedingt.«

Rytter schüttelte lächelnd den Kopf.

Falls man den Buschtrommeln glaubte, würde er zum nächsten PET-Chef ernannt werden, als Nachfolger Mossmans, der sich in ein paar Jahren zur Ruhe setzen würde. Einflussreiche Menschen behaupteten, dass die Notwendigkeit, Mossmans Reformen der letzten Jahre zu »stabilisieren«, größer sei als der Bedarf an Neuerungen. Das sprach für Rytter. Außerdem war sein scharfer Verstand weithin gefürchtet. Und falls es wirklich Martin Rytter werden würde, saß Margrethe selbst vermutlich auch noch viele Jahre fest im Sattel. Rytter mochte sie, und er respektierte sie, und beides beruhte auf Gegenseitigkeit.

»Abgesehen vom Frühstück, weshalb bist du hier?«

»Ich musste sowieso zu einem Termin in Aarhus, deshalb habe ich Mossman versprochen, das hier mitzunehmen.«

Er klopfte auf einen Aluminiumkoffer, der zwischen seinen Beinen stand. Sie stieß einen Pfiff aus.

»Ach so, der Herr Operativchef ist Kurier.«

»Mossman möchte, dass die Reihe von Eingeweihten beschränkt bleibt«, sagte Rytter. »Du, ich, Oxen und Mossman selbst.«

»Wie ich neulich schon sagte: Ich verstehe nicht, was Mossman von Oxen will und noch dazu zu diesem Preis. Bist du da inzwischen schlauer geworden?«

»Wir haben nicht mehr darüber geredet, aber wir können gerne wetten, Franckie: Das hier ist sicher nur eine Leihgabe.« Rytter klopfte wieder auf den Koffer, dann fuhr er fort. »Mossman hat noch nie mit Geld um sich geworfen. Aber wie läuft es überhaupt mit Oxen? Was treibt er?«

»Das wissen die Götter. Bislang hat er nicht die Spur von Vertrauen zu mir. Aber es geht in die richtige Richtung, glaube ich.«

»Und alles klappt, wie es soll? Willy und Bent haben ihn an der Leine?«

Martin Rytter meinte die Kollegen Willy Sørensen und Bent Fensmark, die Niels Oxen abwechselnd beschatteten, 24/7. Sie wohnten ebenfalls im Hotel.

»Sie haben alles unter Kontrolle. Aber Oxen hat es bislang auch eher ruhig angehen lassen. Abgesehen von einem kleinen nächtlichen Ausflug nach Nørlund, wo er in die alte Verwalterwohnung eingebrochen ist.«

»Irgendeine Idee, warum?«

»Noch nicht, aber ich habe das dumpfe Gefühl, dass uns die Sache mit Oxen irgendwann um die Ohren fliegen wird.«

»Was ist mit ihm? Ist er so explosiv?«, fragte Rytter.

»Die Psychologin verlangt einen richterlichen Beschluss. Deshalb haben wir nur ganz allgemein über ihn gesprochen. Generell kann man sagen, dass Mitglieder des Jägerkorps eher selten unter posttraumatischer Belastung leiden. Trotzdem kann ein Haufen Balkanveteranen ein Lied davon singen. Oxen ist beides – Jäger *und* Balkanveteran. Näher sind wir der Sache nicht gekommen.«

33.

Karin »Kajsa« Corfitzens geländegängiger Mercedes stand nicht auf dem Parkplatz. Dafür aber Arvidsens Passat. Damit verschwand jeder Vorbehalt. Er konnte seinen simplen und brutalen Plan A in die Tat umsetzen.

Zunächst würde er dem früheren Elitepolizisten drohen, damit er ausspuckte. Sollte das nicht genügen – und er hatte jetzt schon den Verdacht, dass es so kommen würde –, konnte er zu drastischeren Mitteln greifen und dafür sorgen, dass es Arvidsen wehtat. Sehr weh.

So oder so ähnlich würde vermutlich auch ein Reptilienhirn verfahren, doch das war ihm egal. Primitive Gewalt war das Einzige, was ein Loch in die unsichtbare Mauer reißen konnte, die den Ermittlungen im Fall des alten Botschafters im Weg stand.

Der Fund von Mossmans Kontaktnummer in Arvidsens Besitz ließ ihm außerdem keine andere Möglichkeit. Er durfte sich nicht noch tiefer in das undurchschaubare Labyrinth locken lassen, das vermutlich von einer höheren Macht konstruiert worden war – und zwar vom PET-Chef Axel Mossman selbst.

Er knallte die Autotür zu. Es gab nur eine Sache, die er bei Arvidsens Verhör außen vor lassen musste: das Material, das er im Keller entdeckt hatte. Und er durfte auf keinen Fall den Kopf verlieren und sich provozieren lassen. Arvidsens Zeichnungen und Observationslisten waren seine heimliche Trumpfkarte, die er vorläufig noch für sich behalten wollte.

Er kam gerade vom Fotogeschäft in Aalborg, wo die Aufnahmen, die er mit seinem Handy gemacht hatte, auf die modernen Geräte des Ladens überspielt worden waren. Er hatte sämtliche Grundrisse des Schlosses im A3-Format bestellt. Die Ankündigung einer doppelten Bezahlung hatte den Fotohändler davon überzeugt, den Auftrag vorzuziehen. Gegen Nachmittag würde er die Abzüge abholen können.

Er ging am Burggraben entlang in Richtung Schlosspark, von wo er Motorenlärm hörte. Ab und zu tauchte Arvidsens Kopf zwischen den hohen Büschen auf. Oxen trat aus dem Gestrüpp und schlich sich vorsichtig an.

Sein Plan war es, Arvidsen zu überrumpeln. Er blieb stehen und zog das Messer aus dem Hosenbein.

Als er ganz nah war, versteckte er sich hinter einem Rhododendron, um auf den richtigen Moment zu warten. Arvidsen drehte auf dem gelben Rasenmähertraktor seine Runden, und so, wie es aussah, war er bald fertig damit. Oxen musste schnell sein.

Die Gelegenheit bot sich schon einen Augenblick später, als Arvidsen anhielt und ein Päckchen Zigaretten aus seiner Brusttasche angelte.

Oxen schlich sich im Schutz der Büsche von hinten an seine Beute heran. Die letzten Meter bis zur offenen Rasenfläche legte er mit ein paar langen Sätzen zurück. Dann sprang er ab und landete direkt hinter Arvidsen auf dem Sitz des Gartentraktors. Noch in derselben Bewegung schlang er seinen linken Arm um den Hals des Gärtners und hielt ihm mit der rechten Hand das Messer an die Kehle. Ein dumpfes Gurgeln drang aus Arvidsens Mund, und er ließ Zigarette und Feuerzeug fallen.

»Du bleibst jetzt ganz still hier sitzen und hörst mir zu, verstanden?« Er verlieh seinen Worten Nachdruck, indem er den Arm um Arvidsens Hals noch etwas mehr spannte. »Verstanden?«

Der Gärtner konnte gerade noch nicken. Oxen lockerte den Griff ein wenig.

»Für wen arbeitest du?«

Arvidsen hustete. »Corfitzen … Und jetzt … für seine Tochter.«

»Du lügst. Antworte!« Er drückte die Klinge an Arvidsens Kehle.

»Mach doch, Soldat, mach! Du traust dich doch sowieso nicht, du Pussy. Das bringst du nicht. Kriegsheld? Lächerlich!«

Mit einem Ruck straffte Oxen seinen Griff.

»Wer war hinter Corfitzen her?«

»Keine Ahnung«, japste Arvidsen.

»Was hatten die Gorillas hier zu suchen?«

»Hab ich doch schon gesagt. Keine Ahnung. Feiges Schwein, dich von hinten anzuschleichen. Wie kommt so ein Mädchen wie du überhaupt an einen Orden?«

Blitzschnell wechselte er den Griff und packte mit der linken Hand Arvidsens Haare. Er zerrte seinen Kopf nach hinten und presste die Klinge hart an den schutzlosen Hals.

»Ich gebe dir eine letzte Chance, Arvidsen. Eine letzte. Nutze sie. Sonst wird es wehtun. Sehr weh. Hör zu: Nach Corfitzens Tod hast du die Videoüberwachung abgebaut. Warum?«

Der bullige Gärtner schien einen Moment nachzudenken. Dann zischte er: »Das wagst du nicht, du kleiner Wichser. Ich war selbst im Kosovo. Krieg ist was für Männer. Nicht für Mädchen. Du hast doch einen Knall. Du bist nichts als ein irrer, armseliger Pisser. Und jetzt lässt du mich los …«

Mit voller Wucht rammte Oxen ihm das Messer in den rechten Oberschenkel, während sich sein linker Arm wieder fest um Arvidsens Hals schloss. Nur der Schaft des Messers war noch zu sehen.

Arvidsen schrie und zappelte wie verrückt und legte dabei aus Versehen den Gang des Rasenmähers ein. Langsam rollten sie über die riesige offene Rasenfläche vorwärts.

»Das könnte gleich noch viel schmerzhafter werden! Also, antwortest du mir jetzt? Wieso hast du die Videoüberwachung abgebaut?«

Der Traktor mähte eine gerade Bahn auf das Schloss zu.

Oxen drehte den Messerschaft. Arvidsen schrie auf.

»Stopp, stopp, stopp! Weil ich …«

In derselben Sekunde hörte Oxen ein vertrautes Zischen. Es schoss direkt an seinem Ohr vorbei, und instinktiv duckte er sich hinter Arvidsens breiten Rücken. Als er aufschaute, war das Gesicht des Gärtners blutüberströmt, ein Teil seiner Wange fehlte, und vom Ohr waren nur noch ein paar blutige Fleischfetzen übrig.

Es sah aus, als wollte Arvidsen schreien, aber es drang kein Laut über die Lippen des Mannes. Er war wie erstarrt.

»Antworte mir! Die Überwachung! Warum?«

Oxen musste den Griff um Arvidsens Hals lockern, um in Deckung zu bleiben.

»Die Jagdhütte … der Boden … Hilf mir …«

Mehr brachte Arvidsen nicht mehr heraus. Der zweite Schuss traf ihn an der Stirn und riss beim Austritt ein Loch in seinen Hinterkopf.

Gewebe und Hirnmasse spritzten wie ein warmer Wasserfall in Oxens Gesicht. Er hatte nur eine Chance: Er musste hinter Arvidsens schützendem Rücken bleiben. Wenn er jetzt vom Traktor sprang, war er eine leichte Beute für den Schützen, der vermutlich irgendwo dort oben an einem der zahllosen Fenster des Schlosses stand.

Der Traktor rollte immer noch in seinem eigenen gleichmäßigen Tempo vorwärts.

Die dritte Kugel zischte direkt an Oxens rechtem Ohr vorbei. Er streckte die Hand aus und griff nach Arvidsens Kragen, um den schweren, leblosen Körper aufrecht auf dem Sitz zu halten.

Der Burggraben kam immer näher. Fünfzehn Meter, zehn Meter …

Die vierte Kugel schlug in Arvidsens Schulter ein und riss Oxen auf ihrem weiteren Weg ein Loch in die Jacke.

Fünf Meter, vier, drei, zwei …

In derselben Sekunde, als sich die Nase des Traktors senkte und er die wenigen Meter nach unten in das schwarze Wasser des Burggrabens rollte, warf Oxen sich zur Seite, machte sich rund und landete platschend im Wasser. Unmittelbar bevor er untertauchte, sah er aus dem Augenwinkel, wie Arvidsens schlaffer Körper über den Lenker des Rasenmähers geschleudert wurde.

Dann schloss sich die Dunkelheit um ihn. Hier unter Wasser konnte er sich überhaupt nicht orientieren, aber er hatte ein Gefühl für die Richtung, in die er musste. Wenn er die nächste Biegung erreichte, war er erst mal sicher. Wenn er diese etwa zwanzig Meter schaffte, ohne getroffen zu werden, hatte er eine Chance.

Kurz darauf stießen seine Hände gegen etwas Weiches – Schlamm. Er hatte ein Ufer erreicht, doch als er vorsichtig auftauchte, sah er, dass der Winkel noch nicht genügte, um ihn zu schützen. Hastig kraulte er die letzten Meter, kroch an Land und sprintete im Zickzack los, um zwischen Bäumen und Sträuchern Deckung zu suchen.

Hinter einem Baum ging er in die Hocke und spähte zum Seitenflügel des Schlosses. Alle Fenster waren geschlossen, es war niemand zu sehen. Also rannte er weiter zum Parkplatz und wiederholte das Manöver. Das Ergebnis war dasselbe. Der Schütze war nirgends zu sehen. Nichts rührte sich. Und Kajsa Corfitzen war noch nicht wieder zu Hause.

Eigentlich hatte er die Absicht gehabt, sich sofort hinters Steuer zu werfen und schnellstmöglich von hier zu verschwinden, aber dann entschied er sich dagegen. Er musste ins Schloss, auch wenn er sein geliebtes Kampfmesser eingebüßt hatte, das noch immer in Arvidsens Oberschenkel steckte. Arvidsen lebte nicht mehr. Aber es wäre ein riesiger Gewinn, den Schützen in die Finger zu bekommen.

Er wollte gerade zur Brücke und über den Burggraben rennen, als eine Kugel krachend die Frontscheibe seines Wagens durchschlug. Blitzschnell riss er die Fahrertür auf und ließ sich auf den

Sitz fallen. Sekunden später dröhnte er die Allee entlang, dass Split und Schotter nur so spritzten.

Kugel Nummer zwei schoss durch die Heckscheibe und durch die Frontscheibe wieder hinaus. Dann war er in Sicherheit und bog in rasendem Tempo auf die Landstraße ab.

Er konnte noch nicht wieder klar denken, als er sich auf dem Weg nach Rold endlich Algen und Schlamm aus dem Gesicht rieb. Er gab weiter kräftig Gas und schaltete hoch. Das kannte er schon. Seine eiskalte Ruhe war wie weggefegt. Es gelang ihm einfach nicht mehr, auf die Schnelle Ordnung ins Chaos zu bringen.

Seine Klamotten waren klitschnass und voll stinkendem Matsch. Kein Verfolger im Rückspiegel. Keine Antwort auf irgendwas. Nur Chaos. Und dennoch – in dem Durcheinander in seinem Kopf steckte irgendetwas Wichtiges, das er finden und herausfischen musste. Irgendwas!

»Jetzt konzentrier dich doch, verdammt!« Er brüllte sich selbst an und spuckte einen Rest Schlammwasser auf den Boden des Wagens, das sich mit dem Wasser aus seinen Klamotten vermischte.

Arvidsen hatte etwas gesagt. Unmittelbar bevor der Schütze ihm in die Stirn schoss, hatte er etwas gesagt. Es waren zwei Worte gewesen, ohne Zusammenhang. Es dauerte ein paar Sekunden, dann waren sie da. »Jagdhütte« und »Boden«. Was hatte das zu bedeuten?

Während er frierend darüber nachdachte, kam er so weit zur Ruhe, dass sich eine neue und alarmierende Frage meldete:

Wer war eigentlich das erklärte Ziel des Schützen gewesen? Arvidsen – oder er selbst?

Nach den beiden Schüssen auf sein Auto gab es keinen Zweifel daran, dass er spätestens jetzt ebenfalls auf der To-do-Liste des Schützen auftauchte. Und noch eine Frage:

Wer war der Schütze?

Wer konnte einfach so mit einer Waffe unter dem Arm ins Schloss spazieren und an einem Fenster zum Park in Stellung gehen? Und mit welchem Motiv?

Die Fragen stürzten unkontrollierbar auf ihn ein. Er musste zurück in sein Zimmer, runterkommen und sich selbst die richtigen Fragen in der richtigen Reihenfolge stellen. Und dann musste er ein Bad nehmen, sich umziehen und so schnell es ging zu dem Fotohändler nach Aalborg fahren.

»Jagdhütte?«

Er bog nach rechts ab und erreichte den Rold Storkro.

»Boden?«

Es gab nur eine sinnvolle Bedeutung, wenn man die beiden Worte in Zusammenhang brachte.

34.

Es ging um eine Reihe von Symptomen, die bei einer PTBS, einer posttraumatischen Belastungsstörung, auftraten. Aufgrund ihrer eigenen Erfahrungen und ihrer eigenen Therapie konnte sie bei etlichen davon nur zustimmend nicken.

Die Psychologin Ella Munk hatte Wort gehalten und ihr das Informationsmaterial umgehend zugemailt. Sie selbst hatte die Mail direkt an Hansen weitergeleitet und ihm dann über das Verschlüsselungsprogramm, das schon in ihrem Posteingang wartete, eine Nachricht geschickt. Was Hansen danach damit machte, wollte sie gar nicht wissen. Hauptsache, er lieferte. Und das tat er erfahrungsgemäß schnell.

Sie scrollte ein bisschen durch die Informationen, die den Angehörigen die Symptome begreiflicher machen sollten, mit denen sie auf einmal konfrontiert waren.

- Flashbacks: immer wiederkehrende Erinnerungsbilder traumatischer Ereignisse

- Albträume und Schlafstörungen: häufig sehr grausame Albträume, oft begleitet von Schweißausbrüchen
- Gedächtnis- und Konzentrationsschwäche
- Isolation: Die Betroffenen ziehen sich von Freunden und Familie zurück und halten sich von Gruppenveranstaltungen fern.
- Lärmempfindlichkeit: niedrige Toleranzschwelle für Lärm
- Misstrauen: Zurückgezogenheit und Entfremdung. Die Betroffenen sind generell sehr misstrauisch.
- reduziertes Gefühlsleben: Die Fähigkeit, Empathie, Zärtlichkeit und Liebe zu empfinden, ist nicht mehr oder nur noch abgeschwächt vorhanden.
- Suchtverhalten: Alkohol, Tabletten oder Drogen
- allgemein sexuelle Probleme und Impotenz

War eine Reihe dieser Symptome bei Niels Oxen erkennbar? Das konnte sie noch nicht mit Sicherheit sagen. So gut kannte sie ihn nicht. Aber eines dieser PTBS-Symptome war mindestens eine 9,5 auf Oxens persönlicher Richterskala: Der Mann war höllisch misstrauisch.

Sie wollte gerade die Einleitung zu dem Text schreiben, aus dem später ein umfassender Bericht über Oxens mentalen Zustand werden sollte, als ihr Telefon klingelte.

Schon das keuchende »Hallo« sagte ihr, dass etwas nicht stimmte. Es war ihr Kollege Willy Sørensen. Der Kollege, der im Augenblick Oxen beschattete.

»Jemand hat Arvidsen erschossen! Und dann versucht, Oxen umzubringen! Im Schlosspark. Er hat sich in den Burggraben gestürzt und ist dann abgehauen, während ihm die Kugeln um die Ohren flogen. Total irre. Er ist jetzt auf dem Weg ins Hotel. Ich glaube …«

»Der Reihe nach, Sørensen, ja? Ganz ruhig. Ich dachte, Oxen wäre in Aalborg?«

»Mann, ich zittere immer noch. Das war so unwirklich. Wie im

Film. Er war in Aalborg, aber dann ist er nach Nørlund gefahren. Ich bin ihm in den Schlosspark gefolgt. Da geht er doch direkt auf Arvidsen los, der gerade mit dem Gartentraktor Rasen mäht. Oxen springt ihn von hinten an, der Traktor rollt weiter vorwärts. Oxen packt Arvidsen am Hals, in der anderen Hand ein Messer. Sie streiten. Und dann sehe ich nur noch, wie Oxen das Messer hebt und zusticht!«

»Willst du mir sagen, dass Oxen Arvidsen umgebracht hat?«

»Nein! Er hat ihm das Messer in den Oberschenkel gerammt, und Arvidsen hat geschrien wie ein Schwein auf der Schlachtbank. Ich hab den Schuss nicht gehört, aber plötzlich duckt sich Oxen hinter Arvidsen und …«

»Willy! Was für ein Schuss? Beruhige dich …«

Ihre Ermahnung brachte den Kollegen aus Aarhus dazu, tief Luft zu holen und das Drama so zu schildern, dass sie ihm endlich folgen konnte. Es ging also um einen Schützen an einem der Fenster im Schloss. Und Arvidsen war getroffen worden.

»Als der Traktor im Wassergraben gelandet ist, sprang Oxen ab. Der Mann ist unglaublich. Ich sage dir, er ist ein Krieger, Franck, eiskalt.«

Ihr jütländischer Kollege war noch immer außer sich, während er detailliert berichtete, wie Oxen dem Kugelhagel schließlich in seinem Wagen entkam.

»Und du hast das alles mit eigenen Augen gesehen?«

»Ich stand im Gebüsch, ja.«

»Konntest du auch sehen, wer geschossen hat?«

»Nur einen Umriss.«

»Hat Oxen dich bemerkt?«

»Nein, ganz sicher nicht.«

Sie hatte vollstes Verständnis dafür, dass Willy Sørensen fix und fertig war. Ein Job beim PET war selten adrenalingeladen. Es war garantiert Jahre her, dass Sørensen zum letzten Mal in die Nähe eines scharfen Schusses geraten war. Wenn überhaupt.

»Ich kann auf dem Monitor sehen, dass Oxen zum Hotel abgebogen ist. Er ist gleich da, Franck.«

»Gute Arbeit, Willy. Ich beeile mich!«

Sie legte auf und stürzte aus dem Zimmer. Sie schaffte es gerade noch rechtzeitig, sich auf der Hotelterrasse an den vordersten Tisch zu setzen und einen total entspannten Eindruck zu machen, als sie hörte, wie oben auf dem Parkplatz eine Autotür zugeknallt wurde. Kurz darauf sah sie Oxen, der mit hastigen Schritten auf den Eingang zueilte.

Erst als er näher kam, konnte man es erkennen: Der Kriegsveteran sah aus wie jemand, der ... im Krieg gewesen war. Oxen war klitschnass und von oben bis unten mit schwarzem Schlamm und einer Portion grüner Algen verschmiert. Er zögerte kurz, als er sie bemerkte, aber dann stürmte er ungebremst an ihr vorbei.

»Hey, Oxen, wo in aller Welt sind Sie gewesen, so, wie Sie aussehen?«

Er hob nur abwehrend eine Hand. Sein Gesicht sah verbissen aus. Genauso aggressiv wie in der Nacht, als er sie wüst beschimpft und als »einbeinige Lara Croft« bezeichnet hatte.

»Kleines Bad genommen, oder was?«

Er schien sie überhaupt nicht zu beachten, auch wenn seine zurückweisende Handfläche etwas anderes sagte. Er sprang die Treppe hoch – und war verschwunden.

»Margrethe, wie blöd kann man nur sein ...« Sie fluchte über sich selbst und ihren armseligen Versuch, blieb aber sitzen. Es war sinnlos, Oxen ins Hotel zu folgen, so viel war klar. Er war nicht der Typ, dem man hinterherrannte.

Jetzt war es an Rytter, zu entscheiden, wie es weitergehen sollte. Sie musste ihn anrufen, obwohl er in seinem Meeting in Aarhus saß.

Höchstwahrscheinlich blieb dem PET keine andere Wahl, als Kommissar Grube und seine Kollegen in Aalborg zu informieren. Das war schon der zweite Mord auf Nørlund und offensichtlich eine professionelle Liquidierung. Unter Niels Oxens Füßen würde die Erde brennen. Nicht weil sie ihn womöglich für den Täter hielten, sondern weil er bei der Tat vor Ort gewesen war. Und das bedeutete nichts anderes, als dass man den Kriegsveteranen und Mossman-Söldner in Aalborg auf kleiner Flamme rösten würde.

Die Sonne wärmte ihr Gesicht, als ein Gedanke sie streifte. Erst vor wenigen Stunden hatte sie ungefähr am selben Platz gesessen und zu Martin Rytter gesagt, sie werde das Gefühl nicht los, dass ihnen die ganze Sache irgendwann um die Ohren fliegen werde.

Karin »Kajsa« Corfitzen sah neugierig zu, als die Taucher Poul Arvidsens Leiche aus dem Wassergraben hievten.

Margrethe Franck trat zu ihr, gab ihr die Hand und stellte sich vor. Sie wechselten ein paar Worte. Jetzt hatte Fräulein Corfitzen keinen Gärtner mehr.

Kurz darauf kam Kommissar Grube zu ihnen, der gerade damit fertig war, seine Leute zu instruieren.

»Hallo, Franck«, sagte er. »Sie sind ja immer noch hier.«

Sie nickte. Arvidsens riesiger Körper lag inzwischen auf dem Rasen.

Sie nahm zur Kenntnis, dass Willy Sørensen recht gehabt hatte: Ein großer Teil des Hinterkopfs fehlte. Das Einschussloch war nur ein kleiner rostroter Punkt. Aber so war das eben. Eine Kugel richtete den größten Schaden am Hinterausgang an.

Der Schuss hatte Arvidsen auf der Stelle ins Jenseits befördert – als Oxen ihm gerade das Messer ins Bein gerammt hatte, um ihn zum Reden zu bringen.

»Das ist wirklich seltsam«, murmelte Grube und schüttelte den Kopf.

»Was denn?«, fragte sie.

»Ein Riss in seiner Hose, am Oberschenkel. Hat ziemlich geblutet. Bevor er gestorben ist, hat er sich übel am Bein verletzt.«

»Oder es ist passiert, als er vom Traktor gerutscht ist.«

»Vielleicht, vielleicht …« Grube sah skeptisch aus.

Was hatte der ehemalige Elitebeamte noch sagen können, bevor er gestorben war? Und worum zur Hölle ging es hier überhaupt? Niels Oxen hatte es geschafft, in kürzester Zeit so durch die Ermittlungen zu trampeln, dass er eine ordentliche Staubwolke aufgewirbelt hatte. Aber vielleicht war genau das der Sinn der Sache.

Sobald Oxen das Hotel verließ, würde sie sein Zimmer filzen und versuchen, ein paar der Antworten zu finden, die ihr fehlten. Sie wusste zum Beispiel immer noch nicht, wieso er in das Verwalterhaus auf Nørlund eingebrochen war.

»Rytter hat uns angerufen und uns über die Sache mit Arvidsen informiert«, sagte Grube und stand auf. »Mir war gar nicht klar, dass eure Leute hier immer noch aktiv sind«, fuhr er fort.

Sie hatte ihre Antworten im Vorfeld mit Rytter abgestimmt und sagte irgendetwas wie: »Doch, ja, Willy Sørensen war noch mal hier, um sich umzusehen. Er wollte ein ernstes Gespräch mit Arvidsen führen. Aber daraus ist dann nichts mehr geworden.«

»Er hat das Ganze vom Gebüsch aus beobachtet, oder?«, fragte Grube.

Sie nickte. »Ja, das habe ich auch so verstanden. Aber Sie werden ihn doch bestimmt noch selbst befragen?«

»Ich habe schon mit ihm telefoniert. Er müsste eigentlich jeden Moment hier auftauchen. Was die Ermittlungen angeht, ist das alles ein einziger Mist. Arvidsen wusste viel mehr, als er zugegeben hat. Ich hatte gehofft, inzwischen genug in der Hand zu haben, um die Daumenschrauben bei ihm anzusetzen, und jetzt stehe ich wieder am Ende einer Sackgasse. Konnten Sie mit den Unterlagen zum Consilium etwas anfangen, Franck?«

»Die sind im Moment nicht so wichtig, aber wertvolles Hintergrundwissen. Ist auch ziemlich interessant, dass Mossman auf der Rednerliste in Erscheinung tritt.«

»Ich bin absolut überzeugt davon, dass es eine Verbindung zwischen Corfitzen und Bergsøe gibt«, knurrte Grube.

Kajsa Corfitzen stand neben ihnen, die Hände in den Jackentaschen vergraben, und starrte nachdenklich vor sich hin. Sie hatte ihr Gespräch mit angehört und sagte:

»Aber was um alles in der Welt hatte Arvidsen damit zu tun? Ziemlich seltsam, oder nicht? Das alles sieht meinem Vater gar nicht ähnlich … Und wer wagt es eigentlich, sich in mein Haus zu schleichen, noch dazu, um jemanden von dort aus zu erschießen? Das gefällt mir nicht, das gefällt mir alles überhaupt nicht …«

Auf dem Weg zurück zum Hotel klingelte Margrethes Handy. Es war ein ehemaliger Kollege, Lars Clausen, inzwischen im Ruhestand. Sie hatte schon fast vergessen, dass sie ihm am Vortag eine Nachricht auf dem Anrufbeantworter hinterlassen hatte.

Clausen hatte ebenfalls auf dem Revier in Bellahøj gearbeitet, als Niels Oxen dort Polizeischüler war. In diesem Abschnitt von Oxens kurzer Polizeikarriere klaffte immer noch ein großes schwarzes Loch. Nach ein paar obligatorischen Höflichkeitsfragen über das Rentnerleben und seine Familie fiel er ihr ins Wort.

»Nett, dass du fragst, Margrethe, aber du hast doch nicht bei mir angerufen, um dich nach meinem Leben zu erkundigen. Was ist los?« Clausen lachte.

»Okay … Was fällt dir ein, wenn ich ›Niels Oxen‹ sage?«

»Tapferer Soldat«, antwortete Clausen, ohne lange nachzudenken. »Und zwar der höchstdekorierte, den das kleine Dänemark je gesehen hat. Warum?«

»Ihr wart damals zusammen in Bellahøj, oder?«

»Ja.«

»Kanntest du ihn gut?«

»Gut ist vielleicht zu viel gesagt, aber ich kannte ihn. Es gab damals viel Gerede. Er kam mit zwei Tapferkeitsmedaillen, dabei war er noch grün hinter den Ohren. So was erregt Aufmerksamkeit, und es weckt gewisse Erwartungen. Ich habe seitdem verfolgt, was er alles gemacht hat. Er bekam einen dritten Orden und zuletzt auch noch eine edle, ganz neue Auszeichnung, von der man schon jetzt sagen kann, dass sie im Lauf der Geschichte nur äußerst selten vergeben werden wird. Es ist das Tapferkeitskreuz. Ich habe den Artikel aus der Zeitung ausgeschnitten. Was hast du mit Oxen zu tun, Margrethe?«

»Ich untersuche seine Geschichte.«

»Hat er Mist gebaut?«

»Es ist noch zu früh, um darüber zu reden. Wie war er?«

»Clever. Für einen Schüler sehr selbstsicher. Außerdem ruhig und gelassen, aber trotzdem temperamentvoll. Alles in allem wohl eher zurückhaltend. Die, die ihn gut kannten, lobten ihn in den Himmel. Andere machten sich über seine Orden lustig. Ich kann nur Gutes über ihn sagen.«

»Und dann hat er mittendrin einfach abgebrochen. Kannst du dich da an irgendwas erinnern?«

»Ich habe nie einen konkreten Grund erfahren. Nur dass es ihm in der Armee angeblich besser gefiel und dass er deshalb zurückwollte. Das war als Erklärung ausreichend. Du könntest Max Bøjlesen fragen. Er war damals unser Chef, und angeblich ist der junge Oxen zum Chef höchstpersönlich marschiert, um sich zu verabschieden.«

»Max Bøjlesen!« Sie schrie fast.

»Ja, ja, ›Beule‹.«

»Bøjlesen, der Polizeipräsident in Aalborg, *der* Bøjlesen?«

»Jep. Du klingst überrascht?«

»Ich wusste nicht, dass er damals in Bellahøj war.«

»Fahr nach Jütland und frag ihn selbst, Margrethe.«

»Ich bin in Jütland.«

»Was um Himmels willen treibst du da?«

»Niels Oxen checken, was sonst?«

»Nicht zu fassen. Ihr seid doch alle Ganoven, da draußen in Søborg. Kommst du eigentlich irgendwann mal wieder vorbei und besuchst uns? Lillemor hat sich vor ein paar Wochen nach dir erkundigt.«

»Ja, es ist wirklich schlimm. Und ja, ich besuche euch bald.«

»Tu das.«

»Pfadfinderehrenwort. Aber sag mir noch kurz, wer Oxens direkter Vorgesetzter war.«

»Das war Jørgen Middelbo.«

»Wo finde ich ihn?«

»Er ist tot. Krebs. Letztes Jahr, glaube ich.«

»Was für ein Scheiß! Na ja, ich muss los. Tausend Dank für deine Hilfe!«

Sie legte auf. Max Bøjlesen … Der Mann hatte bei der ersten Befragung von Niels Oxen mit seinen eigenen Leuten neben Rytter und Mossman gesessen und so getan, als wüsste er überhaupt nichts über diesen Kriegsveteran, den sie aus dem Wald gezerrt hatten.

Das war völlig absurd. Jeder aus Bellahøj würde sich an den Polizeischüler mit dem ungewöhnlichen Namen »Oxen« erinnern, der für seine Tapferkeit ausgezeichnet worden war.

Max Bøjlesen. Was für ein Dreckskerl. Der Polizeipräsident rückte ganz nach oben auf ihrer inzwischen ziemlich langen Liste von Merkwürdigkeiten.

35.

Well … Oxen lächelte, als er an der Schule in Ravnkilde parkte, einem Dorf südlich vom Rold Skov. Vielleicht sollte er auch noch Axel Mossmans anglophile Ausdrucksweise übernehmen, um seine Erscheinung abzurunden. *Well, well* …

Er drehte den Schlüssel um und versteckte seine langen Haare unter der Tweedmütze. Jetzt *war* er Mossman. Er hatte sich am Telefon als »Kommissar Axel Mossman vom PET« ausgegeben, und er hoffte, dass es funktionieren würde. Zumindest hatte der Hausmeister der Schule nicht skeptisch geklungen. Die Idee war ihm unter der Dusche gekommen, als er sich den Schlamm aus dem Burggraben abspülte.

Der Hausmeister hieß Dan Troelsen. Er war Vorsitzender der Jägervereinigung Arden, und das war auch der Grund dafür, dass Oxen jetzt an der Schule parkte.

Ein sehniger, dürrer Mann in Clogs und blauem Overall kam ihm entgegen, noch bevor er die Autotür zugeschlagen hatte. Sie begrüßten sich und gaben sich die Hand. Sollte der Hausmeister eine Legitimation sehen wollen, dann war er vorbereitet. Als Notlösung hatte er Mossmans Dienstgrad mit der Messerspitze von der Visitenkarte gekratzt, die der PET-Chef ihm gegeben hatte. Zum Glück hatte er sie nicht, wie Mossman ihm befohlen hatte, weggeworfen, aber einem kritischen Blick würde dieses Provisorium nicht standhalten.

Seine Gedankenspiele waren müßig. Der Hausmeister war kein misstrauischer Typ.

»Sie kommen wegen Corfitzen und dem Wald, oder?«, fragte er.

»Ja, ich bin wirklich froh, dass Sie Zeit für mich haben. Danke, dass ich Sie stören darf. Sie sind also der Hausmeister der Schule?«

»Nur eine Aushilfskraft. Ich arbeite hier in Teilzeit. Nebenbei bin ich Landwirt, aber von den paar Schweinen, die wir haben, kann man ja heutzutage nicht mehr leben. Das Land habe ich verpachtet. Na ja, also, Sie kommen wegen dem Wald …«

»Wie ich Ihnen am Telefon ja bereits gesagt habe: Der PET ermittelt im Todesfall Corfitzen. In diesem Zusammenhang müssen wir uns einen Überblick über sämtliche Besitztümer verschaffen, die zu Nørlund gehören. Leider weiß die Tochter, die gerade erst aus England gekommen ist, nicht so richtig Bescheid. Deshalb dachte ich mir, dass der Vorsitzende des örtlichen Jagdvereins vielleicht die beste Anlaufstelle ist.«

Der Teilzeit-Hausmeister-Landwirt Troelsen nickte langsam.

»Beim Sägewerk hätte man Ihnen bestimmt auch weiterhelfen können«, sagte er.

»Der Mann, mit dem ich mich dort getroffen habe, wusste jedenfalls nicht viel«, sagte Oxen entschuldigend und breitete die große Karte auf der Kühlerhaube aus, damit Troelsen ihm folgen konnte. Dann legte er los.

»Sehen Sie, wir haben gehört, dass irgendwo auf dem Grundbesitz von Nørlund eine Jagdhütte stehen soll. Vielleicht irren wir uns auch, aber …«

»Nein, nein, Sie irren sich nicht«, fiel ihm der Hilfshausmeister gleichmütig ins Wort.

»Ach?« Oxen nickte und jubelte innerlich.

»Hier …« Troelsen legte seinen nikotingelben Zeigefinger auf einen der grünen Flecken. »Die Hütte befindet sich hier, im nördlichen Teil vom Torstedlund Skov. Wir haben dort natürlich keine Jagderlaubnis, aber ich komme aus der Gegend. Der Wald gehört zu Nørlund.«

»Das klingt gut. Dann ist es eine alte Jagdhütte?«

Troelsen nickte. »Ja, ja … Die stand da schon, als ich noch ein kleiner Junge war. Es gibt hier einige Jagdhütten auf den Privatgrundstücken, manche sind ganz schön schick. Die hier ist eine alte Holzhütte aus der Zeit, als auf Nørlund noch große Jagdgesellschaften veranstaltet wurden. Haben Sie was zum Schreiben dabei?«

Er reichte dem braven Hausmeister-Landwirt seinen Kugelschreiber.

»So. Die können Sie gar nicht verfehlen«, sagte Troelsen grinsend und machte ein kleines Kreuz auf der Karte, nachdem er noch einmal alles sorgfältig überprüft hatte.

»Vielen Dank. Und es gibt keine anderen Jagdhütten auf dem Grund der Corfitzens?«

»Nee.«

»Gut, dann bedanke ich mich sehr herzlich.«

Sie gaben sich wieder die Hand, er stieg in seinen Wagen, startete den Motor und rollte vom Parkplatz.

Als er wieder auf der Straße war, stieß er ein Triumphgeschrei aus, dass die Scheiben wackelten. Es hatte geklappt. Er hatte ein wenig Ordnung ins Chaos gebracht. Er hatte dem richtigen Menschen die richtigen Fragen gestellt. Mit ein bisschen Geduld konnte er es eben doch.

Gleich morgen früh würde er in den Torstedlund Skov aufbrechen. Die Nase dicht an der Fährte. Er brüllte wieder und schlug aus reinem Übermut die Hände aufs Lenkrad. Und dann fiel ihm auf, dass er sich nicht erinnern konnte, wann er sich das letzte Mal so aufgeführt hatte.

Er bog auf den ersten Rastplatz ein, der ihm begegnete, schaltete den Motor aus, machte es sich auf dem Fahrersitz bequem und öffnete gespannt den großen Umschlag des Fotohändlers.

Jetzt musste er sich auf Arvidsens Geheimnisse stürzen. Arschloch-Arvidsen, Gott hab ihn selig, der die Ermittlungen eigenhändig behindert hatte, aus Gründen, die er hoffentlich in der nächsten Stunde herausbekam. Er würde friedlich hier sitzen, lesen und die Zeichnungen studieren, die er in dem geheimen Kellerversteck des Mistkerls gefunden hatte.

Seine Armbanduhr verriet ihm, dass etwas mehr als eine Stunde vergangen war. Er schob sämtliche Ausdrucke zurück in den Umschlag und rieb sich müde das Gesicht, während er von eiskaltem Wasser zur Abkühlung träumte.

Arvidsens Material hatte ihm keinerlei Klarheit verschafft. Aber – und das war nicht weniger wichtig – er hatte jetzt einen starken Verdacht, worauf es der grimmige Gärtner abgesehen hatte.

Das Fenster zum echten Axel Mossman stand abends zwischen 22:00 und 23:00 Uhr offen. Heute würde er es nutzen müssen.

36.

Der Aluminiumkoffer stand zwischen ihnen. Sie hatte ihn zu ihm hinübergeschoben, und es kam ihm vor wie das Hackbällchen zwischen Susi und Strolch, aber er rührte ihn nicht an.

»Wollen Sie nicht nachzählen?«, fragte Margrethe Franck.

Sie hatte gegen sieben an seine Zimmertür geklopft, um ihn zu fragen, ob er Interesse an einem Abend-Briefing habe. Hatte er nicht. Sie hatte ziemlich bissig erwidert, dass er gefälligst um acht bei ihr aufkreuzen und den Koffer holen solle. Ansonsten könne er sein beschissenes Geld vergessen. Und jetzt saß er also hier, auf dem Hocker an der Wand.

»Nachzählen?« Er schüttelte den Kopf.

»Woher kommt plötzlich dieses enorme Vertrauen?«

Sie war gewaltig gereizt. Ihm war natürlich bewusst, dass er ihr die kalte Schulter gezeigt hatte, als er ins Hotel stürmte, klitschnass und schlammig. Aber die Situation hatte nichts anderes zugelassen.

»Ich zähle später«, antwortete er.

»Okay, aber Sie müssen hier quittieren.«

Sie reichte ihm ein inoffizielles Stück Papier, auf dem nur Datum, Ort und die Höhe der Summe standen. Er setzte seinen Namen darunter.

»Das war's dann wohl …«, sagte er und sah sie fragend an.

Sie beugte sich nach vorn und sah ihm in die Augen. Sie trug ihre Prothese unter der zerschlissenen Jeans, was sie förmlicher und kühler wirken ließ als die Frau, die er in den letzten Tagen kennengelernt hatte.

»Sagen Sie, Oxen, für wie bescheuert halten Sie mich eigentlich?« Ihre blauen Augen funkelten.

»Was meinen Sie?«

»Sie kommen hier angaloppiert, triefnass und stinkend wie ein Otter, von Kopf bis Fuß voller Schlamm, und machen sich nicht mal die Mühe, kurz stehen zu bleiben und zu erzählen, warum?«

»Tut mir leid, aber ich …«

»Und dann erfährt man von Kommissar Grube, dass seine Leute Arvidsen aus dem Burggraben von Nørlund gefischt haben. Denken Sie nicht, dass selbst eine einbeinige Lara Croft imstande ist, eins und eins zusammenzuzählen? Wasser, Schlamm, Burggraben …? Oder sind Sie bloß total daneben, Niels Oxen?«

»Ist Arvidsen tot?«

»Idiot! Wenn Sie Ihre Informationen nicht teilen wollen, ist das *Ihr* Tod. Das kann ich Ihnen versprechen.«

»Was meinen Sie?«

»Genau das, was ich gesagt habe. Sie spielen hier mit den großen Jungs.«

»Ich spiele nie.«

»Was wollten Sie aus Arvidsen herausquetschen, als Sie ihm das Messer ins Bein gerammt haben? Erzählen Sie's mir!«

»Messer? Ich habe keine Ahnung, wovon Sie sprechen.«

Er verfluchte sich selbst. Aber er konnte ihr gar nichts anderes antworten. Margrethe Franck war Mossmans Informantin.

Sie blieb sitzen, sah ihn fassungslos an und schüttelte resigniert den Kopf. Gerade als sie etwas sagen wollte, klingelte ihr Handy.

Sie richtete sich auf und schien konzentriert zuzuhören, während sie ein paarmal *»sí, sí«*, sagte. Dann setzte sie sich an den Schreibtisch, nahm Block und Kugelschreiber und gab ihm ein Zeichen, sitzen zu bleiben.

»*Vamos …*« Sie machte sich Notizen und stellte dabei eine ganze Reihe Fragen. Das vermutete er zumindest – er beherrschte kein Spanisch. So gesehen konnte das Telefonat eigentlich nur die Reaktion auf ihre Anfrage bei Interpol sein.

Franck schrieb und schrieb. Das Gespräch dauerte ungefähr eine Viertelstunde. Dann legte sie auf und ballte begeistert die Fäuste.

»*Yes!*«, sagte sie. »Ich erkläre Ihnen mal, was uns beide voneinander unterscheidet: Ich teile. Ich mache, was man mir aufgetragen hat – und teile mein Wissen. Das war ein Anruf aus Spanien. Inspektor Ruben Montoya Negrete von der *Policia Nacional* in Málaga.«

»Aha. Und Sie sprechen Spanisch.«

»Neben Englisch, Deutsch und Französisch. Fließend. So was nennt man ›Kompetenz‹. Ist übrigens sehr hilfreich, wenn man als hinkender Krüppel über ein paar Extrafähigkeiten verfügt.«

»Es tut mir leid, verdammt …«

»Was tut Ihnen leid?« Sie blickte fragend über den Rand ihrer Brille.

»Das mit Lara Croft. Entschuldigung!«

»Hm. Weiter im Text. Der Spanier hatte Neuigkeiten, was die gehängten Hunde betrifft: einen weiteren erhängten Hund inklusive totem Mann.«

»Dann ist also wirklich was dran«, sagte er. »An der Sache mit dem Modus Operandi.«

»Es ist nicht irgendein Toter. Es ist ein toter Däne.«

Langsam wurde es wirklich interessant.

»Moment. Ich will nur kurz etwas überprüfen«, sagte sie und ließ die Finger über die Tastatur tanzen.

»*Yes!* Es stimmt.«

»Was stimmt?«

Margrethe Franck blätterte in ihren spanischen Notizen und nahm den Faden wieder auf.

»Warten Sie kurz, wir gehen das Ganze noch mal von vorne durch. Laut Inspektor Montoya Negrete raste der dänische Direktor Hannibal Frederiksen Ende Februar über eine Felskante und kam dabei ums Leben. Auf den ersten Blick war daran nichts Ungewöhnliches. So etwas passiert. Aber … später erhielt die Polizei in Málaga einen Anruf von Frederiksens Ehefrau Henriette. Sie ist über das Tagebuch ihres verstorbenen Mannes gestolpert, in das sie vorher noch nie einen Blick geworfen hatte. Da drin steht, frei übersetzt – und ich zitiere in etwa so, wie es der Inspektor vorgelesen hat: ›Zu meinem großen Entsetzen fand ich unseren geliebten Hund Señor heute Morgen erhängt an einem Mandelbaum auf unserem Grundstück. Schon gestern Abend hatte ich das Gefühl, dass irgendetwas nicht stimmt. Ich habe ihn gesucht, aber ich konnte ihn nicht finden. An Schlaf war in dieser Nacht nicht zu denken. Ich hätte das nicht auf die leichte Schulter nehmen dürfen, ich hätte sie nicht ignorieren dürfen. Sie haben es ernst gemeint. Todernst. Ich sehe mit bangen Ahnungen den nächsten Tagen entgegen. Habe bereits mit X besprochen, dass er mir Unterstützung schickt. Ich wage es nicht, Henriette von Señor zu erzählen. Sie wird sonst krank vor Angst. Ich sage ihr einfach, er wäre weggelaufen. Ich habe ihn unten am See beerdigt.‹«

Margrethe Franck legte den Block hin und sah ihn fragend an. Er hatte nickend zugehört. Er hatte keinen Zweifel. »Es ist eine Art Kettenreaktion, die offenbar in Spanien in Gang gesetzt wurde. Sagen Sie mir, was Sie eben am Computer gesucht und gefunden haben.«

Margrethe Franck grinste breit und drehte sich zum Bildschirm. »Ich habe das Material vom Sekretariat des Consiliums auf dem Rechner. Hier. Direktor Hannibal Frederiksen taucht zweimal als Experte in Verbindung mit einer Ad-hoc-Kommission auf. Zum ersten Mal vor neun Jahren in einer Arbeitsgruppe, die sich mit der Besteuerung von Unternehmen befasste, und das letzte Mal vor drei Jahren in einer ähnlichen Gruppe, die an dem Thema ›Baugewerbe – ein Weg aus der Krise‹ gearbeitet hat. Er ist kein Mitglied des Mutterforums oder irgendwas in der Art, aber er hat an zahlreichen Vorträgen und Veranstaltungen teilgenommen. Zuletzt war er bei einem Vortrag von Alan Greenspan, dem früheren Chef der amerikanischen Zentralbank. Das ist auch drei Jahre her.«

»Damit führen alle Wege zum Consilium«, murmelte er.

»Sieht ganz so aus.«

»In chronologischer Reihenfolge waren es also Hannibal Frederiksen, Mogens Bergsøe und der Gründer selbst, Hans-Otto Corfitzen … drei erhängte Hunde, drei tote Männer.«

»Vier. Sie haben Ihren eigenen vergessen.«

»Aber ich bin noch da.«

»Noch, ja. Aber heute hatte es jemand auf Sie abgesehen, oder nicht?«

Er schüttelte seufzend den Kopf. Entweder stocherte sie auf gut Glück im Trüben, oder Margrethe Franck wusste beunruhigend gut Bescheid.

»Wir sollten uns diesen Hannibal mal ein bisschen gründlicher ansehen. Ich google ihn«, sagte Franck.

»Das sollte nicht allzu schwierig sein. Wer heißt schon Hannibal.«

»Abgesehen von dem Kerl mit den Elefanten«, murmelte sie.

Er musterte diskret ihr Gesicht. Die blassen Wangen hatten eine leichte Röte angenommen. Sie hatte offenbar schon wieder vergessen, dass sie sauer war.

»Okay, hier ist er«, fuhr sie fort. »Sein Lebenslauf hat den Umfang eines Telefonbuchs.«

»Nie von ihm gehört«, sagte er.

»Ich auch nicht. Mal sehen … Er besaß mehrere Baugesellschaften, drei hier in Dänemark, eine in Spanien. *Frederiksen Construcciones*. Außerdem steht hier, dass er ein anerkannter *developer* von Hotelanlagen auf dem spanischen Immobilienmarkt war. Eine dänische Zeitung hat ihn mal als den ›heimlichen Matador der Baubranche‹ bezeichnet.«

»Wie alt war er?«

»Zweiundsechzig. Und im Laufe der Jahre Mitglied einer langen Reihe von Aufsichtsräten. Vor zehn Jahren war er sogar sowohl im Aufsichtsrat als auch im Exekutivausschuss des dänischen Arbeitgeberverbands.«

»Das klingt nach Kontakten, nach einem Netzwerk, Einfluss …

Ich wüsste ja zu gerne, wer dieser X ist, den er in seinem Tagebuch erwähnt.«

»Das wüsste ich auch gern«, seufzte sie.

»War er in Spanien sesshaft?«

»Der Inspektor sagt Ja. Seit ein paar Jahren.«

»Und wie geht es jetzt weiter?«

»Wir schicken jemanden runter, der mit seiner Frau redet, was sonst? Sagen Sie, warum haben Sie damals eigentlich die Polizeiausbildung abgebrochen?«

Ihr schlangenbissartiger Themenwechsel erwischte ihn völlig unvorbereitet, und er zögerte eine Sekunde zu lang. Es war doch gerade so gut gelaufen. Das Gespräch war unbeschwert dahingeflossen, und er hatte einfach geredet, ohne darüber nachzudenken, dass er redete.

»Ich habe die Armee vermisst«, hörte er sich sagen.

»Kann man das?«

»Na klar kann man das.«

»Wie denn?«

»Wenn man lange genug dabei war, mit den Kameraden zusammen in der Klemme saß, zusammen gewonnen hat … dann wird das Heer irgendwann so etwas wie eine Familie. Und die kann man sehr wohl vermissen, wenn sie plötzlich weg ist.«

Franck sah aus, als erwartete sie noch mehr. Aber er schwieg.

»Wären Sie ein guter Polizist geworden?«, fragte sie.

»Da müssen Sie andere fragen.«

»Aber es hat Ihnen gefallen?«

»Es war okay, aber ich wollte lieber zurück. Und nachdem ich bei den Jägern angenommen wurde, habe ich die Entscheidung auch nie infrage gestellt.«

Margrethe Franck kaute nachdenklich auf ihrem Kugelschreiber herum. Dann sagte sie mit hochgezogener Augenbraue: »Ich finde es wirklich total komisch, dass er sich nicht an Sie erinnert.«

»Wer?«

»Max Bøjlesen … Er hat keine Silbe darüber verloren, dass er Sie kennt. Das ist definitiv komisch.«

»Na ja, was heißt schon kennen … Er war der Chef im Präsidium. Ich bin in sein Büro marschiert und hab ihm gesagt, dass ich aufhören will. Das war alles.«

»Sie sind als Grünschnabel mit zwei Tapferkeitsorden in seinem Allerheiligsten in Bellahøj aufgetaucht. Und da soll er sich nicht an Sie erinnern? Das können Sie jemand anderem erzählen.«

»Na, dann fragen Sie ihn doch selbst, Franck.«

»Das habe ich mir auch schon überlegt. Vergessen Sie Ihr Geld nicht. Das wollen Sie doch bestimmt genauso wenig teilen wie Informationen, oder?«

Er stand auf und griff kommentarlos nach dem Koffer. Und damit endete das Gespräch genauso beschissen, wie es begonnen hatte.

»Oh! Sie haben was vergessen.«

Die Hand an der Türklinke, blieb er stehen. Margrethe Franck zog die oberste Schreibtischschublade auf.

»Hier. Fangen Sie!«

Sie warf ihm in einem weichen, gut austarierten Bogen etwas Längliches zu. Er fing es auf. Es war sein Messer, das eigentlich tief in Arvidsens Oberschenkel stecken sollte.

»Dachte mir, dass Sie es bestimmt vermissen. Und machen Sie bitte die Tür hinter sich zu – danke.«

37.

Das Kontaktfenster zum Chef des Inlandsnachrichtendienstes Axel Mossman stand seit einer halben Stunde offen, es wurde also Zeit. Es war 22:30 Uhr. Er hatte bewusst gewartet, weil er nicht den Eindruck erwecken wollte, panisch zu sein. Er hatte die Zeit genutzt, um sich das Material aus Arvidsens Keller noch einmal anzusehen. Er nahm das Handy und gab die Nummer ein, die auf der Visitenkarte stand.

»Hallo?«

Die Stimme klang tief und weich.

»Jäger«, sagte er in Übereinstimmung mit dem vereinbarten Prozedere.

»Guten Abend. Was kann ich für Sie tun?«

»Corfitzens Gärtner, Arvidsen, ist tot. Von einem Scharfschützen erschossen.«

»Ich habe schon davon gehört.«

»Ich war dabei, als es passiert ist.«

»Das glaube ich kaum«, sagte die dunkle Stimme.

»Ich saß direkt hinter ihm auf dem Rasenmäher, als er …«

»Wie gesagt, das glaube ich kaum. Oder besser gesagt, Sie waren *nicht* da. Ganz einfach. Haben Sie Ihr Messer nicht zurückbekommen?«

»Doch …«

»Na also, sehen Sie? Sie waren nicht da. Sonst noch was zu berichten?«

Er war völlig baff. Alle Fragen, die ihn die ganze Zeit beschäftigt hatten, waren mit einem Fingerschnippen verschwunden. Er hatte die Situation mit Mossman diskutieren wollen, und jetzt sagte der Mann, die Situation habe gar nicht stattgefunden. Er sei nicht dort gewesen, wo er gewesen war.

»Noch nicht.«

»Konnten Sie mit ihm reden, bevor er …?«

»Nein.«

»Überhaupt nicht?«, fragte Mossman.

»Nein.«

Mossman wollte offenbar ganz sichergehen, dass Arvidsen sich nicht doch verplappert hatte, mit dem Messer im Bein.

Er war kurz davor, dem PET-Chef alles an den Kopf zu werfen, den Schockeffekt zu nutzen und ihn ganz direkt zu fragen, warum um alles in der Welt auch Arvidsen eine Visitenkarte mit der heimlichen Telefonnummer besessen habe. Ob Arvidsen Mossmans

Mitarbeiter gewesen sei. Oder ob in Wirklichkeit Mossman in die Mordfälle verwickelt sei und jetzt versuche, die Ermittlungen unter Kontrolle zu halten. Und sich vorsorglich zum Schnäppchenpreis von 250 000 Kronen eine plausible Lösung des Falls gesichert habe, inklusive psychisch labilem Täter und soliden Motiven.

Aber er ließ es bleiben. Schleichen war schlauer als trampeln. Und davon abgesehen würde Mossman sich von so etwas wohl kaum schockieren lassen.

»Ich … prüfe … im Moment verschiedene Dinge. Ich sage Bescheid, sobald ich etwas habe«, fuhr er fort.

»*Well,* dann lassen Sie uns das Gespräch hier beenden.«

Leicht verwundert legte er auf. Nicht nur hinter seinem Rücken, sondern auch direkt vor seiner Nase wurden unsichtbare Fäden gezogen. Und Axel Mossman geisterte überall herum und sorgte dafür, dass alles nach seinen Vorstellungen verlief.

Er starrte auf das Messer, das auf dem Nachttisch lag. Schön, dass es wieder da war. Das Einzige, was er jetzt mit Sicherheit wusste, war, dass jemand das Ganze aus nächster Nähe beobachtet hatte. Sonst würde das Messer jetzt nicht da liegen. Also war er vermutlich auch beim Fotohändler beschattet worden und in der Schule in Ravnkilde. Letzteres war unerheblich, denn von der Straße aus hatte sicher niemand das kurze Gespräch mit dem Hausmeister genau verfolgen können. Und natürlich hatte man auch seinen Einbruch in Arvidsens Keller observiert. Die Frage war nur: Wie viel wusste der PET?

Es war trotzdem merkwürdig. Er war die ganze Zeit vorsichtig gewesen und hatte immer wieder überprüft, ob er verfolgt wurde. Da blieb nur eine Möglichkeit, und es ärgerte ihn, dass er nicht daran gedacht hatte. Vielleicht weil er ein Veteran außer Form war, der sich noch nicht daran gewöhnt hatte, »mit den großen Jungs zu spielen«.

Morgen musste er als Erstes den kleinen GPS-Sender suchen, den Mossman, Rytter, Franck und Konsorten ohne Zweifel an seinem gemieteten Suzuki befestigt hatten. Denn auf der Reise zu Nørlunds alter Jagdhütte wollte er auf keinen Fall Gesellschaft haben.

Er machte es sich bequem und nahm sich erneut das Material aus Arvidsens Keller vor. Arvidsen hatte offenbar eine ganze Reihe von Messungen im Keller, Erdgeschoss und ersten Stock vorgenommen und die Arbeit sah alles andere als abgeschlossen aus.

Er kam zu der Erkenntnis, dass Arvidsen anscheinend nach Angaben gesucht hatte, die auf einen geheimen Raum hindeuteten. Gesetzt den Fall, dass es dort tatsächlich so etwas gab – Nørlund Slot wäre nicht das erste Schloss in der Geschichte, das ein Geheimnis hütete. Aber wieso hatte sich Arvidsen dafür interessiert?

Die Liste kam ihm etwas übersichtlicher vor. Es war anscheinend ganz einfach eine Observationsliste. Die erste Beobachtung war auf einen Tag drei Wochen nach Arvidsens Anstellung vor fünf Jahren datiert.

Es gab je eine Spalte für Datum, Ankunfts- und Abreisezeitpunkt und am Ende eine Spalte, die lediglich »Objekt« hieß. Darin standen ausschließlich Buchstabenkombinationen. Die erste lautete PJ, die zweite SHM, die dritte AA, und so ging es die ganze Reihe hinunter, mal mit zwei, mal mit drei Buchstaben.

Ohne Dekodierungsschlüssel war es aussichtslos, Arvidsens Liste zu dechiffrieren. AA konnte zum Beispiel der ehemalige Staatsminister Asbjørn Andersen sein – aber genauso gut der bekannte Schauspieler Anders Aaberg. Es war reine Zeitverschwendung, hier herumzuraten.

Während die PET-Maschinerie sich auf die spanische Spur in Gestalt des toten Hannibal Frederiksen heftete, hatte er selbst nur eine einzige, die er verfolgen konnte. Die war allerdings äußerst konkret: der »Boden« in der »Jagdhütte«.

Das angehängte Dokument hieß schlicht und einfach »Kriegsveteran N. Oxen«. Es landete in ihrem Postfach, während sie im Bett unter der Decke saß, den Laptop vor sich.

Die Mail kam von Asger Hansen. Er hatte sich also schon Zugang zu Ella Munks elektronischen Patientenakten verschafft und die gewünschten Informationen besorgt. Gerade eben hatte sie noch schläfrig gegähnt. Jetzt war sie hellwach.

Sie öffnete das Dokument und scrollte fieberhaft vor und zurück, überflog einzelne kurze Passagen. Dann legte sie richtig los und knöpfte sich alles von Anfang bis Ende vor.

Fünfmal war Niels Oxen zu einer Verhaltenstherapie bei Ella Munk gewesen. Die fünf Sitzungen waren in einem Formular mit sämtlichen Patientendaten beschrieben.

Ella Munks Diagnose lautete PTBS. Die Diagnose wurde auf etwas mehr als einer Seite begründet und vertieft. Niels Oxens posttraumatische Belastungsstörung wurde als besonders ausgeprägt beschrieben und als »um einiges gravierender – auch bezüglich der Dauer – als ein klassischer Fall von PTBS«.

»Ich bin allerdings zu der Auffassung gelangt, dass N. O. weit weniger dysfunktional ist, als man in Anbetracht des Umfangs seiner Traumatisierung erwarten würde«, lautete eine ihrer Schlussfolgerungen.

Das Ganze wurde gestützt durch einen Hinweis auf Oxens frühere Mitgliedschaft im Jägerkorps und die dazugehörigen grundlegenden Eigenschaften, über die er folglich verfügte.

Das Journal erstreckte sich über fünfundzwanzig Seiten und zeugte von einem alles andere als erfolgreichen Verlauf der Therapie. Ganz offensichtlich hatte Oxen sich nicht auf eine Zusammenarbeit eingelassen, obwohl er auf Empfehlung eines Heerespsychologen selbst entschieden hatte, Ella Munk aufzusuchen.

Die Psychologin betonte insbesondere die Tatsache, dass die Symptome einer PTBS typischerweise circa sechs Monate nach der Traumatisierung aufträten. In Oxens Fall sei aber eher von einer über die Jahre angesammelten Vielzahl von Erlebnissen auszugehen, die sein mentales Gleichgewicht schließlich beeinträchtigt hätten. Schrittweise, aber unaufhaltsam.

Erst während der dritten Sitzung hatte Ella Munk konkrete Beobachtungen zusammengefasst: Einige der Traumata gingen zurück auf die frühen Balkanjahre.

»N. O. erwähnt aus eigenem Antrieb ein konkretes Ereignis während seiner ersten internationalen Mission 1993 auf dem Balkan, die Misshandlung und Erschießung von Behinderten in einer Sporthalle durch serbische Milizen. N. O. nennt keine Details, bis auf eines: Er hielt einen sterbenden jungen Mann, etwa so alt wie er selbst, in seinen Armen, bis dieser schließlich starb.«

Sie hatte eine persönliche Notiz hinzugefügt: »Gehe sehr langsam vor, da ich der Auffassung bin, dass N. O. in diesem frühen Stadium für eine Konfrontation mit seinen Traumata noch nicht gerüstet ist. Frage nicht vertiefend nach.«

Vieles in den Gesprächen mit Oxen drehte sich offenbar um den Verlust seines Kameraden Bo »Bosse« Hansen und um seine darauf folgenden Bemühungen um eine Untersuchungskommission.

Ella Munk zitierte einen Satz von ihm: »Es vergeht kaum ein Tag, an dem ich nicht an Bosse denke.«

Die vierte Sitzung brachte noch mehr konkrete Beobachtungen. Die Psychologin notierte:

»Es kristallisiert sich allmählich heraus, dass N. O.s Fall sich aus einer Summe von sieben Ereignissen zusammensetzt (eine abnorm hohe Zahl, die diesen Fall einzigartig macht). N. O. hat heute mehrmals die Zahl sieben erwähnt und den festen Ausdruck ›die Sieben‹ verwendet.«

Aus den Unterlagen ging hervor, dass die Psychologin wieder bewusst darauf verzichtet hatte, nach Details zu fragen, aber es war die Rede von sieben wiederkehrenden, sehr grausamen Albträumen, bisweilen in Kombination mit Flashbacks, die zu beliebigen Tageszeiten auftraten. Manchmal auch mit Erinnerungsfetzen, die keinen Bezug zu den sieben Albträumen hatten.

»Es stellte sich heute heraus, dass die Episode mit den misshandelten Behinderten zu den ›Sieben‹ gehört.

N. O. erwähnt freiwillig eine weitere: Er nennt die Sequenz ›Kuhmann‹. Als ich konkret nachfrage, klinkt N. O. sich plötzlich aus dem Gespräch aus, er verliert die Lust, sich zu erklären.«

Margrethe Franck las weiter und erfuhr, dass Niels Oxen vor circa drei Jahren erkannt hatte, dass er Unterstützung brauchte, um »seine Situation zu bereinigen«. Laut Ella Munk war ihm das Ausmaß seiner Problematik allerdings nicht bewusst. Er war vollkommen davon überzeugt, dass er grundsätzlich allein in der Lage wäre, seine Probleme anzugehen und letztlich auch zu lösen.

Mitten in der fünften und letzten Sitzung war Oxen aufgestanden und gegangen, mit einer Botschaft an Ella Munk, die sie offenbar nach einer Tonbandaufzeichnung protokolliert hatte:

»Einen Dreck kapieren Sie. Sie hören einfach nicht auf mit Ihrem Familienscheiß. Das ist irrelevant. Hier geht es um Krieg. Sie waren nie im Krieg, Sie waren nie an einem Ort, wo alles eine Frage von Leben und Tod ist. Da liegt es auf Messers Schneide, das Leben … Eine falsche Bewegung, eine Fehlentscheidung – und *good bye!* Aber Sie kapieren rein gar nichts. Sie sind ungeeignet. Sie kennen meine Welt nicht.«

Diese Abschiedssuada war der Kulminationspunkt eines Verhältnisses gewesen, das die Psychologin als immer angespannter beschrieben hatte. Seit dem dritten Gespräch hatte die Situation zu eskalieren gedroht, nachdem Ella Munk vorsichtig damit angefangen hatte, Niels Oxens familiäre Situation zu betrachten und zu beurteilen. Dagegen hatte Oxen sich vehement gewehrt.

Das Journal endete mit der Bemerkung: »Ich erlebe einen derartigen Bruch des Therapieverlaufs zum ersten Mal. Ich ärgere mich und frage mich, was ich falsch gemacht habe – falls ich überhaupt etwas falsch gemacht haben sollte.«

38. Den Suzuki hatte er auf einem Waldweg abgestellt, leicht schräg an einem Hang, damit er darunterkriechen konnte.

Er hatte nur wenige Sekunden gebraucht, um den kleinen schwarzen GPS-Sender zu finden, der ununterbrochen ein Signal an seine »Freunde« sendete und ihnen verriet, wo er sich gerade befand. Der Sender war mit einem Klebeband am hintersten Holm befestigt gewesen. Er hatte ihn losgeschnitten und war zum SuperBest in Skørping gefahren, der in dem Moment die Türen geöffnet hatte, als er auf den Parkplatz rollte.

Er grinste vor sich hin, aber diesmal verzichtete er auf den Jubelschrei. Er war auf dem Weg durch den Wald und steuerte den großen Torstedlund Skov an, der nördlich vom Nørlund Skov lag.

Sein Lächeln war der Gewissheit geschuldet, dass sein Verfolger jetzt einer jungen Mutter mit zwei kleinen Kindern auf den Fersen war, nur die Götter wussten, wohin. Hinten im Kofferraum ihres silbernen Peugeot-Kombis lag der GPS-Sender.

»Die großen Jungs« würden das Ziel seiner Fahrt also niemals erfahren – Corfitzens alte Jagdhütte.

Deshalb konnte er unterwegs auch ungestört einen Abstecher machen, um etwas ziemlich Wertvolles zu verstecken.

Auch das Material aus Arvidsens Keller war in Sicherheit. Falls jemand auf die Idee kommen sollte, sein Zimmer zu filzen, würde er nichts finden. Alles befand sich unter einer Platte der Deckenverkleidung im Keller des Hotels. Trotzdem musste er zur Sicherheit checken, wie weit die Schatten reichten.

Als Erstes rief er den Hilfshausmeister und Jagdvereinsvorsitzenden Troelsen an, der ihn beruhigen konnte. Niemand hatte ihm Fragen gestellt. Der Fotohändler in Aalborg hingegen vermeldete, nachdem Oxen seine Ausdrucke abgeholt habe, sei ein Mann im Geschäft aufgetaucht, der für den PET arbeite und das auch mit einem Ausweis habe belegen können. Der Fotohändler versicherte ihm, dass sämtliche Dateien sofort gelöscht würden, sobald ein Kundenauftrag ausgeführt sei. Allerdings hatte er sich dazu verpflichtet gefühlt, dem PET-Mann zu sagen, dass es um die Grundrisse von Nørlund Slot und »irgendeine Liste« gegangen war.

Alles in allem war also nichts Schlimmes passiert. Oxens Geheimnisse waren immer noch geheim.

Das bisher stabile Frühjahrshoch hatte sich verdrängen lassen: Seit einer Stunde tröpfelte es aus einem durchgehend grauen Himmel. Es war später Vormittag, und der Himmel öffnete seine Schleusen endgültig, als Oxen von der schmalen asphaltierten Straße vom Sägewerk nach Torstedlund in einen Wirtschaftsweg abbog, der in den Wald führte.

Seiner Karte nach zu urteilen, musste er immer weiter nach Norden, bis zu der Stelle, wo sich vier der markierten Wirtschaftswege kreuzten. Dort musste er die zweite Abzweigung nach links nehmen und sich an der nächsten Gabelung rechts halten.

Das erste Stück des Wirtschaftswegs führte durch relativ offenes Gelände, mit einigen dicken Buchen, aber nach und nach wurde der Wald immer dichter.

Es war nicht das erste Mal, dass er Rotkäppchen spielte. Allerdings war er bedeutend lieber zu einer Hütte tief im Wald unterwegs, während ein paar Wölfe in seinem Hinterkopf herumspukten, als auf einem steinigen Pfad im Helmandtal mit Talibankriegern hinter jedem Felsvorsprung.

Er drehte den Schlüssel um und stieg an der Stelle aus dem Wagen, wo die Wege in einer Pfütze aus schwarzem Schlamm zusammentrafen. Er musste sich die vielen Fahrspuren genauer ansehen, die die schweren Fahrzeuge der Waldarbeiter in den Boden gegraben hatten, denn es waren mehr Wege zu erkennen, als es laut seiner Karte gab.

Der Wald war so still, so verführerisch still. In großen Tropfen fiel der Regen herab, auf Rinde, Nadeln, Blätter, Moos und Erde, deren Gerüche sich miteinander vermischten und zum wunderbarsten Parfum der Welt wurden: nasser, dänischer Wald.

Er war wirklich versucht, alles hinter sich zu lassen, abzuhauen und sich in einem neuen Wald einen neuen Rückzugsort zu suchen.

Aber als er sich wieder hinters Steuer setzte und den Wagen anließ, verjagte das Brummen des Motors diesen Gedanken. Er musste zu Ende bringen, was er sich in den Kopf gesetzt hatte. Denn gelang es ihm nicht, dann fraßen ihn die Wölfe.

Nur wenig später erreichte er eine große Lichtung, er hatte also den richtigen Weg gewählt. Dort, vor einem üppigen Gebüsch, stand die alte Jagdhütte, die schon mehrere Generationen überdauert hatte. Er fuhr durch das hohe Gras bis an die überdachte Veranda heran, stieg aus und trat vor den beeindruckenden Eingang.

Der Rundholzbau war schwarz gestrichen, aber die Farbe hatte schon seit Jahren niemand mehr aufgefrischt, und auch an den weißen Sprossenfenstern blätterte der Lack ab. Das Dach war ein Musterbeispiel solider Handwerkskunst, aber im Lauf der Zeit hatten sich dicke Moospolster auf den Holzschindeln ausgebreitet. Der Schornstein ragte wie eine Säule aus Feldstein in den Himmel, doch die Fugen bröckelten, und in den Regenrinnen wucherte alles Mögliche, von Brennnesseln bis hin zu einer kleinen Birke.

Hinter der Jagdhütte, deren verfallener Zustand einen Zauber innehatte, befanden sich ein kleines Nebengebäude und ein Klohäuschen.

Er betrat die Veranda und spähte durch ein Fenster ins Innere. Er sah einen langen Tisch und eine Menge Stühle. Es erforderte nicht besonders viel Fantasie, sich vorzustellen, wie laute Gespräche durch die Hütte hallten, das Klirren von Besteck und Geschirr, das Gluckern der Flachmänner, bevor das Horn die Hunde übertönte und die Jagdgesellschaft aus betuchten Adeligen und der bürgerlichen Oberschicht zusammenrief.

Jetzt war es hier so still, dass man meinte, das Gras wachsen zu hören.

Er holte die Brechstange, die er sich aus dem Werkzeugkeller des Hotels geborgt hatte, und drehte eine Runde um die Hütte, um herauszufinden, wo er sich am leichtesten Zugang verschaffen konnte.

Er entschied sich für eine Scheibe auf der Rückseite des Hauses, schlug sie ein, öffnete die Fensterhaken, drückte das Fenster auf und kletterte hinein. Offensichtlich war er in der Küche gelandet. Die Luft war stickig, es roch muffig.

Er blieb stehen, wo seine Füße den Holzboden als Erstes berührt hatten. Der Boden … Dem Boden galt seine ganze Aufmerksamkeit. Selbst wenn er sämtliche Dielen herausreißen musste, er würde ihm Arvidsens Geheimnis entlocken. Also, gesetzt den Fall, dass er auf dem richtigen Boden stand.

Der Dreck von Jahrzehnten und eine dicke Staubschicht bedeckten die massiven Dielen. Wenn sie in letzter Zeit jemand betreten hätte, wären Fußabdrücke zu erkennen gewesen. Aber der Küchenboden sah völlig unberührt aus. Vorsichtig ging er in den großen Wohnraum mit dem langen Tisch, den Stühlen und den mottenzerfressenen Sesseln vor dem offenen Kamin.

In diesem Raum gab es Fußabdrücke – von großen, festen Sohlen –, und zwar viele … Eine schmale Treppe führte die Wand entlang nach oben. Er ging die Stufen hoch. Die Jagdhütte besaß ein niedriges Obergeschoss, hatte also anderthalb Stockwerke. Dort gab es zwei leere Zimmer, links und rechts von der Treppe. Dazwischen konnte er gerade noch aufrecht stehen. Hastig nahm er die Böden der beiden Räume in Augenschein. Hier war nichts zu sehen. Er ging wieder nach unten.

Jeder, der eines der Bretter herausgerissen oder auch nur ganz vorsichtig angehoben hätte, hätte mit Sicherheit Spuren hinterlassen, aber es waren nirgends Macken zu entdecken. Auch nicht im großen Wohnraum.

Doch hier waren seltsamerweise auch unter dem Tisch Stiefelabdrücke … Als hätte irgendjemand – vielleicht Arvidsen – am Tisch gesessen und sich das Gläserklirren vergangener Tage herbeigeträumt. Das ergab keinen Sinn.

Der ungefähr sechs Meter lange Tisch, der wie alles andere aus massivem Holz gefertigt war, ließ sich höchstens mit viel Mühe verschieben. Er stand solide auf drei Beinen, die über seine gesamte Länge mit Fußbrettern verbunden waren. Und darunter versteckt, ganz in der Nähe der Fußabdrücke, fand Oxen, wonach er gesucht hatte: eine Reihe frischer Splitter und Kratzer, genau dort, wo die Bodendielen auf den darunterliegenden Balken genagelt waren. Oxen kroch unter den Tisch und rammte entschlossen die Brechstange in den schmalen Zwischenraum zwischen den beiden Brettern. Er kämpfte eine Weile, und als er es endlich geschafft hatte, war der Weg frei, und es ließen sich gleich fünf Dielen auf einmal lösen.

Zu seiner großen Überraschung konnte er in dem schwarzen Loch im Boden zuerst nichts entdecken, aber als er sich auf den Bauch legte und den Arm unter die Bretter streckte, ertasteten seine Finger ziemlich schnell eine Plastiktüte und eine Nylontasche. Er schob beides zu sich her, ging auf die Knie und zog seinen Fund aus dem Loch.

In der Tüte war ein flaches Ding, das an einen DVD-Player erinnerte, doch auf dem Gehäuse stand: »X-treme Surveillance Center, HDD-3TB«. Drei Terrabyte, das musste die Festplatte sein, die zum Überwachungssystem auf Nørlund Slot gehörte. Er öffnete den Reißverschluss der Tasche. Darin war ein Laptop. Ein Aufkleber auf dem Deckel verriet, dass er P. Arvidsen gehörte. Oxen durchwühlte die Fächer der Tasche, fand aber nur Kabel – und einen kleinen USB-Stick, der nicht …

»Keine Bewegung! Ich habe eine Pistole in der Hand!«

Der scharfe Befehl hallte durch den Raum. Oxen kniete auf allen vieren unter dem Tisch und konnte nichts sehen. Er verfluchte sich selbst. Er hatte sich viel zu sicher gefühlt. Nun blieb ihm nichts anderes übrig, als zu gehorchen.

»Jetzt ganz langsam rückwärts rauskommen. Der Kopf bleibt unten. Nicht umdrehen. Und versuch gar nicht erst, irgendwas Tapferes zu machen. Sonst blase ich dir den Schädel weg. Dann bist du ein toter Held, Kamerad … Verstanden?«

»Ja«, erwiderte er.

»Gut, dann komm raus, du langhaariger Penner. Langsam!«

Oxen gab sich Mühe, den Zeigefinger, der auf dem Abzug lag, nicht unnötig zu reizen.

»Jetzt dreh dich um, aber ganz langsam!«

Vorsichtig ging er auf die Knie und richtete sich auf, während er sich gleichzeitig zu dem Mann umdrehte, der hinter ihm stand.

Das Letzte, was er registrierte, war ein Ärmel aus hellem Stoff und eine Hand in einem schwarzen Handschuh, die auf sein Gesicht zuschoss. Der Schlag mit dem Pistolenlauf, der seine Schläfe traf, war nicht mehr als ein explodierender Lichtblitz vor seinen Augen.

39.

Mit kaum verhohlenem Ärger hatte Polizeipräsident Max Bøjlesen sie gebeten, an dem Konferenztisch in seinem Büro Platz zu nehmen. Seine Stimmung war offensichtlich auch schon ins Vorzimmer übergeschwappt, denn die Mitteilung seiner Sekretärin, dass Margrethe Franck jetzt da sei, klang fast wie eine Warnung.

Der Chef der nordjütischen Polizei schob seine Goldrandbrille mit dem Zeigefinger hoch, und als er sich Margrethe gegenüber hinsetzte, seufzte er tief über die unglaubliche Zeitverschwendung, die er hier ertragen musste.

»Lassen Sie uns gleich auf den Punkt kommen. Axel Mossman hat mich darüber informiert, wie wichtig es ist, dass wir uns treffen, Franck. Aber ich wiederhole gern, was ich Ihnen gestern schon gesagt habe: Das hätte sich leicht am Telefon regeln lassen.«

»Manche Dinge eignen sich nicht fürs Telefon«, sagte sie und zückte ihren Kugelschreiber.

»Nun gut … Axel hat mir erzählt, was Sie durchgemacht haben und wie sehr er Sie schätzt. Deshalb habe ich beschlossen, Ihnen entgegenzukommen. Wirklich erstaunlich, wie Sie mit Ihrer Behinderung umgehen. Und auch erstaunlich, dass der PET so … flexibel ist.«

Dann doch lieber Lara Croft. Sie überlegte, was wohl am meisten wehtun würde. Spontan gefiel ihr die Idee, ihm die Eier mit ihrem harten Prothesenfuß zu pulverisieren, aber bei näherer Betrachtung war er der Mühe nicht wert.

»Zurzeit bin ich auf Mossmans Anweisung damit beschäftigt, Niels Oxen zu überprüfen. Ich bin gerade an dem Punkt angelangt, als Oxen die Polizei verlassen hat – ziemlich überraschend, nachdem ihn alle so toll fanden, weil er seine Sache offenbar sehr überzeugend gemacht hat. Sie waren damals Chef in Bellahøj.«

»Chef ja, aber nicht sein direkter Vorgesetzter. Ich kann mich ehrlich gesagt überhaupt nicht daran erinnern. Bellahøj ist ein Ausbildungsrevier. Wir waren über dreihundert Leute da draußen.«

»Oxen ist bei Ihnen reingeschneit, um den Dienst zu quittieren.«

»Hm, wenn Sie das sagen …« Bøjlesen straffte sich ein wenig.

»Wie oft sind Sie schon einem Menschen begegnet, der für seine Tapferkeit ausgezeichnet wurde?«

»Also, das weiß ich wirklich nicht.«

Der Polizeipräsident hatte sich aufgerichtet, sein Blick wirkte jetzt nicht mehr gelangweilt, sondern aggressiv.

»Wie oft sind Sie einem Menschen begegnet, der gleich zweimal für seine Tapferkeit ausgezeichnet wurde?«

Bøjlesen schüttelte genervt den Kopf.

»Als Oxen nach Bellahøj kam, war er bereits zweimal geehrt

worden. Da könnte man doch meinen, dass der Revierchef Notiz davon nimmt, welch leuchtendes Beispiel dänischer Jugend seine Reihen da ziert? Und Sie können sich nicht im Geringsten an ihn erinnern?«

»Erinnern, erinnern … ein bisschen vielleicht, vage«, knurrte Bøjlesen.

»Erinnern … ein bisschen … Entweder erinnert man sich oder man erinnert sich nicht. Sie erinnern sich, also an Niels Oxen?«

Der Polizeipräsident nickte.

Sie setzte sofort nach: »Wäre das neulich nicht eine relevante Information gewesen? Als Ihre Leute ihn aufs Revier gezerrt haben, damit wir uns alle ansehen konnten, was von dem Kriegshelden noch übrig ist?«

»Worauf wollen Sie hinaus, Franck?«

»Wieso haben Sie nicht erwähnt, dass Sie eine gemeinsame Vergangenheit haben?«

»›Gemeinsame Vergangenheit‹. Bei Ihnen klingt das, als hätten wir etwas miteinander zu tun gehabt. Ich war Chef, er war irgendein Schüler, sonst nichts. Wachen Sie auf, Franck. Wenn das eine ›gemeinsame Vergangenheit‹ ist, dann teile ich die mit ziemlich vielen Menschen.«

»Aber Sie haben es nicht erwähnt.«

»Hätte ich ihm die Hand schütteln sollen? Ihn fragen, wie es ihm inzwischen ergangen ist und ob er Botschafter Corfitzen umgebracht hat? Ist es das? Wollen Sie darauf hinaus?«

»Wieso hat Oxen die Polizei verlassen?«

Max Bøjlesen setzte seine Brille ab und putzte das Glas mit seiner Krawatte, während er seufzend antwortete.

»Er hatte keine Lust mehr. Er wollte lieber wieder Soldat sein.«

»Daran können Sie sich also erinnern?«

»Es hat mich natürlich geärgert. Er war ein gutes Vorbild für andere.«

»Was haben Sie getan, um ihn zu halten?«

»Ich konnte ihn nicht halten. Er hatte seine Entscheidung getroffen. Haben Sie ihn selbst das alles schon gefragt?«

»Es ist wie mit allem anderen: Er schweigt.«

»Und wozu dann die ganze Aufregung?«

Margrethe legte den Kugelschreiber auf den Block und sah dem Polizeipräsidenten in die Augen.

»Weil«, begann sie langsam, »weil ich finde, dass die Sache stinkt. Die Erklärung ist bequem: Er wollte zurück zu den Jungs. Aber Oxen hatte schlimme Gewalterfahrungen auf dem Balkan gemacht. Er ließ sie ganz bewusst hinter sich, ging an die Polizeischule, machte seine Sache supergut – und zack … schmeißt er alles hin. Ohne vorher auch nur einen Piep zu sagen. Und als Sie beide sich dann viele Jahre später wieder begegnen, kann sich offenbar keiner von Ihnen an den anderen erinnern. Oder will sich nicht erinnern. Glauben Sie mir – ich finde heraus, was damals passiert ist.«

»Sie suchen etwas, das es nicht gibt. Aber auf diese Art sorgen in Søborg viele dafür, dass die Zeit verstreicht, nicht wahr? War das alles?«

»Ja, aber es war nicht das letzte Mal, dass wir uns über Oxen unterhalten haben. Verlassen Sie sich darauf.«

Sie nickte, stand auf und verließ das Büro des Polizeipräsidenten.

In Kommissar Rasmus Grubes Büro war die Stimmung bedeutend besser. Er schien ziemlich beschäftigt zu sein, bot Margrethe aber eine Tasse Kaffee an und bat sie, sich einen Augenblick zu setzen.

»Was führt Sie her?«, fragte er.

»Ein kleines Gespräch mit dem Polizeipräsidenten. Über Oxen. Mossman will alles über ihn wissen.«

»Oxen …?« Grube sah sie erstaunt an. »Ist das nicht Zeitverschwendung?«

Sie zuckte mit den Schultern.

»Keine Ahnung. Halten *Sie* es für Zeitverschwendung?«

»Wir haben nicht mal ein winziges Härchen von ihm bei Bergsøe oder Corfitzen gefunden. Und falls er wirklich an Corfitzens Tod schuld sein soll – wieso um alles in der Welt sollte er sein Lager dann ausgerechnet in Corfitzens Wald aufschlagen? Ja, und jetzt diese neuen Informationen aus Spanien. Danke dafür, übrigens. Die Wege von Hannibal Frederiksen und Niels Oxen haben sich meines Wissens nie gekreuzt.«

»Das können wir noch nicht mit letzter Gewissheit sagen.«

»Rytter hat versprochen, Leute abzustellen, die alles überprüfen, was mit Hannibal Frederiksen zu tun hat. Da sparen wir uns die doppelte Arbeit. Aber ich gehe jede Wette ein: Oxen ist ihm nie begegnet. Oxen ist nur einer von diesen ›bequemen‹ Verdächtigen. Ein armer Teufel, der im Leben gestrauchelt ist«, sagte Grube.

»Was ist mit Bøjlesen, lässt er Sie in Ruhe?«

Grube schnaufte schwer. »In Ruhe? Sind Sie verrückt? Seiner Ansicht nach ist ›zu wenig Bewegung in der Sache‹.«

»Und Arvidsens Hinrichtung? Die Verbindung nach Spanien? Ist das etwa keine ›Bewegung‹?«

»Das waren seine Worte. Aber ich setze voll auf die Arvidsen-Spur. Und ich habe Neuigkeiten, die Sie in diesem Zusammenhang bestimmt interessieren werden. Es geht um Corfitzens Tochter.«

»Ach ja? Was denn?«

»Sie ist eine ausgezeichnete Schützin.«

»Sie ist *was*?«

»Kajsa Corfitzen hat mehrere Jahre in Folge die CURA-Meisterschaft der Frauen gewonnen. CURA ist die *Cambridge University Rifle Association.* Drei Jahre hintereinander, um genau zu sein. Und sie hat auch in anderen Wettbewerben abgeräumt.«

»Wollen Sie damit sagen, dass Sie Karin Corfitzen verdächtigen, ihren eigenen Gärtner erschossen zu haben?«

Der Kommissar schüttelte den Kopf. »Nein, das sage ich nicht, aber ich sage auch nicht, dass sie es *nicht* war. In dieser Ermittlung stehen noch alle Türen sperrangelweit offen. Einer meiner Männer ist auf die clevere Idee gekommen, Kajsa Corfitzen zu durchleuchten, weil sie die Einzige ist, die freien Zugang zum Schloss hat. Im Übrigen ist sie auch eine herausragende Florettfechterin. Sie hat sogar mal die offenen britischen Meisterschaften gewonnen.«

»Nur für den Fall, dass wir über jemanden stolpern, dem ein Degen im Herz steckt?«

Grube lächelte stumm.

»Offenbar muss ich meinen ersten Eindruck revidieren. Auf mich wirkte sie eher wie jemand, der sich nur mit trockenen Zahlen beschäftigt«, fügte sie hinzu und stand auf. »Haben Sie sie zum Thema Schießen befragt?«

»Nein, diese Karte spielen wir vorläufig noch nicht aus.«

»Eine letzte Frage: Können Sie mir ein paar Leute aus dem Jahrgang nennen, die damals gleichzeitig mit Oxen in Bellahøj in der Ausbildung waren?«

Grube kramte in seinem Gedächtnis. Dann lächelte er erleichtert. »Zwei. Mir fallen zwei ein, die ganz sicher dabei waren.«

Er kritzelte etwas auf ein Stück Papier und gab es ihr.

»Hier. Hans-Erik Overgaard. Der ist Kommissar bei der Polizei Südjütland, und dann ist da noch Uffe Grumstrup, der sitzt im Kopenhagener Präsidium, keine Ahnung, was genau er da macht. Versuchen Sie es bei den beiden.«

»Danke, das mache ich. Wir hören voneinander.«

Noch bevor Margrethe den Parkplatz des Polizeireviers verließ, hatte sie zu den beiden Männern Kontakt aufgenommen, die in Niels Oxens Jahrgang Polizeischüler gewesen waren.

Kommissar Grube hatte sich richtig erinnert. Sie waren beide in Bellahøj gewesen. Und sie konnten sich auch gut an Niels Oxen erinnern. Weiterhelfen konnten sie ihr trotzdem nicht. Oxen habe an der Polizeischule nie »so richtig dazugehört«. Er sei zwar nicht isoliert gewesen, habe sich aber doch sehr zurückgezogen. Er habe auch nicht gern über sich geredet. Und schon gar nicht über seine Leistungen bei der Armee.

Sowohl Overgaard als auch Grumstrup erwähnten von sich aus, dass es seinerzeit das ganz große Gesprächsthema gewesen sei, als Niels Oxen mitten in der Ausbildung abbrach – schließlich habe jeder gewusst, dass er der Beste von allen war. Oxen habe eine besondere Ausstrahlung gehabt – oder »Aura«, wie Grumstrup es nannte. Sie habe ihm eine natürliche Autorität verliehen, für die andere jahrelang kämpfen müssten und von der sich viele erfahrene Polizisten eine Scheibe abschneiden könnten.

Mit anderen Worten, Niels Oxen war ein Naturtalent.

Umso rätselhafter war es allen erschienen, dass er Bellahøj damals so plötzlich den Rücken gekehrt hatte. Und umso überzeugter war Margrethe, dass in Oxens Keller eine Menge Leichen lagen.

Im Augenblick konnte sie allerdings nicht mehr Zeit auf diese Theorie verwenden, sondern musste ermitteln. Es sei denn, Mossman befahl ihr etwas anderes.

Willy Sørensen hielt sich im Hotel bereit, um die Spätschicht zu übernehmen und Bent Fensmark abzulösen, der Oxen seit dem frühen Morgen beschattete. Nur seltsam, dass Fensmark sich in den letzten Stunden gar nicht mehr gerührt hatte.

Sie hatte nur eine einzige Meldung von ihm bekommen, nämlich als er sie anrief, um ihr zufrieden mitzuteilen, dass Oxen den GPS-Tracker endlich gefunden habe. Jetzt glaube der »Penner«, wie Fensmark ihn schon bei mehreren Gelegenheiten genannt hatte, er habe auf einem Supermarktparkplatz in Skørping ein cleveres Manöver eingefädelt.

Aber so war es nicht. Sørensen und Fensmark hatten vorsorglich gleich zwei Sender am Auto angebracht. Einen unter der Karosserie und einen unter dem Rücksitz, getreu der Devise: Finde einen, und du rechnest im Traum nicht mit einem zweiten.

Als Margrethe die Autobahn erreichte, warf sie einen Blick auf die Uhr. Es war mehr als vier Stunden her, dass Bent Fensmark Laut gegeben hatte. Sein Mangel an Disziplin ärgerte sie. Es war vereinbart, dass er sich im Abstand von höchstens zwei Stunden meldete, ganz egal, was los war.

Sie beschloss, die Abfahrt Haverslev zu nehmen und beim Schloss vorbeizuschauen, um mit Kajsa Corfitzen zu sprechen – oder vielleicht auch über Niels Oxen zu stolpern.

Obwohl es ihr die ganze Zeit nicht aus dem Kopf gegangen war und sie sich niemals damit würde abfinden können, unbeantwortete Fragen zunächst beiseitezupacken, war sie schon hinter Støvring, als sie plötzlich laut herausplatzte: »Oh Mann, Margrethe, so was erzählt ein Ehemann doch seiner Frau … Oder etwa nicht? Doch, das tut er!«

Es war nur ein kurzer Anruf bei dem pensionierten Lars Clausen nötig, um zu erfahren, dass Jørgen Middelbo, der verstorbene Chef der Schutzpolizei in Bellahøj, viele Jahre in Holbæk gewohnt hatte. Wenig später hatte sie über die Telefonauskunft eine Astrid Middelbo ausfindig gemacht. Die einzige Middelbo in Holbæk.

Sie wählte die Nummer, stellte sich vor und bekam sofort die Bestätigung, dass sie an die richtige Person gelangt war. Astrid Middelbo, deren Stimme am Telefon etwas vorsichtig klang, hatte ihren Mann vor fast anderthalb Jahren verloren. Er war an Lungenkrebs gestorben.

»Bitte entschuldigen Sie die Störung. Ich arbeite im Augenblick an einem Fall und hoffe, dass Sie mir vielleicht weiterhelfen können«, leitete Margrethe ihr Anliegen ein.

»Ich?« Die Verwunderung in Holbæk kam ohne Verzögerung in Nordjütland an.

»Ja, also, wissen Sie, es geht um Informationen über einen Mann, der zur Zeit Ihres Mannes Polizeischüler in Bellahøj war.«

»Wir haben so gut wie nie über die Arbeit geredet, Jørgen und ich.«

»Aber es dreht sich um einen Mann mit einem etwas speziellen Nachnamen, und mit einer etwas speziellen Geschichte. Er heißt Niels Oxen. Hat Ihr Mann diesen Namen irgendwann mal erwähnt?«

»Nein, ich glaube nicht, dass mir der Name etwas sagt. Was hat er denn angestellt?«

»Vielleicht gar nichts. Der PET gräbt nur ein bisschen in seiner Vergangenheit. Das Ungewöhnliche an ihm war, dass er vor der Polizeiausbildung bereits Soldat gewesen war, und als er nach Bellahøj kam, besaß er schon zwei Tapferkeitsorden.«

»Aha ...«

»Vor einigen Jahren hat er als bisher einziger Soldat eine neue und sehr hohe Auszeichnung erhalten – das Tapferkeitskreuz. Das Fernsehen und die Zeitungen waren damals voll davon. Also, sein Name ist *Niels Oxen*.«

Am anderen Ende blieb es für einen Moment ganz still, dann sagte Astrid Middelbo mit fester Stimme: »Jørgen und ich hatten eine Vereinbarung. Alles, was wir im Zusammenhang mit seiner Arbeit zu Hause besprochen haben, sollte auch in diesen vier Wänden bleiben.«

»Das klingt nach einer sehr guten Vereinbarung. Es ist nur so, dass Ihr Mann womöglich der Einzige war, der über eine Sache Bescheid wusste, in die Oxen vor vielen Jahren verwickelt war.«

»Ich kann Ihnen leider nicht helfen, Frau ... wie heißen Sie noch gleich?«

»Franck. Margrethe Franck, ich arbeite in Søborg.«

»Ja, wie gesagt, es tut mir leid.«

»Ist schon in Ordnung. Sie waren nur meine letzte Hoffnung, weil ich überzeugt davon bin, dass Ihr Mann uns bei diesem Problem sicher ohne zu zögern geholfen hätte.«

Sie verabschiedeten sich, und Franck schlug ärgerlich die Handflächen aufs Lenkrad. Netter Versuch.

»Scheiße, Scheiße, Scheiße …«

Sie schaltete das Radio ein, und als sie das Lied erkannte, drehte sie voll auf. *Born in the U. S. A.* dröhnte noch immer in ohrenbetäubender Lautstärke durchs Auto, als sie zur Tankstelle an der Haverslev-Ausfahrt abbog. Sie blieb sitzen und sang die letzte Strophe mit: *I'm a cool rocking daddy in the U. S. A. …* Deshalb hörte sie es nicht, aber sie bemerkte den Vibrationsalarm des Handys. Als sie die Nummer erkannte, würgte sie Bruce hastig ab.

»Hier ist noch mal Astrid Middelbo. Ich habe ein bisschen darüber nachgedacht … Sie haben recht. Natürlich hätte Jørgen dem PET geholfen.«

»Dann ist Ihnen etwas eingefallen?«, tastete Margrethe sich vorsichtig vor, während sie am liebsten vor Begeisterung laut geschrien hätte.

»Ja. Der Name. Natürlich kann ich mich daran erinnern. ›Oxen‹ ist schon sehr ungewöhnlich. Und dann diese unglaubliche Geschichte. Aber erst als er den letzten Orden bekam, hat Jørgen mir von ihm erzählt. Davor hat er nie auch nur ein Wort über ihn verloren, aber an dem Abend saßen wir vor dem Fernseher und haben es uns gerade in den Nachrichten angesehen. Die Königin war auch da, sie hat ihm den Orden überreicht. Und es gab einen kurzen Bericht über Oxen.«

Margrethes Herz klopfte laut. Am liebsten hätte sie der Witwe Middelbo die Worte aus dem Hals gequetscht, aber sie musste geduldig sein.

»Jørgen war stocksauer. Er saß in seinem Sessel und hat geschäumt vor Wut, er wollte nicht mal seinen Kaffee trinken. Ich erinnere mich, dass er das Ganze als lächerliche Komödie bezeichnet hat und dass er über den Soldaten geflucht und geschimpft hat.«

Astrid Middelbo machte eine kurze Pause, offenbar in dem Versuch, bei dieser komplizierten Geschichte nicht den Überblick zu verlieren.

»Jørgen hat sich fürchterlich über die tolle Auszeichnung für den Soldaten aufgeregt. Ich habe ihn gefragt, was um alles in der Welt denn so schlimm daran sei, da hat er durchs ganze Haus gebrüllt: ›Dieses verfluchte Dreckschwein von Dealer!‹ Und dann hat er mir erzählt, dass dieser Oxen Polizeischüler bei ihm in Bellahøj war. Irgendwann haben sie den Soldaten auf frischer Tat ertappt. Er traf sich mit Kriminellen aus dem Drogenmilieu, und bei einer Razzia in seinem Haus hat man dann eine Menge Stoff gefunden.«

»Drogen? Damit hätte ich nicht gerechnet.«

»Nein, nicht wahr? Man glaubt, man hört nicht richtig. So ein guter Soldat. So mutig – und so hübsch anzusehen und so bescheiden. Drogen … Das war das Letzte, was man von ihm erwartet hätte.«

»Und was ist dann passiert? Hat Ihr Mann Ihnen das erzählt? Kam Oxen nicht ins Gefängnis?«

»Ja, das habe ich ihn auch gefragt. Erst wollte er nicht richtig damit herausrücken, aber dann … Er hat gesagt, ich dürfe es niemals jemandem erzählen.«

»Aber jetzt hat sich die Situation ja geändert, nicht wahr?«

»Mein Mann bekam die Anweisung, beide Augen zuzudrücken.«

»Wirklich? Von wem denn?«

»Bøjlesen, Max Bøjlesen, der war damals sein Vorgesetzter. Diesen Namen vergisst man nicht so schnell.«

Jetzt musste sie aufpassen. Auf keinen Fall durfte die Witwe den Eindruck bekommen, ihr geliebter verstorbener Mann sollte in ein schlechtes Licht gerückt werden. Margrethe tastete sich vor.

»Also diese Anweisung war ja wirklich ungeheuerlich. Wie ist es weitergegangen?«

»Gar nicht. Mein Mann hat sich gefügt. Niemand hat etwas

gesehen oder gehört, und es wurde nie mehr ein Wort darüber gesprochen.«

»Und wieso sollte das alles totgeschwiegen werden, wissen Sie das?«

»Dieser Oxen sollte wohl schon damals als vorbildlicher junger Mann dargestellt werden. Das schöne Bild sollte nicht zerstört werden.«

»Und Oxen ist einfach so davongekommen?«

»Er hat die Polizei verlassen und ist wieder Soldat geworden.«

»Was für ein Schlamassel! Und dann ist nie wieder etwas in dieser Angelegenheit passiert?«

»Ich konnte sehen, wie sehr es meinen Mann gequält hat. Das entsprach absolut nicht seinem Gerechtigkeitssinn. Alle Unterlagen zu dem Fall wurden von Bøjlesen aus dem Weg geschafft, damit niemand etwas beweisen konnte, aber Jørgen …«

Die Witwe hielt die Luft an. War sie im Begriff, etwas zu verraten? Doch dann sagte sie vorsichtig: »Wieso interessieren Sie sich für den Soldaten? Was haben Sie vor?«

»Das ist alles Teil einer größeren Ermittlung. Tatsächlich bin ich im Moment in Aalborg und komme gerade aus Bøjlesens Büro. Er ist inzwischen Polizeipräsident der nordjütischen Polizei. Er behauptet, nichts über die Sache mit Oxen zu wissen.«

»Er lügt!« Astrid Middelbos Stimme bebte. »Ich schwöre Ihnen, er lügt. Jørgen hat immer gesagt, dass dieser Bøjlesen ein Mistkerl ist. Einer, der das Recht beugt und die Ellenbogen einsetzt. Aber hören Sie …«

Die alte Dame überwand die letzte Barriere – immerhin machten sie gemeinsame Sache gegen Max Bøjlesen.

»Das Letzte, was Jørgen an diesem Abend gesagt hat, war, dass er sich abgesichert habe, für den Fall, dass mal irgendwas deswegen sein sollte. Er hatte Kopien von dem Bericht und den Fotos in einem Umschlag in seinem Schrank.«

»In welchem Schrank?«

»Er hat – hatte – einen speziellen Schrank im Werkstattkeller. Darin hat er alles Mögliche aufbewahrt.«

»Haben Sie schon nachgesehen?«

»Nein … Seine Kleider warten auch noch darauf, dass ich …« Frau Middelbo verstummte.

»Das kann ich gut verstehen. Das ist bestimmt nicht einfach …«

»Ein langes gemeinsames Leben, nicht wahr? Denken Sie, Jørgen hat damals etwas Falsches getan?«

Es war bestimmt nicht das erste Mal, dass seine Witwe sich diese Frage stellte. Jetzt hieß es, jedes Wort sorgsam abzuwägen.

»Kein Krimineller darf seiner Strafe entgehen, wenn Sie mich fragen. Aber manchmal ist das nicht so einfach, denn was ist, wenn etwas im Dienste einer höheren Sache passiert? Ihr Mann muss zu dem Schluss gekommen sein, dass er nichts unternehmen konnte.«

Das war nur die halbe Wahrheit, um die Witwe zu beruhigen. Sein Chefposten und der damit verbundene Lohn hatten Jørgen Middelbo damals sicher mehr am Herzen gelegen als eine stinkende Geschichte um einen kriminellen Polizeischüler, der als tapferer Soldat im Dienste der Nation geehrt worden war.

»Ich denke, ich sollte den Schrank endlich mal aufräumen. Sie können ja in ein paar Tagen vorbeikommen und das Kuvert abholen. Dann können wir uns noch ein bisschen unterhalten.«

»Danke, das mache ich sehr gerne.«

Nachdem sie sich verabschiedet hatten, saß Margrethe noch lange reglos im Auto.

Niels Oxen in schlechter Gesellschaft. Niels Oxen als Drogendealer. Niels Oxen als Hauptperson bei einem Hinterzimmergeschäft. Ein ellenlanges Sündenregister mit allem Drum und Dran, von häuslicher Gewalt bis Versicherungsbetrug – und eine Portion Rauschgift als Sahnehäubchen obendrauf.

Viele Medaillen, viele Kehrseiten.

40. Der Geschmack von Blut war die erste Wahrnehmung, die sich einen Weg durch sein ausgeknocktes Bewusstsein bahnte. Die zweite steckte in seiner Nase – der Geruch von Staub und verbrauchter Luft.

Die dritte und letzte war eher eine Art Signal seines Körpers: »He, Typ, du hast da was Komisches im Mund, spuck es aus!«

Langsam drückte er das Ding mit der Zunge nach vorn und hatte auf einmal erfreulich viel Platz im Mund. Der war staubtrocken, aber es gelang ihm allmählich, ihn mit Spucke anzufeuchten.

Seine Augen waren immer noch geschlossen, als er Anzeichen verspürte, dass sich etwas tat. Nach der anfänglichen Verwirrung und Orientierungslosigkeit formte sich der erste Gedanke – und zwar der, dass der seltsame Fremdkörper, den er eben zwischen den Zähnen herausgeschoben hatte, ein … USB-Stick war …

Er schlug die Augen auf. Und machte sie sofort wieder zu. Irgendetwas stimmte nicht mit ihnen. Er wartete kurz, dann versuchte er es wieder. Öffnete sie vorsichtig, mit demselben Ergebnis. Seine Augen blickten in ein Paar anderer Augen, weit aufgerissen, groß und matt wie die eines Kabeljaus. Aus dem Øresund gezogen und an Deck geworfen.

Er erschrak. Da war das Gesicht eines Menschen, nur eine Armlänge von seinem eigenen entfernt. Es lag in einer Pfütze aus schwarzem, geronnenem Blut, die sich auf den staubigen Bodendielen ausgebreitet hatte. Den Dielen in …

… in der Hütte, natürlich. In Corfitzens alter Jagdhütte, in die er eingebrochen war, um den Boden zu untersuchen, weil Arvidsen, unmittelbar bevor er krepiert war, »Boden« gesagt hatte.

Das war der Stand der Dinge.

Vorsichtig hob er den Kopf und konnte die Bretter sehen, die er angehoben hatte, und auch das schwarze Loch im Boden. Er hatte Arvidsens Versteck gefunden und dort eine Festplatte entdeckt, einen Laptop und einen USB-Stick. Letzteren hatte er sich in den

Mund gesteckt, als eine Männerstimme hinter seinem Kopf etwas von einer Pistole sagte, die direkt auf ihn gerichtet sei.

Er spähte wieder nach links. Die Leiche neben ihm war ein Mann, vermutlich um die vierzig. Er trug eine helle Baumwolljacke und schwarze Handschuhe. Ein heller Ärmel und eine schwarze Hand, das war das Letzte, woran Oxen sich erinnerte. Also hatte der Mann mit den Kabeljauaugen ihn bewusstlos geschlagen.

Erst bei diesem Gedanken kam der Schmerz. Er fuhr sich mit den Fingern über die Stirn. Die Haare lagen hart und verklebt über einer gewaltigen Beule, und an seiner Wange ertastete er geronnenes Blut. Es war natürlich ein Unding, herumzulaufen und Leute niederzuschlagen, aber noch lange kein Verbrechen, das mit dem Tod bestraft werden sollte.

Mühsam kämpfte er sich auf die Knie hoch und drehte die Leiche auf den Rücken. Ein Schuss in die Herzregion und mindestens einer in den Bauch, es war bei dem ganzen Blut nicht gut zu erkennen. Nicht weit von der Leiche lag eine Heckler & Koch USP Compact, man konnte also davon ausgehen, dass der Mann Verbindungen zur Polizei gehabt hatte.

Ein hastiger Check seiner Taschen war ergiebig. In der Brusttasche des Hemdes fand er ein Handy, und in der Innentasche der Jacke einen Geldbeutel. Oxen stand auf und wankte noch etwas benommen zu dem alten Sessel vor dem Kamin, in den er sich fallen ließ. Eine Staubwolke stieg auf.

Dem Führerschein, der Kreditkarte und der Versicherungskarte nach hieß der Mann Bent Fensmark, ein Polizeiausweis war nicht zu finden. In seinem Geldbeutel steckten zwei Hundertkronenscheine, ein Fünfziger sowie vier Lottoscheine, leider war seine persönliche Unglückszahl wohl gerade gezogen worden.

Aber wenigstens war Bent Fensmark in der Lage, den Styx ohne Probleme zu überqueren: In einem Nebenfach steckte eine Karte, die belegte, dass der Tote eine Ausbildung zum Taucher hatte.

Oxen nahm das Handy unter die Lupe. Die Anrufliste zeigte, dass der Mann an seinem letzten Tag nur drei Personen angerufen hatte. Er war sich nicht sicher, ob es eine schlaue Idee war, aber er tat es trotzdem.

»Hier spricht Mossman.« Die tiefe Stimme, die sich auf die Wahlwiederholung meldete, war unverkennbar. Fensmark hatte vor anderthalb Stunden den PET-Chef kontaktiert.

»Martin Rytter«, klang es gehetzt am anderen Ende der Leitung, als Oxen die zweite Nummer ausprobierte. Dieses vorletzte Gespräch hatte zehn Minuten vor dem Telefonat mit Mossman stattgefunden.

Er wählte die dritte und letzte Nummer, und das Telefon klingelte mehrmals, bis jemand dranging. Die Stimme klang gereizt: »Warum zur Hölle rufst du jetzt erst an? Wo ist Oxen?«

Es war Margrethe Franck. Er zögerte, während sie aufgebracht »Hallo?« rief, doch dann entschied er sich.

»Ich bin hier … Und Sie sollten besser auch kommen, Franck, sofort.«

Es war weniger als eine halbe Stunde vergangen, als er draußen Motorengeräusche hörte, nachdem er Margrethe Franck mit dem Handy durch das Labyrinth von Waldwegen gelotst hatte.

Sie wusste nicht, was sie erwartete, nur dass sie so schnell wie möglich kommen sollte.

Die Wartezeit hatte er genutzt, um auf den staubigen Dielen nach Fußabdrücken und auf dem feuchten Waldboden Reifenspuren zu suchen. Er fand nur die Abdrücke seines eigenen Wagens, was bedeutete, dass Fensmark irgendwo im Wald geparkt haben musste, um sich unbemerkt anschleichen zu können. Und dasselbe galt logischerweise auch für den Mörder.

Jetzt saß Oxen im Sessel und versuchte, sich auf das weitere Vorgehen zu konzentrieren. Er bemühte sich wieder, die richtigen Fragen in der richtigen Reihenfolge zu stellen. Diesmal erschien es ihm leichter. Vielleicht weil er etwas ganz Handfestes hatte, auf das er sich beziehen konnte: den USB-Stick in seiner Tasche.

Er hörte eine Autotür knallen, dann knarzte die Hintertür der Jagdhütte, und Sekunden später stand sie im Zimmer. Falls Margrethe Franck schockiert war, dann ließ das höchstens die hochgezogene Augenbraue ahnen.

»Fensmark …! Oxen, haben Sie …?« Sie sah ihn fragend an.

»Nein, nein, ich doch nicht.«

»Wer dann?«

»Keine Ahnung. Sie kennen ihn?« Oxen nickte in Richtung des Toten auf dem Boden.

»Ja, ein Kollege aus Aarhus, Bent Fensmark.«

»Der auf mich angesetzt war?«

»Was meinen Sie?«

»Zunächst hatte er den Auftrag, mich zu beschatten. Für den Fall, dass ich was finde, sollte er direkt auf mich losgehen und wenn nötig auch schießen … Habe ich recht? Sieht so Ihr kleines Spielchen aus?«

Margrethe Franck machte vorsichtig ein paar Schritte und kniete sich neben die Leiche. Sie seufzte und schüttelte den Kopf.

»Ich habe Sie was gefragt, Franck, also antworten Sie endlich, verdammt!« Wut und Ärger stiegen in ihm hoch.

»Ich muss erst Mossman anrufen, er soll …«

Oxen sprang auf. »Mossman kann mich mal. Sie rufen jetzt niemanden an! Erst reden wir miteinander! Verstehen Sie dieses Wort? Reden? Danach können Sie von mir aus machen, was Sie wollen. Verdammt, Franck, Sie schulden mir ein paar Antworten!«

Sie stand auf und richtete einen anklagenden Zeigefinger auf ihn. »Gleichfalls, Oxen!«

»Setzen Sie sich!«

Er zeigte auf den anderen Sessel und setzte sich wieder hin. Zögernd ließ Franck sich auf den Sessel fallen und verschwand kurzzeitig hinter einer Staubwolke.

»Ich habe Sie etwas gefragt«, fuhr er fort.

»Ja, Fensmark sollte Sie beschatten, er und ein anderer Kollege aus Aarhus, im Wechsel, rund um die Uhr. Sind Sie jetzt zufrieden?«

»War das Ihre Entscheidung?«

»So was entscheiden Rytter und Mossman. Aber ich kann die beiden gut verstehen. Mossman will für seine Viertelmillion natürlich auch etwas haben. Alles andere wäre Blödheit.«

»Ich habe heute den GPS-Sender gefunden und an einem anderen Auto angebracht.« Er nickte zu der Leiche auf dem Boden. »Woher wusste er also, wo ich …?«

Sie hielt ihm zwei Finger vors Gesicht.

»Zwei? Es waren zwei Sender am Wagen?«

Sie nickte. Er ärgerte sich. Er hatte seinen Vorsprung verloren, weil sie ihn von vornherein durchschaut hatten. Noch dazu hatte er unverzeihlich lange gebraucht, um den ersten Sender zu finden. Er war ein Idiot.

»Dann sind sie mir die ganze Zeit gefolgt. Was wissen Sie?«

»Ich weiß, dass Sie in Arvidsens Keller eingebrochen sind, und ich weiß, dass Sie eine Art Liste und Grundrisszeichnungen vom Schloss gefunden haben. Das hat uns der Fotohändler in Aalborg erzählt. Wir haben in Ihrem Zimmer danach gesucht, ohne Erfolg. Außerdem weiß ich, dass Sie Arvidsen angegriffen und ihm das Messer ins Bein gerammt haben, als Sie hinter ihm auf dem Rasenmäher saßen. Und ich weiß, dass wer auch immer Arvidsen erschossen hat, Sie gerne in einem Aufwasch mit erledigt hätte.«

»Haben Sie eine Ahnung, wer es war?«

»Der Schütze? Nein, habe ich nicht«, antwortete sie. »Und genauso wenig weiß ich, warum um alles in der Welt Sie hier mitten im Wald sind. Die Liste, die Grundrisse, das alles hier … Also, wenn Sie bitte so freundlich wären …?«

Margrethe Franck nickte gereizt in Richtung der Leiche und schlug mit der Faust auf die Armlehne.

Sein Gehirn arbeitete auf Hochtouren. Allein weiterzumachen würde vermutlich nicht viel bringen. Andererseits war er sich einfach nicht sicher, ob er Margrethe Franck trauen konnte.

»Mein Messer. Haben Sie das eingefädelt? Ich meine, der Typ da hatte einen Tauchschein. Er hätte es locker aus der Brühe rausholen können.«

»Fensmark, ein Taucher? Das wusste ich nicht. Kann schon sein, dass er es war, aber damit habe ich nichts zu tun. Ihr Messer ist einfach in einem großen Umschlag auf meinem Tisch gelandet. Das haben Rytter und Mossman geregelt. Auch wenn Sie nicht schuldig sind, würde ich meinen Arsch darauf verwetten, dass die Fingerabdrücke auf dem Messer Sie hinter Gitter gebracht hätten – Sie haben ja auch so schon genug zu erklären.«

Langsam wurde Franck etwas ruhiger. Genau wie er selbst. Vielleicht würden sie doch noch ein richtiges Gespräch führen können, ohne dass es sofort wieder entgleiste.

»Haben Sie ihm vertraut?« Er nickte wieder zu dem Toten.

»Ich hatte keinen Grund, es nicht zu tun. Warum?«

»Offenbar hat er Ihnen nicht gemeldet, wo er war und was er gerade tat. Stattdessen hat er erst Rytter angerufen und zuletzt Mossman. Das können Sie gerne selbst überprüfen, hier ist sein Telefon.«

Er warf ihr das Handy zu. Sie nickte, während sie die Tasten drückte.

»Stimmt. Ich habe zuletzt heute Morgen von ihm gehört. Abgesprochen war, dass er sich alle zwei Stunden bei mir meldet«, sagte sie.

»Das könnte bedeuten, dass irgendjemand beschlossen hat, Sie nicht in alles einzuweihen.«

Er sah ihrem Gesichtsausdruck an, dass sie zu derselben Schlussfolgerung gekommen war.

»So ist es eben … In meiner Branche unterscheidet man strikt zwischen Wissen und notwendigem Wissen. Wer weiß? Es gibt bestimmt eine Menge Dinge, die das Fußvolk nicht unbedingt erfahren muss, und wem die Regeln nicht passen, der kann ja gehen. Aber zufälligerweise gefällt mir die Arbeit beim PET. Und jetzt wüsste ich gern, wie Sie in dieses Chaos hier geraten sind. Sie sind dran.«

Er beschloss, ihrem Beispiel zu folgen. Er fing bei dem Gärtner und Exelitepolizist Arvidsen an, berichtete detailliert von dem Drama auf dem Gartentraktor und von Arvidsens letzten Worten, »Jagdhütte« und »Boden«. Er schilderte ihr, wie er Corfitzens alte Jagdhütte ausfindig gemacht hatte.

Margrethe Franck hörte schweigend zu und nickte. Schließlich war er bei der Entdeckung der lockeren Bodendiele unter dem Tisch angelangt, bei der Festplatte und dem Computer – und bei der Stimme hinter seinem Rücken, die, wie sich inzwischen herausgestellt hatte, dem PET-Mitarbeiter Bent Fensmark gehört hatte, seinem Schatten, der ihm um ein Haar mit der Dienstwaffe die Schläfe zertrümmert hätte.

»Und dann hat sich der Schatten des Schattens angeschlichen und sich die Beute unter den Nagel gerissen«, schlussfolgerte Margrethe Franck mit einem Seitenblick auf die Blutlache.

»Aber jetzt wüsste ich noch gern, was Sie in Arvidsens Keller gefunden haben«, forderte sie.

Er zögerte. Die PET-Assistentin war im Begriff, ihm seine letzten Asse aus der Hand zu nehmen.

»Wird das heute noch was?«

»Sie wissen ja bereits, dass es um eine Serie von Grundrissplänen des Schlosses geht, Flügel für Flügel, Stockwerk für Stockwerk. Es sind eine Menge Längenmaße eingezeichnet, innen wie außen. Eine ganze Reihe von Messungen hat Arvidsen offenbar selbst vorgenommen.«

»Dann hat er etwas gesucht? Einen Raum vielleicht?«

»Das ist zu vermuten.«

»Kann ich die Pläne sehen?«

Er nickte.

»Und was hat es mit dieser Liste auf sich? Was hat die zu bedeuten?«

Er versuchte, ein letztes Mal Vor- und Nachteile abzuwägen. Er wusste, dass der Zugang zu mehr Informationen, der Zugang zu den Systemen außerhalb seiner Reichweite war – während sie an alles herankam. Und er hatte keine Ahnung, was auf diesem USB-Stick war, ob er ihm in irgendeiner Weise nützlich sein konnte.

»Die Liste ist eine Art Observationsliste. Seit seiner Anstellung hat Arvidsen sämtliche Ankunfts- und Abreisedaten registriert.«

»Namen?«

Die Frage war, ob Margrethe Franck womöglich einen Vorteil darin sehen würde, eine Abmachung mit ihm zu treffen. Aber selbst wenn sie zustimmte, würde er sich niemals sicher sein können, dass sie nicht doch hinter seinem Rücken zu Mossman ging.

Hätte er Arvidsen lebend zu fassen bekommen, hätte er niemals eine Zusammenarbeit mit ihr in Erwägung gezogen, sondern einfach alles aus diesem Dreckskerl herausgequetscht. Aber so hatte er nur dieses kleine Ding, auf dem man alles Mögliche speichern konnte.

»Keine Namen, nur Buchstabenkombinationen. Sie ergeben keinen Sinn. Reine Spekulation.«

»Und wo sind die Liste und die Pläne jetzt?«

»Im Hotel.«

»Okay … Hier haben wir nur Fußspuren im Staub, die der Täter hinterlassen hat, sonst nichts. Und in dem Material aus Arvidsens Keller ist auch nichts Hilfreiches zu finden. Korrekt?«

»Korrekt.«

»Dann bleibt uns also nur, alles rund um das Consilium zu entwirren und darauf zu vertrauen, dass etwas dabei herauskommt.« Franck schnaufte schwer in Anbetracht dieser Perspektive.

Er traf eine Entscheidung. Mossmans Visitenkarte, die er bei

Arvidsen gefunden hatte, würde er für sich behalten. Den USB-Stick würde er Franck zum Fraß vorwerfen.

»Eine Chance haben wir noch«, sagte er.

»Und die wäre?«

»Der hier … Den habe ich in Arvidsens Fußbodenversteck gefunden.«

Er hielt den USB-Stick zwischen Daumen und Zeigefinger hoch.

»Wir sollten uns nur vorher auf ein paar Bedingungen einigen«, fuhr er fort.

»Bedingungen? Was meinen Sie?«

»Mossman hat nicht 250 000 Kronen auf den Tisch gelegt, weil er mich so gerne mag, sondern weil er mich braucht. Ich habe nur keine Ahnung, wozu – bis jetzt zumindest. Also, wir müssen uns darauf einigen, zusammenzuarbeiten, Sie und ich. Dass wir einander helfen. Und Sie gehen *nicht* zu Mossman, ohne dass wir uns vorher darüber verständigt haben. Wenn wir uns nicht einigen können, dann beenden wir unsere Zusammenarbeit, und Sie machen, was Sie wollen.«

Sie schaute den USB-Stick an und dann ihn, dann wieder den USB-Stick. Schließlich nickte sie stumm.

»Gut«, sagte er. »Dann denke ich, wir sollten das Teil hier schleunigst in Ihren Computer stecken.«

»Erst muss ich mich um das Chaos hier kümmern.«

»Toter als tot kann er nicht mehr werden. Zuerst der USB-Stick, dann kommen wir zurück und erledigen das alles.«

Sie zögerte kurz. »Okay. Fahren wir.«

41.

Helena und Konrad Sikorski hatten in einem neuen Hotel eingecheckt, dem nächsten in einer langen Reihe. Dieses Mal im äußerst bescheidenen Hotel Syd in Hadsund. Ein schlichtes rotes Klinkerhaus, das zum alten Gasthof am Fährhafen der Stadt gehörte, wo sie ihre Schlüssel abgeholt hatten.

Das Paar hatte den Rold Storkro sofort verlassen, als Konrad mit seinen Trophäen zurückkam, einer Festplatte und einem Laptop. Es war ihnen plötzlich noch riskanter erschienen, Tür an Tür mit dem Feind zu wohnen – oder genauer gesagt, mit *einem* der Feinde, die Ermittlungsbehörde machte schließlich nur einen Teil davon aus.

Hadsund lag nur etwa 25 Kilometer entfernt, aber das war schon ein beruhigender Abstand zur Polizei. So wie es aussah, würden sie ohnehin nur wenige Tage bleiben. Sie mussten weiterkommen. Sie waren ihrem Ziel inzwischen einigermaßen nah.

Sie hatten sich die gespeicherten Daten von Festplatte und Laptop umgehend angesehen. Es war alles genau so, wie sie befürchtet hatten.

Die ersten Stunden hatte sie geweint und geweint, aber dann war die Trauer einem anderen Gefühl gewichen: Sie wollte Rache. Und offenbar hatte dieser Gedanke bei ihr inzwischen die Oberhand gewonnen, denn sie war wieder abgeklärt und kühl.

Er hingegen dachte nach, während er am Fenster stand und auf den Fjord blickte.

»Wir müssen aufpassen, dass wir jetzt nicht hektisch werden. Das wird eine gefährliche Kiste. Ist dir das klar?«, fragte er.

»Ja, das ist mir klar, aber abgesehen von den Bodyguards dieser drei Männer gibt es doch keine Hindernisse? Die Polizei hat ja keinen Schimmer. Was denkst du, wann wir Antwort bekommen?«

Er zuckte mit den Schultern. Er wusste es nicht. Er hatte keine Ahnung, wie schwierig es werden würde, die notwendigen Informationen über die Nummernschilder der Autos einzuholen. Aber wenn Andrej Rakhimov sagte, dass er den Job in Dänemark erledigen könne, dann würde er ihn auch erledigen. Der Preis spiegelte lediglich wider, dass es nicht gerade einfach war: 800 Euro für jeden Namen inklusive dazugehöriger Adresse.

»Wir müssen Geduld haben, und wir müssen den richtigen Mann in aller Ruhe identifizieren. Wir dürfen nichts überstürzen. Das wäre ein dummer Leichtsinnsfehler, und wir begehen keine Leichtsinnsfehler, du und ich.«

Sie lächelte ihn an und nickte. Er hatte recht, wie immer. Sie musste einen kühlen Kopf bewahren. Ob es nun eine, zwei oder drei Wochen dauerte, spielte keine Rolle, solange es ihnen irgendwann gelang, den Plan umzusetzen.

»Du hast dazugelernt«, sagte sie.

»Dazugelernt? Was meinst du?«

»Du hättest den Langhaarigen auch umbringen können. Aber du hast es nicht getan.«

Er verstand nicht ganz, was sie meinte, abgesehen davon, dass sie sich neulich über sein brutales Vorgehen beschwert hatte, auch wenn der Vorwurf ungerecht gewesen war: Er war nicht brutal, er war effektiv.

»Dieser langhaarige Affe … Der Typ interessiert uns nicht. Also wieso hätte ich ihn umbringen sollen?«

»Genau das meine ich. Du hast dazugelernt.«

Es war Abend geworden, kurz nach sieben Uhr. Sie hatten gerade die Burger gegessen, die sie in einem nahe gelegenen Imbiss besorgt hatte. Er saß auf der Toilette, während sie auf dem Bett lag und fernsah. So vertrieb sie sich schon seit Wochen die Wartezeit in den Hotels.

Er fuhr erschrocken zusammen, als sie ihn plötzlich rief: »Komm, komm! Jetzt! Schnell!«

Er zog die Hose hoch und hüpfte über den Boden wie eine flügellahme Krähe.

»Was zur Hölle ist denn passiert?«

Sie zeigte aufgeregt zum Fernseher. Er verstand nicht. Da lief eine Nachrichtensendung.

»Da!«, rief sie. »Schau doch! Da ist er …«

42. Ihre Blicke waren starr auf den Computerbildschirm gerichtet. Sie warteten darauf, endlich zu sehen, was auf dem USB-Stick aus der Jagdhütte gespeichert war. Dann wurde es sichtbar. Zwei armselige Dateien, wie er gerade noch feststellen konnte, bevor Franck auch schon weitergeklickt hatte.

»Das sind mov-Dateien, Videos«, sagte sie, während ihre Finger ungeduldig auf die Tischplatte trommelten.

Wenn es Videos waren, dann konnten sie eigentlich nur einen Ursprung haben: die Überwachungsanlage. Vielleicht hatten sie Glück.

»Bist du bereit, Oxen?«

Sie waren zwischenzeitlich zu dem Schluss gekommen, dass ein informelles Du ihre Zusammenarbeit erleichtern würde.

»Film ab«, murmelte er und starrte konzentriert auf den Bildschirm.

Es ist Herbst. Ein paar Bäume sind schon ziemlich kahl, während andere noch buntes Laub tragen. Es ist windig, ab und zu wirbeln Blätter durch die Luft. Der Ort kommt ihm bekannt vor …

»Das ist die Auffahrt von Nørlund Slot«, flüsterte er.

Die Allee liegt still im fahlen Sonnenlicht, die Luft ist klar. Auf der Landstraße donnern ein paar Autos vorbei.

Erst jetzt fiel ihm die kleine Datumsmarkierung der Sequenz in der oberen rechten Bildschirmecke auf: 14. Oktober. Die Aufnahme musste aus dem letzten Jahr stammen. Daneben stand 15:36, die Uhrzeit.

Die Allee liegt immer noch wie ein Tunnel da. Es tut sich nichts. Doch!

Ein Auto biegt um die Kurve und kommt direkt auf die Kamera zu. Es ist Corfitzens dunkelgrüner Geländewagen. Der Mercedes rollt langsam auf den Vorplatz des Schlosses. Wer ist der Fahrer? Arvidsen! In der Kurve verschwinden die Reflexe auf der Frontscheibe, und Arvidsen wird sichtbar. Die Person auf dem Beifahrersitz trägt eine Sonnenbrille. Arvidsen parkt den Wagen vor den

Bäumen, mit etwas Abstand zu drei anderen Autos, die ebenfalls hier geparkt sind.

Die linke Hintertür geht langsam auf. Ein hochhackiger Schuh an einem Frauenbein in schwarzen Seidenstrümpfen streckt sich vorsichtig in den Kies. Arvidsen springt aus dem Wagen und macht die Tür ganz auf. Die Frau steigt aus, sieht sich um und reicht Arvidsen ihre Sonnenbrille. Arvidsen flitzt auf die andere Seite des Wagens und öffnet auch dort die vordere und die hintere Tür. Zwei weitere Personen steigen aus – zwei Frauen, die in das grelle Sonnenlicht blinzeln. Auch sie geben Arvidsen ihre Sonnenbrillen.

Jetzt drehen sich alle drei Frauen zum Schloss um, bleiben kurz stehen und unterhalten sich miteinander, während Arvidsen das Gepäck aus dem Mercedes hievt. Drei Trolleys werden in Reih und Glied in den Kies gestellt. Die Frauen – die Entfernung zur Kamera ist zu groß, um sie etwas genauer zu erkennen – greifen jede nach ihrem Koffer und trippeln auf Arvidsens Zeichen hin durch den Kies zur Brücke über den Wassergraben.

Sie kommen immer näher an die Kamera, Arvidsen zeigt ihnen den Weg.

Die erste Frau ist blond, fast so groß wie Arvidsen, hübsch, mit markanten Gesichtszügen, leuchtend rotem Lippenstift und weißen Zähnen, die sichtbar werden, als sie über irgendetwas lacht. Sie ist ausgesprochen gut angezogen. Ihre Jacke ist aus rotem Leder. Sie ist etwa Anfang dreißig.

Die zweite Frau ist den Gesichtszügen nach zu urteilen etwas älter. Ihr Make-up ist eine Spur diskreter, passend zu einer Frau von schätzungsweise Mitte vierzig. Sie trägt eine schwarze Lederjacke und einen schwarzen Hut mit Pelzbesatz.

Die dritte Frau scheint die jüngste zu sein. Etwa Ende zwanzig. Vielleicht täuscht es durch ihre Aufmachung ein bisschen. Sie trägt modische Jeans mit einem ausgefransten Loch über dem Knie, lange schwarze Lederstiefel und einen kurzen schwarzen Lederblouson. Sie ist braun gebrannt, trägt einen Pagenschnitt und hat ihre Sonnenbrille in die ebenfalls schwarzen Haare geschoben. Ein breites Lächeln umspielt ihre vollen Lippen. Die Aufnahme ist ohne Ton, aber es ist deutlich zu erkennen, dass sie über das ganze Gesicht strahlt. Sie ist eine schöne Frau, sehr schön sogar, fröhlich und lebendig.

Die Aufnahmen müssen von der Kamera über dem Haupteingang stammen. Jetzt sind die Frauen groß zu sehen. Neue Details werden sichtbar. Die Blonde hat einen winzigen Schmuckstein im linken Nasenflügel, die Älteste hat etwas rundere Wangen, wirkt aber nicht mollig, und die Jüngste hat braune Augen wie dunkle Perlen und so glänzend wie ihre Haare.

Eine nach der anderen verschwinden sie aus dem Sichtfeld der Kamera, als sie die Treppe betreten.

Der Clip endete, wie er begonnen hatte: Die Schlossallee liegt menschenleer da, welke Blätter werden aufgewirbelt.

Oxen hatte sich die ganze Zeit wahnsinnig konzentriert. Jetzt lehnte er sich zurück und ächzte. Franck drehte sich zu ihm um.

»Jetzt den zweiten. Und hinterher schauen wir uns beide Videos noch mal von vorne an. Dann diskutieren wir, was wir gesehen haben. Bist du bereit, Oxen?«

Film zwei begann, wo Film eins geendet hatte – mit dem Ausblick auf die Schlossallee. Nur mit dem Unterschied, dass das Sonnenlicht verschwunden und zwei Tage vergangen waren, denn das Datum in der Ecke zeigte den 16. Oktober an, 11:45 Uhr.

Es dauerte fast dreißig Sekunden, bis sich etwas tat. Das Erste, was sichtbar wurde, war Arvidsens Nacken, dann sein ganzer Körper.

Er tritt aus dem Haupteingang, geht über den kleinen Schlossplatz und überquert den Burggraben. Eine Frauengestalt folgt ihm, und dann noch eine. Beide Frauen ziehen ihre Trolleys über die holprigen Brückensteine. Wieder ist aus der Ferne nicht alles zu erkennen, aber dem Hut nach zu urteilen geht die reifere Frau vorneweg, gefolgt von der Blonden mit dem Nasenpiercing. Die Hübsche mit dem Pagenkopf ist nicht dabei.

Jetzt sind sie am Mercedes. Arvidsen zieht etwas aus der Tasche … Sonnenbrillen. Er reicht sie den Frauen. Danach lädt er ihre Koffer in den Wagen. Die dritte Frau ist noch immer nicht aufgetaucht. Die anderen steigen ein, schlagen die Türen zu, das Auto setzt zurück und rollt dann langsam die Allee entlang.

»Okay, okay, Fräulein Pagenkopf fehlt.«

Franck konnte sich natürlich doch nicht beherrschen und war ihm zuvorgekommen. Für einen Moment starrten sie weiter auf die Allee, dann war der Film zu Ende.

»Jetzt nehmen wir uns beide noch mal von vorne vor«, sagte Franck.

Sie saßen dicht nebeneinander an dem kleinen Schreibtisch und sahen ein zweites Mal, wie Exbotschafter Hans-Otto Corfitzens treuer Knappe Poul Arvidsen mit drei Frauen auf Nørlund Slot ankam – und mit nur zwei Frauen wieder wegfuhr.

»Also los«, sagte sie. »Ich schreibe auf. Du fängst an. Was hast du eben gesehen?«

»Arvidsen kommt mit drei eleganten Frauen dort an. Hast du einen Kalender?«

»Ich hab es schon überprüft. Der Ankunftstag war ein Freitag, also vorausgesetzt, die Filme stammen aus dem letzten Jahr, aber davon würde ich ausgehen«, sagte sie.

»Ich kann nur sagen, dass die Überwachungsanlage in der Nacht, als ich mit meinem Hund am Schloss war, noch da war. Irgendjemand hat sie danach schnellstens abmontiert.«

»Das hast du noch nie erwähnt.«

»Habe ich nicht?«

»Na ja, das überrascht mich eigentlich nicht.« Sie schüttelte den Kopf. »Aber lass uns weitermachen – was siehst du?«

»Also, ich sehe, wie Arvidsen an einem Freitagnachmittag mit drei Frauen ankommt, und ich sehe ihn mit zwei von den dreien am Sonntag gegen Mittag wieder wegfahren. Ich tippe auf … Osteuropa. Ich war mehrmals auf dem Balkan und in Russland. Das sind slawische Frauen, hohe Wangenknochen, ein Hang zum gewagten Augen-Make-up. Und rote Lederjacke …? Nasenpiercings sind bei uns auch nicht mehr besonders modern, oder? Noch dazu Pelzbesatz am Hut … Sie könnten wirklich gut auf den Balkan oder nach Russland passen. Was wiederum dazu passen würde, dass Corfitzen den Großteil seiner diplomatischen Karriere in Osteuropa absolviert hat.«

»Noch was?«

»Ich würde sagen: Escort. Escort wie in Edelnutten …«

»Nutten, wieso? Die drei könnten doch auch normale Gäste gewesen sein.«

»Sie tauchen einfach auf, ein bisschen wie auf Bestellung. Arvidsen holt und bringt sie. Sie rollen mit ein paar Extraklamotten im Wochenendköfferchen an. Aber ich kann mich auch irren. Ich finde nur, dass sie nicht unbedingt aussehen, als hätten sie was mit Diplomatie zu tun.«

»Ist das alles?«

»Die drei wissen nicht, wo sie sind.«

»Wie meinst du das?«

»Die Sonnenbrillen … Jede von ihnen hat Arvidsen ihre Sonnenbrille gegeben, als sie angekommen sind, und er hat ihnen Brillen gegeben, als sie Nørlund wieder verlassen haben. Die Hübsche hatte außerdem noch ihre eigene Sonnenbrille in den Haaren stecken. Ergo waren es keine Sonnenbrillen, sondern Brillen, die dafür sorgen, dass sie nicht sahen, wohin es ging. Nicht sehr gastfreundlich.«

»Noch was?«

»Na ja, wie wir bereits festgestellt haben: Die Süße mit dem Pagenschnitt fehlt bei der Abreise am Sonntag.«

»Wieso?«

»Darauf gibt es noch keine Antwort. Was denkst du?«

»Ungefähr dasselbe wie du«, antwortete sie und schob sich die Lesebrille in die Haare. »Ich tippe auch auf Osteuropa, irgendwas von Polen über Weißrussland bis Ukraine – oder Rumänien … Der Klamottenstil und das Make-up passen nicht zu dem Diplomatenkodex. Aber versteh mich nicht falsch: Sie sehen alles andere als billig aus. Escort-Service auf hohem Stundenlohnniveau ist eine Vermutung, die höchstwarscheinlich zutreffend ist. Und sie sind ganz offensichtlich nicht zu einem großen Fest eingeladen worden.«

»Wie kommst du darauf?«

»Die Anzahl der parkenden Autos. Drei bei der Ankunft am Freitag, fünf am Tag der Abreise, abgesehen von Arvidsens privatem Pkw. Mit fünf Autos füllt man keinen Rittersaal. Die Frage ist – wem gehören sie?«

»Natürlich, die Autos …«

Er hatte seine komplette Aufmerksamkeit auf die Frauen gerichtet und die Autos nur am Rande wahrgenommen, aber Franck entging nichts.

»Und genau die werden wir checken. Und zwar gleich! Ich schaue mir das schnell noch mal an und schreib mir die Nummernschilder auf«, sagte sie und schob die schwarze Brille schwungvoll zurück auf ihre Elfenbeinnase.

Er beobachtete sie aus dem Augenwinkel. Der erste Film lief, sie sah hochkonzentriert aus. Er konnte die fachliche Begeisterung von Mossmans persönlicher Assistentin förmlich spüren, während sie mit roten Wangen vor dem Bildschirm saß.

Margrethe Franck war ein ausgesprochen kompetentes Chamäleon, das vermutlich jeder gern in seinem Stab gehabt hätte. Sie kannte ihren Platz. Sie konnte sich unsichtbar machen und stumm bleiben, wie bei ihrer ersten Begegnung im Polizeipräsidium in Aalborg, aber genauso konnte sie auch Präsenz zeigen, führen und entschlossen handeln. War sie nicht bei dem chaotischen Handgemenge mit Rytter und Mossman im Hotel Hvide Hus sofort auf der Bildfläche erschienen, die Pistole im Anschlag? Und hätte sie ihn erschossen? Ja, zweifellos … Nicht einmal beim Anblick eines toten Kollegen, der in seiner eigenen Blutlache lag, verlor sie den Kopf.

Sie konnte sich um Kleinkram kümmern – und um die großen Dinge –, ohne dass eine ausufernde Entscheidungskette vonnöten war. Mit ihr war es möglich, über Bande zu spielen und die Asse bis ganz zum Schluss im Ärmel zu behalten. Es schien, als wäre Margrethe Franck das Universalwerkzeug, das Mossman immer zur Hand hatte.

Auch wenn sie etwas anderes behauptete, war er überzeugt davon, dass sie viel zu ehrgeizig und zu stolz war, um einfach zu akzeptieren, dass die PET-Führung offenbar nicht die Absicht hatte, sie in alle Aspekte des Bergsøe-Corfitzen-Falles mit einzubeziehen.

Das Signal war eindeutig. Fensmark war nur Minuten davon entfernt gewesen, dem PET womöglich entscheidendes Material auf Festplatte und Computer zu beschaffen, und weder er noch irgendjemand sonst hatte die Absicht gehabt, Margrethe Franck darüber zu informieren.

Die Frage war: Wie wütend war sie darüber? Wie weit würde Mossmans sonst so loyale Mitarbeiterin gehen?

Ihre Finger flogen über die Tastatur, sie beachtete ihn gar nicht. Zwischendurch hielt sie kurz inne und machte sich Notizen. Er hörte ihr zu, als sie den Autoverleih anrief und Fragen stellte, schnell, effektiv – und Auf Wiederhören.

Seine Gedanken schweiften zu einer anderen Sache. Dem Geldkoffer. Wie weit mochte Fensmark ihm wohl gefolgt sein, als er den Koffer versteckte. Fensmark hatte ihn mit Sicherheit bis zu der Stelle beschattet, wo er den Wagen geparkt hatte, aber es war unmöglich, dass der Mann ihm unbemerkt durch das Gelände gefolgt war.

»Das glaube ich jetzt nicht …« Franck erstarrte vor dem Computer.

»Was ist los?«

»*Houston, we have a problem*«, sagte sie seufzend. »Ich habe alle fünf Nummernschilder überprüft. Die drei Autos im ersten Video gehören Ejnar Uth-Johansen, dem neuen Staatssekretär im Verteidigungsministerium, Mogens Bergsøe …«

»Na endlich, Bergsøe. Ich dachte schon, der taucht gar nicht mehr auf.«

Sie nickte nachdenklich und fuhr fort. »Ja, Bergsøe, den kennen wir gut, tot und begraben. Und das dritte Auto gehört einem gewissen Kristoffer Nyberg. Er ist Konzernchef oder CEO, wie das heute heißt, bei *Fortune Pharmaceutical Industries* in Kopenhagen, einem riesigen internationalen Pharmakonzern … vor allem Antidepressiva und so was.«

»Und die beiden anderen Autos im zweiten Film?«, fragte er.

»Das eine ist ein Leihwagen von der Hertz Autovermietung am Flughafen in Aalborg, gemietet für das ganze Wochenende von …«, Franck lächelte triumphierend, »keinem Geringeren als Hannibal Frederiksen aus Spanien. Ebenfalls tot und begraben.«

»Verstehe. Der also auch. Und der fünfte?«

»Der letzte, Oxen, ist übel für uns. Richtig übel … Der fünfte und letzte Wagen gehört Justizminister Ulrik Rosborg.«

»Dem Justizminister?«

»Jep, genau dem. Dem Kronprinzen, der irgendwann unser Staatsminister werden wird, wenn alle klugen Köpfe recht behalten.«

Er sagte nichts zu dieser Sensation. In Gedanken war er schon viel weiter. Es waren fünf dänische Gäste vor Ort gewesen, einflussreiche Männer in mächtigen Positionen – plus der Gastgeber selbst, der alte, ehemalige Botschafter. Drei der sechs Männer waren tot. Eine Sterblichkeitsrate von fünfzig Prozent nach diesem Oktoberwochenende auf Nørlund Slot.

Dann gab es noch die drei Unbekannten, die ebenfalls dort zu Gast gewesen waren: die drei Frauen, die Arvidsen chauffiert hatte. Und zählte man Arvidsen auch noch dazu, dann waren sogar vier von sieben Anwesenden inzwischen tot. Wie um alles in der Welt passten die drei Frauen in dieses Puzzlespiel?

»Der Chef des Inlandsgeheimdienstes ist unmittelbar dem Justizminister unterstellt, Oxen. Ulrik Rosborg ist Axel Mossmans Vorgesetzter – in direkter Linie, da ist kein Landespolizeichef oder anderes Getier dazwischen.« Sie machte eine kurze Pause, dann sagte sie: »Das alles kann ich nicht für mich behalten, das geht nicht … Sag mal, hörst du mir überhaupt zu?«

»Ja, ja … Warum solltest du das nicht für dich behalten können?«

»Hannibal Frederiksen ist tot, Mogens Bergsøe ist tot, Hans-Otto Corfitzen ist tot. Und damit befinden sich die anderen drei Herren, der Staatssekretär, der Konzernchef und der Justizminister, in potenzieller Lebensgefahr. Das kann ich nicht ignorieren.«

»Kein dänischer Politiker ist unersetzlich.«

»Lass diesen sarkastischen Blödsinn. Das hier ist mein Job! Meine Verantwortung!«

»Eine Sache finde ich viel interessanter als einen Justizminister in Gefahr«, sagte er.

»Und die wäre?«

»Die Frage, *warum* er in Lebensgefahr ist. Was genau macht aus diesem Oktober-Wochenende eine so todbringende Angelegenheit?«

»Ich muss Mossman anrufen, es tut mir leid, so ist es einfach. Da sind drei Männer, die umgehend unter Polizeischutz gestellt werden müssen.«

Er registrierte, dass Margrethe Franck zum ersten Mal aufgebracht wirkte. Sie signalisierte zwar Tatkraft, indem sie die Sache resolut in die Hand nahm, wirkte dabei aber fast überstürzt.

»Gib uns nur fünf Minuten. Wenn du mal einen Augenblick

beiseitelässt, dass der Justizminister in die Sache verwickelt ist – wobei der Gedanke dir offenbar Panik macht –, dann wirst du erkennen, dass es immer noch eine ungeklärte Frage gibt: Warum mussten die drei Männer sterben? Vier, wenn wir Arvidsen mitrechnen, und mit deinem Kollegen Fensmark sind es schon fünf. Die Antwort werden wir finden, wenn wir uns die drei Frauen genauer ansehen. Was hältst du davon, wenn wir uns eine alternative offizielle Geschichte zurechtlegen? Eine, die nah an der Wahrheit ist?«

Sie zuckte die Schultern.

»Wenn man's genau nimmt, kenne ich dich überhaupt nicht«, sagte sie. »Ich habe keine Ahnung, ob ich dir trauen kann. Wenn so mächtige Interessen im Spiel sind, warum um alles in der Welt sollte ich das Risiko eingehen, mich mit dir zusammenzutun und meinen guten Job zu gefährden? Sag mir das.«

»Weil …«, erwiderte er und sah sie durchdringend an, »weil du deinem Spiegelbild morgens noch in die Augen schauen willst, Franck. So bist du einfach. Integer … Entweder kämpfst du dafür, oder du hast schon verloren.«

Sie zögerte einen Moment. Dann sagte sie energisch: »Nein! Das mache ich nicht. Dazu bringst du mich nicht. Ich werde Mossman nicht hintergehen. Ausgeschlossen. Er muss benachrichtigt werden. Es ist meine Pflicht, ihm die Wahrheit zu sagen. Schluss, aus.«

Jetzt war er derjenige, der überlegte. Sollte er es tun? Sollte er seine Trumpfkarte doch spielen, um Margrethe Franck zu überzeugen. Er wog das Für und Wider ab. In Wahrheit hatte er keine Wahl. Wenn sein letzter Trumpf nicht genügte, dann gab es nichts, was sie überzeugen konnte.

»Es gibt noch eine Sache, die ich dir nicht erzählt habe«, setzte er zögerlich an.

Franck musterte ihn misstrauisch.

»In Arvidsens Keller, wo ich die Zeichnungen vom Schloss und diese Liste gefunden habe … Da habe ich noch etwas anderes entdeckt. Mossmans Visitenkarte mit seiner geheimen Kontaktnummer. Er muss sie Arvidsen gegeben haben.«

Franck runzelte die Stirn.

»Eine Verbindung zwischen Mossman und Arvidsen? Versuchst du gerade, so etwas anzudeuten?« Sie klang zutiefst skeptisch. »Und was zum Teufel weißt du von einer geheimen Kontaktnummer?«

»Ich habe von ihm exakt die gleiche Visitenkarte bekommen. Mit exakt derselben Kontaktnummer.«

»Mossman hat *dir* eine geheime Nummer gegeben?«

»Wir haben uns nach dem Gespräch im Hotel Hvide Hus im Park gegenüber getroffen, ganz diskret. Er sagte, falls ich über etwas Großes stolpern würde, sollte ich ihn direkt kontaktieren. Ohne dich und Rytter zu informieren. Dann hat er mir eine Nummer gegeben und ein Zeitfenster genannt, wann ich ihn erreichen kann.«

»Das ist doch nicht wahr! Das kann gar nicht sein. Das denkst du dir nur aus!« Franck brüllte.

Er wühlte in seiner Tasche, fand beide Visitenkarten und legte sie vor ihr auf den Schreibtisch.

»Hier, das ist meine. Ich habe den Titel weggekratzt, weil ich die Karte als Ausweis für den Hausmeister verwenden wollte. Und das da ist die von Arvidsen. Die Kontaktnummer ist identisch. Es ist die Wahrheit.«

Margrethe Franck untersuchte beide Karten. Dann wanderte ihr Blick verzweifelt zur Decke. Sie fuhr sich fieberhaft durch die kurzen Haare und seufzte immer tiefer.

»Es ist die Wahrheit. Und zwar die ganze Wahrheit, Franck«, wiederholte er.

Dann schwiegen sie beide mehrere Minuten lang. Schließlich beruhigte sie sich.

»Was schlägst du vor, Oxen – ›nah an der Wahrheit‹?«, fragte sie fast flüsternd.

»Wir basteln uns einen neuen Handlungsverlauf, der dem echten sehr nahe kommt. 1. Ich bin in der Jagdhütte. 2. Ich finde die Festplatte und den Rechner unter den Bodendielen. 3. Ich schalte den Rechner ein und sehe einen Videomitschnitt, in dem eine Reihe Autos vor Nørlund Slot anhält. 4. Ich schaffe es gerade noch, mir die Kennzeichen zu notieren, als der PET-Mann kommt und mich ausknockt. 5. Als ich wieder zu mir komme, liegt er neben mir – erschossen.«

»Und die drei Frauen von Nørlund?«

»Die gehören uns. Die halten wir unter Verschluss. Genau wie Arvidsens Observationsliste und die Grundrisse.«

»Und wie soll es jetzt weitergehen?«

»Wenn du meinen Vorschlag akzeptierst, fahren wir sofort zur Hütte zurück. Von dort aus kannst du Rytter und Mossman alarmieren und ihnen alles über den Justizminister, den Direktor und den Staatssekretär erzählen. Dann sorgen sie für Personenschutz, und du musst kein schlechtes Gewissen haben. Bei der Gelegenheit kannst du ihnen auch gleich sagen, dass sie jemanden schicken sollen, der dort ein bisschen aufräumt.«

»Ich kapiere einfach nicht, was er vorhat. Wirklich, ich verstehe es nicht.« Franck schüttelte den Kopf.

»Mossman? Das weiß ich auch nicht. Aber er verfolgt irgendein persönliches Projekt, das wahrscheinlich beinhaltet, dass jemand die Leute auf Nørlund im Auge behält. Und zwar schon ziemlich lange.«

»Aber ausgerechnet ein Typ wie Arvidsen … Ganz egal, was für eine Art von Abmachung die beiden hatten, es rückt Mossman in ein schlechtes Licht.«

»Vielleicht musst du Mossman das mit dem Justizminister gar nicht erzählen«, überlegte er.

»Wieso nicht? Mir bleibt ja nichts anderes übrig – ganz unabhängig von allem anderen.«

»Ich meine, dass er es vielleicht längst weiß. Möglicherweise hat

Mossman noch eine weitere kleine Operation laufen, die dazu dient, seinen Chef, den Justizminister, im Auge zu behalten?«

»Also eine regelrechte Überwachung?«

»Als Teil einer Ermittlung natürlich. Einer mehr oder weniger geheimen Ermittlung.«

Franck kniff die Augen zusammen.

»Oder aber er deckt seinen Chef aus Gründen, die wir nicht kennen«, sagte sie.

»Vielleicht befinden wir uns aber auch auf einem ganz anderen Terrain«, gab er zu bedenken und versuchte, seine Überlegungen zu sortieren, während er fortfuhr: »Nämlich da, wo wir neulich schon mal waren. Du bist in mein Zimmer gekommen und hast mir erzählt, dass Mossman einen Vortrag im Consilium gehalten hat. Er stand also de facto schon in Kontakt mit der Organisation. Und vielleicht ist das gar nicht so kurios, wie wir zunächst dachten. Vielleicht ist es im Gegenteil total verdächtig. Vielleicht gehört Mossman zu einem inneren Kreis, und die Zusammenarbeit mit Arvidsen zielte darauf ab, jemanden zu beschützen – und zwar nicht den Justizminister, sondern unseren Botschafter Corfitzen.«

Margrethe Franck nickte anerkennend.

»Es gibt viele Kombinationsmöglichkeiten. Arvidsen ist tot. Wir wissen nicht, ob er Mossman von sich aus kontaktiert und irgendeinen Deal vorgeschlagen hat. Ich meine … Wie viel können wir an einer Visitenkarte und einer geheimen Telefonnummer tatsächlich ablesen?«

Er zuckte mit den Schultern.

»Das kann nur Mossman selbst beantworten. Aber wir können ihn nicht fragen. Wir müssen uns an die Spielregeln halten. Und vorsichtig sein, was ihn betrifft. Das ist mein Vorschlag, Franck.«

Sie nickte. Sie sah immer noch äußerst nachdenklich aus.

»Das verbindet dich mit Arvidsen, Oxen. Er hatte eine Vereinbarung mit Mossman, und du hast ebenfalls eine. Was denkst du darüber?«

Er hatte so viel nachgedacht. Schon seit er zu Franck gesagt hatte, dass irgendetwas im Busch sei.

»Ich habe nach wie vor keine Ahnung, was Mossman vorhat, ich weiß nur, dass er mich benutzen will. Und das macht mich nur noch vorsichtiger.«

»An diesem Tag im Hotel Hvide Hus … Rytter und ich konnten absolut nicht nachvollziehen, wieso er dich mit einer Viertelmillion ausstattet. Er hat es damit begründet, dass ihm sein Instinkt sagen würde, du könntest für unsere Ermittlungsarbeit noch nützlich werden. Ich habe ihn gefragt, ob er damit ›nützlich wie ein nützlicher Idiot‹ meine. Und seine Antwort darauf war, dass sich das noch zeigen werde … Bereust du nicht, dass du Ja gesagt hast?«

»Was wäre die Alternative gewesen? Ich hätte verschwinden können. Und trotzdem wäre ich wohl eines Tages geweckt und für einen Mord eingesperrt worden, den ich nicht begangen habe. Jetzt stecke ich mittendrin. Aber ich habe immerhin die Möglichkeit, einen Blick über die eine oder andere Schulter zu werfen und einen Schritt voraus zu sein.«

»Du denkst, dass du geschlachtet werden sollst?«

Er breitete resigniert die Arme aus. »Ehrlich, ich habe keine Ahnung. Aber man muss sich nur anschauen, was Mossman für sein Geld bekommt: einen offensichtlich psychisch labilen, traumatisierten Kriegsveteranen mit jeder Menge Motive. Ein Typ von zweifelhaftem Charakter – dazu musst du nur einen Blick in mein Kriminalregister werfen. Für ihn ist das ein guter Kauf. So hat er die Situation unter Kontrolle.«

»Ich mag Axel Mossman wirklich, den alten Silberrücken. Und ich halte ihn für sehr gefestigt. Das alles hier, das ärgert mich.«

Margrethe Franck sah aufrichtig traurig aus bei dem Gedanken, dass ihr Chef trotz allem möglicherweise ein mieser Falschspieler war.

»Was machen wir jetzt?«, fragte sie.

»Wir machen weiter. Wir finden heraus, wer Freund und wer Feind ist. Ich habe das dumpfe Gefühl, dass wir uns erst am Rande einer viel größeren Geschichte bewegen. Die drei Frauen sind der Schlüssel zur nächsten Tür. Wir müssen herauskriegen, wo Arvidsen sie abgeholt hat und woher sie gekommen sind.«

»Das übernehme ich. Hier in der Gegend ist eigentlich der Flughafen Aalborg naheliegend«, sagte sie.

»Eine einzige offizielle Anfrage zum Thema Passagierlisten, und nichts liegt mehr in unseren Händen. Mossman würde umgehend erfahren, was wir gerade machen.«

»Ich kenne da jemanden, bei dem ich diskret nachfragen kann – also, falls die drei wirklich über Aalborg gekommen sind.«

»Gut, dann lass uns zur Hütte zurückfahren.«

43.

Fensmarks Leiche lag immer noch auf dem staubigen Boden der Jagdhütte in einer Pfütze aus schwarzem, geronnenem Blut. Sie saßen draußen im Grünen vor der überdachten Veranda, und das schon ziemlich lange. Die frische Luft stand in scharfem Gegensatz zu der stickigen Atmosphäre in der vergessenen Hütte.

Margrethe Franck hatte ihren Chef angerufen und ihm die Version der Wahrheit erzählt, auf die sie und Oxen sich geeinigt hatten. Mossman hatte ohne zu zögern seine Kommandokette in Gang gesetzt. Zwei Wagen aus Aarhus waren bereits auf dem Weg.

Der Mord an Fensmark und dessen Umstände wurden umgehend als vertraulich eingestuft, und alle weiteren Ermittlungen in der Sache fanden ab sofort unter absoluter Geheimhaltung statt. Kommissar Grube und seine Kollegen in Aalborg würden nicht das Geringste davon erfahren.

Der Vorsitzende der Wamberg-Kommission war ermordet worden, und der politische Chef des PET, der Justizminister, war in

Gefahr. Beides hing irgendwie miteinander zusammen. Und das war Grund genug für den PET, sich abzuschotten.

»Wie heißt dein Sohn noch gleich?« Francks Frage brach das minutenlange Schweigen.

»Magnus«, antwortete Oxen.

»Was macht ihr, wenn ihr zusammen seid, du und Magnus?«

»Normale Sachen, Fußball, Kino, Zoo, im Sommer ans Wasser und so was. Genau wie alle anderen.«

»Aber wie war das für ihn, als du hier in den Wald gezogen bist?«

»Wir haben darüber geredet, dass ich eine Weile weggehen würde … Unglaublich, wie lange die von Aarhus brauchen. Müssten die nicht längst hier sein?«

»Du hast im Nordwestquartier gewohnt. Wo wohnt deine Ex?«

»In Charlottenlund. Und was ist mit dir? Bist du verheiratet?«

Franck schüttelte den Kopf.

»Warum nicht?«

»Meine Arbeit nimmt ziemlich viel Raum ein. Wärst du ein guter Polizist geworden?«

Er grub die Spitze seines Stiefels in die Erde. »Das hast du mich schon mal gefragt.«

»Ja, aber wärst du?«

»Ein ganz passabler, glaube ich.«

»Das kam damals ziemlich plötzlich, von einem Tag auf den anderen, oder? Also, dass du beschlossen hast, aufzuhören?«

»Nein, ich hatte lange darüber nachgedacht. Das habe ich dir auch schon erzählt.«

»Hast du mit anderen darüber geredet, bevor du die Entscheidung getroffen hast?«

»Nicht richtig …«

»Bist du ein verschlossener Mensch, Oxen?«

Die Frage überrumpelte ihn. Sie war nicht von einem Lächeln begleitet oder irgendetwas anderem, das hätte andeuten können, dass Margrethe Franck einen Scherz machte, da waren nur ihre ernsten Augen.

»Das ist eine komische Frage. ›Verschlossen‹. Findest du, dass ich so wirke?«

»Ich denke, die Kriege, der ganze Mist, den du gesehen und erlebt hast ... So etwas schleppt man doch bestimmt die ganze Zeit mit sich herum. Schwierig, dann ein normales Leben zu führen, mit all den Problemchen, über die sich die Leute so gern aufregen. Da ist man schnell – isoliert. Daran musste ich eben denken.«

Es gab zwei Möglichkeiten bei Margrethe Franck, vielleicht sogar drei. Entweder bearbeitete sie ihn zwischendurch aus rein professionellen Gründen und versuchte auch nur deshalb, eine persönliche Atmosphäre zwischen ihnen herzustellen. Oder sie war wirklich aufrichtig interessiert. Oder – beides.

»Natürlich erscheint einem das eine oder andere dann ziemlich unbedeutend. Deshalb kann man auch nicht ...«

Er hörte Motorengeräusche, die immer lauter wurden.

»Da sind sie ja«, stellte er erleichtert fest.

Kurz darauf tauchte ein Kleintransporter auf dem Waldweg auf und Sekunden später ein weiterer. Die zwei weißen VW Crafter rollten langsam auf die Lichtung und hielten vor der Jagdhütte an.

»Die Techniker in dem einen, das Putzkommando in dem anderen, *the cleaners*«, murmelte Margrethe Franck, während die Kollegen ausstiegen. Sie begrüßten sich, und die Teams zogen ihre Overalls über. Franck führte sie an den Ort des Geschehens, Oxen blickte ihnen hinterher.

Die Techniker würden natürlich unzählige Proben sichern, nach Fingerabdrücken suchen und Abgüsse der Reifenprofile machen, die sie vermutlich ein Stück von der Hütte entfernt finden würden. Danach die Tatortreinigung. Sobald sie grünes Licht bekämen, würden die beiden Männer die Leiche in einen Sack packen und hinten ins Auto verfrachten. Zum Abschluss noch eine

Runde mit Putzmittel und Lappen, dann könnte sich wieder Staub auf alles legen.

Es war kurz nach neun. Sie saßen nebeneinander am Schreibtisch in Francks Zimmer. Sie hatten gemeinsam zu Abend gegessen. Es war ihre Idee gewesen.

Obwohl er lieber alleine aß, hatte er das Gefühl gehabt, wenigstens dieses eine Mal Ja sagen zu müssen – eine Art symbolischer Geste, um ihre Arbeitsvereinbarung zu besiegeln.

Er war gerade im Keller gewesen und hatte die Unterlagen aus dem Versteck hinter der Deckenverkleidung geholt. Jetzt waren sie in Arvidsens Observationsliste vertieft.

»Das passt alles zu dem, was wir inzwischen wissen«, sagte Franck. »Das hier ist tatsächlich eine Observationsliste. Schau dir die Abkürzungen am 14. und 16. Oktober an.«

Er folgte ihrem Zeigefinger über das Papier. Es gab fünf Uhrzeiten unter »Ankunft« am 14. Oktober und dazu fünf Abkürzungen: HF für Hannibal Frederiksen, EUJ für Ejnar Uth-Johansen, den Staatssekretär im Verteidigungsministerium, MB für den Vorsitzenden der Wamberg-Kommission Mogens Bergsøe, KN für den Konzernchef Kristoffer Nyberg und schließlich UR für den letzten Gast, der an jenem Freitag eingetroffen war, Justizminister Ulrik Rosborg.

Alle Abkürzungen fanden sich auch am Sonntag unter »Abreise« wieder.

»Da sind natürlich immer noch viele Kürzel, die wir nicht zuordnen können«, sagte sie. »Wer ist zum Beispiel AA oder LJ?«

»Es ist sinnlos, zu raten.«

»Darf ich mal die Grundrisse sehen?«

Er nickte und legte den ersten auf den Tisch. Franck betrachtete ihn schweigend, sie ließ die Augen über den Plan des Hauptflügels im Erdgeschoss und die vielen Längenangaben und Berechnungen wandern.

»Für die anderen Stockwerke und Flügel gibt es das Gleiche«, sagte er.

Franck wollte gerade etwas sagen, als ihr Handy klingelte. Sie klang enthusiastisch, während sie sich etwas notierte und sich durch eine Reihe von Namen buchstabierte. Sie bedankte sich gleich mehrfach, und nach ein paar Minuten beendete sie das Gespräch mit einem weiteren »Tausend Dank!«.

Sie stieß begeistert einen Pfiff aus.

»Ich habe die Namen«, sagte sie.

Offenbar sah er verwirrt aus.

»Die Namen der drei Frauen. Wie versprochen. Sie sind am Flughafen in Aalborg angekommen – wo auch sonst? Sie heißen Danuté Romancikiene, Virginija Zakalskyte und Jolita Turai Baronaité. Sie stammen aus Litauen und sind letztes Jahr am 14. Oktober in Kopenhagen mit dem SAS-Flug SK745 aus Vilnius gelandet. Von dort sind sie nach Aalborg weitergeflogen. Am Sonntag, den 16. sind sie denselben Weg retour geflogen, nach Vilnius mit SK744. Allerdings nur Danuté und Jolita.«

»Die Schöne mit dem Pagenschnitt und den braunen Augen ist also Virginija.«

»Jep.«

»Und sie ist an einem anderen Tag zurückgeflogen?«

»Das habe ich auch gefragt, aber die Antwort lautet Nein. Virginija Zakalskyte ist nicht mit dem Flugzeug nach Vilnius gereist. Meine Quelle hat mich allerdings darauf hingewiesen, dass es auch eine Fähre nach Klaipėda gibt, von Kiel aus, beziehungsweise von Karlshamn. Außerdem könnte sie natürlich auch den Landweg genommen haben. Ich checke jetzt mal die Häfen.«

»Und ich mache mich morgen auf den Weg nach Vilnius.«

Bei dieser Ankündigung runzelte Franck die Stirn. Vielleicht überlegte sie, ob sie ihn begleiten sollte.

»Ich nehme an, dass du morgen nach Hause fahren wirst, um mit dem Konzernchef, dem Staatssekretär und dem Justizminister zu sprechen, oder? Dann könnte ich eigentlich auch gleich los. Ich spreche Russisch, damit kann man sich da drüben wohl immer noch durchschlagen. Fehlen uns nur noch die drei Adressen«, sagte er.

Sie nickte und dachte laut weiter: »Ich finde die Idee gut, gleich aufzubrechen. Aber wir werden deutliche Spuren hinterlassen, wenn wir versuchen, an die Adressen heranzukommen. Bei der Einreise werden die normalerweise nicht gespeichert. Bliebe nur Europol … der dänische Kontaktmann in Den Haag könnte seinen litauischen Kollegen bitten, uns die Informationen aus dem nationalen Register zu beschaffen. Nur wird auch das nicht unbemerkt bleiben. Sonst fällt mir noch der Verbindungsoffizier ein, der im Zuge der Polizeikooperation im Baltikum stationiert ist. Ich glaube, im Moment ist es ein Schwede, und soweit ich mich erinnere, sitzt er in Estland. Das wäre allerdings ein ziemlicher Umweg, um an eine Adresse in Vilnius zu gelangen. Und es würde ebenfalls Spuren hinterlassen. Mossman wird das sofort merken.«

Sie blies sich genervt eine Haarsträhne aus der Stirn. Alle fünf Finger ihrer rechten Hand trommelten auf die Tischplatte, während ihr Blick in die Ferne ging. Sie wirkte abwesend.

»Vielleicht …«, setzte sie dann an, »vielleicht schaffen wir es trotzdem.«

»Wie denn?«

»Genau darüber habe ich eben nachgedacht. Über einen Kurs in Helsinki, an dem ich vor ein paar Jahren teilgenommen habe. Da war so ein Typ dabei, und ich bin mir fast sicher, dass er aus Vilnius kam. Er hieß Zigmantas, Zigmantas-irgendwas. Er schien ganz in Ordnung zu sein, vielleicht ein bisschen übereifrig. Er hat mir hinterher gemailt. Wenn ich ihn bitte, mir zu helfen, dann wird er das tun. Auch diskret, da bin ich mir sicher. Ich schau gleich morgen früh, was ich erreichen kann.«

Sie stürzten sich wieder auf die Pläne. Nach einer Stunde stand

Oxen auf, um ins Bett zu gehen. Als er gerade die Hand auf die Türklinke legen wollte, sagte sie:

»Ich habe auch Flashbacks. Von damals, mit dem Bein ... Und ein paar richtig üble Albträume. Nicht mehr so oft, aber sie kommen immer noch. Vier-, fünf-, sechsmal im Jahr.«

Er nickte, lächelte und verkrampfte ein wenig.

»Oxen, bist du in den Wald gezogen, um das Ganze in den Griff zu bekommen?«

Er zuckte mit den Schultern. »Um ... Ruhe zu finden. Mr White und ich wollten einfach nur Ruhe.«

»Und jetzt ist Mr White weg«, sagte sie.

Er nickte und öffnete die Tür. Gerade als er sie hinter sich zuziehen wollte, redete Franck weiter.

»Du machst das hier nicht wegen des Geldes.«

»Gute Nacht. Und schlaf gut«, sagte er und schloss die Tür.

Er musste morgen früh raus. Er musste nach Vilnius, um Virginija Zakalskyte, Jolita Turai Baronaité und Danuté Romancikiene aufzusuchen.

44.

Die junge Frau an der Rezeption des Hotels Tilto im Zentrum von Vilnius sah ihn aufmerksam an, als er seine Reservierung auf die Theke legte.

»*Niels Oxen, Denmark?* Für Sie ist etwas abgegeben worden«, sagte sie auf Englisch. Sie öffnete eine Schublade und überreichte ihm einen großen Umschlag.

Franck hatte es tatsächlich geschafft, genau wie sie versprochen hatte. Sie regelte alles.

Eilig füllte er das Check-in-Formular aus, nahm sich einen der kostenlosen Stadtpläne, die auf der Theke lagen, und fuhr mit dem Aufzug in den dritten Stock. Wenige Augenblicke später warf er sich in seinem Zimmer aufs Bett und riss den Umschlag auf. Darin war ein handbeschriebenes DIN-A4-Blatt. Der Text war auf Englisch, und die schlechte Kopie eines Fotos war daran geheftet.

»An Niels Oxen. Hier die Adressenliste, die ich Margrethe versprochen habe. In Vilnius und Umgebung wohnen natürlich mehrere Frauen mit diesen Namen, aber ich habe einige aufgrund des geschätzten Alters, das Margrethe mir durchgegeben hat, ausschließen können. In Virginijas Fall liegt eine Vermisstenmeldung für eine Frau mit demselben Namen vor (anbei). Viel Erfolg. Rufen Sie mich an, wenn Sie Probleme haben.«

Der Brief war mit »Ramunas Zigmantas« unterschrieben. Der Mann, der ein Auge auf Franck geworfen hatte und wahrscheinlich bei der Polizei in Vilnius oder für den litauischen Geheimdienst arbeitete, hatte außerdem eine Handynummer hinterlassen. Oxen studierte die Namensliste.

Virginija Zakalskyte: Es gab drei Frauen mit diesem Namen, aber er brauchte nicht nachzuforschen. Die schlechte Kopie des Fotos war immer noch gut genug, und er erkannte die hübsche junge Frau sofort wieder. Das war die richtige Virginija. Die Virginija, die offenbar nie nach Litauen zurückgekehrt war. Sie war siebenundzwanzig Jahre alt.

Laut Zigmantas war sie seit vier Monaten als vermisst gemeldet, aber nach Angabe ihrer Familie bereits seit circa acht Monaten verschwunden, was bedeutete, dass sie seit ihrer Reise nach Dänemark nicht mehr gesehen worden war. Sowohl ihre eigene als auch die Adresse ihrer Eltern fanden sich in den Unterlagen.

Jolita Turai Baronaité: Diesen Namen gab es nur ein Mal in Vilnius. Hoffentlich war es die richtige Frau. Sie war vierunddreißig und wohnte in einem Stadtteil, der Žirmūnai hieß.

Danuté Romancikiene: Die Älteste des Trios, das zur allgemeinen Zerstreuung nach Nørlund Slot eingeflogen worden war. Hier gab es drei Optionen und damit auch drei Adressen von Frauen zwischen vierundvierzig und fünfzig Jahren. Das verhieß Beinarbeit.

Er hatte den ganzen Nachmittag zur Verfügung, und da es Samstag war, standen seine Chancen vermutlich besser als an einem gewöhnlichen Werktag. Zum Glück beinhaltete der Stadtplan auch ein Straßenregister. Karten zu lesen und sich einzuprägen gehörte zu den Dingen, in denen er ausgebildet war. Er brauchte eine knappe Viertelstunde, um die Straßen zu finden, mit einem Kreis zu markieren und halbwegs abzuspeichern, wo sie lagen und wie sie zueinander in Bezug standen.

Dann stand er energisch auf, schob Zigmantas Adressenliste in die Innentasche seiner Jacke und schlug die Zimmertür hinter sich zu.

Da er nun eine hieb- und stichfeste Identifikation von Virginija Zakalskyte hatte und mit Sicherheit wusste, dass sie verschwunden war, hatte er sich entschieden, mit der einfachsten Aufgabe zu beginnen: Jolita Turai Baronaité.

Er ging das kurze Stück zur großen T. Vrublevskio gatvé, die an der imposanten Kathedrale vorbei nach Süden ins Herz der Altstadt führte oder nach Norden über den Fluss.

Es herrschte viel Verkehr, selbst für einen Samstag zur Mittagszeit. Die heißen Reifen quietschten auf den Pflastersteinen. Es gelang ihm, ein Taxi zu erwischen. Der Fahrer steuerte den Wagen rasant an den Bordstein und bremste scharf.

Oxen erklärte ihm auf Russisch, wohin er wollte, was zum Glück keine negative Reaktion hervorrief. In Litauen waren nie so viele Russen gewesen wie in den beiden baltischen Bruderstaaten, und es hatte auch nie so große Probleme mit der Unabhängigkeit gegeben wie dort. Der Fahrer nickte und wartete auf eine Lücke, wagte einen riskanten U-Turn, dann waren sie unterwegs.

Der Weg führte sie aus dem Zentrum. Žirmūnai, wo Jolita wohnte, lag ein paar Kilometer weiter im Norden. Der Fahrer holte alles aus dem Wagen heraus, was im dritten Gang möglich war, und nutzte die König-Mindaugas-Brücke als Abschussrampe quer durch die Stadt. Die Brücke sah alles andere als königlich aus. Getragen von riesigen eisernen Bögen wirkte die Konstruktion so simpel, als hätte der Ingenieurstrupp nicht mehr als einen Tag darauf verwendet.

Darunter floss träge die Neris. Ihre steile Uferböschung war – ohne jegliche pittoreske Ambition – großflächig mit gewaltigen Betongittersteinen befestigt worden. An manchen Stellen hatte sich Gras ausgebreitet, an anderen säumten nur narbige Flecken von rauem Beton und brauner Erde den Silberspiegel des Flusses.

Mehr konnte er nicht sehen, zumindest nicht aus der Nähe. An der ersten großen Kreuzung bog der Fahrer scharf rechts ab und folgte dem Flusslauf in einiger Entfernung nach Norden.

Rechts und links der Straße standen Wohnhäuser. Einige Kilometer östlich erhob sich ein waldbedeckter Bergrücken über den Horizont.

Oxen verspürte einen Hauch von Freude, als sie an einer Reihe heruntergekommener Plattenbauten vorbeikamen, die unverkennbar nach dem typischen Sowjet-Slum der alten Weltordnung aussahen.

Alle Wohnungen waren mit einem kleinen, überdachten Balkon ausgestattet, ein kleines Stück Ausblick für jeden. Ein paar Extraquadratmeter, mit nie versiegendem Erfindungsreichtum gestaltet. In der Regel mit einer Wäscheleine versehen, und im Laufe der Jahre immer wieder mit zusammengezimmertem Holz oder Zinkblechplatten geflickt. Bei einigen sah man regelrechte Gewächshäuser mit Palmwedeln oder kleine Kunstwerke aus buntem Glasmosaik.

Er empfand Freude, weil ihn diese Wohnblöcke an die Individualität des Menschen, seine Unerschütterlichkeit und seine Träume erinnerten. Und daran, dass sich all das jederzeit und überall entfalten konnte und würde, komme, was wolle.

Einen Augenblick später bog der Taxifahrer links ab und brach die Stille.

»Wir sind gleich da. Es sind die Häuser da drüben, hinter dem Senukai.«

Oxen hatte keine Ahnung, was der Senukai war. Sie fuhren durch ein schier endloses Areal, wo moderne Einkaufszentren und Bürogebäude dicht an dicht nebeneinanderstanden und die Menschen riesige Tüten aus den Supermärkten schleppten, die damit warben, dass sie so gut wie nie geschlossen hatten.

Vor ihnen türmte sich eine Reihe moderner Wohnblöcke auf, farblich aufeinander abgestimmt, in gedeckten Tönen gestrichen. Der Fahrer bog wieder ab, fuhr an der Rückseite eines Gebäudekomplexes entlang und wurde dann langsamer.

»Lassen Sie mich einfach hier raus. Ich finde die richtige Hausnummer selbst«, sagte Oxen und machte ihm ein Zeichen anzuhalten.

»K. Ladygos gatvé« stand auf dem Straßenschild an der Ecke des Häuserblocks. Oxen bezahlte, stieg aus und warf einen Blick auf die Uhr. Nicht schlecht. Vor anderthalb Stunden hatte er den Flughafen verlassen, und jetzt stand er schon hier.

Jolita Turai Baronaité wohnte in der K. Ladygos gatvé 8, dritter Stock, rechts.

Jetzt begriff er auch, was dieser Senukai war, denn an der Gebäuderückseite befanden sich Laderampen, an denen ein Lastwagen neben dem anderen stand. Überall stapelten sich Steinwolle, Ziegelsteine, Bauholz und Fertigbauteile. Ab und zu kamen Kunden aus einem Tor und schleppten alles Mögliche von Türrahmen bis hin zu Blumenkästen nach draußen. Senukai verkaufte das Material, mit dem sich jedermann in Vilnius den Grundstein für seine Träume legen konnte.

Vor dem Haus mit der Nummer acht blieb er stehen. Im Erdgeschoss befand sich ein Damenfriseur. Er warf einen Blick nach oben und fragte sich, an welchem Traum Jolita da oben im dritten Stock wohl baute.

Er ging die Namen auf dem Klingelschild durch. Es gab keine

Jolita Turai Baronaité, weder im dritten noch in einem anderen Stock. Es gab überhaupt keine Jolita. Hatte Zigmantas ihm veraltete Informationen gegeben?

Ein Mann mit einem kleinen Mädchen auf dem Arm und einem zweiten an der Hand manövrierte sich aus der Tür. Oxen sprach ihn an.

»Ich suche nach Jolita Turai Baronaité. Sie soll angeblich hier wohnen, aber ihr Name steht nicht an der Tür.«

»Jolita? Hier gibt es keine Jolita. Wir wohnen erst seit einem halben Jahr hier, aber fragen sie mal da drinnen nach – die weiß alles«, sagte der Mann und zeigte auf das Friseurgeschäft. »Chez Svetlana« stand in geschwungenen Goldbuchstaben auf der Fensterscheibe. Oxen bedankte sich und betrat das Geschäft. Svetlana. Vermutlich eine russische Friseurin. Vielleicht lag es an seinen langen Haaren oder daran, dass Männer sich eher selten hierher verirrten, jedenfalls starrte Svetlana ihn ziemlich unverhohlen an.

»Ich wollte zu Jolita. Jolita Turai Baronaité, sie soll hier wohnen, aber … ihr Name steht nicht auf dem Klingelschild. Ich verstehe das nicht.«

Svetlana konzentrierte sich auf die graue Haarpracht der älteren Dame auf dem Frisierstuhl vor ihr.

»Ach«, seufzte sie und schüttelte den Kopf. »Die arme Jolita …«

»Was ist denn? Ist etwas passiert?«

»Haben Sie es nicht gehört? Jolita ist tot. Es ist schon eine ganze Weile her. Letztes Jahr im Oktober. Sie war so nett. Eine gute Kundin von mir. Manchmal ist sie auch einfach auf eine Tasse Tee vorbeigekommen.«

»Tot? Wie bitte?«

»Es war Selbstmord – Tabletten … Soweit ich gehört habe, hat sie einen Brief hinterlassen. Unglückliche Liebe. Ich konnte es kaum glauben. Nicht Jolita. Sie liegt dort drüben. Antakalnis.«

Svetlana machte eine Kopfbewegung in Richtung Fenster.

»Wie meinen Sie das?«

»Auf dem Friedhof natürlich, drüben in Antakalnis, auf der anderen Seite des Flusses. Ihre Mutter ist dort Friedhofsgärtnerin. Ist das nicht eine Ironie des Schicksals?«

»Das wusste ich nicht.«

»Sie kannten sich wohl nicht so gut? Oder Sie sind nicht von hier?«

»Ach, es ist lange her. Wir waren damals gut befreundet. Und nein, ich wohne nicht hier.«

»Dann gehen Sie doch auf den Friedhof und erweisen Sie ihr die letzte Ehre. Heute ist Samstag.« Svetlana warf einen Blick auf die Uhr über dem Spiegel. »Es ist noch früh. Wahrscheinlich arbeitet ihre Mutter noch. Vor allem wenn noch eine Beerdigung ansteht. Grüßen Sie sie von mir, von Svetlana, der Friseurin.«

»Das mache ich. Sagen Sie, was hat Jolita eigentlich beruflich gemacht?«

»Sie war Sekretärin an der norwegischen Botschaft.«

»Danke.«

Er nickte und zog die Tür hinter sich zu. Das hatte ja so kommen müssen. Bis hierher war es viel zu einfach gegangen. Und im selben Moment überfiel ihn die düstere Ahnung, dass es vermutlich noch viel schlimmer kommen würde.

Der Antakalnis-Friedhof kam ihm wie eine andere Welt vor. Die Toten ruhten am Fuße einer Hügelkette zwischen den dicken Stämmen riesiger Nadelbäume – Thujen, Eiben, Wacholder und anderen immergrünen Pflanzen.

Es war still hier zwischen den Bäumen, obwohl die großen Straßen auf beiden Seiten des Flusses nicht weit entfernt waren. Die breitesten Wege waren geschottert und ordentlich geharkt, die schmaleren von einer dicken Schicht brauner Nadeln bedeckt, auf der jeder Schritt lautlos war. Selbst die Vögel schienen ihren Gesang deutlich zu dämpfen.

Er entdeckte die einzige Frau, die erkennbar arbeitete. Sie harkte gerade den Weg.

Sie bestätigte, Jolitas Mutter zu sein, als er sich ihr vorstellte. Er gab sich als ehemaliger Bekannter aus der Botschaft aus, der gerade aus dem Urlaub zurückgekehrt sei und erst jetzt von der traurigen Nachricht erfahren habe.

»Es hat sich falsch angefühlt, das eigene Kind zu beerdigen. Schrecklich falsch. Und so ungerecht. Obwohl ich seit fast zehn Jahren hier arbeite und allzu gut weiß, dass das Leben eben manchmal so ist«, sagte die Frau leise.

»Es tut mir wahnsinnig leid«, sagte er. Sein Körper straffte sich. »Könnten Sie mir vielleicht ihr Grab zeigen?«

»Natürlich, kommen Sie mit.«

Schweigend gingen sie zurück in Richtung Ausgang. Von dort führte ein schmaler Pfad zu einem Hügel, auf dem drei große Kiefern standen. Das Grab lag ganz oben. Die Luft auf dem Friedhof war feucht, Moos wucherte über die schattigen Gräber. Doch Jolitas Grab sah anders aus, neu.

Dem Datum auf dem Grabstein nach zu urteilen war sie drei Tage nach ihrer Heimkehr aus Dänemark gestorben. Nur drei Tage!

»Ich soll Sie von Svetlana grüßen, der Friseurin aus Jolitas Haus«, sagte er.

Die Frau nickte.

»Sie hat mir erzählt, was passiert ist, aber ich kann mir das alles gar nicht vorstellen. Jolita war doch immer so fröhlich.«

»Ich verstehe es auch nicht«, sagte die Frau. »Aber ist es nicht immer so? Man glaubt, alles zu wissen, dabei weiß man am Ende des Tages womöglich gar nichts. Sie hat uns den Grund in ihrem Brief erklärt. Natürlich gab es Männer in ihrem Leben, das wussten wir – aber so eine große unglückliche Liebe? Nein … Niemand von uns wird das jemals verstehen.«

Sie unterhielten sich noch eine Weile über Jolita und das Leben und darüber, wie schwer das alles manchmal war. Dann legte er ihr eine Hand auf die Schulter, bedankte und verabschiedete sich.

Es fühlte sich feige an, ausgerechnet hier unter falscher Flagge zu segeln. Er atmete schwer, als er das Friedhofstor hinter sich schloss. Es gab genau zwei Möglichkeiten:

Entweder hatte Jolita etwas so Erschütterndes auf Nørlund Slot erlebt, dass sie nicht länger damit hatte leben können – oder aber was sie erlebt hatte, hatte dazu geführt, dass jemand anders sie hatte tot sehen wollen und dabei nachgeholfen hatte. Letzteres erschien Oxen wahrscheinlicher.

Was Danutė Romancikiene betraf, befürchtete er inzwischen das Schlimmste. Er musste sie finden. Sofort.

Es dauerte mehr als zwei Stunden und drei lange Taxifahrten, bis er die richtige Danutė ausfindig gemacht hatte. Erst sein dritter und letzter Versuch in einem Haus im Stadtzentrum war erfolgreich, nachdem er schon ganz im Südwesten in Lazdynai und im Norden der Stadt in Tarandė gewesen war.

Eine Frau, auf jeden Fall noch sehr jung, öffnete die Tür. Ein kurzes Gespräch bestätigte seinen Verdacht. Als sie auf seine Frage antwortete, stiegen ihr Tränen in die Augen, und ihre Stimme war belegt.

»Meine Mutter … ist tot«, sagte sie und wischte sich tapfer über die Wangen.

Er hatte sich als ehemaliger Kollege ihrer Mutter vorgestellt und behauptet, dass er sie nach so vielen Jahren wahnsinnig gern besuchen wolle. Im selben Atemzug hatte er der jungen Frau ein Foto auf seinem Handy gezeigt, um sicherzugehen, dass es sich auch wirklich um die richtige Danutė handelte.

Jetzt musste er seine Rolle weiterspielen, obwohl es ihm schwerfiel.

»Es tut mir so leid, das wusste ich nicht. Was ist denn passiert?«

Ein junger Mann tauchte in der Tür auf. Der Bruder der jungen Frau.

»Sie sind ein Kollege, sagen Sie? Aus dem Ministerium?«

Oxen nickte – und dachte kurz nach.

»Ja, aus dem Ministerium, aber es ist viele Jahre her. So viele, dass ich nicht mal mehr weiß, wo eure Mutter zuletzt gearbeitet hat.«

»Sie war Chefsekretärin im Arbeitsministerium«, antwortete der Sohn.

»Seit … seit wann ist sie denn tot?«

»Sie ist letztes Jahr am 20. Oktober gestorben. Es war ein Verkehrsunfall. Sie ist auf dem Weg nach Palanga von der Straße abgekommen.«

»Im Oktober? Ich habe von einer gemeinsamen Bekannten gehört, dass eure Mutter letztes Jahr im Herbst in Dänemark war. Wart ihr vielleicht dabei?«

Die Geschwister sahen sich fragend an.

»Wir wissen nichts von einer Reise nach Dänemark. Das muss ein Missverständnis gewesen sein … Wir haben damals in einem Studentenwohnheim in der Stadt gelebt. Jetzt wohnen wir zusammen hier, bis wir wissen, wie es weitergehen soll … Die Wohnung gehörte unserer Mutter.«

»Ich verstehe. Es tut mir sehr leid … Ich will euch nicht länger stören.«

Er verabschiedete sich und verließ eilig das Haus. Das große Gebäude in der Pylimo gatvé war extrem gut erhalten und seine Fassade mit Stuck in Form von Lorbeerkränzen und Weinranken verziert. So etwas zu besitzen überstieg eindeutig alles, was selbst die fleißigste Sekretärin in welchem litauischen Ministerium auch immer in ihrer Lohntüte nach Hause trug. Aber die elegante Danuté Romancikiene hatte vermutlich auch noch über andere Einnahmequellen verfügt.

Sie hatte einen Tag länger leben dürfen als die etwas jüngere

Jolita. Ein Verkehrsunfall? Warum nicht. Das war effektiv und weniger umständlich als ein Selbstmord. Und der Täter hatte vermutlich sehr darauf geachtet, die beiden Todesfälle möglichst unterschiedlich aussehen zu lassen.

Woher Zigmantas auch immer die Adressen besorgt hatte – im litauischen Personenregister klafften jedenfalls hässliche Lücken, wenn man hier sterben und trotzdem noch am Leben sein konnte. Er zog die Liste aus der Tasche und suchte die Adresse von Virginija Zakalskytes Eltern heraus.

Im Augenblick konnte er sich zwar nicht vorstellen, dass sie ihm irgendeine Hilfe sein würden, aber sie waren seine letzte Chance. Und er stand praktisch vor dem Nichts. Auch wenn er jetzt wusste, dass alle Frauen, die das Wochenende auf Nørlund Slot verbracht hatten, ganz plötzlich verstorben waren. Außer – und diese Möglichkeit bestand zumindest theoretisch immer noch – Virginija war freiwillig untergetaucht.

Der Stadtteil Žvėrynas lag westlich vom Zentrum, eingekeilt in einer Flussbiegung der Neris. Das Viertel unterschied sich markant von den anderen Orten, die er bei seinem Blitzbesuch bisher gesehen hatte. Hier gab es viele Einfamilienhäuser, und es war deutlich zu erkennen, dass die Leute sich um ihr Eigentum kümmerten.

Zuvor hatte er noch einen kurzen Abstecher zu Virginijas Adresse gemacht. Ein stattliches Gebäude in einer Seitenstraße der mondänen Einkaufsmeile der Stadt, Gedimino prospektas. Eine ziemlich vornehme Anschrift für eine junge Frau von siebenundzwanzig Jahren.

Er bezahlte das Taxi und stieg aus. Virginijas Eltern wohnten in einem kleinen Einfamilienhaus in der D. Poškos gatvė. Das Erdgeschoss war gelb verputzt, der erste Stock mit Holz verkleidet. Das Grundstück war von einem weißen Holzzaun begrenzt und der Rasen frisch gemäht.

Er hörte Werkzeuggeklapper, vielleicht aus einer Garage, und ging hin. Er hatte seine Taktik geändert, um sich nicht in seinem eigenen Spinnennetz zu verheddern. Er würde es sagen, wie es war: Er war Teil einer inoffiziellen dänischen Ermittlung, die sich unter anderem mit Virginijas Verschwinden befasste.

Wenige Minuten später saß er auf einer Bank in der kleinen Küche, während Virginijas Mutter ihm Kaffee einschenkte. Der Mann, den er in der Garage angetroffen und dem er sein Anliegen auf Russisch erklärt hatte, saß am Tischende. Nachdem sie alle drei am Kaffee genippt hatten, brach Oxen das Schweigen.

»Wussten Sie, dass Ihre Tochter im Oktober in Dänemark war?«

Die Eltern nickten.

»Das hat uns die Polizei mitgeteilt, als wir sie als vermisst gemeldet haben«, antwortete der Vater. »Sie konnten es in ihrem Register sehen … Virginija war ausgereist, aber nicht mit dem Flugzeug zurückgekommen.«

Warum um alles in der Welt die Polizei nicht in Dänemark nach ihr gesucht hatte – oder auch im Rest Europas –, hatte ihnen peinlicherweise niemand erklären können.

»Sie haben Ihre Tochter erst vor vier Monaten als vermisst gemeldet. Sie haben ziemlich lange gewartet.«

Vermutlich hatten sich die Eltern schon tausendmal gegen diesen Vorwurf gewehrt. Die Mutter antwortete jedenfalls, ohne zu zögern.

»Wissen Sie, Virginija ist auch früher schon einfach verschwunden. Oder verreist. Nennen Sie es, wie Sie wollen. Wir haben drei Töchter, und Virginija ist eindeutig die … unabhängigste. Man könnte auch sagen die aufsässigste. Wir wollten …«

Eine blonde junge Frau steckte den Kopf durch die Tür. Er schätzte sie auf Anfang zwanzig. Und wenn Virginija schön war, dann war die Frau in der Tür noch schöner. Oxens Blick wanderte von der Mutter zum Vater. Es lag in den Genen, das mit dem Aussehen.

»*Hello*«, sagte das Mädchen und nickte ihm zu. Dann sagte sie etwas auf Litauisch zu ihren Eltern und verschwand wieder.

»Das war Ieva, unsere Jüngste. Sie studiert hier in Vilnius«, sagte der Vater stolz. Die blonden Haare hatte sie von ihm geerbt.

»Virginija ist die Mittlere, und dann haben wir noch Simona, unsere Älteste. Sie ist Geschäftsfrau. Sie betreibt drei Bäckereien«, fügte die Mutter erklärend hinzu.

Oxen griff den Faden auf. »Das führt mich zu meiner nächsten Frage: Was hat Virginija eigentlich beruflich gemacht?«

Die Mutter schüttelte lächelnd den Kopf.

»Das Mädchen hat wirklich alles Mögliche ausprobiert. Sie hat mit einer Freundin eine Bar eröffnet und große Rockkonzerte im ganzen Land organisiert. Und dann hat sie den Sprung gemacht, bei dem wir dachten, sie würde endlich ein bisschen ruhiger werden. Sie bekam eine Anstellung bei der *Sweedbank,* für die sie jetzt fünf Jahre gearbeitet hat. Sie ist – oder war – in der Ausbildung zur Investmentberaterin.«

»Sie wohnt ziemlich schick. Das Haus liegt direkt an einem Park, in einer Seitenstraße des Gedimino prospektas. Das muss doch teuer sein.«

»Man kann viel über Virginija sagen, aber sie hat immer geackert, und sie versteht was vom Geld«, sagte die Mutter.

Er konnte nicht das leiseste Misstrauen bei den Eltern feststellen. Sie waren vollkommen überzeugt davon, dass ihre Tochter sich das viele Geld in der nordisch-baltischen Großbank hart erarbeitet hatte. Er wechselte das Thema.

»Wie oft war sie denn davor schon verschwunden?«

»Dreimal für längere Zeit«, sagte der Vater. »Zwischen einem und drei Monaten. Aber das war lange bevor sie die Stelle bei der *Sweedbank* angetreten hat.«

»Und was hat sie da gemacht? Wo war sie?«

»Was machen Mädchen, wenn sie verschwinden?« Die Mutter

zuckte die Schultern, ehe sie fortfuhr: »Man fürchtet ja immer das Schlimmste. Soweit wir wissen, ging es immer um Männer – oder Kerle, wie sie es nannte. Virginija war immer … begehrt bei den Männern. Sie hätte schon längst mit einem guten und anständigen Mann verheiratet sein können, wenn sie gewollt hätte.«

Der Vater nickte bestätigend.

»Dass sie schon öfter weg war, ohne uns zu informieren, hat wohl dazu geführt, dass die Polizei unsere Meldung … mit einer gewissen Skepsis betrachtet hat. Wir konnten uns nur schwer Gehör verschaffen«, sagte er.

»Also, Sie wussten im Vorfeld nicht, dass Virginija nach Dänemark wollte?«

»Nein, wir hatten keine Ahnung«, antwortete der Vater.

»Mein Mann sagte, Sie hätten eine größere Ermittlung in Dänemark erwähnt. Können Sie uns mehr darüber sagen, in was unsere Tochter da möglicherweise verwickelt ist?« Die Mutter sah ihn fragend an.

»Ich kann Ihnen leider keine Details nennen. Dazu bin ich nicht befugt, aber es ist ein ziemlich weit verzweigter Fall. Einige Spuren führen in die Wirtschaft. Wir sind zufällig auf den Namen Ihrer Tochter gestoßen und haben festgestellt, dass sie ihr Rückflugticket nicht benutzt hat. Deshalb haben wir reagiert. Was denken Sie selbst? Bei acht Monaten?«

»Wir denken beide, dass ihr etwas zugestoßen ist«, antwortete der Vater mit Überzeugung.

»Acht Monate ist eine lange Zeit. Sie hätte zumindest angerufen. Und sie ist ja inzwischen aus solchen Geschichten herausgewachsen. Wir haben uns damit abgefunden, dass wir sie wahrscheinlich nicht mehr … wieder … sehen.«

Die Mutter blickte nach unten und tupfte sich mit der Serviette eine Träne weg.

»Und Ihre älteste Tochter? Denken Sie, ich könnte vielleicht auch mit ihr sprechen?«

»Simona ist auf einer Geschäftsreise. Ehrlich gesagt, weiß ich nicht, ob sie inzwischen wieder zurück ist. Sie hat immer so viel zu tun.«

Oxen beharrte trotzdem darauf, bis die Mutter ihm Simonas Adresse und drei verschiedene Telefonnummern aufschrieb.

»Wären Sie so freundlich, uns zu informieren, falls Sie in Dänemark etwas herausfinden?«, fragte sie und gab ihm den Zettel.

»Natürlich, das versteht sich doch von selbst. Vielen Dank für den Kaffee.«

Er wollte sich eigentlich noch nach Virginijas Wohnung erkundigen, nach der Miete und warum ihr Name noch immer auf dem Klingelschild stehe, aber irgendetwas sagte ihm, dass es schlauer war, die große Schwester Simona danach zu fragen. Jetzt hoffte er nur, dass er sie auch erreichte. Sie war sein letzter Trumpf in Vilnius.

Er beschloss, ins Hotel zurückzulaufen. Ein bisschen frische Luft schnappen und nachdenken. Er hatte sich gerade von den Eltern verabschiedet, als die jüngste Tochter um die Ecke kam. Das Mädchen mit dem langen blonden Pferdeschwanz streckte ihm überraschend die Hand hin.

»Nehmen Sie den Zettel«, flüsterte sie auf Englisch.

Er spürte das gefaltete Papier in ihrer Hand.

»Good bye«, sagte Ieva laut.

»Good bye«, sagte er, während er den zarten Händedruck erwiderte.

Erst drei Häuser weiter blieb er stehen, faltete den Zettel auseinander und las neugierig die handschriftliche Nachricht.

»Morgen, fünfzehn Uhr. Tor der Morgendämmerung. Ich warte in der Kapelle der Madonna von Vilnius. Gruß, Ieva.«

45.

Während der gesamten Fahrt herrschte weitgehend Stille im Wagen. Sie war wieder einmal Axel Mossmans Chauffeurin.

Der PET-Chef hasste es, selbst zu fahren, weil er dann gezwungen war, einen Teil seiner Denkkapazität auf die ganzen Idioten im Straßenverkehr zu konzentrieren. »Ressourcenverschwendung« hatte er das grinsend genannt, als er sie das erste Mal bat, sich hinter das Steuer zu klemmen. Trotz seines Lachens hatte sie nie daran gezweifelt, dass er es tatsächlich ernst meinte.

Sie hatte ihn in seinem Haus in Kokkedal abgeholt. Auch das war nicht neu, aber heute durchaus sinnvoll, da sie selbst in Østerbro wohnte und ihr Ziel sich in Gilleleje befand.

»*Well,* Margrethe, bringen wir es hinter uns«, hatte Mossman seufzend gesagt, sich auf den Beifahrersitz sinken lassen und dann die Tür zugeschlagen. Seitdem hatte er nichts Nennenswertes mehr von sich gegeben. Das war ungewöhnlich, aber das galt schließlich für die gesamte Situation.

Während sie fuhr, dachte sie die ganze Zeit über Mossman nach und spähte gelegentlich diskret zu ihm hinüber. Im Grunde grübelte sie schon über ihn, seit Niels Oxen ihr sein Geheimnis verraten hatte.

Was war das für ein Spiel, das ihr Chef da spielte? Und was hatte er mit dem ehemaligen Elitepolizisten Poul Arvidsen zu schaffen gehabt?

Sie waren jetzt noch knapp zehn Kilometer von Gilleleje entfernt. Justizminister Ulrik Rosborg hatte sie zu seinem Sommerhaus beordert, weil sich dieser Ort seiner Meinung nach am besten für ein Treffen eignete. Der Minister hatte keinen weiten Weg, er wohnte auf dem Land, irgendwo in der Nähe von Nødebo. Seine Frau, eine Architektin, arbeitete dort samstags von zu Hause aus, und er wollte vermeiden, dass sie sich Sorgen machte, wenn der PET-Chef persönlich auftauchte. Deshalb also Gilleleje, ganz wie der Herr Minister wünschte.

Es ging auf halb zwölf Uhr zu. Hoffentlich würde es nicht so lange dauern. Den restlichen Tag sollte Margrethe Martin Rytter bei den Gesprächen mit Ejnar Uth-Johansen und Kristoffer Nyberg assistieren.

Die drei Männer, die letzten Oktober auf Nørlund Slot gewesen waren, hatten selbstverständlich eine kurze Begründung dafür bekommen, warum sie mit Leibwächtern ausgestattet worden waren, aber für Hintergrundinformationen war noch keine Zeit gewesen. In Wahrheit ging es natürlich darum, die drei zu verhören. Der PET war äußerst interessiert an den Ereignissen auf Nørlund Slot.

Es überraschte Margrethe nicht, dass sie an derart vertraulichen Aufgaben beteiligt war, das war auch früher schon vorgekommen. Sie hatte über Umwege von Kollegen gehört, die irritiert waren, weil sie auf so hohem Niveau mitmischen durfte, doch das war ihr egal. Sie hatte überall Zugang, und sie war stolz auf das Vertrauen, das man ihr entgegenbrachte. Auch wenn dieses Vertrauen offenbar Grenzen hatte … Und der Flaschenhals zeigte – mal wieder – auf Axel Mossman.

Abgesehen davon, dass sie die praktischen Dinge regeln, Notizen machen, sich alles einprägen und das Auto fahren sollte, hatte sie noch einen weiteren Spezialauftrag für das Treffen mit dem Minister bekommen. Sie sollte dafür sorgen, dass das Gespräch aufgezeichnet wurde. Allerdings nicht ganz *by the book*, denn der Minister durfte nichts davon mitbekommen. Mossman war schlau genug, sich abzusichern, wo und wann immer es ging.

Sie hatte Niels Oxens Überlegungen in Gedanken hin und her gewälzt und musste zugeben, dass sie es Mossman ohne Weiteres zutraute, seinen Vorgesetzten, den Justizminister, in irgendeiner Form überwachen oder schützen zu lassen. Niemand wurde PET-Chef, wenn er nicht eine ordentliche Portion Zynismus besaß.

Auch sie selbst hatte sich wegen Mossmans Doppelspiel auf eine Allianz mit einem Kriegshelden von ausgesprochen zweifelhaftem Charakter eingelassen. Zumindest zweifelhaft, solange man sich an Oxens Sündenregister orientierte. Normalerweise hatte sie ein ausgeprägtes Gespür für solche Dinge, und ihre Nase sagte ihr, dass sie Oxen vertrauen konnte. Aber ihre Nase war nicht unfehlbar. Sie verdrängte den Gedanken.

Wenn alles glattging, rechnete sie damit, ab dem späten Nachmittag freizuhaben. Zu Hause in ihrer Wohnung wartete ein großer Umschlag auf sie, den sie nur schnell in der Diele abgelegt hatte, bevor sie zu Mossman nach Kokkedal geeilt war. Sie konnte es kaum erwarten, ihn endlich zu öffnen. Der Inhalt würde hoffentlich ein bisschen Licht auf Oxens dunkle Seite werfen.

Am Morgen hatte sie wie besprochen einen Zwischenstopp in Holbæk bei Frau Middelbo eingelegt. Die Witwe des ehemaligen Polizeichefs in Bellahøj hatte nach ihrem Telefonat sofort angefangen, den Werkstattschrank ihres Mannes zu durchsuchen, und sie hatte die Unterlagen über den Fall des tapferen Soldaten gefunden, der sie alle mit seinem Glanz getäuscht hatte. Und jetzt wartete also ein vielversprechender Umschlag auf sie.

»Wir müssten eigentlich bald ankommen, Margrethe. Was sagt das Wunderding da?«, brummte Mossman und starrte grimmig auf das Navi an der Frontscheibe.

»Es dauert nicht mehr lange, dann sind wir da«, antwortete sie. »Wie viele sind eigentlich vor Ort?«

»Vier.«

»Vier?« Sie hatte mit drei Kollegen für den Beschützerjob gerechnet, und ihre Verwunderung provozierte ihn offenbar.

»Ja, vier. Was soll die Frage? Der Mann ist ja nicht *irgendein* Minister, oder?«

Anscheinend war heute einer der wenigen Tage im Jahr, an denen der Chef des Inlandsnachrichtendienstes keine gute Laune hatte.

»Und was ist mit Uth-Johansen und Nyberg?«

»Jeder zwei.«

Kurz darauf standen sie vor dem Ortsschild von Gilleleje und bogen dann in den schmalen, asphaltierten Grøntoften ab, wo Familie Rosborg in einem modernen Holzhaus umgeben von Birken und hohen Buchenhecken den Sommer über residierte.

Der erste Personenschützer tauchte bereits im Garten auf, während sie in die Einfahrt rollten. Als er sah, wer neben ihr saß, winkte er sie gelassen weiter.

Der nächste stand am Carport. Ihn kannte sie, er hieß Karsten. Er kam ans Auto und öffnete Mossman die Tür, der das mit einem kurzen »Danke, Ingemann. Wo ist er? Und was macht er?« quittierte.

»Er ist hinten auf der Terrasse und schneidet Büsche.«

»*Well,* da kann man mal sehen. Rosborg schneidet also Büsche. Komm, Margrethe.«

Mossman winkte sie energisch zu sich, sichtlich amüsiert bei dem Gedanken an einen Justizminister mit Gartenschere.

Sie fanden ihn in dem gepflegten Garten hinter dem Haus, wo er tatsächlich gerade damit beschäftigt war, einen Buchsbaum zu stutzen.

Ulrik Rosborg war einer der wenigen dänischen Politiker – vielleicht sogar der einzige –, der sich vorrangig über das Thema Gesundheit profiliert hatte. Er war ehemaliger Sportler, irgendwas mit Laufen, wenn sie sich richtig erinnerte, und hatte sogar in einer Fitness-Serie im Fernsehen mitgewirkt. In der Sendung war es um gesunde Ernährung, Bewegung und Trainingsprogramme gegangen. Er war Mitte vierzig, hatte zwei oder drei Kinder mit der Architektin, und die ganze Familie Rosborg strotzte nur so vor Gesundheit.

Sie erinnerte sich an einen Filmausschnitt, in dem Familie Rosborg beim Frühstück gezeigt wurde. Eine harmonische Szene voller Obst, die sich nicht im Geringsten mit der ganz und gar unministeriellen Morgen-Apokalypse vergleichen ließ, die ihre große Schwester und dreifache Mutter ihr regelmäßig schilderte.

Der Justizminister blickte zu ihnen hoch und lächelte. Er stand barfuß in Sandalen, Shorts und einem eng anliegenden T-Shirt vor ihnen, das unterstrich, dass Gesundheit und Training keineswegs leere Worte in seinem Leben waren. Sie gaben sich die Hand. Sogar Rosborgs Händedruck wirkte vital.

»Wollen wir uns auf die Terrasse setzen, Axel? Dann können wir uns in aller Ruhe unterhalten. Kaffee? Da ist noch welcher in der Thermoskanne«, bot Rosborg an.

Wenig später saßen sie und Mossman mit einer Tasse Kaffee am Gartentisch. Der Minister selbst begnügte sich mit einem Glas Leitungswasser.

»Ja, Axel, dann erzähl mal.«

Mossman rümpfte kaum merkbar die Nase, vermutlich über das allzu vertrauliche »Axel«. Der Minister war selbstredend über jedes Detail bezüglich Bergsøes Tod auf dem Borre Sø informiert. Und natürlich wusste er auch über die Corfitzen-Ermittlungen Bescheid, weshalb Mossman an der Stelle einsetzte, wo Hannibal Frederiksen, einst ein Schwergewicht der dänischen Wirtschaft, mit seinem erhängten Hund ins Spiel kam – und mit seinem eigenen Tod bei einem einsamen Unfall an der Felsklippe vor Málaga. Und dann waren da noch der Mord an Arvidsen, das Drama in der Jagdhütte und das Video mit den Nummernschildern.

Margrethe ließ Rosborg die ganze Zeit nicht aus den Augen, während der kleine Rekorder in ihrer Tasche alles aufzeichnete. Der Justizminister verzog keine Miene, während Mossman die ganze Sache auf dem Gartentisch aus Tropenholz vor ihm aufrollte. Vielleicht war da ein leichtes Zucken in seinem Mundwinkel, als Mossman seinen Bericht mit dem Hinweis auf die Nummernschilder beendete.

»*Well*, jetzt muss ich natürlich fragen, was du an dem Wochenende zusammen mit Bergsøe, Frederiksen, Nyberg und Uth-Johansen auf Nørlund Slot gemacht hast.«

»Gejagt … Wir waren zur Jagd eingeladen. Und zum Angeln.«

»Ich wusste gar nicht, dass du den alten Botschafter kanntest.«

»Corfitzen? Wer kannte ihn nicht? Ich schätze, er war mit den meisten hochrangigen Politikern bekannt. Immerhin war er einer der tüchtigsten Diplomaten, die wir je hatten.«

»Ich spreche von *kennen.*« Jetzt knurrte Mossman wieder.

»Na ja, *kennen* ist vielleicht zu viel gesagt. So persönlich war es nicht. Wir sind uns privat nur ein paarmal bei den richtig großen Veranstaltungen des Consiliums begegnet. Clintons Besuch war so eine Gelegenheit.«

»Bill, nehme ich an.«

Rosborg prustete indigniert in sein Wasser und nickte.

»Ihr wart also bei Corfitzen zur Jagd eingeladen?«

»Ja, Damwild. Und, wie gesagt, angeln für die, die wollten. Im Lindenborg Å gibt es prächtige Bachforellen.«

»Aha. Hattet ihr das Glück auf eurer Seite?«

»Kristoffer Nyberg hat einen Bock geschossen. Ich habe eine Bachforelle von fast vier Kilo gefangen und Corfitzen eine von drei Kilo.«

»Kanntest du die anderen Gäste?«

»Bergsøe natürlich, die anderen nicht.«

»Auch nicht den Staatssekretär?«

Rosborg schüttelte den Kopf. »Nein. Wir sind uns sicher schon mal begegnet, aber das ist ja ein anderes Ministerium, ein ganz anderer Arbeitsplatz.«

Margrethe war kurz davor, sich einzumischen, was sie wirklich nur sehr selten tat, aber da spuckte Mossman die zentrale Frage endlich aus.

»Als Rytter dich über Corfitzens Tod informiert hat, hast du gar nicht erwähnt, dass du ihn gekannt hast.«

»Ja, aber … Das haben wir doch gerade eben schon besprochen, Axel: *Gekannt* ist wirklich zu viel gesagt. Ich war ein einziges Mal auf Nørlund, und das war letztes Jahr im Oktober. In einer so ernsten Angelegenheit war es in meinen Augen völlig unerheblich, dass ich da irgendwann mal kurz vorbeigeschaut habe. Aber okay, das war vielleicht ein Fehler. Es tut mir leid.«

Mossman nickte nachdenklich und trank einen Schluck Kaffee, während er seinen riesigen Körper leicht drehte.

»Schönes Haus, schöner Garten, schöne Gegend. Ich liebe Gilleleje«, sagte er und wechselte damit schlagartig das Thema.

»Ja, uns gefällt es hier auch sehr. Deshalb verbringen wir den Großteil des Sommers hier oben, wenn das Wetter mitspielt. Die Kinder baden ja so gern, und Mette, meine Frau, liebt es, am Strand zu liegen und zu lesen.«

Rosborg rückte seinen Stuhl zurecht, sodass er ihnen nun schräg gegenübersaß. Er legte ein Bein über das andere und ließ seine kurz in der Luft baumelnde rechte Badesandale zu Boden fallen. Sie bemerkte es sofort: Der Justizminister hatte ein kleines Tattoo auf der Außenseite des rechten Knöchels, *H. I. 2006*.

Natürlich war es dem hellwachen Mossman ebenfalls aufgefallen. Sie hatte nur nicht damit gerechnet, dass er etwas derart Privates kommentieren würde.

»Diese Tätowierungen kommen ja immer mehr in Mode«, brummte er und nickte zum nackten Fuß des Ministers.

»Ach, das ist nur eine Erinnerung, Axel. Aus einer fernen Vergangenheit – einer durchtrainierten Vergangenheit«, sagte der Minister lachend. »H. I. steht für ›Hawaii Ironman‹, und die Jahreszahl erklärt sich von selbst. Nur ein kleiner Traum, den ich mir erfüllt habe. Eine großartige Zeit.«

»Ach so«, sagte Mossman. Dann sprang er wenig elegant zum eigentlichen Thema zurück.

»Und was habt ihr an dem Wochenende auf Nørlund noch so gemacht?«

»Nichts Besonderes …« Rosborg sah verwundert aus. »Also, das heißt, wir haben natürlich hervorragend gegessen. Und ein oder zwei schöne Flaschen Rotwein getrunken. Aber wir mussten ja an beiden Tagen früh aufstehen.«

»Dann hast du keine Idee, warum drei der sechs Gäste jetzt tot sind – ermordet?«

»Nein, nein. Überhaupt nicht.« Der Justizminister schüttelte den Kopf. »Aber könnte man sich nicht auch andere Gründe vorstellen? Gründe, die nicht gezwungenermaßen mit diesem Wochenende zusammenhängen, das wir alle dort verbracht haben? Was meinst du?«

»Schon möglich, aber du weißt doch, wie so was läuft. Wir müssen jeden Stein umdrehen«, sagte Mossman schnell.

»Also sollte ich mich wohl vorläufig als gefährdet betrachten, weil ich ebenfalls auf Nørlund war. Und wie geht es jetzt weiter?«, fragte Rosborg und setzte sein ministeriales Gesicht auf.

»Ich halte dich auf dem Laufenden und ziehe meine Leute so schnell wie möglich wieder ab – aber erst, wenn ich es verantworten kann.«

»Natürlich. Und vielen Dank, dass ihr hergekommen seid. Gibt es sonst noch was zu besprechen, bevor ihr wieder losmüsst?«

Margrethe notierte sich das »bevor ihr losmüsst«. Das konnte man bestimmt gut gebrauchen, wenn man mal jemanden freundlich rauswerfen wollte.

Sie standen auf und verabschiedeten sich. Rosborg hatte seine Gartenschere schon wieder gezückt, als Mossman eine Augenbraue hob.

»Nur noch eine kurze Frage.«

»Ja?«

»Habt ihr einen Hund?«

»Ja, Rosie, unseren Labrador. Glaubst du …?«

»Ich glaube gar nichts, aber passt gut auf sie auf. Ich melde mich.«

Erst am späten Nachmittag verließ sie gemeinsam mit Martin Rytter das Verteidigungsministerium.

Die tief stehende Sonne blendete sie, als sie aus dem Gebäude traten. Direkt gegenüber saß ein älteres Ehepaar vor der Holmens Kirke auf einer Bank und aß Eis, während ein Schiff, vollbeladen mit Jugendlichen in Feierlaune, auf dem Weg flussabwärts zur Børse an ihnen vorbeiglitt.

»Man müsste wieder zweiundzwanzig sein, oder?«, sagte Rytter und angelte nach seiner Sonnenbrille. »Samstagabend, und der Sommer steht vor der Tür.«

Ein sichtlich betroffener Ejnar Uth-Johansen hatte sie in seinem Büro empfangen. Als Beamter war er, anders als einige Spitzenpolitiker, nicht an Drohungen gewöhnt, ganz gleich welcher Art sie sein mochten.

Er war der letzte Nørlund-Slot-Überlebende an diesem Tag gewesen. Rytter und sie hatten zwischenzeitlich auch dem ausgemusterten Konzernchef der *Fortuna Pharmaceutical Industries,* Kristoffer Nyberg, einen Besuch in Vedbæk abgestattet.

Nyberg war deutlich dickfelliger. Seine wortgewandte Frau, die etwas jünger als er selbst zu sein schien, hatte während des Gesprächs mit am blank polierten Küchentisch gesessen und ihrerseits kritische Fragen gestellt.

Weder der Konzernchef noch der Staatssekretär war übermäßig begeistert von dem Personenschutz, doch sie räumten ein, dass die Bodyguards sie andererseits auch nicht weiter beeinträchtigten. Ansonsten nahmen sie die Angelegenheit äußerst ernst, und das war auch angebracht.

Ihre einmütige Aussage deckte sich mit der des Justizministers: Sie seien zu einem Jagd- und Angelwochenende auf Nørlund Slot eingeladen gewesen.

Direktor Nyberg kannte Corfitzen durch seine Ehefrau, die im Außenministerium arbeitete und deren Vater ebenfalls Botschafter gewesen war.

Der Staatssekretär Uth-Johansen war Corfitzen bei verschiedenen Veranstaltungen des Consiliums begegnet und kannte ihn nur oberflächlich, aber sie hatten irgendwann im Gespräch festgestellt, dass sie eine gemeinsame Leidenschaft teilten, nämlich die Jagd. Bei dieser Gelegenheit hatte der ehemalige Botschafter und Gründer des Thinktanks ihm das Versprechen gemacht, ihn eines schönen Tages zur Jagd nach Nørlund einzuladen. Und so war es dann auch gekommen.

Die beiden Männer kramten in den hintersten Winkeln ihres Gedächtnisses, um eine Erklärung für die toten Gäste von Nørlund Slot zu finden. Das Ergebnis war identisch: Sie hatten keine Ahnung.

Alles in allem waren beiden Gespräche sehr ähnlich verlaufen – mit dem kleinen Unterschied, dass der Konzernchef einen Hund hatte und der Staatssekretär nicht.

»Bist du ab Montag wieder in Nordjütland?«, fragte Rytter.

»Das weiß ich noch nicht. Mossman hat sich noch nicht geäußert.«

»Ich schicke zehn Mann rüber, dazu ein paar aus Aarhus. Und ich selbst plane auch ein paar Tage drüben zu bleiben«, sagte Rytter.

»Alle Mann im Rold Storkro?«

»Ja. Und fünf rücken in der Bergsøe-Sache nach Silkeborg aus. Der Alte dreht langsam durch.«

»Ja, das ist mir auch schon aufgefallen.«

»Nur wegen des Justizministers. Das macht ihm zu schaffen. Wir könnten wirklich einen schnellen Durchbruch gebrauchen. Was ist mit unserem Kriegshelden? Ist er das viele Geld wert?« Rytter lächelte.

»Ich weiß nicht, was ich dazu sagen soll …« Sie streckte ratlos die Arme aus. »Hast du mein Update gelesen?«

»Einbruch bei Arvidsen, Arvidsen auf dem Rasenmäher liquidiert, Fensmark in einer Hütte im Wald liquidiert – doch, ja, schönen Dank auch. Und jedes Mal war Oxen in der Nähe.«

»Er hat ein gewisses Talent, sich in Schwierigkeiten zu bringen«, sagte sie.

»Ein seltsames Talent. Gibt es auch einen Orden für schlechtes Timing? Ich habe gestern mit Mossman darüber geredet. Sein einziger Kommentar war: ›Gib der Sache Zeit, Rytter, gib der Sache Zeit …‹ Hat er was zu dir gesagt?«

Sie schüttelte den Kopf.

»Okay, Franckie, ich will jetzt nach Hause und das Wochenende mit meiner Familie verbringen. Besser spät als nie, oder? Falls wir uns am Montag nicht sehen, begegnen wir uns bestimmt irgendwann demnächst im Rold Storkro.«

»Ja, schönes Wochenende!«

Der ganze Ermittlungskomplex lastete schwer auf Mossmans breiten Schultern, aber offenbar hatte die Angelegenheit auch Martin Rytter ziemlich mitgenommen. Für gewöhnlich regelte er alles mit sicherer Hand. Diesmal wirkte er geradezu unbeholfen.

Rytter bog um die Ecke und verschwand die Admiralgade hinunter, wo sein Auto parkte. Sie selbst überquerte die Straße und marschierte zu ihrem schwarz-weißen Mini Cooper, den sie ganz dreist vor der Kirchenpforte abgestellt hatte.

Und wieder ein Döner-Wochenende. Eine ärgerliche, aber nicht gerade überraschende Feststellung. Sie schenkte sich ein Glas Wein ein und machte es sich auf der Couch in ihrem kleinen Wohnzimmer bequem.

Vor ihr auf dem Tisch lag neben dem Teller der große braune Umschlag, den sie bei Frau Middelbo in Holbæk abgeholt hatte. Vorfreude war doch immer die schönste Freude. Der Umschlag war schwer und dick.

Sie gab der Neugier erst nach, als sie den größten Hunger gestillt und ungefähr die Hälfte des Döners gegessen hatte. Dann trank sie einen großen Schluck Wein, lehnte sich zurück und stürzte sich auf die Unterlagen.

Der halbe Döner war längst kalt und der restliche Rotwein stand noch immer unberührt da, als sie nach einer Stunde voller Konzentration die Papiere wieder einsammelte und zurück in den Umschlag schob. Es war eine beunruhigende Lektüre gewesen.

Nachdem sie eine Weile dagesessen und darüber nachgedacht hatte, stand sie auf, stellte die türkischen Reste in die Mikrowelle, schaltete den Fernseher ein, schenkte sich Rotwein nach, schnallte die Beinprothese ab und setzte sich mit neu gefülltem Teller wieder aufs Sofa.

Jetzt war sie bereit, einen Film anzuschauen, egal, wie erbärmlich er sein mochte. Hauptsache, sie konnte dabei einschlafen, ohne das Gefühl zu haben, etwas zu verpassen.

Es war nach Mitternacht, als sie unter der Fleecedecke aufwachte. Im Fernsehen ratterten Maschinengewehrsalven. Chuck Norris mit seinem Stirnband hatte den Finger am Abzug.

Döner und B-Movie. Gab es etwas Schöneres? Sie schaltete den Fernseher aus und griff wieder nach dem braunen Umschlag.

Vielleicht war Niels Oxen ein rücksichtsloser Gewalttäter, vielleicht hatte er seine Frau verprügelt, vielleicht hatte er versucht, seine Versicherungsgesellschaft zu betrügen, vielleicht log er alles und jeden an – inklusive sie selbst … Aber sie konnte einfach nicht glauben, dass er Drogen verkauft und sich an einer Menge trauriger Schicksale bereichert haben sollte.

Leider sprachen die Berichte und Fotos der Kollegen eine deutliche Sprache. Sie leerte den Umschlag und fing von vorn an.

Als sie eine halbe Stunde später zum zweiten Mal an diesem Abend alles beiseitelegte, war ihr klar, dass sie den Sonntag für private Nachforschungen würde opfern müssen.

46.

Die Pilies gatvé und die Didžioji gatvé gingen ineinander über und bildeten gemeinsam die Hauptschlagader des uralten historischen Stadtkerns von Vilnius. Hier drängelten sich auch die Touristen, und wenn man die Schilder über den zahlreichen kleinen Läden beim Wort nahm, gab es vor allem eines, was man als Souvenir von hier mit nach Hause bringen musste: Bernstein.

Man konnte dem versteinerten Harz kaum entgehen, und viele Geschäfte hießen irgendwas mit *amber.* Die Hälfte der litauischen Bevölkerung musste bei Sturm bis zum Hintern in der Ostsee stehen und nach Bernstein wühlen.

Oxen hasste das Zeug schon seit der vierten Klasse, als Frau Lindemann mit der kolossalen Bernsteinkette über dem Rollkragenpulli ihn mit ihrem Dänischunterricht quälte.

Er warf einen Blick auf die Uhr. Er lag gut in der Zeit. Es waren immer noch zehn Minuten, bis er Ieva am Aušros Vartai treffen sollte – am Tor der Morgenröte.

Er war spät aufgestanden. So spät, dass es im Hotel nur für eine Tasse schwarzen Kaffee zum Frühstück gereicht hatte.

Für die Zeit, die es dauerte, eine gute halbe Flasche Whisky zu trinken, hatte er nach Mitternacht noch auf der Fensterbank seines Hotelzimmers gesessen. Er hatte gespürt, dass die Sieben sich in dieser Nacht nicht mehr anschleichen würden, doch stattdessen quälten ihn die Grübeleien über Virginija, Danuté und Jolita. Drei litauische Frauen, die für die dänische Elite die Beine breit gemacht hatten und aus irgendeinem Grund so schrecklich dafür hatten bezahlen müssen.

Vom Fenster aus starrte er lange auf die Stadt und ihre Lichter hinunter und dachte nach. Über sich selbst. Seinen Sohn. Die Vergangenheit. Die Zukunft. Und wieder die Vergangenheit … Alles war so unstrukturiert und perspektivlos.

Und natürlich fragte er sich die ganze Zeit, wieso Ieva sich mit ihm treffen wollte.

Die Morgenröte über Vilnius hatte er nicht mehr gesehen, da war er bereits eingeschlafen.

Ein Stück weiter entdeckte er jetzt den hellblauen Bogen, der sich über die schmale, gepflasterte Straße spannte. Das musste das

Tor der Morgenröte sein. Dort lag die Kapelle mit dem Allerheiligsten der katholischen Stadt, der Schwarzen Madonna.

Er trat ein, durch eine ganz gewöhnliche Tür. Er folgte einem langen Gang und ging eine steile Treppe hinauf. Ein Zwischengang führte in die Kapelle.

Zwei Frauen und ein alter Mann knieten vor der großen vergoldeten Ikone, der Madonna von Vilnius. Der Mann hing geradezu über dem niedrigen Geländer vor dem Heiligtum. Alle drei hielten Rosenkränze in den Händen und ließen betend die kleinen Kugeln durch die Finger gleiten. Die Frau ganz hinten war Ieva. Ihre langen Haare hatte sie im Nacken mit einer Spange zusammengefasst.

Er setzte sich vorsichtig auf einen der wenigen Stühle und wartete. Von seinem Platz aus konnte er durch die große Fensterpartie auf die Straße hinunterschauen, die er eben noch entlanggegangen war. Für ein Heiligtum war es ziemlich eng in dem kleinen Raum, der kaum Platz für zehn, zwölf Betende bot und in dem nur acht Stühle standen. Er sah sich um. Auf dem Regal unter der Madonna leuchteten elektrische Kerzen. Die Wände waren über und über mit winzigen Verzierungen und Figuren aus aller Welt geschmückt, offenbar aus Silber gefertigt.

Wieder sah er auf die Uhr. Es war 15:03 Uhr. Ieva, die nicht einmal den Kopf gedreht hatte, als er den Raum betrat, würde sicher bald fertig sein.

Kurz darauf stand sie auf, bekreuzigte sich, hängte sich ihre Tasche über die Schulter und signalisierte ihm mit einem Nicken, ihr zu folgen. Im Zwischengang öffnete sie eine kleine Tür und führte ihn in einen kahlen Raum, von dem aus man in einen Garten mit großen Obstbäumen blickte.

»Danke, dass Sie gekommen sind. Hier können wir uns ungestört unterhalten«, sagte Ieva.

Er nickte. Die junge Frau war nicht nur hübsch, sie wirkte ungewöhnlich ruhig und ausgeglichen. Nicht nur durch die Art, wie sie vor ihm stand, schlank und mit selbstsicheren Bewegungen, sondern auch, wie sie redete. Sanft, aber bestimmt.

»Ich habe Ihr Gespräch mit meinen Eltern heimlich belauscht. Ich weiß also Bescheid. Seit Virginija verschwunden ist, komme ich jeden Tag nach der Uni hierher und bitte die heilige Mutter der Barmherzigkeit, meiner Familie zu helfen. Und jetzt sind Sie hier …«

»Hmm. Ich bin bestimmt nicht der, auf den Sie gewartet haben.«

»Haben Sie die Verzierungen an den Wänden gesehen?«

Er nickte.

»Das sind Geschenke dankbarer Menschen, denen die Mutter der Barmherzigkeit geholfen hat. Sie sind nicht von der Polizei, wenn ich das richtig verstanden habe?«

»Nein, ich bin eher eine Art inoffizieller Mitarbeiter in diesem Fall.«

»Vielleicht habe ich genau deshalb den Eindruck, dass ich Ihnen vertrauen kann: weil Sie *nicht* von der Polizei sind. Aber was sind Sie dann?«

»Ich bin, oder besser, ich war Soldat. In den letzten Jahren gehörte ich zu einer Eliteeinheit, dem Jägerkorps.«

Ieva musterte ihn unverhohlen von Kopf bis Fuß.

»Ich gehe davon aus, dass Sie ein Handy haben?«, sagte sie dann.

»Ja.«

Sie zog ihr eigenes Handy aus der Tasche und fuhr fort.

»Ich schicke Ihnen ein kurzes Video. Sie können es sich später ansehen. Es wurde in Dänemark aufgenommen und zeigt Virginija zusammen mit einem Mann. Meine Schwester hat ihren Namen nie … wörtlich genommen. Luxuswohnung, schicke Klamotten, teurer Lebensstandard. Ich weiß, woher sie das Geld dafür hatte, und meine ältere Schwester, Simona, weiß es auch. Meine Eltern dagegen glauben, dass sie dafür in der Bank geschuftet hat.

Und sie sollen auch in diesem Glauben bleiben. Ganz egal, was passiert. Verstehen Sie das?«

»Von mir erfahren sie nichts. Ich hatte schon so eine Ahnung bei Ihrer Schwester. Woher haben Sie das Video?«

»Von Simona. Ich habe es von ihrem Handy auf meins überspielt. Wissen Sie, ab und zu übernachte ich bei Simona. Auch an einem Abend im letzten Oktober. Simona dachte, ich würde schlafen, aber ich war noch wach. Deshalb habe ich mitbekommen, wie eine Frau zu Besuch gekommen ist. Ich kannte sie vom Sehen, sie war ab und zu mit Virginija in der Stadt unterwegs gewesen. Ihr Name war Jolita.«

Seine hochgezogene Augenbraue und sein verblüffter Gesichtsausdruck entgingen Ieva nicht. Sie hob abwehrend die Hand.

»Ja, ja, ich weiß. Sie war eine von denen, mit denen Virginija nach Dänemark gereist ist. Einer der Polizisten hat es meinen Eltern gesagt. Und ich weiß auch, dass sie tot ist. Sie hat Selbstmord begangen, am Tag nachdem sie abends bei Simona war. Seltsam, nicht wahr?«

»Es gibt so einiges in dieser Sache, was seltsam ist. Der Selbstmord gehört auch dazu. Also, Jolita hat Ihre Schwester aufgesucht, und was ist dann passiert?«

»An dem Abend hat Jolita Simona erzählt, dass sie auf einer Art Schloss oder Herrenhof in Dänemark gewesen waren. Jolita hatte sich Sorgen um Virginija gemacht, weil Geräusche aus ihrem Zimmer drangen, die sich ziemlich brutal anhörten. Deshalb hat sie sich an die Tür gestellt, die einen Spaltbreit offen stand, und hat dieses Video aufgenommen. Das Gesicht des Mannes kann man nicht sehen, aber Virginija ist deutlich zu erkennen. Das Video ist … ekelhaft.«

Er legte ihr eine Hand auf die Schulter. »Ich verstehe. Sie müssen nicht …«

»Jolita sagte, dass Virginija am nächsten Tag nicht zum Frühstück gekommen sei. Einer der Herren behauptete dann, sie sei in der Nacht krank geworden und werde mit einem späteren Flug nach Hause reisen, sobald es ihr wieder besser gehe. Jolita glaubte, meiner Schwester wäre etwas zugestoßen. Außerdem hatte sie ein schlechtes Gewissen, weil sie und die dritte Frau auf einmal besonders großzügig bezahlt wurden. Nach Jolitas Tod wollte ich die dritte Frau sprechen, Danuté, aber sie war ebenfalls tot – bei einem Verkehrsunfall gestorben. Ich habe es der Polizei gesagt, aber dort interessiert sich niemand ernsthaft für den Fall. ›Leute begehen Selbstmord, und jeden Tag stirbt jemand bei einem Verkehrsunfall‹, sagte einer der Beamten zu mir. Nach Virginija wollen sie ja auch nicht suchen, weil sie früher schon mal als vermisst gemeldet wurde und dann doch von allein wieder aufgetaucht ist.«

Ieva trat ans Fenster und sah in den Obstgarten. Im Licht sah man den Ernst in dem jungen, glatten Gesicht.

»Sind Sie gläubig?«

Ihre Frage überrumpelte ihn. Er zuckte mit den Schultern.

»Gläubig … Ich habe zu viel gesehen, um gläubig zu sein.«

»Sie finden keinen Frieden, nicht wahr? Man merkt es Ihnen an. Wieso ist das so? Ist es Ihr Job?«

Ieva zerlegte ihn mit chirurgischer Präzision. Woher konnte dieses Mädchen so etwas?

»Ich weiß es nicht. Ich war auf vielen internationalen Einsätzen, in vielen Kriegsgebieten. Es ist so viel …«

»Sie sollten Frieden mit Ihren Dämonen schließen, mein Freund. Sich mit ihnen auseinandersetzen und sie akzeptieren. Nur wenn Ihre Seele Frieden gefunden hat, können Sie empfangen – und geben. Und solange man beides nicht kann, lebt man nicht. Ich werde morgen für Sie beten. Virginija … ist tot, nicht wahr?«

Ieva drehte sich zu ihm. Sie erschien ihm vollkommen abgeklärt.

»Ich glaube, dass sie tot ist. Aber ich kann mich auch irren. Jedenfalls danke für das Video, danke für die Hilfe.«

»Da ist noch mehr«, sagte Ieva und sah ihn ruhig an. »Viel mehr. Es geht um Simona, meine älteste Schwester. Ich befürchte das Schlimmste und brauche Ihre Unterstützung. Ich muss Ihnen etwas auf meinem Computer zeigen.«

Sie klopfte auf ihre Umhängetasche.

»Aber hier ist kein guter Ort dafür. Ich schlage vor, wir gehen in Simonas Wohnung. Allerdings habe ich nur noch eine halbe Stunde, dann muss ich zur Arbeit. Ich jobbe nebenbei in einem Bernsteingeschäft.«

Simona Zakalskytes großzügige Wohnung befand sich in einem Eckhaus in der ersten Häuserreihe am Fluss. Es lag nur einen Steinwurf von der König-Mindaugas-Brücke entfernt. Sie waren zu Fuß durch die Altstadt geeilt, und Ieva hatte gerade ihren Laptop auf dem Esstisch aufgeklappt.

»Setzen Sie sich, dann versuche ich, Ihnen alles zu erklären«, sagte sie und blieb neben ihm stehen, während sie loslegte.

Er starrte auf den Bildschirm, und sie öffnete das Postfach.

»Sehen Sie …« Ieva räusperte sich. »Ich habe eine Kopie der Festplatte von Simonas Laptop gezogen, den sie vermutlich mitgenommen hat.«

Er sah sie an. Da hatte der Engel also tatsächlich ein Paar Hörner auf der Stirn. Das war irgendwie beruhigend.

»Ich habe das nur gemacht, weil ich den Verdacht hatte, dass da irgendetwas nicht stimmte. Etwas, das sie vor mir geheim halten wollte. Sie hat sich nach Virginijas Verschwinden ziemlich oft mit unserem Cousin getroffen, Sergej Pronko. Die Schwester meiner Mutter hat einen Russen geheiratet … Sergej gehörte mal zu den *Speznas,* er ist ein Elitesoldat, genau wie Sie. Er war Mitglied der russischen Spezialeinheit Wympel. Er gehört nicht gerade zu Gottes besten Kindern, wenn Sie mich fragen. Ich habe Simona gefragt, weshalb sie sich plötzlich so oft sähen, aber sie meinte nur, es werde schon alles wieder gut. Ich dürfe nur unseren Eltern nichts davon sagen. Also habe ich ihre Festplatte kopiert. Sehen Sie, hier? Eine lange Reihe von Mails zwischen den beiden. Ich habe sie chronologisch sortiert und in einem Extraordner gespeichert. Sie können ja Russisch.«

Er nickte. Ieva scrollte hinunter und wieder hoch.

»Hier steht alles. Ich muss gleich los, aber Sie können einfach sitzen bleiben und sich das in aller Ruhe durchlesen. Die Kurzversion lautet, dass Simona seit vier Wochen weg ist. Und obwohl sie sich mehrmals bei mir gemeldet hat, mache ich mir Sorgen. Sie ist mit unserem Cousin in Dänemark. Sie suchen nach Spuren von Virginija. Ich schicke Ihnen eine SMS mit Fotos der beiden. So etwas ist viel zu gefährlich für Simona. Sie müssen sie sofort finden und überreden, damit aufzuhören und nach Hause zu kommen. Würden Sie das für mich tun?«

Ieva nahm seine Hände und drückte sie. Ihr durchdringender Blick ruhte in seinem. Dann wiederholte sie fast flüsternd:

»Würden Sie das für mich tun, Niels?«

Er nickte. »Ich gebe mein Bestes. Versprochen.«

»Der Herr sei mit Ihnen … Ich muss jetzt los. Ziehen Sie die Tür einfach hinter sich zu, wenn Sie gehen.«

Ieva winkte und eilte aus der Wohnung und die Treppe hinunter.

Er blieb ziemlich verwirrt zurück und fragte sich, wo all das Vertrauen bloß herkam. Dann fing er an zu lesen. Er las sich alles einmal durch – dann ein zweites Mal.

Zweiunddreißig Mails hatten Sergej und Simona sich hin- und hergeschickt. Viele drehten sich um praktische Details, wie Geld umtauschen und ähnliche Dinge, die ihn nicht interessierten. Er hatte sich schnell einen Überblick verschafft.

Zu Anfang des Mailwechsels spielte Dänemark noch gar keine Rolle. Da ging es um die Planung einer Reise nach Spanien, wo sie einen Mann suchen wollten, der Hannibal Frederiksen hieß und in der Nähe von Málaga wohnte. Die Reise hatte Anfang des Jahres, im Februar, stattgefunden.

Die darauf folgende Reise, die sie besprachen, sollte dann nach Dänemark führen. Sie hatten zu diesem Zeitpunkt keinen anderen Anhaltspunkt als einen einzigen Namen: Mogens Bergsøe. Genau wie bei der Fahrt nach Spanien hatten sie vereinbart, ihre falsche Identität als Herr und Frau Sikorski aus Deutschland zu benutzen.

Mehr brauchte er nicht zu wissen. Und viel mehr nützliche Informationen waren in dem Mailordner auch nicht zu finden.

Jetzt war es an der Zeit, das Video anzuschauen, das Ieva ihm auf sein Handy geschickt hatte. Er glaubte, schon ziemlich genau zu wissen, was er gleich zu sehen bekommen würde, als er auf Play drückte und eine verwackelte, unscharfe Aufnahme startete. Alles war in ein dumpfes Gelb getaucht, die Beleuchtung war nicht besonders gut.

Er hätte sie nicht erkannt, wenn Ieva ihm nicht gesagt hätte, dass es Virginija war. Sie kauerte auf allen vieren auf einem Bett. Hinter ihr kniete ein Mann. Die Aufnahme schnitt den Kerl oberhalb der Schultern ab, aber einmal wanderte die Kamera für einen Moment nach oben, sodass kurz ein dunkelhaariger Nacken ins Bild kam. Die ganze Szene wirkte brutal, aber dem Anschein nach einvernehmlich. Sie dauerte höchstens zehn, fünfzehn Sekunden.

Er spielte das Video noch einmal ab. An der Wand über dem Bett hing ein Kruzifix. Er ließ es ein drittes Mal laufen. Und jetzt entdeckte er ein Detail, das ihm vorher entgangen war.

Der Mann hatte etwas an seinem rechten Knöchel. Einen kleinen dunklen Schatten … wahrscheinlich eine Tätowierung. Was sie darstellte, war auf der unscharfen Aufnahme leider nicht zu erkennen.

Er steckte das Handy zurück in die Tasche. Er würde das Video später an Margrethe Franck schicken, nachdem er es im Hotelzimmer noch einmal gründlich überprüft hatte.

Er stand auf und drehte leise eine Runde durch die große Wohnung. Die älteste der drei Schwestern war angeblich eine erfolgreiche Geschäftsfrau und besaß mehrere Bäckereien. Auch wenn das nicht unbedingt eine noble Adresse war, so direkt an einer viel befahrenen Brücke und einer Hauptverkehrsstraße, die durch die Stadt führte, die Wohnung hatte sicher ihren Preis.

Gegenüber, hinter einem modernen Gebäudekomplex, konnte man das Dach des alten Konzertsaals und Sportforums sehen. Die riesige Dachkonstruktion erinnerte an eine hohle Hand, und das ganze Betongebäude sah so sozialistisch aus, dass man sofort dachte, Breschnew hätte es zu verantworten gehabt.

Genauso war es auch, hatte der Taxifahrer ihm am Tag zuvor erklärt. Das Gebäude war gesperrt. Niemand wusste, was man damit machen sollte, aber gewisse Gruppierungen in Vilnius waren dagegen, es abzureißen. Selbst klassische Sowjetarchitektur konnte offenbar mit der Zeit zu einem schützenswerten Teil der Vergangenheit werden.

Die Neris mit ihrer Erd- und Betonakne auf den sonst grünen Böschungen floss an Simonas Wohnzimmerfenstern vorbei. Links davon, auf der anderen Seite des Flusses, ragte auf der alten Festungsanlage ein kleiner Wachturm in den blauen Himmel, und noch weiter weg konnte Oxen drei große weiße Kreuze auf einem Hügel erkennen, die von Bäumen umgeben waren.

Als sie gemeinsam durch den alten Stadtteil gelaufen waren, hatte Ieva ihm erzählt, dass die drei Kreuze ein Denkmal für sieben Franziskanermönche seien, die der Legende nach dort gekreuzigt worden seien. Stalin habe die Kreuze abreißen lassen, aber die inzwischen unabhängigen Litauer hätten sie schon vor langer Zeit rekonstruiert.

Die Kreuze schimmerten weiß im Sonnenlicht. Sie hätten auch für Virginija, Jolita und Danutė dort stehen können.

Oxen kehrte zum Esstisch zurück und schaltete Ievas Computer aus. Dann ging er und ließ die Wohnungstür hinter sich ins Schloss fallen.

47.

Ein handfestes Schmuddelwetter mit schweren, tief hängenden Wolken und Nieselregen hatte sich über Karrebæksminde gelegt. Sie hatte eben dabei zugesehen, wie sich die kleine Klappbrücke nach Enø gehoben hatte, und dabei unmittelbar an einen aufgesperrten Rachen denken müssen. Ein Segelboot passierte die Durchfahrt und begleitete Margrethe noch ein Stück, bis sie am Rand des Jachthafens parkte.

Sie brauchte nicht lange, um den pensionierten Beamten ausfindig zu machen, der viele Jahre bei der Kripo gearbeitet hatte. Benny Overholm war der Einzige, der an seinem Boot werkelte, während alle anderen, wie es sich gehörte, an diesem Junisonntag auf dem Wasser waren.

»Benny Overholm?«

Der Mann drehte sich um und ließ den Bohrschrauber sinken. Er hatte ein hellblaues Käppi auf, und der buschige, silbergraue Backenbart passte geradezu perfekt zu der dicken Goldkette um seinen Hals. Er nickte und sah sie mit wachsamen Augen an.

»Ja, der bin ich.«

Sie stellte sich vor und gab ihm die Hand.

Benny Overholm wohnte in Næstved, aber seiner Frau zufolge verbrachte er den Großteil seiner Zeit in Karrebæksminde, und er hielt prinzipiell nicht viel davon, sein Handy mit dorthin zu nehmen.

»Ich untersuche im Moment einen älteren Fall und bin auf den Namen Niels Oxen gestoßen. Sagt Ihnen der was?«

»Sollte er?«

»Er war zur selben Zeit wie Sie in Bellahøj.«

Benny Overholm zuckte wortlos die Schultern.

»Er war Polizeischüler«, präzisierte sie.

»Ach so. Deshalb. Polizeischüler kommen und gehen.«

»Sie haben damals gegen ihn ermittelt, zusammen mit Ihrem Kollegen Stig Ellehøj.«

»Hab ich das? Warum?«

»Drogen.«

»Ich war ein halbes Jahrhundert bei der Polizei und habe viele Fälle bearbeitet …« Overholm machte eine entschuldigende Geste.

»Niels Oxen war ein ungewöhnlicher Fall, er war vorher bei der Armee und wurde mit zwei Tapferkeitsorden ausgezeichnet. Wobei ja schon sein Name ungewöhnlich ist.«

Overholm zog seine Arbeitshandschuhe aus und kramte in seinem Gedächtnis. Dann nickte er langsam.

»Doch, da war mal was, aber das ist ewig her.«

Sie reichte ihm ein paar Dokumente und half seinem Erinnerungsvermögen mit einer schnellen Zusammenfassung auf die Sprünge, während er die Unterlagen durchblätterte.

»Ja, jetzt fällt es mir wieder ein. Ein seltsamer Fall war das«, sagte er.

»Inwiefern?«

»Weil er mittendrin einfach abgebrochen wurde. Wir sind zum Chef gerufen worden, um …«

»Zu Max Bøjlesen?«

»Ja, zu Beule. Er sagte uns, das Ganze sei ein peinliches Missverständnis, und bat uns, die Angelegenheit einfach zu vergessen. Dabei hatte er selbst interveniert und uns beauftragt, ihm Bericht zu erstatten – ohne unseren direkten Vorgesetzten zu informieren. So etwas ist nicht üblich. Tatsächlich hatten wir einen Teil unserer Freizeit geopfert und bekamen die Stunden hinterher von Beule bezahlt. Ich glaube, unserem eigentlichen Chef hat man schon zu Beginn gesagt, dass es reine Zeitverschwendung sei, in dieser Sache zu ermitteln. Aber jetzt, wo Sie das erwähnen … Kurze Zeit später hat dieser Soldat die Ausbildung abgebrochen«, erklärte Overholm.

»Wer wusste davon?«

»Stig, mein Partner, hat bei Middelbo gepetzt. Die beiden waren gelegentlich gemeinsam auf der Jagd. Stig fand, Middelbo müsste darüber informiert werden und sich der Sache annehmen, weil der

Soldat sein Schüler war. Aber es ist nie was passiert. Inzwischen ist Middelbo pensioniert, genau wie ich.«

»Middelbo ist tot. Krebs.«

Benny Overholm runzelte die Stirn und brummte: »Dieser verdammte Krebs.«

»Wer wusste noch von dieser Sache?«

»Nur Beule und wir, Stig Ellehøj und ich. Unser Vorgesetzter dachte ja, die ganze Geschichte wäre eine Totgeburt gewesen.«

Benny Overholms Erklärungen wirkten ehrlich und aufrichtig. Aber genau wie die anderen Beteiligten hatte er ungewöhnlich lange gebraucht, um sich an irgendetwas zu erinnern, wenn man den Ernst der Angelegenheit bedachte.

»Was beschäftigt denn den PET so sehr?« Overholm konnte sich die Frage nicht verkneifen.

»Tut mir leid, Sie wissen ja …«

»Ja, ja, schon in Ordnung«, sagte der ehemalige Polizist schnell.

»Wie hat das damals denn alles angefangen? Woher kam der Verdacht?«

»Von mir«, sagte Overholm. »Er kam von mir, weil ich einen glaubwürdigen Tipp bekommen hatte und der Ansicht war, man sollte ihn überprüfen.«

»Einen Tipp? Von wem?«

»Von einem Informanten, den ich kannte, einem Obdachlosen.«

»Und wer war das?«

»Ich hab noch nie eine meiner Quellen verraten, und ich habe auch nicht die Absicht, daran etwas zu ändern.«

Sie zögerte. Auf diesem Weg kam sie nicht weiter. Sie versuchte es anders.

»Okay, aber vielleicht können Sie mir erzählen, worin der Tipp bestand?«

»Dass der Soldat – oder Polizeischüler – gedealt hat. Kurz und knapp.«

»Und was ist im Laufe Ihrer Ermittlungen passiert?« Sie war

kurz davor gewesen, es seine »kleine Freizeitschnüffelei« zu nennen, riss sich aber im letzten Moment zusammen.

»Wir haben ihn überwacht. Wir konnten dokumentieren, dass er im Milieu unterwegs war. Er gab sich mit ein paar ziemlich üblen Typen ab – wenn man bedenkt, dass er Polizeischüler war.«

»Zum Beispiel Typen wie dem hier?«

Sie streckte ihm ein Foto hin, auf dem eine sehr viel jüngere Ausgabe von Niels Oxen einem schmuddeligen, mageren Kerl mit Strickmütze einen kleinen Umschlag oder ein Stück Papier zusteckte.

»Ja, genau diese Art ... suspekte Personen.«

»Wer ist das?«

»Daran kann ich mich nicht erinnern. Einer aus dem Milieu. Sonst hätten wir Oxen ja nicht mit ihm fotografiert.«

»Und wie ging es dann weiter?«

»Nachdem wir ihn eine Weile abends und an den Wochenenden observiert hatten, bekamen wir den Auftrag von Beule, aktiv zu werden und die Wohnung des Soldaten zu filzen.«

Overholm musste ihre hochgezogene Augenbraue bemerkt haben, denn er fuhr fort: »Ohne Durchsuchungsbefehl und so ... Nicht ganz nach Vorschrift, das war uns natürlich auch klar, aber was tut man nicht alles für den Oberboss?«

»Und was haben Sie gefunden?«

Benny Overholm kniff die Augen zusammen und blinzelte in den wolkenverhangenen Himmel, als würde sich die Antwort dort oben befinden.

»Wissen Sie«, sagte er und schnaufte. »Daran kann ich mich nicht mehr genau erinnern. Aber es waren harte Drogen, ein paar Tabletten und etwas Bargeld. Der Bericht müsste doch bei Ihren Unterlagen dabei sein?«

»Ich habe nur einen Teil«, antwortete sie.

Das war gelogen. Der Bericht steckte im Umschlag. Es ging um exakt 850 Gramm Heroin, 350 Gramm Amphetamin und fünf

Blisterpackungen mit insgesamt fünfzig Tabletten Diazepam. Der Marktwert war damals auf mindestens eine halbe Millionen Kronen veranschlagt worden.

»Wo haben Sie den Stoff gefunden?«

»In der Garage. In einem Loch in der Wand, das hinter einer dieser Platten versteckt war, an denen man Werkzeug aufhängt. Das weiß ich noch, weil es ziemlich clever gemacht war.«

Overholms Erinnerung war richtig, denn im Umschlag waren auch Fotos von der Garage.

»Und was wurde aus dem Fang?«

»Darum hat Beule sich gekümmert.«

»Und weiter?«

»Nichts weiter …«

»Keine Erklärungen, nichts?«

»Wie gesagt, der Chef meinte zu uns, es sei alles ein Missverständnis gewesen. Irgendwelche Kriminellen hätten den Soldaten fertigmachen wollen und ihm eine Falle gestellt, um ihn in Schwierigkeiten zu bringen. Wir sollten das Ganze vergessen und die Klappe halten. Es sähe nicht gut aus, wenn herauskommen würde, dass die Polizei reingelegt worden war.«

»*Sind* Sie denn reingelegt worden?«

»Hören Sie … Mir geht es hier gut mit meinem Boot. Ich freue mich jeden Morgen darauf, aufzustehen, Sommer wie Winter. Ich will keinen Stress. Die Polizei und alles, was damit zusammenhängt, ist Vergangenheit.«

Und damit war das Gespräch mit Benny Overholm so gut wie beendet. Sie unterhielten sich noch ein wenig über Boote, dann bedankte Margrethe sich für die Hilfe und verabschiedete sich.

Als sie ins Auto stieg, bemerkte sie, dass er seine Arbeit nicht wieder aufgenommen hatte, sondern offensichtlich in Gedanken versunken war.

Das Kreischen fröhlicher Kinder hallte durch das Schwimmbad im Glostrup-Freizeitzentrum.

Ihre private Ermittlungsrunde würde mit ihrer zweiten und letzten Aufgabe gleich in die interessante Phase eintreten. Sie war in der kleinen Cafeteria des Schwimmbads, und auf dem Stuhl ihr gegenüber saß Kommissar Stig Ellehøj. Während ihres Gesprächs hatten seine beiden Kinder, ein Mädchen und ein Junge, etwa zehn und zwölf, mehrmals an die Scheibe geklopft, damit ihr Vater endlich wieder ins Becken kam, um mit ihnen zu toben.

Overholms Partner aus der Zeit in Bellahøj war Mitte vierzig, sein Bauch wölbte sich unter dem T-Shirt und verriet, dass er einen Schreibtischposten bei der Kripo in Albertslund gefunden hatte, die zum Präsidium im Kopenhagener Westen gehörte.

Er hatte bereitwillig zugestimmt, sich mit ihr zu treffen, um sich kurz über den »Soldaten-Fall« zu unterhalten, wie er die Angelegenheit am Telefon genannt hatte. Allerdings nur unter der Voraussetzung, dass sie sich im Schwimmbad trafen, weil er seinen Kindern einen nassen Sonntagnachmittag versprochen hatte.

Im Gegensatz zu dem Rentner Overholm konnte Ellehøj sich noch gut erinnern. Sie hatte seine Glaubwürdigkeit überprüft, indem sie ihn durch den kompletten Verlauf des Falls gezerrt hatte. Was er sagte, ähnelte sehr der Aussage Overholms, aber Ellehøj wusste noch eine Menge Details, zum Beispiel, wie sehr er sich gewundert hatte, als er aus den Medien erfuhr, dass Oxen das Tapferkeitskreuz verliehen bekam.

Ellehøj wirkte bedrückt. »Wissen Sie … Also, dass wir keinen Durchsuchungsbefehl hatten und auch dass wir hinter dem Rücken unseres Chefs direkt an Bøjlesen berichtet haben … also, das alles … das kann mich in große Schwierigkeiten bringen.«

»So etwas nimmt der PET natürlich sehr ernst«, sagte sie und ließ ihn schmoren.

»Es kann mich meinen Job kosten.«

»Das haben andere zu entscheiden. Ich mache nur meine Arbeit.«

»Ich bin freiwillig hier – und habe Ihnen alles erzählt. Und ich habe damals auch Middelbo informiert«, sagte Ellehøj.

»Middelbo ist tot.«

»Wir haben eine dienstliche Anweisung befolgt. Von allerhöchster Stelle, von Max Bøjlesen. Ist es da nicht verständlich, dass wir entsprechend gehandelt haben?«

»Tja … Wir werden sehen. Ich habe aber immer noch ein paar Fragen, wenn ich Ihre Zeit noch kurz in Anspruch nehmen darf?«

»Natürlich«, sagte der korpulente Ellehøj.

»Wer hat das Versteck hinter der Werkzeugwand in Oxens Garage gefunden?«

»Das war Benny«, antwortete er, ohne zu zögern.

»Das muss ja verdammt lange gedauert haben. Ich meine – erst das ganze Haus, dann den Keller – und dann noch die Garage.«

Stig Ellehøj schüttelte den Kopf. »Nein, so war es nicht. Wir haben in der Garage angefangen.«

»Okay. Und warum?«

»Benny meinte, das wäre ein passender Ort. Weil Oxens Frau da nicht in seinen Sachen rumkramen würde, und er sich in aller Ruhe seinen Geschäften widmen konnte.«

»Versuchen Sie sich bitte zu erinnern … Wie lange hat es gedauert, bis Sie das Versteck gefunden hatten?«

Ellehøj zögerte einen Augenblick. »Wir haben uns beeilt. Vielleicht eine knappe halbe Stunde. Denken Sie, dass …?«

»Ich denke gar nichts. Ich versuche nur, ein bisschen Licht in die Sache zu bringen. Haben Sie noch Kontakt zu Benny Overholm?«

»Nein!«

»Klingt ziemlich kategorisch.«

»Ich mag ihn nicht besonders. Ich war jung und neu in der Abteilung. Im Nachhinein betrachtet, hat er mit mir gemacht, was er wollte. Nicht nur das eine Mal. Er war der Grund, warum ich dort weggegangen bin. Und ich hatte das alles glücklich hinter mir gelassen – bis Sie heute Morgen angerufen haben.«

»Wissen Sie, von wem Benny damals den Tipp mit Oxen bekommen hat?«

»Das hat er mir nicht gesagt. Und ich habe auch nicht danach gefragt.«

Sie zog den Umschlag aus ihrem kleinen Rucksack. Sie waren am Ende des Weges angelangt. Stig Ellehøj wirkte wie ein Mann mit aufrichtig schlechtem Gewissen. Er war weichgekocht.

»Wissen Sie, wer das hier ist?«

Sie gab ihm das Foto, das Niels Oxen und den schmierigen Typen mit der Strickmütze zeigte. Ellehøj sah es an und dachte nach.

»Ja, ich denke schon … Das ist Balboa. Ein Kriegsveteran aus dem Balkankrieg, der vor die Hunde gegangen ist.«

»Balboa?«

»Sie kennen Rocky Balboa nicht? Sylvester Stallone und seine Filme? Die mit dem Boxer?«

»Ach so, ja. Aber wieso ›Balboa‹?«

»Die Geschichte hat Benny mir erzählt. Der Typ hieß tatsächlich Ballebo mit Nachnamen. Er war Amateurboxer in der Leichtgewichtsklasse – ein ziemlich miserabler Boxer, klassisches Fallobst. Sein großes Vorbild war Rocky Balboa. Insofern lag sein Spitzname natürlich auf der Hand. Warum der Kerl Soldat geworden ist, das wissen die Götter. Ich glaube, die Ansprüche der Armee waren nicht sehr hoch, als es damals auf dem Balkan rundging. Aber Balboa ist hinterher nicht mehr klargekommen. Es ging bergab mit ihm, er hat Drogen genommen und ziemlich viel Mist gebaut.«

»Heißt das, Overholm kennt ihn?«

»Klar. Er *kannte* ihn. Balboa ist schon lange tot. Angeblich eine Überdosis, als ich noch in Bellahøj war.«

Benny Overholms Geschichte hatte also doch ein paar Lücken, was sie nicht überraschte.

»Wie gut kannte Benny Overholm diesen Balboa?«

»Ziemlich gut, glaube ich. Ich war mal dabei, als Benny ihm an einem Imbiss im Vorbeigehen diskret einen Schein zugesteckt hat. Ich glaube kaum, dass ich das mitbekommen sollte.«

»Haben Sie nachgefragt? Und was hat er gesagt?«

»Irgendwas in der Art, wie mies der dänische Staat seine kranken Kriegsveteranen behandeln würde.«

Er gab ihr das Foto zurück. Sie schob es in den Umschlag und stand auf, als eine Horde von Kindern in die Cafeteria strömte. In dem Moment, als Ellehøjs Kinder wieder an die Scheibe klopften, verabschiedeten sie sich.

Sie verließ das Schwimmbad und dachte auf dem Weg zum Parkplatz, dass Niels Oxens Leben ein einziger Haufen Scheiße war. Und zwar schon seit Jahren. Und dass es einen ziemlich tapferen Mann brauchte, um dieses Leben zu ertragen.

Es war kurz nach neun. Sie saß vor dem Fernseher, als das leise *Pling* ihres Handys ihre Aufmerksamkeit auf sich zog. Noch bevor sie das Telefon in der Hand hielt, kam schon ein zweites *Pling*.

Es waren zwei SMS von Niels Oxen aus Vilnius. An die erste Nachricht hatte er zwei Fotos angehängt. Eines von einer Frau – ziemlich gut aussehend – und eines von einem Mann, rotblond mit Sommersprossen. In der Nachricht stand: »Simona Zakalskyte und Sergej Pronko«. Die zweite SMS war ein Video. Oxen hatte nur dazugeschrieben: »Virginija auf Nørlund. Achte auf den rechten Knöchel des Mannes, ich rufe in fünf Minuten an.«

Sie schaltete den Fernseher aus und startete das Video. Die Qualität war extrem schlecht. Aber die undeutliche Aufnahme der beiden Körper überließ trotzdem nichts der Fantasie. Die dunkle Stelle am Knöchel des Mannes fiel ihr sofort auf.

Im Augenblick konnte sie niemanden im Kriminaltechnischen

Zentrum in Vanløse bitten, sich das Video anzusehen, dafür war die ganze Angelegenheit viel zu sensibel. Niemand durfte erfahren, wie viel sie wussten. Aber im Grunde war eine technische Untersuchung auch völlig überflüssig.

Auf dem Knöchel des Mannes stand *H. I. 2006*. Und so brutal, wie der Ironman angeblich war, so brutal behandelte der Mann auch die Frau vor sich.

Kurz darauf klingelte das Handy. Es war Oxen. Sie nahm das Gespräch entgegen.

»Ich weiß, wer das ist«, sagte sie.

48.

Mehr gehängte Hunde würde es nicht geben. Diesmal war der Empfänger ihrer Nachricht keine Zwischenstation auf dem Weg zum Ziel – diesmal war der Empfänger selbst das Ziel. Eine Warnung war überflüssig. Das rettete den Hund, und es reduzierte die Zahl der Risiken für ihr großes Finale.

Es war schon spät geworden. Helena und Konrad Sikorski waren nach einer weiteren vorsichtigen Erkundungstour und einem Abendessen in der Pizzeria inzwischen zurück in ihrem neuen Hotel. Es war zweifellos ein Vorteil, sich wie ein Ehepaar auf Sightseeingtour zu bewegen. Ihre Tarnung funktionierte.

Ganz in der Nähe lagen Fredensborg Slot und Frederiksborg Slot und der Esrum Sø. In diesem kleinen Land gab es offenbar wirklich nichts Hässliches, einzelne Einwohner ausgenommen.

Schon am Morgen nachdem ihnen ihr Feind in den Fernsehnachrichten auf dem Silbertablett serviert worden war, hatten sie blitzschnell gehandelt und ihren Standort von Hadsund nach Hillerød verlegt.

Der Feind war mächtig. Nicht einmal in ihren wildesten Fantasien hätten sie sich vorstellen können, dass es darauf hinauslaufen würde. Ihr Feind war kein Geringerer als der dänische Justizminister.

Sie hatten den Wohnsitz des Mannes in einem Dorf in der Nähe von Nødebo so genau wie möglich ausgekundschaftet. Sie hatten sich vor Ort und bei Google Maps, wo man fast die Dachziegel zählen konnte, einen Überblick verschafft.

Sie hatten sich gründlich in seinen Hintergrund eingearbeitet. Einiges hatten sie im Internet gefunden, auf Englisch und Deutsch, aber für den Großteil der Informationen hatten sie diskrete Unterstützung bekommen.

Sie hatten Andrej Rakhimov um Hilfe gebeten, der sie gratis mit einem zuverlässigen Dolmetscher aus Kopenhagen ausgerüstet hatte. Als Geste unter Freunden. Aber die Kosten für die Überprüfung der Nummernschilder mussten sie trotzdem tragen, da es so abgesprochen gewesen war. Rakhimov hatte schließlich schon allerlei Fäden gezogen, um die Besitzer der Autos aus dem Video ausfindig zu machen, weshalb es zu spät war, die Sache abzublasen, auch wenn sie die Informationen dank der Nachrichtensendung jetzt nicht mehr brauchten.

»Bleiben wir bei der Formulierung?«, fragte sie und schaltete die kleine Kaffeemaschine ein, die in ihrem Zimmer stand.

»Ich finde, es klingt genau richtig«, sagte er.

»Lies es mir noch ein letztes Mal vor.«

Er streifte die Gummihandschuhe über und nahm das Blatt mit den aufgeklebten Papierschnipseln. Sie hatten die Buchstaben aus verschiedenen Schlagzeilen der ›USA Today‹ ausgeschnitten und zusammengesetzt. Er fing an zu lesen.

»An den Justizminister
Sehen Sie sich die CD-ROM an. Die Festplatte mit der Originalaufnahme aus dem Schloss kostet 1,5 Millionen Euro. Bar.
Folgen Sie der URL.
Loggen Sie sich am Mittwoch um 12 Uhr im Chatroom ein.
Passwort: hanged dogs
Username: justice«

Außer den zusammengesetzten Wörtern klebte am Ende des Briefs eine URL-Adresse, die zu einem privaten Chatroom führte, den sie extra eingerichtet hatten. Von hier aus würden sie den Justizminister weiter dirigieren.

»Irgendwelche Einwände? Wenn, dann jetzt.«

»Nein, alles okay«, sagte sie.

Sie hatten sich über den Betrag gestritten. Sie fand, dass er zu billig davonkam. Er hatte sie energisch überredet. Machte es denn wirklich einen Unterschied, ob sie noch drei, vier oder fünf Millionen mehr an Land zogen? Man musste sorgsam abwägen. Der Betrag musste so hoch sein, dass der Justizminister in der Lage war, das Geld aufzutreiben, ohne seine Ehefrau oder andere Personen in die Sache mit hineinzuziehen. Und vor allem musste der Betrag so hoch sein, dass er die ganze Summe auf einmal beschaffen konnte.

Sie hatten ihre Hausaufgaben gemacht. Man konnte davon ausgehen, dass der Mann Geld hatte. Viel Geld. Er war Akademiker, noch dazu Jurist, und er besaß darüber hinaus einen kleinen Anteil an dem großen Firmenimperium der Familie Rosborg. *S. E. Rosborg International* war von seinem Vater gegründet worden. In einem Artikel im Internet stand:

»Justizminister Ulrik Rosborg ist so wohlhabend, dass er es nicht nötig gehabt hätte, einen schlecht bezahlten Job als Volksvertreter in Christiansborg anzunehmen. Dass er es dennoch getan hat, sagt viel über sein brennendes politisches Engagement aus.«

So etwas klang immer wahnsinnig nett. Sie waren auch in mehreren Artikeln und Besprechungen diverser Fernsehsendungen über ihn gestolpert, in denen es um die Gesundheit der Dänen ging. Der Minister war offenbar ein leuchtendes Beispiel für einen gesunden Geist in einem gesunden Körper.

In Wahrheit war er ein mieses, perverses Schwein. Nichts anderes.

Die Anweisungen würde er nur ein einziges Mal via Internet in dem privaten Chatroom bekommen, danach würde es keinerlei Kontakt mehr geben.

Und für den Fall, dass er versuchen sollte, sie zu verarschen – was sie sich absolut nicht vorstellen konnten, denn damit würde er sein Leben und seine politische Karriere in Schutt und Asche legen –, nun, für diesen Fall hatten sie Vorkehrungen getroffen. Sie hatten sich technischen Beistand bei einem Freund von »Helena« geholt, der in der IT-Branche arbeitete. Es waren nur ein paar simple Befehle nötig, und es würde den Anschein haben, als stünde ihr Computer in einem Hotel in Vilnius.

Aber das war nur eine Vorsichtsmaßnahme. Sie konnten sich sicher fühlen, denn niemand wusste, wer sie waren. Niemand kannte ihren Plan. Die Beweise waren sowohl auf der Festplatte als auch auf dem Computer gespeichert, die er in der Hütte draußen im Wald an sich genommen hatte. Beides hatten sie sorgsam versteckt. Sobald sie in die letzte und entscheidende Phase ihrer Mission eintreten würden, konnte das Ministerschwein für den Betrag von 1,5 Millionen Euro die Beweise kaufen und seine Haut retten.

Sie würden Rosborg aber auch eine leicht verständliche Warnung im Chatroom mit auf den Weg geben: Sollte er versuchen, sie bei der Übergabe übers Ohr zu hauen, würde ein einzelner Klick das Video umgehend bei YouTube hochladen. Und wie würde die Welt des Ministers dann wohl aussehen?

»Aber wie wollen wir ihm den Brief übergeben? Hast du so weit auch schon gedacht, mein Freund?«

Sie saß auf der Bettkante und hielt den Kaffeebecher in beiden Händen, als würde sie sich daran aufwärmen. Die Aussicht auf die kommenden Tage machte sie langsam nervös, das konnte er sehen. Manche fingen an zu schwitzen, sie fing an zu frieren.

Er dagegen fühlte sich richtig gut. Mit seinem Anteil von 750 000 Euro kam man in Litauen oder in Russland schon ziemlich weit. Damit konnte man sich eine Menge Träume erfüllen und ein Fundament für den Rest des Lebens schaffen, wenn man es vernünftig anging.

»Der Gedanke, mich seinem Privathaus zu nähern, gefällt mir nicht. Morgen ist Montag und damit ein Arbeitstag. Wir folgen seinem Wagen nach Kopenhagen. Die werden in diesem Land ja wohl auch Limousinen und Fahrer haben, oder? Wir halten uns in sicherem Abstand und notieren alles, was mit seiner Ankunft im Parlament zusammenhängt: Wo hält der Wagen? Durch welche Tür gehen Typen wie er? Und so weiter und so weiter. Dann hoffen wir, dass sich der Ablauf am Dienstag wiederholt, denn wir werden rechtzeitig und gut vorbereitet vor Ort sein. Geht es schief, haben wir noch den Mittwoch als Back-up. Er wird seinen Brief bekommen. Wir haben keine Eile.«

Sie hielt immer noch den Becher fest. »Gut, dann machen wir es so. Aber mal ehrlich … denkst du, dass es klappen wird?«

Er nickte und lächelte beruhigend. »Natürlich klappt es. Das verspreche ich dir. Wir müssen nur noch die richtige Stelle für die Übergabe finden, dann ist alles vorbereitet.«

49.

In dem silbernen Opel Corsa von Europcar saß nur eine Person. Helena Sikorski – oder besser gesagt, Simona Zakalskyte – lenkte den Wagen am Dienstagmorgen ruhig durch den dichten Verkehr ins Zentrum von Kopenhagen. Drei Autos vor ihr ließ der Justizministers Ulrik Rosborg sich in seinem Dienstwagen fahren. Vor und hinter ihm befanden sich die Autos des PET mit Sicherheitsleuten.

Am Corsa klebte ein GPS-Sender, trotzdem erfüllte Margrethe ihre Aufgabe mit äußerster Konzentration. Niels Oxen hatte soeben angerufen. Er observierte den Cousin, Sergej Pronko. Der ehemalige Elitesoldat des Wympel hatte am frühen Morgen ein Taxi genommen. Oxen hatte ihn die ganz Zeit beschattet, und jetzt standen sie beide vor Christiansborg, direkt an der Zufahrt zum Rigsdagsgården.

Was auch immer Zakalskyte und Pronko vorhatten, es konnte jede Sekunde so weit sein.

Es war nicht schwer gewesen, die beiden mutmaßlichen Täter zu finden, die im Verdacht standen, für die Morde an Hannibal Frederiksen, Mogens Bergsøe und Hans-Otto Corfitzen verantwortlich zu sein. Margrethe hatte sie am Montagvormittag lokalisieren können.

Am späten Sonntagabend hatte sie eine Liste potenzieller Unterkünfte erstellt, wobei sie vom Wohnhaus des Justizministers in Nødebo ausgegangen war und die nächstgelegenen Hotels und Pensionen in einem Radius von zehn, fünfzehn Kilometern herausgesucht hatte.

Ihr logischer Verstand sagte ihr, dass das gesuchte Paar sich in der Nähe seines Ziels aufhalten würde. Und sie hatte recht behalten. Auf der Gästeliste ihrer dritten Wahl – dem Hotel Hillerød – stand das Ehepaar Helena und Konrad Sikorski aus Barsinghausen in Deutschland.

Die Bilder der Videoüberwachung an der Hotelrezeption brachten die endgültige Bestätigung. Simona Zakalskyte und ihr Cousin Sergej Pronko wohnten in Zimmer 14.

Als Margrethe die beiden ausfindig gemacht hatte, waren sie nicht in ihrem Zimmer. Sie kamen erst gegen Mittag zurück und waren auch am Nachmittag noch ein paarmal unterwegs. Ihre Touren führten sie unter anderem wiederholt am Landhaus des Justizministers vorbei und durch den Ort Nødebo. Sie hatten in einer Pizzeria in Hillerød zu Abend gegessen und waren erst spät ins Hotel zurückgekehrt. Oxen hatte die Spätschicht als Schatten übernommen, damit sie sich in ihrem Zimmer im Hotel Hillerød ausruhen konnte.

Der Kongens Nytorv glitt vorbei. Gleich würde sie an die Holmens Bro kommen, und dann waren sie bei Christiansborg.

Sie hatte keine Ahnung, wo ein Minister normalerweise ausstieg. Vielleicht fuhr er auch gar nicht ins Parlament, sondern direkt ins Ministerium in der Slotsholmsgade? Falls es so war, musste sie einfach weiter der Straße folgen. Gleich würde sie es wissen.

Oxen sah, wie der Dienstwagen des Justizministers, ein dunkelblauer Audi A8 Quattro, über die Brücke fuhr, und rief Margrethe Franck an.

»Bleib dran. Wir müssen sehen, wohin er will. Pronko steht mit einem Typen bereit, mit dem er sich auf der Straße unterhalten hat – sein Postbote, nehme ich an.«

»Okay, ich bleibe dran«, antwortete sie.

Das kleine Gefolge, bestehend aus zwei PET-Fahrzeugen und dem Dienstwagen des Ministers, bog nach rechts ab und rollte in den Rigsdagsgården. Justizminister Ulrik Rosborg wollte also ins Parlament, und zwar über die Haupttreppe.

»Ich gehe mit rein«, sagte Franck.

Der Minister stieg aus und gab den Sicherheitsleuten ein Zeichen. Kurz darauf setzte sich die PET-Kolonne wieder in Bewegung, während Rosborg auf die große Treppe zusteuerte.

»Franck! Pass auf den Typen im hellblauen Pulli auf! Der Kurier, der Kerl auf dem Fahrrad … Er hat einen Umschlag in der Hand.«

Ein Teenager auf einem Mountainbike fuhr auf den Minister zu, der am Fuß der Treppe stehen geblieben war, um sich mit einem älteren Herrn zu unterhalten.

»Rosborg redet mit … Das ist Parlamentspräsident Hans Panduro«, sagte Franck am Telefon.

Jetzt bremste der Junge auf dem Fahrrad direkt vor dem Justizminister ab, sagte irgendwas und übergab ihm einen weißen Umschlag. Dann trat er in die Pedale und verschwand in Richtung Tøjhusgade.

Der Justizminister betastete den Umschlag und lächelte den

Parlamentspräsidenten an, der inzwischen mit einem anderen Kollegen sprach.

Er ging ein paar Stufen nach oben und blieb dann stehen. Wieder betastete er den Umschlag, riss ihn auf und zog ein Blatt Papier heraus, aber nur ein kleines Stück. Für einen Moment kam es Oxen vor, als wäre der Minister auf der Treppe erstarrt. Dann bewegte er seltsam ruckartig den Kopf, als suchte er den ganzen Rigsdagsgården nach irgendetwas ab, bevor er schließlich mit ein paar großen Sätzen die Treppe nahm und im Parlamentsgebäude verschwand.

»Pronko geht zurück. Jetzt sammelt sie ihn ein, Franck, komm zur Ausfahrt und hol mich ab!«

»Okay.«

Sekunden später saß er neben ihr. Sie hatten die Rücklichter des Corsa, der die Slotsholmgade hinunterfuhr, nach wie vor im Blick.

»Was war das eben? Ihre Forderung?«, fragte sie, ohne das Auto vor ihnen aus den Augen zu lassen.

»Ich denke schon. Was sonst?«

»Dann wollen sie ein paar Millionen von ihm erpressen?«

»Bestimmt. Vermutlich haben sie genug Material, um ihn fertigzumachen. Da, sie biegen ab!«

Der Corsa fuhr nach rechts in die Christians Brygge, überquerte den Frederiksholm Kanal und folgte dann der Kalvebod Brygge.

»Aber vielleicht nicht genug, um zu beweisen, dass er sie umgebracht hat?«

»Wir wissen nicht, ob er sie überhaupt umgebracht hat. Wir wissen nur, dass Virginija verschwunden ist. Wo zur Hölle wollen die denn hin?«

Der Corsa bog in die Bernstorffsgade, und sie blieben die ganze Zeit in unauffälligem Abstand an ihm dran. Am Bahnhof machte er einen Schlenker und hielt vor dem Haupteingang an.

Sergej Pronko stieg aus dem Wagen und verschwand mit großen Schritten im Bahnhofsgebäude, eine große orangefarbene

Tasche über der Schulter. Franck blieb am Randstein stehen, und Oxen hechtete dem Russen hinterher.

Drinnen herrschte ein einziges Wirrwarr aus gehetzten Menschen, alles schien dunkel und schattig im Vergleich zu dem grellen Sonnenlicht im Freien. Oxen folgte dem Strom, bis er die orangefarbene Tasche im Gewühl entdeckte. Sergej Pronko marschierte zielstrebig ans andere Ende des Gebäudes.

Oxen folgte ihm in sicherem Abstand. Er konnte nicht ausschließen, dass Pronko sein Gesicht womöglich wiedererkennen würde.

Jetzt nahm der Russe die Treppe zum Ausgang Istedgade. Oxen hastete hinterher und sah gerade noch, wie Pronko nach links abbog, eine weitere steile Treppe hinunter, wo ein Schild den Weg zur Gepäckaufbewahrung anzeigte.

Vorsichtig folgte er dem langen Gang. An den Wänden reihte sich ein Schließfach ans andere, vom Boden bis zur Decke, so weit das Auge reichte. Er registrierte sofort jede Art von Aktivität. Das lag ihm im Blut.

Es war nicht viel los, doch zum Glück waren wenigstens ein paar Leute da. Ein älteres Ehepaar kämpfte mit seinen beiden Koffern, eine Frau mit einem kleinen Jungen an der Hand stand am Bezahlautomaten, während ungefähr in der Mitte des Ganges ein junges Paar mit zwei großen Rucksäcken an der Servicetheke wartete. Vor einem der Schließfächer ganz am Ende stand eine junge afrikanische Frau.

Sergej Pronko blieb neben der Gepäckannahmestelle stehen, die mit ihrem rostfreien Stahl an einen Check-in-Schalter am Flughafen erinnerte.

Oxen stellte sich neben den Automaten, verdeckt von der Frau mit dem Kind, die Probleme hatte, sich mit dem Bezahlsystem zurechtzufinden. Aus dem Augenwinkel registrierte er, wie der Russe nachrückte, als das Rucksackpaar ging. Pronko stellte seine orangefarbene Tasche ab, öffnete den Reißverschluss und zog einen kleineren Rucksack heraus. Er war dunkelgrün und völlig neutral.

Als die junge Servicemitarbeiterin sich nach unten beugte, um die Gepäcknummer zu befestigen, drehte sie den Rucksack dabei ein Stück. Es fiel ihm sofort auf. Am Reißverschluss der Seitentasche hing ein kleines Stofftier – ein Eisbär. Mehr brauchte er nicht zu wissen. Vorsichtig zog er sich zurück, ging die Treppe wieder hoch und suchte sich im Gewimmel einen geeigneten Platz zum Warten.

Sergej Pronko tauchte wenig später auf, die Sporttasche wieder über der Schulter. Ohne Eile schlenderte der Russe zurück zum Ausgang und bekam offenbar auf dem Weg Appetit, denn er kaufte Sandwiches, Milch und zwei große Cola, die er in die Tasche packte, bevor er den Bahnhof verließ.

Entspannt stieg er in den Corsa. Simona Zakalskyte ließ den Motor an. Sie fädelten sich in die Fahrspur ein und bogen nach kurzem Zögern regelwidrig links in die Bernstorffsgade ab. Von dort fuhren sie weiter zur Kreuzung Vesterbrogade, die sie geradeaus überquerten.

»Was hat er da drinnen gemacht?«, fragte Franck, während sie auf eine Lücke im Verkehr wartete, um das gleiche Manöver durchzuführen.

»Tickets gekauft … Nehme ich jedenfalls an, nachdem er am Verkaufsschalter stand. Auf dem Rückweg hat er sich dann noch ein paar Sandwiches und Cola besorgt.«

»Tickets? Dann planen sie ihren Abgang also mit der Bahn. Gut zu wissen. Das kann eigentlich nur bedeuten, dass sie mit der Fähre von Gedser nach Warnemünde fahren und dann mit dem Zug von Rostock über Berlin und Warschau zurück nach Litauen.«

»Das könnt ihr doch leicht rausfinden.«

»Er wird wohl kaum mit Kreditkarte bezahlt haben. Die einzigen Tickets, die wir checken können, sind die von der Fährgesellschaft, falls welche ausgestellt wurden. Aber das würde uns ja schon reichen.«

Sie fuhren eine Weile schweigend weiter. Franck hielt die ganze Zeit genügend Abstand zum Wagen des russisch-litauischen Paars. Erst auf der Borups Allé sprach sie aus, was er selbst schon gedacht hatte: »Ich wüsste gerne, wie lange das Ganze dauern wird. Der Justizminister kennt jetzt ihre Forderungen. Er muss das Geld zusammenkratzen, auch wenn er wahrscheinlich nicht wirklich *kratzen* muss. Ich meine, mich zu erinnern, dass Rosborg schon mit reichlich Geld in der Tasche zur Welt gekommen ist. Hängt wahrscheinlich irgendwie mit diesem Konzern zusammen, *S. E. Rosborg International,* oder?«

»Ja, das ist seine Familie. Ich glaube kaum, dass es Rosborg an irgendwas mangelt.«

Ulrik Rosborg gehörte zu den Politikern, an die Oxen sich damals in der Hoffnung gewandt hatte, einen Untersuchungsausschuss wegen Bosses Tod durchzusetzen. Damals waren andere Parteien an der Macht und Rosborg der energische und einflussreiche Star der Opposition. Nur leider nicht energisch genug, um seine Anfrage zu beantworten.

»Pronko und Zakalskyte sind bestimmt ziemlich scharf darauf, die Jagd jetzt möglichst schnell zu beenden und sich zu Hause in Vilnius in Sicherheit zu bringen. Aber ich vermute, dass sie ihm zwei, drei Tage einräumen müssen. Je nachdem wie hoch die Summe ist«, fuhr Franck fort.

»Im Grunde wissen wir gar nichts. Wir *glauben*, dass sie ihn erpressen wollen, aber wir *wissen* es nicht«, hielt er dagegen.

Sie erreichten den Utterslev Mose und die Hillerød-Autobahn. Die Zielobjekte waren offenkundig auf dem Weg zurück ins Nest.

»Du müsstest dich hier eigentlich auskennen, du hast doch im Nordwestquartier gewohnt«, sagte sie.

»Nicht besonders«, brummte er, obwohl er auf der Jagd nach Flaschen tausendmal seine Runden in dieser Gegend gedreht hatte. Es kam ihm vor, als wäre das Ewigkeiten her. Es war das Zeitalter vor dem Zeitalter, als er und Mr White am 1. Mai bei strömendem Regen in Skørping aus dem Zug stiegen.

Jetzt saß er auf dem Weg nach Hillerød neben einer Geheimdienstmitarbeiterin im Auto, auf den Spuren eines Mannes und einer Frau, die auf ihrer monatelangen Suche nach ihrem Ziel kaltblütig gemordet hatten.

Er saß neben Margrethe Franck, weil er in einer mondbeschienenen Nacht so unfassbar dämlich gewesen war, seinen Fuß in Nørlund Slots Blumenbeete zu setzen.

Zwanzig ereignislose Minuten später fuhren sie auf den Parkplatz des Hotel Hillerød und rollten in die hinterste Ecke, von wo aus sie beobachten konnten, wie Simona Zakalskyte und Sergej Pronko im Eingang des Hotels verschwanden.

Ab jetzt hieß es Stunden zählen, bevor sie wieder aktiv werden würden. Es blieb ihnen nichts anderes übrig, als zu improvisieren, und sie hatten keinen Spielraum für falsche Schritte. Jeder Fehler konnte tödlich sein.

Sie stiegen aus dem Wagen und gingen zum Eingang. Sobald er in seinem Zimmer war, musste Oxen die nötigen Anrufe tätigen und sich um seine ganz persönliche Versicherungspolice kümmern. Spät am Abend würde er auf eine kleine geheime Mission aufbrechen, um die Police schnellstmöglich in Kraft zu setzen.

Die Uhr am Kopenhagener Hauptbahnhof zeigte wenige Minuten vor Mitternacht. Er ging in aller Seelenruhe mit einer Plastiktüte in der Hand zum vereinbarten Treffpunkt.

Im Hotel Hillerød hielt Franck unterdessen Wache im festen Glauben, dass er tief schlief. Er hatte aus seinen Fehlern gelernt. Es gab keinen Schatten des Schattens und auch keinen GPS-Sender, denn er hatte das Hotel zu Fuß verlassen und war wie vereinbart ein paar Hundert Meter entfernt von Fritsens Frau abgeholt worden.

L. T. Fritsen stand am Ausgang Istedgade, ans Treppengeländer gelehnt. Der Mechaniker, mit dem er seit dem zweiten Balkaneinsatz gut befreundet war, hielt sich mit regulären Aufträgen – und diversen Reparaturen unter der Hand – in seiner kleinen Autowerkstatt auf Amager gut über Wasser.

Sie sahen sich selten, aber Fritsen war immer zur Stelle, wenn es darauf ankam. Und zwar seit dem Tag vor fast sieben Jahren, als Oxen in die Una sprang, um L. T. Fritsen aus dem Wasser zu fischen, der kurz zuvor von einem serbischen Heckenschützen getroffen worden war.

Er gab sein Signal – zupfte sich im Vorbeigehen am rechten Ohrläppchen – und L. T. Fritsen nahm seine Umhängetasche, die seinen ganzen Computerkram beinhaltete, und ging langsam nach unten.

Oxen ließ eine Minute verstreichen, bevor er ihm folgte. Sie trafen sich an der steilen Treppe, die zur Gepäckaufbewahrung führte. Ohne ein Wort zu sagen, packten beide ihre Wechselklamotten aus, zogen die Kapuzenpullis über, setzten Käppis auf und schlugen die Kapuzen hoch. Dann gingen sie weiter.

Der lange Korridor mit den Schließfächern war menschenleer, nur an der Theke stand ein Servicemitarbeiter, ein schlaksiger Typ mit DSB- und 7-Eleven-Logo auf dem Shirt.

Fritsen stellte seine Tasche an der Gepäckannahme ab, und in der Sekunde, als der junge Mann nach vorne trat, bekam er auch schon eine Ladung Pfefferspray ins Gesicht, während Oxen blitzschnell die drei kleinen Überwachungskameras an der Decke lokalisierte und abklebte. Dann sprang er mit einem Satz hinter die Theke, packte den Typen und drückte ihn zu Boden. Fritsen klebte ihm, ohne zu zögern, den Mund mit Gaffa-Tape zu, drehte ihm die Arme auf den Rücken und fesselte Handgelenke und Knöchel ebenfalls mit Klebeband. Gemeinsam schafften sie den Mann aus dem Weg, indem sie ihn in die hinterste Ecke des Gepäckraums verfrachteten.

Fritsen nahm seinen Posten an der Theke ein, während Oxen sich einen Weg durch die Gepäckstücke zu den offenen Regalfächern bahnte. Alles war logisch sortiert und leicht zu überblicken. Es dauerte weniger als eine Minute.

Oxen entdeckte den grünen Rucksack mit dem kleinen Eisbären auf einem Regal genau in Augenhöhe.

Er rief Fritsen, und sie tauschten die Plätze.

In dem langen Gang war nach wie vor niemand zu sehen. Noch eine Stunde, bis der Bahnhof schloss, aber die wenigsten hatten um diese Zeit noch etwas im Gepäckkeller zu erledigen. Er warf einen Blick auf seine Armbanduhr. Es waren sechs Minuten vergangen.

Ob jemand irgendwo an einem fernen Ort saß und den Raum über einen Monitor überwachte, wusste er nicht. Aber offenbar wurde die Gepäckaufbewahrung von der Bahngesellschaft DSB gemeinsam mit der Kioskkette 7-Eleven betrieben, deshalb war kaum mit Personalüberschuss zu rechnen.

Nach genau acht Minuten und fünfundzwanzig Sekunden sprang Fritsen über die Theke, seine Tasche in den Händen. Ruhig und gelassen gingen sie kurz nacheinander die Treppe hoch und verließen den Bahnhof am Ausgang Istedgade.

Ein Stück weiter an der Ecke Colbjørnsgade stand L. T. Fritsens Frau bereit, um sie einzusammeln.

50.

Sie waren durchgehend in Alarmbereitschaft. Jedes Mal wenn sich das falsche Ehepaar ins Auto setzte, konnte es so weit sein. Aber jedes Mal passierte – nichts. Das Ehepaar Sikorski drehte seine Runden, ein- oder zweimal am Tag.

Sie hatten sich beide im Hotel Hillerød einquartiert, Franck wohnte zwei Zimmer neben ihm. Sie hatte ihm gestanden, dass es für sie langsam eng werde, weil ihr bald keine Ausreden mehr einfielen.

Martin Rytter, der als Chef des vergrößerten Teams seinen Amtssitz in den Rold Storkro verlegt hatte, hatte bereits mehrfach angerufen. Sie hielt ihn damit hin, dass sie einen Auftrag von

Mossman erledigen müsse, der einfach alles über die drei Männer wissen wolle, die das Schlosswochenende überlebt hätten, und sie sei daher rund um die Uhr damit beschäftigt, das Leben von Justizminister Rosborg, Staatssekretär Uth-Johansen und Konzernchef Nyberg von rechts auf links zu drehen.

Absolut glaubhaft – allerdings gelogen. Und als Rytter sich nach »unserem Freund, dem Soldaten« erkundigt hatte, hatte sie nur geantwortet, dass sie keine Ahnung habe, womit er gerade beschäftigt sei.

Oxen freute sich auf den Tag, an dem das alles ein Ende haben würde. Er war vorbereitet. Und eingedeckt. Jetzt wollte er es hinter sich bringen.

Er hatte die »Hundewache« übernommen. Es war gerade vier Uhr vorbei, in der Nacht auf Samstag, als sein Blick vom Fenster auf das Display seines Handys wechselte. Hastig drückte er Francks Nummer.

»Jetzt!«

Simona Zakalskyte und Sergej Pronko gingen gemächlich über den beleuchteten Parkplatz zu ihrem Opel, aber anders als bei den letzten Malen trugen sie jetzt ihr Gepäck mit sich. Sie hatten ausgecheckt. Es war so weit.

Er hob die Matratze seines Bettes an und zog das Messer sowie seine letzte Neuanschaffung darunter hervor, eine neun Millimeter SIG Sauer P210. Die »Neuhausen«, wie sie liebevoll genannt wurde, war eine typische Back-up-Waffe der Jäger, bekannt für ihre Zuverlässigkeit und ungeheure Präzision. Die Pistole hatte ihn die stolze Summe von einundzwanzigtausend Kronen auf dem Schwarzmarkt gekostet. L. T. Fritsen hatte sich in Kopenhagen um die SIG und ein paar andere Utensilien gekümmert.

Er schob das Magazin mit acht Schuss in die Waffe und steckte das Reservemagazin in die Hosentasche, dann klebte er sich eilig die Messerscheide ans rechte Bein, schnappte sich seine Jacke und schlug die Tür hinter sich zu.

In derselben Sekunde stolperte Franck aus ihrer Zimmertür. Sie steckte ihre Waffe ins Schulterholster und zog ihre Jacke darüber.

»Monitor?«

»Hier drin«, antwortete sie und hielt ihren kleinen Rucksack in die Höhe.

»Fernglas?«

»Auch hier drin.«

Sie rannten den Flur entlang, bremsten scharf und schlenderten dann betont gemütlich an der Rezeption vorbei. Vom Windfang aus konnten sie sehen, wie der Corsa vom Parkplatz rollte. Sie blieben stehen, bis er auf dem nachtschwarzen Milnersvej verschwunden war.

Dann rannten sie zu Francks Mini Cooper. Sie warf sich hinters Steuer und ließ den Wagen an, während er den Monitor aus ihrem Rucksack angelte.

»Ganz ruhig, ich hab sie«, sagte er, als sie an der Ausfahrt kräftig beschleunigte.

Der rote Punkt auf seinem kleinen Bildschirm bewegte sich langsam die Østergade entlang, dann die Helsingørsgade und weiter auf dem Holmegårdsvej, am Schlosspark von Frederiksborg vorbei und dann den Fredensborgvej hinunter. Die ganze Zeit hielten sie reichlich Abstand. Es gab vorläufig keinen Grund für Sichtkontakt.

»Nehmen sie die Autobahn?«, fragte Franck.

Er wartete einen Moment. Der rote Punkt glitt vorbei.

»Nein, sie bleiben auf dem Hillerødvej.«

Kurz darauf bog der Corsa nach links ab und folgte dem Nødebovej.

»Sie sind auf dem Weg zum Justizminister«, rief Franck. »Das kapiere ich nicht!«

»Lass uns abwarten und sehen, was weiter passiert. Es ist ja immer noch ein ganzes Stück bis dahin«, antwortete er und hielt den Blick fest auf den roten Punkt geheftet.

Offenbar hatten Zakalskyte und Pronko doch nicht die Absicht, den Corsa in die Höhle des Löwen zu lenken. Stattdessen fuhren sie weiter durch das lang gestreckte Nødebo, das wie ein Naturschutzgebiet anmutete und nicht wie eine Stadt. Dann ging es auf dem Gillelejevej weiter durch den Wald, wo Laubbäume die Straße säumten. Kurz darauf bogen sie in einen Weg ab, der ans Seeufer des Esrum Sø hinunterführte.

»Waren wir hier nicht neulich schon mal?«

»Ja. Hier saßen sie eine ganze Stunde lang rauchend herum. Halt Abstand«, erwiderte er. Der Corsa fuhr langsam weiter. Einen knappen Kilometer später blieb der rote Punkt stehen.

»Sie haben angehalten. Wir können hier nicht parken. Wenn jemand kommt, sieht er uns sofort.«

»Und was machen wir jetzt?« Francks Finger trommelten ungeduldig auf das Lenkrad.

Er studierte die Straßenkarte auf dem Display. »Wir wenden. Dann fahren wir denselben Weg zurück, nehmen aber diese Parallelstraße hier.« Er hielt ihr den Bildschirm hin, damit sie seinem Zeigefinger folgen konnte.

»Dieser Straße folgen wir, bis wir auf derselben Höhe wie unser Pärchen sind. Dann stellen wir den Wagen ab und laufen die zweihundert Meter durch den Wald runter bis ans Ufer, wo der Corsa parkt. Ich vermute, dass sie sich dort mit dem Justizminister treffen wollen.«

»Deshalb haben sie also so lange gewartet – es ist Samstagmorgen, er hat frei und kann mal eben wegfahren. Noch dazu in der Nähe seines Hauses. Sehr praktisch«, sagte sie.

»Geradezu rücksichtsvoll«, murmelte er. »Los, sehen wir zu, dass wir hier wegkommen!«

Zehn Minuten später kämpften sie sich durch das Unterholz, erst schnell, ohne Rücksicht auf die Geräusche, die sie dabei machten, aber sobald sie die funkelnde Oberfläche des Sees zwischen den Stämmen erahnen konnten, wurden sie langsamer.

Am Ende schlichen sie nur noch vorsichtig weiter. Wenn der Monitor recht hatte, waren sie weniger als hundert Meter vom Corsa entfernt. Sie schauten wachsam nach unten, um knackende Äste auf dem Waldboden zu vermeiden. An einem umgestürzten Baum auf einer kleinen Anhöhe gab er ihr ein Zeichen, dass sie stehen bleiben sollte. Er robbte die letzten Meter vorwärts, dann bedeutete er ihr nachzukommen.

Die Sonne war inzwischen aufgegangen. Ihr Sichtfeld wurde größtenteils von Laub verdeckt, aber es fanden sich genug Stellen, die den Blick auf den See freigaben. In einer davon schimmerte die Frontscheibe des Corsa. Nicht weit entfernt konnte er Sergej Pronkos Rücken ausmachen. Der ehemalige *Speznas* rauchte eine Zigarette. Oxen sah den grauen Rauch vor dem Gesicht des Mannes aufsteigen. Zakalskyte konnte er wegen des dichten Laubwerks nicht sehen.

»Wir müssen viel näher ran«, sagte er und ließ das Fernglas sinken.

»Geht das denn?« Franck lag jetzt ganz dicht neben seiner Schulter.

»Das Gestrüpp da unten. Da bleiben wir, bis wir den Minister sehen oder sein Auto hören. Das wird ihre volle Aufmerksamkeit beanspruchen, während wir das letzte Stück vorrücken und uns hinter einen Baum werfen. Dann sind wir genau da, wo wir sein müssen …«

Franck begnügte sich damit, verbissen zu nicken. Auf sein Zeichen hin stand sie geduckt auf und folgte ihm langsam die Böschung hinunter in eine dichte Brombeerhecke. Hier legten sie sich wieder flach auf den Boden.

»Jetzt heißt es warten. Verhalte dich ganz still«, flüsterte er ihr ins Ohr und sah dann auf seine Armbanduhr. Es war 04:56 Uhr.

Zakalskyte und Pronko hatten ihr Auto auf einer Lichtung neben dem Weg abgestellt. Überrascht bemerkte er, dass auf dem Dach des Corsa ein aufgeklappter Laptop stand.

Beide rauchten Kette, vielleicht weil die Situation sich zuspitzte. Sie lehnte mit Zigarette im Mund am vorderen Kotflügel, rutschte aber die ganze Zeit unruhig hin und her. Er dagegen stand reglos da. Dann schnippte er die Kippe weg und suchte sorgfältig mit dem Fernglas die Umgebung ab. Erst den See, dann die Landseite.

Oxen und Franck pressten sich hart auf den Waldboden. Sie sahen, wie Pronko eine Pistole aus der Hosentasche zog und den Waldweg erst ein Stück hinunter- und dann wieder hinaufging. Der ehemalige Elitesoldat war ein vorsichtiger Mann, der sich gegen Überraschungen im Gelände absichern wollte. Jetzt filzte der Russe die Böschung am Waldrand.

Oxen zog seine Waffe und entsicherte sie vorsichtig, als Pronko nur noch höchstens zwanzig, fünfundzwanzig Meter von ihnen entfernt war. Franck angelte ihre Dienstwaffe aus dem Holster und tat dasselbe.

Ungefähr zehn Meter vor ihnen bog der Russe endlich ab und beendete seine Patrouille. Erleichtert atmeten sie auf.

Es war 05:14 Uhr. Unten am Auto steckten die beiden sich die nächste Runde Kippen an. Simona Zakalskyte fing wieder an, nervös zu trippeln. Sie zog eine Pistole aus der Jackentasche und sagte etwas zu ihrem Cousin. Er nahm das Magazin aus ihrer Waffe, untersuchte es und schob es energisch an seinen Platz zurück. Dann nickte er und erteilte offensichtlich letzte Anweisungen. Sie lud die Waffe durch und steckte sie wieder ein.

05:25 Uhr. Sergej Pronko gab einen kurzen Befehl. Simona nahm ihren Platz neben dem Computer ein, der immer noch auf dem Dach des Corsa stand.

Pronko ging zur Straße und überprüfte wieder den Horizont, bevor er in aller Ruhe zurückging, die Beifahrertür öffnete und sein Fernglas auf den Rücksitz warf.

05:30 Uhr. Sie hörten Motorenlärm. Kurz darauf tauchte ein Auto auf. Ein kleiner dunkler Wagen, der ganz langsam den Weg entlangfuhr. Jetzt war er deutlich zu erkennen. Es war der Wagen der Architekten-Ehefrau, ein Citroën Picasso. Franck hatte das natürlich alles längst gecheckt.

Auch die Person hinter dem Steuer wurde jetzt sichtbar. Das Auto rollte die letzten Meter auf Sergej Pronko zu, der hinter dem Corsa in Deckung gegangen war. Mit ausgestrecktem Arm richtete der Russe seine Waffe direkt auf den Justizminister.

51.

Sergej Pronko dirigierte den Justizminister auf die kleine Lichtung und wedelte dabei mit der Pistole in der Luft herum. Dann gab er ihm ein Zeichen, aus dem Wagen zu steigen.

Oxen und Franck hatten sich weiter vorwärtsgeschlichen und lagen jetzt jeder hinter einem dicken Buchenstamm. Franck drei Meter rechts von Oxen. Ungefähr zwanzig Meter trennten sie vom Ort des Geschehens, wo die beiden Autos jetzt nebeneinander standen. Nah genug, um ein paar Gesprächsfetzen aufzuschnappen.

Mit erhobenen Händen stieg Ulrik Rosborg langsam aus dem Citroën. Der Minister war blass und schien starr vor Angst zu sein.

»*Remember … Just one touch …*« Sergej Pronko zeigte auf den Laptop und hob warnend den Zeigefinger.

Dann befahl er Rosborg, sich mit gespreizten Beinen vor seinen Wagen zu stellen, die Hände auf der Kühlerhaube, und tastete ihn ab. Mit der Waffe in der Hand dirigierte Pronko den Minister zum Kofferraum. »*Open!*« Rosborg gehorchte mechanisch. Danach schubste Pronko ihn vorwärts, vor die beiden Autos. Rosborg hielt eine große Nylonsporttasche in der Hand.

Erst jetzt wurde Rosborg mit Simona Zakalskyte konfrontiert, die hinter dem Corsa die Stellung gehalten hatte. Langsam ging sie auf ihn zu und blieb wenige Meter vor ihm stehen. Er ließ die Tasche fallen. Einen Augenblick lang starrte sie den dänischen Justizminister reglos an, der mit gesenktem Kopf vor ihr stand.

»Look at me!«

Zakalskytes wütender Befehl hatte eine enorme Kraft. Rosborg fuhr zusammen und gehorchte eingeschüchtert. Die Litauerin musterte das erstarrte Gesicht des Ministers, als würde sie etwas darin suchen. Ihr Cousin nahm die Sporttasche und trug sie beiseite. Dann kniete er sich hin, zog den Reißverschluss auf und kontrollierte den Inhalt.

Mit einem kurzen Nicken gab er seiner Partnerin zu verstehen, dass alles in Ordnung war, und packte die Tasche in den Kofferraum des Corsa.

Zakalskyte stand immer noch unbewegt da und starrte den Minister an, während Pronko ihren Auftritt wachsam verfolgte.

»So ... you think, you can buy this?«

Zakalskyte brüllte dem vor Angst wie gelähmten Rosborg ins Gesicht, während sie mit der linken Hand einen kleinen Zettel aus ihrer Hosentasche holte und ihm vor die Nase hielt.

Er sah aus wie der Abholschein für die Gepäckaufbewahrung am Hauptbahnhof.

Dann explodierte sie förmlich, als hätte ihr Körper eine noch nie da gewesene Kraft entfesselt. Das Ergebnis war ein brutaler Schlag mit der Pistole gegen Rosborgs Kopf. Er prallte gegen die Frontscheibe des Citroën, und als er sich ins Gesicht griff, war seine Hand voller Blut. Von ihrem Versteck aus konnten sie nicht erkennen, ob das Blut aus der Nase kam oder von einer geplatzten Augenbraue stammte.

Der Minister taumelte ein paar Schritte, aber schon war Simona Zakalskyte wieder bei ihm. Sie presste die Pistole an seinen Hals.

»She was my sister! You pig!«

Sie schrie den blutverschmierten Minister an. Seine Lippen bewegten sich, aber sie brüllte weiter: *»Get down!«*

Sie hielt ihm immer noch die Pistole an den Hals und zwang ihn auf die Knie. Oxen und Franck konnten ihn jetzt hören. Seine Stimme war brüchig.

»It was … an accident. I am … so sorry!«

Zakalskyte stand einen Moment reglos vor dem knienden Rosborg. Dann wiederholte sie laut und deutlich:

»She was my sister!«

Langsam hob sie die Pistole und richtete sie auf die Stirn des Ministers.

Die Situation war außer Kontrolle. Franck lag mit gestreckten Armen auf dem Boden, die Dienstwaffe im Anschlag. Sie musste jetzt eingreifen. Sie hatten per Handzeichen die Aufgaben untereinander aufgeteilt. Er hatte den russischen Exsoldaten im Visier, sie kümmerte sich um die Frau. Ihr blieb nichts anderes übrig, als auf den Brustkorb zu zielen. Vielleicht zwei, drei schnelle Schüsse.

Langsam krümmte sich Francks rechter Finger um den Abzug.

Aber noch bevor sie abdrücken konnte, sahen sie, wie Simona Zakalskytes Kopf plötzlich ruckartig zuckte und hart nach hinten geschleudert wurde. Im Bruchteil einer Sekunde registrierten Franck und Oxen, wie die Kugel eine graubraune Spur aus Gewebe hinter sich herzog, als sie aus Simona Zakalskytes Hinterkopf austrat.

Der Schuss fiel lautlos. Und auf den Millimeter genau. Er musste aus einem Gewehr abgefeuert worden sein. Völlig überrumpelt konnten sie nicht schnell genug reagieren. Die Zeit reichte nur für den Gedanken, dass sie ungeschützt im Gelände lagen. Dem Winkel nach zu urteilen, musste sich der Schütze weiter oben befinden, irgendwo links von ihnen.

Sergej Pronko warf sich noch im selben Moment hinter den Corsa, als seine Cousine auf den Boden sackte und auf dem kauernden Justizminister landete.

Dann wurde der Bildschirm des Laptops von einer Kugel zerschmettert. Die Scheiben des Autos splitterten. Die nächsten Projektile durchbohrten die Karosserie.

Es waren mindestens zwei Schützen. Oxen hatte den Gedanken kaum zu Ende gedacht, als ein weiteres Projektil direkt über

Franck die Rinde des Baumstamms zerfetzte. Er hörte das charakteristische Pfeifen, gefolgt von einem dumpfen Laut, als die Kugel nur wenige Zentimeter von seiner linken Schulter entfernt in den Waldboden einschlug.

»Jetzt!«

Er zerrte sie am Arm hoch.

»Lauf! Da hinauf!«

Sie mussten die Böschung hinauf, dorthin, wo die Bäume enger standen und das Gestrüpp so dicht war, dass es den Blick versperrte. Ohne auch nur einen Gedanken an Francks Handicap zu verschwenden, zog er sie im Zickzack mit sich bergauf.

»Versteck dich da oben im Gebüsch!«

Nachdem er ihr das zugerufen hatte, warf er sich auf den Boden, machte eine Rolle und kam in Schusshaltung hinter einem Baum wieder auf die Knie. Er feuerte auf gut Glück eine Serie von fünf schnellen Schüssen in Richtung des Feindes ab, um Franck Feuerschutz zu geben. Dann rannte er hinter ihr weiter die Böschung hoch, während ihm die Kugeln um die Ohren flogen, bis er sich endlich auch in die Kuhle hinter der Brombeerhecke werfen konnte, wo sie schon vorher gelegen hatten. Ein einzelnes Projektil zischte durch das welke Laub. Dann wurde das Feuer eingestellt.

»Was zur Hölle …?« Franck, die flach ausgestreckt auf dem Bauch gelegen hatte, rollte sich keuchend auf den Rücken.

Er nahm das Fernglas aus dem Rucksack und robbte ein Stück nach vorn.

»Sie sind zu dritt«, sagte er und verfolgte konzentriert die Szene, die sich unter ihnen abspielte.

Drei Männer in Tarnklamotten und mit geschwärzten Gesichtern bewegten sich vorsichtig vorwärts, in Sergej Pronkos Richtung, der eine Reihe von Pistolenschüssen abgefeuert hatte, als Oxen und Franck aus der Kampfzone flüchteten.

Die Männer waren mit Gewehren bewaffnet und trugen Maschinenpistolen an einem Riemen schräg über der Brust, im Gürtel eine Back-up-Handfeuerwaffe. Ihre Art, sich durch das Gelände zu bewegen, es abzusuchen und sich gegenseitig Deckung zu geben, verriet, dass es Männer aus seiner Branche waren – Profis.

Alles war jetzt vollkommen still.

Simona Zakalskyte lag noch dort, wo sie zusammengesackt war. Mit einem außerordentlich wertvollen Zettel in der Hand. Der Justizminister war verschwunden. Und aus diesem Winkel war auch Sergej Pronko nicht mehr zu sehen.

Wenn der Russe nicht zwischenzeitlich geflohen war, dann waren seine Fluchtmöglichkeiten jetzt begrenzt. Er könnte den Justizminister als Schutzschild verwenden, aber irgendetwas sagte Oxen, dass jemand dem Minister schon durch den Hinterausgang geholfen hatte. Pronko hatte also nur einen Ausweg. Das Auto.

»Wir sind nicht ihr primäres Ziel. Lauf, so schnell du kannst, zum Wagen. Dann fährst du zurück zur Stichstraße und sammelst mich ein. Verstanden?«

Franck nickte, stand auf und stürmte los. Er tat dasselbe, rannte und kämpfte sich durch das Unterholz, während ihm die Zweige ins Gesicht peitschten.

Ihm blieb nur sehr wenig Zeit. Pronkos einzige Chance war, im Auto zu flüchten. Allein gegen drei schwer bewaffnete Männer konnte der Russe nicht viel ausrichten. Aber wenn er ein Risiko einging, konnte er es schaffen. Und seine Chance war am größten, wenn er den Wagen des Ministers nahm, der geschützt hinter dem Corsa stand. Nach dieser Blitzanalyse war Oxen klar, dass er auf direktem Weg zur Stichstraße sprinten und dort auf alles vorbereitet sein musste.

Die spitzen Dornen einer Brombeerhecke bohrten sich in seine Arme und Oberschenkel und zerkratzten ihm die Haut, als er ohne Rücksicht auf Verluste durch den Wald rannte, hinfiel und sofort wieder auf die Beine kam. Sobald er lichteres Terrain mit Laubbäumen erreicht hatte, erhöhte er das Tempo.

Er war sich sicher: Pronko war längst zu demselben Ergebnis

gekommen. Man diskutierte nicht mit einem Feind, der soeben der eigenen Cousine den Hinterkopf weggepustet hatte. Für den Russen gab es nichts mehr zu verhandeln. Es war jetzt nur noch eine Frage von Sekunden, bis er gezwungen sein würde, seinen verzweifelten Versuch zu wagen.

Der Wald öffnete sich. Oxen konnte fast ungehindert geradeaus rennen, aber weiter vorn erwartete ihn schon das nächste Hindernis in Form einer Hecke.

Dann hörte er es, das Rattern der Maschinenpistolen. Sergej Pronko hatte die Chance ergriffen.

Oxen sprang unbeirrt über die erste Mauer aus Dornen, die ihm begegnete. Im Zickzack lief er weiter, nahm Anlauf und sprang wieder. Er stolperte, taumelte, fiel hin und rollte über den harten Asphalt. Er kam schnell wieder auf die Beine und machte sich bereit. Wechselte das Magazin. Gut möglich, dass er alle acht Kugeln brauchte. Gleich würde er wissen, ob der Russe es geschafft hatte.

Das wütende Röhren des Motors ein Stück die Straße hinunter gab ihm nur Sekunden später die Antwort. Oxen stellte sich mit leicht gespreizten Beinen hin, das Gewicht nach links verlagert, mit ausgestreckten Armen, beide Hände an der Pistole. Jetzt ging es um Präzision – und es war lange her …

Der kleine Citroën schleuderte in einer Wolke aus Split und Staub auf die asphaltierte Straße, beschleunigte und raste in hohem Tempo auf ihn zu. Das Auto war total durchlöchert. Pronko schlug die Reste der zersplitterten Frontscheibe mit dem Pistolenlauf aus dem Rahmen, um sich freie Sicht zu verschaffen. Dann feuerte er zwei Schüsse ab. Warnschüsse, denn er konnte kaum darauf hoffen, aus dieser Entfernung zu treffen.

Er schaltete in den nächsten Gang. Der Citroën kam jetzt schneller heran. Oxen blieb unbewegt stehen. Er wartete. Und wartete.

Dann schoss er. Zwei Schuss auf den linken Vorderreifen. Zwei Schuss auf den rechten. Er warf sich zur Seite, rollte über den Boden, als der Russe auf platten Reifen an ihm vorbeiraste, und war sofort wieder auf den Knien. Zwei Schuss auf den linken Hinterreifen, einen auf den rechten.

Von der Landstraße her kam ein weiteres Auto angerast. Schwarz mit weißem Dach und weißen Zierstreifen. Es bremste, drehte sich und blieb quer auf der schmalen Straße stehen. Es war ein Mini Cooper.

Die nächste Szene brannte sich in seine Netzhaut. Es kam ihm vor wie eine sekundenschnelle Abfolge kurzer Sequenzen. Der Russe im Citroën, der auf drei platten Reifen angesegelt kam. Sein misslungenes Ausweichmanöver. Das Geräusch von Metall, das zerquetscht wurde, als er gegen den Baum raste, der in Zeitlupe umstürzte und quer über den Weg fiel.

Das Auto hatte es schwer erwischt. Franck war schon dabei, den reglosen Russen auf der Beifahrerseite herauszuzerren, als Oxen dazukam.

»Schnell, wir müssen ihn auf den Rücksitz schaffen! Sie können jeden Augenblick hier sein.«

Gemeinsam verfrachteten sie Sergej Pronko in den Mini. Er war bewusstlos und übel zugerichtet.

An der rechten Schulter hatte sich vorn ein Blutfleck auf seiner Lederjacke ausgebreitet, und auf der Rückseite hatte das Projektil beim Austritt ein großes Loch in das Leder gerissen. Der Russe war von einer Gewehrkugel getroffen worden, einem Hohlspitzgeschoss, entwickelt, um möglichst großen Schaden anzurichten. Dazu kam eine lange, hässliche Platzwunde am Kopf, und sein Gesicht war mit kleinen, blutigen Verletzungen von Glassplittern übersät. Nach der ungebremsten Begegnung mit dem Baumstamm hatte er wahrscheinlich auch innere Verletzungen.

Franck wendete den Mini und gab Gas.

»Wir fahren ins Krankenhaus nach Hillerød. Und wir brauchen Personenschutz. Sofort«, brüllte sie.

52.

Der PET-Chef Axel Mossman beendete sein wortkarges Telefongespräch.

»Das war Rytter. Er ist noch immer in dem Wald. Ja – der Wagen der Ehefrau, der kleine Citroën, ist total zerschossen und in einen Baum gekracht. Und nein – da ist keine Frauenleiche.«

»Keine Leiche?« Margrethe Franck sprang von ihrem Stuhl auf. »Auf dem Rastplatz am See? Keine Leiche?«

»Nein.« Mossman schüttelte den Kopf. »Und auch kein Corsa.«

»Blut? Glasscherben? Leere Patronenhülsen?«, setzte Oxen nach.

Seine Fragen wurden mit einem erneuten Kopfschütteln beantwortet. Er hatte ein richtig beschissenes Gefühl in der Magengegend. Irgendjemand führte gerade vor ihrer Nase eine gigantische Illusionsnummer auf.

»Nein, Oxen. Auf den ersten Blick ist da nichts von alldem.«

»Aber wir haben uns das doch nicht ausgedacht, verdammt!« Francks Adrenalin war noch nicht verdampft.

»Das, Margrethe, habe ich auch nicht behauptet … Ich wiederhole nur, was Rytter eben durchgegeben hat.«

Sie saßen in einem leeren Zimmer, das man ihnen für ein vertrauliches Gespräch zur Verfügung gestellt hatte – ein Debriefing unter informellen Umständen. Im Hauptquartier würden sie das Ganze später mindestens noch ein weiteres Mal durchgehen. Mossman wollte Franck ohne Zweifel eins reinwürgen, um ihr eine Lektion zu erteilen. Der PET-Chef war stinksauer über die neue Franck-Oxen-Allianz.

Sie hatten Mossman eine nahezu vollständige Version der Ereignisse der letzten Tage geliefert, nur Arvidsens Observationsliste und die Grundrisspläne behielten sie vorläufig noch für sich.

Nachdem sie Alarm geschlagen hatten, waren Axel Mossman, Martin Rytter und ein ganzer Tross von Mitarbeitern aus Søborg in imponierender Geschwindigkeit im Hillerød-Krankenhaus eingetroffen.

Rytter, der inzwischen von seinem Aufenthalt in Nordjütland

zurückgekehrt war, leitete die Ermittlungen am Esrum Sø, wo die drei schwer bewaffneten Männer in Tarnanzügen entweder in aller Eile selbst aufgeräumt oder diesen Job bereitstehenden Helfern überlassen hatten.

Es klopfte an die Tür. Ein Mann in weißem Kittel streckte den Kopf ins Zimmer.

»Ich wollte Sie nur darüber informieren, dass er immer noch im OP ist. Die Schulterverletzung ist kompliziert.«

»Danke«, sagte Mossman. »Können Sie sonst schon etwas sagen?«

»Nur, dass er sich bestimmt davon erholen wird«, sagte der Arzt und verschwand, gerade als Mossmans Telefon erneut klingelte.

Das Gespräch war kurz und endete mit einem höflichen »Ich komme im Laufe der nächsten Stunde vorbei«.

»Das war der Justizminister. Ich hatte ihm eine Nachricht hinterlassen«, erklärte Mossman.

Offenkundig hatte er nicht die Absicht, ihnen mehr darüber zu erzählen. Er wirkte in Gedanken versunken. Oxen und Franck sahen erst einander und dann den PET-Chef an. Nachdem sie eine Weile gewartet hatten, platzte Franck der Kragen.

»Und?«, fragte sie spitz.

Mossman fiel von seinem einsamen Planeten und landete hart auf dem alles andere als sauberen Krankenhausboden.

»Und? Was meinen Sie, Margrethe? Es gibt kein ›Und‹. Ich gehe jetzt und rede mit dem Minister.«

»Ach, hören Sie doch auf. Da ist irgendwas. Oder etwa nicht? Sonst wäre er schon längst verhaftet worden. Wie lässt sich das denn erklären?«

Axel Mossman nickte nachdenklich, und vielleicht war da auch die Andeutung eines angestrengten Lächelns in seinem Gesicht.

»*Well* … Es gibt eine Erklärung. Der Minister sagt, der Wagen seiner Frau sei gestohlen worden. Er war zu Hause, allein, um sich nach einer harten Woche auszuruhen. Später wollte er sich dann dem Rest der Familie anschließen, der schon gestern ins Sommerhaus gefahren ist.«

»Der Justizminister hat also den ganzen Vormittag geschlafen? Das ist doch krank! Unglaublich bescheuert und total krank!« Franck flüsterte, ohne ihren Chef aus den Augen zu lassen. »Glauben Sie *mir* oder glauben Sie *ihm*?«

Mossman kniff die Augen zusammen, bis nur noch zwei geheimnisvolle Schlitze über den fleischigen Wangen zu erkennen waren.

»Immer mit der Ruhe«, antwortete er. »Es könnte sehr gut sein, dass diese ganze Sache hier ein bisschen kompliziert wird. Aber jetzt müssen Sie mich entschuldigen. Ich habe etwas zu erledigen.«

Axel Mossman stand auf und verließ mit schnellen Schritten das Zimmer.

Sie genehmigten sich ein kleines Frühstück in der Krankenhauscafeteria und besprachen mit gedämpften Stimmen die Situation.

Die Ermittlungen waren auf Grund gelaufen. Und zwar auf ziemlich felsigen Grund, wenn der Justizminister bei seiner Aussage blieb, im Bett gelegen und geschlafen zu haben, während er in Wirklichkeit starr vor Angst an dem vereinbarten Treffpunkt am Esrum Sø erschienen war, um zu bezahlen.

Außerdem war Justizminister Ulrik Rosborg immer noch der Mann, dem Axel Mossman in der Hierarchie des Nachrichtendienstes direkt unterstellt war.

Die ganze Affäre hatte eine äußerst bizarre Wendung genommen. Eine ziemlich heikle Angelegenheit, die da auf Mossmans Schreibtisch gelandet war. Schlicht gesagt ging es dabei gar nicht um die Kontrolle über den Nachrichtendienst oder das Beziehungsgeflecht im Netzwerk des Consiliums. Es ging um eine ganz banale Größe, die dem Lauf der Geschichte immer wieder ihren Stempel aufgedrückt hatte und das auch weiterhin tun würde: Sex.

Und deshalb war es auch egal, ob man König, Dame, Bube, Präsident oder Golfspieler war. Sex konnte jede Karriere vernichten.

»Wir glauben, dass es so gewesen ist«, sagte Franck. »Aber wir wissen es nicht mit Sicherheit. Wir haben keine Ahnung, was auf dem Überwachungsvideo zu sehen ist.«

»Aber wir wissen, dass die Nylontasche voller Bargeld war und dass dieses Geld der Preis für etwas war, das den Justizminister ruinieren würde. Und wir sprechen hier nicht von Lack und Leder oder Stachelhalsband, sondern davon, dass er auf irgendeine Weise für Virginijas Tod verantwortlich ist.«

Franck schien sich überzeugen zu lassen. Er achtete auf seine Wortwahl und hielt die Erklärung vage, obwohl er ganz genau wusste, was in jener Nacht auf Nørlund Slot passiert war.

»Die Leiche ... Es kommt mir so vor, als hätten wir ständig Schwierigkeiten, unsere Behauptungen auf Leichen zu stützen. Wo ist die tote Virginija?«

Er zuckte die Schultern. »Nørlund umfasst über 2200 Hektar Land.«

»Keine Leiche, kein Verbrechen ...« Franck biss sich auf die Unterlippe.

»Und mittlerweile fehlen uns gleich zwei Zakalskyte-Schwestern«, merkte er an.

»Die werden Simonas Leiche wahrscheinlich einfach irgendwo abladen, wer auch immer ›die‹ sind.«

»Sie sind auf jeden Fall gut Freund mit dem Justizminister.«

»Der Gedanke ist krank. Wir sind Zeugen eines Vorfalls geworden, der nicht stattgefunden hat. Vielleicht sind sie hier in unserer Nähe, vielleicht sind sie hier im Krankenhaus oder ...«

»Vielleicht gehören sie auch zum Geheimdienst. Dann wäre es ziemlich praktisch, wenn die ganze Sache sich einfach in Luft auflösen würde«, sagte er.

»Praktisch für Mossman.«

Es war nicht zu übersehen, dass Franck von ihrer eigenen Feststellung alles andere als begeistert war. Er nickte und fuhr fort.

»Wie du selbst gesagt hast: keine Leiche, kein Verbrechen. Virginija und Simona wird man niemals finden. Wir können nur hoffen, dass der PET sehr, sehr gut auf Sergej Pronko aufpasst.«

»Vor seinem Zimmer stehen zwei Wachmänner.«

»Na, dann ist ja alles in bester Ordnung.«

»Oxen, du bist das Misstrauen in Person. Glaubst du wirklich, dass ...?«

Er zuckte wieder die Schultern. »Ich weiß nur, dass Systeme sich gerne abschotten, wenn sie von außen bedroht werden.«

Schweigend aßen sie weiter. Sandwich mit Käse und Schinken und eine Tasse Kaffee. Franck brach die Stille.

»Der Justizminister schlüpft an vier Security-Leuten vorbei, um an den Esrum Sø zu fahren. Vier! Entweder ist er richtig gut und hat es geschafft, sich durch die Hintertür in den Wald zu schleichen, oder aber ...«

Sie hob die Tasse und trank einen Schluck. Ihr unvollendeter Satz ließ ungemütlich viel Spielraum.

»Sag ich doch«, antwortete er.

Am späten Nachmittag lag Sergej Pronko schläfrig und schwer mitgenommen unter seiner weißen Decke im Krankenhausbett. Er hatte die komplizierte Schulteroperation überstanden und war schon vor mehreren Stunden aufgewacht.

Die Kugel hatte ziemlichen Schaden angerichtet. Der Russe konnte sich nicht allzu viele Hoffnungen darauf machen, dass die Schulter je wieder voll funktionstüchtig werden würde.

Überhaupt war er übel zugerichtet. Den Ärzten zufolge hatte er sich eine Gehirnerschütterung zugezogen, die Platzwunde am Kopf war mit siebzehn Stichen genäht worden, dazu weitere elf Stiche auf der Stirn, er hatte sich mehrere Rippen gebrochen, was für sich genommen schon höllisch wehtat, und die Hüfte geprellt.

Darüber hinaus hatte sein Gesicht jetzt ein paar Sommersprossen mehr: Man hatte ihm etliche Glassplitter entfernt, überall waren kleine Blutflecken.

Der Arzt hatte ihnen zwanzig Minuten zugebilligt. Sie setzten sich auf die vier Stühle im Zimmer, je zwei auf beiden Seiten des Bettes.

Zuerst hatte Mossman Oxen abgewiesen. »Nichts da. Sie haben hier nichts zu suchen, Oxen. Das ist Polizeiarbeit.«

Dass er jetzt trotzdem auf einem der Stühle saß, verdankte er nur dem Umstand, dass er Russisch sprach und Mossman sich davon hatte erweichen lassen.

Der PET-Chef war vor weniger als einer Stunde ins Krankenhaus zurückgekommen. Ganz entgegen seiner Gewohnheit bestand er darauf, persönlich bei der ersten Befragung des Russen anwesend zu sein. Seinen Ausflug zum Landsitz des Justizministers hatte er mit keinem Wort erwähnt.

Mossman pflanzte seinen riesigen Körper auf den Stuhl, räusperte sich und legte sofort los.

»Guten Tag. Mein Name ist Axel Mossman, ich leite den dänischen Inlandsnachrichtendienst, und das hier sind ein paar meiner Mitarbeiter. Übersetzen Sie das bitte, Oxen. Und fragen Sie ihn, ob wir das Gespräch auf Englisch fortsetzen können.«

Oxen übersetzte und lieferte umgehend die gemurmelte Antwort des Russen.

»Er sagt, Englisch ist okay.«

Der PET-Chef begann mit ein paar einleitenden Fragen, um eine Reihe von Formalitäten zu klären – Identität und Hintergrund, Aufenthaltsdauer und Aufdeckung der falschen Identitäten als Herr und Frau Sikorski –, dann wendete er sich den Ereignissen des Morgens zu.

»Weshalb wollten Sie und Ihre Cousine sich heute Morgen mit dem Justizminister am See treffen?«

Sergej Pronko rollte mit den Augen, als hätte er lange nichts Dämlicheres mehr gehört. Er war offenbar bis zur Halskrause mit

Medikamenten vollgestopft, denn er konnte husten, ohne dabei über seine Rippen zu jammern.

»Justizminister? Welcher Justizminister? Da war kein Justizminister … Wie kommen Sie darauf? Wir wollten uns mit einem Landsmann aus dem … kriminellen Milieu Kopenhagens treffen. Wir wollten ein paar Dinge mit ihm regeln.«

Für den Bruchteil einer Sekunde war Oxen schockiert über die Aussage des Russen, aber dann erschien es ihm vollkommen logisch, dass der Mann alles leugnete: »Die« hatten schon vor ihnen Zugang zu Pronko gehabt oder irgendwie eine Nachricht an ihn übermittelt. Der Russe hatte Anweisungen erhalten.

Mossman und Rytter zogen beide die Augenbrauen hoch, während Franck offenbar zu demselben Schluss gekommen war wie er.

»Dann streiten Sie also ab, sich mit dem Minister getroffen zu haben?« Schnell griff Mossman den Faden wieder auf.

»Ich kenne keinen dänischen Minister.«

»Wollen Sie auch abstreiten, dass auf Sie geschossen wurde?«

Der Russe schüttelte den Kopf und lächelte angestrengt.

»Natürlich nicht. Irgendjemand muss uns in einen Hinterhalt gelockt haben. Jemand, der mit meinen litauischen Freunden in Kopenhagen Stress hat.«

»Und wer sind diese Freunde in Kopenhagen?«

Pronko leierte eine Reihe von Namen herunter. Mossman hob abwehrend die Hände. »Darum kümmern wir uns später. Lassen Sie uns stattdessen über Hannibal Frederiksen sprechen.«

Der Russe schwieg. Rytter mischte sich ein.

»Wir wissen, dass Sie und ihre Cousine in Spanien waren. Was wollten Sie von Hannibal Frederiksen?«

»Ich kenne keinen Hannibal.«

Sie hatten vermutlich alle mit dieser Antwort gerechnet, und Mossman fuhr einfach fort.

»*Well*, dann reden wir über Mogens Bergsøe, den Anwalt aus

Sejs-Svejbæk. Sind Sie ihm gefolgt, als er mit dem Kajak auf dem See war?«

Die einzige Antwort des Russen war ein müdes Kopfschütteln und danach ein aufgebrachter Ausbruch: »Was um alles in der Welt wollen Sie mir anhängen? Ich bin ein ehrlicher Mensch.«

Das Theater schien Mossman langsam wirklich auf die Palme zu bringen. Trotzdem gelang es ihm, mit ruhiger Stimme weiterzufragen: »Und der Botschafter Hans-Otto Corfitzen auf Nørlund Slot, wollen wir uns vielleicht kurz über ihn unterhalten?«

»Was wollen Sie hören? Ich kenne diese Person nicht. Sagen Sie mir, wo Simona ist.«

Mossman hob seine Pranke. »Es wäre vielleicht passender, wenn *Sie mir* erzählen würden, wo Simona ist.«

»Keine Ahnung. Es war total chaotisch. Wahrscheinlich ist sie mit den Leuten aus Kopenhagen weggefahren. Ich wurde getroffen, vergessen Sie das nicht«, antwortete der Russe und zeigte auf seine Schulter.

»Und Sie wollten in dem Auto fliehen, das Sie auf einem Landsitz gestohlen haben.«

»Ja, ja … genau.«

Martin Rytter meldete sich erneut zu Wort. »Verstehe ich das richtig? Sie gehen davon aus, dass Ihre Cousine bei bester Gesundheit ist und irgendwo in Kopenhagen herumspaziert? Was ist mit dem Mann in der alten Jagdhütte?«

Diesmal beschränkte sich Sergej Pronko darauf, die Augen zu verdrehen und tief zu seufzen.

53.

Es war spät. Als er und Margrethe Franck ins Krankenhaus zurückkehrten, ging es schon auf halb elf Uhr zu. Sie zeigte ihren Ausweis, und die beiden PET-Kollegen ließen sie in Sergej Pronkos Zimmer.

Der Russe schlief. Aber dagegen konnte man ja etwas unternehmen.

»Fünf Minuten, okay?«

Er nickte, und sie ging aus dem Zimmer.

Dann presste er seine Hand auf den Mund des Russen. Das Ergebnis ließ nicht lange auf sich warten. Sergej Pronko riss prompt die Augen auf und sah sich verwirrt um. Oxen sprach ihn auf Russisch an, um sicherzugehen, dass er den Ernst der Lage erfasste.

»Mein Name ist Niels. Ich gehöre nicht zum Geheimdienst. Ich bin nur zufällig in die ganze Sache hineingeraten.«

Dann zog er sich Stück für Stück aus, bis er nur noch Socken und Unterhose anhatte.

»Hier … Keine Mikrofone, keine Kabel, keine Aufnahmegeräte, nichts. Ich will nur Antworten haben. Ich bin ehemaliger Soldat der dänischen Spezialeinheit des Jägerkorps. Wir sind Kollegen, Sergej. Wir sind beide *Speznas*. Und dir sollte klar sein, dass ich ohne zu zögern das Nötige tun werde, um dich zum Reden zu bringen.«

Er hob sein Messer vom Boden auf und presste dem Russen die Klinge an den Hals. »Verstanden?«

Pronko nickte langsam.

»Wer hat dir gesagt, wie du dich während der Befragung verhalten sollst?«

Pronko zögerte – zu lange. Oxen hatte schon im Vorfeld beschlossen, ein Exempel zu statuieren. Er hielt dem Russen den Mund zu und rammte ihm die Faust in die zerstörte Schulterpartie. Pronkos Pupillen verrieten alles über den Schmerz. Oxen wartete einen Moment, bevor er den Mund des Russen wieder losließ.

»Ich frage noch mal: Wer hat dir Anweisungen gegeben?«

»Keine Ahnung. Ich hab nur einen Zettel bekommen … Ich habe ihn verschluckt.«

»Gibt es Kopien der Aufnahmen, die beweisen, dass der Justizminister Virginija umgebracht hat?«

»Du *weißt*, dass er sie umgebracht hat? Woher weißt du das?«

»Beantworte einfach meine Fragen!«

»Das Material war in der Gepäckaufbewahrung am Bahnhof in Kopenhagen. Simona hatte den Abholschein in ihrer Jackentasche. Außerdem hatte sie einen USB-Stick mit einer Kopie dabei. Das ist alles …«

»Wie viel habt ihr gefordert?«

»1,5 Millionen Euro.«

»Ihr habt mit Hannibal Frederiksen angefangen, warum?«

»Virginija und die anderen beiden Frauen wussten nicht, wo in Dänemark sie gewesen waren. Sie mussten auf der Fahrt Spezialbrillen aufsetzen, damit sie den Weg nicht sehen konnten. Aber in der Nacht damals war Hannibal Frederiksen mit Danuté zusammen und hat ihr erzählt, wer er war und dass er in Spanien, in der Nähe von Málaga wohnte. Er war der Älteste. Wir dachten, das würde es vielleicht einfacher machen.«

»Und dann Mogens Bergsøe?«

»Er war mit Jolita zusammen. Wir hatten seine Adresse, weil sie einen Blick in seine Brieftasche geworfen hatte, als er ziemlich besoffen einfach umkippte.«

»Und der dritte war Corfitzen. Wie ging das?«

»Der Anwalt hat das Schloss erwähnt, bevor er ertrunken ist.«

»Die Hunde. Wieso habt ihr die Hunde umgebracht?«

»Das war Simonas Idee. Sie hat in ihrer Jugend eine Weile in Spanien gejobbt und davon gehört, dass die Leute da unten ihre Hunde erhängen. Jagdhunde, die zu alt geworden sind oder ihre Sache nicht gut genug machen. Sie werden zu Tausenden aufgeknüpft. Krank, oder? Hannibal Frederiksen hatte einen Hund, und wir haben uns davon inspirieren lassen, um zu unterstreichen, dass wir es ernst meinen. Davor hatten wir ihn schon kontaktiert, aber er hat sich geweigert, uns irgendwas zu sagen.«

»Und dann ist er von der Straße abgekommen?«

»Ja, dann ist er von der Straße abgekommen. Der arme Mann.«

»Und Mogens Bergsøe?«

»Der hatte ebenfalls einen Hund. Tja, Glück muss man haben ... Ich hab schon vom dänischen Jägerkorps gehört. Ihr habt einen guten Ruf.«

»Dasselbe kann ich vom Wympel sagen. Aber zurück zu Bergsøe ... Du bist ihm auf dem See gefolgt, als er mit seinem Kajak unterwegs war?«

Der Russe nickte. »Er hatte Security dabei. Ich hab seinen Bodyguard erledigt und ihn dann aus dem Kajak gekippt. Ich bin ausgebildeter Kampftaucher.«

»Also wollten weder Frederiksen noch Bergsøe verraten, wer der Mann mit dem Tattoo am Knöchel ist? Der Kerl, der Virginija umgebracht hat? War es so?«

»Angeblich hatten sie keine Ahnung, wer in dieser Nacht mit ihr zusammen war. Aber wie schon gesagt: Der Anwalt hat uns nach Nørlund Slot geführt. Das war das Einzige, was er erwähnte, bevor er ertrank. Ja, und dann stellten wir fest, dass auch Corfitzen einen Hund hatte. Also, wieso nicht weitermachen und die Kettenreaktion fortsetzen? Aber der Alte war ein zäher Teufel. Er ließ sich nicht einschüchtern. Im Gegenteil, er fluchte und schimpfte. Und dann ist er auf dem Stuhl gestorben – einfach so, ganz plötzlich.«

»Da gab es mehrere Wachmänner. Wie bist du reingekommen?«

»Über den Wassergraben, die Mauer hoch und dann durch das Dach. Reine Routine.«

»Was passierte, nachdem Corfitzen gestorben war?«

»Wir waren am Arsch ... Aber dann haben wir beschlossen, der Sache noch eine Chance zu geben und den verdeckten Ermittlern zu folgen. Wir wollten sehen, wohin uns das bringen würde. Hätte es nicht geklappt, hätten wir aufgeben müssen und wären nach Hause gefahren. Wir haben uns ein Zimmer im Rold Storkro genommen, wo du auch gewohnt hast, zusammen mit dieser blonden Hexe. Der Rest war einfach. Ich habe die beschattet, die dich beschattet haben. Auch an dem Tag, als du in die Jagdhütte gefahren bist … und dann … Ganz plötzlich hatten wir den Goldschatz in der Hand – unter den Fußbodenbrettern. Kann ich Wasser haben?«

Er reichte dem Russen ein Wasserglas. Nach ein paar Schlucken fuhr Pronko fort.

»Also … wir hatten die Festplatte … Der Alte hat offenbar heimlich zugeschaut, wenn seine Gäste auf dem Schloss mit Nutten zugange waren. Auf den Aufnahmen konnten wir auch das Gesicht von Virginijas Mörder sehen. Unsere nächste Spur waren die Nummernschilder der parkenden Autos. Darüber wollten wir rausfinden, wer sie waren. Also Namen und Adressen beschaffen. Aber das war gar nicht mehr nötig, weil Simona das Schwein in den Abendnachrichten gesehen hat. Es war euer Justizminister. Nicht mal im Traum hätten wir gedacht, dass der Typ so bekannt ist.«

»Und Simona wollte ihn hinrichten?«

»Hat mich selbst überrascht, dass sie dem Schwein eine Kugel in die Stirn jagen wollte, aber ich hätte sie nicht davon abgehalten.«

Der Russe trank den letzten Schluck Wasser. Dann sagte er mit Nachdruck: »Aber hör zu … Morgen werde ich jedes Wort abstreiten. Jedes! Ich bin ein vorsichtiger Mann. Ich hatte einen Overall an, Handschuhe, Mütze, sogar eine Gesichtsmaske hatte ich. Ich bin kein Scheißamateur. Ich habe meine DNA nirgends zurückgelassen. Niemand kann mich mit den Toten in Verbindung bringen. Verstanden?«

»Und Arvidsen, der Gärtner im Schloss?«

»Wie gesagt, ich bin deinem Schatten gefolgt, deshalb hab ich gesehen, was passiert ist, aber das war ich nicht.«

»Und du weißt, wer es war?«

»Ich hab nur einen Schützen oben am Fenster gesehen.«

»Mann oder Frau?«

»Keine Ahnung.«

»Wer waren die drei Männer, die euch unten am See angegriffen haben?«

»Auch da – keine Ahnung. Es waren Soldaten. Die ganze Geschichte stinkt nach Militär.«

Oxen nahm das Messer von der Kehle des Russen, zog sich wieder an, und während er seine Schuhe schnürte, sagte er beiläufig: »Eine letzte Frage, Sergej … Wieso habt ihr *meinen* Hund umgebracht?«

»*Deinen* Hund? Das waren wir auch nicht.«

54.

Sergej Pronko wachte sehr früh auf. Es war sein dritter Morgen im Hillerød-Krankenhaus. Das Morgenlicht blendete. Irgendjemand hatte vergessen, die Vorhänge zuzuziehen, sonst hätte er vielleicht auch länger geschlafen.

Noch bevor er es schaffte, die Augen zu öffnen, fing sein Hirn an zu arbeiten. Es erinnerte ihn daran, warum er in diesem bequemen weißen Bettzeug lag, weshalb er diese Höllenschmerzen hatte – und es erinnerte ihn gnadenlos daran, in welch beschissener Lage er sich befand.

Erst da schlug er die Augen auf. Und er wunderte sich … Denn in dem Streifen Sonnenlicht, der auf seine Bettdecke fiel, lag ein Umschlag. Er streckte die Hand danach aus und öffnete ihn.

Er war schon wach genug, um sofort eins und eins zusammenzuzählen. Der Absender war garantiert derselbe, der ihm auch am ersten Tag die Nachricht hier ins Zimmer geschmuggelt hatte, in der ihm mitgeteilt worden war, wie er sich bei dem Verhör durch die Leute vom Inlandsnachrichtendienst zu verhalten habe. Falls er eine Chance haben wollte, so schnell wie möglich aus Dänemark zu verschwinden, wohlgemerkt.

Im Umschlag steckte ein litauischer Pass. Er erkannte sich selbst auf dem Foto, wenn auch mit längeren hellblonden Haaren und Brille. Sein Name lautete »Aleksándr Ivánovitj Petróv«. Diese Leute waren Profis. Außer dem Pass lagen noch tausend dänische

Kronen darin, ein paar Hundert Euro und ein Zugticket, Kopenhagen-Kiel, sowie ein Fährticket der Reederei *DFDS Lisco* von Kiel nach Klaipėda, Litauen. Gut einundzwanzig Stunden Überfahrt von Norddeutschland nach Hause, in die Freiheit und Sicherheit.

Er warf einen Blick auf seine Armbanduhr. Das Abreisedatum war der heutige Tag. Der Zug fuhr am späten Vormittag, die Fähre erst um sechzehn Uhr.

Ganz unten im Umschlag fühlte er etwas Hartes. Es waren Tabletten, ein Schmerzmittel, das ihn in die Lage versetzen würde, die Heimreise zu überstehen.

Aber … hielten die Typen, die hinter den Kulissen die Fäden zogen, ihn wirklich für einen solchen Idioten? Dachten sie wirklich, er, Sergej Pronko, wäre so dumm?

Er schwang die Beine über die Bettkante, und seine Füße berührten den Boden. Das Manöver erinnerte ihn umgehend daran, dass er die Tabletten in sinnvollen Intervallen einnehmen sollte.

Mühsam ging er quer durchs Zimmer zum Schrank, in der Hoffnung, etwas zum Anziehen zu finden – auch wenn seine Sachen vermutlich Blutflecken hatten und zerrissen waren. Im Schrank lagen neue Kleider in der richtigen Größe, und zwar alles von Strümpfen bis hin zu einer Jacke und Schuhen. In einer Plastiktüte steckte eine Perücke. Länge und Farbe der Haare entsprachen ungefähr denen auf dem gefälschten Foto. Daneben lag ein Brillenetui. Er klappte es auf und war nicht überrascht, ein auffälliges dunkelbraunes Kunststoffgestell darin zu finden, das genauso aussah wie das im Pass.

Die Profis hatten an alles gedacht. Glaubten sie zumindest.

Der Zug rollte am frühen Nachmittag in den Bahnhof von Karlshamn in Schweden. Während der letzten Stunde hatte er vor sich hin gedöst, angenehm betäubt von den starken Medikamenten.

Er hatte natürlich keinerlei Schwierigkeiten gehabt, sein Einzelzimmer zu verlassen, und war am Morgen in aller Ruhe aus dem Krankenhaus spaziert und mit dem Taxi nach Kopenhagen zum Hauptbahnhof gefahren.

Wenn er »natürlich« dachte, dann nur weil die ganze Aktion sinnlos gewesen wäre, wenn man ihn an der Zimmertür des Krankenhauses aufgehalten hätte. Nicht dass dort keine Wachen mehr saßen, als er ging, nein, die waren immer noch da. Aber in unübersehbarem Unterschied zu vorher waren die Wachmänner nicht mehr in Zivil. Er ging also davon aus, dass es bestochene oder falsche Polizisten waren, die seine unbekannten Freunde dort platziert hatten. Die beiden Männer hatten kein Wort gesagt, als er leise die Tür öffnete und davonging.

Er hatte getan, was sie offensichtlich von ihm wollten: den Zug nach Kiel nehmen. Nur dass er nach vier Stationen wieder ausgestiegen und mit dem nächsten Zug zurück nach Kopenhagen gefahren war. Er hatte fast im Sekundentakt über die Schulter geschaut, aber nichts Verdächtiges bemerkt – keinen Schatten. Und falls er doch einen übersehen hatte, dann war es ihm hoffentlich gelungen, ihn mit seinem Ausstieg in letzter Sekunde abzuschütteln.

Die Bremsen quietschten, der Zug wurde langsamer. Schließlich öffneten sich die Türen, und er schleppte sich auf den Bahnsteig in Karlshamn.

Irgendwo dahinten in der schwarzen Nacht, fünf Stunden entfernt, lag Karlshamn. Die Stadt symbolisierte für ihn den Schlusspunkt ihrer gemeinsamen Mission, die ein derart fatales Ende genommen hatte.

Jetzt stand er an der Reling der *Lisco Optima* und blickte zurück. Traurig. Es war inzwischen fast elf Uhr geworden, noch immer lagen neun Stunden Überfahrt zwischen ihm und der Freiheit in Klaipėda.

Er war nach draußen gekommen, um noch eine zu rauchen. Die

letzte Zigarette des Abends. Danach würde er eine Handvoll Pillen schlucken und schlafen.

Er war an Verluste gewöhnt. Auch an große. Tschetschenien hatte wehgetan. Aber der Verlust von Simona war mehr als schmerzhaft. Sie war nicht irgendeine Cousine gewesen, sondern seine Lieblingscousine. Immer lieb zu ihm, immer nett, obwohl er Russe war.

Schuldgefühle überrollten ihn. Obwohl er lange beim Wympel gedient hatte, war es ihm nicht gelungen, Simona zu beschützen und heil nach Hause zu bringen.

Sollte er jetzt zu Simonas Familie gehen? Zur Schwester seiner Mutter? Und ihr erzählen, was passiert war? Ihr erzählen, dass sie ihre beiden Töchter nie wiedersehen würde?

Er schnippte den Zigarettenstummel in die Wellen und ging nach unten, um sich hinzulegen.

Vorsichtig wurde das Schloss geknackt, und die Tür zu Sergej Pronkos Einzelkabine öffnete sich lautlos. Ein Mann in heller Sommerjacke trat ein und richtete eine Pistole mit Schalldämpfer auf die schlafende Gestalt im Bett.

Dreimal drückte der Mann ab. Dann verließ er die Kabine.

55.

Nørlund Slot lag in gleißender Sonne, und als er das Fenster öffnete, schlug ihm Hitze entgegen. Es war zwar erst Juni, aber die letzten Tage waren ungewöhnlich warm gewesen. Wie würde es erst in der Mittagssonne werden?

Er war zurück in Nordjütland, wo er inzwischen ziemlich viel Zeit verbracht hatte. Und er war zurück im Rold Storkro, der ihm als Basis dienen würde, solange er und Margrethe Franck den Berg an Arbeit erledigten, der vor ihnen lag.

Axel Mossman hatte mit keinem Wort erwähnt, dass er noch

irgendetwas von ihm erwartete, eher im Gegenteil, deshalb ging Oxen davon aus, dass sein Engagement mit der Verhaftung Sergej Pronkos beendet war. Dass der Russe aus dem Krankenhaus abgehauen war, war schließlich nicht sein Problem.

Er lehnte sich an die Wand neben dem Fensterrahmen. Auf dem Fußboden in Arvidsens Dienstwohnung lagen Kisten, diverse Bücherstapel, Klamotten und alle möglichen Sachen herum. Kommissar Grube und seine Leute hatten das Wohnzimmer als Lagerraum benutzt, und alles, was zwischen Dach und Keller des Hauses mit den Ermittlungen im Fall des ermordeten Gärtners zusammenhing, in dieses Zimmer gestopft. Doch obwohl das Haus offiziell immer noch versiegelt war, waren die Beamten hier längst fertig.

Grube und die lokale Polizei saßen hoffnungslos in dem Ermittlungssumpf fest, den der Nachrichtendienst ihnen hinterlassen hatte.

Die nordjütische Polizei würde die Mordfälle Corfitzen, Bergsøe und Arvidsen niemals aufklären können – und über den toten Fensmark in der Jagdhütte waren sie noch nicht einmal informiert.

Franck hatte mit Kajsa Corfitzen gesprochen.

Sie war damit einverstanden gewesen, dass Oxen Arvidsens Sachen noch ein weiteres Mal unter die Lupe nahm, sofern die verschiedenen Abteilungen der Polizei nichts dagegen hätten. Und das, hatte Franck ihr versichert, sei auch der Fall.

Er hatte Keller und Dachboden bereits minutiös durchsucht. Jedoch ohne Erfolg.

Alles zusammengenommen hatte Arvidsen eine recht begrenzte Menge irdischer Güter hinterlassen. Seine persönlichen Papiere füllten höchstens eine halbe Umzugskiste, und mit seinem angeblich so grünen Daumen hatte er wohl nur selten in Büchern geblättert. Die Literatur in Arvidsens Leben passte in einen kleinen Pappkarton und bestand aus billigen Krimis, ein paar Biografien und einer Reihe von Fachbüchern und Zeitschriften über Gartenpflege.

Auch wenn ihm das sinnlos erschien und die nordjütischen Beamten schon vor ihm da gewesen waren, blieb ihm gar nichts anderes übrig, als alles noch einmal durchzugehen, in der Hoffnung, eine Spur zu entdecken, die die anderen übersehen hatten. Denn Arvidsen hatte irgendetwas am Laufen gehabt – irgendetwas ganz Spezielles, in das vielleicht oder vielleicht auch nicht der PET-Chef verwickelt war. Es erschien ihm unvorstellbar, dass in diesem Haus wirklich kein einziger Hinweis darauf zu finden sein sollte.

Die Abmachung mit Franck sah vor, dass er hier alles auf den Kopf stellen sollte, während sie ein paar Dinge in Søborg erledigte. Bei der ersten günstigen Gelegenheit würde sie sich ein paar Tage freinehmen und Überstunden abbauen. Dann wollten sie gemeinsam weiter überlegen, wie sie Arvidsens Suche nach dem geheimen Raum im Schloss unbemerkt fortsetzen konnten.

Er schritt über den Wohnzimmerboden, hockte sich neben einen Stapel Klamotten und fing an, alles zu durchwühlen, was auch nur im Entferntesten erfolgversprechend sein konnte. Er war gerade mit einer Arbeitshose beschäftigt, als sein Handy klingelte. Es war Franck.

»Habt ihr Sergej Pronko gefunden?«, fragte er.

»Nein. Er ist weg. Wie vom Erdboden verschluckt. Eine ziemlich praktische Wendung, mag der ein oder andere jetzt vielleicht denken …«

»Und immer noch keine Leiche?«

»Simona? Nein, keine Meldungen.«

»Irgendjemand zaubert hier Litauerinnen und Russen weg.«

»Sieht so aus. Aber alles kann man dann doch nicht mal eben verschwinden lassen«, sagte sie. »Am Tatort im Wald wurden überall Blut- und Gewebespuren auf dem Boden gefunden. Außerdem haben sie jede Menge Projektile und Patronenhülsen ausgegraben. Und dabei gab es zumindest eine ziemlich interessante Entdeckung: Unter den Projektilen waren nämlich nur drei Hohlspitzgeschosse.«

»Von denen eine Simona getötet und eine Sergejs Schulter getroffen hat.«

»Genau. Es ist derselbe Munitionstyp, der bei der Liquidierung von Arvidsen zum Einsatz gekommen ist: eine Winchester Super X HP Patrone.«

»Falls also jemand Kajsa Corfitzen im Verdacht hatte, die eine ausgezeichnete Gewehrschützin ist, ist dieser Verdacht jetzt nicht mehr viel wert. Unter den Angreifern an diesem Morgen war jedenfalls ganz bestimmt keine Frau.«

»Es können ohne Weiteres auch noch andere Leute Winchester Super X HP Munition benutzen«, erwiderte sie.

Er seufzte. Franck war stur.

»Wie sieht es bei dir aus, Oxen? Konntest du uns ein Stück weiterbringen?«

»Kein bisschen. Ich bin gerade dabei, seine Hosentaschen zu filzen. Gibt es einen Treffer an den anderen Tatorten? Corfitzens Büro? Die Jagdhütte?«

»Nein, bislang nicht. Das ist schon komisch. Eigentlich sogar ziemlich komisch …« Franck schnalzte nachdenklich mit der Zunge.

»Vielleicht war er wirklich so vorsichtig, wie er mir gegenüber behauptet hat.«

»Kann sein, aber DNA-Spuren zu verhindern ist fast unmöglich. Ruf mich an, wenn du was hast, ja?«

»Gleichfalls.«

Er legte auf und widmete sich wieder Arvidsens Hosentaschen, während er mit den Gedanken ganz woanders war. Er steckte immer noch in derselben Gefahrenzone fest, während an der Wirklichkeit so viel gedreht und getrickst wurde, dass man nicht einmal mehr sicher sein konnte, dass ein DNA-Fund auch wirklich ein DNA-Fund war. Morde, die es nicht gab, Leichen, die es nicht gab, und jetzt gab es auch keine Verdächtigen mehr. Genauso gut konnte auch eine Spur verschwinden – oder ganz unvermittelt auftauchen.

Irgendwelche starken Kräfte schienen in der Lage zu sein, alles zu manipulieren. Die Frage war nur, wem sie am Ende den Schwarzen Peter zuschieben würden.

Arvidsens Taschen waren leer. Oxen ließ den Blick durchs Zimmer schweifen. Selbst die wenigen Bilder waren von der Wand genommen und untersucht worden. Sie standen mit auseinandergebauten Wechselrahmen neben der Heizung. Grube und seine Leute waren zweifellos gründlich gewesen. Der Kommissar war um diesen Job nicht zu beneiden.

Er stand auf, ging zu dem Schreibtisch vor dem Fenster und ließ sich schwer auf den zerschlissenen Bürostuhl fallen. Auf der Tischplatte standen eine Briefablage und ein alter Keramikbecher mit einer Handvoll Kugelschreiber. Außerdem lagen ein paar vergilbte Zeitungen herum. Nichts deutete darauf hin, dass Arvidsen hier je einen Computer gehabt hatte, keine Kratzer und keine Spuren im Staub.

Der Schreibtisch hatte drei kleine Schubladen. Er zog die oberste auf und fand ein Sammelsurium loser Büroklammern, einen Taschenrechner und eine dicke Staubschicht. In Schublade Nummer zwei lagen drei Gartenmagazine und in der untersten ein Brieföffner, eine Tube Klebstoff, noch mehr Büroklammern und noch mehr Staub.

Er nahm sich die Briefablage vor. Im obersten Fach waren ein paar bezahlte Rechnungen, im nächsten eine Reihe Kleinanzeigen mit Immobilienangeboten und im letzten ein paar bunte Broschüren. Obenauf die des Randers Regnskov, eines künstlich angelegten Indoor-Regenwalds. Er blätterte sie durch. Im Randers gab es offenbar alles vom Papagei bis zur Giftschlange.

Aus der Diele hörte er ein »*Hello?*«, dann tauchte Kajsa Corfitzen in der Tür zum Wohnzimmer auf. Lächelnd klopfte sie am Türrahmen an.

»Ich wollte nur mal schauen, was Sie so machen. Ich störe doch hoffentlich nicht?«

Eine Welle warmer Luft hatte sie ins Haus begleitet. Und der Duft von Flieder.

»Nein, Sie stören nicht.«

Sie trug kakifarbene Shorts und war barfuß in ihren Sandalen. Die weiße Hemdbluse war gerade so weit aufgeknöpft, dass man ihren weißen BH hervorblitzen sah. In der Hand hielt sie eine Flasche mit Wasser. Sie hatte etwas davon verschüttet, denn ein nasser Fleck auf ihrer Bluse klebte durchsichtig an ihrer Haut und verriet, dass ihr BH einen Rand aus Spitze hatte.

»Es sind jetzt schon vierundzwanzig Grad«, sagte sie. »Das wird heute noch richtig heiß. Kommen Sie voran?«

Im Gespräch – im Gespräch mit echten, lebenden Menschen – war er sich anfangs so unbeholfen vorgekommen. Seit einiger Zeit verschwendete er keinen Gedanken mehr daran. Er hatte viel mit Franck geredet. Aber jetzt fiel es ihm wieder ein. Lag das vielleicht an Kajsa? Oder am Flieder?

»Nein, nicht so richtig«, antwortete er und wedelte mit der Regenwald-Broschüre.

Sie trat ganz dicht an ihn heran, schnappte sich das Infoblatt aus seiner Hand und beugte sich über den Schreibtisch. Sie stützte sich auf die Ellenbogen und fing an zu lesen. Die Bluse spannte über ihrem üppigen Busen, Schweiß glänzte auf ihrer Haut. Sie trug ein zartes Goldkreuz an einer Kette um den Hals. Es schwebte frei vor ihrer weichen Brust. Er musste an das Fadenkreuz eines Zielfernrohrs denken.

»Schhhh, Bosse, hast du das gehört? Ein Schrei.«

»Das kam aus dem Haus. Wir sollten besser Verstärkung rufen.«

»Nein, vorwärts. Leise!«

»Schau! Der Wagen – der sieht nach Miliz aus. Wir müssen hier weg. Oxen, das ist echt zu gefährlich.«

»Komm jetzt. Ich übernehme das Fenster.«

»Verdammt, wie sie schreit. Glaubst du, dass …?«

Mit dem Kopf dicht an der Hausmauer – nur ein kleines Sichtfeld mit einem Auge.

Drei Männer … Qual …

Ein schmerzverzerrtes Gesicht, das Medaillon an ihrer Kette schlägt gegen ihr Kinn, ihr Mund verzieht sich bei jedem brutalen Stoß, die Brüste klatschen aneinander.

Pause. Nur ein paar Sekunden.

Ein anderer Mann tritt hinter sie, grinsend, im schmutzigen T-Shirt, ihm fehlt ein Schneidezahn, seine Hände packen ihre Haare, pressen ihr Gesicht auf die Tischplatte, die Hüften hämmern gnadenlos – die Halskette.

Die Augen sind schwarz. Sie schreien. Sie beten.

»Oxen, verdammt, wir dürfen nicht …«

»Doch, Bosse! Wir dürfen … Gib mir Deckung.«

Ein Tritt, die Tür fliegt auf, beide Hände an der Pistole. Dreimal am Abzug, drei Männer fallen, einer mit Mütze, einer ohne Schneidezahn, einer mit tätowierter Träne am linken Auge. Die Frau sackt zu Boden, ohnmächtig. Die Träne schreit: *»Don't kill me! My friend, don't kill me, please.«*

»I will make you cry, for real, you bastard …«

Der vierte, fünfte, sechste und siebte Schuss in den Bauch.

»Was ist das für eine Broschüre? Randers Regenwald, wow, ein Regenwald in Jütland, sieht spannend aus. Ich war noch nie da, Sie etwa? Nein? Ist alles okay, Niels?«

»Oxen, verdammt. Wenn wir nicht aufpassen, haben wir bald die gesamte serbische Miliz im Nacken. Und unsere eigenen Leute noch dazu. Scheiße, Mann, das war total illegal.«

»Wir hatten keine andere Wahl, das weißt du genauso gut wie ich, Bosse. Der Typ ohne Schneidezahn und der mit der Träne, die waren

beide in der Turnhalle dabei. Bei dem Wettlauf mit den Behinderten.«

»Fuck, was für widerliche Schweine. He, war das eben ein Schuss? Der kam aus dem Haus. Denkst du, sie hat …?«

»Ja … Leider, Bosse. Sie hat es so gewollt.«

»Niels? Ist Ihnen nicht gut?«

»Äh, nein … Ich war nur in Gedanken. Wegen Arvidsen. Nein, ich war noch nie im Randers Regenwald.«

»Klingt ja sehr exotisch, so ein Indoor-Regenwald. Vielleicht sollte man sich das irgendwann mal ansehen.«

Kajsa Corfitzen stützte sich mit den Handflächen ab und richtete sich auf. Das verschaffte ihm ein wenig Luft, und er konnte sich sammeln.

»Aber, weswegen ich eigentlich gekommen bin …« Sie zögerte.

»Ja?«

»Also, nur wenn Sie überhaupt interessiert sind … Was weiß ich, Niels … Mag sein, dass da irgendwas ein wenig schiefgegangen ist. Na ja, falls Sie etwas Ruhe und Frieden gebrauchen können – und einen Job –, nun, dann könnten Sie für mich arbeiten. Natürlich würde auch Gartenarbeit dazugehören, aber wir würden bestimmt auch eine etwas … anspruchsvollere Aufgabe für Sie finden. Also, nur für den Fall. Jetzt wissen Sie Bescheid. Sie müssen nicht gleich antworten. Denken Sie darüber nach.«

Er begnügte sich mit einem Räuspern.

»Was haben Sie jetzt vor, Kajsa – mit dem Schloss und allem?« Die Frage würde ihm Zeit verschaffen, um sich an Land zu retten.

Kajsa Corfitzen wischte sich einen Schweißtropfen von der Stirn und zuckte mit den Schultern.

»Ich weiß es noch nicht. Morgen fliege ich erst mal nach London zurück und bleibe ein paar Wochen dort. Der Job ruft. Ich kann ja nicht einfach alles hinter mir lassen.«

»Und hier?«

»Die Sekretärin meines Vaters macht mit dem Papierkram weiter. Sie hat einen Bruder, der gerne bereit ist, sich gemeinsam mit seinen Söhnen um die praktischen Dinge im Schloss zu kümmern. Für die Leitung des Sägewerks hatte mein Vater schon lange jemanden eingestellt. Ich plane, eine Weile alles von London aus zu steuern, bis ich entschieden habe, wie es weitergehen soll.«

»Das klingt vernünftig. Aber gibt es niemanden, der das Schloss im Auge behält?«

»Wachpersonal, meinen Sie? Doch, ich habe eine Wachfirma, die in regelmäßigen Abständen vorbeifährt und alles kontrolliert. Die Ermittlungen haben nicht viel gebracht, stimmt's?«

Er nickte. »Nicht wirklich.«

»Ich habe aufgehört, Kommissar Grube in Aalborg anzurufen. Was denken Sie, Niels? Wer hat meinen Vater umgebracht? *A penny for your thoughts.*«

»Da fragen Sie den Falschen. Andere wissen wesentlich mehr über diesen Fall als ich. Ganz oben im PET, zum Beispiel. Aber ich glaube, dass Arvidsen etwas damit zu tun hatte. Deshalb dieser letzte Versuch hier.«

»Sie meinen, er ist erschossen worden, weil er irgendwas wusste?«

»Ja.«

»Und was wollen Sie machen, wenn Sie hiermit fertig sind? Zurück in den Wald, oder was?«

Er zuckte mit den Schultern.

»Sie können Ihr Lager behalten, solange Sie wollen.«

»Danke, aber ich weiß nicht …«

»Machen Sie, wie es Ihnen am besten passt. Ich lasse Sie jetzt wieder in Ruhe, damit Sie weiterarbeiten können. Ich gehe rüber und packe. Falls irgendwas sein sollte, dann können Sie mich gerne anrufen. Hier ist meine Handynummer und meine Nummer im Büro.«

Sie legte ihre Visitenkarte auf den Schreibtisch. Dann war sie verschwunden.

Er versuchte, sich auszumalen, wie er auf einem Gartentraktor durch den Park fuhr. Da fiel es ihm ja fast leichter, sich Spiderman mit einem Rollator vorzustellen.

In dem Ablagefach waren noch zwei weitere Broschüren. Eine der Museumsgesellschaft Ostfünen über Nyborg Slot und eine des Skandinavischen Tierparks in Djursland. Und der Regenwald in Randers. Er starrte das Kleeblatt in seiner Hand an.

Er meinte, sich an eine alte Fernsehsendung zu erinnern, in der die Zuschauer zusammen mit zwei »Lifestyle-Experten« erraten sollten, wer in einer bestimmten Wohnung wohnte … Na ja, wenn sie nichts Besseres zu tun hatten … Der Sherlock-Holmes-Job beinhaltete auch, dass gelegentlich der Kühlschrank aufgerissen wurde und ein überdrehter Moderator fragte: »Nun, liebe Freunde, was gehört nicht hierher? Die Bockwurst, die Fleischwurst oder diese Banane hier?«

Die Antwort lautete natürlich … Nyborg Slot.

Er beschloss, sich die Broschüre genauer anzusehen, die einen kurzen Überblick über die Geschichte des Schlosses versprach, einem »einzigartigen Monument aus dem dänischen Mittelalter«. Dänemarks Könige residierten etwa vierhundert Jahre lang auf Nyborg, im Zentrum ihres großen Reichs, von der Zeit Waldemar des Großen bis weit ins 16. Jahrhundert hinein.

Jahrhundertelang diente das Schloss als Versammlungsort des Danehof, einer Art Parlament der damaligen Zeit. Wenn der Danehof gehalten wurde, scharte der König die einflussreichsten weltlichen und geistlichen Herren des Landes um sich, und diese mächtige Elite verhandelte gemeinsam über die Belange des Landes.

Nyborg – das Zentrum des Reichs? Davon hatte er noch nie gehört. Für ihn war Nyborg der Ort, wo man früher auf die Fähre nach Korsør und Seeland gestiegen war. Jetzt fuhr man stattdessen von dort aus auf die Brücke. Abgesehen davon war Nyborg mit seinem Staatsgefängnis ein Ort, an dem man Schwerkriminelle unterbrachte. Mehr wusste er nicht.

Er blätterte ein wenig in der Broschüre – und stutzte. Da stand etwas. Er hielt die Seite in das helle Licht, das durchs Fenster fiel. Da war ein Abdruck auf dem glänzenden Papier. Jemand hatte sich etwas notiert und die Broschüre als Unterlage benutzt. Er nahm einen von Arvidsens Kugelschreibern und schrieb auf, was im Sonnenlicht deutlich zu lesen war: der Name Malte Bulbjerg.

Einen Versuch war es wert. Und außerdem leicht herauszufinden. Er wählte die Telefonnummer, die auf der Rückseite der Broschüre stand. Nachdem er ein einziges Mal weiterverbunden worden war, begann das Gespräch.

Als er eine Viertelstunde später auflegte, war er ziemlich verwundert. Je mehr er versuchte, sich davon zu überzeugen, dass es eigentlich unmöglich war, umso stärker breitete sich eine quälende Unruhe in seinem Körper aus.

Sollte er gerade tatsächlich einen Zipfel der Wahrheit in die Finger bekommen haben, dann würden sie schon bald die Schwelle zu einer Sphäre der Macht übertreten, in der jeder Eindringling riskierte, eliminiert zu werden.

Er wählte Margrethe Francks Nummer. Sie musste sofort alles stehen und liegen lassen.

56.

Sie saßen jeder mit einem Becher Kaffee in der Hand zu dritt an dem kleinen Konferenztisch im Büro. Es befand sich in dem gelb gekalkten Verwaltungsgebäude des Schlosses mit Blick auf den Seitenarm des Sees, der an dieser Stelle eher an einen idyllischen Dorfteich erinnerte, im Hintergrund das alte Kopfsteinpflaster und die kleinen Häuser der Slotsgade.

Wenn er sich ein wenig nach vorn beugte, konnte Oxen Schloss Nyborg von seinem Platz aus sehen. Die alte Danehof-Burg, oder genauer gesagt das, was davon übrig war, badete nur wenige Meter entfernt im Sonnenlicht.

Nur das Hauptgebäude, der große Westflügel aus roten Ziegeln, stand noch. Es hatte etwas von einem verlassenen alten Haus. Ihm fiel es schwer, sich vorzustellen, dass dieser eigenartige riesige Kasten einst Teil einer Furcht einflößenden Festung gewesen sein sollte, ein Königspalast und Versammlungsort des mächtigen mittelalterlichen Parlaments.

»Ich hatte ein bisschen Zeit zum Nachdenken, seit wir gestern telefoniert haben.«

Museumsdirektor Malte Bulbjerg sah Oxen an, schlug seinen Taschenkalender auf, blätterte ein wenig darin und fuhr dann fort.

»Und ich habe es auch gefunden. Poul Arvidsen war am 8. Januar von 13:30 bis 15:00 Uhr hier und hat sich mit mir unterhalten.«

»Wenn ich es richtig verstanden habe, dann hat Poul Arvidsen Ihnen gesagt, er würde an einem Buch arbeiten?«, hakte Margrethe Franck ein.

»Er sagte, er sei Autor und schreibe einen Reiseführer über die dänischen Burgen, Herrenhöfe und Schlösser. An dem Tag kam es mir gar nicht seltsam vor, aber wenn ich genauer darüber nachdenke, dann drehte sich unser Gespräch eigentlich nur um ein einziges Thema: den Danehof.«

Bulbjerg mit seinen weißen Sneakers, der currygelben Leinenhose und dem FC-Barcelona-Trikot war kaum älter als Mitte dreißig, und als er »Danehof« sagte, konnte man seine Augen förmlich leuchten sehen.

Als Oxen gestern auf gut Glück zum Hörer griff, hatte er dem Museumsdirektor von Nyborg Slot gesagt, es gehe um eine polizeiliche Ermittlung, die sich mit Poul Arvidsens Aktivitäten befasse.

Franck saß wie eine gespannte Feder neben ihm.

»Danehof … Wir würden gern alles über den Danehof erfahren, vor allem würden wir gern alles erfahren, was Arvidsen darüber wissen wollte. Hoffentlich ist das nicht zu viel auf einmal.« Sie lächelte entwaffnend.

»Nein, nein, ich habe mir den ganzen Vormittag für Sie freigeräumt. Wenn es etwas gibt, womit ich mich auskenne, dann ist es der Danehof. Und wer schöpft nicht gerne aus dem Vollen?«, sagte Bulbjerg und zeigte dann auf die Thermoskanne. »Bedienen Sie sich einfach, wenn Sie mögen.«

Der junge Museumsdirektor setzte sich in Positur. Man konnte geradezu spüren, dass er diese Nummer im Vorfeld bereits einstudiert hatte.

»Ich bin wahrscheinlich eine Rarität in Dänemark«, sagte er grinsend und zeigte auf sein Fußballtrikot. »Eine Art Lionel Messi des Danehof. Aber das ist kein Kunststück, sollte ich vielleicht gleich dazusagen. Es gibt nämlich nicht sehr viele Menschen, die sich mit der Institution Danehof beschäftigen. Man mag es kaum glauben, aber zum letzten Mal war er Ende des 19. Jahrhunderts Gegenstand der offiziellen historischen Forschung. Leider. Denn der Danehof auf unserer Königsburg hier in Nyborg ist, wenn Sie mich fragen, eines der spannendsten Kapitel der dänischen Geschichte. Ich bin gerade dabei, ein neues, großes Forschungsprojekt dazu vorzubereiten. Nächstes Jahr fange ich an.«

Und schon war Bulbjerg aufgestellt und bereit, über das heimische Nyborg-Spielfeld zu dribbeln. Die Geschichtsstunde konnte beginnen:

»Der Danehof ist das Gegenstück zur Magna Carta der Engländer und deshalb ist ...«

»Magna Carta?« Franck kam Oxen zuvor.

»Sorry.« Malte Bulbjerg lächelte. Selbst ein Messi konnte mal stolpern. Er erklärte geduldig: »Magna Carta – das ist Latein und bedeutet ›Großer Brief‹. Es bezeichnet eine Reihe englischer Freiheitsbriefe von 1215, die die Macht des Königs einschränkten. Vereinfacht ausgedrückt dokumentiert die Magna Carta, dass der König sich damit einverstanden erklärte, dass sein Wille durch das Gesetz begrenzt werden konnte. Der Danehof war eine Reichsversammlung im Mittelalter. Während des Danehof versammelten sich die ›besten Männer des Reichs‹ – geistliche wie weltliche – um den König. Die ganze Bagage, von Bischöfen über Fürsten, von Beamten bis zu den großen Gutsherren. Der Danehof war nicht nur oberster Gerichtshof, sondern hatte zugleich gesetzgebende und politische Funktion. Aber in erster Linie sollte er die Macht des Königs eingrenzen. Genau wie die Magna Carta.«

Der Museumsdirektor sah sie fragend an. Sie nickten beide wie zwei gehorsame Schüler.

Oxen dachte bei sich, dass es ein weiter Weg war von einem provokanten Expolizisten wie Poul Arvidsen bis zu etwas so Akademischem wie der mittelalterlichen Gewaltenteilung.

Offenbar hatten sie Bulbjerg mit ihrem Nicken überzeugt, denn dieser fuhr unbeirrt fort.

»Ein Vorläufer des Danehof war schlicht und einfach der ›Hof‹ – das Wort stammt übrigens aus dem Deutschen und meinte in erster Linie den Königshof, es konnte aber genauso gut ein Treffen mit dem König bezeichnen. Diese Institution wurde 1282 erstmals offiziell in Erik V. Klippings Handfeste erwähnt. Darin wurde gefordert, dass er das Parlament, das Hof genannt wurde, jedes Jahr abhalten solle. Zu Anfang fand es an Laetare statt, dem vierten Fastensonntag, später wurde es auf den Sonntag nach Pfingsten verschoben und schließlich wieder zurück. Am Danehof im Jahr 1354 proklamierte Waldemar IV. Atterdag – und ich zitiere –, ›dass unser Parlament, das Danehof genannt wird, jedes Jahr am Johannistag nach alter Sitte auf Nyborg abgehalten werden soll‹.«

Wieder sah Bulbjerg sie nacheinander an. Und wieder nickten sie.

»Dabei blieb es bis 1413, als Erik von Pommern den Danehof auflöste. Es gab auch davor immer wieder Zeiträume in der dänischen Geschichte, in denen er nicht stattgefunden hat. Wie lange die dauerten und wie viele es waren, wissen wir nicht. Doch es steht fest, dass das Ganze 1413 ein endgültiges Ende nahm.«

Dieser Umstand schien den Museumsdirektor richtig zu ärgern, aber dann erklärte er weiter, dass der Reichsrat, der in der Zwischenzeit mehr und mehr an Einfluss gewonnen hatte, die Funktion des Danehof übernommen und ihn schließlich ersetzt habe.

»Also, kurz gesagt … der Danehof war der Ort, wo die Mächtigen Dänemarks sich gegenseitig Grenzen setzten. Aber in Wahrheit war es der Ort, wo alles entschieden wurde. Man legte hier sogar fest, wer König sein sollte. Das war eine riesengroße Sache.«

Der Museumsdirektor breitete die Arme aus, als wollte er seine ganze geliebte Vergangenheit umarmen.

»Versuchen Sie, sich vorzustellen, wie die Mächtigen hier nach Nyborg gepilgert sind. Am Danehof 1377 nahmen Margrethe I. und ihr Sohn, König Oluf, teil, dessen Vormund sie war. Dazu kamen der Erzbischof, sieben Bischöfe, vierzig Ritter und fünfundachtzig Schildknappen. Eine enorme Anzahl edelster Herren des Landes. Und die beschließen Gesetze, sie sprechen Recht und sie legen politische Fallen aus. Stellen Sie sich das mal vor! Allesamt hier auf Nyborg … Nur wenige Meter von dem Platz entfernt, an dem wir jetzt sitzen. Die Treffen wurden im Rittersaal abgehalten, den man bis zum heutigen Tag besichtigen kann. Wenn auch in einer neueren Ausgabe, aber trotzdem. Ist das nicht ein fantastischer Gedanke?«

Sie nickten und lächelten. Bulbjergs Begeisterung war ansteckend.

»Gab es irgendetwas, für das Poul Arvidsen sich besonders interessiert hat? Können Sie sich erinnern? Hat er irgendetwas Spezielles gefragt?«

Der Museumsdirektor sah Franck an und nickte.

»Nachdem ich etwas Zeit zum Nachdenken hatte: ja. An einer Stelle habe ich wirklich gestutzt. Ihr Mann wollte wissen, ob der Danehof in der jüngeren Geschichte noch einmal in Erscheinung getreten sei. Ich konnte das nur verneinen. Als der Danehof aufgelöst wurde, war Schluss. Seltsame Frage, nicht wahr?«

»Sonst nichts?«, erwiderte Franck.

Sie hatten abgesprochen, dass sie die Fragen stellen sollte. Das war seine Idee gewesen. Am Spielfeldrand war er besser aufgehoben.

»Nichts, worüber ich mich gewundert hätte«, antwortete Bulbjerg. »Aber jetzt, wo wir hier zusammensitzen, finde ich auffällig, dass er sich so sehr für den Danehof und sein Machtgefüge interessiert hat. Viel mehr, als ich es von einem Autor erwartet hätte, der an einem Reiseführer arbeitet.«

»Könnten Sie das ein bisschen genauer erklären?« Franck reagierte schnell.

»Ihn hat vor allem beschäftigt, wie die Mächtigen die Macht untereinander aufgeteilt hatten. Und er hat nach Vetternwirtschaft und solchen Dingen gefragt. Ich erinnere mich, dass wir darüber gesprochen haben, dass das Zeitalter diesbezüglich unerheblich ist: Wo Macht ist, wird Macht auch missbraucht. Und falls Sie den Eindruck gewonnen haben sollten, der Danehof wäre eine Art demokratische Einrichtung gewesen, ein Vorläufer unserer repräsentativen Demokratie, dann stimmt das zwar einerseits – aber es ist gleichzeitig auch grundverkehrt. Der Danehof war nichts anderes als ein Mittel zur Zentralisierung der Macht. Ich kann Ihnen das gern näher erläutern, wenn …«

Sie nickten wieder synchron und lächelten den freundlichen Historiker an.

»Sehr gerne. Und keine Sorge, Sie langweilen uns nicht«, sagte Franck.

Der Museumsdirektor stürzte sich mit großer Energie in eine noch detailliertere Darstellung des mittelalterlichen Parlaments.

Die Einrichtung des Hofs, und später des Danehof als Vertretung der »besten Männer des Reichs«, bedeutete zugleich, dass die alten Versammlungen ihre Bedeutung verloren hatten. Nun wählten nicht mehr die Bauern den König, sondern der Adel. Und auch wenn Gutsherren und andere als Fürsprecher der breiten Bevölkerung eintraten, und diese somit am Danehof »repräsentiert« war, lag die Macht trotzdem in sehr wenigen Händen.

Das alles geschah zu einer Zeit, als die Verwaltung gerade ausgebaut wurde und man daran arbeitete, ein einheitliches Gesetz für das Reich zu schaffen, während die Beamten des Königs im ganzen Land als Lehnsherren, Statthalter und Verwalter eingesetzt wurden. Und trotz der Machtkämpfe innerhalb des Königsgeschlechts und einer Fessel wie dem Danehof wurde in dieser Zeit die Macht des Königs faktisch gestärkt.

Der Danehof wurde – auch für den König – zu einer Plattform, die es ihm und dem Adel ermöglichte, ihre eigenen Interessen voranzutreiben. Und zwar ziemlich effektiv.

»In der Handfeste, die Christoffer II. im Jahr 1320 unterzeichnete, wurde die Elite des Landes dann allerdings im Verhältnis zum König kräftig aufgewertet. Man erklärte den Danehof zum höchsten gesetzgebenden Organ des Reichs und zum höchsten Gericht. Damit war der Danehof dem königlichen Gericht übergeordnet. Und so blieb es auch bis zum Schluss. Nichts und niemand stand über dem Danehof. Das gehört zu den Dingen, die die Geschichte des Danehof so verdammt faszinierend machen, finde ich.«

Malte Bulbjerg ballte die Faust, um seine Begeisterung zu unterstreichen.

Der enthusiastische Historiker streckte gerade die Hand nach der Thermoskanne aus, als ihm etwas Spannendes einfiel, das er noch nicht erzählt hatte. Die Ironie des Schicksals wollte es nämlich, dass Erik Klipping der erste König war, dem eine Handfeste aufgezwungen wurde. Am Danehof 1282. Darin hatte man festgelegt, dass Fälle, in denen es um Verbrechen gegen den König ging, künftig vom Danehof entschieden werden sollten.

Und ausgerechnet der erste Fall war kein geringerer als Klippings eigener Tod – der letzte Königsmord in der Geschichte Dänemarks.

»Und jetzt wird es hochdramatisch«, verkündete der Museumsdirektor.

»Der König wurde 1286 in der Nacht der Cäcilienfeier in Finderup ermordet. Ganze sechsundfünfzig Stichwunden wies sein Körper auf. Vom ›Mord in Finderup‹ hat wahrscheinlich jeder Däne schon mal gehört, nicht wahr? Und die meisten können sich bestimmt auch an das berühmte Gemälde von Otto Bache erinnern. Kennen Sie es?«

Oxen nickte. Er sah es genau vor sich. Die düstere Stimmung, die windzerzauste Landschaft, die Vögel in der Luft – und Marschall Stig Andersen und seine Mitverschwörer, die Finderup hoch zu Ross verließen. Das dramatische Bild hatte sich ihm schon als Schüler ins Gedächtnis gebrannt.

»Ich habe eine Kopie davon zu Hause. Meine Frau mag es zum Glück«, sagte Bulbjerg lachend und fuhr fort. »Im Jahr nach dem Mord fällte der Danehof sein Urteil über neun Adelsherren. Marschall Stig wurde als Drahtzieher verurteilt. Sie wurden allesamt für vogelfrei erklärt und flohen nach Norwegen.«

»Sagen Sie, als der Danehof aufgelöst wurde, sorgte das doch bestimmt für schlechte Laune unter den Adligen, oder?« Die Frage beschäftigte Oxen schon eine ganze Weile. Der Museumsdirektor nickte.

»Leider kann ich Ihnen nicht namentlich nennen, wer von ihnen ernsthaft erzürnt war. Aber man kann auf jeden Fall festhalten, dass es nicht leicht ist, an einem Tag mächtig und einflussreich zu sein und am nächsten Tag nicht mehr.«

»Was hat Arvidsen zu diesem historischen Überblick gesagt?«, fragte Franck.

»Ich habe ihm im Anschluss den Rittersaal gezeigt. Er bedankte sich und meinte, das sei alles sehr spannend gewesen. Darf ich Sie fragen, was man ihm vorwirft, oder ist das zu neugierig? Dann sagen Sie es ruhig!«

Franck zögerte, dann erwiderte sie: »Sie sollten nicht darauf warten, dass Nyborg Slot in einem neuen Reiseführer auftaucht. Arvidsen ist vor Kurzem ermordet worden.«

Sie hatten gerade den Rundgang durch die beiden Stockwerke des Schlossgebäudes beendet – riesige Räume mit hohen Decken, Rittersäle und der alte Danehof-Saal, dessen Wände mit einem schwarz-weißen Würfelmuster bemalt waren. Der Saal war nicht mehr so, wie er damals ausgesehen hatte, sondern eine neue und kleinere Version. Der Westflügel war im Laufe der Zeit mehrmals erweitert und umgebaut worden.

Jetzt kehrten sie in die Gegenwart zurück, wo die Sonne vom Himmel brannte. Von Malte Bulbjerg hatten sie sich schon vor einer ganzen Weile verabschiedet. Der freundliche Museumsdirektor hatte sich mehrmals entschuldigt, dass er keine Zeit habe, sie persönlich herumzuführen, aber wenn sie an einem anderen Tag wiederkämen, werde er das mit großem Vergnügen nachholen.

Bevor sie sich mit Bulbjerg in seinem Büro getroffen hatten, waren sie bereits einmal um die Wallanlage und den Schlosssee gelaufen. Jetzt wollten sie sich zügig auf den Rückweg nach Nordjütland machen.

Sie gingen über die Fußgängerbrücke, die zum Parkplatz und zu dem schönen alten Rathaus der Stadt hinüberführte, als Franck auf halber Strecke plötzlich stehen blieb und ihm ihre Hand auf den Arm legte.

»Jetzt verstehe ich! Du denkst, Arvidsen war einer modernen Ausgabe des Danehof auf der Spur, die auf irgendeine Art mit Corfitzens Thinktank, dem Consilium, zusammenhängt. Eine Machtelite, die in der Lage ist, die ganze Realität zu verdrehen … zu töten – und Leichen verschwinden zu lassen.«

»Ja.«

»Verrückt.«

»Ja.«

»Und ziemlich weit hergeholt.«

»Ja.«

»Und verdammt gefährlich.«

»Ja.«

Er drehte sich um und betrachtete das Schloss ein letztes Mal. Trotz seiner imponierenden Größe machte es einen unglaublich bescheidenen Eindruck. Keine protzigen Verzierungen, kein dickes Mauerwerk gegen den Feind.

Der Westflügel wirkte schon fast zu gewöhnlich, um den Rahmen für ein solches Aufgebot an Macht zu bilden. Und dennoch hatten sich genau hier die stärksten Kräfte des Landes versammelt, um die Geschicke Dänemarks zu lenken.

Vielleicht hatte Arvidsen etwas gehört, das er nicht hätte hören dürfen. Oder etwas gesehen, das nicht für seine Augen bestimmt war. Was genau ihn auf die Spur des Danehof und Nyborg Slot gebracht hatte, würden sie wohl nie erfahren. Aber ganz offensichtlich hatte es ihn am Ende das Leben gekostet.

»Und jetzt?«, fragte sie.

»Jetzt fehlt uns noch eine Sache: Nørlund Slot. Wir müssen Arvidsens Untersuchung zu Ende bringen.«

»Und was erwartet uns in dem geheimen Raum, falls wir ihn denn finden sollten?«

»Antworten … Hoffentlich erwarten uns dort Antworten.«

»Okay. Was hast du vor?«

»Kajsa Corfitzen ist heute nach London zurückgeflogen. Und wir werden uns noch heute Nacht auf die Suche machen.«

57.

Es war ein Kinderspiel, auf Nørlund Slot einzubrechen. Wie ein viel zu großes, verlassenes Wohnhaus schlummerte es in der gedämpften Nachtbeleuchtung, während seine einsame Besitzerin die Flucht ins pulsierende London angetreten hatte.

Er drückte seitlich auf seine Armbanduhr. Die Digitalziffern leuchteten auf. Es war kurz nach Mitternacht. Vor ihnen lagen mehrere Stunden Arbeit.

Sie durchquerten den großen, kahlen Kellerraum im Westflügel des Schlosses. Der Lichtkegel seiner Taschenlampe glitt über Betonboden und Wände. Weit und breit keine Spur von dem üblichen Durcheinander eines Kellers. Nicht einmal ein Pappkarton. Ganz am Ende war eine Tür. Irgendwo musste es eine Treppe nach oben geben.

Oxen hatte die Scheibe eines Sprossenfensters im Kellergeschoss mit dem Ellenbogen eingeschlagen, den Haken geöffnet und es aufgedrückt. Von dem schmalen Grasstreifen zwischen Schloss und Burggraben waren sie mit etwas Mühe in den Keller geklettert. Im Gedanken an die Wachleute, die hier routinemäßig ihre Runden drehten, hatte er die Scheibe gleich wieder ersetzt und den Haken eingehängt – alles, was dafür nötig war, hatte er vorsorglich eingepackt. Keine Menschenseele sollte auf die Idee kommen, dass das Schloss nächtlichen Besuch hatte.

Franck hatte einen Bewegungsmelder besorgt, den sie oben an der Allee aufgestellt hatten, damit sie rechtzeitig gewarnt wurden und ihre Taschenlampen ausmachen konnten, falls ein Auto kam.

Ihre Bedenken bezüglich einer Alarmanlage hatte er zurückgewiesen. Er konnte sich nicht daran erinnern, irgendwelche Sensoren gesehen zu haben, als Kajsa ihn herumführte. Im Übrigen hatte der alte Kasten dermaßen viele Fenster, dass unmöglich alle gesichert sein konnten. Die externe Videoüberwachung, die Arvidsen abmontiert hatte, war die einzige Schutzmaßnahme gewesen. Und wer glaubte, im Schloss würden sich Gold und andere Reichtümer stapeln, der irrte sich ohnehin gewaltig. Bei Corfitzens gab es nicht viel zu holen.

Oxen öffnete die knarrende Tür, und sie betraten einen kleineren Raum, der ebenfalls vollständig leer geräumt war. Von dort ging es wie durch eine Schleuse in ein weiteres leeres Zimmer, an dessen Rückwand sie eine schmale Treppe erahnen konnten.

Vorsichtig stiegen sie die Treppe hoch, deren Stufen über Jahrzehnte ausgetreten worden waren. Ganz oben erwartete sie eine solide Holztür. Sie sahen sich an.

»Willst du?«

Franck lächelte. Sie wirkte ungewöhnlich gut gelaunt. Bei der Aussicht auf eine Expedition in die alte Räuberfestung war sie schon ungeduldig geworden, noch bevor sie Nyborg hinter sich gelassen hatten.

»Wenn es einen Alarm gibt, dann hier.«

Vorsichtig drückte er die Klinke nach unten. Er hatte schon im Vorfeld eingeplant, dass es möglicherweise nötig sein würde, Gewalt anzuwenden und Türen aufzubrechen. Zu diesem Zweck hatte er eine kleine Auswahl nützlicher Werkzeuge in seinen Rucksack gepackt. Vom Hammer bis zum Sprengstoff war alles dabei. Vielleicht weil er die Vorstellung im Kopf hatte, dass Corfitzen sich besonders sorgfältig verschanzt hatte. Doch zu seiner großen Überraschung glitt die Tür widerstandslos auf.

»Keine Giftpfeile, keine Speere, keine Falltüren«, murmelte Franck und leuchtete in einen schmalen Flur.

»Enttäuscht?«

»Ach, nicht direkt. Wollen wir weiter, Indy?«

»Ja. Ich schätze, wir sind hier ungefähr in der Mitte des Schlossflügels. Irgendwo ganz in der Nähe müsste die nächste Treppe sein.«

Als sie noch in Francks Hotelzimmer mit den Grundrissen auf dem Bett saßen, hatte er ihr erzählt, dass Kajsa Corfitzen ihm auf ihrem Rundgang auch die Gästezimmer im Westflügel gezeigt habe. Dort wollten sie mit ihrer Suche anfangen. Franck vermutete, dass der alte Botschafter irgendwo in diesen Räumen die Kameras installiert haben musste, mit denen er unbemerkt verewigt hatte, was seine Gäste auf ihren Bettlaken so alles trieben.

Oxen hatte ihr nicht erzählt, dass er die Aufnahmen von Corfitzens Überwachungskamera längst gesehen hatte und ganz genau wusste, in welchem Zimmer der Justizminister sich so hemmungs- und rücksichtslos an Virginija Zakalskyte vergangen und des ultimativen Verbrechens schuldig gemacht hatte.

Aber natürlich würden sie die Zimmer trotzdem untersuchen. Falls die Kameras mit dem Stromnetz verbunden waren, würden die Kabel ihnen vielleicht weiterhelfen und ihnen die Richtung zeigen. Zu diesem Zweck hatte Oxen ein Kabelsuchgerät besorgt. Eine Suchereinheit und eine Empfängereinheit, beide etwa so groß wie ein großes Handy. Mit dieser Ausstattung konnte er versteckte Kabel in den Wänden oder im Boden aufspüren.

Irgendwo in diesem riesigen Gebäude musste Corfitzen eine Art Kommandozentrale mit Monitoren und Festplatten eingerichtet haben. Aber wäre es wirklich so einfach gewesen, dass man nur den Kabeln folgen musste, hätte Arvidsen den geheimen Raum sicher schon längst gefunden.

»Hier!«

Franck hatte die Treppe entdeckt, eine Steintreppe, die sich in den ersten Stock hinaufwand. Sie gingen nach oben und erreichten den langen Hauptflur. Ab hier konnten sie sich leichter orientieren. Die Türen waren eine neben der anderen, und es gab offenbar nichts auf Nørlund, was verschlossen war. Aber wozu auch? Für wen? Über viele Jahre hatte hier nur eine einzelne Person gewohnt. Sie knöpften sich jeder ein Zimmer vor. Beide Räume waren mehr oder weniger leer.

»Lass es uns in der anderen Richtung probieren«, schlug Franck vor.

Sie verschwand im nächsten Raum, und er wollte gerade eine weitere Klinke nach unten drücken, als sie ihn rief. Er ging zurück und suchte dabei mit dem Lichtkegel den Flur ab. Franck tauchte in der Tür auf.

»Hier sind Handtücher im Badezimmer«, sagte sie.

Sie betraten das Zimmer. Es war groß und mit einem Doppelbett ausgestattet, mit einer Sitzgarnitur und einem Couchtisch sowie einem stattlichen Flachbildfernseher, dazu ein Schreibtisch mit passendem Stuhl. Alles war schick und erkennbar neueren Datums. Die Farben waren hell und diskret, die Wände weiß gestrichen und mit gold gerahmten Gemälden geschmückt, die historische Motive zeigten.

»Nicht übel«, sagte er. Er stand mitten im Zimmer und ließ den Lichtkegel wandern.

»Einem Mann, der am liebsten auf Zweigen und Blättern schläft, kommt das vermutlich herrschaftlich vor. Wo ist die Kamera?«

»Da oben, glaube ich.«

Er richtete den Lichtstrahl auf ein Lüftungsgitter unter der Decke. Dann zog er den Schreibtischstuhl an die Wand und stieg hinauf.

»Das ist ziemlich hoch. Komm her. Wir versuchen es mit einer Räuberleiter, einverstanden?«

Sie nickte. Er reichte ihr die Hand und zog sie zu sich. Jetzt stand sie ganz dicht neben ihm, wie beim Engtanz. So dicht wie noch nie. Sie roch ganz anders als Kajsa. Da war kein Fliederduft, eher etwas … Klares. Sie sortierten sich mit einiger Mühe, dann stellte sie sich mit dem gesunden linken Bein auf seine verschränkten Hände. Ihr Handicap hatte er längst vergessen.

Als sie sich nach oben drückte, streifte ihre Brust seine Wange und die Stirn.

»Geht's?«, fragte er ausdruckslos mit Blick auf ihren nackten, straffen Bauch.

»Wieso sollte es nicht gehen? Steh einfach still.«

Franck richtete sich auf, stützte sich an der Wand ab und leuchtete in das Lüftungsgitter.

»Bingo«, sagte sie.

»Irgendwelche Kabel?«

Es dauerte einen Augenblick, bis sie antwortete.

»Kein einziges …«

»Drahtlos. Dachte ich mir schon. Komm einfach wieder runter.«

Sie sahen sich ein letztes Mal um und verließen dann das Zimmer. Das nächste in der Reihe war ebenfalls voll möbliert. Es hatte exakt dieselbe Größe, und auch der Stil und die Farben waren identisch. Nur der antike Schreibtisch sah anders aus. Oxen ließ den Lichtkegel über die Wände gleiten – und stockte plötzlich mitten in der Bewegung.

Das war das Zimmer. Genau hier war der gesunde, sportliche Familienvater und Justizminister Amok gelaufen. Ein kleines hölzernes Kruzifix hing an der Wand zwischen den Vorhängen. Jesus am Kreuz hatte zugesehen, als Ulrik Rosborg in jener Nacht die schöne Virginija Zakalskyte tötete.

Es waren insgesamt vier nebeneinanderliegende Gästezimmer, die ungefähr gleich möbliert und dank Corfitzens bizarrem Einfallsreichtum alle mit einem kleinen Extra ausgestattet waren: einer Spionagekamera im Luftabzug.

»Ich wüsste ja zu gerne, wie viele seiner Gäste er in die Falle gelockt hat.« Franck stand am Fenster des letzten Zimmers und schaute auf den schwach beleuchteten Burggraben.

»Bestimmt nicht wenige, aber er hatte garantiert noch nie ein effektiveres Druckmittel als hier bei unserem Justizminister.«

»Was für ein hübsches Paket: Untreue, Perversion – und Mord. Er hatte Rosborg komplett in der Hand«, sagte Franck.

»Aber nicht sehr lange. Nur von Oktober bis jetzt.«

»Es ist ja auch nicht sicher, dass er die Aufnahmen benutzt hat … Vermutlich ging es ihm darum, seine Position zu stärken.«

»Corfitzen war zur Zeit des Kalten Krieges als Botschafter im Ostblock«, sagte Oxen. »Vergiss das nicht. Noch dazu in der Sowjetunion. Diese Art des Kompromittierens war eine Spezialität der Russen. Wenn sie in ihren Datschas und auf ihren Landsitzen für ihre eigenen Leute, aber auch für westliche Repräsentanten Orgien ausgerichtet haben, dann haben sie immer dafür gesorgt, dass es am Ende auch einen kleinen Film von dem lustigen Treiben in den Gemächern gab.«

»Und der verehrte Nestor der dänischen Diplomatie hat ein paar schmutzige Tricks von dort mit nach Hause genommen. Willst du das damit sagen? Hans-Otto Corfitzen, der Menschenfreund, der sich für Kinder in Not einsetzt …«

»Die Heiligsten sind immer die schlimmsten Teufel, Franck. Wie mein Großvater schon sagte. Und solche Sachen sind wirkungsvoll. Gehört dir der Justizminister, dann gehört dir die Macht. Und es geht immer um Macht und Einfluss. Für das Consilium – und den Danehof, falls er noch existieren sollte. Es ist …«

Der Piepser in seiner Jacke unterbrach ihn. Jemand fuhr die Allee herunter.

Sofort knipsten sie ihre Taschenlampen aus und liefen gerade rechtzeitig zum Fenster an der Schmalseite des Gebäudeflügels, um zu sehen, wie ein weißer Kombi vor dem Schloss parkte. Ein Mann stieg aus und öffnete die Heckklappe. Ein Schäferhund sprang aus dem Wagen.

Der Mann knipste eine kräftige Taschenlampe an und begann seine Inspektionsrunde. Er ging mit dem Hund über die Brücke, dann folgte er dem Grasstreifen zwischen Burggraben und Schlossmauer, genau wie sie zuvor auch. Schließlich bog er ohne jede Eile um die Ecke und verschwand aus ihrem Blickfeld.

Irgendwann tauchte der Mann auf der anderen Seite des Schlosses wieder auf, ging zurück zum Auto und beendete seinen Routinecheck. Er hatte das Schloss einmal umrundet, und vermutlich war er auch im Park gewesen.

Als der Hund wieder im Kofferraum saß, setzte sich der Wachmann hinters Steuer und verschwand die Allee hinauf.

»Komm, wir nehmen uns den Hauptflügel vor, den ersten Stock. Lass uns zusammen gehen. Vier Augen sehen mehr als zwei. Denk laut, bei allem, was deiner Meinung nach verdächtig aussieht, an Schränken, Regalen, Wandpaneelen.«

Franck nickte, und sie gingen gemeinsam den Gang entlang

bis zu der großen Tür, die die beiden Gebäudeflügel voneinander trennte. Sie fingen mit dem Zimmer an der Stirnseite an, einem kleinen Aufenthaltsraum, und arbeiteten sich dann minutiös vorwärts, durch ein paar halb leere Räume und weiter bis zu Corfitzens Büro, das in der Mitte des Flügels lag und immer noch mit dem rot-weißen Absperrband der Polizei versehen war. Das Büro überließ er Franck. Es war nach wie vor der letzte Ort der Welt, an dem seine DNA zu finden sein durfte.

Auf ihrem Weg durch die Flure warfen sie im Schein der Taschenlampen immer wieder einen kritischen Blick auf ihre Umgebung, und von Zeit zu Zeit versuchte er – allerdings erfolglos –, Messungen mit dem Kabelsuchgerät vorzunehmen.

Franck durchsuchte einen klobigen, massiven Kleiderschrank, bei dem er schließlich die Rückwand herausbrechen musste, um sicherzugehen, dass sich der Geheimgang zu Corfitzens persönlichem und höchst zweifelhaftem Narnia nicht doch dahinter verbarg.

Am Ende standen sie vor dem Rittersaal, den er bei seinem Rundgang mit Kajsa Corfitzen bereits besichtigt hatte. Auch dieser Raum war weitgehend leer, es gab also nicht viel zu untersuchen. Erst jetzt fiel ihm auf, dass an dem riesigen Tisch nur sechs Stühle standen. Er zog einen davon zurück und setzte sich.

»Es ist bestimmt ziemlich lange her, dass sich hier jemand zugeprostet hat«, sagte Franck, die am Fenster stand.

»Ein alter Mann braucht nicht viel Platz in einem Schloss … Wir waren gründlich. Vielleicht ist es doch alles umsonst. Nichts als ein Hirngespinst.«

Franck antwortete nicht. Sie kam zu ihm und setzte sich neben ihn auf die Tischkante. Dann leuchtete sie ihm mit der Taschenlampe ins Gesicht.

»Bleib sitzen, Oxen. Jetzt will ich ein paar Antworten von dir.«

»Nimm das Licht da weg!«

Sie senkte die Taschenlampe. »Ich weiß alles über Benny Overholm mit der Goldkette und seinen Partner Stig Ellehøj. Und über das Heroin, das Amphetamin und das Diazepam, das sie hinter deiner Werkzeugwand gefunden haben. Und über deinen Junkie-Freund Balboa aus der Balkanzeit. Haben sie dich erwischt und dann vor die Wahl gestellt? Weil du mit deinen Medaillen so ein schönes Vorbild abgegeben hast? War es so, Oxen?«

»Wovon sprichst du? Soll das ein Verhör werden?«

Er wollte vom Stuhl aufspringen, doch Franck stellte blitzschnell ihren Fuß auf seine Brust und drückte ihn hart auf den Sitz zurück.

»Bleib sitzen. Und reg dich wieder ab. Es ist an der Zeit, dass du antwortest, hörst du?«

Er sah sie schweigend an, während sich sein Puls langsam beruhigte. Dann nickte er nachdenklich.

»Okay … Du warst offenbar fleißig, Franck. Das gefällt dir, oder? Rumschnüffeln … Aber jetzt hör mir gut zu: Ich habe niemals auch nur das Geringste mit harten Drogen zu tun gehabt. Nie! Das Ganze war eine Falle, und ich durfte mir aussuchen, ob ich sie zuschnappen lassen oder das Feld räumen wollte.«

»Das wirst du mir genauer erklären müssen.«

»Balboa war ein armes Schwein, das langsam vor die Hunde ging. Wir kannten uns aus der Bravo-Kompanie. Er tauchte auf, als meine Frau gerade mal wieder ausgezogen war. Unsere Ehe war ziemlich turbulent … Ich ließ ihn vorübergehend bei mir wohnen und gab ihm sogar einen Schlüssel. Das hätte ich nicht tun sollen. Nur er kann den Stoff bei mir deponiert haben. Aber diese Tür ist auch geschlossen. Er ist tot. Praktisch, nicht wahr? Eine Überdosis.«

»Ich habe ein Foto von euch vor einer Toreinfahrt gesehen.«

»Herrgott ja, das hab ich auch gesehen. Ich kann mich nicht mal mehr daran erinnern, ob ich ihm was gegeben habe oder er mir. Oder was es überhaupt war. Vielleicht ein Fünfziger. Vielleicht ein Lottoschein. Aber Drogen waren es jedenfalls nicht.«

»Wieso das Ganze?«

»Das hing alles mit Bosses Tod zusammen. Das wurde nie laut ausgesprochen, aber es lag in der Luft. Bøjlesen bestellte mich zu einem Gespräch ein. Er fragte mich, was ich tun würde, wenn ich nicht bei der Polizei wäre. Ich sagte, ich würde zu den Jägern gehen. Am nächsten Tag ließ er mich wieder antanzen. Die Beweise gegen mich waren erdrückend. Keine Chance, sich da rauszureden. Bøjlesen schlug mir vor, dass ich mich wegbewerben und die Polizei verlassen sollte – im Gegenzug würde er dafür sorgen, dass diese Drogensache vom Tisch käme und meine Vorgeschichte einer Aufnahme ins Jägerkorps nicht im Wege stehen würde. Sofern ich den Eignungstest bestand. Erst ganz zum Schluss gab er mir dann noch den guten Rat, die Umstände von Bosses Tod auf sich beruhen zu lassen, wenn ich bei den Jägern eine Zukunft haben wollte. Oder irgendwo sonst. Also keine Untersuchungskommission. Und ja … ich habe mich kaufen lassen. Oder erpressen. Such's dir aus.«

»Und was wäre an einer Untersuchungskommission so schrecklich gewesen?«

»Solche Systeme lassen sich nicht gern kritisieren. Die Illusion der eigenen Unfehlbarkeit darf keine Risse bekommen. Schon gar nicht in aller Öffentlichkeit. Und da unterscheidet sich das Heer kein bisschen vom Rest der Welt.«

»Aber du hast deine Kommission doch bekommen?«

»Später, ja. Da habe ich die Herausforderung noch einmal angenommen. Ich konnte das Ganze nicht einfach vergessen.«

»Hast du deine Frau geschlagen?«

Franck richtete den Lichtkegel wieder auf sein Gesicht, und er ließ es geschehen.

»Ja«, antwortete er und kniff die Augen zusammen. »Ein einziges Mal. Ich habe ihr so eine runtergehauen, dass sie hingefallen ist. Und jetzt nimm das Licht weg.«

»Ein wahrer Held.«

»Ach, hör schon auf. Du liest ein Stück Papier und glaubst, alles zu wissen. Aber du weißt gar nichts.«

»Was weiß ich nicht?«

Er holte tief Luft und atmete dann langsam aus.

»Okay. Es war ein Samstagabend nach dem zweiten Balkaneinsatz. Wir hatten Gäste zu Hause. Zwei Kollegen mit ihren Frauen. Damals wurde es zu später Stunde gern mal feuchtfröhlich. Es hatte sich so viel aufgestaut. Das Verhältnis zwischen mir und meiner Frau war bis zum Zerreißen gespannt. Wegen ganz gewöhnlicher Meinungsverschiedenheiten, aber vor allem wegen der Dinge, die Bosses Tod nach sich gezogen hatte. Birgitte war betrunken und ich auch. Irgendwann stand sie plötzlich auf und erklärte, dass sie genau jetzt, in diesem Moment, auf Bosses Grab scheißen würde, wenn sie könnte. Da habe ich ihr eine geknallt.«

»Hm … Es gab noch ein zweites Mal.«

»Ja, ich weiß. Birgitte hatte Hämatome im Gesicht und eine geplatzte Augenbraue. Bei der Polizei gab sie an, dass ich ihr das angetan hätte. Aber ich war das nicht. Ich habe keine Ahnung, was passiert ist. Und sie hat einfach geschwiegen. Ich bin nie dahintergekommen, wer sie in Wahrheit geschlagen hat.«

»Versicherungsbetrug, Gewalt, Randale. Die Liste ist lang. Wer bist du, Niels Oxen?«

Er knipste seine eigene Lampe an und richtete das Licht auf Franck.

»Glaubst du das alles, Franck? Wirklich?«

»Du musst es mir erklären.«

»Ich habe mich tatsächlich mal mit einem Kollegen geprügelt, der mich bis aufs Blut provoziert hat. Ich war mal so besoffen, dass ich mit nacktem Oberkörper im Storkebrunnen stand – und ich habe bestimmt auch einen Polizisten bedroht. Aber mehr nicht. Wenn du genau hinsiehst, wirst du merken, dass man alle anderen Anschuldigungen fallen gelassen hat und die Anzeigen zurückgezogen wurden. Das hat System. Wann immer ich in Sachen Untersuchungskommission aktiv wurde, prasselte in meinem Privatleben alles Mögliche auf mich ein. Plötzlich brannte unser Haus, und ich geriet in den Verdacht des Versicherungsbetrugs, weil unsere finanzielle Lage angespannt war. Und dann übergab ein Bote Birgitte an ihrem Arbeitsplatz einen Brief, der an mich adressiert war: ›Lass es bleiben, Oxen. Das wird dir das Leben sehr erleichtern.‹«

Er sah sie müde an. »So ging das über Jahre. Repressalien, wann immer ich die Initiative ergriff. Auf einmal steckte sogar meine Frau mit drin und zeigte mich wegen häuslicher Gewalt an. Dann die Scheidung. Wieder Vorfälle. Schließlich die Untersuchungskommission. Meine erneute Beschwerde. Und neue Anschuldigungen, neue inszenierte Druckmittel.«

»Du sagst mit anderen Worten, dass du das Opfer einer Verschwörung geworden bist?«

»Genau das. Eine Verschwörung. Du bist nicht auf den Kopf gefallen, Franck.«

Sie blieb auf der Tischkante sitzen. Im schwachen Licht seiner Taschenlampe, die längst wieder auf den Boden zeigte, schien sie abzuwägen.

»Und wieso hast du nicht einfach aufgehört, statt das alles in Kauf zu nehmen?«

»Bosse war mehr als nur ein guter Freund. Ich hatte eine ziemlich unruhige Kindheit. Wir sind oft umgezogen. Bosse war der einzige Mensch, der immer für mich da war. Er ist der eigentliche Held. Ich wollte, dass jemand für seinen Tod zur Verantwortung gezogen wird, das war ich ihm schuldig. Es gibt einen Unterschied zwischen einem Kameraden und einem Freund, Franck.«

»Und deine Orden? Waren die auch ein Versuch, dich zu kaufen?«

Er zuckte mit den Schultern. Und schwieg.

»Vielleicht?«

»Du hast also nicht ganz allein acht Talibankrieger niedergekämpft?«

»Doch.«

»Bist du in die Una gesprungen?«

»Ja.«

»Und hast du den Soldaten im Chinook-Helikopter geholfen?«

»Ja.«

»Und was ist mit dem Verletzten, den du aus dem Kreuzfeuer geholt hast?«

»Ja, verdammt!«

»Dann bist du auch nicht gekauft. Du hast dir die Orden verdient.«

»Mossman ist nicht dumm. Neulich auf dem Präsidium hat er zu mir gesagt, dass man bei meiner Geschichte und meinen Anschuldigungen sofort ein bestimmtes Bild vor Augen hätte – ›ein Mann, eine Mission‹. Der Querulant. Der Gekränkte, der nicht loslassen kann.«

»Was hast du mir noch gleich über Integrität erzählt …?«

»Das Problem ist aber, dass ich wirklich recht habe. Sie wussten über die Pläne der Kroaten Bescheid. Sie haben ja sogar selbst über diplomatische Kanäle davor gewarnt. ›Verschwindet!‹, haben sie gesagt. Aber wir wurden nicht abgezogen. Deswegen ist Bosse gestorben. So ist es, Franck. Das ist die reine, nackte Wahrheit. Was um alles in der Welt haben sechs leicht bewaffnete dänische Soldaten mit blauen Narrenkappen mitten in einer Großoffensive auf der Krajina verloren? Aber was rege ich mich auf, schließlich haben sie Bosse doch einen Orden verliehen. ›Posthum‹ ist nur leider ein verdammt bitterer Zusatz.«

Franck stand auf.

»Danke«, sagte sie. »Danke für deine Antworten. Es ist fast vier Uhr. Wir sollten langsam hier verschwinden.«

58.

Er wälzte sich unruhig im Bett hin und her, von einer Seite auf die andere. Die grelle Vormittagssonne zwängte sich durch den Spalt zwischen den Vorhängen und lag für einen kurzen Augenblick wie eine gleißende Linie auf seinem Gesicht. Irgendwo ganz entfernt registrierte er das helle Licht. Er drehte sich auf die andere Seite, und alles war wieder dunkel.

Auf den Lichtblitz folgte ein Donnerschlag. Und der rote Regen, überall Spritzer. Seltsam, dass der Regen rot war ... Als er die Augen öffnete, sah er die Flecken.

> »Foxtrott 18. Feindkontakt! Explosion! Warten. Ende.« <

Die Stimme klang fern und belegt. Sandkörner brannten auf seinen Wangen. Er rückte seine Schutzbrille zurecht, rollte sich auf den Bauch, kam auf die Knie und stellte erleichtert fest, dass sein Körper noch funktionierte. Instinktiv scannte sein Blick die nähere Umgebung: Chaos.

> »Xray 26, hier ist Foxtrott 18, massive Explosion vor dem Polizeihauptquartier. Vermutlich Selbstmordattentäter. Kommen.«
»Xray 26, seid ihr okay? Kommen.«
»Foxtrott 18, ich bin okay. Viele Tote. Kommen.« <

Die Frau ... Die junge Frau im schwarzen Niqab. War sie es gewesen? Ein Niqab und nicht die blaue afghanische Burka – um alle zu täuschen? Ihre Augen waren so schön gewesen. Mandelförmig, wie aus schwarzem Onyx. Waren es Bomben-Augen?

> »Xray 26, bleibt, wo ihr seid. Wir kommen zu euch. Bestätigen. Kommen.«
»Foxtrott 18, verstanden. Ende.« <

Er hörte die prompten Befehle und hörte seine eigene Stimme mit Xray kommunizieren. Er rollte sich weiter von einer Seite auf die andere, erst schnell, dann langsamer. Wieder glitt das Sonnenlicht über sein Gesicht. Er blieb ganz still liegen. Dann öffnete er die Augen.

Hier waren keine abgerissenen Gliedmaßen, keine Augen aus schwarzem Onyx im Schlitz eines Niqab, keine Sirenen, keine Panik. Nur Frieden und Stille und ein Vogel, der draußen vor dem Fenster sang.

Es war vermutlich schon später Vormittag. Nach einer dritten ergebnislosen Nacht in dem verfluchten Schloss.

Er blieb reglos auf dem Rücken liegen. Xray und die schwarzen Bomben-Augen waren zurückgekommen. Sie gehörten zu den Sieben, die ihn lange, so lange wie noch nie, in Ruhe gelassen hatten. »Schließen Sie Frieden mit Ihren Dämonen, mein Freund …«

Welcome home, asshole.

Als er am frühen Morgen endlich ins Bett ging, hatte er sich schon mit der Gewissheit hingelegt, dass es schiefgehen würde. Er musste nicht nachsehen. Er wusste, dass die halb leere Whiskyflasche auf dem Nachttisch neben dem Aschenbecher stand.

Er fühlte sich wie gelähmt, steif wie ein Hundertjähriger und abgrundtief müde. Es klopfte laut an seine Zimmertür.

»Oxen, bist du wach?«

Franck war von früh bis spät in Bewegung. Seit Jahren war sie schon an seiner Seite, nicht wahr? *Booom*. Auf einmal stand sie da. Wie ein Granateneinschlag. Genau wie er aus seinem stillen Universum im Wald mit Mr White gerissen worden war.

Franck war jetzt sein Buddy. Willensstark und zielstrebig und dabei kühl wie der Wüstensand in der Nacht, wenn …

»Verdammt, Oxen! Wach endlich auf!«

Er stolperte zur Tür, ließ sie herein und wankte wieder zurück zum Bett.

»Hier stinkt es abartig. Hast du einen ganzen Wald geraucht?«

Franck rümpfte die Nase, zerrte die Vorhänge zur Seite, riss das Fenster sperrangelweit auf und kippte den Inhalt des Aschenbechers kurzerhand nach draußen. Dann setzte sie sich auf den Stuhl am Schreibtisch und musterte ihn wie ein Arzt bei der Visite.

»Harte Nacht gehabt?«

Er nickte. Er nickte wirklich immer bei Franck. Mehr war nicht nötig. Sie wusste, was Sache war, aber statt ihn bloßzustellen, deckte sie ihn zu. Die behutsame Franck, der Granateneinschlag vom Himmel.

»Du kannst nicht ewig so weitermachen, Soldat. Das ist dir klar, oder?«

»Wieso stürmst du hier so rein? Mitten in der Nacht?«

Sie schüttelte lächelnd den Kopf und lehnte sich zurück.

»Barackeninspektion, heißt das nicht so? Ich wollte sehen, ob du auch messerscharfe Bügelfalten in den Klamotten hast und alles ordentlich zusammengelegt ist. Scheint mir nicht der Fall zu sein.«

Sie ließ den Blick über den Fußboden schweifen, wo er seine Sachen einfach wahllos hatte fallen lassen.

»Du bist echt die Pest, geh weg«, brummte er, drehte sich um und kehrte ihr den Rücken zu.

»Ich habe eine wichtige Neuigkeit. Also hör zu: Sie haben Sergej Pronko gefunden.«

Er rollte sich zurück und sah sie an, während sie fortfuhr: »Mausetot. Auf einer Fähre. Am Tag nachdem er aus dem Krankenhaus abgehauen ist.«

Mit einem Ruck setzte er sich auf. Damit war das letzte Puzzlestück an seinem Platz.

»Fähre? Welche?«

»Von Karlshamn nach Klaipėda«, sagte sie. »Sie haben ihn gefunden, als im Hafen das Großreinemachen anstand. Liquidiert, unter der Bettdecke, in seiner Kabine. Drei Schuss ins Herz. Saubere Arbeit.«

»Er wurde gesucht. Wieso erfahren wir erst jetzt davon?«

»Die Polizei in Klaipėda hat einen Ausweis in seiner Kabine gefunden, in dem ein ganz anderer Name steht. Auch sein Aussehen auf dem Passfoto ist verfälscht. Neben dem Bett lagen eine Perücke und eine Brille. Wahrscheinlich hat es ein paar Tage gedauert, bis ihnen der Zusammenhang klar geworden ist. Und außerdem reden wir hier von Litauen … Vielleicht ist die Fahndung zunächst gar nicht bis Vilnius vorgedrungen? Wer weiß?« Sie zuckte die Schultern.

»Wer hat dich benachrichtigt?«

»Rytter, vor einer Viertelstunde.«

»Merkst du was? Die kehren die ganze Angelegenheit in aller Seelenruhe Stück für Stück unter den Teppich. Jetzt gibt es keinen einzigen Zeugen mehr.«

»Aber es ist Pronko«, wandte Franck ein. »Also gibt es zumindest eine Leiche.«

»Und was soll das bringen? Leichen reden nicht.«

»Vielleicht lässt er sich mit den Tatorten verbinden, mit Corfitzens Büro oder der Jagdhütte.«

Oxen schüttelte den Kopf und hob resigniert die Hände.

»Selbst wenn es eine Verbindung geben sollte, werden sie die vernichten. Siehst du das nicht? Oder willst du es nicht sehen, Franck? Sergej Pronko ist nicht der bequeme Täter, den sie brauchen. Man kann nach seinen Motiven graben und in den Geschichten um seine verschwundenen Cousinen wühlen. Das ist genau das Gegenteil von bequem.«

»Aber die Fälle lösen sich doch nicht einfach in Luft auf. Und es fehlt ja auch immer noch ein Schuldiger …«

»Darum sucht man sich einen neuen.«

»Einen neuen?« Sie sah ihn fragend an.

»Einen, der bequem ist. Einen mit Motiven. Gerne einen Einzeltäter. Dann gibt es keine Verwicklungen. Am besten einen, der psychisch krank ist und dessen Welt so verdreht ist, dass niemand ihn wirklich verstehen kann. Muss ich noch mehr sagen?«

»Nein, ich verstehe, worauf du hinauswillst.«

»Das ist der Stand der Dinge«, murmelte er und rieb sich mit beiden Händen das Gesicht.

»Aber Rytter und Mossman kennen die Wahrheit. Sie wissen, dass wir es mit einer Illusionsnummer zu tun haben. Sie wissen, dass Simona Zakalskyte erschossen wurde und Sergej Pronko geflohen ist.«

»Manche Kämpfe sind zu groß, um sie zu kämpfen. Was hätten sie zu gewinnen, wenn sie sich gegen die größte Macht auflehnen würden?«

»Gegen ihren Chef? Den Justizminister?«

»Unmittelbar ja, gegen den Justizminister. Aber mittelbar gegen eine viel größere Macht. Gegen den Danehof. Das ist ihnen nur nicht bewusst. Denn der Danehof materialisiert sich nicht. Der Danehof ist einfach da. Wie Luft.«

»Vielleicht haben dich diese ganzen harten Auseinandersetzungen beeinflusst, und du bist zu voreilig mit irgendwelchen Verschwörungstheorien. Vielleicht war Arvidsen auf einer völlig falschen Fährte, und es gibt einen vernünftigen Grund, warum wir schon drei Nächte in Folge vergeblich gesucht haben: Am Ende gibt es auf Nørlund ganz einfach nichts zu finden. Keinen Schatten der Vergangenheit, keine Machtzentrale, keinen Danehof. Höchstens einen alten Mann mit einer perversen Vorstellung von Gastfreundschaft. ›Voyeur‹ trifft es vermutlich am besten.«

»Franck, verdammt! Wach endlich auf! Man braucht Ressourcen, und zwar richtig viele, für einen Zaubertrick dieser Größenordnung. Die Liquidierung von Pronko war der vorletzte Schritt. Der letzte ist, einen neuen Schuldigen auf den Marktplatz zu schleifen. Die Macht schottet sich ab. Alle rücken zusammen, um den Justizminister abzuschirmen. Solche Spielfiguren opfert man nicht. Die sind zu selten und viel zu kostbar. Der Danehof weiß, was Macht bedeutet. Der Danehof hat sich nie für etwas anderes interessiert als für Macht. Kapierst du das nicht?«

»Und du? Du sitzt in aller Seelenruhe im Bett, umgeben von Gras und Schnaps, und analysierst dir hier alles zurecht?«

»Ich bin nicht in der Lage, alles rational zu steuern. Ich bin tatsächlich krank. Das weiß ich. Es ist wahnsinnig, was da manchmal nachts mit mir passiert. Total wahnsinnig.«

Wie ihm das alles über die Lippen kommen konnte, war ihm ein Rätsel. Wahrscheinlich ging das nur, weil man bei Margrethe Franck nicht nur gut nicken konnte, sondern weil es auch so befreiend einfach war, mit ihr zu reden. Die Worte kamen und gingen ohne Anstrengung.

»Du musst mir nicht erklären, was eine PTBS ist. Du wirkst nur so … abgebrüht. Obwohl du weißt, was los ist«, erklärte sie.

Er schlug die Decke zurück und schwang die Beine über die Bettkante. Er saß in Unterhosen vor ihr.

»Versteh doch … Ich treffe Vorkehrungen. Ich habe irgendetwas in dieser Art von Tag eins an kommen sehen, und mitzuspielen war die einzige Möglichkeit, meine Position zu stärken.«

»Das stimmt nicht. Der eigentliche Grund war dein Hund.«

»Der natürlich auch. Aber genau das war ihre Absicht.«

»*Ihre* Absicht? Wen meinst du?«

»Die, die dafür gesorgt haben, dass mein Hund gestorben ist.«

»Ich dachte, das war Pronko. Um dich einzuschüchtern.«

»Nein, es war Rytter oder Mossman. Oder es waren beide. Um mich ins Spiel zu bringen, mich auf die Bühne zu holen.«

»Noch vor Kurzem hätte ich dir nicht über den Weg getraut. Aber vielleicht hast du wirklich recht.« Franck rutschte auf dem Stuhl nach vorn und legte ihm impulsiv ihre Hände auf die nackten Knie. »Du hast von Vorkehrungen gesprochen. Was sind das für Vorkehrungen?«

»Das kann ich dir nicht erzählen. Es ist besser, wenn du nichts darüber weißt.«

59.

Sie hatten sich darauf geeinigt, aufzugeben. Es war inzwischen halb drei Uhr morgens. Sobald sie die letzten Räume am Ende des Korridors und das Herrenzimmer mit den Bücherregalen gefilzt hätten, würden sie, nach vier Nächten in Folge, die Waffen strecken.

Sollte es tatsächlich geheime Zimmer auf Nørlund geben, dann war Corfitzen so raffiniert gewesen, dass es andere, geeignetere Mittel brauchte, um sie aufzuspüren. Vielleicht Röntgenbilder oder irgendwelche speziellen Messinstrumente, die sie nicht kannten.

Das Herrenzimmer war seine Aufgabe. Er stand in der Tür und ließ das Licht der Taschenlampe über ein Gemälde wandern, das im Flur hing. Auf dem Bild waren Kriegsschiffe, große Fregatten in einer Seeschlacht, dargestellt. Das Gemälde selbst hatte er schon kontrolliert. Dahinter verbarg sich nichts als eine außerordentlich solide Steinmauer.

Franck kam den Flur entlang. Er hörte das Klappern ihrer Absätze auf dem Parkett. Jetzt bog sie um die Ecke und ging das lange, gerade Stück lang, das am Haupteingang des Schlosses vorbeiführte, während sie einen schwachen Lichtkegel über die Wände gleiten ließ.

Oxen blieb, wo er war. Er musste sich eingestehen, dass die Schlacht verloren war. Die Energie, mit der er sich der Aufgabe in den ersten Nächten gewidmet hatte, war schon lange aufgebraucht. Gleich hatte Franck den Haupteingang erreicht. Ihre Absätze waren wirklich laut. Hatte sie die letzten Male nicht Turnschuhe getragen? Als sie einen Läufer überquerte, verstummte der Hall ihrer Schritte für einen Moment, dann konnte er sie wieder hören. Sie war jetzt ganz nah.

Er leuchtete ihr ins Gesicht, und sie kniff die Augen zusammen.

»Lass das. Hast du noch Batterien? Meine sind fast leer. Stehst du hier etwa nur herum? Sollten wir nicht lieber zusehen, dass wir fertig werden?«

Er brauchte einen Moment, um zu erfassen und zu formulieren, was ihm unmittelbar zuvor aufgefallen war. Das Gefühl, dass irgendetwas in der kurzen Sequenz, die er eben erlebt hatte, nicht stimmte – von dem Moment, als Franck um die Ecke kam, bis jetzt.

»Geh noch mal zurück«, sagte er.

»Wie bitte?«

»Geh noch mal zurück. Ganz zurück, bis zu der Stelle, von wo du eben gekommen bist. Und dann kommst du noch mal.«

»Warum denn?«

»Mach es einfach. Ganz zurück, um die Ecke, bis zum Zimmer. Und wenn ich ›Komm!‹ rufe, dann kommst du.«

Franck schüttelte den Kopf und marschierte genervt zurück. Als er ihre Schritte nicht mehr hören konnte, gab er ihr das Signal. Er ging in die Hocke und schaute hoch konzentriert nach unten. Als Franck direkt vor ihm stehen blieb, stand er auf und bat sie, das Ganze noch ein zweites Mal zu wiederholen.

»Nein! Nicht bevor du mir nicht sagst, warum.«

»Danach. Nur noch einmal. Mach schon. Und wenn ich ›Stopp!‹ rufe, dann bleibst du auf der Stelle stehen. Okay?«

Gereizt machte Franck auf dem Absatz kehrt – vielleicht ärgerte sie sein Kommandoton – und verschwand zum dritten Mal den Gang hinunter, während er lauschte. Seltsamerweise war es nur zu hören, wenn sie kam, nicht wenn sie ging. Kurz darauf rief er »Komm!«, und das Ganze begann von vorn.

»Stopp!«

Sie blieb sofort stehen.

»Bleib, wo du bist! Danke!«

Er hastete den Gang entlang und warf sich vor ihr auf die Knie.

»Jetzt mach einen Schritt zurück.«

Sie gehorchte stumm, während er sorgfältig den Boden untersuchte. Das Licht der Taschenlampe spiegelte sich in dem prächtigen, gepflegten Holzboden, der sich über die gesamte Länge des Hauptflurs erstreckte. Das Parkett bestand aus großen Quadraten mit etwa einem Meter Seitenlänge, die eine Art Würfelmuster bildeten. Die einzelnen Quadrate waren dekorativ mit Fischgrätparkett ausgelegt. Das Holz war irgendein schwarzes Edelholz, das intensiv schimmerte, was auf viele Lackschichten schließen ließ.

Franck stand fast mittig in einem der Quadrate. Oxen hielt die Taschenlampe ganz dicht über den Boden und entdeckte einen fast unmerklichen Spalt im Übergang zum nächsten Quadrat. Er war nur einen Millimeter breit und glich vollkommen den Linien, die das Parkettmuster bildeten.

»Zieh einen Schuh aus. Und geh beiseite.«

Er nahm ihren Schuh und schlug ein paarmal fest mit dem Absatz auf das Holzquadrat im Parkett. Dann auf das Feld davor. Dasselbe Feld noch mal – und das dahinter.

»Ich höre es auch«, sagte Franck. »Nicht sehr deutlich, aber da ist ein Unterschied. Respekt.«

»Ein kleiner Unterschied, aber er existiert. Ich habe mich also nicht getäuscht. Vielleicht haben wir ja doch noch Glück.«

Er stand auf und leuchtete die weißen Wände ab. Franck und er befanden sich genau zwischen zwei Fenstern, die zu dem kleinen Vorplatz hinausgingen. An der Wand hing ein großer Spiegel mit einem breiten Goldrahmen. Links und rechts davon waren Kerzenleuchter aus Messing angebracht, mit einer geschwungenen Rückenplatte aus Blütenranken und mit bunten Schmucksteinen verziert. Im Licht der Taschenlampe funkelten sie wie Edelsteine, aber sie waren garantiert aus Glas, sonst hätten die Leuchter vermutlich in einem Safe gelegen. In jedem steckte eine große weiße Kerze.

Gemeinsam nahmen sie den Spiegel von der Wand. Er hing an einem dicken Stahldraht. Oxen untersuchte akribisch den Rahmen und fuhr mit den Fingern immer wieder über die Schnitzereien. Dann musterte er die Rückseite. Nichts. Sie hängten den Spiegel wieder auf, und er nahm sich die Kerzenleuchter vor, die mit jeweils drei Schrauben in der dicken Wand verankert waren.

Er hielt die Taschenlampe dicht an die Steine. Es waren gelbe, rote, grüne, lila, blaue und schwarze. Schwarzer Onyx? Nicht mandelförmig wie die Bomben-Augen der letzten Nacht, sondern rund. Drei an jedem Leuchter. Er betrachtete sie im Lichtschein, überprüfte sie, verglich, sah sich erst den einen, dann die anderen an und andersherum. Der oberste Stein des rechten Leuchters schimmerte irgendwie anders.

»Hast du einen Kugelschreiber?«

Franck zog einen aus der Innentasche ihrer Jacke. Vorsichtig klopfte er mit der Spitze gegen die schwarzen Steine. Erst einmal, dann noch einmal. Der oben rechts klang anders.

»Ich glaube, das ist es, ich glaube, das wird doch noch was«, murmelte er und holte den Kabelsucher aus dem Rucksack.

Langsam fuhr er damit über die Mauer unterhalb des Leuchters, ohne den Empfänger aus den Augen zu lassen. Plötzlich schlug dieser deutlich aus. Direkt unter dem Leuchter verlief eine Leitung – an einer Stelle, für die es keine logische Erklärung gab.

»Ich glaube, das Prinzip funktioniert folgendermaßen«, sagte er und leuchtete den Kerzenhalter an. »Hier oben, wo dieser schwarze Stein sitzt, befindet sich der Sensor für eine Fernbedienung. Wie bei einem Fernseher. Drück auf den Knopf – und das Quadrat da drüben senkt sich ab wie ein Fahrstuhl.«

»Beeindruckend. Falls du recht hast. Nur leider haben wir keine Fernbedienung.«

Er wühlte in seinem Rucksack und angelte einen Schraubenzieher heraus.

»Nein, aber wir haben den hier. Halt mal die Taschenlampe.«

Die Schrauben zu lösen dauerte nicht einmal eine Minute. Während er die letzte Schraube entfernte, hielt er den Leuchter fest. Dann ließ er los, aber der Leuchter fiel nicht herunter. Er wurde von zwei Kabeln gehalten, die aus einem Plastikrohr in der Wand ragten.

»Komm mit der Taschenlampe ganz dicht heran.«

Er holte seinen Seitenschneider und machte sich konzentriert an die Arbeit. Franck war auffallend schweigsam, seit er sie vorwärts und rückwärts über den Flur gescheucht hatte. Er kappte die Drähte mit den richtigen Farben und isolierte sie ab.

»Wollen wir es versuchen? Kommst du mit runter?«

»Spinnst du?«, fauchte sie und machte hastig einen Schritt zur Seite. »Außerdem habe ich drüben im Westflügel eine Leiter im Keller gesehen.«

»Okay. Es geht los!«

Er hielt die Kabelenden so aneinander, dass sie sich berührten, und sofort war ein leises Brummen zu hören. Langsam senkte sich das dunkle Fischgrätparkett und hinterließ ein klaffendes Loch im Boden des Schlossflurs.

Er verspürte ein heftiges Kribbeln in der Magengegend. Genauso gut hätte er im Tal der Könige vor dem Eingang einer noch unentdeckten Grabkammer von Tutanchamun stehen können. Aber es gab einen himmelweiten Unterschied: Er rechnete nicht damit, auch nur eine müde Dänische Krone in Corfitzens Katakomben zu finden – er rechnete eher mit einem Technikraum, Bildschirmen und Aufnahmegeräten.

Der Fahrstuhl stoppte. Sie leuchteten nach unten in den Schacht. Er endete ungefähr in vier Metern Tiefe, und offensichtlich gelangte man von dort aus in einen schmalen Gang, der vom Schloss wegführte.

»Also gibt es im Schloss gar kein geheimes Zimmer. Der Raum ist draußen, unter dem Park.«

»Gut gemacht. Arvidsen hätte wahrscheinlich noch für den Rest seines Lebens danach gesucht«, sagte Franck.

»Ich geh runter«, sagte er und warf sich den Rucksack über die Schulter. Dann ging er auf die Knie, hielt sich an der Kante fest, schwang die Beine über den Rand und ließ sich langsam nach unten gleiten. Er ließ los und landete sicher auf den Füßen.

»Ich muss die Leiter holen. Das kann ich nicht … mit meinem

Bein. Außerdem sollten wir dafür sorgen, dass wir nachher auch auf jeden Fall wieder hochkommen«, sagte Franck und war im nächsten Moment verschwunden.

Er ließ den Lichtkegel wandern. Er war umgeben von nackten Betonwänden. An der Seitenwand befanden sich zwei Schalter. Einer davon war ein gewöhnlicher Lichtschalter, der andere ein runder Knopf, der vermutlich den Aufzug nach oben beförderte. Er drückte auf den ersten Schalter, und in dem schmalen Gang, der ebenfalls etwa vier Meter lang war, flackerte eine Leuchtstoffröhre auf.

Am Ende des Gangs war eine Stahltür. Sie schien tonnenschwer und von beeindruckender Qualität zu sein. Es war genau, wie er befürchtet hatte: Corfitzen hatte sich in den Bemühungen, sein Geheimnis zu bewahren, nicht lumpen lassen.

Auf der rechten Seite der Tür befanden sich ein Handrad so groß wie ein Essteller und drei weitere kleine Räder. An der Wand daneben hing ein ziemlich exklusives elektronisches Schließsystem der Marke J&C Lock Universe. Es bestand aus einer kleinen Digitalanzeige und einer winzigen alphabetischen und numerischen Tastatur. *12 digit security code* stand darauf – ein zwölfstelliger Sicherheitscode.

Wäre es doch nur wie im Film, dann hätte er jetzt irgendein smartes Gerät gezückt, mit dem Sicherheitsschloss verbunden und innerhalb von Sekunden den Code geknackt. Aber in Wirklichkeit gab es das nicht. Selbst leistungsstarke Computer brauchten lange, um einen kombinierten Code aus Zahlen und Buchstaben zu entschlüsseln, sogar dann, wenn er wie gewöhnlich nur sechs oder acht Stellen hatte. Aber davon abgesehen verfügten sie weder über eine derartige Ausrüstung noch waren sie Spezialisten, die damit umgehen konnten.

Er hatte schon befürchtet, dass es so laufen würde, falls sie Corfitzens Raum irgendwann finden sollten. Deshalb war er so vorausschauend gewesen, sein Werkzeug um ein Hilfsmittel zu ergänzen, mit dem er sich weit besser auskannte als mit Hochtechnologie: die brutale und völlig geistlose Durchschlagskraft einer Ladung C4.

Er hatte den Klassiker im Rucksack, eine M112 Sprengladung aus 570 Gramm Composition C4, dem erprobten Plastiksprengstoff, mit dem er in der Armee groß geworden war. Eine andere Möglichkeit blieb ihm nicht. L. T. Fritsen hatte ihm das C4 und eine Reihe elektronischer Auslöser dort besorgt, wo er auch die Pistole organisiert hatte.

Oxen sah sich die Stahltür gründlich an, ihre Einbettung und die Betonwand. Die Kunst bestand darin, sich einen Weg in den Raum dahinter zu bahnen, ohne alles in Schutt und Asche zu legen. Als Jäger hatte er eine Spezialausbildung im Umgang mit Sprengstoffen absolviert.

Gegen die gewaltige Stahltür mit ihren aufeinander abgestimmten Riegeln konnte man nicht viel ausrichten. Die Explosion würde schon an der Oberfläche viel zu viel Energie verlieren. Die einzige Lösung war, ein Loch in die Betonwand daneben zu sprengen.

Er packte den Akku-Schlagbohrer aus dem Rucksack, spannte den Fünfundzwanzig-Millimeter-Betonbohrer ein und setzte das erste von vier Löchern. Indem er den Sprengstoff in ein Loch presste, konnte er die optimale Wirkung aus der relativ bescheidenen Menge herausholen.

Leider war die exakte Stärke der Wand ein unbekannter Faktor in seiner Berechnung, aber seiner Schätzung nach würden die vier Sprengladungen Löcher mit einem Durchmesser von jeweils circa dreißig Zentimetern in die Wand reißen. Wenn er die Bohrlöcher in einem Rechteck anordnete, sodass die Sprengkreise sich knapp berührten, dann hätte er zwischen den vier Löchern am Ende einen rautenförmigen Mauerrest, den er mithilfe eines Hammers und eines kräftigen Bolzenschneiders problemlos entfernen konnte.

Wenn alles glattging, ergab das eine perfekte Einstiegsöffnung.

Er war gerade fertig mit Loch Nummer zwei, als eine Aluminiumleiter klappernd in den Schacht rutschte. Sekunden später stand eine aufgeregte Margrethe Franck neben ihm.

»Was machst du da?« Skeptisch betrachtete sie die Tür, die Wand und seine Gerätschaften.

»Da ist, wie du siehst, eine Tür, die eigentlich nach Fort Knox gehört. Also gehen wir stattdessen durch die Wand.«

»Wir gehen durch die Wand? Und wie, wenn ich fragen darf?«

»Mit C4«, antwortete er und hielt den Sprengstoffblock in die Höhe, damit sie ihn sehen konnte. »Vier Löcher, 125 Gramm pro Loch.«

»Sag mal … Du rennst hier mit Plastiksprengstoff durch die Gegend, Oxen? Bist du komplett durchgeknallt?«

»Ich habe nicht damit gerechnet, dass Corfitzen einen Schlüssel unter die Fußmatte gelegt hat, also – warum nicht? C4 ist so harmlos wie Kaugummi. Du kannst es zerschneiden, verbrennen, du kannst darauf schießen – da passiert gar nichts. Es sind kleine Mengen, aber für uns wird es reichen. Außer du beschaffst uns Corfitzens zwölfstelligen Zugangscode.«

Sie schüttelte matt den Kopf.

»Ich gehe davon aus, dass du weißt, was du tust.«

»Du kannst ganz beruhigt sein, ich mach das nicht zum ersten Mal. Wir fahren mit dem Aufzug hoch, sprengen, fahren wieder runter, schlagen das Loch und klettern durch. Das wird schon klappen.«

Grauer Staub hing wie ein Vorhang in dem schmalen unterirdischen Gang. Vor wenigen Minuten hatte er die vier Sprengladungen gezündet. Wenige Zentimeter über dem Boden klaffte genau wie geplant ein Loch in der Wand.

Nachdem er mit Hammer und Bolzenschneider für einen ungehinderten Durchgang gesorgt hatte, kniete er sich davor und warf einen Blick auf die andere Seite. Hinter dem Mauerloch war kein Raum, sondern nur ein weiterer schmaler Flur. Er krabbelte durch und gab Franck ein Zeichen, ihm zu folgen. Nach wenigen Metern standen sie vor der nächsten Stahltür, die mit einer gewöhnlichen Klinke versehen war. Die Tür, die nicht annähernd so massiv war wie die erste, ließ sich problemlos öffnen. Vorsichtig betraten sie den Raum dahinter und ließen die Lichtkegel der Taschenlampen über die Wände wandern. Er entdeckte einen Schalter und knipste zwei helle Leuchtstoffröhren an der Decke an.

60.

Corfitzens geheimer Raum war etwa vier mal vier Meter groß und wirkte mit seinen Wänden, dem Boden und der Decke aus nacktem Beton wie ein vorgefertigter Kasten, den man einfach in einer passenden Grube im Schlossplatz versenkt und mit Erdreich zugedeckt hatte.

»Wow …«, flüsterte Franck, als ihr Blick auf eine komplette Wand aus Flachbildschirmen fiel.

Sie standen in Nørlunds Allerheiligstem, einer bizarren Mischung aus rauem Beton und ultramoderner Hightechausstattung in mattem Schwarz mit Chrom-Finish. An einer Wand hingen sechs 40-Zoll-Monitore in zwei Reihen zu je drei Geräten. Sie waren mit »Zimmer1«, »Zimmer2«, »Zimmer3«, »Zimmer4«, »Rittersaal« und »Halle« beschriftet.

Auf einem Tisch, der die gesamte Breite der Bildschirmwand einnahm, stand ein Turm aus verschiedensten Geräten, darunter ein Netzwerkrekorder, ein DVD-Player und ein digitaler Audiorekorder. Selbstverständlich hatte Corfitzen auch versteckte Mikrofone installiert. Danach hatten sie nur nicht gesucht.

Rein technisch hatte Oxen keine Ahnung von all den Geräten hier. Er wusste nur, dass die Festplatte, die Arvidsen in die Finger bekommen hatte, irgendwo im Schloss gewesen sein musste. Sonst hätte der Mann sie schließlich nicht gefunden. Und die internen Kameras in den Zimmern mussten damit verbunden gewesen sein. Außerdem wusste er, dass das drahtlose Signal unterwegs sicher kräftig verstärkt worden war, damit Corfitzen hier unten sitzen und Livebilder betrachten konnte.

»Und hier hat er es sich also abends gemütlich gemacht.« Franck rümpfte die Nase bei dem Gedanken.

»Oder den interessanten Gesprächen gelauscht, die seine Gäste unter vier Augen geführt haben – zum Beispiel in einem vertraulichen Moment … im Bett«, sagte er.

Am anderen Ende des Raums standen drei doppeltürige Metallschränke, die vom Boden bis zur Decke reichten. Eine weitere Wand war ganz kahl, und an der vierten hing ein einzelnes Regal über einem Kühlschrank, auf dem eine Kaffeemaschine stand. Franck ging zu den Schränken und öffnete den ersten.

»Ein Archiv«, sagte sie, während sie den Inhalt überflog. »Tonbandaufnahmen und alte Videobänder, alle datiert und in chronologischer Reihenfolge geordnet.«

Sie klappte die Tür des mittleren Schranks auf. Er war halb leer.

»Nur CD-ROMs oder DVDs«, fuhr sie fort.

Sie öffnete den dritten Schrank und blickte auf jede Menge Bücher, alle mit identischem braunem Einband und Goldprägung. Mit einem Satz war Oxen am Schrank und kniete sich davor. Auf dem untersten Regalboden stand ein länglicher Kasten aus dickem Glas, in dem eine Reihe ganz besonders alter Bücher aufbewahrt wurde. Der Deckel war mit verschiedenen Vorrichtungen verschlossen. An dem Kasten – es handelte sich offensichtlich um eine Art Schutzbehälter, der seinen kostbaren Inhalt vor dem Verfall bewahren sollte – war ein Ventil befestigt, vermutlich, damit man die Luft absaugen oder durch ein spezielles Gas ersetzen konnte.

Durch das dicke Glas war es nicht gut zu erkennen, und der

Großteil der Goldprägung war verblasst, aber trotzdem hatte Oxen keinen Zweifel, was er da vor sich hatte.

»Halt dich fest, Franck … Das erste Buch heißt: ›Danehof Nord 1420 – Gründung‹. Das ist Wahnsinn! Hat Bulbjerg nicht gesagt, der Danehof wäre 1413 von Erik von Pommern aufgelöst worden? Und sieben Jahre später erwacht der Danehof wieder von den Toten. In irgendeiner Nord-Variante …«

Pikante, kompromittierende Sexfilme prominenter Menschen waren die eine Sache – ganz besonders wenn es dabei ein Todesopfer gegeben hatte. Auch wenn die mächtigen Männer es wohl schon immer gern wild getrieben hatten. Aber das, was er in diesem Augenblick vor sich hatte, war einzigartig.

»Verdammt, Margrethe. Das hier ist Geschichte. Dänemarks Geschichte. Das ist unglaublich. Sensationell.«

Sie nickte und sah dabei ernst aus, doch der Schrank mit den DVDs schien sie mehr zu beschäftigen als seine Entdeckung.

»Es ist schon spät. Wir sollten bald hier raus. Morgen Nacht kommen wir wieder«, sagte sie.

Er starrte immer noch die vielen Buchrücken hinter dem dicken Glas an. Das erste Buch war eher schmal, Nummer zwei in der Reihe war etwas dicker. Auf seinem Rücken stand: »Danehof Nord – 1420-1469«, gefolgt von: »Danehof Nord – 1470-1519«. Auch das vierte in der Reihe umfasste einen Zeitraum von fünfzig Jahren. Dann klaffte plötzlich eine Lücke von mehr als fünfundsiebzig Jahren. Danach schloss eine längere Reihe an, bei der jeder Band zwanzig Jahre zusammenfasste. Ab 1783 dann eine erneute Lücke.

Konzentriert ging er Buchrücken für Buchrücken auch in den offenen Fächern im Schrank durch. Offenbar bestand erst seit 1859 wieder eine zusammenhängende Chronologie, dafür war sie bis zum heutigen Tag ungebrochen. Der neueste Band war erst wenige Jahre alt. Er umfasste den Zeitraum von 1985 bis 2009 – also fünfundzwanzig Jahre. Oxen nahm das Buch aus dem

Schrank. Es war dick, schwer und von Hand geschrieben. Er schlug die erste Seite auf.

»Das letzte Jahr stand unter dem Zeichen der Finanzkrise. Wir verabschieden uns von überaus schwierigen Monaten.
Der gesamte Danehof hat den Großteil seiner Aufmerksamkeit der finanziellen Situation gewidmet, und wir haben mit unserem ganzen Gewicht Einfluss auf den politisch-ökonomischen Prozess genommen.
Diese Arbeit werden wir auch 2010 weiterführen. Ich gehe davon aus, dass die wichtigen Themen des Jahres sich aus den Konsequenzen der schwierigen Finanzlage ergeben werden und dass wir die Diskussion relevanter gesetzgeberischer Hilfsmaßnahmen fortsetzen werden.
Im Hinblick auf den Ernst der Lage werden wir unsere übrigen Verpflichtungen gegenüber Dänemark und der dänischen Bevölkerung zurückstellen müssen.«
Hans-Otto Corfitzen, Nørlund, 31. Dezember 2009

Er dachte gerade, dass die Worte des alten Exbotschafters eines Staatsministers würdig gewesen wären, als Franck ihn aus seinen Gedanken riss.

»Hier drüben auf dem Tisch ist auch noch was. Eine alte lederne Aktenmappe mit ein paar losen Blättern. Corfitzen scheint daran gearbeitet zu haben. Dem Datum nach zu urteilen ist die letzte Seite noch ziemlich neu. Er hat sie erst wenige Tage vor seinem Tod geschrieben«, sagte Franck, die gerade angefangen hatte, den Schreibtisch und die Monitorwand genauer zu untersuchen.

Er antwortete nicht, sondern blieb, wo er war, vertieft in den Bücherschrank. Er zog das nächste Buch heraus und schlug es willkürlich auf. »April 1978« stand oben auf der Seite.

»Endlich konnten wir die große Kartellangelegenheit in der Stahlbranche beilegen. Vier Jahre Arbeit wurden mit Erfolg gekrönt. Die Staatsanwaltschaft verzichtet darauf, die Sache weiterzuverfolgen. Der Preis war hoch. Seit dem großen Geheimnisverrat 1963 standen wir nicht mehr derart unter Druck. Wir mussten intervenieren und in zwei Fällen auf die ultimative Lösung zurückgreifen, was wir zutiefst bedauern.«

Kartellangelegenheit 1978? Die ultimative Lösung? Das klang, als hätte der Danehof ein Territorium verteidigt und wäre dabei über Leichen gegangen. Es drehte sich also längst nicht nur um Politik, erhobene Zeigefinger und das Wohl und Wehe der Bürgerschaft. Der Danehof war gnadenlos. Heute – und auch 1978.

Er stellte das Buch zurück und studierte die Jahreszahlen. »Der große Geheimnisverrat 1963«, den musste er finden. Er zog den entsprechenden Band aus dem Schrank und blätterte ihn konzentriert durch, bis er das Jahr gefunden hatte.

Franck hatte in der Zwischenzeit eine Menge Knöpfe gedrückt und spielte gerade den Mitschnitt eines Gesprächs zwischen zwei Männern ab. Doch er hörte nicht zu. Endlich hatte er es: »Juli 1963«.

»Mit großer Sorge sehen wir dem Sommer entgegen. Unsere Befürchtungen haben sich bestätigt: Ove Gyldenborg-Sejr, Anwalt am Obersten Gerichtshof, hat seinen Treueeid gebrochen und einen großen Verrat begangen. Er führt heimlich Gespräche mit Staatsanwalt Edvard Pallesen.

Es ist eine Schande für den Danehof Nord, dass so etwas überhaupt möglich ist. Wir schämen uns und bereiten uns in der gesamten Organisation auf die umfassende Lösung vor, die unvermeidbar zu sein scheint.«

Die Sache um den Geheimnisverrat geriet also im Juli 1963 ins Rollen und klang zu diesem Zeitpunkt schon unheilvoll. Er blätterte weiter in den August.

»Die oberste Führung des Danehof hat am Ersten des Monats ein eiligst einberufenes Treffen abgehalten. Auf der Tagesordnung stand nur ein einziger Punkt: der Verrat des Anwalts Ove Gyldenborg-Sejr.
Da diese Angelegenheit unser aller Existenz bedroht, wurde ausnahmsweise vereinbart, die Lösung des Problems nicht allein Nord zu überlassen, sondern gemeinschaftlich vorzugehen.
Wir sind darauf eingerichtet, aktiv zu werden, sobald wir einen endgültigen Überblick über das Ausmaß der Affäre sowie über die Anzahl der Beteiligten haben.
Es bestand Einigkeit darüber, dass die Sache final zu lösen ist. Und umgehend. Mit allen Mitteln.«

Es war ein tödliches und dennoch kontrolliertes Drama, das sich hier in akkurater Handschrift vor seinen Augen entfaltete. Er blätterte weiter. Franck stoppte das Tonbandgerät. Er hörte sie weiter wühlen, doch er beachtete sie nicht.

»Schau mal her!«, rief sie, als er sich gerade den September 1963 vornehmen wollte.

»Jetzt nicht …«

»Schau her, verdammt! Wach auf, Oxen – sie sind alle hier!«

Er hob den Blick. Der Monitor unten rechts war eingeschaltet und zeigte eine Aufnahme aus dem Rittersaal.

Fünf Männer saßen um den Tisch in der Mitte. Corfitzen selbst kehrte der Kamera den Rücken zu. Oxen erkannte ihn an der weißen Mähne. Er legte das Buch auf den Boden und kam näher.

»Da, schau! Das sind sie«, flüsterte Franck und legte den Zeigefinger auf den Bildschirm. »Da ist Frederiksen, das ist Bergsøe, das Uth-Johansen und hier Nyberg … Die CD-ROM war eingelegt …«

Da saßen sie also, Schulter an Schulter: Hannibal Frederiksen, der angesehene, alternde Geschäftsmann, der sein Ende auf dem Grund eines Abhangs vor Málaga gefunden hatte. Neben ihm der Anwalt und Vorsitzende der Wamberg-Kommission, Mogens Bergsøe, dessen Schicksal auf dem Borre Sø besiegelt worden war, als Nächstes der Staatssekretär im Verteidigungsministerium, Ejnar Uth-Johansen, sowie der Konzernchef von *Fortune Pharmaceutical Industries*, Kristoffer Nyberg.

Der letzte Platz war leer.

Keiner der Männer sagte ein Wort. Kerzen flackerten auf dem prächtigen siebenarmigen Leuchter in der Mitte des Tisches, ihr Licht spiegelte sich in einer großen Wasserkaraffe, die auf einem Tablett mit sechs Gläsern stand. Die vier Gäste saßen wie erstarrt auf ihren Stühlen.

Dann ging die Tür auf, und der sechste und letzte Mann trat in den Rittersaal.

Aufrecht und respektvoll stellte er sich hinter die hohe Lehne des freien Stuhls. Erst auf ein Nicken Corfitzens hin zog er den Stuhl zurück und setzte sich.

Der sechste und letzte Mann war Justizminister Ulrik Rosborg.

Corfitzens Blick wanderte einmal reihum, dann räusperte er sich. Mit weicher, angenehmer Stimme ergriff er das Wort.

»Willkommen, liebe Freunde, zur 129. Versammlung des Ersten Rings Nord, dem zweiten Treffen unserer kleinen geschlossenen Runde in dieser Besetzung. Es sind drei Jahre vergangen, seit wir zum letzten Mal das Vergnügen hatten. Lassen Sie uns deshalb mit einem kurzen persönlichen Statusbericht beginnen, um uns gegenseitig auf den neuesten Stand zu bringen. Fangen Sie an, Frederiksen.«

»Ich baue mein Engagement weiterhin schrittweise ab und habe mich aus drei Aufsichtsräten zurückgezogen. Davon abgesehen ist mein Status unverändert.«

Corfitzen nickte Mogens Bergsøe zu.

»Status unverändert. Jedoch mit dem Zusatz, dass meine Frau und ich uns räumlich getrennt haben, auch wenn wir nicht geschieden sind.«

»Und Sie, Uth-Johansen?«

Der Staatssekretär nannte ein paar Punkte in chronologischer Reihenfolge und schloss dann mit der Information, dass er am 1. April zum Staatssekretär im Verteidigungsministerium ernannt worden sei.

»Ich würde die Gelegenheit gerne nutzen, um mich dafür zu bedanken«, sagte er.

Der alte Botschafter hob abwehrend die Hände.

»Nichts passiert von allein. Das verdanken Sie ganz Ihrer Beharrlichkeit«, sagte er. »Und Sie, Nyberg?«

»Status unverändert.«

Der Letzte in der Reihe war der Justizminister. Auf Corfitzens Nicken hin stürzte Ulrik Rosborg sich in eine präzise Auflistung der markantesten Ereignisse der letzten drei Jahre.

»Vor siebzehn Monaten wurde ich zum Justizminister ernannt. Mir ist bewusst, welche Einflüsse geltend gemacht wurden, und auch ich möchte mich bei dieser Gelegenheit ausdrücklich dafür bedanken.«

Corfitzen saß steif auf seinem Platz und hob wieder die Hand.

»Danken Sie sich selbst. Talent verleugnet sich nicht. Aber bekanntlich verpflichtet es … Deshalb ist es nur folgerichtig, dass Sie schon so weit gekommen sind – vollkommen verdient.«

Corfitzen nickte Rosborg zu und machte eine kurze Pause, in der die fünf Männer nichts anderes taten, als still am Tisch zu sitzen und ihn anzusehen. Dann fuhr der alte Botschafter fort: »Danke, meine Herren. Die kommenden Tage werden wir nun gemeinsam in dieser inspirierenden Gesellschaft verbringen. Drei

Jahre sind seit dem letzten Mal vergangen. Wie wir beim Kaffee bereits besprochen haben, wird uns genug Zeit für Damwild und Bachforellen bleiben, auch wenn es viel zu tun gibt. Unser Ziel wird es sein, zwei Diskussionen zu führen und sie mit Ergebnissen und entsprechenden Empfehlungen abzuschließen. Es geht dieses Mal erstens um die Integration ausländischer Fachkräfte in den Arbeitsmarkt und die zielgerichtete Schaffung von Arbeitsplätzen als Werkzeug einer verbesserten Integration. Und zweitens um Präzedenz und Strafrahmen bei Gewaltdelikten von besonders gewalttätigem Charakter, wobei vor allem gezielt über eine Tatsache diskutiert werden soll, die das Rechtsempfinden der Bevölkerung in besonderem Maße stört: nämlich dass die Gesellschaft erheblich mehr finanzielle Mittel auf die Täter als auf die Opfer verwendet.«

Corfitzen hatte konzentriert gesprochen und seine Gäste dabei abwechselnd angesehen, ohne auf irgendwelche Notizen zurückzugreifen. Er ließ die Zielvorgabe einen Moment sacken, bevor er zum Schluss kam.

»Wie Sie sehen, zwei sehr unterschiedliche Themen, aber beide eine große Herausforderung, will ich meinen. Ich weiß, es wird sich lohnen. Sie alle wurden sorgfältig ausgewählt, um Dänemark zu dienen. Sie alle gehören zu den besten Männern des Landes.«

»Dabei haben sie angeblich ja ›nur ein gemütliches Jagd- und Angelwochenende‹ hier verbracht, die Arschlöcher …«

Franck warf einen Blick auf ihre Armbanduhr, stoppte den Rekorder und schaltete den Bildschirm aus.

»Mehr geht nicht, Oxen. Es ist spät. Die hier nehme ich mit«, sagte sie, nahm die DVD heraus und steckte sie ein. »Ich will endlich die Originalaufnahme des Justizministers mit Virginija haben. Ich will sehen, was mit ihr passiert ist. Wenn ich nur wüsste, wo dieses verdammte Video steckt!«, fluchte sie.

»Vielleicht hat er eine Kopie fürs Archiv gezogen? Oder auf

einer Festplatte gesichert? Da drüben auf dem Tisch liegt eine, habe ich vorhin gesehen. Wenn er die Aufnahme aber wirklich nur auf der Festplatte aus der Jagdhütte gespeichert hat, dann haben wir wohl Pech gehabt. Die haben sich nämlich die drei gut getarnten Herren vom See unter den Nagel gerissen. Sie ist längst weit, weit weg – oder vernichtet.«

Franck nickte. »Vielleicht finde ich sie morgen, wenn wir wiederkommen. Falls sie überhaupt hier ist. Aber jetzt sollten wir wirklich verschwinden.«

Die Gedanken in seinem Kopf drehten sich im Kreis. »Danehof Nord«. Warum Nord? Gab es auch noch ein Süd, Ost und West? Und was hatte Corfitzen mit dem »Ersten Ring« gemeint?

»Du hast recht. Wir sollten gehen«, sagte er und ärgerte sich sehr, denn am liebsten hätte er den ganzen Bücherschrank mitgenommen.

Wenigstens den Band von 1963 hob er noch vom Boden auf. Er wollte auf keinen Fall verpassen, wie der »große Geheimnisverrat 1963« ausgegangen war. Er steckte das Buch in seinen Rucksack. Bevor er das Licht ausmachte, griff er im Vorbeigehen noch schnell die Aktenmappe vom Schreibtisch, von der Franck gesprochen hatte.

Kurz darauf fuhren sie auf der kleinen Aufzugplattform nach oben und standen wieder auf dem Parkett des Schlossflurs. Jetzt mussten sie nur noch zurück in den Keller und durch das Fenster nach draußen.

Franck schnappte sich gerade die Leiter, während er an der Tür zum Herrenzimmer auf sie wartete, als auf einmal links und rechts von ihnen kräftige Taschenlampen aufleuchteten. Sie saßen in der Falle.

Sein erster Gedanke galt der Pistole im Rucksack. Sein nächster der Aktenmappe. Es gelang ihm gerade noch, die Mappe zwischen ein paar Büchern im Regal neben der Tür verschwinden zu lassen.

»Bleibt, wo ihr seid! Und Hände hoch, sodass wir sie sehen können! Nur eine falsche Bewegung, und wir mähen euch nieder. Verstanden?«

Das scharfe Kommando kam von rechts, aber die Lampen bewegten sich von beiden Seiten auf sie zu.

61.

Sie waren in infernalischem Lärm gefangen. Oxen nahm ganz deutlich den intensiven Geruch frischer Holzspäne wahr, und die Art des Kraches vermittelte ihm eine ziemlich konkrete Vorstellung davon, was gerade um sie herum vor sich ging. Als einer der sechs Männer, die sie im Schlossflur so freundlich empfangen hatten, ihm die Augenbinde abnahm, bekam er Gewissheit. Sie saßen auf dem Waldboden, jeder mit einem Kabelbinder um die Handgelenke an einen Baumstamm gefesselt. Sie befanden sich in einem großen, rechteckigen Waldstück, das offensichtlich gerade gerodet wurde.

Nur wenige Meter entfernt fraß sich ein Holzvollernter auf gewaltigen Rädern mit teuflischer Effektivität durch die Baumreihen. Der unersättliche Schlund des Monsters war in Wirklichkeit eine Art Kreissäge, die auf einen langen Kran-Arm montiert war. Diese Maschine konnte fällen, entasten und die Stämme dabei in Stücke von vorprogrammierter Länge zerteilen – und das alles in einer Geschwindigkeit, die einen Waldarbeiter sehr, sehr alt aussehen ließ.

Er warf einen vorsichtigen Blick zu Franck, die in das dämmernde Morgenlicht blinzelte, nachdem auch ihr die Augenbinde abgenommen worden war. Er sah, wie sie zusammenzuckte. Völlig paralysiert starrte sie die Maschine an, die in dieser Sekunde einen dicken Stamm kappte, als wäre es ein Zahnstocher.

Zwischen ihr und der Maschine standen nur noch acht Bäume.

Einer der Männer hatte im Schloss ihre Taschen gefilzt und

natürlich sofort die DVD gefunden, die Franck eingesteckt hatte. Und ebenso natürlich hatte er den dicken Danehof-Band in Oxens Rucksack entdeckt. Das Kampfmesser, das er sich wie gewöhnlich ans rechte Bein geklebt hatte, war dem Kerl allerdings entgangen. Was nur leider nicht viel brachte, wenn man mit den Armen an einen Baumstamm gefesselt auf dem Boden saß.

Die Männer, die schwarze Sturmhauben trugen, hatten sie auf die Ladefläche eines Kleintransporters verfrachtet. Dann waren sie etwa eine Viertelstunde herumgefahren. Das letzte Stück auf unebener Strecke, was mit Sicherheit Waldwege gewesen waren.

Er sah sich um und versuchte, sich zu orientieren. An der entfernteren Längsseite des Rodungsgebiets wuchs eine kleine Wand aus Blaufichten, und am anderen Ende konnte er ein großes Auto ausmachen, irgendeinen silbernen Geländewagen, der mit der Frontseite zu ihnen stand. Im Wagen sah er die dunklen Umrisse von zwei Personen.

Hinter dem Auto erstreckte sich undurchdringliches grünes Laub, ein dichter Buchenwald, und in der Ecke, die am weitesten von ihnen entfernt war, ragte eine Handvoll riesiger Nadelbäume in den fahlblauen Himmel. Die Spitze des höchsten Baums war abgeknickt, ein zweiter stand so schief wie der schiefe Turm von Pisa.

Als er wieder zu Franck sah, standen nur noch sieben Bäume zwischen ihr und der Maschine.

Die Frontscheibe des Waldmonsters reflektierte das Sonnenlicht, er konnte also nicht erkennen, ob der Fahrer mit entschlossener Miene bereit war, Mossmans Assistentin auf einem Meter Höhe in zwei Teile zu zerlegen.

Er hob den Kopf und schaute zurück in die Ecke mit den Nadelbäumen. Er kannte diese Riesen. Er wusste, wo die Majestäten standen. Vor allem der König der Gegend – der ohne Krone. Sie befanden sich im Ersted Skov, nur ein kleines Stück westlich von seinem alten Lagerplatz am Lindeborg Å. Vielleicht einen knappen Kilometer Luftlinie entfernt.

Gleich waren es nur noch sechs Stämme zwischen Franck und dem Monster.

Panisch rief sie ihm irgendetwas zu, aber er sah nur, wie sich ihr Mund bewegte. Er versuchte, einen konstruktiven Gedanken zu fassen, aber jede Bemühung ertrank in dem ohrenbetäubenden Lärm.

Der Mann, der ihnen die Augenbinde abgenommen hatte, musste irgendwo hinter ihnen sein, er war nirgends zu sehen. Gut möglich, dass sogar alle sechs in ihrem Rücken lauerten, denn selbst wenn sie im Chor gebrüllt hätten, hätte er nichts davon mitbekommen.

Die Maschine erfasste den nächsten Stamm. Bald war Franck an der Reihe. Und er konnte noch immer keinen zusammenhängenden Gedanken fassen, der irgendeine Form von Hoffnung versprach.

Der Säge-Arm war unersättlich. Die Meterstücke fielen mit widerwärtiger Präzision.

Gerade als das nächste Stück Holz auf dem Waldboden landete, trat ein Mann mit Sturmhaube in sein Blickfeld und gab dem Maschinenführer ein Signal, woraufhin das Monstrum wendete und von ihnen wegfuhr, während der Lärm erstarb.

Mit verschränkten Armen und leicht gespreizten Beinen stellte sich der Mann vor ihnen auf.

»Was für eine Höllenmaschine … Das würde eine echte Sauerei geben, und so was liegt mir nicht. Ich habe keinen Spaß daran, aber ich tue, was man mir sagt. Mein Auftrag lautet, euch zu eliminieren. Und diesen Auftrag werde ich auch ausführen, aber lieber auf saubere Weise. Hättet ihr einfach aufgegeben und das Schloss verlassen, dann wären wir nie hier gelandet.«

Der Mann gab ein Zeichen, und einer seiner maskierten Helfer trat hinter ihnen vor. Er hielt eine Motorsäge in der Hand. Womöglich standen wirklich alle sechs dahinten.

Der Mann startete die Säge und durchtrennte den Stamm, an den Franck gefesselt war, direkt über deren Kopf, der in einer Wolke fliegender Späne verschwand. Danach zog er sie auf die Füße. Da stand sie nun, die Hände immer noch auf dem Rücken gefesselt, und sah inmitten der großen Rodung erschreckend klein und hilflos aus. Zum ersten Mal schien es, als hätte alle Energie sie verlassen.

Danach war er an der Reihe. Die Späne spritzten in seinen Nacken und peitschten ihm um die Ohren, sie fühlten sich an wie Nadelstiche. Dann fiel der Baum, und er konnte sich hochstemmen und die Arme über den Baumstumpf ziehen.

»Rüber mit euch zum Bagger!«

Der Mann zeigte hinter sie und zog eine Pistole aus dem Holster unter seiner Jacke.

Oxen und Franck drehten sich um und sahen sich einem weiteren Mann mit Sturmhaube gegenüber, der eine Maschinenpistole am Riemen vor der Brust trug. Die restlichen drei Männer aus dem Schloss waren offenbar nicht mit in den Wald gekommen.

Der Bagger stand etwa dreißig, vierzig Meter entfernt neben einem großen Berg aus hellbraunem Sand, dahinter parkte ein Radlader. Es war alles bereit für ein effektives Begräbnis. So etwas hatte er schon einmal gesehen. An einem anderen Ort. Zu einer anderen Zeit.

Die Männer scheuchten sie zum Bagger. Dort angekommen, starrten sie in eine Grube. Sie war tief und groß. Viel größer als nötig.

Die Grube … Ein ordentliches Stück Arbeit, das ein Mann in einer großen gelben Maschine geleistet hatte. Jeder war imstande, ein solches Loch in die Erde zu graben. Aber das, was man hineinwarf, das machte am Ende den Unterschied.

Die Luft flimmert in der Hitze. Sie liegen übereinander, mehrere Schichten, kreuz und quer, wie Spielzeugpuppen. Der süßliche Gestank kriecht ihm in die Nasenlöcher, den Rachen hinunter und krallt sich im Magen fest, er quetscht den bitteren Inhalt nach oben in den Mund.

Alles schwirrt und summt. Schmeißfliegen, Maden ... In Mündern, Nasen, Augen.

»Ganz an den Rand! Und auf die Knie! Wie gesagt, ein Auftrag ist ein Auftrag ... Ihr hättet euch fernhalten sollen, ihr Idioten. Dasselbe galt übrigens auch für Arvidsen.«

Oxen ließ sich im Sand auf die Knie fallen. Franck folgte seinem Beispiel.

Es sieht aus wie ein Haufen Schmutzwäsche, der auf dem Boden herumliegt. Einfach wahllos hingeworfen. Klamotten in allen Farben. Keine edlen Sachen. Normale, billige Kleider in grellen Farben, langweiliges Zeug.

Aber es stecken noch Menschen in den Kleidern. Grau und abgemagert. Die Oberen liegen noch nicht lange da. Sie haben bleiche Wangen, matte Augäpfel und krumme Finger, die nach Hilfe suchen.

Ganz oben liegt ein großer Schuljunge. Er hat ein Juventus-Trikot an.

»Wenn ihr an Gott glaubt, dann ist es jetzt so weit«, sagte die Stimme hinter ihnen. Es klang nicht dramatisch, eher wie eine nüchterne Feststellung.

Oxen presste die Augen zusammen. Er warf den Kopf hin und her. Versuchte, seine Wahrnehmung zurechtzuschütteln. Das Fußballtrikot verschwand.

»Halt still, Mann! Bist du verrückt geworden? Halt endlich still!« Der Typ hinter ihnen schrie fast vor Wut.

Oxen öffnete langsam die Augen. Die Grube war leer. Der Sand war sauber. Hellbraun und dunkelbraun.

Neben ihm kniete Franck. Sie sah ihn mit großen ängstlichen Augen an.

Er registrierte, dass der Mann erst jetzt die Waffe durchlud. Aber er hatte noch immer keinen Plan, nur Bruchstücke. Er brauchte mehr Zeit.

»Stopp, warte!«, rief er. »Wenn du das durchziehst, haben deine Chefs ein unangenehmes Problem am Hals. Hörst du?«

»Halt's Maul.«

»Wenn du jetzt abdrückst, wird die ganze Welt sehen, wie der dänische Justizminister vor laufender Kamera eine Frau umbringt. Was glaubst du, was deine Chefs davon halten werden?«

Aus dem Augenwinkel konnte er sehen, wie der Mann hinter ihnen die Waffe sinken ließ und das Gewicht unruhig von einem Bein auf das andere verlagerte.

»Was zur Hölle meinst du damit?«

Die Frage kam mit einem gewissen Zögern.

»Genau das, was ich gesagt habe. Ich habe das Video gesehen. Und ich habe es gespeichert. Wenn ich nicht innerhalb der nächsten achtundvierzig Stunden eine bestimmte Aktion durchführe, dann geht automatisch eine Mail mit der angehängten Datei an die Nachrichtenredaktionen von DR und TV 2. Und als kleine Extraabsicherung auch noch eine an die BBC. Kapierst du das?«

Franck warf ihm einen Seitenblick zu, aber sie verzog keine Miene.

Seine Finger tasteten an seinem Hosenbein entlang und schoben es ein kleines Stück nach oben. Vorsichtig. Noch ein Stück und noch eins.

Der Mann hinter seinem Rücken telefonierte und informierte seinen Chef über die unerwartete Entwicklung. Vielleicht war sein Chef einer der Männer in dem silbernen Geländewagen, der so bedrohlich am Waldrand parkte.

»Hier«, sagte der Mann. »Ich halte dir das Telefon ans Ohr, und dann erzählst du meinem Chef ganz genau, was auf diesem Video zu sehen ist, von dem du hier rumfaselst.«

Oxen konzentrierte sich und fing an zu reden: »Mein Name ist Niels Oxen. Das Video stammt aus Hans-Otto Corfitzens geheimer Überwachungsanlage auf Nørlund Slot. Es ist letztes Jahr in der Nacht von Samstag auf Sonntag, den 16. Oktober, aufgenommen worden. Man sieht, wie Justizminister Ulrik Rosborg Virginija Zakalskyte von hinten vergewaltigt. Sie trägt einen Lederharnisch und ist mit einer Trense geknebelt. Er hat einen Gurt um ihren Hals gelegt. Es ist brutal. Sehr brutal. Erst sieht es aus, als hätte sie Spaß daran, aber das ist nur der Rauschzustand kurz vor dem Ersticken, nicht wahr? Doch Rosborg hört nicht auf. Er ist wie von Sinnen. Geradezu besessen. Und er macht immer weiter, stößt zu – und strafft den Gurt. Immer enger. Selbst als sie das Bewusstsein verliert und nach vorne sackt, hört er nicht auf. Erst etwas später kommt er zu sich. Er stürmt in Panik aus dem Zimmer und taucht nach ein paar Minuten wieder auf, in Begleitung von Corfitzen. Aber es ist zu spät. Virginija Zakalskyte aus Vilnius, siebenundzwanzig Jahre alt, ist tot … Sensationelles Material für einen Fernsehsender, finden Sie nicht?«

Der Mann nahm das Telefon von Oxens Ohr, entfernte sich ein paar Schritte und begann ein eindringliches Gespräch mit seinem Chef.

Oxen ließ die Finger zurück zum rechten Hosenbein wandern. Die beiden anderen Männer standen auf der gegenüberliegenden Seite der Grube. Sie konnten nicht sehen, was er hinter seinem Rücken mit seinen Händen versuchte. Das Hosenbein war jetzt weit genug oben. Die Finger glitten über die Messerscheide, fanden die kleine Lasche, zogen sie hoch und schlossen sich um den Schaft. Vorsichtig zog er das Messer heraus, kippte die scharfe Klinge senkrecht nach oben und drückte sie gegen den Kabelbinder. Dieser gab fast sofort nach.

Er konnte den Mann hinter sich reden hören, aber nicht verstehen, was er sagte. Kurz darauf kam er zurück.

»Wir haben einen Computer in der Nähe … Mein Chef hat mir den Befehl gegeben, euch auf der Stelle laufen zu lassen, wenn du uns sagst, wo diese Mail gespeichert ist und wie dein kleines ›Arrangement‹ funktioniert. Und mein Chef ist bekannt dafür, Wort zu halten.«

Oxen schnaubte. »Bist du verrückt? Sobald ihr alles wisst, liegen wir wieder hier.«

Der Mann seufzte tief.

»Okay«, sagte er. »Dann machen wir es anders. Ich schieße dir erst die eine Kniescheibe weg, dann die andere. Und danach die Eier. Und so machen wir weiter, bis du mir alles erzählt hast. Steh auf.«

Im selben Moment schnellte Oxen auch schon hoch. Wie eine gespannte Feder, die losgelassen wurde. Er drehte sich um die eigene Achse und orientierte sich im Bruchteil einer Sekunde, während er die Bewegung fortsetzte. Mit dem rechten Fuß trat er dem Mann die Pistole aus der Hand, tauchte mit dem Kopf nach vorn, rollte sich ab und war sofort wieder auf den Füßen – jetzt hinter dem überrumpelten Mann.

»Hinter mich!«, rief er Franck zu und schlang den linken Arm fest um das Kinn des Mannes. Er presste ihm das Messer an die schutzlose Kehle.

»Zum Radlader, Margrethe! Nicht rennen! Bleib genau hinter uns!«

Franck kapierte sofort und blieb in Deckung. Die beiden anderen Männer hatten die Waffen gehoben: Eine Maschinenpistole und eine Pistole waren jetzt auf Oxen und Franck gerichtet, aber die Männer wussten offensichtlich nicht, was sie weiter tun sollten.

Schritt für Schritt bewegte die Dreiergruppe sich rückwärts auf den Radlader zu. Die Männer folgten ihnen, immer noch zögerlich und auf der Suche nach Antworten. Aber ihr Anführer sagte nichts, er stieß nur ein heiseres Fauchen aus.

Franck hatte den Radlader erreicht. Auch Oxen hatte nur noch wenige Meter zurückzulegen. Er nahm das Messer beiseite und schlang den linken Arm wie einen Schraubstock um den Hals des Mannes. Dann streckte er die Hand mit dem Messer nach hinten.

»Deine Hände, schnell!«

Franck drehte ihm den Rücken zu, und er durchtrennte den Kabelbinder.

»Steig hoch und lass ihn an. Einfach den Schlüssel drehen, wie bei einem Auto. Dann rutschst du nach hinten. Die Gangschaltung ist am Joystick, der Kippschalter muss auf neutral stehen. Denk dran, neutral!«

Er hatte das Messer gleich wieder an den Hals des Mannes gepresst. Es kam ihm vor wie eine Ewigkeit, aber dann endlich gab der mächtige Motor ein dumpfes Röhren von sich, und eine stinkende schwarze Wolke quoll aus dem Auspuff.

Es war so weit. Das letzte Manöver würde das schwierigste werden. Beide Waffen waren auf ihn gerichtet, aber die Männer wollten nicht abdrücken oder wagten es nicht. Er wechselte noch einmal den Griff und hielt den Messerschaft zwischen den Zähnen, um die rechte Hand frei zu bekommen. Seine Finger klammerten sich auf halber Höhe am Radlader fest, und auch sein Fuß fand Halt. Er zog sich und seinen lebenden Schutzschild auf das unterste Trittbrett. Der Mann stellte die Füße freiwillig ab, andernfalls wäre er wohl erstickt.

Noch zwei Stufen. Die Männer suchten nach einer Schwachstelle, nach der Gelegenheit für einen Kopfschuss. Für einen, der todsicher nicht danebenging. Also blieb er ständig in Bewegung und in Deckung.

Vom obersten Trittbrett gelangte er ins Führerhaus. Die scharfe Klinge lag wieder an der Kehle des Mannes.

Er warf einen schnellen Blick über die Schulter auf die Armaturen im Führerhaus, der Joystick befand sich an der rechten Armlehne. Er war bei den Pionieren schon einmal mit so schwerem Gerät gefahren, aber das war lange her. Mit der freien Hand zog er den Joystick nach hinten, und die Schaufel bewegte sich nach oben. Er schob ihn nach rechts und kippte so die Schaufel nach vorn, damit sie eine möglichst große Fläche abschirmte und den bestmöglichen Schutz bot. Der Mann wurde unruhig und hob einen Arm, um das Gleichgewicht zu halten.

Es war eigentlich keine richtige Entscheidung, wie man sie nach einer Reihe von Überlegungen traf, sondern Instinkt. Mit einem harten Ruck zog er das Messer von links nach rechts über den Hals des Mannes und beförderte ihn mit einem Tritt in den Rücken von der obersten Stufe. Dann stellte er den Kippschalter auf »rückwärts« und trat das Gaspedal durch.

Er drehte das Lenkrad und korrigierte den Winkel der Schaufel, sodass sie wie ein riesiger Schild den Kugelhagel abfing, den die beiden Männer augenblicklich abfeuerten, als ihr lebloser Chef mit durchtrennter Kehle vom Radlader stürzte.

Die Kugeln klirrten gegen das Metall, prallten von der Schaufel ab. Ein paar Schüsse erwischten die Frontscheibe, aber das war egal. Mit Vollgas setzte Oxen den Radlader zurück. Der kräftige Motor ließ die großen Reifen über den Untergrund rumpeln, über jedes Hindernis und jede Unebenheit hinweg.

Die beiden Männer stellten das Feuer ein. Er hörte Franck rufen, dass sie in den Bagger kletterten, aber das war ihm egal. Er musste sich konzentrieren. Er bremste ab, schob den Kippschalter auf »vorwärts«, wendete und senkte die Schaufel, um sie als Rammbock einzusetzen. Dann drehte er den Motor hoch in den höchsten Gang und bretterte mit Vollgas los.

»Festhalten!«, rief er Franck zu, genau in dem Moment, als der Radlader die Wand aus Blaufichten unter sich begrub und durch eine Schonung junger Bäume pflügte. Erst geradeaus, dann bergab. Die Maschine räumte jeden Widerstand aus dem Weg und hinterließ eine Schneise der Verwüstung, als wäre ein Orkan durch den Wald gefegt.

Sie rasten den Hang hinunter ins Flusstal. Er hatte eine ziemlich genaue Vorstellung davon, wann und wo ihre Wahnsinnsfahrt enden würde, er hatte ein klares Ziel für dieses Manöver.

Das ganze Führerhaus wackelte, als sie einen der größeren Bäume erwischten, der vor ihnen auftauchte, während sie die Schonung hinter sich ließen. Der Radlader tanzte und holperte vorwärts auf dem Weg ins Tal, er walzte Bäume und Büsche einfach platt. Dann hatten sie die Senke erreicht, das Gelände wurde flach, und nach einem kurzen Stück durch hohes Gras landeten sie mitten in einem breiten Weidengehölz.

Jetzt war es vorbei. Wie erwartet. Die schwere Maschine sank. Die Räder steckten bis zur Hälfte im Schlamm, der Motor erstarb.

Hastig verließen sie das Führerhaus. Es lag noch ein ganzes Stück durch den Sumpf vor ihnen, bevor sie an seinem alten Lagerplatz wieder festen Boden unter den Füßen haben würden.

Er drehte sich um. Ihr Vorsprung war nicht sehr groß. Oben am Rand des Hangs, in der offenen Schneise zwischen den Blaufichten, holperte der gelbe Bagger heran wie eine wütende Giraffe.

62.

Sie waren komplett verdreckt, überall klebte schwarzer, stinkender Schlamm. Er hatte Franck mehr oder weniger hinter sich hergeschleift. Normalerweise stellte ihre Prothese kein merkliches Handicap dar, aber bei diesem Tempo in derart schwierigem Gelände bereitete sie dann doch Probleme.

Endlich erreichten sie sein altes Lager. Von hier aus konnten sie die Köpfe ihrer Verfolger in einiger Entfernung gerade noch zwischen Binsen und Grasbüscheln auftauchen sehen.

Franck ließ sich rücklings auf den Boden fallen und schnappte nach Luft, während er mit einem Satz bei einem Reisighaufen war und ihn beiseitefegte. Unter einer Decke, getarnt mit Blättern, Gras und Erde, lagen sein Bogen und die wenigen Jagdpfeile, die er noch übrig hatte.

Wäre er allein gewesen, hätte er eine Konfrontation vermieden und die Flucht ergriffen, über den steilen Abhang im Osten und weiter durch den Vesterskov. Mit Franck im Schlepptau war das unmöglich. Die Männer würden sie einholen und auf der Stelle erschießen.

»Hoch mit dir, Margrethe! Du musst mir helfen.«

Er nahm die Decke und lief zurück zu der sandigen Stelle, wo der Sumpf in festen Boden überging. Er kniete sich in eine kleine Senke und fing eilig an, den Sand mit beiden Händen zur Seite zu schaufeln. Von hier aus hatte er exakt den Bereich im Blick, von wo aus die Verfolger kamen.

Als Franck neben ihm stand, legte er sich flach auf den Bauch, Pfeile und Bogen parat.

»Deck mich zu. Dann tarnst du die Decke mit Sand und Gras und ein paar Zweigen. Und leg Gras über meine freie Hand und den Bogen.«

Sie arbeitete schnell. Schon wenig später betrachtete sie zufrieden das Ergebnis.

»Wenn das Ganze irgendetwas bringen soll, dann muss ich so nahe wie möglich mit dem Bogen an den Typen dran sein«, erklärte er.

»Selbst im besten Fall erwischst du nur einen von beiden. Und was passiert dann?«

»Das werden wir sehen. Aber du musst jetzt verschwinden. Wenn du den Bach durchquert hast, kletterst du hinter der großen Eiche den Hang hoch. Weiter oben wird es flacher. Da ist ein großer umgestürzter Baum. Dort wartest du auf mich.«

»Nur eine Sache noch … Hast du wirklich diese Videoaufnahme, von der du gesprochen hast?«

»Später … Hau endlich ab!«

Franck nickte und verschwand ohne weitere Einwände. Durch den schmalen Spalt zwischen Decke und Sandboden konnte er die Verfolger momentan zwar nicht sehen, aber es war nur eine Frage der Zeit, bis sie direkt auf ihn zumarschieren würden. Er hatte einen einzigen Schuss. Der durfte auf keinen Fall danebengehen. Danach musste er sich schleunigst zurückziehen und Franck folgen.

Ein paar Minuten später tauchten sie auf. Zum Glück ging der Kerl mit der Maschinenpistole vorneweg, sein Kamerad folgte etwa zehn bis fünfzehn Meter hinter ihm. Oxen würde sich also nicht unter massivem Beschuss zurückziehen müssen. Beide Verfolger hatten ihre Sturmhauben ausgezogen, vermutlich wegen der Hitze.

Als der Vordermann die umgestürzte Birke erreichte, war der Abstand perfekt. Oxen musste auf die Knie, um vernünftig zielen zu können, daher blieb ihm keine andere Wahl, als aus der Deckung zu kommen. Er zählte leise herunter.

Als es so weit war, stieß er sich mit den Ellenbogen ab und drückte sich auf die Knie hoch. Der Bogen war gespannt, noch ehe seine Arme in der Waagerechten waren. Er zielte und ließ den lautlosen Pfeil los.

Für einen kurzen Augenblick blieb der Mann verblüfft stehen. Wie ein Stück Wild. Ohne zu ahnen, was eigentlich geschah, aber in der Gewissheit, dass es etwas Fatales sein musste. Er starrte auf seinen Bauch und realisierte das Blut.

Statt zuzusehen, wie sein Gegner zusammenbrach, warf Oxen sich auf der Stelle flach in den Sand und robbte davon. Erst als er das hohe Gras erreicht hatte, sprang er auf und rannte los. Er hörte, wie hinter ihm eine Reihe von Schüssen abgefeuert wurde.

Die dreischneidige Innerloc-Jagdspitze hatte ihren Job erledigt: Sie hatte einen tödlichen Schnitt durch den Körper des Mannes gezogen, vom Bauch bis zum Rücken, und einen Kanal geöffnet, durch Hautschichten, Muskelfasern, Magen und Eingeweide, durch den das Leben innerhalb weniger Augenblicke entweichen würde.

Gerade als er den Hang erreichte, hallten drei neue Schüsse in schneller Abfolge durch die Luft. Dicht neben ihm streifte eine Kugel die Rinde eines Baumes und die nächste zersplitterte seinen Bogen – schlimmer hätte es kaum kommen können.

Franck rannte schon weiter, als er den umgestürzten Baum erreichte. Er warf einen Blick über die Schulter, doch der Mann war nirgends zu sehen. Dafür entdeckte er einen dritten Verfolger, der sich gerade durch den Sumpf kämpfte. Verdammt. Also doch wieder zwei Feinde. Wäre er nur allein gewesen!

Sie hasteten bergauf durch eine Schneise zwischen niedrigen Tannen und endlich in einen dichten Nadelwald, wo die hohen Fichten jedes Licht verschluckten.

»Halt!«, rief er.

Franck blieb auf der Stelle stehen.

»Mein Bogen ist kaputt. Wir müssen uns etwas einfallen lassen.«

»Sollten wir nicht einfach zusehen, dass wir so schnell es geht hier wegkommen?«

»Er holt uns ein. Und ein dritter ist schon auf dem Weg.«

Er winkte sie zu sich heran, während er nach oben spähte.

»Wir müssen ihn so schnell wie möglich eliminieren«, sagte er, während er auf einen kräftigen Stamm zeigte. »Ich klettere hoch, und du schmeißt dich da drüben auf den Boden, zwischen den beiden Bäumen. Wenn ich dir ein Zeichen gebe, fängst du an zu jammern. Nicht zu viel. Nicht zu wenig.«

»Okay. Wird das funktionieren?«

»Bestimmt.«

Er kletterte nach oben und gab ihr das Signal.

Es vergingen ein paar Minuten, bis er einen dunklen Schatten erahnte, der vorsichtig durch den dichten Wald schlich. Als dieser die wimmernde Frau bemerkte, blieb er stehen und musterte sie misstrauisch. In derselben Sekunde sprang Oxen vom Baum und landete exakt hinter dem unbekannten Gegner. Blitzschnell schlang er die Arme um den Kopf des Mannes und brach ihm mit einem kräftigen Ruck das Genick.

Franck rollte sich auf den Bauch und sah geschockt dabei zu, wie Oxen den schlaffen Körper fallen ließ und die Pistole des Mannes aufhob, eine SIG Sauer, dasselbe Modell wie seine eigene.

Er nahm das Magazin heraus, leerte es und zählte die Patronen. Dann setzte er das Magazin wieder ein.

Ihm blieben fünf Schuss, um den dritten und letzten Verfolger zu stoppen, der unweigerlich auftauchen würde, während sie sich viel zu langsam die restlichen drei, vier Kilometer bis zur Landstraße vorwärtskämpften.

Franck lief, so schnell sie konnte. Sie beklagte sich nicht, obwohl sie inzwischen Schmerzen haben musste. Sie folgten einer tiefen Fahrrinne, die als Zufahrt für die Waldarbeiter diente. So ging es lange, ohne dass sie ihren dritten Verfolger zu Gesicht bekamen.

An einer Lichtung kreuzte die Fahrrinne andere Reifenspuren und ging in einen befestigten Wirtschaftsweg über, der zunächst in eine Senke und danach steil bergauf führte.

»Dieses verdammte Bein. Können wir mal stehen bleiben, nur kurz?«, keuchte Franck.

»Nein! Lauf.«

Ein Stück weiter oben, dort, wo die Schotterpiste auf die breite Landstraße stieß, sah er durch eine Lücke zwischen den Bäumen einen Laster vorbeidonnern.

»Es ist nicht mehr weit. Wir sind bald da.« Er versuchte, sie aufzumuntern.

Der erste Schuss kam von schräg hinten, in dem Moment, als sie die Zielgerade erreichten und nur noch dreihundert Meter von der Straße entfernt waren. Er warf einen schnellen Blick über die Schulter. Eine Gestalt mit Sturmhaube rannte wie ein schwarzes Gespenst ein Stück oberhalb den Hang entlang. Der Mann hatte sie vermutlich erst kurz zuvor entdeckt und versuchte jetzt, ihnen den Weg abzuschneiden.

Beim nächsten Schuss spritzten Split und Steine direkt vor Oxen hoch. Dann folgte eine Serie von vier schnellen Schüssen. Der zweite traf ihn am Rücken, an der linken Schulter. Er lief weiter und lenkte Franck ins Dickicht neben dem Weg. Er sprang hinterher, ließ sich fallen, rollte sich auf den Bauch und feuerte drei Schuss nacheinander ab.

»Lauf, Franck! Immer geradeaus.«

Zwischen den Bäumen waren sie einigermaßen geschützt, aber sie kamen viel langsamer voran.

Der Verfolger feuerte eine neue Salve ab.

Oxen hob die Pistole mit beiden Händen. Dann schoss er mit durchgestreckten Armen, ein einziges Mal. Er schien den Maskenmann erwischt zu haben, ein Streifschuss oder Treffer am rechten Arm, auf jeden Fall warf sich ihr Feind in den schützenden Graben.

Jetzt hatte Oxen nur noch eine letzte Kugel.

Er rannte los, immer geradeaus, und holte Franck wieder ein. Schon Sekunden später knallten hinter ihnen die nächsten Schüsse. Dann hatten sie endlich den Waldrand erreicht.

Sie stürmten ohne Rücksicht auf Verluste durch eine Hecke und standen plötzlich an der Straße. Ein Auto rauschte in Richtung Rold an ihnen vorbei. Weiter weg kam ein Laster, der in Richtung Norden fuhr.

Oxen stellte sich mitten auf die Straße und ruderte mit Armen und Beinen. Es war ein Kühlwagen. Das große Fahrzeug geriet ins Schlingern, als der Fahrer voll auf die Bremse stieg. Aus dem Augenwinkel sah Oxen, wie ihr Verfolger zwischen den Bäumen auftauchte. Und er hörte die zwei Schüsse, die er abfeuerte, doch da dröhnte der Laster heran wie ein riesiger Schutzgeist.

Sie rannten zum Führerhaus und kletterten hinein, ohne den sprachlosen Fahrer um Erlaubnis zu bitten.

»Fahr!«, brüllte Oxen und fuchtelte mit der Pistole.

Er sah gerade noch, wie sich ihr Feind an einen Baum stellte. Und als der Laster davonröhrte, verschwand die dunkle Gestalt aus ihrem Blickfeld.

63.

Als er die Augen aufschlug, blickte er in ein riesengroßes lächelndes Gesicht. Da sich der dazugehörige Mensch dabei nach vorn beugte, hingen ihm die Hautfalten wie Fleischgirlanden vom Gesicht. Oxen fühlte sich spontan an einen Bluthund erinnert.

»*Well …*«

Das eine Wort genügte. Noch wacher musste er eigentlich nicht sein, um zu wissen, wen er da vor sich hatte.

»Das war nicht die erste Kugel, Oxen. Aber es wäre schön, wenn es die letzte bleiben würde.«

Axel Mossman pflanzte seinen mächtigen Körper auf den Stuhl, den er dicht an die Bettkante geschoben hatte.

»Das klingt wie eine Drohung.«

»Pardon, so war es nicht gemeint«, sagte der PET-Chef. »Was sagen die Ärzte zur Schulter?«

»Die wird schon wieder. Das haben sie mir versprochen. Was macht Franck?«

»Margrethe lässt grüßen. Ich soll Ihnen ausrichten, dass sie später vorbeikommt. Sie ist voll des Lobes für Sie. Sie hätten die Nachforschungen vorangetrieben, und Sie hätten auch das Loch gefunden. Sie steht voll und ganz hinter Ihnen, Oxen.«

»Wie meinen Sie das?«

»Margrethe hat ihren Job erledigt, exakt so, wie ich es von ihr erwartet habe. Und trotzdem war sie Ihnen gegenüber äußerst … loyal, Oxen. Loyaler als mir zunächst lieb war. Und ich kenne Margrethe gut genug, dass ich da eine gewisse Sympathie wahrnehme.«

»Warum sind Sie hier? Sind Sie gekommen, um mir zu erzählen, dass Sie auf Nørlund nichts gefunden haben und dass Corfitzens Geheimarchiv mitsamt der Kommandozentrale nur ein gähnend leerer Kellerraum ist? So ist es doch, oder?«

Axel Mossman nickte langsam. Er sah irgendwie betreten aus, falls das Bluthundgesicht nicht täuschte.

»Der Raum war nicht leer. Es stand altes Gerümpel darin, Regale, eine Kommode und solche Sachen.«

»Merkwürdig, so einen Aufwand zu betreiben, mit unsichtbarem Aufzug im Parkett und Stahltür mit Sicherheitscode, wenn der Weg dann doch nur in eine Rumpelkammer führt. Finden Sie nicht? Aber wenn Sie mir nicht glauben wollen, dann glauben Sie vielleicht Franck?«

»Seltsamerweise scheinen immer dann die Beweise zu verschwinden, wenn Sie in irgendetwas verwickelt sind. Leichen verschwinden, Täter verschwinden – und nun auch noch alte Bücher und Ton- und Videoaufnahmen. Und technische Ausrüstung. Alles einfach verduftet …«

»Was zu einem ganz anderen Verdacht führen könnte.«

»Ach ja …? Vielleicht möchten Sie das näher erläutern?«

»Irgendjemand ist permanent außerordentlich gut informiert, und irgendjemand ist immer schon zur Stelle, wenn etwas passiert.«

»Es gibt keinen Maulwurf. Falls Sie das andeuten wollen.«

»Wenn alles nach Vorschrift läuft, wieso buchten Sie den Justizminister dann nicht einfach ein?« Er setzte sich auf, wütend und hellwach.

»Lassen Sie uns zuerst ein Gedankenexperiment machen, Oxen. Es geht um Sie. Sie sind der Mann, der für alles ein Motiv hat.«

»Das ist das Szenario, das Sie von Anfang an vor Augen hatten, nicht wahr? Ich sollte der Sündenbock sein.«

»Die oberste Prämisse in meiner Branche lautet immer, dass man einen Schuldigen finden muss. Aber auf dem Weg zum Ziel setzt man verschiedene Werkzeuge ein und darunter eben manchmal auch ungewöhnliche. Je mehr qualifizierte Teilnehmer man ins Spiel bringen kann, umso mehr Kombinationsmöglichkeiten ergeben sich daraus. Aber lassen Sie mich zu unserem Gedankenexperiment zurückkehren.«

Mossman fuhr mit einem rätselhaften Gesichtsausdruck fort,

aus dem sich unmöglich schließen ließ, ob es hier um Theorie oder Praxis ging.

»Sie hassen Hans-Otto Corfitzen und all die anderen viel zu nachsichtigen diplomatischen Nichtstuer, die damals auf dem Balkan gescheitert sind. Dieses Versagen führte zu grauenvollen Erlebnissen und Narben auf Ihrer Seele, Oxen, und indirekt kostete es Ihren Kameraden das Leben. Sie hassen den Anwalt Mogens Bergsøe, weil er und seine verdammte Kommission Ihren Chef von aller Verantwortung freigesprochen haben. Und Sie haben Arvidsen getötet, weil Arvidsen Sie im Schloss gesehen hat, ja womöglich sogar beobachtet hat, wie Sie den unschuldigen Corfitzen überfallen, an einen Stuhl gefesselt und geschlagen haben. Und Arvidsen war ein richtig mieser Typ, das wissen wir. Er hat versucht, Sie zu erpressen.«

»Er wurde mit einem Gewehr umgebracht.«

»Wenn wir die Umgebung Ihres Lagers mit einem Metalldetektor absuchen, werden wir ein Gewehr finden, da bin ich mir sicher. Solche Sachen findet man immer.«

»Das Messer. Mein Messer in Arvidsens Schenkel. Was hatte es da zu suchen, wenn ich ihn angeblich aus der Distanz erschossen habe?«

»Sie vergessen eins, Oxen … Welches Messer?«

»Hm. Okay. Fahren Sie fort. Fensmark, Ihr eigener Mitarbeiter – in der Jagdhütte ermordet?«

Axel Mossman nickte.

»Ein guter Gedanke«, sagte er. »Sie sichern sich das Material, das Arvidsen versteckt hat, um Sie erpressen zu können – womöglich entlarvende Überwachungsvideos, die Sie selbst im Schloss zeigen? Als Fensmark Sie überrascht, töten Sie ihn. Und weil Sie so ein kaltblütiger Teufel sind, schlagen und verletzen Sie sich selbst, bis das Blut strömt, sodass selbst eine Margrethe Franck Ihnen auf den Leim geht.«

»Die Tatwaffe ist Sergej Pronkos Pistole, also wie …?«

»Nicht so schnell, Oxen.« Mossman hob eine Hand. »Ich weiß nur, dass man die Tatwaffe sehr wahrscheinlich zusammen mit dem vergrabenen Gewehr finden wird, mit dem Sie Arvidsen getötet haben. Ein ballistisches Gutachten kann beweisen, dass es die richtige Pistole ist.«

Er musste sich eingestehen, dass die Polizei, die in dieser Theorie mit dem PET übereinstimmen würde, die Waffe des Russen in ihrem Besitz hatte und sie deshalb an jedem beliebigen Ort platzieren konnte. Aber es gab tatsächlich eine Lücke: »Das Gewehr … die Waffe, mit der Arvidsen getötet wurde, die haben Sie vermutlich nicht.«

Mossman setzte eine nachdenkliche Grimasse auf.

»Für den Moment mag das stimmen. Aber ich bin mir ziemlich sicher, dass da schon eine kleine Bemerkung an geeigneter Stelle genügen würde … irgendetwas in der Richtung, dass uns nur das richtige Gewehr fehlt, um Sie auf der Stelle an die Wand zu nageln … und dann würde es womöglich einfach so vom Himmel fallen. Meinen Sie nicht?«

»Vieles deutet darauf hin. Was ist mit Virginija Zakalskyte?«

»Virginija wer? Sie spielt in der ganzen Sache im Prinzip keine Rolle. Sie war nie auf Nørlund. Die beiden anderen Frauen übrigens auch nicht.«

»Ihre Schwester, Simona? Von ihr gibt es etliche Überwachungsvideos aus diversen Hotels.«

»*Well,* sie war mit ihrem Cousin Sergej in Dänemark. Wahrscheinlich auf Diebestour. Finnen tragen Messer, Litauer klauen mit Händen und Füßen. Das weiß doch jeder.«

»Sie war eine erfolgreiche Geschäftsfrau, selbstständig mit mehreren Bäckereien.«

»Alle klauen, kleine wie große. Unterm Strich zählt nur eins: Niemand auf dieser Erde kann beweisen, dass die beiden etwas mit dem Bergsøe-Fall, dem Corfitzen-Fall oder dem Fensmark-Fall zu tun hatten. Oder mit Arvidsen … Simona ist abgehauen, als es ihr zu heiß wurde. Da war nur Vetter Sergej, der beinahe unter die Räder gekommen wäre, nachdem er sich bei einer internen Auseinandersetzung heiße Ohren geholt hatte. Aber seine dänischen Kontakte aus der Heimat haben ihn aus dem Krankenhaus in Hillerød gerettet. Dass seine Feinde ihn in der Kajüte dann doch noch erwischt haben, ist eine andere Geschichte.«

»Reden wir hier eigentlich über Theorie oder über die Praxis?«

Mossman antwortete nicht auf seine Frage. Er drehte nur leicht den Kopf, sodass er über das Krankenhausbett hinweg aus dem Fenster sehen konnte.

Der PET-Chef saß lange schweigend da, als suchte er irgendwo in dem grauen Himmel über Aalborg nach Antworten. Oxen hatte keine Eile. Er lag in einem bequemen Bett unter einer sauberen, weißen Decke – und seinen linken Arm konnte er sowieso nicht gebrauchen.

»*Well*«, setzte Mossman langsam an. »Nennen Sie mir einen guten Grund, Sie *nicht* einzubuchten, um es mal mit Ihren Worten zu sagen.«

»Ein guter – aber vermutlich unerheblicher – Grund könnte sein, dass ich unschuldig bin. Ich frage noch mal: Theorie oder Praxis?«

»Warum so unflexibel, Oxen? Es könnte doch zum Beispiel davon abhängen, ob wir verhandeln können. Margrethe hat mir erzählt, dass Sie beide nur entkommen sind, weil Sie damit gedroht haben, die Kopie irgendeiner kompromittierenden Aufnahme des Justizministers zu veröffentlichen. Wenn es stimmt, dass Sie eine derartige Aufnahme besitzen, könnten Sie mir das Video diskret übergeben. Und schon sind wir quitt.«

»Und wer ist dann plötzlich der Schuldige?«

»*Well,* das Szenario könnte folgendermaßen aussehen: Bergsøe ist auf einer Kanutour ertrunken. So was passiert, er war ja nicht mehr ganz jung. *Case closed.* Sergej Pronko ist bei Corfitzen eingebrochen, um dort zu stehlen. Vor Schreck ist Corfitzen gestorben. Natürlich finden wir die DNA des Russen vor Ort. *Case closed.* Und da Arvidsen etwas davon mitbekommen und versucht hat, das litauische Gaunerpaar zu erpressen, musste er natürlich auch aus dem Weg geräumt werden. Das Gewehr finden wir nie, aber das ist unwichtig. Die beiden, die dafür verantwortlich sind, sind tot. *Case closed.* Dasselbe gilt für Fensmark, der in der Jagdhütte auftaucht, als Sergej gerade Arvidsens Beweise entdeckt hat. Sergej hat keine andere Wahl, als ihn zu töten. Hier haben wir die Tatwaffe. *Case closed.* Als Vetter und Cousine sich mit ein paar finsteren Typen am Esrum Sø treffen, um einen Deal über irgendwelches Diebesgut zu verhandeln, gerät alles leicht außer Kontrolle. Simona verschwindet, Sergej landet im Krankenhaus. Den Rest kennen Sie ja. *Case closed.* Die Frage ist also: Haben Sie die Aufnahme – oder bluffen Sie, Soldat?«

»In der Theorie kann man sich beides vorstellen. In der Praxis? Da kann man sich auch beides vorstellen … Aber wer würde es darauf ankommen lassen?«

Er griff nach dem Wasserglas auf dem Nachttisch und leerte es in wenigen Zügen. Sein Hals und sein Mund fühlten sich an wie Sandpapier. Sicher eine Folge der Narkose. Mossman streckte die Hand aus.

»Soll ich nachfüllen?«, fragte der PET-Chef.

Oxen schüttelte den Kopf.

»Einen haben Sie vergessen, Mossman. Den Direktor in Spanien, Hannibal Frederiksen.«

»Den kenne ich nicht. Und wenn ich ihn kennen würde, würde ich behaupten, dass er nichts mit meiner Arbeit zu tun hat. Er ist bei einem Verkehrsunfall ums Leben gekommen. Von der Sorte gibt es meines Wissens ziemlich viele in Spanien. Also wären Sie bitte so freundlich, mir bis ins letzte Detail zu schildern, was das Publikum für seine fünfundzwanzig Øre auf dem Video vom Justizminister zu sehen bekommt?«

Er nahm sich einen Augenblick Bedenkzeit und kam zu dem Schluss, dass es keinen Schaden anrichten konnte. Er hatte den Inhalt ja schon verraten, als er und Franck nur Sekunden davon entfernt waren, per Genickschuss hingerichtet zu werden.

»Unter einer Bedingung.«

Mossman begnügte sich mit einem Nicken und hob eine Augenbraue.

»Sie sorgen dafür, dass der Justizminister erfährt, was ich auf dieser Aufnahme gesehen habe. Und Sie machen ihm unmissverständlich klar, womit ich ihm drohe: dass die Aufnahme automatisch an verschiedene Nachrichtenredaktionen weitergeleitet wird, wenn ich nicht jeden zweiten Tag eine bestimmte Handlung ausführe und damit kontinuierlich die Veröffentlichung verhindere.«

»Wenn ich Margrethe richtig verstanden habe, haben Sie das doch bereits mitgeteilt – an der Grube im Wald.«

»Und trotzdem haben die Typen uns verfolgt. Und geschossen, um uns zu töten.«

»Ziemlich dilettantisch, insgesamt betrachtet.«

»Ich würde meine Botschaft gern wiederholen. Also leiten Sie das an Ihren Chef weiter?«

»*Well*, ich werde dem Justizminister gegenüber eine Bemerkung fallen lassen, und dann hoffen wir mal, dass es Ihrer Lebensversicherung einen etwas … dauerhafteren Charakter verleiht. Das Video?«

»Hardcore. Der Justizminister steht offensichtlich auf Lack und Leder, wenn er nicht gerade sein gesundes Leben mit der Kernfamilie genießt.«

Mossman knurrte. Oxen fuhr mit seiner Schilderung fort.

»Der Minister und Virginija waren auf jeden Fall schon ordentlich aufgewärmt, als der Clip anfing. Sie trug Lackstiefel und eine Korsage.«

Er berichtete, wie der Justizminister der litauischen Frau eine Art Harnisch anlegte und ihr die Trense in den Mund drückte. Darauf folgte eine detaillierte Beschreibung der Ereignisse, bis zu dem Punkt, als Rosborg mit Corfitzen zurück ins Zimmer kam, der wieder und wieder brüllte: »Was zur Hölle hast du gemacht, du Idiot?«

Mossman verzog keine Miene, als Oxen fertig war. Einen Moment saß er schweigend da, als wäre er in eine Reihe abgrundtiefer Gedanken versunken.

»Und woher haben Sie die Aufnahme?«, fragte er. Er wirkte immer noch geistesabwesend.

»Das erfahren Sie, wenn Sie mir danach von Arvidsen erzählen.«

»Arvidsen? Einverstanden.«

»Als Franck und ich Simona Zakalskyte und Sergej Pronko nach Kopenhagen gefolgt sind … Ich habe Franck irgendwas anderes erzählt – aber in Wahrheit war Sergej Pronko im Hauptbahnhof, um einen Rucksack zu deponieren. Mit der Unterstützung eines guten Bekannten bin ich spätabends noch mal zurückgekommen, um mir den Inhalt des Rucksacks genauer anzusehen.«

»Und eine Kopie anzufertigen …« Mossman nickte anerkennend.

»Ja.«

»Entweder war das schlau gedacht und sauber ausgeführt, oder es ist eine richtig gute Geschichte.«

»Suchen Sie es sich aus. Und Arvidsen?«

»Poul Arvidsen war Teil einer viel größeren Sache, von der ich Ihnen ohnehin erzählt hätte, Oxen. Sehen Sie …«

Mossmans Blick wanderte vom Fenster über die weiße Decke des Krankenbetts zu seinem Gesicht. Der PET-Chef sah ihm konzentriert in die Augen, während er weiterredete.

»Ich habe viele Jahre nach dem Danehof gesucht. Sehr, sehr viele Jahre.«

Sein Blick verriet ihn offenbar, denn Mossman kommentierte:

»Schauen Sie nicht so überrascht, Soldat … Ich habe etwas gesucht, aber ich wusste nicht genau, was. Einen Zirkel, eine Loge, eine Bruderschaft – oder nennen wir es einfach eine ›Sphäre der Macht‹.«

»Aber wieso haben Sie danach gesucht?«

Für einen Moment schien Mossman in Erinnerungen versunken zu sein, er ließ sich viel Zeit.

»Herrgott, es ist so viele Jahre her. Damals war ich jung. Ich arbeitete in der Mordkommission der Kopenhagener Polizei. Wir hatten einen Fall, bei dem ein neunundachtzigjähriger Mann erschossen worden war, vermutlich von einem Einbrecher. Bevor der Alte starb, gelang es ihm noch, mit seinem eigenen Blut etwas auf den Boden zu schreiben – ›Danehof‹. Wir haben den Täter nie gefunden. Das Opfer war nicht irgendwer. Sein Name war Karl-Erik Ryttinger, der große Mann der dänischen Schwerindustrie. Damals gab es so etwas noch: Er hatte seine Firma aus eigener Kraft aufgebaut.«

»*Ryttinger Eisen.*«

»Korrekt. Ein herausragendes Unternehmen. Und ein in jeder Hinsicht trauriges Ende. Er war im Frühstadium einer Demenz, als er starb. Der Einbrecher ließ eine Menge kostbaren Schmuck und das Familiensilber liegen. Das war seltsam. Und die Kugel steckte genau im Herz, was ebenfalls seltsam schien. Es war mein erster Mordfall. Vielleicht deshalb …«

»Und haben Sie Ryttingers Hintergrund untersucht?«

»Selbstverständlich. Aber wir haben nichts gefunden. ›Danehof‹ erschien wie das Hirngespinst eines Sterbenden. Und dann passierte es vor elf Jahren wieder. Sagt Ihnen der Name Gunnar Gregersen etwas?«

»Das war ein Politiker, oder? Sozialdemokrat, glaube ich.«

»Ja. Er saß in dem parlamentarischen Kontrollausschuss, der sich mit den Nachrichtendiensten befasst. Gregersen war ein aufsteigender Stern, schnell im Kopf und gewandt vor der Kamera.

Und ganz plötzlich begeht er Selbstmord. Er war manisch-depressiv. Seine Frau rief mich eines späten Abends an und sagte, sie habe einen Umschlag gefunden, der an mich adressiert sei. Sie war betrunken – und zutiefst unglücklich. Sie sagte, sie habe in den Umschlag geschaut, und faselte dann irgendetwas von einem Danehof, oder, genauer gesagt, von Danehof Ost. Als ich bei ihrem Haus ankam, war die Frau aus dem Fenster gesprungen. Und nirgends war auch nur der Hauch eines Umschlags.«

»In der ganzen langen Zeit haben Sie nichts gefunden?«

»Nichts Handfestes. Nur diskrete Spuren der Macht. Auch keine weiteren Morde oder andere Gewalttaten. Aber ich habe über die Jahre viel gesehen und so manche Entscheidung miterlebt. Ich habe ihre Umsetzung und die Grundlagen dafür nicht immer verstanden, vorsichtig ausgedrückt. Und ich habe von Dingen Wind bekommen, von denen ich nichts hätte wissen dürfen, und Dinge gehört und gesehen, die ich nicht hätte mitbekommen sollen. Vergessen Sie nicht, ich verbringe viel Zeit unter Politikern. Das alles sind *bits and pieces*, nach und nach aufgesammelt, über viele Jahre hinweg. Zusammen bilden sie das flüchtige Mosaik einer Machtsphäre. Aber die Tür, die zu dieser Sphäre führt, die habe ich nie gefunden. Nur Hinweise darauf, wer dazugehörte.«

»Hans-Otto Corfitzen?«

Mossman nickte still. »Ja.«

»Sie haben auch selbst einen Vortrag im Consilium gehalten.«

»Ein Zufall, glauben Sie mir.«

»Wen haben Sie noch gefunden?«

»Unter anderem den Anwalt Mogens Bergsøe … Corfitzen war der Grund, warum ich damals über verschlungene Pfade dafür gesorgt habe, dass Arvidsen eine Anstellung als Gärtner und Chauffeur auf Nørlund bekam. Dummerweise entwickelte Arvidsen mit der Zeit einen gewissen Geschäftssinn. Er forderte Bezahlung für Dinge, für die ich ihn meiner Meinung nach bereits bezahlt hatte, und es wurde immer undurchsichtiger, wer eigentlich sein Arbeitgeber war. War er mein Maulwurf beim Danehof? Oder war er allmählich der Maulwurf des Danehof bei mir geworden? Oder stand er irgendwo dazwischen und verfolgte sein eigenes Interesse, nämlich Geld? Ehrlich, ich weiß es nicht. Das letzte Mal hat er sich kurz nach Corfitzens Tod bei mir gemeldet. Er wollte mir eine ›sensationelle Videoaufnahme‹ verkaufen, zum Preis von fünf Millionen Kronen. Der hatte eine Schraube locker. Ich wollte Details, aber dann habe ich nichts mehr von ihm gehört, und plötzlich war er tot.«

»Vielleicht hat er Ihnen ja doch erzählt, dass es etwas mit dem Justizminister zu tun hatte?«

»Das ist reine Spekulation.«

»Dann wussten Sie nichts von seiner Observationsliste und dass er diesen Raum gesucht hat?«

»Nein, aber am Anfang hat er mir natürlich noch das eine oder andere geliefert. Das war schließlich sein Job. Ein paar Namen, wer kam und wer ging. Aber ich weiß nicht, ob die Informationen zuverlässig waren. Dass der Justizminister darunter war, davon hatte ich keine Ahnung. Auch nicht von den drei anderen. Aber es gehören mit Sicherheit noch weitere prominente Namen dazu – alles Menschen, die in ihrem Bereich eine zentrale Rolle spielen oder gespielt haben.«

»Und Sie wagen es nicht, Ihren eigenen Chef zu Fall zu bringen?«

»Ist das eine Frage oder eine Feststellung?«

Er glaubte einen Funken von Wut in den Augen des PET-Mannes zu erkennen, doch Mossmans Stimme verriet nichts davon.

»Eher Letzteres«, antwortete Oxen.

»*Well,* die Dinge sind nicht immer, was sie zu sein scheinen. Wenn man so große Bäume fällen will, sollte man als Erstes für eine ordentliche Ausrüstung sorgen. Und dann muss man höllisch vorsichtig sein, denn sonst geht es am Ende schief. Bei der Effizienz, die der Danehof bisher an den Tag gelegt hat, wird mir richtig mulmig. Alle Beweise müssen hundertprozentig wasserdicht sein. Wie ich es Ihnen eben anhand unseres kleinen Gedankenexperiments demonstriert habe. Im Moment habe ich nichts in der Hand. Es sei denn …«

»… ich gebe brav die Videoaufnahme ab. Dann sind der Danehof, der Justizminister – und Sie – endlich alle wieder ganz zufrieden. Aber egal, wie: Entweder ist das wahnsinnig schlau gedacht und sauber ausgeführt, oder Sie haben sich da eine richtig gute Geschichte einfallen lassen. Klingt das wie ein Echo?«

Resigniert hob Mossman die Hände und schnaufte schwer, als wäre er kurz davor, den Versuch, ihm sein Anliegen verständlich zu machen, endgültig aufzugeben.

»Sie sind skeptisch, Oxen. Aber … Sie haben natürlich auch allen Grund dazu. Ich kann nicht mehr tun, als Ihnen zu versichern, dass es sich exakt so verhält, wie ich gesagt habe.«

»Sind *Sie* der Danehof, Mossman? Sind Sie einer von denen?«

Axel Mossman schüttelte still den Kopf. »Nein.«

Oxen griff nach der Karaffe, schenkte sich Wasser nach und trank einen Schluck. Keiner von ihnen sagte ein Wort. Der PET-Chef saß zurückgelehnt neben dem Bett, die Beine übereinandergeschlagen wie ein Mann, der seine letzte Karte gespielt hatte. Was aus der Sache wurde, lag nicht mehr in seiner Hand. Oder hatte der erfahrene Geheimdienstchef nur einen seiner zahlreichen Trümpfe geworfen, die er im Ärmel stecken hatte? Er war viel zu abgebrüht, um sich auch nur das Geringste anmerken zu lassen.

»Wenn Sie nicht der Danehof sind, wer ist es dann?«

Mossman zuckte die Schultern. »Genau das versuche ich herauszufinden. Aber selbst wenn ich Rosborg zu Fall bringen könnte, wäre das bestimmt nicht die cleverste Art, die Sache anzugehen. Es würde mir nur die Möglichkeit nehmen, die anderen zu finden. Hier geht es schließlich auch um Timing.«

»Aber irgendjemand, der dicht dran ist, hat Informationen weitergegeben. Sonst könnte der Danehof nicht jedes Mal so schnell aufräumen.«

»Ich selbst habe den Justizminister mehrmals gebrieft. Im Bergsøe-Fall und in der Corfitzen-Sache. Er hat mich nur deshalb ins Ministerium bestellt. Er ist mein direkter Vorgesetzter.«

»Das ist mir bekannt. Aber da gibt es noch andere Sachen, eine Menge nützliches Detailwissen. Wieso sind unsere Freunde mit den Sturmhauben zum Beispiel genau dann auf Nørlund aufgetaucht, als wir den Raum gefunden haben? Hat Franck sie etwa gerufen, während sie weg war, um die Leiter zu holen?«

»Unsinn. Margrethe ist wie frisch gefallener Schnee. Vollkommen loyal.«

»Was ist mit Ihrer rechten Hand – Rytter?«

»Er wusste nicht, dass Sie und Margrethe auf dem Schloss etwas gesucht haben. Niemand wusste davon. Ich habe und hatte noch nie einen Grund, an Rytter zu zweifeln.«

»Also sind wir wieder am Anfang … bei Ihnen selbst …«

»Oxen, wir drehen uns im Kreis. Das ist ein äußerst mühsames Gespräch.«

Mossman konnte sein Missfallen nicht länger verbergen.

»Der Kerl, der uns bis zur Landstraße verfolgt hat … Ich bin mir ziemlich sicher, dass einer meiner Schüsse ihn zumindest gestreift hat. Kennen Sie irgendjemanden, der plötzlich eine Verletzung am rechten Arm oder an der Schulter hat?«

»Nein. Keine Verletzungen an irgendwelchen Armen – und auch sonst nirgendwo. Haben Sie es nun, oder haben Sie es nicht? Und wenn ja, bekomme ich es dann, oder bekomme ich es nicht?«

Sie waren offenbar am Ende des Weges angelangt. Der PET-Chef lehnte sich wieder nach vorn und sah ihm in die Augen. Der letzte Appell eines Not leidenden Mannes, gestrandet im Archipel der Macht? Oder doch ein Wolf, dem schon der Geifer aus dem Maul troff?

»Ich habe nur einen Wunsch: Ich will meine Ruhe. Vor dem

Danehof, dem PET, der ganzen Welt. Ich will einfach in Frieden gelassen werden. Aber zunächst würde ich gern ein bisschen schlafen, also wenn Sie so freundlich wären …«

»*Well,* dann vielleicht ein andermal …«

Mossman stand auf und verabschiedete sich reserviert mit einem Händedruck. Dann drehte sich der PET-Riese um und trottete zur Tür.

»Eins noch …« Oxen richtete sich auf, als Mossman gerade die Tür öffnete.

»Ja?«

»Sie hätten meinen Hund nicht umbringen dürfen. Niemals.«

»Gute Besserung, Oxen.«

Der Chef des Inlandsnachrichtendienstes nickte kurz und zog die Tür hinter sich zu.

64.

Die Handschrift war formvollendet, die Buchstaben waren ungewöhnlich gleichmäßig und geschwungen. Dänemarks treuer Knappe auf dem diplomatischen Parkett der Welt, Hans-Otto Corfitzen, hatte die Kunst des Schreibens beherrscht. Und er war ein Meister der Formulierung gewesen, auch wenn sein Stil ein wenig altmodisch und hochtrabend war.

Auf der ersten Seite hieß Corfitzen das neue Jahr willkommen:

»Man mag es mit Recht als Ironie des Schicksals bezeichnen. Wir leben in einer modernen, hochtechnisierten Zeit, doch noch nie war eine mittelalterliche Institution wie unser Danehof von größerer Bedeutung als heute – im Geiste wie im Handeln. Auch im kommenden Jahr wird der Danehof mit seinen vereinten Kräften von Nord, Süd und Ost hart daran arbeiten, unser Land in die richtige Richtung zu lenken, politisch wie moralisch.«

Oxen überflog die losen Blätter, die Einträge von Neujahr bis in den Mai enthielten. Er hatte den Inhalt der alten Ledermappe schon zweimal durchgelesen. Irgendwann würde jemand – diejenigen, die dafür gesorgt hatten, dass blitzschnell alles aus Corfitzens unterirdischem Versteck verschwunden war – bemerken, dass etwas fehlte. Und dann würde die Hölle losbrechen.

Im Februar drehten sich die Aufzeichnungen um ein Unglück, das Oxen altbekannt war.

»Heute, am 18. Februar, erhielt ich die tragische Nachricht, dass Hannibal Frederiksen bei einem Verkehrsunfall in Spanien zu Tode gekommen ist. Wir sind der festen Überzeugung, dass dieser Unfall gezielt herbeigeführt wurde. Frederiksen befand sich zum Zeitpunkt des Geschehens auf dem Weg zum Flughafen, um unseren Vertreter abzuholen.
Allem Anschein nach stehen wir vor einem Problem, das seinen Ursprung in der Wahnsinnstat unseres Justizministers Ulrik Rosborg genommen hat (vgl. Eintrag im Oktober letzten Jahres). Ebenjene Situation sollte mit Frederiksen erörtert werden.
Hannibal Frederiksen (aktiv) hatte über einunddreißig Jahre großen Anteil an unserem Wirken und zählte zu den markanten Persönlichkeiten in unserem Kreis. Seiner Witwe wird selbstverständlich eine jährliche Zuwendung zukommen.
Wir werden Hannibal Frederiksen stets ein ehrendes Gedenken bewahren.«

Die Wiederbeschaffung der Ledermappe war ein Kinderspiel gewesen. Oxen war ins Büro der Corfitzen-Sekretärin Frau Larsen marschiert, hatte ein paar belanglose Fragen gestellt und sich anschließend mit den Worten »Danke, ich finde alleine hinaus!« verabschiedet. Auf dem Weg nach draußen hatte er dann einen kleinen Umweg zum Bücherregal im Herrenzimmer gemacht. Mappe unter den Pulli, Burggraben überqueren – und auf Wiedersehen, Nørlund!

Im Monat März hatte Oxen eine ausgesprochen interessante Entdeckung gemacht. Dort war die Rede von einem weiteren Todesfall. Er hatte den Abschnitt mehrmals gelesen, um ihn auch ganz sicher richtig zu interpretieren. Corfitzen hatte sich überaus diskret ausgedrückt. Da stand:

»Am 12. März mussten wir uns nach einundfünfzig Jahren von einem hochgeschätzten Mitglied (passiv) verabschieden, dem früheren Bankdirektor Simon Skovgaard, einundneunzig Jahre, aus Kopenhagen. Er wurde in der Helligåndskirke beigesetzt. Skovgaard zeigte verschiedene Anzeichen von Altersschwäche und stellte ein erhebliches Sicherheitsrisiko dar. Da Skovgaards Ehefrau bereits vor langer Zeit verstorben ist, sind keine finanziellen Aufwendungen mehr zu bezahlen. Wir werden Simon Skovgaard stets ein ehrendes Gedenken bewahren.«

Das konnte nur eines bedeuten: Der Danehof hatte die Liste der passiven Mitglieder eigenhändig verkürzt, als die Gefahr bestand, dass sich der Alte in seiner geistigen Verwirrung verplappern könnte.

Dabei fiel ihm sofort Axel Mossmans Geschichte über Ryttinger ein, den alten Direktor, der vor vielen Jahren angeblich von einem Einbrecher erschossen worden war. Mossman zufolge litt Ryttinger unter beginnender Demenz. »Sicherheitsrisiko«. Der Gedanke war naheliegend.

Im April gab es eine ganze Reihe von Einträgen, hauptsächlich politischer Natur, die sich offenbar auf eine Regierungsinitiative bezogen:

»Wir konnten inzwischen durchsetzen, dass spezialisierte Fachkräfte aus dem Ausland künftig leichteren Zugang zum

dänischen Arbeitsmarkt erhalten und darüber hinaus beträchtliche finanzielle Anreize geschaffen werden, damit sich Anstrengung in unserem Land wieder lohnt. Was uns fehlt, ist eine harte Auseinandersetzung mit der Steuerpolitik, die unseren Bürgern noch den letzten Rest Schaffensdrang raubt. Im kommenden Jahr werden wir auf politischer Ebene alles daransetzen, Veränderungen im Hinblick auf die rekordverdächtige Steuerlast der Dänen zu bewirken.«

Er blätterte weiter in den Mai. Dort fand sich eine ausführliche Erörterung des Todes von Mogens Bergsøe sowie der Maßnahmen, die man gegen das ergriffen hatte, was ein immer besorgterer Hans-Otto Corfitzen »eine isolierte Bedrohung des Ersten Rings Nord vor dem Hintergrund des beklagenswerten Todes von Fräulein Zakalskyte« nannte.

Er sprang auf die letzte Seite und las die Zeilen, die Corfitzen zu Papier gebracht hatte, bevor er selbst von »der isolierten Bedrohung« eingeholt worden war:

»Unsere Organisation arbeitet unter Hochdruck daran, die Bedrohung zu lokalisieren. Nachdem wir uns bezüglich der beiden verbliebenen weiblichen Gäste der Versammlung im Oktober zu einer finalen Lösung entschlossen hatten, betrachtete ich dieses Risiko als eliminiert. Leider habe ich mich geirrt.
Während ich diese Zeilen schreibe, patrouillieren auch auf Nørlund speziell ausgesuchte Männer. Ich verfluche mich selbst, dass ein so banales Arrangement derart weitreichende Konsequenzen hat, und ich übernehme dafür die volle Verantwortung.
Sobald wir diese Affäre hinter uns gelassen haben werden, beabsichtige ich, meine Position im Danehof sorgfältig zu überdenken und erwäge, meinen Stuhl zu gegebener Zeit an jüngere Kräfte zu übergeben.«

Er legte Corfitzens handgeschriebene Blätter zurück in die Ledermappe. Dann schob er alles zusammen in einen großen gefütterten Umschlag und adressierte ihn an das Nyborg Museum, mit dem Vermerk »z. Hd. Museumsdirektor Malte Bulbjerg«. Einen Absender gab er nicht an.

Für einen Historiker mit dem Spezialgebiet Danehof war der Inhalt dieses Briefes vermutlich vergleichbar mit einem Blick auf den Heiligen Gral. Erst recht wenn man bedachte, dass Malte Bulbjerg im nächsten Jahr seine umfassende wissenschaftliche Arbeit über den Danehof beginnen wollte.

Insgesamt ergaben Corfitzens lose Blätter eine kleine, explosive, wenn auch lückenhafte Darstellung. Der Mord, den der Justizminister auf dem Gewissen hatte, fand beispielsweise nur als »Wahnsinnstat« darin Erwähnung. Die größte Sprengladung hatte Oxen jedoch aus der Mappe entfernt, um zu verhindern, dass sie direkt vor dem netten Gesicht des Historikers detonieren würde.

Es waren drei Seiten. Die erste war ein routinemäßig aktualisiertes Verzeichnis der gegenwärtigen – *aktiven* – Mitglieder auf Lebenszeit des Danehof Nord. Alles in allem fünfzehn Personen, und zwar ausschließlich Männer. Jeweils fünf von ihnen waren auf den Ersten, Zweiten und Dritten Ring verteilt.

Die zweite Seite war eine Übersicht über die *passiven, pensionierten* Mitglieder der Abteilung Nord, und die letzte ein Statusbericht darüber, wer im Lauf der letzten Monate verstorben war. Abgesehen von Frederiksen und Bergsøe waren hier zwei Männer im Alter von neunundsiebzig und einundneunzig Jahren aufgeführt. Der erste war sicher eines natürlichen Todes gestorben. Bei dem zweiten handelte es sich um den Bankdirektor, bei dem man etwas nachgeholfen hatte.

Oxen nahm einen zweiten Stapel Blätter und steckte ihn zusammen mit dem Mitgliederverzeichnis in einen weiteren Umschlag, den er mit L. T. Fritsens Adresse auf Amager beschriftete. Es waren

Kopien von Corfitzens Aufzeichnungen, die er auf dem Kopierer des Hotels angefertigt hatte.

Jetzt mussten die beiden Briefe nur noch zur Post gebracht werden.

Danach würde er das Geld holen, das er in dem Koffer in der Nähe seines alten Lagers vergraben hatte, und sich ein letztes Mal von Mr White verabschieden.

Und dann gab es noch eine Verpflichtung, die er nicht mehr länger aufschieben konnte. Das Telefonat mit Ieva. Er hatte ihr versprochen, sie zu benachrichtigen, und nun führte kein Weg mehr an der schmerzhaften Wahrheit vorbei, dass sie ihre großen Schwestern Virginija und Simona nie wiedersehen würde.

Doch bevor er der ganzen Geschichte endgültig den Rücken kehren konnte, musste er morgen noch die Feierlichkeit im Polizeipräsidium in Aalborg hinter sich bringen. Schon bei dem Gedanken an die vielen Menschen wurde ihm schlecht. Aber er hatte einen ganz speziellen Grund, trotzdem dort zu erscheinen.

Der morgige Tag war allerdings auch der Tag des Abschieds von Margrethe Franck, von der Frau, die ihm so nah gekommen war wie keine andere in den letzten Jahren. Wenn er darüber nachdachte, war sie wirklich eine angenehme Gesellschaft gewesen.

Vor ein paar Stunden hatten sie miteinander telefoniert. Franck hatte vorgeschlagen, ihn zu der Feier zu begleiten und sich ebenfalls im Rold Storkro einzuquartieren, wo er immer noch sein Zimmer hatte. Dann könnten sie noch gemeinsam essen gehen, ein Glas Wein zusammen trinken, einen Strich unter die ganze Sache ziehen und sich verabschieden.

Er hatte ihrem Vorschlag zugestimmt. Er konnte nicht anders. Aber allein der Gedanke daran versetzte ihn in Panik.

Sie könnten sicher stundenlang über Inszenierungen und Absichten diskutieren, aber das war jetzt nicht mehr wichtig, denn im Grunde genommen hatte sich alles im Rahmen akzeptierter Konventionen abgespielt.

Natürlich war ihm bewusst, dass Franck einen geradezu perfekten, amputierten Köder abgab. Das hatte Mossman sofort erkannt.

Soldat und Beinprothese, posttraumatische Erfahrungen … Konnte man sich ein passenderes Duo vorstellen? Konnte es mehr gegenseitiges Verständnis geben?

Es war so banal. Aber an einem bestimmten Punkt hatte sich das Gleichgewicht zu seinen Gunsten verschoben, und Mossmans verdächtiges Auftreten hatte seinen Teil dazu beigetragen. Als sie schließlich eine Allianz eingingen, hatte Franck Wort gehalten.

Er würde Margrethe Franck niemals beschuldigen, ihn hintergangen zu haben. Er dagegen hatte sich hinter ihrem Rücken eine Kopie des Videos beschafft. Sie hätte also allen Grund, ihm Vorwürfe zu machen. Aber sie würde es genauso wenig tun wie er.

So waren die Spielregeln.

65.

Ein Gefühl von Unbehagen überfiel ihn, als das summende Geräusch von Menschengemurmel ihm wie eine Druckwelle entgegenschlug.

Er war schon auf den letzten Stufen, auf dem Weg in den größten Raum des Polizeipräsidiums in Aalborg. Jetzt konnte er die Tür am Ende des Korridors sehen. Sie ging die ganze Zeit auf und zu, Leute strömten hinein und heraus, die meisten hinein.

»Du bist so … still. Und verbissen. Stimmt was nicht?«

Franck drückte seinen gesunden, rechten Arm. Er hatte eine Handvoll Schmerztabletten geschluckt, um die Schlinge zu Hause lassen zu können, in der sich sein linker Arm seit der Operation befand. Er war nicht scharf auf zusätzliche Aufmerksamkeit.

»Nein, es ist nur … die vielen Menschen. An einem Ort. Ich fühle mich da nicht wohl.«

»Dann stell dich einfach dort drüben an die Tür, dann kannst du zwischendurch rausgehen, oder?« Wieder drückte Franck seinen Arm. Vielleicht hatte sie eine Ahnung davon, wie es ihm ging.

Sie hatte wie verabredet auf dem Parkplatz auf ihn gewartet. Cool und attraktiv, in verwaschenen Jeans, langen, braunen Lederstiefeln und einer abgewetzten kurzen Lederjacke mit hochgeschlagenem Kragen, zum Schutz gegen den Wind. Die Sonnenbrille steckte in ihrer flippigen, blonden Kurzhaarfrisur, sie trug dunkellila Lippenstift, und die Schlange schlängelte sich wieder an ihrem linken Ohr nach oben.

Sie hatte ihn umarmt und ihm einen leichten Kuss auf die Wange gegeben. Und sie schien sich aufrichtig über das Wiedersehen zu freuen.

Jetzt waren sie gemeinsam auf dem Weg zur internen Feier des Polizeipräsidenten, dessen sechzigster Geburtstag geschickterweise auf einen Freitag fiel.

Oxen hatte die Einladung über Axel Mossman erhalten. Polizeipräsident Max Bøjlesen war trotz allem immer noch ein so gewaltiges Arschloch, dass er nicht selbst Kontakt aufgenommen hatte.

Mossman zufolge wollte Bøjlesen die Gelegenheit nutzen, um vor allen zu verkünden, dass der Corfitzen-Fall mit seinen diversen Ausläufern aufgeklärt sei, um die Ermittlungen offiziell abzuschließen und seinen Leuten zu danken, wo sie doch so zahlreich mit ihren Häppchen in der Hand zugegen sein würden. Bøjlesen hatte den PET-Chef ausdrücklich gebeten, Oxen zu fragen, ob er dabei sein könne.

Wollte Bøjlesen nach so vielen Jahren etwa plötzlich zu Kreuze kriechen und sich entschuldigen? Oder was steckte dahinter?

Franck öffnete die Tür, und der Lärm der durcheinanderschwirrenden Menschenmenge steigerte sich zu ungeahnten Höhen. Oxen quetschte sich sofort ganz an die Wand. Er versuchte, sich etwas Überblick zu verschaffen, aber vor seinen Augen flimmerte alles.

Er summt, er lärmt, er gackert, und er staubt, der Marktplatz.

In Gereschk, in Musa Qala, in Kabul, in alle Ewigkeit.

Ein großer, lebendiger Organismus, pulsierender Staub, flimmernde Luft. Eine unlösbare Aufgabe, alles im Auge zu behalten.

> »Bravo 17, nichts Verdächtiges, machen drüben im westlichen Teil weiter. Kommen.«
»Bravo 15, hier auch alles ruhig. Ende.« <

Zwischen Marktständen, Kunden, Männern und verschleierten Frauen, zwischen Erwachsenen und Kindern mit weggebombten Gliedmaßen, immer so verflucht viele, denen etwas fehlt … ein Arm, ein Bein, ein Fuß, eine Familie. So viele Freunde, so viele unsichtbare Feinde …

»Wenn dir nicht gut ist, geh einfach kurz raus. Du musst dich nicht verpflichtet fühlen.«

Franck legte ihm ihre Hand auf die Schulter.

»Ich bin gleich wieder da, ich muss nur kurz jemanden begrüßen«, fuhr sie fort, lächelte ihn an und verschwand im Gewühl.

Er blieb einen Moment stehen, sammelte sich, mit dem Rücken an der Wand, hielt Ausschau nach dem Grund, warum er gekommen war. Ein Stück entfernt, an einem Tisch mit Getränken, stand er: Martin Rytter, Mossmans rechte Hand.

Oxen wartete noch ein paar Sekunden, bis er sich wieder ganz klar fühlte. Dann bahnte er sich einen Weg zum Operativen Leiter des PET, der gerade mit zwei anderen Herren ins Gespräch vertieft war. Ohne zu zögern, platzte er ins Gespräch und streckte Rytter die Hand hin.

»Tag, Rytter«, sagte er. »So sieht man sich wieder, zum Glück unter angenehmeren Umständen.«

Er schüttelte dem PET-Mann die Hand, griff gleichzeitig mit der anderen nach dessen rechtem Oberarm und drückte dabei kräftig zu. Eine herzliche Begrüßung wie unter alten Freunden, die sich lange nicht gesehen hatten. Die Geste überrumpelte Rytter, aber Oxens Aufmerksamkeit galt etwas anderem: Er war sich sicher, unter dem dünnen Stoff des Blazers eine leichte Erhebung zu spüren, etwas Glattes, Festes. Ein breites Stück am Oberarm, und dann fühlte es sich wieder weich an, nach Gewebe und Muskeln. War das ein Verband? Ein strammer Verband am rechten Oberarm? Und war da nicht auch ein leises, schmerzverzerrtes Stöhnen über Rytters Lippen gekommen, als Oxen fest zudrückte?

Rytters Gesicht verzog sich ein wenig. Kaum sichtbar. Es sei denn, man wusste, worauf man zu achten hatte.

»Guten Tag, Oxen. Und danke für die gute Zusammenarbeit, sollte ich wohl hinzufügen.«

Oxen lockerte den Griff und glaubte, Spuren der Erleichterung in Rytters Gesicht zu erkennen.

»Danke, gleichfalls.«

»Nun, da konnten wir ja diverse Ermittlungen abschließen, auch wenn noch ein paar Fragen offen sind. Aber um die kümmern wir uns dann eben später«, sagte Rytter.

»Ja, tun Sie das. Ich bin schon so gut wie weg. Nur eine Sache noch: Sie hätten meinen Hund nicht umbringen dürfen …«

Er sah Rytter durchdringend an. Der Mann hob überrascht die Augenbrauen.

»Ihren Hund? Sagen Sie, haben Sie getrunken? Oder geraucht?«

Er ließ Rytter stehen und zog sich wieder an seinen Platz an der Wand zurück. Kurz darauf fing irgendein Glatzkopf an, von einem kleinen Podium herunter seine Glückwunschrede über die unzähligen Vortrefflichkeiten des sechzigjährigen Bøjlesen herunterzuleiern. Oxen hörte nicht zu, sondern hielt vergeblich nach Francks blonden Haaren Ausschau.

»Das gibt's ja nicht – hallo, Oxen!« Kommissar Rasmus Grube war vor ihm stehen geblieben.

»Tag, Grube.«

»Wie geht's Ihrer Schulter? Ich habe gehört, dass …«

Grube verstummte, als Bøjlesen auf das Podium trat. Der Polizeipräsident nahm das Mikrofon aus dem Ständer. Er hieß seine Gäste willkommen und bedankte sich für die freundlichen Worte. Dann sagte er eine Menge darüber, wie es war, sechzig zu werden und immer noch Lust auf den ganzen Zirkus zu haben.

Der Kommissar lauschte konzentriert den Worten seines Chefs. Oxen sah sich wieder nach Francks blondem Kopf um. Als er seine Aufmerksamkeit erneut auf Bøjlesens Visage richtete, sagte der Jubilar:

»Da wir heute alle hier versammelt sind, möchte ich die Gelegenheit gern nutzen, um euch und Ihnen mitzuteilen, dass wir eine der schwierigsten Ermittlungen der letzten Jahre nun zu den Akten legen können. Der Fall um den Tod des ehemaligen Botschafters Hans-Otto Corfitzen hat wirklich großen Einsatz erfordert und uns allen eine Menge abverlangt. Für diese fantastische Leistung möchte ich mich bei Ihnen bedanken! Ich habe erst heute Vormittag mit unserem Justizminister Ulrik Rosborg telefoniert. Er bat mich, Ihnen seinen Gruß und seinen Dank für Ihre tüchtige Arbeit zu übermitteln. Wenn ich nun etwas länger bei dieser Ermittlung verweile, dann vor allem deshalb, weil sie ein Paradebeispiel für das ist, was wir bewirken können, wenn unsere verschiedenen Abteilungen sich die Hände reichen und ein Team bilden. Wir haben hier in Aalborg hervorragend mit dem PET zusammengearbeitet und wirklich alle am selben Strang gezogen. Es ist …«

»Was redet der da für eine gequirlte Scheiße? Der PET hat die Rollläden runtergelassen«, knurrte Grube und schüttelte den Kopf.

»Und deshalb gilt mein besonderer Dank dem Chef des PET, Axel Mossman, der heute hier unter uns ist: Danke, Axel«, fuhr Bøjlesen oben auf dem Podium fort.

Nach einer kurzen Atempause nahm der Jubilar einen neuen

und unerwarteten Anlauf: »Von großem Nutzen war uns in dieser Zeit auch ein, sagen wir mal, ›externer‹ Mitarbeiter, den wir in einem frühen Stadium der Ermittlungen zunächst völlig zu Unrecht im Verdacht hatten. Bereits vor vielen Jahren hatte ich das Vergnügen, der Vorgesetzte dieses Mannes zu sein, bevor er sich entschied, eine andere Laufbahn einzuschlagen. Normalerweise belohnen wir unsere Leute nicht, aber heute würde ich gerne …«

Oxen traute seinen Ohren nicht. Er presste sich an die Wand, quetschte sich an drei, vier fremden Rücken vorbei und schlängelte sich durch die offene Tür aus dem Raum.

»… genau an dieser Stelle eine Ausnahme machen und habe ein paar richtig gute Flaschen Rotwein besorgt, die ich ihm jetzt überreichen möchte. Dafür würde ich Sie gern zu mir aufs Podium bitten, Niels Oxen, damit wir Sie alle …«

Oxen hastete den Gang entlang und rannte die Treppe hinunter.

»… hier unter uns begrüßen und Ihnen danken können. Einen großen Applaus, bitte!«

Er nahm mehrere Stufen auf einmal. Bøjlesens verlogene nasale Stimme war noch immer über den Lautsprecher zu hören.

»Niels Oxen, wären Sie bitte so freundlich, zu mir hochzukommen? Soweit ich informiert bin, sollten Sie heute hier sein, nicht wahr? Niels Oxen? Hat jemand Niels Oxen gesehen?«

66.

Es war ein lauer Juniabend. Am Ende der kleinen Seitenstraße blieb er an einer Kreuzung mit verblassten Straßenschildern stehen. Er setzte sich auf die Böschung und legte sein Barett ab.

Die Abendsonne lag wie eine goldene Haut über den Feldern und warf lange Schatten. Der Wind, der über Aalborg hinweggefegt war, als er Margrethe Franck auf dem Parkplatz traf, hatte sich inzwischen gelegt.

Sechs Stunden war es her, seit er aus dem Präsidium gestürmt war. Erdrückt von seiner Angst vor Menschenmengen und Hals über Kopf in die Flucht geschlagen von den Heucheleien des Polizeipräsidenten, mit denen er nichts zu tun haben wollte und die ein Ausmaß erreicht hatten, das er niemals für möglich gehalten hätte.

Er war in das erstbeste Taxi gesprungen und hatte sich auf dem schnellsten Weg ins Hotel bringen lassen.

Dort hatte er sich an den Schreibtisch gesetzt und versucht, einen Brief an Franck zu schreiben, aber es ging einfach nicht. Nach drei vergeblichen Anläufen steckte er die zerknüllten Zettel in die Tasche und begnügte sich mit: »Liebe Margrethe. Es tut mir leid.«

Danach nahm er den Rucksack mit seinen irdischen Gütern und dem Geld von Mossman. Die Zimmertür ließ er angelehnt, damit sie die Nachricht finden konnte.

Und dann ging er. Den linken Arm in der Schlinge, doch sonst halbwegs unversehrt. Durch den Rold Skov und weiter über Wiesen und Felder, auf den schmalsten Wegen, die er finden konnte.

Er hatte allen Grund, sich ernsthaft Gedanken zu machen. In diesem Moment lag die CD-ROM mit der Kopie des Videos in L. T. Fritsens Werkstatt auf Amager. Die Sache mit der automatischen Mail war nur ein Bluff gewesen. Aber wenn er seinen Frieden haben wollte, dann sollte er sich schnellstmöglich die nötigen Kenntnisse aneignen, um das Szenario realisieren zu können.

Tagelang hatte er gegrübelt, wo der Danehof Nord so plötzlich abgeblieben war. Und wo sich Danehof Süd und Danehof Ost befanden. Insgesamt fünfundvierzig Mitglieder, im ganzen Land verteilt. Er kannte die Identität der fünfzehn, die zur Abteilung Nord gehörten. Wieder und wieder hatte er sich den Kopf zerbrochen: Wer waren die anderen dreißig, die diese mittelalterliche Machtelite bildeten?

Was für ein Typ Mensch waren sie? Griffen sie auch tief in die

Regale und pickten sich die frischesten Waren heraus? Und war wirklich niemand unter ihnen, dem beispielsweise beim Gedanken an das Schicksal des alten Bankdirektors die Hände zitterten?

Das war nichts anderes als vorsätzlicher Mord. Und es war nicht zum ersten Mal passiert. Auch in der Kartellangelegenheit und im Fall des großen Geheimnisverrats hatten sie zu diesem Mittel gegriffen, wenn er die Jahresberichte richtig interpretiert hatte. Und wenn Axel Mossman die Wahrheit sagte, dann hatte der PET-Chef es sogar selbst miterlebt: »Danehof«, mit Blut geschrieben, von einem alten, sterbenden Mann.

Er hatte darüber nachgedacht, wie erschreckend es war, dass jemand so viel Macht besitzen konnte, um die Wirklichkeit einfach wegzuwischen. Und darüber, wie grotesk es war, dass der Justizminister ungeschoren davonkam. Wie hatte es so weit kommen können?

Aber dennoch … Mit jedem Kilometer, den er hinter sich ließ, fühlte er sich leichter. Jetzt war er hier, am nächsten Scheideweg. Morgen war ein neuer Tag. Dann würde die Wirklichkeit mit all ihrem Grauen zurückkehren, und er würde einsehen, dass das, was er gerade machte, nichts anderes war als ein »geordneter Rückzug«. Der Feind würde immer noch dort draußen sein.

Vögel sangen in der nahen Hecke. Das Korn glühte in den letzten Sonnenstrahlen, und ein paar Rinder trotteten träge über eine Weide.

Die Ortsnamen auf den Straßenschildern sagten ihm nichts.

»Na, Mr White, altes Haus, was meinst du? Rechts, links oder geradeaus?«

Er wusste nicht, an wen er sich wenden oder wohin er gehen sollte. Er wusste nur, dass er weit im Norden war, sodass nach Süden zu gehen das Einzige war, was ihm vernünftig erschien.

Nachwort

Ich bin ausgebildeter Journalist. Vielleicht rührt daher mein Wunsch zu erfahren, ob in der Fiktion auch Fakten stecken. Und wenn ja, an welcher Stelle. Für andere, die dasselbe Bedürfnis haben:

Nørlund Slots Geschichte entspricht meiner Schilderung, es gehörte aber nie einer Familie Corfitzen. Das Schloss befindet sich heute im Besitz des Nørlund Fonds.

Das Tapferkeitskreuz ist Dänemarks jüngste und höchste militärische Auszeichnung, die für außerordentlichen Einsatz verliehen wird. Tatsächlich wurde es zum ersten und einzigen Mal am 18. November 2011 verliehen. Königin Margrethe überreichte das Kreuz damals Sergeant Casper Westphalen Mathiesen.

Der Danehof in Nyborg hat wirklich existiert. Ich habe mich bemüht, seine Geschichte in Kurzform wiederzugeben. Trotz seiner einzigartigen und faszinierenden Machtposition im Mittelalter nimmt der Danehof nur einen überraschend bescheidenen Platz in den Geschichtsbüchern ein.

Die Ereignisse, die im Roman zu Bo »Bosse« Hansens Tod während der kroatischen Großoffensive führen, sind den Umständen nachempfunden, unter denen Sergeant Claus Gamborg am 4. August 1995 als erster dänischer UN-Soldat im offenen Kampf ums Leben kam. Gamborg wurde posthum für seine Tapferkeit geehrt.

Fiktion und Fakten berühren sich genau an diesem Punkt, um in kurzen Momentaufnahmen auch die Grauen des Balkankrieges schildern zu können.

Im Lauf der Jahre gab es viele Diskussionen um Gamborgs Tod und Kritik an den Entscheidungen, die zu seinem Tod führten. Anders als in meiner Geschichte war in seinem Fall aber nie die Rede von einer Untersuchungskommission.

Jens Henrik Jensen

Leseprobe

ISBN 978-3-423-21786-6

1.

Die Ratte saß am Rand des Mondes, fett und selbstgefällig. Ihre Silhouette zeichnete sich messerscharf gegen die bleiche Himmelsscheibe ab.

Riesengroße Douglasien, zahllose Fichten, in Reih und Glied aufgestellt und im Osten ergänzt von einigen winterkahlen Lärchen, bildeten eine schwarze, gezackte Kulisse und rahmten die Welt der Ratte ein.

Wie ein Großmogul saß sie reglos da oben und genoss ihr Reich unter den Sternen. Sie ließ sich nicht einmal zu einem flüchtigen Blick auf das armselige Geschöpf herab, das dort unter ihr lag.

Seine Augen öffneten sich nur widerwillig. Er schwebte. In Zeit und Raum. Die Fähigkeit, in Sekundenschnelle hellwach zu sein, diese kostbare Rettungsleine, geflochten in den vielen Jahren in gefährlichen Regionen, hatte nachgelassen.

Er lag einfach ganz still da. Seine Sinne absorbierten die Dunkelheit. Er hob den Blick – und sah sie, die Ratte.

Erst als er sich bewegte und das Stroh raschelte, gab das Biest seine erhabene Pose auf, trippelte demonstrativ langsam über den Hahnenbalken davon und verschwand.

Die Landschaft war in silbernes Licht getaucht. Bassins und Brunnen, so weit das Auge reichte. Er war zurück am Peterhof des Zaren. Seltsam eigentlich …

Die Augenlider wurden ihm wieder schwer und fielen zu.

Irgendwo tief in seinem Unterbewusstsein zog eine vage Duftspur vorbei. Blühender Jasmin und morgendlicher Sex …

Schloss Peterhof, das russische Versailles bei Sankt Petersburg.

Im August. Er konnte ihr glucksendes Lachen hören. Die Ringe glänzten und fühlten sich noch so ungewohnt an ihren Fingern an. Birgitte in einem dünnen Baumwollkleid im Gegenlicht am Finnischen Meerbusen. »Bis dass der Tod euch scheidet.«

Er riss die Augen auf und drückte sich auf die Ellenbogen hoch.

Doch, da draußen durchschnitt ein Kanal die flache Landschaft, da waren auch einige Becken, und ein paar Fontänen versprühten ihr glitzerndes Silber – aber …

Er ließ sich schwer ins Stroh zurücksinken. Ein schwacher Gestank nach Misthaufen kroch ihm in die Nase. Sollten die Fontänen nicht eigentlich golden sein? Ein Zar gab sich nicht mit Silber zufrieden.

Mit einem Ruck setzte er sich auf und kehrte in die Wirklichkeit zurück. An der einen Wand fehlten gleich mehrere Bretter, und eisiger Wind fuhr durch den Schuppen. Er schlug die Kapuze des Schlafsacks hoch und zog sie enger zu. Es war arschkalt. Um die null Grad. Wenigstens dämpfte die Kälte den Gestank.

Vor den Büschen rechts vom Kanal konnte er eine Handvoll Schafe ausmachen. Die hatten ihm also das Nest verdreckt. Aber abgesehen davon war der Strohhaufen trocken und gemütlich. Er hatte schon in schlechteren Betten geschlafen. Viel schlechteren. Und gefährlicheren.

Ein paar Hundert Meter zu seiner Linken stand ein kleines weiß gekalktes Haus. Hinter den Fenstern brannte Licht, aber sonst gab es kein Anzeichen von Leben.

Sankt Petersburg war ferne Vergangenheit.

Er ließ den Blick wieder über die Landschaft gleiten, die jetzt im Licht der Erkenntnis nackt vor ihm lag. Die Fischzucht in der kleinen Senke und sein Lager unter dem Blechdach waren die Gegenwart. Es war nicht mehr als eine Feststellung, ohne Schmerz, ohne irgendetwas anderes. Er befand sich in Mitteljütland, irgendwo zwischen Brande und Sønder Felding. Der Kanal führte nicht in den Finnischen Meerbusen, sondern in den Skjern Å, und die

Fontänen versprühten kein Silber, sondern gefiltertes Wasser für die Forellen.

Gestern hatte er in einem Schuppen bei Nørre Snede übernachtet, und nur die Götter wussten, wo er morgen schlafen würde.

Erst jetzt fiel es ihm wieder ein: Dieser Abend war kein gewöhnlicher Abend. Es war ein Status-Abend. Der beste Zeitpunkt für den mentalen Kassensturz. Die Königin tat es, der Staatsminister tat es – und ihn selbst hatte der Gedanke gestreift wie ein Projektil.

Es war Silvester.

Er drückte auf den Knopf seiner Armbanduhr. 23:57. Es hätte auch keinen Unterschied gemacht, wenn er den Jahreswechsel verschlafen hätte, aber jetzt war er nun einmal wach. In drei Minuten fing die Rathausuhr in Kopenhagen an zu läuten. Er sah sich wieder um. Hier war es so still, dass man sogar hören könnte, wenn eins der Schafe ein Wollbüschel verlor.

In Birgittes Familie war es Tradition gewesen, sich an den Händen zu fassen und von einem Stuhl oder Schemel gemeinsam ins neue Jahr zu springen. Für so etwas hatte man in seiner Familie weder genug Fantasie noch Wagemut gehabt. Sie waren immer gesprungen, er und Birgitte. Und sie hatten es sogar geschafft, ein paar Jahre lang mit Magnus in der Mitte zu springen.

Ein großes Tier glitt direkt vor seinem Schuppen durch die Luft. Eine Eule flog ins neue Jahr. Gleich würde sie sich auf einen Ast setzen und ihren Mageninhalt hochwürgen – und sich damit kein bisschen von so vielen anderen in dieser Nacht unterscheiden.

In wenigen Minuten sang der Mädchenchor von Danmarks Radio im Fernsehen. Sekt, Gläserklirren und Neujahrskuchen. Besoffene Männer, Feuerwerk und in den frühen Morgenstunden dann eine kurze Lunte. Er war dabei gewesen. Viel zu oft.

00:00. Von den umliegenden Höfen wurde ein Schwarm Silvesterraketen in den Nachthimmel abgefeuert. Sie explodierten hoch oben, bildeten Wolken aus Gold und Silber, während einzelne laute Böller durch die Dunkelheit knallten. Er hasste Feuerwerk.

Mit leichter Verwunderung nahm er zur Kenntnis, dass niemand aus dem kleinen weißen Haus trat. Niemand, der Raketen in die Luft schießen wollte. Wahrscheinlich stieß man beim Besitzer der Forellenteiche lieber im Warmen an. Vielleicht sprangen sie da drinnen auch Händchen haltend ins neue Jahr?

Er ließ sich zurück ins Stroh sinken und schloss die Augen.

Der Mond war teilweise von Wolken verdeckt und die Dunkelheit deshalb viel kompakter als noch um Mitternacht. Das war seine allererste Wahrnehmung, als er zu sich kam und die Augen öffnete. Dieses Mal fühlte er sich sofort wach. Er hatte nicht tief geschlafen, unruhig, von altem Grauen gequält.

Instinktiv drückte er den Knopf an seiner Armbanduhr. 02:43. Nicht mal drei Stunden.

Er registrierte gerade noch, wie ein Motor verstummte und Scheinwerfer am Rand einer kleinen Fichtenschonung erloschen. Vermutlich hatte ihn das Auto geweckt. Wer war da so spät noch gekommen? Der Fischzüchter war längst ins Bett gegangen. Alle Fenster im Haus waren dunkel.

Er lag ganz still da und lauschte. Die Ratte war auf den Hahnenbalken zurückgekommen, diesmal nicht mehr als ein undeutlicher Schatten. Zwei Autotüren klappten leise zu. Er hörte vorsichtige Schritte auf dem Kies hinter dem Schuppen.

Die Ratte huschte ängstlich davon. Er setzte sich auf und spähte in die Dunkelheit. Sein Herz schlug schneller.

Links von ihm tauchten zwei schwarze Schatten auf. Langsam näherten sie sich dem Haus. Nur an einer Stelle gab es Licht, von einer Leuchtstoffröhre, die auf halber Höhe an einem Telefonmast hing.

Die Wolke vor dem Mond verzog sich, und er konnte sehen, dass es zwei Männer waren. Der eine groß, der andere gedrungen. Sie bewegten sich vorsichtig vorwärts, so wie man es macht, wenn man sich nicht auskennt.

Behutsam schlichen sie die letzten Meter bis zum Haus. Prüfend griff der eine nach der Türklinke, während der andere einen Blick durch das Fenster neben dem Eingang warf. Kurz darauf hörte er ein leises Klirren, offenbar hatten sie die Scheibe eingeschlagen. Der Große half seinem Kumpel durch das offene Fenster ins Haus. Dann ging die Tür auf und auch der Große verschwand nach drinnen.

Oxen fluchte. Für den Bruchteil einer Sekunde ärgerte er sich, dass er nicht doch im Silvestertrubel auf dem Rådhusplads in Kopenhagen steckte.

Das hier war wirklich eine unangenehme Situation. Um nicht zu sagen, eine höllisch heikle Situation für einen Mann, der am liebsten unsichtbar sein wollte.

Er zog den Reißverschluss des Schlafsacks auf, kroch aus dem Stroh und stand langsam auf, den Blick fest auf das Haus gerichtet. Er konnte einen schwachen Lichtschein hinter den Fenstern erahnen, vermutlich die Taschenlampe der beiden Einbrecher.

Er zögerte. Wenn er einfach still unter dem Schutzdach stehen blieb, würde sich diese von außen gekommene Bedrohung von selbst auflösen. Die beiden Männer würden irgendetwas finden, das sie klauen konnten, und sich dann leise zurückziehen, ins Auto steigen und mit ihrem Diebesgut verschwinden.

Es würde sein, als wäre nichts gewesen. Er wäre immer noch unsichtbar. Noch vor Tagesanbruch würde er mit seinem Rucksack auf den Schultern wieder unterwegs sein. Niemand auf diesem Planeten würde je erfahren, dass er hier im Stroh geschlafen hatte.

Das Auto? Sollte er …? Er schlich sich um den Unterstand herum zu dem schwarzen Kleintransporter. Ein alter Fiat Ducato. Auf dem Kennzeichen stand »RO«. Die beiden Männer waren also Rumänen. Nicht die ersten osteuropäischen Einbrecher in der Statistik und sicher nicht die letzten. Manchmal entwickelten sich solche Einbrüche in eine gewalttätige Richtung. Vereinzelt endeten sie sogar mit einem Mord, erinnerte er sich. Er hoffte nicht, dass …

Er blieb stehen und versuchte, den Gedanken zu verdrängen. Natürlich würde nichts passieren. Die Rumänen würden den Flachbildfernseher einpacken, alles nach Wertsachen durchwühlen und sich, sobald sie fertig waren, rausschleichen und abhauen.

Er würde dasselbe tun. Nicht abwarten, sondern jetzt packen und in die Neujahrsnacht hinauswandern.

Gerade als er zurück in den Unterschlupf wollte, um seinen Schlafsack einzurollen, ging drüben im Haus Licht an. Wenig später wurden Stimmen laut. Dann hörte er einen Schrei.

Er rannte los. Sekunden später war er am Haus. Er warf einen Blick durchs Fenster. Ein alter Mann mit grauen Haaren lag im Schlafanzug auf dem Boden und hielt sich die Arme schützend vors Gesicht. Oxen registrierte eine schwarze Gestalt, die mit dem Rücken zu ihm stand, den Arm zum Schlag erhoben.

Er riss die Tür auf und war laut brüllend in wenigen Sätzen im Wohnzimmer, wo der kleinere der beiden Männer wie paralysiert stehen geblieben war, das Brecheisen immer noch zum Schlag bereit. Der Große stand neben einem umgeworfenen Sessel.

Die Überraschung war ihnen ins Gesicht geschrieben, doch sie behielten die Ruhe. Sie drehten sich langsam zu Oxen um und gingen gemeinsam zum Angriff über. Der Kleine blaffte ein scharfes Kommando und machte einen Schritt nach vorn. Er war ziemlich kräftig gebaut und sah absolut nicht so aus, als hätte er Skrupel, das Brecheisen auch einzusetzen.

Alles Weitere passierte instinktiv. Dahinter steckten jahrelanges Training und eine gnadenlose Wirklichkeit. *Risk assessment,* Risikobewertung – oder einfach die antrainierte Fähigkeit, sich blitzschnell einen Überblick zu verschaffen, zu erkennen, worin die größte Gefahr bestand, und sie als Erstes zu eliminieren.

Oxen tauchte unter dem ersten brutalen Schlag mit der Brechstange weg, ging in die Knie und riss den Rumänen mit einem

Roundhouse-Kick von den Beinen. Noch bevor sein Gegner den Boden berührte, hatte er sich mit festem Griff die Brechstange gesichert, sie dem Mann aus den Händen gewunden und ihm gegen die Kniescheibe geschmettert.

Als der ohrenbetäubende Schmerzensschrei das kleine Wohnzimmer erfüllte, stand Oxen schon wieder aufrecht, gerade rechtzeitig, um der Attacke des Großen auszuweichen, der wie ein Stier mit gesenktem Kopf auf ihn zustürmte. Ein schneller Griff in den Nacken des Mannes, und Sekunden später donnerte er den Kopf des Rumänen neben dem Türstock gegen die Wand, und während sein Widersacher zusammensackte, rammte er ihm das Knie in die Magengegend – dann ließ er ihn los.

Der kleine Kräftige wand sich wimmernd auf dem Boden und umklammerte sein zertrümmertes Knie. Der Große war völlig erledigt, er röchelte und schnappte nach Luft.

Erst jetzt konnte Oxen dem Alten etwas Aufmerksamkeit widmen. Der Mann lag immer noch auf dem Rücken. Blut rann aus seinem Mundwinkel, er hatte eine Platzwunde auf der Stirn und hielt sich die linke Schulter. Wortlos zog Oxen ihn in eine Ecke, weg vom Kampfplatz.

Dann ging er zurück zu dem Großen, der immer noch nach Atem rang, und durchsuchte seine Taschen. In einer Reißverschlusstasche entdeckte er einen Pass. Er wiederholte die gleiche Aktion bei dem anderen. Obwohl er aufgrund seiner Schmerzen nicht mehr kampftüchtig zu sein schien, fixierte Oxen mit der linken Hand den Hals des Mannes, während er ihn mit der rechten abtastete. Es dauerte nicht lange, und er hatte in der Innentasche seiner Lederjacke einen zweiten Pass gefunden.

Er betrachtete die beiden Dokumente und steckte sie ein.

Der Große kam langsam auf die Beine. Von der Augenbraue rann Blut über sein Gesicht, sie war bei der Begegnung mit dem Mauerwerk aufgeplatzt. Er keuchte schwer, war jedoch in der Lage, seinen Körper zu kontrollieren.

Oxen zeigte wortlos auf den zweiten Rumänen und gab dem Großen zu verstehen, dass er seinem Kumpel aufhelfen und dann mit ihm verschwinden solle. Ohne ein einziges Wort von sich gegeben zu haben, blieb er in der Mitte des Zimmers stehen und beobachtete den Rückzug der lädierten Einbrecher.

Es dauerte mehrere Minuten, bis der Große seinen Kumpel untergehakt hatte und die beiden in der Dunkelheit zurück zum Auto humpelten.

Oxen wartete an der Tür und sah ihnen hinterher. Nach einer Weile hörte er den Motor und konnte die Lichter der Scheinwerfer sehen. Der Wagen wendete hinter dem Schuppen und fuhr dann über den Feldweg davon.

Oxen spürte eine Hand auf seiner Schulter und drehte sich um. Es war der Alte, der wieder auf die Beine gekommen war. Der Mann im gestreiften Pyjama lächelte breit und sagte:

»Danke, mein Freund. Ich habe keine Ahnung, wer zur Hölle du bist und wo du so plötzlich hergekommen bist, aber du hast mich gerettet. Danke!«

Der Alte streckte ihm die Hand hin. Oxen nahm sie, nickte kurz und lächelte. Er blieb immer noch stumm. Er war exakt in der Situation gelandet, die er um jeden Preis hatte vermeiden wollen.

»Komm rein, komm rein.« Der Alte zog ihn am Arm. »Setz dich, kann ich dir etwas anbieten? Heute ist schließlich Silvester. Ein Bier? Ein Bier geht immer, oder? Moment.«

Der Mann verschwand. Bestimmt in der Küche. Oxen betrachtete wieder die beiden Pässe und steckte sie dann hastig zurück in seine Tasche. Er konnte die Kühlschranktür hören und das Rauschen des Wasserhahns. Dann kam der Alte zurück. Er hatte sich das Blut aus dem Gesicht gewaschen und stellte zwei Flaschen Bier auf den Couchtisch.

»Ich heiße übrigens Johannes, aber nenn mich einfach ›Fisch‹. Das machen alle.«

Der Alte nickte in Richtung der Fischbecken vor dem Haus und streckte ihm die Hand zum zweiten Mal entgegen.

»Und jetzt sag mir, was da los war! Wie heißt du? Wer bist du?«

Der alte Fischzüchter sah ihn aufmerksam an und schob ihm ein Bier hin.

Oxen zuckte mit den Schultern und breitete entschuldigend die Hände aus.

»Sorry, I don't … Dragos … My name is Dragos. Adrian Dragos.«

»Oh, yes, from where?«

Er bemerkte eine Art Erleichterung in den Worten des Alten. Vielleicht weil der Mann jetzt einen Grund für seine ungewöhnliche Schweigsamkeit bekommen hatte.

»Romania. I am from Romania.«

»Thank you very much«, antwortete Fisch mit ausgeprägtem dänischem Akzent. Dann hob der Alte die Flasche, lächelte breit und zeigte eine Reihe gelber Zähne.

»And a happy new year, Mr Dragos.«

2.

Das weiße, blumengeschmückte Schiff wurde nach draußen getragen, um zu Wasser gelassen zu werden. Es war ein wunderschöner Sommertag, eine milde Brise wehte vom Meer herüber und der Himmel war frei von Sorgen.

Der Kapitän würde das kurze Stück bis zur Schleuse in Hvide Sande dem Fjordufer folgen, sein Schiff von dort hinaus auf die Nordsee lenken und dann Kurs auf die endlosen Ozeane nehmen.

Sie stammte aus einer Fischerfamilie in Thyborøn. Vielleicht stellte sie sich einen Sarg deshalb so gern als Schiff vor und den Tod als eine Reise ins Ungewisse.

Die Zeit im Anker Fjord Hospiz verging wie im Flug. Sie arbeitete jetzt seit drei Jahren dort, angelockt von einer Dokumentarserie im Fernsehen, die zwei Männer während ihrer letzten Monate begleitet hatte. Drei Jahre und viele Schiffe, die vom Hafen des Lebens aus in See gestochen waren. Die tägliche Arbeit mit den Sterbenden war geprägt von einem tiefen Respekt für das Leben. Für die zurückgelegten Seemeilen. Es gab keine sinnvollere Tätigkeit, als einem Schwachen den Übergang vom Leben zum Tod erträglicher zu machen.

Sieh, die Sonne steigt aus dem Meer ans Land,
hüllt Himmel und Wellen in ein glühend Gewand;
und Dunkelheit seligem Jubel weicht,
wenn ihr Licht ganz still die Küste erreicht.

Das Lied hatte sich der Verstorbene natürlich selbst ausgesucht. Vitus Sander wollte Kurs auf die Sonne nehmen. Sie musste lächeln. Seine Eltern hatten ihn nach Vitus Bering benannt, dem Dänen, der auch der Namensgeber für die Meerenge zwischen Sibirien und Alaska war.

Vitus Sander, der reiche Besitzer eines Elektronikkonzerns, war schwach gewesen, aber in letzter Zeit war ihr eine Veränderung aufgefallen. Er hatte seinen letzten Gang aufrechter als zuvor und mit neuer Kraft angetreten.

Er war nur siebenundsechzig Jahre alt geworden. Geboren in Hjørring, hatte er die meiste Zeit seines Lebens in Kopenhagen verbracht, wo sich auch der Hauptsitz seines Konzerns befand. Lungenkrebs. Seine Frau hatte er vor drei Jahren verloren.

Sie ließ den Blick durch die Reihen im Foyer wandern. Da standen seine Kinder, ein Sohn und eine Tochter, Seite an Seite, und da war sein Enkelkind, das sogar ein paarmal während seiner treuen Besuche beim Großvater übernachtet hatte. Lange blonde Haare, Studentin an der Universität in Kopenhagen und ein ausgesprochen hübsches Mädchen.

Aber es war seltsam. Ausgerechnet die Person, die in den letzten Wochen die meiste Zeit mit Vitus Sander verbracht hatte, war nicht gekommen. Ein sympathischer Mann in knallbunten Klamotten und weißen Turnschuhen. Immer in weißen Turnschuhen. »Ein guter Freund«, so hatte Vitus Sander ihn genannt. Aber gute Freunde verabschiedeten sich doch …?

Sie war dem mächtigen Konzernchef nähergekommen als den meisten anderen Patienten.

Zweimal hatte er sie sogar gebeten, ihn nach draußen zu begleiten. Sie hatten nebeneinander auf einer Bank gesessen und auf den Fjord geblickt. Dabei wollte er nie über sich selbst sprechen, sondern nur hören, was sie über *ihr* Leben zu erzählen hatte, über ihre Kindheit an der Küste. Und er wollte, dass sie ihm ihre Vorstellung von dieser letzten Reise schilderte.

Man musste keine Fischerstochter aus Thyborøn sein, mit einem angeborenen Blick für den Gemütszustand des Himmels, um die dunklen Wolken zu erahnen, die Vitus Sander von Zeit zu Zeit heimsuchten. Aber das war ganz natürlich, wenn man am Ende des irdischen Weges angelangt war.

Der lächelnde Mann mit den weißen Turnschuhen hatte eine heilsame Wirkung auf Sander gehabt. Ein paar Tage nachdem er zum ersten Mal aufgetaucht war, hatte sie den Umschwung bei Vitus Sander bemerkt. Als wäre der Turnschuh, der, wenn sie sich recht erinnerte, eigentlich Rasmus hieß, ein Wanderprediger gewesen, der ihm die Beichte abgenommen und ihn von seinen Sünden freigesprochen hätte.

Sie würde den sanften, mächtigen Mann vermissen, aber schon morgen zog jemand Neues ein. Ein ehemaliger Zimmermann aus Randers.

Vermutlich war Vitus Sander dann schon auf dem Weg in die Biskaya.

3. Die Angst, die sich in diesem Moment durch sein Zwerchfell fraß, stand in starkem Kontrast zu der friedlichen Umgebung. Von der hohen Wallanlage des Schlosses aus betrachtet, wirkte Nyborg wie ein Ort, an dem es sich gut aushalten ließ.

Er saß auf seiner Lieblingsbank auf der Dronningens Bastion zwischen dem Wasserturm und den vier roten Achtzehn-Pfund-Kanonen. Unterhalb der Bastion lag der Burggraben, breit und mächtig, mit den kleinen Schrebergartenhäuschen am Rand. Drehte er sich um und richtete den Blick nach hinten, bot sich ihm eine herrliche Aussicht über diese Stadt, in die er sich im Laufe der Zeit so verliebt hatte.

Um ihn herum war alles grün. Nicht zartgrün wie im frühen Frühjahr, sondern dunkler, wie es für den Juli so typisch war, wenn die Natur etwas von ihrer Frische verloren hatte.

Er lehnte sich zurück und schloss die Augen. Die Sonne schien ihm ins Gesicht, aber er spürte die Wärme nicht. Stattdessen jagte die Angst ihm eisige Schauer über den Rücken. Angst? Er hatte in seinem Leben schon oft Angst gehabt. Wer hatte das nicht? Aber nicht so. Nicht wie diese alles durchdringende Angst, die genau in diesem Augenblick in Panik umzuschlagen und ihn zu lähmen drohte.

Hätte er die Konsequenzen seines Handelns rechtzeitig überblicken können, wäre es nie so weit gekommen. Dann hätte er einfach hier gesessen und die Sonne genossen. Aber jetzt war es zu spät. Viel zu spät, um umzukehren.

Er sah nach unten und musterte die Spitzen seiner weißen Converse All Stars. Wippte im Schuh mit den Zehen, als wollte er bekräftigen, dass er immer noch die volle Kontrolle über sein Zentralnervensystem hatte. Converse, die trug er seit seiner Zeit an der Uni. Immer weiß, immer das knöchelhohe Modell. Er konnte seine liebe Tante noch hören, wie sie, trotz seines akademischen Hintergrunds und obwohl er schon achtunddreißig war, rief: »Junge, wann kaufst du dir endlich mal andere Schuhe?«

Es gab so viel Kitt, der alles im Leben zusammenhielt. Die weißen All Stars gehörten dazu.

Diese eisige Schicht aus Angst passte nicht hierher auf den Wall. War die Gegenwart des Todes dafür verantwortlich? Hatte sie den ersten Eisblock in seinem Inneren gebildet und der Angst die Tür geöffnet?

Die vielen verschiedenen Menschen mit ihren unterschiedlichen Leben, versammelt in diesem Haus am Fjord, in der Wartehalle des letzten Bahnhofs, wo nur eine Art von Ticket ausgestellt wurde.

Im Moment war er viel zu eingeschüchtert, um kühl abzuwägen, wie seine eigenen Chancen standen. Wenn sich in dieser Stadt jemand mit Chancen auskannte, dann er. Aber er war wie paralysiert.

Tastend schob er eine Hand in die Jackentasche. Das Bündel aus 15 000 Kronen war noch da und wartete auf seinen Einsatz.

Zehn Tippscheine mit mathematischem System für das Mittwochslotto und ungefähr dieselbe Anzahl für die dänische Ziehung am Samstag, außerdem eine Tippreihe für die wöchentlichen Fußballspiele. Immer mit hohen Gewinnchancen. Immer drei Spiele mit Endergebnissen ohne irgendwelche Absicherungen.

Fußball war seine Leidenschaft, aber die Angst überschattete das alte Gefühl der Befriedigung, die er darin gefunden hatte, die richtigen Spiele mit den richtigen Quoten herauszukriegen. So war es lange gewesen.

Auf dem Weg vom Wall bis zum Kvickly-Supermarkt hatten seine Beine sich schwach und zittrig angefühlt.

Jetzt lächelte das Mädchen hinter dem Tresen etwas bemüht und nickte nur, als er ihr den Stapel Tippscheine hinüberschob.

Er verteilte seine Spiele auf verschiedene Wochentage und vier verschiedene Orte in der Stadt, alles im Dienste der Diskretion. Als Nächstes würde er die ganze Strecke zu Fuß zum Bahnhof gehen und seine letzten 7000 Kronen setzen, Oddset und ein bisschen Extra-Lotto.

Es war sein allerletzter Einsatz. Die Glücksgöttin war ihm bislang noch nicht begegnet. Aber jetzt brauchte er sie mehr als je zuvor in seinem Leben.

4. Die riesige Fichte stand für einen Augenblick unentschlossen da und schüttelte ihren krausen Schopf. Dann musste sie kapitulieren. Wie ein Turm, dessen Sockel gesprengt wird, fiel sie um. Erst ganz langsam, dann mit einem Mal rasend schnell. Sie rauschte auf den Waldboden und wirbelte eine Wolke aus Staub und Sand auf.

Zufrieden stellte er fest, dass der gewaltige Stamm sich genauso gelegt hatte, wie es geplant gewesen war. Als Nächstes musste der Baum entastet werden, aber vorher würde er erst einmal Pause machen. Er schaltete die Motorsäge aus und legte seinen Helm ab.

Die Jahresringe des Baumstumpfs waren die Spuren einer beeindruckenden Vergangenheit. Jahr hatte sich um Jahr gelegt, und jeder Ring erzählte eine Geschichte über die Zeit. Diesen Baum fallen zu sehen erschien ihm so sinnlos. Aber wenn er in den Jahren, die er selbst zurückgelegt hatte, etwas gelernt hatte, dann, dass vieles sinnlos war. Selbst die Größten und Besten fielen. Selbst die wenigen Jahresringe der Kleinsten und Unschuldigsten wurden brutal gekappt.

Es gab keine Gerechtigkeit, sorgsam bilanziert vom höchsten Buchhalter. Es gab nur Zufälle.

Er setzte sich und packte seine Brotbox und die Thermoskanne aus, die er jeden Tag in seinem kleinen Rucksack mit in den Wald nahm. Er biss in das Leberwurstbrot und schenkte sich dampfenden Kaffee ein. Die Sonne wärmte sein Gesicht. Nur ein Eichelhäher störte die Stille.

Sein Blick wanderte zurück zu dem mächtigen Stumpf. Zeit war eine seltsame Größe … Damals im Reihenhaus war Zeit Mangelware gewesen. Unter anderen Umständen konnte zu wenig Zeit ein konkretes Risiko darstellen, aber zu viel davon führte vielleicht zu Unachtsamkeit, was nicht weniger gefährlich war.

In den späteren Jahren hatte Zeit für ihn keine Rolle mehr gespielt. Sie war zu einer nichtexistenten Größe geworden, und trotzdem legte sie mit jedem Zwölf-Monats-Zyklus, der zu Ende ging, einen neuen unsichtbaren Jahresring um den vorigen.

Hier und jetzt hatte er überhaupt kein Zeitgefühl mehr. Ob neun Uhr oder fünf Uhr, es war bedeutungslos. Ob Montag oder Samstag, es war egal. Hätte es den Wechsel der Jahreszeiten nicht gegeben, den er wirklich sehr mochte, wären auch die Monate ohne Relevanz gewesen.

Aber jetzt war Juli und Hochsommer. Es war mehr als ein halbes Jahr vergangen, seit er durch einen Zufall Johannes Ottesen kennengelernt hatte. Oder einfach »Fisch«, wie der Mann am liebsten genannt werden wollte, weil das »alle so machten«.

Ob er zur falschen Zeit am falschen Ort gewesen war oder ganz im Gegenteil – darüber ließ sich immer noch streiten, aber dass er Johannes Fisch in der Silvesternacht zu Hilfe gekommen war, hatte ganz unvermittelt eine neue Tür in seinem Leben geöffnet. Deshalb war er nicht mehr auf der Landstraße unterwegs. Deshalb saß er hier im Wald.

Fisch war vierundsiebzig Jahre alt, zu alt, zu kaputt und zu sehr von der Gicht geplagt, um sich um seine kleine Fischzucht zu kümmern. Aber er kannte ja nichts anderes, als für sein Essen zu arbeiten.

Schon in der Silvesternacht hatte Fisch ihm in gebrochenem Englisch vorgeschlagen, ein paar Tage zu bleiben. Sich ordentlich satt zu essen, im Warmen zu schlafen – und vielleicht auch an den Fischteichen mit anzupacken. Und dabei war es geblieben.

Nach zwei Wochen war er in die abbruchreife Mitarbeiterunter-

kunft gezogen, die er notdürftig instand gesetzt hatte, um sie bewohnbar zu machen. Laut Fisch hatte das Haus dreizehn Jahre lang leer gestanden, seitdem er seinen Helfer hatte entlassen müssen, weil er ihm keinen Lohn mehr hatte zahlen können.

Das Häuschen stand auf einer kleinen Lichtung am Rand eines weitläufigen Fichtenwalds, einen halben Kilometer von der Fischzucht entfernt. Fisch hatte das Haus vor vielen Jahren aus Gasbetonsteinen selbst gebaut und verputzt. Wohnraum, Küche, Toilette unten, oben Schlafzimmer und Kammer. Das Dach bestand aus bröckelnden Eternitplatten, die dick mit Moos bewachsen waren.

Oxen stand jeden Tag um sechs Uhr auf und erledigte seine Aufgaben an den Forellenteichen. Die restliche Zeit verbrachte er mit Waldarbeit.

Fisch hatte seinen Wald über Jahre vernachlässigt. Hier gab es Arbeit für mindestens ein ganzes Jahr. Wie lange er bei dem alten, freundlichen Mann bleiben würde, wusste er nicht, aber er …

Motorenlärm auf dem Schotterweg riss ihn aus seinen Gedanken. Konzentriert beobachtete er die Stelle, wo jeden Moment ein Auto zwischen den Bäumen auftauchen würde. Er griff nach seiner Pistole, der zuverlässigen Neuhausen, die er immer mit vollem Magazin in Reichweite hatte.

Jetzt kam es. Es war ein rotes Auto. Fisch in seinem alten Pickup. Er zögerte einen kurzen Moment, denn auf dem Beifahrersitz saß ein Mann. Dann schob er die Waffe zurück in den Rucksack, ließ seine rechte Hand aber in der Nähe liegen. Fisch kam sonst immer allein.